BECOMING BAD GUYS

THE TRUTH ABOUT PRESTON

OFFICEDEAL MIT DEM *Teufel*

ANNA RUSH

Eine Triggerwarnung findest du auf der letzten Seite.
Bitte denke daran, dass du dadurch gespoilert wirst.

1

BECOMING BAD GUYS

Prestons Rückblick

Was tue ich hier eigentlich?

Habe ich ehrlich einen Mandanten und zwei Wildfremde in meine Wohnung eingeladen?

Ich sehe ihnen zu, wie sie Platz auf der Couch nehmen, und überprüfe die in die Wand integrierte Garderobe. Tatsächlich. Darin hängen nur noch meine Sachen. Keine Schuhe, Jacken, Mäntel und Mützen meiner Frau und der Kinder mehr.

»Alles weg«, murmle ich und bin überrascht davon, meine eigene Stimme zu hören, da ich das nicht aussprechen wollte.

Mit flauem Magen durchquere ich den Wohnbereich und betrete das Ankleidezimmer. Mehr als die Hälfte fehlt.

Merkwürdig steif tragen mich meine Beine zurück, und ich sinke zu den Gästen aufs Sofa, woraufhin mein Mund erstaunt wiederholt: »Alles weg.«

Drei Wochen. Vor drei Wochen wurde ich verlassen. Für einen anderen Mann. Charlotte kündigte an, dass sie heute die restlichen Sachen abholen lassen wird. Ich wollte es nicht wahrhaben. Wer verlässt denn bitte mich? Ich habe alles, was sich eine Frau wünschen sollte.

Oder?

Ihre unzähligen Beschwerden rauschen mir durch den Kopf, die ich nie richtig ernst nahm. Beschweren sich nicht alle Frauen über ihre Männer? Ich war der Meinung, ich wäre aufmerksam. Meine Assistentin hat ihr regelmäßig Blumen und kleine Geschenke in meinem Namen geschickt und außerdem … Mir fällt nichts *außerdem* ein.

Ich schiebe einen Finger unter den Krawattenknoten, da ich nicht richtig Luft bekomme. Ich kann es einfach nicht fassen. Weg.

Mit einem Satz bin ich wieder auf den Beinen, gehe an die Hausbar, um dort eine Flasche Whiskey und vier Gläser zu entnehmen. Diese stelle ich ab, befülle sie je mit einem Schluck und setze mich.

Erneut zerre ich an der Krawatte. Meistens bemerke ich noch nicht einmal, dass ich eine trage, aber heute schnürt sie mich ein.

Meine Augen wandern kurz zu Ryan Farell. Ich bin der Anwalt seines Unternehmens und wir waren öfter nach einer Besprechung auf einen Absacker. Dass ich ihn danach aber mit zu mir nehme, so etwas gab es nie. Mandanten auf persönlichem Gebiet? Niemals. Und die anderen beiden?

Ethan hat mich angesprochen, da ich in seinen Augen einen guten Geschmack bei der Wahl der Sorte Wodka bewiesen hätte, die ich für Ryan und mich orderte. Eine kleine Brennerei mit nur winziger Auflage. Im Laufe des Gesprächs ergab es sich, dass er vom Nachbartisch an unseren wechselte.

Ryker dagegen versuchte uns die zum Wodka gereichten Blini vom Tisch zu stehlen, worauf er mit Ryan Streit bekam. Sie einigten sich darauf, dass er welche abbekommt, insofern er die zu seinem Whiskey servierten Nüsse teilt.

Das Gespräch mit Ethan über irgendetwas, was nichts mit Beruf oder Privatleben zu tun hat, und der kleine unterhaltsame Disput zwischen den anderen beiden haben mich tatsächlich abgelenkt. Der Gedanke, in eine leere Wohnung zu kommen, war so grauenvoll, dass ich sie eingeladen habe.

Drei Wochen, einundzwanzig Tage oder über fünfhundert Stunden lebe ich hier schon allein und habe vollkommen verdrängt, was geschehen ist. Als wäre es nicht wahr und Charlotte kommt zu mir zurück. Erst heute im Laufe des Tages wurde mir bewusst, dass ich mir etwas vormache. Sie kommt nicht wieder. Aber das war nicht das Schlimmste. Eine andere Erkenntnis, die mit jedem Tag reifte, an dem sie weg waren, und die ich versuchte, ganz nach hinten zu schieben, ist viel beängstigender.

»Erzähl mal«, fordert Ryker. »Was ist denn passiert? Hübsche Wohnung übrigens.«

»Meine Frau hat mich verlassen und die Kinder mitgenommen.«

»Ist das in deinem Fall schlimm?«

Ich lehne mich zurück, lege einen Arm auf der Armlehne ab und trommle mit den Fingern darauf herum. Die Frage irritiert mich. »Wie in meinem Fall? In welchem Fall ist es denn nicht schlimm, verlassen zu werden?«

»Wenn man einen Drachen zu Hause hat. Dann kann man froh sein, ist man sie los.«

War Charlotte ein Drache? Ich werde immer verwirrter. »Einen Drachen? Keine Ahnung. Vielleicht kannten wir uns nicht mehr gut genug, um das zu bemerken.« Ein bitteres Lachen, das ich mir verbieten wollte, quält sich über meine Lippen. »Sie hat einen anderen. Schon eine ganze Weile. Sie machte reinen Tisch und vor drei Wochen durfte ich ihn kennenlernen. Warum sollte ich ihn *kennenlernen* wollen? Kann mir mal einer verraten, wie sie auf die Schwachsinnsidee kommt? Heute hat sie ihre restlichen Sachen abgeholt. Alles ist weg. Irgendwie dachte ich, sie überlegt es sich noch anders.«

Ich deute durch den Raum, um dann zu bemerken, dass hier eigentlich nichts fehlt. Wahrscheinlich hat sie sich ihr neues Haus schon hübsch eingerichtet. Möglicherweise mithilfe des gleichen Innenausstatters. Ich werde es nie erfahren.

Mir entkommt ein Schnauben, und ich greife das Glas, um einen für mich ungewohnt großen Schluck zu nehmen. Erst danach bemerke ich, dass die anderen mir zuprosten, und hole das nach. Manieren gehören in jede Lebenslage.

Alle sind still, weshalb ich mir eine Kleinigkeit nachschenke und in einem Zug das Glas leere.

Ryan fragt vorsichtig: »Kanntest du ihn? Den Neuen deiner Frau?«

»Nein. Aber nachdem ich ihn *kennenlernen durfte*, googelte ich ihn. Anwalt wie ich. Allerdings ein Landei. Dort sind sie anscheinend auch hingezogen. Aufs Land. In ein schmuckes kleines Häuschen.« Ich will es nicht, weil es sich nicht gehört, aber *schmuckes* kommt aus meinem Mund, als wollte ich das Wort erbrechen. Mit dem Zeigefinger deute ich kreisend durch den Raum. »Das alles hatte ich für sie. Penthouse, Ferienhäuser, was immer sie wünschte. Ich dachte, das ist das, was sie will. Ihr Neuer besitzt sicher nicht einmal ein Zehntel meines Vermögens.«

Ich verstumme, da mir zu allem Überfluss auch noch bewusst wird, dass Charlotte ihn nicht wegen seines Kontos gewählt hat. Er muss etwas haben, was wertvoller ist und ich nicht besitze.

Ethan ergreift das Wort: »Hast du es geahnt?«

Ich schnaube, weil hätte ich es geahnt, hätte ich diesen Neuen selbstverständlich vertrieben.

Hätte ich das? Oder hätte ich sie ausgelacht und weitergemacht wie bisher in der überheblichen Gewissheit, dass sie mich nie verlassen wird und mich niemals jemand ersetzen kann?

Seit wann denke ich in *hätte*? *Tun, handeln, ausführen.* Das ist meine Devise.

Zeit für Einsicht und eine Antwort, die ich noch schulde. »Nein. Aber bin ich ehrlich zu mir selbst, war es vermutlich offensichtlich. Sie hat sich so oft beschwert, dass ich nie Zeit für sie und die Kinder habe. Wir sahen uns selten. Meistens kam ich von der

Arbeit nach Hause, wenn alle schon schliefen, und war wieder weg, bevor alle wach wurden. Aber ich habe das doch für sie getan! Sie wollte dieses Penthouse. Sie wollte das Haus am See und das in den Bergen. Sie wollte immer alles. Die Kinder in Designerklamotten stecken, als würden sie da nicht ruckzuck rauswachsen. Wir waren die letzte Zeit mehr Geschäftspartner als ein Ehepaar. Wir hatten unsere Date-Nights, aber auch da habe ich sie oft versetzt, wenn die Arbeit länger dauerte. Ich liebe meine Arbeit, und ich dachte, es macht sie glücklich, dass ich erfolgreich bin und sie sich von dem Geld alles kaufen kann. Falsch gedacht.«

»Übel«, murmelt Ethan und legt mir mitfühlend die Hand auf den Rücken, woraufhin ich mich nach vorn beuge und die Unterarme auf den Oberschenkeln abstütze.

»Aber weißt du, was das Schlimmste ist?« Ich warte nicht auf eine Antwort, sondern spreche endlich aus, was ich die ganze Zeit schwer mit mir herumtrage und mir jeden Tag bewusster wurde, seit Charlotte mit den Kindern gegangen ist. »Sie sind schon so lange weg und ich habe keinen vermisst.«

»Wie meinst du: keinen?«

»Sie nicht. Die Kinder nicht. Ich vermisse meine Kinder nicht! Ich kenne sie kaum. Ich liebe sie, aber ich vermisse sie nicht, weil ich nie richtig Teil ihres Lebens war. Ich dachte, mir schlägt jemand ins Gesicht, als Aiden ihren Neuen Papa nannte. Papa! Da er, seit er sich meine Familie genommen hat, wahrscheinlich mehr Zeit mit Aiden verbracht hat als ich, seit er geboren ist. Papa ... Er hat ihn Papa genannt!«

Ruckartig erhebe ich mich, da ich nicht länger sitzen kann, und marschiere ziellos durch den Raum, wobei ich mir ununterbrochen durch die Haare fahre. Das macht mich irre. »Wie kann man seine Kinder nicht vermissen?«

Stöhnend bleibe ich vor der verglasten Wand mit faszinierender Aussicht stehen und blicke hinaus, ohne etwas zu sehen. Ich lege beide Hände an das kühle Glas und schüttle den Kopf.

Ich muss es mir eingestehen und spreche es deshalb laut aus:

»Ich bin der mieseste Vater aller Zeiten und der schlechteste Ehemann noch dazu.«

Mein Kopf sinkt resigniert zwischen die Schulterblätter, und ich kann nicht begreifen, dass ich in etwas, was doch einfach sein sollte, nicht gut bin. Ist es nicht ganz natürlich, eine Familie zu haben? Müsste man sich als Vater nicht von Natur aus zu seinen Kindern hingezogen fühlen? Warum vermisse ich sie nicht? Da pocht etwas in mir, was nur ihnen gehört. Weshalb habe ich ihnen das nicht gezeigt? Wieso habe ich alles über sie gestellt, als wäre es wichtiger? Aus welchem Grund habe ich meine Mandanten meinen Kindern vorgezogen? Sie bedeuten mir nichts, sind nur ein Job, wechseln häufig. Alles ist so falsch.

So viele Tage, an denen ich es ignorieren konnte, indem ich noch länger arbeiten und noch weniger zu Hause war. Jetzt kann ich es nicht weiter verdrängen: Es ist vorbei. Keine Familie mehr.

Hinter mir fragt es: »Möchtest du lieber allein sein?«

In mir zuckt alles zusammen. Bloß nicht. Die Frage verschafft mir wieder Fassung, und ich drehe mich um, richte die Krawatte und streiche mir über die Haare, damit sie wenigstens etwas in Form sind.

Ein beherztes Einatmen, bewusstes Schulterstraffen und ich befehle ihnen: »Nein. Ihr bleibt.«

»Aber warum?«

»Ich habe genug gejammert. Wir vier betrinken uns jetzt. Dabei erzählt mir jeder von euch, was bei ihm nicht optimal läuft. Geteiltes Leid ist halbes Leid.«

Ich kann nicht fassen, dass ich mich vor fast Fremden so gehen ließ. Das ist nicht meine Art. Ganz und gar nicht. Aber jetzt sind sie hier, und ich werde ihre Gesellschaft nutzen, um mich abzulenken. Was soll schon passieren?

Sie nicken, aber das habe ich sowieso nicht anders erwartet.

Ryker schlägt vor: »Ich habe Hunger. Bevor wir saufen, sollten wir etwas essen. Als Grundlage.«

»Gute Idee. Italienisch? Ich kenne ein erstklassiges Restaurant, das liefert.«

Ryan widerspricht: »Nein. Ich bin kein standfester Trinker. Falls wir uns richtig weglöten wollen, sollte es etwas sein, was man einwandfrei kotzen kann.«

Mir ist es gleich, was es zu essen gibt, Hauptsache von einem anständigen Restaurant, weshalb ich Ethan ansehe. »Ja, ich bin für Sushi. Reis und Fisch gleiten mühelos.«

Ethan und Ryan schlagen lachend ein.

Ryker sagt zu Ryan: »Dein Vorschlag: Du bestellst. Nimm eine Partyplatte. Wir wissen ja nicht, wie lange der Abend andauern wird. Preston? Hast du etwas zu knabbern? Als kleine Vorspeise, bis das Essen da ist.«

Ich nicke ihm zu und begebe mich in die Küche, in der ich nie gekocht habe. Um ehrlich zu sein, weiß ich noch nicht einmal, ob wir Snacks hier haben. Meistens esse ich in der Kanzlei oder Charlotte brachte mir etwas in mein Arbeitszimmer.

In den hochglanzweißen Hängeschränken finde ich Snacks und halte kurz inne. Alles für Kinder. Dinosaurierkekse, Chips aus Mais und Äpfeln, Saftgummibärchen. Das hat Charlotte nicht mitgenommen. Was soll ich denn ohne Kinder damit?

Ich nehme alles heraus. Das bekommen meine Gäste. Dann muss ich es nicht mehr sehen.

Ein paar Stunden später sitzen wir immer noch hier. Ich glaube, außer zum Nachschenken und Essen haben wir uns nicht bewegt. Zum Glück habe ich ordentlich Sitzfleisch durch meine ewigen Aufenthalte in der Kanzlei. Ryan schlug vor, für das nächste Mal Windeln zu besorgen, damit wir uns sogar den Weg zur Toilette ersparen, weil er der weltfaulste Schlumpf wäre. So seine Worte. Auf so einen Blödsinn antworte ich nicht und habe selbst die Kommentare der anderen dazu ausgeblendet.

Mittlerweile hängt Ryans Hintern fast vom Sofa, so tief ist er in die Polster gerutscht. Ethan sitzt halb schräg neben mir und erzählt irgendetwas über einen Whiskey. Aber ich glaube, er verwechselt da etwas. So trüb, wie sein Blick ist, ist das kein Wunder. Ich vermute, ich bin der Nüchternste hier, obwohl auch mir der Kopf schwirrt.

Fast hätte ich vergessen, wie es sich anfühlt, berauscht in einer Gruppe zu sitzen und über Sinnlosigkeiten zu debattieren. Ich fühle mich normal und schlicht entspannt. Nichts ist mehr wichtig, einfach nur da sein. Worte haben kein Gewicht, keine Entscheidungen sind zu treffen, nichts zu hinterfragen, ich muss weder zurück noch nach vorn sehen. Ein Besoffener unter seinesgleichen, mehr bin ich im Moment nicht.

»Frauen und Männer passen vielleicht nicht zusammen«, philosophiert Ryker von Gegenüber, woraufhin Ryan halbherzig nickt.

»Do-ho-hoch«, widerspricht Ethan und deutet auf seinen Schritt. »Sogar voll gut! Ich hatte nie da so Probleme und so.«

»Nur weil ein Schwanz in eine Frau passt, heißt das noch lange nicht, dass jemand auf Beziehungsebene zusammenpasst«, stellt Ryker fest, hebt sein Glas und nimmt einen Schluck.

Ich mische mich ein. »Wie soll ein Mensch auch alle Bedürfnisse eines anderen decken? Mir ist es nicht gelungen.«

Ryan grunzt und steckt sich einen Dinosaurierkeks in den Mund. Einen zweiten sieht er an, wonach sich seine Miene verändert, als hätte er gerade eine Erkenntnis gewonnen. »Wahrscheinlich, weil wir alle Höhlenmenschen sind! Wir sollten uns auch so benehmen.« Er stopft sich den zweiten Keks zwischen die Lippen und stimmt sich begeistert mit vollem Mund selbst zu: »Genau!«

»Sollen wir uns nen Speer schnüützen?«, fragt Ethan und hickst.

»Neieieien«, widerspricht Ryan. »Frauen an den Haaren in die Höhle schleifen! So geht das! Ficken und dann wieder zum Beerensammeln schicken.«

»Hast du ein Problem mit Frau'n?«, fragt Ethan und sieht ihn aus geröteten Augen an. »Hast du eine Frau?«

»Ja. Nein. Die falsche!« Er schwenkt triumphierend einen Arm. »Ich hab da eine. Die hätte ich sogar geheiratet. Aber die verarscht mich.«

»Betrug?«, will Ryker wissen und nickt bereits, als hätte er das geahnt.

»Neeeeeein. Schlüümmer. Viel schlüüümmer! Wir wollten ein Baby. Ich wollte eins. So ein ganz kleines, süßes. Sie behauptete, sie auch. Und ratet, was ich gefunden habe!«

Er sieht uns erwartungsvoll an. Was möchte er? Dass wir raten? Hat sie verheimlicht, dass sie schon zehn Kinder hat? Ihren Liebhaber unter dem Bett versteckt? Zwei Liebhaber unter dem Bett versteckt?

»Die Pille!«

»Sie verhütet?«, hakt Ryker nach.

»Genau!« Er zeigt mit dem Finger auf ihn. »Sie hat geweint, als sie ihre Tage hatte, dabei nimmt sie heimlich die Pille!«

»Warum sagt sie dir nicht, dass sie keins oder noch keins will?«, frage ich verwirrt. Die Geschichte ergibt keinen Sinn. Weshalb sollte eine Frau behaupten, sie möchte ein Kind, und dann heimlich verhüten?

Ich ziehe die Tüte mit den Apfel-Mais-Chips näher und stecke mir einen in den Mund. Der wird sofort staubtrocken und der Geschmack von süßer Pappe breitet sich darin aus. Warum gibt Charlotte unseren Kindern so etwas? Ich verstehe es auch beim zehnten Versuch nicht. Sie werden nicht besser. Schmeckt ihnen das etwa? Weshalb weiß ich so etwas nicht?

»Das ist die große Frage!«

Ich sehe auf. Jetzt ist er dran. Er hat mir zugehört, dann höre ich auch zu.

»Vielleicht wollte sie dich nicht verlieren«, vermutet Ethan. »Wenn ihr da andererere … anderseste … verschiedene Sachen wollt.«

»Keine Ahnung, was sie genau will. Ha! Falsch! Doch! Ich habe eine Liste bekommen mit Bedingungen, die ich erfüllen muss, damit sie mich heiratet.«

»Was? Hast du ihr einen Antrag gemacht, und statt dir enthusiastisch mit Tränen in den Augen um den Hals zu fallen, gab es eine Liste?«

»Korrekt!«

Ethan starrt auf den Teppich, dorthin, wo gerade ein Schwall irgendwas aus einer Flasche statt ins Glas auf den Boden ging.

»Und du?«, fragt Ryan ihn. »Hast du eine Frau?«

Er lacht trocken auf und stellt beides ab, wonach er sich die Hand an der Hose abwischt. Mindestens ein Schluck vergeudet. Ehe er antwortet, greift er doch noch einmal zur Flasche und trinkt direkt daraus.

»Frauen sind nicht meins, glaube ich. Entweder wollen die mein Erbe, dabei hab ich gar keins mehr, oder mein Aussehen. Goldgräberinnen und Betrunkene, das sind die Frau'n, die sich für misch interessieren.« Er zeigt an sich hoch und runter. »Meist wollen sie das fick'n, und dann suchen sie sich einen Hässlicheren, um den gernzuhaben. Mich hat niemand gern.«

»Doch, wir«, tröstet ihn Ryker und klopft ihm auf die Schulter.

Ethan ist tatsächlich auffallend attraktiv. Ist das so ein Problem? Sollte er nicht eher eine größere Auswahl bei Frauen haben? Seltsamer Mann.

Er hebt ruckartig seinen Kopf und schwingt seine zur Faust geballte Hand triumphierend in die Höhe. »Habne Idee! Wir haben uns gern und fickn Frauen nur noch!«

Er deutet auf mich und sagt: »Du verlassen.« Sein Finger wandert zu Ryker. »Du keine Ahnung. Musst du uns später sagen.« Zuletzt ist Ryan dran. »Du verarscht.« Er klopft sich mit der Faust auf die eigene Brust. »Will niemand in echt. Wir alle sind nette Kerls. Das ist der Fehler! Wir müssen herzlos sein. Keine Enttäuschungen mehr. Wir, Brüder im Geisch… Geist und sonst sind wir Bastards! Bad Guys! Noch besser!«

Ryker, der zusammengesunken war, setzt sich aufrecht hin und sagt: »Bin dabei. Wir werden Bad Guys!«

Das ist doch albern. Oder? Was habe ich schon zu verlieren? Eine Frau habe ich nicht mehr. Obwohl ich niemand bin, der Bestätigung sucht, sehe ich zu Ryan. Er ist Eigentümer eines erfolgreichen Unternehmens. Wenn er so einen Blödsinn mitmacht, kann ich das auch.

Er zuckt mit den Schultern und sagt: »Becoming Bad Guys!«

Anschließend dreht er ziemlich schnell seinen Oberkörper, zerrt sein Sakko von der Lehne der Couch auf die Sitzfläche und übergibt sich im selben Moment darauf.

Ethan würgt, zieht es an zwei Zipfeln etwas zu sich, woraufhin er sich ebenfalls auf den Stoff erbricht. Ryker springt auf, hält sich die Hand vor den Mund und taumelt Richtung Gästetoilette.

Abartig. Ich spüre, wie sich meine Mundwinkel anheben, und dann bricht ein unerwartetes Lachen aus mir heraus. Ryan lacht mit, Ethan gibt ein Geräusch von sich, das eher ein Glucksen ist, aber vermutlich ein Lachen darstellen soll. Ich kann nicht mehr aufhören.

Das ist zu bizarr.

Ich erhebe mich, wobei ich selbst leicht schwanke, da ich es einfach nicht gewohnt bin, richtig zu trinken. Dieses Sakko muss verschwinden, weshalb ich es zusammenraffe, in der Hoffnung, dass es dichthält.

Höflichkeitshalber frage ich: »Darf ich das entsorgen?«

»Ja, Mann«, murmelt Ethan. »Das stinkt voll ekelhaft.«

Ryan verschwindet in die Küche, und als ich zurück bin, verteilt er Wasserflaschen auf dem Couchtisch. Sehr gute Idee.

Als der Morgen graut, befinden wir uns im Land der Übermüdet-Restbetrunkenen. Wir schweigen einvernehmlich, bis ich einen Blick auf die Uhr werfe und sage: »Ich muss eigentlich zur Arbeit.«

»Dito«, stimmt Ryan zu.

»Nö«, kommentiert Ethan und Ryker schweigt.

»Wenn du willst, kannst du dich hier ausschlafen, solltest du sowieso nichts vorhaben«, schlage ich vor. »Ihr alle eigentlich. Ich weiß nicht mehr warum, aber wir haben Gästezimmer wie für Könige.«

»Hatten deine Frau und du oft Gäste?«

»Um ehrlich zu sein, hätte ich es wahrscheinlich nicht mitbekommen, wenn jemand hier übernachtet hätte. Ihre Mutter war manchmal übers Wochenende da, um ihr mit den Kindern zu helfen. Aber meist nahm ich da an einem gemeinsamen Essen teil und das war es. Häufig war ich auch in der Kanzlei. Meine kleine Schwester ist gelegentlich während ihrer Semesterferien hier. Mit ihr kann ich allerdings nicht viel anfangen, weil sie deutlich jünger und total verträumt ist.«

»Du arbeitest auch am Wochenende?«

»Warum nicht?«

Er schüttelt den Kopf und beschließt laut: »Ich melde mich heute auf der Arbeit ab. Ich lasse mir von meinem Vorzimmer Unaufschiebbares schicken.«

Mit einem bestätigenden Nicken erhebt er sich und lässt sich gleich wieder auf die Sitzfläche fallen, um zu erklären: »Per E-Mail.«

Ich zögere einen Moment und dann sende ich selbst per Smartphone eine E-Mail los, dass ich krank wäre. Mein Herz pocht komisch beim Absenden. Das habe ich noch nie getan. Entschlossen stecke ich es weg.

»So. Ebenfalls für heute abgemeldet. Meine Beste verschiebt alle Termine. Vermutlich schickt sie einen Arzt vorbei, weil sie sich sorgt. Ich bin nie krank.«

»Deine Beste?«, hakt Ryker nach. »Freundin?«

»Was? Nein. Meine Assistentin. Treue Seele. Hochintelligent. Leidenschaftlich.«

»Bumst du sie?« Ich sehe zu Ethan, der bis jetzt geschwiegen hat.

»Nein. Leidenschaftlich bei der Arbeit. Das meinte ich. Wir pflegen kein intimes Verhältnis.«

»Wir pflegen kein intimes Verhältnis«, äfft Ryker mich nach. »Sag doch einfach, dass du sie nicht fickst.«

»Du hast mich anscheinend sehr gut verstanden, auch wenn wir eine Sprachbarriere haben.«

»Du meinst, weil du dich wie ein snobistischer Wichser anhörst?«

»Und du wie ein Gossenjunge?«

»Gossenjunge. Aus welchem Literaturklassiker hast du denn das?« Ryker grinst breit. »Ich mag dich, Snob. Was gibt es zum Frühstück? Flüssiges?« Er zeigt auf die vielen Alkoholflaschen. »Oder etwas Vernünftiges?«

Ich lächle. Ich glaube, ich mag ihn auch. Er spricht so unverblümt und offen. Man hat das Gefühl, dass er sich nie schlecht vor anderen über einen äußern wird, weil er einem alles ins Gesicht sagt.

Ryan bestimmt: »Vernünftiges und Kopfschmerztabletten. Und nach dem Frühstück gehe ich nach Hause. Ich muss eine Frau verlassen.«

Erstaunt sehe ich ihn an. Gestern war er noch total fertig, weil sie sich nicht schwängern lässt, und nun will er die Beziehung beenden? »Du wirst sie verlassen? Wegen der Pillensache?«

»Ja. Nein. Weil ich mich nicht mehr von ihr verarschen und hinhalten lasse. Habt ihr vergessen? Becoming Bad Guys! So war der Plan vor ein paar Stunden.«

»Alles klar. Kümmere dich um deine Angelegenheiten. Und dann komm wieder hierher. Du kannst vorerst hierbleiben, bis du dich neu orientiert hast.«

Keine Ahnung, woher das Gefühl kommt, aber ich möchte ihre Gesellschaft noch nicht missen. Es tut gut, Teil einer Gruppe zu sein.

Er nickt, ich nicke zurück und greife mein Smartphone. »Ich

ordere uns Frühstück beim Restaurant um die Ecke. Sie haben ein Frühstücksangebot.«

»Liefern sie?«

»Für mich schon.«

»Gut. Ich verhungere.«

Rykers Magen bestätigt das mit einem lauten Knurren.

Nach dem Frühstück zeige ich Ethan und Ryker die Gästezimmer und überlasse sie sich selbst, um mich in unser Schlafzimmer zu begeben.

Unseres. Wie falsch. Meins nun. Ich sehe mich darin um. Groß, stilvoll und in warmen Farben gehalten. Ich mag, dass wir – schon wieder falsch – ich ein Ankleidezimmer besitze. So wird die Weite des Raums nicht durch einen Kleiderschrank gedämpft.

Ich stelle mich vor Charlottes Bettseite und streiche über das Kopfkissen. Sie hat ein neues. Woanders. Ich sehe auf die leere Ablage neben dem Bett. Lag dort etwas darauf? Ein Buch vielleicht? Ich weiß es nicht. Hat sie im Bett gelesen? Zeitschriften, glaube ich. Wann unterhielten wir uns das letzte Mal über Lektüre, die wir lesen? Vor Jacks Geburt.

Entgegen meiner sonstigen Gewohnheit, die getragene Kleidung sofort zu verstauen, werfe ich sie auf die unnütze Bettseite und umrunde das Bett, um mich auf meine zu legen.

Als ich wieder erwache, hat sich nichts geändert. Ich bin weiter ein verlassener Ehemann. Noch bevor ich sitze, fällt mir etwas ein. Ich benötige einen Anwalt. Einen Scheidungsanwalt. Das ist nicht mein Fachgebiet.

Aber zuerst eine Dusche. Meine Zahnbürste und die anderen Pflegeprodukte werden offensichtlich weiter ein einsames Dasein fristen. Eigentlich kann ich mich jetzt ausbreiten. Ich verteile meine Sachen etwas großzügiger, damit nicht mehr alles so leer aussieht.

Ich streiche mir vor dem Spiegel übers Kinn. Zur Abwechslung einen Bart stehen lassen? Ryan sagte heute Nacht, er hat mich immer für einen aalglatten Scheißkerl gehalten, was meine gründliche Rasur beweisen würde. Ich habe sogar ein Rasurset in der Kanzlei, falls ich zu lange arbeite. Frische Stoppeln wirken mir zu ungepflegt.

Nein. Ich rühre mit dem Rasierpinsel Schaum an. Es ist mir zu schnulzig, irgendetwas an meinem Aussehen zu ändern, nur weil meine Frau mich verlassen hat.

Nach dem Badezimmeraufenthalt stupse ich die Schiebetür zum Ankleidezimmer auf, um mich anzuziehen. Das Licht erhellt den sonst abgedunkelten Raum und gibt den Blick auf unzählige Hemden und Anzüge frei ... und auf leere Fächer. Ich ignoriere diese und wähle einen Anzug mit passendem Hemd. Die Krawatte schlinge ich schon auf dem Weg nach draußen, wonach mich meine Beine ohne zu denken zu den Kinderzimmern führen.

Im Schlafzimmer sind die Betten ordentlich gemacht, als könnten sie jeden Moment wiederkommen. Ich nutze den Durchgang ins Spielzimmer und stutze. Hier befinden sich jede Menge Spielsachen in den Regalen. Sollten die nicht mit? Vermissen sie die nicht? Ich reibe mir über die Schläfe, da mir einfällt, warum sie noch hier sind.

Mein Gott, wie konnte ich das vergessen? Zumindest meine Kinder sind nicht für immer weg. Ich setze mich auf den kleinen Tisch, da die Kinderstühle dafür wirklich zu winzig für mich sind, und schlucke schwer. Natürlich kommen meine Kinder zu mir. Das ist doch ganz normal. Ich kann sie wiedersehen! Regelmäßig!

Dieses Bewusstwerden macht komische Sachen mit mir. Einerseits ist das eine Chance. Eine echte Chance, doch noch Vater zu sein. Andererseits habe ich keine Ahnung von Kindern. Was mache ich mit ihnen, wenn ihre Mutter nicht dabei ist?

Ich lege das Gesicht in die Hände. Wie konnte das nur passieren? Damals als Charlotte schwanger wurde, habe ich mich gefreut.

Noch bevor wir heirateten, bestimmte Charlotte, dass sie danach ein paar Jahre arbeiten wird, etwas von der Welt sehen möchte, und dann werden wir Eltern. Daran gab es für mich nichts auszusetzen, war mir doch immer klar, dass ich irgendwann Vater werde. Wir sahen allerdings nie gemeinsam etwas von der Welt. Nach meinem Studium fing ich direkt in der Kanzlei an und dann hing ich im Leben als Anwalt fest. Wir kauften Ferienhäuser und meist war sie allein dort oder mit Freundinnen.

Bei Jacks Geburt war ich voller Stolz und so begeistert, dass ich am liebsten sofort noch eins wollte. Das war echt schön, dieses Gefühl, zum ersten Mal sein Kind im Arm zu halten.

Kaum war Charlotte aus dem Krankenhaus zurück, zog ihre Mutter vorübergehend hier ein, um sie zu unterstützen. Sie lachte, als ich ihn wickeln wollte, und behauptete, Männer tun das nicht. Ich dachte nicht darüber nach und tat es nicht. Kein Wickeln, später kein Fläschchen geben, kein Umziehen, kein Füttern. Eine Zeit lang brachte ich ihn ins Bett, und als er mir nicht schnell genug einschlief, habe ich das Charlotte überlassen, als wäre es eine lästige Pflicht und sowieso ihre Aufgabe.

Ich erhebe mich. Das schaffe ich. Ich will nicht, dass es zu spät ist. Charlottes Neuer wird mir nicht meine Kinder wegnehmen. Ich bin ihr Vater und das werde ich beweisen. Wie ich das angehen werde, muss ich mir überlegen, aber zuerst sollte ich nach meinen Gästen sehen.

Nachdem ich das Kinderzimmer verlassen habe, betrete ich den Wohnbereich, wo ich sie bei einem Gespräch auf dem Sofa vorfinde.

»Deine Reinigungskräfte waren da«, erklärt Ethan. »Ich habe ihnen gesagt, sie sollen dich schlafen lassen.«

»In Ordnung. Danke.«

In dem Moment kündigt sich der Fahrstuhl an. Das wird Ryan

sein. Ich habe ihm einen Code für Gäste gegeben, bevor er gegangen ist.

Ich habe recht, da er mit einem Koffer den Wohnbereich betritt.

»Wer hat denn hier gezaubert?«, fragt er und stellt den Koffer ab, wonach er neben mir auf dem Sofa Platz nimmt.

Denkt er, das war ich selbst? »Die Zauberfrau, die ich dafür bezahle. Und? Bist du sie losgeworden?«

»Violet? Jepp. Bin wieder Single.«

»Wie hat sie es aufgenommen?«, will Ethan wissen.

»Sie hat mich geschlagen und getreten, sagt, sie lässt das nicht zu, und ist der Meinung, ich hätte eine andere.«

»Sie hat dich ernsthaft geschlagen und getreten? Gut, dass du sie verlassen hast.« Er schüttelt missbilligend den Kopf. Ich hebe eine Augenbraue an. Was ist denn das für eine Frau? Wer sich so etwas gefallen lässt, ist selbst schuld.

Hm ... Wenn er ihr die Wohnung überlässt, benötigt er eine neue Bleibe. Ich bot ihm bereits an, hier vorerst unterzukommen. Nacheinander sehe ich die drei an, wobei ich mich aufrechter hinsetze.

Möglicherweise ist das unüberlegt und total verrückt, aber ich spreche es trotzdem aus, bevor ich es mir anders überlege. »Ich habe einen Vorschlag für euch. Wir sind alle Single. Wir wollen alle Dinge in unserem Leben ändern. Wie wäre es, wenn wir eine WG gründen? Meine Wohnung ist riesig. Ihr könntet zu mir ziehen.«

»Ehrlich?« Ryker klingt misstrauisch. »Wir kennen uns seit gestern und du lädst uns ein, hier zu wohnen?«

Ich zucke mit den Schultern, da ich mich selbst nicht verstehe. Menschen in mein Leben zu lassen, gehört nicht gerade zu meinen Stärken. »Ich mag euch. Ich habe Platz. Warum nicht?«

Ethan kratzt sich am Kopf. »Ich weiß nicht. Ich besitze eine schöne Wohnung. Von mir selbst renoviert.«

»Bist du Handwerker?«, fragt Ryan erstaunt. Ich wundere mich auch. Das passt irgendwie nicht zu ihm und seinem Auftreten. Falls wir Beruferaten gespielt hätten, hätte ich eindeutig verloren.

»Nein. Aber aus der Branche. Mein Vater besitzt eine große Baufirma. Spezialisiert auf Hochhäuser und Wohnblöcke. Da habe ich mitgearbeitet.«

»Und nun nicht mehr? Wo arbeitest du jetzt?«

»Gar nicht. Mein Vater wollte, dass ich CEO seiner Firma bin, damit er sich ein wenig zurückziehen kann. Gleichzeitig wollte er das letzte Wort bei Entscheidungen haben. So funktioniert das aber nicht. Er hat jede meiner Ideen abgeschmettert. Wir hatten so oft Streit deswegen, bis ich den Posten hingeworfen habe. Seine Reaktion darauf war, dass er mir den Geldhahn zugedreht hat. Beruf Sohn vorbei. Erstaunlich, wie viele Freunde man verliert, hat man auf einmal nicht mehr unbeschränkt Geld.«

»Und was machst du jetzt?«

»Hm. Ich ahnte, dass es darauf hinauslaufen könnte, habe rechtzeitig angefangen, Geld zu bunkern, und meine Wohnung gehört mir. Erst einmal nichts. Ich muss mich orientieren. Möglicherweise gründe ich eine eigene Baufirma. Dafür benötige ich allerdings Kohle. Mein Geld reicht nicht, um Projekte zu realisieren. Weißt du was?« Er sieht mich an. »Ja. Ich ziehe hierher. Meine Wohnung kann ich ja trotzdem behalten. Was willst du als Mietanteil?«

»Nichts. Das Penthouse ist bezahlt. Es war ein Geschenk meines Vaters zur Hochzeit. Meine Ex hat schon angekündigt, dass sie die Wohnung nicht möchte. Sie bevorzugt die Ferienhäuser.«

Ryan sagt: »Ich nehme das Angebot auch an. Meine Schwester würde mich aufnehmen, bis ich eine neue Bleibe habe. Allerdings hat sie zwei Babys, da bin ich nur im Weg. Und besser als ein Hotelzimmer.«

Ich schnaube. »Besser als ein Hotelzimmer? Das will ich aber auch hoffen.«

Ryans Blick wandert zu Ryker. »Ryker? Und was ist mit dir?«

Er dreht den Kopf langsam zu ihm und nickt dabei. »Warum

nicht? Ich bin sowieso ständig unterwegs. Ich brauche eigentlich nur eine Basis. Ein Ort, an dem meine Sachen sind und an den ich zurückkehren kann, wenn ich keine Aufträge habe.«

Da ich bei Ethan danebengelegen hätte, bin ich auf eine Überraschung gefasst und frage: »Was arbeitest du?«

»Ich bin grob gesagt Tierpsychologe.«

Ryan hakt nach: »Was? Hast du eine Praxis und da kommen Herrchen und Frauchen mit ihren Wauwaus und Muschis und du heilst die Tiere von ihren Depressionen?«

Er lacht. »Ich bin Psychologe, kein Psychiater. Du kannst es auch gern Verhaltensforscher nennen. Eigentlich bin ich Tierarzt für Groß- und Wildtiere. Neben meinem Studium habe ich mich aber mit der Psyche der Tiere auseinandergesetzt, da ich das spannender fand.«

»Und was machst du jetzt genau?«

»Verschiedenes. Ich berate Zoos beim artgerechten Gestalten von Gehegen oder untersuche ungewöhnliches Verhalten der Tiere. Manchmal werde ich auch von Privatbesitzern konsultiert. Ich bin beispielsweise regelmäßig in Dubai, da ich dort ein paar Kunden habe, die sich Löwen und Tiger halten, die verwöhnter sind als Kinder von Helikoptereltern. Ich versuche, den armen Viechern ihr Leben in Gefangenschaft zu erleichtern. Gelegentlich werde ich auch für Filmdrehs gebucht, wenn noch mit echten Tieren gedreht wird. Ich bin das Bindeglied zwischen Produzent und Tierschützern, um sicherzustellen, dass angemessen mit den Tieren umgegangen wird. Aber am liebsten drehe ich selbst Filme. Tierdokus.« Er lächelt ein wenig verträumt. »Ich möchte mit Vorurteilen aufräumen und Menschen einen Einblick in das echte, natürliche Verhalten von Tieren geben. Falls ihr euch so etwas anseht, habt ihr sicher bereits einen Film von mir gesehen. Ich habe schon für fast alle nennenswerten Studios gearbeitet.«

»Bist du berühmt?«

»In meiner Branche? Ja, doch, ich denke, da habe ich einen

gewissen Bekanntheitsgrad. Aber auf der Straße wird mich vermutlich niemand erkennen.«

»Hast du daher die Narbe?«, fragt Ryan und streicht über seine Stirn.

Ryker tippt sich grinsend an den Haaransatz, von dem aus eine helle Linie ein Stück in die Stirn ragt. »Das war eine Katze. Ich arbeite mit Löwen und anderen Wildtieren und eine Hausmuschi verpasst mir eine Narbe.«

»Und bei dir?«, will Ryker wissen und sieht Ethan an. »Auch ein Kätzchen?«

Er blinzelt mehrmals träge, als müsste er nachdenken, und zupft an seinem Lederarmband, bevor er antwortet: »Ich erinnere mich nicht mehr. Das ist irgendwann als Kind passiert.«

»Meine erklärt sich durch zwei große Brüder«, berichtet Ryan.

Nun sehen mich alle drei fragend an, was mich zum Stöhnen bringt, allerdings auch zum Gestehen: »Ja, ich habe ebenfalls eine. Aber man sieht sie kaum.« Ich fahre mit dem Zeigefinger über der linken Augenbraue entlang. »Vermutlich sollte ich den Grund für mich behalten. Die habe ich mir zugezogen, als ich das erste Mal meine Frau sah. Ich bin gegen eine Laterne gerannt. Platzwunde. Aber so kamen wir ins Gespräch.«

»Sieht deine Frau so scharf aus? Zeig ein Bild!«, verlangt Ryker.

»Das war es nicht ... Ich habe ihr Lachen gehört, den Kopf in die Richtung gedreht und da war sie. Hemmungslos lachend mit zwei Freundinnen. Ich konnte nicht mehr wegsehen.«

Ja, ich glaube, ich hatte mich zuerst in ihr Lachen verliebt, dann in ihre energische Art. Außerdem hat sie einfach perfekt in mein Weltbild gepasst. Eine Frau, die von Anfang an klargemacht hat, dass es letztendlich auf eine Hochzeit und mindestens zwei Kinder hinauslaufen wird, bei denen sie zu Hause bleiben möchte.

Ryan reißt mich aus den Gedanken. »Nun, vielleicht machen uns die Narben interessanter für Frauen? Wir dürfen allerdings auf keinen Fall Rykers Geschichte erzählen. Möglicherweise etwas mit Straßenkämpfen oder Rettungsmissionen als Undercover-Cops.«

»Deine Fantasie ist wirklich ausschweifend«, stelle ich mit einem Augenrollen fest und lehne mich zurück. Was für Ideen der Mann hat. Ich sehe durch die Runde. Jetzt habe ich es vorgeschlagen, und ich halte mich an das, was ich sage, weshalb ich bestimme: »Gut. Ihr zieht hier ein. Sucht euch ein Zimmer aus. Es gibt ja genügend. Mein Schlafzimmer, das Büro und die Kinderzimmer bleiben. Sonst habt ihr freie Auswahl. Gestaltet sie euch um, wie ihr Lust habt.«

»Alles klar«, stimmt Ryan zu. »Wir machen aus deinem Penthouse eine einwandfreie Man Cave. Was darf sonst weg?«

Weg? Ich sehe mich um. Wenn ich umziehen würde, was könnte ich unmöglich zurücklassen? Es sind nur Möbel und Deko. Nichts davon bedeutet mir mehr als das, wofür es da ist: es wohnlicher zu gestalten.

»Alles. Eigentlich alles. An nichts hier hängt mein Herz.«

»Und woran hängt dein Herz?«, fragt Ethan. Er sagt das sehr leise, und ich bekomme eine Gänsehaut von der Ernsthaftigkeit, mit der er die Frage stellt.

Ich sehe ihn an und spreche ehrlich und ebenso leise aus: »Neben meiner Arbeit? Ich habe keine Ahnung.«

Anwaltsein war immer meine Nummer eins, vor allem. Nimmt man mir den Beruf, bleibt nichts übrig. Ehemann darf ich mich nicht mehr nennen. Mich als Vater zu bezeichnen wäre Hohn.

Ich glaube, es wird Zeit, mein Leben gravierend zu ändern. Mich zu ändern. Und der Einzug dieser drei Männer ist der erste Schritt.

2

ERKENNTNISSE

Preston heute

Um meinen Abgang zu beschleunigen, ziehe ich mir die Schuhe erst auf dem Hausflur des Hochhauses an. Es riecht penetrant nach vergangenen Mahlzeiten und irgendwo brüllt ein Baby. Kann mal bitte jemand dieses Kind beruhigen? Bei dem verzweifelten Klang bekommt man ja Herzdrücken. Und Kopfschmerzen.

Nachdem ich sie zugebunden habe, nehme ich das Sakko vom Arm und werfe es mir über, um zu verschwinden. Zwei Wohnungstüren weiter greife ich mir an den Hals, und ich stelle fest, dass ich die Krawatte liegen ließ. Egal. Ich glaube, die hat mir Charlotte irgendwann zu Weihnachten geschenkt. Kurz stocken meine Schritte. Eigentlich mag ich sie, gleich dass sie von meiner Ex ist.

Nein, ich gehe nicht zurück. Die Frau war so unglaublich nett. Viel zu nett. Ich hätte mich nicht gewundert, wenn sie danach angeboten hätte, meine Sachen zu bügeln, oder sonst etwas Seltsames. Nett ist nicht verführerisch und keine Charaktereigenschaft, die mich auf irgendeine Art und Weise fesselt. Dieses devote Eingeschleime und alles Recht machen wollen ... Nicht meins. Das ekelt mich sogar ein bisschen an, als wäre es etwas Klebriges unter guten Schuhen.

Vermutlich ist das auch keine normale Empfindung. Sollte man sich nicht glücklich schätzen, an eine zuvorkommende Frau zu geraten? Sie hat doch sogar, ohne komisch zu gucken, für mich das Glas frisch gespült, nachdem ich es misstrauisch musterte. Bei der anderen, zu der ich letztens mit nach Hause bin, durfte ich danach noch nicht einmal die Toilette aufsuchen. Das fand ich irgendwie witzig. Als hätte sie Angst, dass ich ihr Keime dalasse, obwohl wir es vorher quer durch ihre Wohnung trieben.

An der Frau heute hat mich eigentlich bloß gereizt, dass sie Balletttänzerin ist. Offensichtlich erfolglos, betrachte ich ihre Wohnsituation. Aber Profitänzerin stand auf meiner Liste. Ich dachte, die berufsbedingte Beweglichkeit bringt beim Sex Vorteile.

Gelegentlich kommt mir meine Liste unreif vor. Nachdem Charlotte mich verließ, schrieb ich alle möglichen sexuellen Spielarten auf, die ich noch nicht erlebt hatte und auf die ich neugierig war. Irgendwann ergänzte ich um Gegebenheiten wie Orte, Haarfarben, besondere Merkmale und ein paar Berufsgruppen.

Trotzdem befriedigt es irgendeinen infantilen Spieltrieb in mir, Punkt um Punkt abhaken zu können. Außerdem unterhält es meine Freunde, dass ich so eine Aufstellung besitze. Bin ich schon nicht der lustigste Zeitgenosse, kann ich sie wenigstens mit Geschichten zu dieser Liste amüsieren.

Was könnte ich hierzu erzählen? Beweglich war sie wirklich. Körperbeherrschung in Perfektion. Aber diese Nettigkeiten ... Vielleicht sollte ich froh sein, dass sie beim Akt nicht kleine Snacks anbot, sondern nur ständig gefragt hat, ob es gut ist, was sie macht.

Sehe ich aus wie jemand, der sich nicht klar zu seinen Bedürfnissen äußern kann? Das war noch abturnender als die Sprungfeder ihres Sofas, die sich in meinen Hintern gebohrt hat. Wäre es nicht völlig daneben, einer Frau nach dem Sex Geld dazulassen, hätte ich ihr welches auf den Tisch gelegt.

Oder wäre ich dann ein Netter? Nein, ich denke ein Arschloch. Vielleicht auch beides gleichzeitig. Das sollte zur Kunstform erhoben werden.

Kaum betrete ich die Straße und steuere den nächsten öffentlichen Abfalleimer an, um das in ein Taschentuch gewickelte Kondom in einen Mülleimer zu entsorgen, klingelt mein Telefon.

Ein Blick darauf und ich erkenne, dass es mein gerade verlassenes Date ist. Ich drücke sie weg und gehe weiter, um den Müll loszuwerden. Ryans Schwager, der uns eine Art Unterricht erteilt hat, wie man sich als Bad Guy benimmt, hatte wenigstens ein paar nützliche Tipps. Beispielsweise solange man zeugungsfähig ist, keine Kondome zurückzulassen, da man nie weiß, wann man an eine Verrückte gerät. Außerdem riet er zu einem zweiten Telefon, um Frauengeschichten vom eigentlichen Leben zu trennen. Ich dachte zuerst, das ist nicht nötig, da ich niemandem meine Nummer geben wollte. Aber ich habe gelernt, dass auch einmalige Verabredungen eine Kontaktmöglichkeit erfordern, um sich abzusprechen.

Ich musste meinen Zweitwagen auf der Straße parken, da es keine Parkplätze für Mieter an diesem Haus gibt. Meinem Fahrer möchte ich auch nicht zumuten, nachts zu warten, bis ich in einer Frau gekommen bin. Irgendwann sollte er die Möglichkeit haben, in seiner zu kommen.

Während ich einmal um den Wagen herumgehe, da diese Wohngegend Misstrauen sät, vibriert mein Smartphone. Ich ziehe es hervor und bin genervt. Sie ist ja sooo nett. Sie erinnert mich an die Krawatte und fragt, ob sie mir diese vorbeibringen soll oder per Post schicken. Eine zweite Nachricht, ob wir morgen einen Kaffee trinken gehen wollen, da könnte sie das gute Stück mitbringen.

Ein Verneinen und die Bitte, sie zu entsorgen, dann sperre ich den Kontakt. Einmal genügt.

Ich bin froh, als ich zu Hause ankomme. Seit dem ersten Schritt, mein Leben zu ändern, indem ich mir neue Freunde suchte, sind viele Monate vergangen. Mein Penthouse ist weiter eine WG und die Devise Becoming Bad Guys hat zumindest für drei von uns weiterhin Bestand.

Im Wohnbereich treffe ich Ethan, der gerade einen Controller verstaut, weshalb ich frage: »Hast du gespielt oder räumst du auf?«

Er gähnt. »Ein bisschen zum Entspannen gezockt, ja. Ryker und ich waren aus. Wenn du keinen Live-Porno sehen willst, geh nicht auf den Flur. Sie haben es nicht bis auf sein Zimmer geschafft, wie ich feststellen durfte. Falls wir ganz, ganz still sind, können wir garantiert die Brunftschreie bis hierher hören. Das ist das Pendant zu morgendlichem Vogelgezwitscher.«

»Vögelgeräusche quasi. Ich verstehe. Und du? Keine für dich dabei?«

»Hm, nein. Heute war ich der schlimmste Bad Guy von allen. Ich habe keine rangelassen.« Er lacht. »Was ist mit dir?«

»Ich war ein *normaler* Bad Guy und habe ungefähr gleichzeitig mit dem Loswerden des Kondoms ihre Nummer gesperrt.«

Er kommt näher und stößt sein Kinn in meine Richtung, wobei er immer breiter grinst. Leichte Augenringe legen Schatten unter seine Augen. Selbst das steht ihm. Ich will nur einmal sehen, dass der Mann so scheiße aussieht wie ich nach nur vier Stunden schlechtem Schlaf.

»Lass mal an dir schnuppern, ob du nach Frau und Sex riechst und nicht nach staubigen Akten.«

Ich halte ihn mit einem Griff an seiner Schulter ab, an meinem Hals zu riechen. »Denkst du, ich lüge, bei einer Frau gewesen zu sein, um zu vertuschen, bis in die Nacht gearbeitet zu haben?«

Er tritt einen Schritt zurück. »Ist das so abwegig?«

»Möglicherweise nicht. Allerdings sehe ich keinen Grund, euch zu belügen.«

»Das ist schön. Obwohl wir nerven?«

Da ich Ryker nicht stören will, lasse ich mich auf der Couch nieder, woraufhin Ethan mir folgt und gegenüber Platz nimmt. Zeitweise erinnern sie mich tatsächlich an eine nervige Ehefrau.

Vor allem, wenn sie am Wochenende ungebeten mein Arbeitszimmer betreten und mich nötigen, Zeit mit ihnen zu verbringen.

Früher war ich froh, wenn Charlotte mit den Kindern am Wochenende zu ihren Eltern fuhr, was sie meistens tat. Falls sie da war, kam sie irgendwann und fragte Dinge, wie ob ich irgendwo mit hinkommen oder mitessen möchte.

Die Standardantwort von mir war: *Lass mich in Ruhe, ich muss arbeiten.*

Meine Freunde formulieren es anders. *Du kommst mit* oder *du isst jetzt mit uns.*

Da ich mich wirklich ändern möchte, folge ich diesen Befehlen. Vor allem, da ich tatsächlich bemerkt habe, dass diese entspannten und unterhaltsamen Auszeiten mit ihnen meiner Konzentration förderlich sind.

»Wann kommen deine Kinder wieder zu uns? Nächstes Wochenende?«

»Ja, so ist der Plan.«

Zumindest ist dann mein Wochenende. Charlotte und ich werden uns nicht immer einig, wann ich die Kinder habe und wann nicht. Natürlich hat sie auch eigene Pläne, aber sie kann nicht davon ausgehen, dass ich lustig nach ihrem Willen all meine umwerfe.

Als mir bewusst wurde, dass ich ein Recht darauf habe, meine Kinder regelmäßig zu sehen, habe ich auf einen Anruf von ihr gewartet. Ja, ich, Preston Connor, war zu feige, meine Ex anzurufen, weil ich es nicht über mich gebracht habe, mit ihr zu reden.

Deshalb wollte ich das über einen Anwalt klären, woraufhin sie mich zornig anrief. Nach ein bisschen Gebrüll, was vermutlich zu jeder Scheidung dazugehört, informierte sie mich, dass sie dachte, ich hätte kein Interesse daran. Sie wollte sich erst bei mir melden, wenn sie nach mir fragen. Das Wissen, dass meine eigenen Kinder nicht ein einziges Mal nach mir gefragt haben, verengte meinen Hals und brannte wie Säure in den Augen. Doch was hatte ich erwartet? Wie es in den Wald hineinruft, so schallt es auch hinaus. Ich hasse Sprichwörter, aber das trifft einfach nur zu.

Deshalb rufe ich nun in diesen Freundewald hinein und die Antworten tun gut. Bei den Kindern ist das schwieriger, da ich offensichtlich zu lange das Falsche oder eher gar nichts gerufen habe. Immerhin verlangen sie von ihrer Mutter mittlerweile, dass sie mich ab und zu anrufen dürfen, seit ich sie öfter bei mir habe. Das gefällt mir, obwohl mir solche Gespräche schwerfallen. Aber zu wissen, dass sie gelegentlich an mich denken, ist ein schönes Gefühl, auch wenn es jedes Mal sticht, dass sie mich nach wie vor Onkel Papa nennen und den Neuen meiner Frau Papa.

Ja, unsere ... halt, nein, *uns* gibt es nicht mehr. Ja, die ... Nein, das ist zu unpersönlich. Ja, meine Kinder. Doch, das klingt gut und richtig. Ja, meine Kinder ...

»Woran denkst du?«, fragt Ethan.

»Entschuldige. Ich musste an meine Kinder denken.«

»Das ist doch gut, oder?«

»Ja. Ich gehe ins Bett. Ich bin zu müde, um zu warten, bis Ryker fertig ist. Bleibst du auf?«

»Ich glaube, ich bereite Ryker einen Snack zu. Nach dem Sex hat er immer Hunger.«

Ich beuge mich nach vorn und lache. Was Skurrileres als diese WG wird man sicherlich nicht so schnell finden.

»Okay. Gute Nacht, Ethan. Bis morgen.«

Er lacht ebenfalls und gleichzeitig erheben wir uns. Er marschiert Richtung Küche, ich Richtung Flur mit den anderen Räumen.

Natürlich treibt es Ryker immer noch dort. Ich gehe an ihnen vorbei. Sie stützt sich mit beiden Händen an der Wand ab und er nimmt sie von hinten. Entweder sie kommt gerade oder stirbt. Ihre lauten Geräusche könnten beides bedeuten.

»Gute Nacht, Ryker.«

Er sieht zu mir, ohne aufzuhören, sich immer wieder langsam in sie zu schieben. Ihr Gesicht fliegt ebenfalls in meine Richtung und ihre Augen werden riesig. Große Augen, lange Beine: passt zusammen.

Ich beruhige sie: »Bleib entspannt. Das ist nichts, was ich von Ryker nicht schon gesehen hätte.«

Sie sieht unentschlossen aus und versucht, sich umzudrehen, doch er legt ihr eine Hand auf den Rücken. »Tu einfach so, als wäre er nicht da.«

»Ja. Tun wir so, als wärt ihr die einzigen Anwesenden, und Ryker wohnt hier ganz allein.«

Ich bewege mich weiter Richtung meines Zimmers, doch Ryker fragt: »Oder willst du mitmachen?«

Nun fährt sie energisch herum und er lacht. »Süße, ich hätte dich schon gefragt.«

»Ich bin bereits versorgt«, erwidere ich. Und zu müde. Der Tag war lang.

»Pah. Du kannst nur einmal?«

»Wer sagt das?«

»Ich kenne dich. Hattest du deinen Schuss, machst du dich davon.«

»Entschuldigt«, mischt sich Rykers Eroberung ein und verschränkt die Arme vor der Brust, als hätte ich nicht schon alles von ihr gesehen. »Können wir woanders hingehen? Vergiss es. Ich gehe. Dann könnt ihr euren Plausch weiterhalten.«

»Och, Zuckerstück. Sei nicht beleidigt. Für die Unterbrechung besorg ich es dir gleich noch einmal. Mein Freund möchte doch nur ins Bett. Sei froh, dass du mich abbekommen hast und nicht ihn. Bei ihm bedeutet rum ist rum.«

»Du bist echt abgefuckt!«

Das wird noch spannend hier. Ich bleibe stehen, um das nicht zu verpassen.

»Süßer, langbeiniger Hoppelhase, sei nicht kompliziert. Ich brauche dich. Ohne euch Frauen sind Penisse doch für den Arsch.«

»Hört sich an, als hättest du nicht dein süßes, langbeiniges

Hoppelhäschen gefickt, sondern Goethes Mutter«, kommentiert Ethan, der auch auf einmal auf dem Flur steht.

Sie schnaubt und greift nach der Kleidung, die wild über den Boden verteilt ist.

»Entschuldige, Ryker.« Ich wollte ihm nicht die Tour versauen.

»Kein Problem.« Er zwinkert mir belustigt zu und greift nach ihrer Hand. »Bleib. Bitte. Nur noch ein paar Stunden. Oder Minuten. Ganz egal. Komm mit auf mein Zimmer, da gibt es garantiert keine Zuschauer.«

»Mhm. Okay, ja, von mir aus«, murrt sie. »Aber nur weil du witzig UND gut bist.«

Das Letzte, was ich von Ryker höre, bevor ich die Zimmertür hinter mir zuziehe, ist: »Ich war das letzte Mal so glücklich, als ich entdeckt habe, dass mein Schwanz mehr als nur pinkeln kann.«

Schmunzelnd durchquere ich den Raum, um ins Badezimmer zu wechseln.

Warum sind meine Freunde so lustig? Ist das mit Absicht? Unfreiwillig komisch? Manchmal wünsche ich mir, ich wäre ein wenig lockerer, witziger, wie auch immer. Vielleicht färbt es eines Tages ab.

Eigentlich wünsche ich, ich hätte sie bereits gekannt, bevor Charlotte mich verlassen hat. Der Tag ist noch gut in meinem Gedächtnis. Sie wollte mit mir essen gehen und da ich keine Lust hatte, mir Gedanken um einen Termin zu machen, bat ich sie, ihn mit Gabrielle zu vereinbaren. Ich bat tatsächlich meine Ehefrau, einen Termin mit meiner Sekretärin abzusprechen, um sich mit mir zu treffen.

Schon beim Betreten des Restaurants kroch mir ein seltsames Prickeln einer schlechten Vorahnung über den Rücken. Der Kellner führte mich an den Tisch und beim Daraufzugehen wurde das Gefühl stärker. Dann sah ich diesen Mann, diesen Frauenausspanner, neben Charlotte sitzen. Ihre Hände, die auf dem Tisch verschränkt waren, lösten sich blitzartig, kaum bemerkten sie mein Auftauchen. Dieses schlichte Händchenhalten war so voller Intimität, die vom ertappten Auflösen noch verstärkt wurde.

Ich kann nicht mehr genau nachfühlen, wie es war, einen anderen Mann die Hand meiner Frau halten zu sehen. Es muss widerwärtig gewesen sein. Seitdem greife ich Frauenhände nur noch zum Händeschütteln. Ich kann mit ihnen schlafen, aber eine intime Berührung der Hände erlaube ich nicht. So etwas Persönliches ist nicht mehr mein Stil.

Ohne einen Kommentar abzugeben, zog ich mir den Stuhl zurück, um Platz zu nehmen, und sah sie an. Nur sie. Ich schenkte noch nicht einmal meinen Kindern Aufmerksamkeit. Aiden in einem Hochstuhl, Jack auf einem normalen Stuhl, mit ein paar untergelegten Kissen. Sie beachteten mich ebenso wenig, sondern malten weiter auf Blöcken herum.

Charlotte ist niemand, der lange fackelt, weshalb sie sofort loslegte. »Preston, das ist Bill. Bill Axelrod. Wir sind ein Paar. Ich wollte, dass ihr euch kennenlernt. Ich … ich verlasse dich. Ich kann nicht mehr und du willst uns doch sowieso nicht. Zumindest sind wir dir nicht wichtig und nicht deiner kostbaren Zeit wert.«

Man könnte meinen, dass Gedanken von so einer Aussage durchdrehen, aber vermutlich war es das erste Mal seit langer Zeit, dass ich absolute Leere im Kopf hatte.

»Es freut mich, Sie kennenzulernen.«

Er streckte mir die Hand über den Tisch entgegen. Die, mit der er eben noch mit meiner Frau Händchen gehalten hatte. Ich sah auf die Hand, in sein Gesicht und zurück zu Charlotte, ohne sie zu ergreifen.

Anscheinend bemerkte er selbst, wie unangebracht diese Geste und die Worte waren, denn er ließ sie sinken.

»Preston. Es tut mir leid, aber ich bin schon eine ganze Weile nicht mehr glücklich mit dir. Wir bedeuten dir offensichtlich nichts und deshalb ist es das Beste für uns alle. Bill und ich ziehen zusammen. Die nötigsten Sachen habe ich bereits gepackt und zu ihm gebracht. Den Rest lasse ich in drei Wochen von einem Umzugsunternehmen abholen.«

Vermutlich war sie bei diesem Satz angespannt, denn ihre Lautstärke und Tonlage schwankte bei fast jedem Wort.

Aiden fiel der Stift aus der Hand und auf das Geräusch des Aufpralls hin drehten wir ihm die Köpfe zu.

»Stift!«, verlangte er und zeigte nach unten.

Der Händchenhalter bückte sich und reichte ihm das Gewünschte zurück.

»Danke, Papa.«

Ich blinzelte so oft, dass ich davon vermutlich Falten bekam. *Danke, Papa.* Mein Sohn nannte ihn Papa. MEIN Sohn.

»Preston? Es tut mir ehrlich leid, aber du wirst selbst einsehen, dass wir keine gute Ehe mehr hatten.«

Ein Nicken von mir und dann verließ ich diesen Tisch, ohne ein einziges Wort gesprochen zu haben.

Davon abgesehen, dass ich nie damit rechnete, abserviert zu werden, weil in meinem Kopf diese Frau als meine Ehefrau mir doch wie Eigentum gehören sollte, blieb vor allem diese eine Sache in mir haften: Mein Sohn nennt einen anderen Mann Papa.

Hätte ich damals schon meine Freunde gekannt, hätte ich vielleicht Worte gefunden, ein wenig Spott, ein wenig Verachtung oder irgendetwas, um nicht wie ein stummer Fisch an diesem Tisch zu sitzen.

Das sind völlig überflüssige Gedanken, denn ohne diese Trennung hätte ich die drei nie näher kennengelernt.

Die bittere Wahrheit ist, dass ich dem Tausch Charlotte gegen diese Kerle jederzeit erneut zustimmen würde.

3

NEUBEGINN

Elaine

Mein erster Tag.

Ich bin aufgeregt, möchte es aber nicht sein und bemühe mich um eine professionelle Miene mit einem sympathischen Lächeln. Das habe ich immerhin nahezu perfektioniert.

Mein Vater steht ebenfalls lächelnd neben mir im Aufzug. Es wundert mich, dass er lächelt. Es war nie sein Plan, dass ich seine Nachfolge antrete, und als mein Bruder vor wenigen Wochen kurzfristig ankündigte, darauf zu verzichten, war die Hölle los. Von enterben und undankbarem Pack sprach er. Läuft irgendetwas nicht, wie er es möchte, verliert er seine Contenance.

Ich atme tief ein, während die Anzeige des Aufzugs immer höhere Stockwerke anzeigt. Gleich sind wir da. Ich weiß nicht, wohin mit den Händen, und verschränke locker die Finger vor mir.

Diese Anwaltskanzlei ist etwas außergewöhnlich. Sie betreut Firmen und ist darin erfolgreich, wodurch sie einen dementsprechenden Ruf hat. Bis dahin ist alles normal. Die Besonderheit ist, dass sie von vier Partnern gegründet wurde, wovon einer mein Ururgroßvater war. Seitdem wird ein Platz am großen Tisch immer vom Vater auf den Sohn übertragen. Externe können sich weder einkaufen noch jemals an die Spitze der Kanzleiführung aufsteigen.

Ich fragte meinen Vater, was geschieht, sollte einer keinen männlichen oder gar keinen Nachfahren haben, beziehungsweise dieser die Nachfolge nicht antreten wollen.

»Das passiert nicht«, antwortete er zusammen mit seinem kurzen energischen Kopfschütteln, das äußerst subtil ist, aber immer und für jeden bedeutet: *Ende des Gesprächs*.

Das war für mich keine ausreichende Antwort, und ich bohrte nach, wie sie damit umgehen, wenn jemands Sohn nicht Rechtsanwalt werden möchte oder nicht klug genug für diesen Posten ist.

Die Erwiderung darauf war noch kürzer, denn es folgte lediglich ein zweites Kopfschütteln, er widmete sich etwas anderem und meine Anwesenheit war vergessen.

Diese Erwartungshaltung, dass alles wie gewünscht läuft, nenne ich männliche Arroganz. Das mag sexistisch sein, aber in meiner Familie wird Sexismus gelebt. Das beste Beispiel ist, dass sie gegen mein Jurastudium waren. Bevorzugt sollte ich gut heiraten, als lebten wir in alten Zeiten, in denen es unschicklich war, dass Frauen einen Beruf ausüben.

Noch zwei Stockwerke. Ich bin, seit ich ein kleines Kind war, nicht mehr hier gewesen. Ich war nie für die Nachfolge vorgesehen, und trotzdem stimmte ich sofort zu, sie zu übernehmen, als mein Bruder verkündete, seine eigene Kanzlei mit befreundeten Anwälten gründen zu wollen.

Zu guter Letzt hat mein Vater sich nach dem ersten Wutausbruch auch hier seine Welt zurechtgerückt und behauptet nun, dass er diese Idee ausgezeichnet findet und sein toller Sohn seinem Ururgroßvater nacheifert.

Den Mut meines Bruders besitze ich nicht. Zwar bin ich ebenfalls auf Unternehmensrecht spezialisiert, was bei einer Gründung von Vorteil sein kann, aber eine Kanzleigründung ist keine einfache Sache. Vor allem, wenn man die hochkarätigen Mandanten gewinnen möchte. Man benötigt prestigeträchtige Räumlichkeiten, teures Personal, kostspielige Ausstattung und nützliche Kontakte. Im Idealfall bereits Mandanten, die man von Anfang an betreuen kann und als Referenz für weitere nennen. Ob mein Bruder Kontakte oder Mandanten hat, weiß ich nicht. Wir haben keine geschwisterliche Beziehung, da wir noch nie viel Interesse aneinander hatten.

Zwar halte ich nichts davon, mich in ein gemachtes Nest zu setzen, allerdings ist es schwierig, in einer Kanzlei bis zu einer dementsprechenden Position aufzusteigen, wie sie es sich mir hier bietet. Wenige Stellen, viel Konkurrenz. Und leider ist es immer noch so, dass Männer bessere Chancen auf diesen Aufstieg haben. So eine Möglichkeit werde ich mir nicht entgehen lassen.

Illusionen gebe ich mich nicht hin. Das hier wird nicht leicht. Ich bin mir voll und ganz bewusst, dass ich als Tochter und erste Frau in der Runde auf Ablehnung stoßen werde, egal wie gut ich bin und egal, was ich schon geleistet habe. Meine Referenzen sind erstklassig. Ich habe einen besseren Abschluss als mein Bruder, war an prestigeträchtigen Aufträgen in meiner alten Kanzlei beteiligt und dennoch ... Ich stelle mich auf Kampf ein.

Wir sind da. Das waren zu viele Gedanken. Positiv denken, vorwärts sehen. Ich straffe die Schultern und mein Vater wirft mir einen aufmunternden Blick zu.

Die mit grauen Strähnen durchzogenen Haare liegen voll und gepflegt um seinen Kopf, überhaupt wäre sein Aussehen Werbung für jedes Produkt für Männer im fortgeschrittenen Alter. Er sieht nicht nach Ruhestand aus, was daran liegt, dass er theoretisch noch ein paar Jahre weiterarbeiten könnte, um ein richtiges Rentenalter zu erreichen.

Allerdings ist das eine der Absichten hinter dem Vererbungskonzept: Früh die Früchte der Arbeit genießen können und den eigenen Nachfahren etwas Gutes tun.

Er lässt mir den Vortritt aus dem Aufzug, der in den Empfangsbereich führt. Ich habe das Bedürfnis, meinen Rock zurechtzuziehen, obwohl er einwandfrei sitzt, oder mir an die in einen Nackenknoten geschlungenen Haare zu fassen. Doch ich unterlasse diese Anzeichen von Unsicherheit und schreite neben ihm her Richtung des geräumigen Flurs, auf dem sich die Büros der Partner befinden.

Auf dem Weg dorthin wird er von jedem respektvoll begrüßt, und kurz bevor wir sein Büro betreten, das bald mir gehört, wird er aufgehalten. Meine Nervosität schlägt auf die Blase und ich entschuldige mich in die Waschräume.

Ich war so lange nicht mehr hier, dass ich unsicher bin, wo ich entlang muss, und lasse mir den Weg von seiner jungen Assistentin erklären. Die Assistentin, die bald für mich arbeiten wird, insofern ich sie behalte.

Zielstrebig gehe ich auf die Räumlichkeiten zu. Zwei Waschräume. Einer laut Aufschrift für die Partner. Jetzt erinnere ich mich. Ich wunderte mich schon als Kind, dass diese vier ihre eigenen haben, den die anderen Angestellten nicht nutzen dürfen.

Nun, es sollte keine Frage sein, welchen ich betrete, und ich stoße die Tür zum Vorraum auf. Dort steht ein telefonierender Mann mit dem Rücken zu mir.

»Nein, da liegt ein Missverständnis vor.« Ich bleibe stehen, unentschlossen, ob ich auf mich aufmerksam machen oder diskret draußen warten sollte. »Entschuldige. Ich konnte unmöglich ahnen, dass du das in den falschen Hals bekommst. Wie naiv bist du denn? Ich will dich nicht daten, ich wollte dich nur ... Argh!« – »Sei einfach still. Pass auf: Wir beenden das Gespräch, du löschst meine Nummer und lernst etwas daraus.« – »Ich bin mindestens zehn Jahre älter als du. Höchstwahrscheinlich könntest du etwas von mir lernen.« – »Erzähl mir das nicht. Ich will noch nicht einmal deinen Namen wissen. So, mir reicht es. Ich lege auf. Du bist unerträglich.« – »Ja, natürlich! Deine Persönlichkeit interessiert mich nicht. Dein Körper war ganz annehmbar für ein einziges Mal. Verstehst du es jetzt? Ich beende dieses sinnlose Gespräch.«

Irgendwie spannend, so einem Arschloch zuzuhören.

Mir wird bewusst, auf welcher Toilette ich bin. Das wird doch nicht einer der anderen vier sein? Da er die Hand mit dem Smartphone sinken lässt, laufe ich los, um zu simulieren, dass ich die Waschräume erst jetzt betreten habe.

Er dreht sich beim Klang der High Heels auf dem Marmorboden um und mustert mich, woraufhin er den Kopf schräg legt. »Sie sind hier falsch.«

»Ich bin hier genau richtig.«

Um zu den Kabinen zu gelangen, setze ich den Weg an ihm vorbei fort. Ich weiß, wer er ist. Tatsächlich einer der anderen vier.

»Stopp! Sie haben hier drinnen nichts verloren. Die Toiletten sind erstens für Herren und zweitens für die geschäftsführenden Partner. Erleichtern Sie sich woanders.«

Nun drehe ich mich doch um. »Ich freue mich ebenfalls, Sie kennenzulernen, Preston Connor.«

Ein summendes Geräusch lässt ihn in die Hosentasche greifen, aus der er ein zweites Smartphone hervorzieht, und er wirft einen Blick aufs Display. Damit scheine ich vergessen zu sein, denn er marschiert nach draußen, während er das Gerät ans Ohr führt.

Kopfschüttelnd suche ich eine der Kabinen auf. Beim Händewaschen danach wiederhole ich diese Geste vor dem Spiegel. Ein traumhaftes Kennenlernen. Auf jeden Fall weiß ich jetzt, dass er sich gegenüber Frauen wie ein Arsch benimmt. Erster Eindruck: unhöflicher Dreckskerl.

Das letzte Mal sah ich ihn, da trug ich noch Zöpfe. Dadurch, dass er ein paar Jahre älter ist als ich, hat er mich bei Essensverabredungen unserer Eltern nie eines Blickes gewürdigt. Da scheint sich nicht viel geändert zu haben, denn ich glaube, er hat mich nicht einmal richtig angesehen.

Damals saß er immer neben seinem Vater, als wäre er sein kleines Ebenbild, und hat sich mit den Erwachsenen unterhalten, als wäre er selbst einer. Dann besuchte er vermutlich die Universität und tauchte nie wieder bei diesen Verabredungen unserer Eltern auf. Zumindest nicht, solange ich zu Hause wohnte.

Ich werfe das kleine Handtuch, das ich vom Stapel genommen habe, in den Wäscheschacht neben dem Waschbecken und verlasse die Waschräume.

Mein Vater sitzt in seinem Büro hinter dem Schreibtisch und ich sehe mich um. Wie lange ist mein letzter Aufenthalt hier her? Damals habe ich mich irgendwie in den Geruch verliebt. Eine Mischung aus Möbelpolitur und Papier von den ganzen Akten, die früher hier in einem anderen Schrank standen.

Vielleicht wollte ich nur wegen des Geruchs Anwältin werden. Eigenwillig, aber seit ich das erste Mal hier war und den Duft aufnahm, hatte ich nie wieder einen anderen Berufswunsch.

Auf jeden Fall werde ich renovieren, sobald das mein Reich ist. Sollte ich sonst hinter diesem Schreibtisch sitzen, werde ich immer wie die Tochter wirken, die kurz Papas Platz eingenommen hat, bis er wiederkommt.

»Warum siehst du dich so um, Elaine? Planst du schon den Umbau?«

»Tatsächlich ja.« Ich lächle ihn künstlich an.

»Ja, ihr Mädchen, immer Dekorieren im Kopf.« Er lacht amüsiert.

Mein Lächeln zu halten wird schwieriger. Genau. Wir Frauen wollen immer dekorieren. Uns, Wohnungen, Büros. Sonst interessiert uns selbstverständlich nichts. Kochen vielleicht noch und unseren Männern das Leben so angenehm wie möglich zu gestalten. Natürlich.

Mein ganzes Leben hatte er kein Interesse an mir. Meine guten Noten, mein hervorragender Abschluss, meine fantastische Stelle, all das war ihm ein flüchtiges Nicken wert, während von Nelson, meinem Bruder, jede Kleinigkeit gefeiert wurde. Erst als Nelson ihm mitteilte, er übernimmt seinen Platz nicht, rückte ich in seinen Fokus wie ein längst vergessenes Möbelstück, das wieder modern wird. Er rief sogar meine Kanzlei an und erkundigte sich bei meinen Vorgesetzten über mich. Offenbar hat ihm gefallen, was er gehört hat, denn danach hatte ich seine volle Aufmerksamkeit.

Ich verachte diesen Mann dafür, wie er ist. Bis zu diesem Punkt war ich nichts wert für ihn, weil ich das falsche Geschlecht habe. Dass mich das kränkt, erfährt er nicht. Er würde es nicht verstehen, deshalb ist es vergeblich, ihn zu konfrontieren oder beleidigt zu sein. Ich werde hiervon profitieren und jedem beweisen, dass ich eine würdige Nachfolgerin bin. Völlig egal, welche Geschlechtsmerkmale ich trage.

Er lächelt mich an. »Ich bin stolz auf dich.«

Meine Eingeweide krampfen. Mein Leben lang habe ich auf solche Worte gehofft, aber ich weiß genau, dass ich sie nur höre, weil ich seinen Platz übernehme. Ich würde ohne Nelsons Pläne immer noch in meiner alten Kanzlei sitzen und vermutlich bis zum Tod vergeblich auf so einen Satz von ihm hoffen.

»Schön.« Ich nicke das ab.

Sein Telefon klingelt, und er wirft einen Blick auf das Display, ehe er mich entschuldigend anlächelnd und rangeht. »Samuel Ward.«

Solange er telefoniert, marschiere ich Richtung Jacobs Büro. Er ist nach meinem Vater der Älteste der Partner und hat damit nun die inoffizielle Führungsrolle im Kreis der vier inne. Mortimer, der jetzt Zweitälteste, ist mir zwar sympathischer, da ich mich noch gut erinnern kann, dass er mir früher, wenn er uns zu Hause besuchte, immer heimlich Süßigkeiten zusteckte. Dadurch hat er sich in meinem Kopf einen positiven Platz gesichert, weil das eine schöne Kindheitserinnerung ist. Viel Süßigkeiten bekam ich zu Hause nie, da Mädchen nicht fett werden sollen. Aber es ist höflicher, zuerst Jacob meine Aufwartung zu machen.

Seine Tür steht offen, doch sein Schreibtisch ist verlassen. Ich nicke seiner Sekretärin zu, die ihren Bereich direkt vor der Milchglaswand seines Büros auf dem breiten Flur hat. Ohne Assistentin ist man in diesem Beruf aufgeschmissen, finde ich.

Auch Mortimer ist nicht an seinem Platz. Das Büro danach gehört Preston Connor, dessen Tür ebenfalls offen steht. Erneut kann ich seine telefonierende Rückenansicht *bewundern*, da er im Türrahmen steht.

Ob er noch jemanden abservieren muss? Ich bleibe stehen und tue so, als würde ich einen Kunstdruck an der Wand gegenüber betrachten, um zu lauschen.

»Charlotte! Natürlich kümmere ich mich um unsere Kinder.« – »Sei nicht so zänkisch.« – »Ja, ja. Ich habe es verstanden. Gib ihnen einen Kuss von mir und sag ihnen, ich freue mich auf unseren Ausflug.«

Ich drehe mich um. Er hat eine Hand oben an den Türrahmen gestützt und den Kopf zwischen die Schultern fallen lassen.

Schon wieder schüttle ich den Kopf über ihn und gehe weiter.

So ein Drecksack. Hat eine Frau und Kinder und vergnügt sich mit anderen.

Zweiter Eindruck: ein echter Scheißkerl.

Wie mein Vater. Die Affäre mit seiner Sekretärin, als ich noch ein Kind war, war sicher nicht die einzige. Meine Mutter sorgte dafür, dass sie gekündigt wurde und weit wegzog. Sie erzählte mir stolz, dass sie uns Papa nicht mehr wegnehmen könnte. Das wären die Waffen einer Frau.

Nein, Mutter! Die Waffe einer Frau mit Selbstwertgefühl wäre gewesen, ihn zu konfrontieren und zu verlassen.

Ich marschiere weiter bis zu den Großraumbüros der jungen Anwälte, die hier beschäftigt werden. Eine Referenz von hier ist Gold wert, möchte man in einer anderen Kanzlei Karriere machen. Trotzdem bot mir mein Vater keine Stelle an. Entweder weil er mich wie immer vergessen hatte oder weil Nelson ablehnte, der Tradition zu folgen.

Das gab auch Zank zwischen den beiden. Es ist üblich, dass die Söhne, die eines Tages dem Vater nachfolgen, vorher schon hier arbeiten. Nelson jedoch lehnte ab. Angeblich, um Erfahrungen zu sammeln, die für die Kanzlei nützlich sein können, und sich ohne Privilegien zu beweisen. Diese Argumente nahm mein Vater schließlich an. Ich vermute allerdings, Nelson wollte ohne die Argusaugen unseres Vaters arbeiten.

Zum Glück werde ich nicht beachtet und werfe einen Blick in den Kopierraum, in dem womöglich täglich mehr als ein Baum verbraucht wird. Dahingehend war meine alte Kanzlei moderner. Dort wird nur das Allernotwendigste auf Papier gebracht. Was immer noch genug ist, da im Rechtsbereich so unglaublich viel mit Originaldokumenten erledigt werden muss. Aber hier, hier herrschen neben Preston Connor drei ältere, altmodische Herren. Wahrscheinlich ist Preston im Geiste ebenfalls ein alter Mann.

Mein Smartphone vibriert, und ich ziehe es aus der Handtasche, die über meinem Unterarm hängt. Eine Nachricht meiner Mutter, wie es läuft. Das weiß ich doch jetzt noch nicht! Wir sind keine fünfzehn Minuten hier. Trotzdem lächle ich. Obwohl sie ein völlig falsches Weltbild hat, hat sie sich immer für mich interessiert.

Schnell schreibe ich ihr, dass ich mich melde, sobald die von meinem Vater angesetzte Besprechung vorbei ist, in der er mich als seine Nachfolgerin vorstellen will.

»Zehnmal bitte.«

Ich sehe von dem Smartphonedisplay auf, um direkt in die kalten blauen Augen von Connor zu blicken. Kaum hat er meine Aufmerksamkeit, wedelt er ungeduldig mit einer Mappe in seiner Hand.

»Wie bitte?«, frage ich.

»Sind Sie mit Ihrem Smartphone fertig und haben wieder Zeit für Ihre Arbeit, hätte ich gern zehn Kopien dieser Akte.«

»Erledigen Sie das selbst, denn ich werde es nicht tun.«

Er zieht die Augenbrauen zusammen. Habe ich ihn etwa verärgert? Na so etwas. Er hat keine Ahnung, wer ich bin, geht aber sofort davon aus, ich wäre Anwaltsgehilfin. Es gibt hier weibliche Anwälte. Weshalb kommt er nicht auf die Idee, ich könnte eine sein?

Ich strecke ihm die Hand entgegen und er drückt mir die

Mappe hinein. Schnell wechsele ich sie in die andere und packe seine Hand, um sie zu schütteln.

»Noch einmal. Es freut mich, Sie kennenzulernen, Preston Connor. Ich bin Elaine Ward.«

Eigentlich freue ich mich kein bisschen, ihn kennenzulernen. Er ist so unsympathisch, wie man nur sein kann. Dass er gut aussieht, verschlimmert das noch. Jemand mit solch einem Charakter verdient kein ansprechendes Erscheinungsbild. Ich wünschte, menschliches Aussehen würde die Persönlichkeit widerspiegeln. So wüsste man gleich Bescheid.

Beim Nachnamen meines Vaters blitzen seine Augen auf, und er drückt meine Hand, um sie sofort wieder loszulassen. Er fährt sich mit einem Finger unter dem Kinn entlang, wobei er mich mustert, als würde er mich jetzt erst sehen können.

Ich blicke ihm einfach nur ins Gesicht. Er ist mir keine Musterung wert.

»Die Ward-Tochter. Interessant. Besuchen Sie Ihren Vater?«

»So ähnlich.«

Er wird bei der Besprechung gleich erfahren, warum ich tatsächlich hier bin. Mein Vater ist sich ebenso wie ich bewusst, dass eine Tochter als Nachfolgerin höchstwahrscheinlich für Furore sorgen wird, und war der Meinung, bin ich bei der Verkündung dabei, halten sie sich zurück.

Ich schlage die Mappe auf und überfliege die erste Seite, um sie ihm anschließend zurückzureichen. »Gleich auf der ersten Seite befindet sich ein Rechtschreibfehler. Haben Sie das Dokument nicht Korrektur lesen lassen?«

»Ähm, nein. Tatsächlich nicht. Üblicherweise beherrsche ich die Rechtschreibung.«

»Offensichtlich nicht.«

»Wieso erkennen Sie überhaupt Fehler in Texten? Nur dumme Menschen sehen das.«

»Wie bitte? Möchten Sie behaupten, die Anwaltsgehilfinnen sind alle dumm, da sie Texte Korrektur lesen?«

»Nein, so war das nicht gemeint. Allerdings korrigiert ein scharfer Verstand die Fehler und blendet sie beim Lesen aus.«

»Ich besitze einen scharfen Verstand UND sehe Fehler. Können Sie Ihre Behauptung belegen?«

»Anscheinend kann man sich über die These streiten.«

»Dann tun wir das doch, bitte.«

Seine Aussage ist herablassend und ich komme tatsächlich in Streitlaune. Eine ungewohnte Hitze steigt in mir auf, die mich in eine merkwürdige Stimmung versetzt.

»Ich streite nicht mit Ihnen. Ich verärgere doch keinen meiner Partner, indem ich mit seiner Tochter lustig zanke. Was macht Ihr Bruder? Hat er sich bald genug die Hörner in anderen Kanzleien abgestoßen und tritt hier seinen Dienst an? Es sollte demnächst Zeit sein.«

»Üblicherweise nutzt man die Phrase *Hörnerabstoßen* im sexuellen Kontext.«

»Das ist nicht ganz richtig. Eigentlich bedeutet das Erfahrung sammeln. Ursprünglich kommt diese Redewendung von einem studentischen Brauch.«

»Das ändert nicht die Tatsache, dass man es meist nutzt, um zu verdeutlichen, Männer *müssen* sich sexuell betätigen, bevor sie sich einer festen Bindung zuwenden. Egal, wie der Ursprung ist.«

»Es scheint, als hätten Sie es dringend nötig, Ihre Hörner abzustoßen. Kommen Sie wieder runter. Sie müssen keine Kopien für mich fertigen. Vermutlich sind Sie als verwöhnte Anwaltstochter dazu gar nicht in der Lage. Was machen Sie beruflich? Shoppen und Papa auf der Tasche liegen? Sie wirken unausgelastet. Suchen Sie sich einen Job oder ein vernünftiges Hobby.«

Mit diesen Worten verlässt er den Kopierraum, und ich bin bis obenhin voll mit dem Gefühl, brüllen zu müssen. So ein arroganter ... Argh!

Da ich auch losmuss, gehe ich ihm hinterher. Zielstrebig läuft er über den Flur, eine Hand in der Tasche, weshalb ich einen vorzüglichen Blick auf den Arsch des Arschs habe.

Ich schnaube. Das scheint er gehört zu haben, denn er dreht sich um. »Laufen Sie mir jetzt hinterher? Ich bin nicht zu haben, falls Ihr Vater Sie verkuppeln will.«

»Was denken Sie sich eigentlich? Ich bin vergeben und lasse mich sicher nicht von meinem Vater verkuppeln.«

Er sieht mich an, als würde er mich zum ersten Mal als weibliches Wesen wahrnehmen. Das ist doch zum Kotzen. Jetzt checkt er mich ab.

»Ja. Verstehe. Vermutlich gleicht der Körper Ihr zänkisches Wesen aus. Anders kann ich mir nicht erklären, wie Sie vergeben sein können. Nun gehen Sie schon zu Papa.«

Ich stolziere an ihm vorbei. Ein weiteres Wort ist er mir nicht wert. Mir kommt ein Verdacht, und ich drehe den Kopf, um zu überprüfen, ob er mir auf den Hintern spannt.

»Verflucht!«, rufe ich, da ich ausrutsche.

Ehe ich das Gleichgewicht verliere, packt er mich am Oberarm und stabilisiert meinen Stand.

»Haben Sie die Schilder nicht gesehen? FRISCH! GEWISCHT! Achten Sie mehr auf die Umgebung und weniger auf mich.«

Die Reinigungskraft mit dem Wischer in der Hand sieht mich zerknirscht an, obwohl es nicht seine Schuld ist. Ich habe das Schild tatsächlich übersehen. »Entschuldigen Sie. Normalerweise putzen wir abends, aber da hat jemand seinen Kaffee fallen lassen.«

»Es ist nichts passiert.«

»Ja. Dank mir.«

Ich sehe Preston Connor an, der weiter meinen Arm umgriffen hält. Seine Finger haben einen angenehm festen Druck und sein Parfum steigt mir in die Nase. Geschmack hat er auch noch. Manche Menschen haben echt mit allem Glück.

»Lassen Sie mich los.«

»Erst wenn Sie sich bedankt haben.« Mit einem sanften Ruck zieht er mich näher und sieht mir mit hochgezogenen Augenbrauen ins Gesicht.

Ich sehe nicht weg, sondern verenge meine Augen zu Schlitzen, was seine Mundwinkel belustigt zucken lässt. Darf man einen Mann ohrfeigen, wenn er einen festhält? Ja, das ist völlig legitim. Einwandfreie Notwehr.

»Preston, schön. Du und Elaine konntet euch schon anfreunden.«

Unsere Köpfe rucken in Richtung meines Vaters.

»Hallo, Samuel. Ein bezauberndes Töchterchen hast du da.« Seine Stimme klingt so sarkastisch, dass mein Vater die Stirn runzelt.

Ich schüttle den Arm und endlich lässt er mich los. Trotzdem spüre ich immer noch seine Finger, als hätten sie sich eingebrannt.

Mein Vater sieht mich fragend an, weshalb ich erkläre: »Ich bin ausgerutscht. Lass uns gehen.«

Nach einem misstrauischen Blick geht er voraus und öffnet die gläserne Tür zu einem Besprechungsraum.

Die beiden anderen Partner sind schon da und sehen auf, als wir den Raum zu dritt betreten. Anscheinend sitzen die Partner jeweils an einer Seite des quadratischen Tischs und mein Vater deutet auf den Stuhl neben sich.

Ich lasse mich nieder, und noch bevor ich richtig sitze, ergreift er das Wort: »Mein Sohn verweigert sich, seinen Platz einzunehmen. Deshalb übernimmt ihn meine Tochter.«

Preston knallt die Flasche, die er gegriffen hat, zurück auf den Tisch. »Nein!«

Ich hebe spöttisch eine Augenbraue. Das konnte ich mir denken.

Mortimer lächelt mir zu. »Samuel, du weißt, dass der Platz an einen Sohn gehen muss.«

Mein Vater lehnt sich zurück. »Nicht unbedingt. Es steht zwar in unserer Vereinbarung, dass der älteste Sohn den Platz übernimmt, aber ebenso steht darin, dass bei dessen Nichteignung, das nächste Kind den Platz einnimmt. Nimmt man es wortwörtlich, ist *das Kind* nicht geschlechtsbezogen.«

»Aber die Intension der Aussage ist eindeutig: Sohn. Unseren Vorfahren ging es um die Söhne.«

»Und weiter?« Mein Vater lehnt sich wieder nach vorn und verschränkt die Finger auf der Tischplatte. »Das ist sowieso veraltet und moralisch fragwürdig. Ich habe euch Mappen mit den Referenzen meiner Tochter vorbereitet. Sie steht jedem von uns in nichts nach, als wir die Stelle übernahmen.«

Preston, der dem Gespräch mit einem irren Ausdruck in den Augen gefolgt ist, springt auf und stützt sich mit den Knöcheln auf der Tischplatte ab. »Nein. Niemals. Nur über meine Leiche.«

»So weit würde ich jetzt nicht gehen.« Mein Vater wendet ihm seelenruhig das Gesicht zu. »Statt zu sterben, stimmen wir ab. Wie es immer ist, gibt es Unstimmigkeiten.«

»Bei einer so gravierenden Änderung müssen wir einstimmig sein«, erklärt Preston mit nun wieder ruhiger Stimme, als wäre ihm etwas eingefallen, was ihn beruhigt. »Ich werde niemals zustimmen. Damit wird das nicht passieren.«

»Nein«, widerspricht mein Vater. »Das ist keine Änderung. Das ist eine Auslegung der vorhandenen Abmachung. Nichts weiter. Kind bedeutet sowohl Sohn als auch Tochter. Mein ältester Sohn lehnt den Platz ab. Das nächste Kind folgt. Das ist Elaine. Das mag anders gemeint gewesen sein, ist aber so interpretierbar. Vor allem in heutigen Zeiten. Es genügt die Mehrheit.« Er wendet sich Mortimer zu. »Mort. Du hast zwei Töchter und einen Sohn. Studiert dein Sohn nicht Medizin? Unsere Kinder sind nicht mehr wie wir. Sie haben ihre eigenen Pläne. In ein paar Jahren ist es auch für dich Zeit, den Schreibtisch zu räumen. Gegebenenfalls möchtest du den Platz ebenfalls für eine deiner Töchter. Eifert dir nicht zumindest eine nach?«

Mortimer nickt und Preston atmet hart aus.

Jacob dreht einen Stift in der Hand, den er zweimal auf das Holz des Tischs klopfen lässt. »Ich wäre dafür, sofort abzustimmen.«

»Ich widerspreche, dass es nicht nur eine Abstimmung über die

Auslegung ist, sondern eine Änderung der Vereinbarung und deshalb Einstimmigkeit erforderlich.« Mit einem harten Ruck zieht Preston seinen Stuhl heran und lässt sich nieder.

»Auslegung«, sagt mein Vater.

»Auslegung«, stimmt Jacob zu.

»Auslegung«, wiederholt Mortimer nach einem Blick auf mich.

Preston sitzt sicher noch nicht lange genug, um die Sitzfläche des Stuhls zu erwärmen, als er wieder aufspringt und unter lautem Fluchen Richtung Tür marschiert.

»Dagegen«, ist das Letzte, was man von ihm hört, ehe er den Raum verlassen hat.

Mit einem Gefühl voller Zufriedenheit lehne ich mich zurück, als hätte ich eine Schlacht geschlagen. Es gefällt mir, dass Mister Drecksack nicht bekommt, was er will. Das ist fast befriedigender als das Wissen, dass ich den Platz bekommen werde. Zumindest meine ich, das an der Reaktion der anderen abzusehen. Wobei ich ein wenig wütend auf meinen Vater bin, denn er garantierte mir, er hat dafür gesorgt, dass die Position für mich gesichert ist. Hätte ich gewusst, dass eine Abstimmung erforderlich sein könnte, hätte ich meine alte Stelle nicht sofort gekündigt!

»Dafür«, sagt mein Vater.

Mortimer und Jacob sehen sich an, danach uns.

»Du hast recht, Samuel. Wahrscheinlich wird mir eine Tochter nachfolgen. Ich bin dafür.« Mortimer lächelt mir wieder zu. »Ich mochte dich schon als kleines Kind. Du wolltest dich immer durchsetzen. Ich denke, auch ohne deine Referenzen gesehen zu haben, dass du durchsetzungsstark genug bist. Außerdem ist es vermutlich Zeit, etwas zu ändern. Und zwar bevor uns jemand Diskriminierung vorwirft, sollte jemals ans Licht kommen, wie genau die Vereinbarung lautet. Traut dir dein Vater den Platz zu, tue ich es ebenfalls.«

Jacob überlegt, wobei er immer wieder unregelmäßig mit dem Stift auf den Tisch klopft. Nach einem Zungenschnalzen sagt er: »Eigentlich bin ich dagegen, sehe allerdings keine Alternative, die unser Erbe innerhalb der Familien erhält. Zumindest keine, ohne die Wards auszuschließen. Deshalb: dafür.« Er klopft erneut zweimal und spricht weiter: »Und Preston? So aufgewühlt habe ich ihn schon länger nicht mehr erlebt. Sonst ist er doch eher die Ruhe in Person und überdenkt jedes Wort mehrmals.«

»Er wird sich damit abfinden müssen. Elaine, du darfst für heute nach Hause gehen. Lass dir die Abmessungen meines Büros von meiner, fast deiner Sekretärin geben. Dann kannst du dir einen Innenarchitekten aussuchen, der es für dich umgestaltet.«

Entlassen wie ein Kind.

Zähneknirschend mache ich mich davon.

4

ORIENTIERUNG

Elaine

Vier Stunden Schlaf. Normalerweise habe ich genau sechs. Aber gestern kam ich einfach nicht aus dem Büro. Ich habe mich in so unglaublich viele Sachverhalte einzuarbeiten. Alles will ich wissen, auf jede Frage eine Antwort haben, jeden Mandanten und die von uns betreuten Unternehmen kennen. Ich möchte mir keinen Fehler erlauben. Ich ertrage es nicht, erfährt mein Vater von einem Patzer und weist mich zurecht. Noch schlimmer wäre nur, würde er etwas sagen, wie dass er das von einem Mädchen nicht anders erwartet.

Es ist erst mein dritter richtiger Tag heute, nachdem mir mein Vater nach seiner Abschiedsfeier hoheitsvoll seinen Büroschlüssel überreicht hat.

Zwei Wochen hat er mich mit dem Posten und den Mandanten vertraut gemacht. Zwei Wochen, in denen er mich wie eine Praktikantin behandelt hat. Zwei Wochen, in denen er mir ständig einfachste Gegebenheiten erklärte, die selbst Anfänger beherrschen.

Er weiß doch, was ich kann! Er hat mit meinem ehemaligen Vorgesetzten gesprochen! Er hat mir den Posten verschafft!

Während ich mir die Zähne putze, sichte ich auf dem Smartphone die Kaufangebote der Immobilien in der Nähe, die mir ein Makler geschickt hat. Momentan bin ich nur am Wochenende zu Hause bei Sebastian. Das ist mir zu weit, um täglich zu pendeln, weshalb ich vorübergehend unter der Woche in einem Apartment meines Vaters wohne, das er als Geldanlage gekauft hat.

Genervt schließe ich die Guten-Morgen-Nachricht von Sebastian, die er mir jeden Tag schickt, seit ich hier wohne. Ihm hat es nicht gefallen, dass ich den Platz meines Vaters übernehme. Aber das war für mich nichts, was ich mit meinem Partner diskutiere. So eine Chance kann man sich nicht entgehen lassen.

Er findet es bedauerlich, dass wir uns nicht mehr jeden Tag sehen können. Diese Argumentation fand ich wenig überzeugend, da ich vorher unter der Woche schon täglich so lang in meiner alten Kanzlei war, dass er bereits geschlafen hat, wenn ich nach Hause kam. Es ändert sich nicht viel. Am Wochenende sehen wir uns und verbringen Zeit miteinander.

Ich scrolle weiter durch die Angebote, aber es ist nichts dabei, was auf den ersten Blick mein Interesse weckt. Entweder zu klein oder zu weit von meiner neuen Kanzlei weg.

Schon wieder eine Nachricht. Dieses Mal meine Mutter.

Mama: Guten Morgen, Schatz. Kommst du am Wochenende zu uns zum Essen? Es ist schön, dass du wieder in der Nähe wohnst.

Ich: Guten Morgen, Mama. Warum bist du schon auf? Am Wochenende fahre ich nach Hause zu Sebastian.

Mama: Schade. Dein Vater steht immer noch so früh auf und ich bereite ihm gerade Frühstück zu. Er liest so lang den Wirtschaftsteil der

Zeitung. Den Anwalt bekommt man sicher nie aus ihm heraus.

Ich: Warum macht er sich nicht selbst Frühstück? Er hat doch jetzt Zeit.

Mama: Eine gute Frau bereitet ihrem Mann ein nahrhaftes Frühstück zu. So kann er gut gelaunt in den Tag starten.

Ich: Ich hoffe, du hast auch einen guten Start. Bis bald.

Ich rolle mit den Augen. Was frage ich überhaupt. Natürlich ist sie ganz allein für die Nahrungsaufnahme meines Vaters verantwortlich. Ich schicke ihr einen Kuss-Emoji und spucke die Zahnpasta aus. Danach lecke ich mir über die Zähne. Ja, ich denke, ich habe auch mit links alle erwischt.

Make-up benötige ich nicht und bürste deshalb meine Haare nur in einen straffen Pferdeschwanz, wobei ich bemerke, dass ich einen Friseurtermin zum Färben vereinbaren muss. Am Ansatz sieht man schon wieder meine Naturhaarfarbe.

Eine Stunde und genau dreißig Minuten später stehe ich erneut vor dem Spiegel. Dieses Mal frisch geduscht nach meiner morgendlichen Spinning-Einheit im Fitnessstudio um die Ecke.

Meine Freundin Dani hat mich schon zu Unizeiten davon überzeugt, dass ein gesunder Geist in einem gesunden Körper wohnt, und deshalb habe ich regelmäßige Sporteinheiten fest in mein Leben integriert. Dani war immer mein Vorbild in ganzheitlicher Lebensführung, ich ihres in Zielstrebigkeit und, wie sie es nannte, Strebertum. Wir waren ein ideales Uni-Team.

Meine Muskeln zittern etwas, da der Trainer eine härtere Gangart anschlägt als der in meinem alten Studio. Wer hat denn nach dem Spinning zitternde Oberarme? Ich fluche, als ich den Lippenstift über den Rand der Lippen auftrage. Der Patzer ist dank eines feuchten Tuchs schnell beseitigt und ich trage ihn neu auf. Dieses Mal gelingt es.

Ein letzter Blick: Make-up gelungen, Haare akkurat in einem geknoteten Dutt, mein Kleid figurschmeichelnd und zugleich seriös. Mama würde mich loben. Ich sehe aus wie eine der Stepford-Frauen. Ein perfekt gekleideter und herausgeputzter Frauenroboter. Jetzt muss ich mich nur noch mit Kaffee aufladen, dann funktioniere ich einwandfrei.

Meine Mutter wollte mir viele Werte vermitteln, die ich spätestens als Jugendliche begonnen habe abzulehnen. Aber wie man sich ideal zurechtmacht und sich trotzdem wohlfühlt, das hat sie mir gut beigebracht.

Ein leichter Mantel, Handtasche und Pumps, natürlich aufeinander abgestimmt, dann bin ich bereit. Mein Fahrer hat schon geschrieben, dass er auf mich wartet. Das ist ungewohnt für mich. Aber da alle Partner einen eigenen Fahrer beschäftigen, habe ich seine Anstellung von meinem Vater übernommen. Das ist nicht schlecht. So kann ich auf der Fahrt Sebastians Guten-Morgen-Nachricht beantworten und gleich die ersten eingegangenen E-Mails überprüfen.

Ich eile vor das Gebäude, greife an die Tür des Beifahrersitzes, seufze und nehme die hintere. Hinten sitzen. Natürlich.

»Guten Morgen«, ertönt es vom Fahrersitz, kaum dass ich auf die Sitzfläche gesunken bin.

»Guten Morgen, Niklas. Danke, dass Sie pünktlich sind.«

»Das ist mein Job.«

Mir fällt ein, für wen er vor mir gearbeitet hat, und merke an: »Außerdem hätte mein Vater Ihnen vermutlich einen stundenlangen Vortrag über Pünktlichkeit gehalten, hätten Sie sich erdreistet, nicht mindestens fünf Minuten vor der gewünschten Zeit einzutreffen.«

Er lacht. »Sie kennen Ihren Vater.«

»Ja. Zu gut manchmal. Wie lange waren Sie für ihn tätig?«

»Zehn Jahre, fünf Monate und drei Tage.«

Ich schmunzle. Es passt zu ihm, jemanden anzustellen, der

solche Dinge ganz genau weiß. »Was hat Sie am meisten an ihm gestört? Ehrlich bitte.«

»Ich kann unmöglich über meinen ehemaligen Arbeitgeber lästern.«

»Ich frage das nicht, um zu lästern, sondern um zu wissen, wie ich unsere Zusammenarbeit optimal gestalten kann.«

»Ich bin Ihr Diener, ähm, Fahrer. Sagen Sie mir einfach, wann ich wo zu sein habe oder was ich besorgen muss.«

»Jetzt sprechen Sie schon!«

Er lacht erneut. »Sie sind penetranter als Ihr Vater. Um ehrlich zu sein, hat mich gestört, dass ich den gesamten Tag im Wagen verbringen sollte, möglichst mit dem Fuß auf dem Gas. Selbst wenn ich Terminvorgaben hatte. Dabei gefällt es mir, einen kleinen Spaziergang zu machen oder einen Kaffee trinken zu gehen.«

»Verstehe. Das erscheint mir keine überzogene Forderung. Benötige ich Sie tagsüber nicht, können Sie machen, was Sie wollen. Nehmen Sie das Auto mit oder nicht. Außer, ich sage Ihnen ausnahmsweise etwas anderes. Ansonsten spricht meine Sekretärin die Termine mit Ihnen ab, und ich schicke Ihnen eine Nachricht, sobald ein Termin zu Ende ist, von dem Sie mich wegbringen dürfen.«

»Klingt fair. Stehe ich bei einem Termin auf Abruf bereit, bin ich auch nie weiter als fünf Minuten vom Wagen entfernt.«

»Haben Sie Familie?«

»Ja.«

»Dann sollte ich Sie abends nicht allzu lange von ihr fernhalten.«

»Oh, meine Kinder sind schon groß und meine Frau arbeitet selbst länger. Die Überstunden bekomme ich doch weiterhin bezahlt?«

»Natürlich nicht. Der Spaß, mich fahren zu dürfen, ist Ihnen sicher Belohnung genug.«

Dass ich ihn damit schon wieder zum Lachen bringe, lässt mich lächeln. Ich bringe selten Menschen zum Lachen.

»Ich denke, wir verstehen uns«, sagt er und wirft mir einen amüsierten Blick über den Rückspiegel zu.

»Das denke ich auch.«

Ich zücke mein Smartphone, um endlich die Nachricht von Sebastian zu beantworten, wobei ich bemerke, dass sehr viele E-Mails für mich eingegangen sind. Ehe ich die erste anklicken kann, fällt mir ein, dass Alyssa sie für mich vorsortieren wird. An eine Sekretärin nur für mich, die mir so viel wie möglich abnimmt, daran muss ich mich auch gewöhnen. Trotzdem juckt es mich in den Fingern, gleich reinzusehen, was ich mir allerdings verkneife. Stattdessen lese ich ein Exposé eines Mandanten noch einmal.

In der Kanzlei angekommen marschiere ich direkt vom Fahrstuhl Richtung Büro. Meine Pumps, die auf dem edlen Marmorboden deutlich zu hören sind, bringen die drei, die am Empfang angestellt sind, zum Aufsehen. Sie nicken mir lächelnd zu und ich erwidere das. Warum macht es mich immer noch nervös, die Kanzlei zu betreten?

Auf dem Flur zu den Partnerbüros sehe ich eine Rückseite in einem Anzug. Preston. Ihn würde ich wahrscheinlich jetzt schon überall von hinten erkennen.

Ehe ich ansetzen kann, ihm der gebotenen Höflichkeit nach einen guten Morgen zu wünschen, segelt ein Blatt Papier aus einer Akte, die er in der Hand hält. Er bückt sich, um es im Flug aufzufangen, doch es entwischt ihm, weshalb er es vom Boden aufheben muss.

Ich bleibe stehen. Netter Anblick.

Es ist albern, Männern auf den Hintern zu spannen. Ich gehe an ihm vorbei und sage auf seiner Höhe: »Meine Mutter hat mir beigebracht, dass man sich nicht bückt, als wollte man von hinten begattet werden. Immer in die Hocke gehen. Das ist auch besser für den Rücken.«

Er dreht sich in meine Richtung, und seine blauen Augen fixieren mich mit einem missbilligenden Blick, der mich aus irgendeinem Grund zwingt, stehen zu bleiben.

Seine Mundwinkel zucken, er streckt den Arm aus und lässt die gesamte Mappe fallen. »Führ mir das bitte vor.«

Da er garantiert erwartet, dass ich das empört ablehne, gehe ich in die Hocke und greife nach der Akte. »Siehst du? So. Dann kommt die Kraft aus den Oberschenkeln und dem Gesäß, statt den Rücken zu belasten.«

Er sieht zu mir herab und lächelt amüsiert. »Ich verstehe den Unterschied nicht. Kannst du mir beide Varianten noch einmal veranschaulichen? Möglicherweise begreife ich es dann.«

Ich strecke den Arm nach oben, um ihm seine Mappe zu reichen, und stehe gleichzeitig wieder auf. Leider versagt die angepriesene Kraft meiner Oberschenkel durch das harte Spinningtraining und ich verliere das Gleichgewicht. Ehe ich mich irgendwie retten kann, landet mein Kopf direkt in seinem Schritt.

Er weicht nach hinten aus, wobei er einen Oberarm von mir packt. Dadurch finde ich Stabilität und kann mich aufrichten.

Mein Herz rast so unangenehm schnell, dass es in den Fingerspitzen kribbelt. Das war der Inbegriff an morgendlicher Peinlichkeit.

So etwas passiert mir nicht! Nein. Einfach nein. Niemals. Und dann ausgerechnet vor ihm?

Er hält immer noch meinen Oberarm umklammert und natürlich bleibt mein Fauxpas von ihm nicht unkommentiert. »Ich hätte nicht erwartet, dass du dich so schnell auf mich stürzt. Kann ich dich loslassen oder reißt du mir dann die Kleidung vom Leib?«

»Wäre das der Fall, wüsste ich nun, dass du ein leichtes Opfer bist, da deine Reaktionsfähigkeit zu wünschen übrig lässt, mich davon abzuhalten. Diese Trägheit sorgt offensichtlich auch dafür, dass es Ewigkeiten dauert, bis du die Finger von mir nimmst.«

Er lässt die Hand sinken und wie beim letzten Mal spüre ich weiter den Abdruck seiner Finger. So fest hat er doch gar nicht zugepackt. Ich reibe mir über die Stelle, um das loszuwerden.

»Schaffst du es unfallfrei in dein Büro?«

»Deine Fürsorge raubt mir den Atem, aber ja. Ich vermute,

sollten keine arroganten Wichtigtuer im Weg stehen, die sich wie eine alte Frau bücken, ist der Rest kein Problem.«

Hu, das war überzogen hart. Aber meine Verachtung für ihn ist gestern ungewollt weiter gestiegen. Ich sah mir seine Personalakte an. Dort steht, dass er tatsächlich verheiratet ist und zwei Kinder hat. Obwohl ich bereits wusste, dass er ein betrügerischer Drecksack ist, war das doch noch einmal eine Bestätigung.

»Wie eine alte Frau?«, fragt er verdutzt.

»Alte Leute bücken sich oft auf diese Art, da ihnen die Kraft in den Oberschenkeln fehlt. Damit wärst du sowieso außerhalb meines Beuteschemas. Danke für die Aufklärung.«

Er schmunzelt. »Ich verstehe. Ja, vermutlich ist es ein Reflex, sich auf diese Art zu bücken, wenn es schnell gehen soll, da man Kraft spart. Ich werde deinen liebevollen Hinweis auf jeden Fall umsetzen.«

Mir fällt nichts Gutes mehr ein, was ich darauf entgegnen könnte, und lasse ihn stehen. Ich vermute, diese Begegnung hat mir mindestens den Koffeinschub eines Kaffees erspart, denn mein Herz rast immer noch, als hätte ich zu schnell ein paar Kannen davon geleert.

5

DEAL

Preston

Ich schnaube genervt, als Gabrielle mich an den nächsten Termin erinnert. Elaine ist kaum drei Wochen hier, schon versammelt sie alle Partner. Müssen wir uns einen Power-Point-Vortrag mit *lustigen* Gifs und *pfiffigen* Übergängen ansehen, in dem sie uns erklärt, wie supertoll sie ist?

Sie konnte mich vom ersten Augenblick an nicht leiden. Zumindest ließen mich diese giftigen Blicke bei unserer ersten Begegnung das vermuten. Nach meiner etwas zu schroffen Reaktion auf die Bekanntgabe ihres Vaters war das offensichtlich gefestigt, was ich sogar nachvollziehen kann.

Was ich nicht nachvollziehen kann, ist, dass mich die drei alten Säcke, wie ich sie gern nenne, so überrascht angesehen haben, als ich Elaine ablehnte. Sie wissen genau, warum ich so reagiert habe. So schlecht sollte ihr Gedächtnis nicht sein.

Diese Frau ist ein Problem. Wäre sie so umgänglich, wie sie attraktiv ist, wäre mein Leben einfacher, denn leider begegne ich ihr zwangsläufig viel zu oft.

Bedauerlicherweise verspricht es obendrein einen kleinen

Nervenkitzel, sie ein wenig zu provozieren, da man bei ihr schlecht vorhersagen kann, wie sie reagieren wird. Schnippisch ja, aber dass sie sich nicht einschüchtern lässt, sondern eine verbale Herausforderung bietet, ist irgendwie unterhaltsam.

Ehe ich mich erhebe, sende ich die begonnene E-Mail ab, damit wenigstens das erledigt ist. Es geht auch bereits auf 17 Uhr zu. Somit wäre ich genau elf Stunden hier. Nach diesem Meeting werde ich den Arbeitstag beenden.

»Gabrielle, gehen Sie nach Hause«, befehle ich meiner Sekretärin im Vorbeigehen, die ihre Finger wie ein Schnellzug über die Tasten rattern lässt.

»Ich gehe, sobald Sie aus der Besprechung zurück sind und ebenfalls das Gebäude verlassen.«

»Sie lernen es nie, oder? Wie viele Überstunden wollen Sie denn sammeln?«

»Ich bin hier, wenn Sie hier sind. So habe ich es gelernt. Wie oft muss ich Ihnen das noch erklären?«

Diese Frau ist unmöglich. Unmöglich gut in ihrem Job und unmöglich einzubremsen im Arbeitseifer.

»Bis Sie verstanden haben, dass Sie meine Sekretärin sind und nicht meine Leibeigene.«

Sie stoppt ihr Getippe, das trotz des Gesprächs nicht langsamer wurde, und sieht mich an. »Lassen Sie mich meinen Job erledigen. Ich bin schon ein Weilchen länger Sekretärin als Sie Anwalt. Ich weiß, was ich tue. Die Überstunden nutze ich, damit ich gegebenenfalls früher in Altersruhe kann.«

»Sie können mich unmöglich morgen schon verlassen.«

»Für wie alt halten Sie mich!«

Einhundert mindestens, wenn ich ihren Kleidungsstil betrachte. Überaus elegant und stilvoll, allerdings der Stil eines anderen Jahrzehnts. Und nicht unbedingt nur ein Jahrzehnt zurück. Die Einhundert könnte ich auch daran festmachen, dass sie mich wie eine Oma umsorgt. Ihre Schubladen sind voll mit Dingen, die ich gebrauchen könnte. Von Medikamenten, über

Gesundheitstees – wehe, ich räuspere mich nur falsch in ihrer Gegenwart –, Schuhputzzeug, Pflaster, Energieriegel und sogar eine Wintermütze, als würde ich so etwas tragen.

Ich zwinkere ihr zu. »Sie möchten doch nur hören, dass ich weiß, dass Sie so viele Stunden gesammelt haben, um mit dreißig in Rente können.«

»Dreißig, hach. Ja, dreißig müsste man noch einmal sein. Gehen Sie jetzt. Ihre Besprechung. Ich kann es mir nicht erlauben, dass jemand denkt, ich schicke meinen Chef zu spät zu einem Meeting.«

»In diese Verlegenheit möchte ich Sie natürlich nicht bringen.«

Ein Blick auf die Uhr verrät mir, dass ich noch eine Minute habe, und tatsächlich betrete ich als Letzter den Besprechungsraum.

Elaine hat Jacobs Sohn Harald dabei, der neben ihr steht und nervös seine Hände knetet. Er erinnert mich ein wenig an mich selbst, als ich Junganwalt im ersten Jahr hier in der Kanzlei war, wenn ich vor meinem Vater und den anderen Partnern stand. Nur, dass ich mir nach einer einzigen Ermahnung meines Vaters, dass ein Anwalt sich seine Nervosität niemals anmerken lässt, angewöhnt habe, verräterische Signale zu unterdrücken.

Jacob ergreift das Wort, noch ehe meine Begrüßung im Raum verklungen ist. »Elaine. Was verschafft uns die Ehre?«

Harald verteilt Mappen, die er jeweils vor uns ablegt und die niemand aufschlägt, während Elaine näher an den Tisch tritt. Ihr eng anliegendes Kleid reicht ihr bis knapp übers Knie. Dass ihre Beine immer von einem Hauch Nylon oder möglicherweise Seide bedeckt sind, ist mir nicht entgangen. Das große Rätsel ist: Strumpfhose oder Halterlose?

Das viel größere Rätsel ist jedoch: Was interessiert mich das?

Ich sehe höher, langsam höher, entdecke nirgendwo einen Abdruck von Slip oder BH. Entweder trägt sie nichts drunter, oder das ist ein hochwertiger, dicker Stoff, der kein Abzeichnen zulässt.

Wann legt sie endlich los? Die Wäsche oder Nichtwäsche von Kolleginnen gedanklich zu analysieren, ist wirklich nicht mein Stil.

Nachdem sie anscheinend begriffen hat, dass wir nicht in die Mappen sehen, beginnt sie ihren Vortrag: »Es freut mich, dass ihr erschienen seid. Mir ist bewusst, dass ich erst drei Wochen hier voll tätig bin, habe jedoch bereits einen Änderungsvorschlag. Inspiriert von meiner alten Kanzlei empfehle ich, vermehrt auf digitale Akten zurückzugreifen. Unsere Kanzlei verbraucht dermaßen viel Papier, dass wir nicht zukunftsfähig sind bezüglich der Vorbildfunktion im Umweltschutz. Ganz davon ...«

»Digitale Akten? Nein. Dieser Modetrend kommt mir nicht ins Haus«, widerspricht Jacob sofort. »Das ist viel zu riskant. Jedem sind die Risiken von Datenverlust oder – noch unerfreulicher – Datendiebstahl bekannt. Außerdem bevorzuge ich die Arbeit mit Papier.«

Die halbe Sekunde, die es dauert, bis sie sich von der für sie überraschenden prompten Ablehnung erholt, erkenne ich genau.

Mit einem verständnisvollen Lächeln erklärt sie: »Die Angst vor Datenverlust und Diebstahl kann ich dir nehmen. Selbstverständlich beauftragen wir dafür ein geeignetes Unternehmen, das sicherere Verschlüsselung nutzt und die Daten auf mehreren Servern spiegelt, um Verluste zu vermeiden. Bei einem Vertragsabschluss können wir eine hohe Schadensersatzsumme festlegen, die uns zusteht, sollte dennoch eine Panne geschehen.«

Mortimer ist etwas diplomatischer. »Elaine, wir nutzen doch bereits moderne und teure Programme, die uns das Leben erleichtern. Wir sind technisch gut ausgestattet.«

»Ich spreche nicht von Programmen, die Textblöcke verwalten, Rechnungen erstellen oder einen Kalender führen. Ich spreche davon, dass alles digitalisiert wird. Mit einem Knopfdruck ist jede Akte auf dem Bildschirm. Niemand muss jemanden losschicken, um eine bestimmte Akte zu bringen oder nach vergleichbaren Fällen zu suchen. Lediglich Dokumente mit Originalunterschriften und für die eine Aufbewahrungspflicht besteht, müssen zusätzlich abgelegt werden. Wir sparen Papier sowie Platz und das Wichtigste: Zeit. Aktuell speichern wir nur unzusammenhängend einzelne Schriftstücke. Unsere Buchhaltung ist bereits voll digitalisiert. Es ist nur ein weiterer Schritt in die richtige Richtung.«

Jacob fragt: »Und was hat das mit Harald zu tun?«

»Er hat das Projekt für mich übernommen. Gemeinsam mit den Anwaltsgehilfinnen hat er Angebote von Softwareunternehmen eingeholt, Demoversionen getestet und Empfehlungen ausgesprochen. Es sind alles Programme, die andere renommierte Kanzleien ebenfalls verwenden.«

Jacobs aufkeimenden Ärger erkennt man nur an der Art, wie er kurz seine Lippen zu einem schmalen Strich verengt. »Du hast meinen Sohn dafür genutzt? Er ist Anwalt und soll mir eines Tages nachfolgen. Deshalb hat er sich mit Fällen zu beschäftigen und nicht mit so einem Unsinn!«

Ich wüsste zu gern, was in ihrem Kopf vorgeht, denn nach dem ersten Schreck ist ihre Miene konstant freundlich und mit einem leichten Lächeln geziert, das eine selbstsichere Kompetenz signalisiert. Beeindruckend. Hätte ich so eine Abfuhr nach drei Wochen kassiert, wäre mir das Lächeln schwergefallen.

Sanft erklärt sie: »Jacob, dein Sohn ist einer der besten Junganwälte und ja, er wird dir nachfolgen. Deshalb habe ich ihn ausgewählt. Es handelt sich schließlich um seine zukünftige Kanzlei. Ihn an Veränderungsprozessen teilhaben zu lassen, erscheint mir nicht verkehrt. So viel Zeit musste er nicht investieren. Den Großteil der Arbeit haben die Anwaltsgehilfinnen übernommen. Er hat hauptsächlich getestet, wie gut und einfach man aus der Sicht des Anwalts damit umgehen kann. Deshalb ist er hier. Ich bat ihn, seine zwei Favoriten vorzustellen, um zu einer gemeinsamen Entscheidung kommen zu können.«

Ich sehe flüchtig zu Harald, der wie eine bedeutungslose Randfigur ein Stück seitlich von Elaine steht und stumm dem Gespräch folgt. Irgendwann wird er mein Partner sein. Seltsamer Gedanke.

Bis zu Elaines Erscheinen war ich der jüngste. Eines Tages bin ich der alte Sack.

Mortimer übernimmt wieder das Wort. »Abgelehnt. Papierakten haben sich bereits über Jahrzehnte bewährt. Ich möchte etwas Echtes in der Hand halten. Außerdem ist unser Verfahren eingespielt und stört niemanden außer dich.«

Jacob stimmt zu: »Ja. Wir haben das schon immer so gehandhabt. Ich bin dagegen.«

Nun sind acht fragende Augen auf mich gerichtet, weshalb ich tief einatme. Wie unbeholfen ist diese Frau eigentlich? Denkt sie, sie kann nach nur drei Wochen vorschlagen, alles auf den Kopf zu stellen?

»Das wird nicht funktionieren, Elaine.«

Mortimer und Jacob verstehen die Worte so, wie sie es heraushören möchten, und nicken, jedoch meine ich das anders. Glaubt sie tatsächlich, die beiden altmodischen Säcke kommen damit zurecht? Sie sind es gewohnt, dass ihnen das Popöchen nachgetragen wird. Mit neuer Technik beschäftigen sie sich nicht, da es nicht nötig ist. Mit ihren Smartphones können sie auch lediglich umgehen, da sie diese zu jedem Problem, und sei es ein Update, an unsere ITler geben. Einen Einweisungslehrgang, wie es bei solchen Programmen üblich ist, werden sie ebenfalls nicht besuchen wollen.

Dieser Vorschlag war nicht durchdacht von ihr. Ein echter Schnellschuss.

»Damit sind wir uns einig«, beschließt Jacob. »Elaine, danke für deine Mühe. Harald, entschuldige, dass Elaine dich für diesen Auftrag eingespannt hat. Ich wollte dir die nächsten Monate deinen ersten eigenen Mandanten in Betreuung geben. Möglicherweise werde ich das als kleinen Trost vorziehen. Trost dafür, in ein Projekt gesteckt worden zu sein, das vergebliche Liebesmüh war.«

»Danke, Vater«, sagt Harald höflich und erkennt, dass es Zeit für ihn ist, sich zurückzuziehen, weshalb er zügig verschwindet.

Elaine versucht, ihre nun doch fassungslose Miene zu verbergen, dass sie gnadenlos abgeschmettert wurde. »Ihr möchtet noch nicht einmal darüber nachdenken? Es würde uns auf ein neues Level heben. Modernisierern. Ach, was sag ich da: Auf den aktuellen Stand der Dinge bringen. Wir werden uns in Zukunft lächerlich machen, noch mit dieser altmodischen Lösung zu fahren.«

Autsch. Das war unüberlegt. Den alten Herrn durch die Blume zu sagen, dass sie rückständig sind, ist nicht ihr klügster Zug.

Sie sieht mich an, wobei ich begreife, dass ich nun auch zu den alten Herren gehöre, die sagen: *Wir haben das schon immer so gemacht.*

Mortimer und Jacob verlassen den Besprechungsraum und ich sehe ihnen hinterher.

Können wir es uns überhaupt erlauben, weiter so zu arbeiten, bis die beiden ihre Plätze ihren Nachfolgern überlassen? Irgendwann machen wir uns tatsächlich lächerlich damit, jeden Zettel abzuheften und ein Archiv hier im Gebäude zu verwalten, das mehr Monatsmiete kostet als andere Firmen für ihren ganzen Sitz bezahlen.

Das Archiv könnten wir selbstverständlich nicht gänzlich aufgeben, aber falls wir nur im Original aufbewahren, wozu wir verpflichtet sind ...

»Möchtest du dich noch ein wenig in meiner Schmach suhlen oder weshalb sitzt du hier?«, fragt Elaine.

»Hm? Ich dachte nach. Deine Taktik war undurchdacht.«

»Deine Ablehnung des Vorschlags war ebenfalls undurchdacht.«

»Jemand mit dem Interesse, sich zu verbessern, hätte nachgefragt, weshalb ich das denke, statt auf diese Art zu kontern.«

»Jemand mit dem Interesse, sich zu verbessern, hätte meinem Vorschlag zugestimmt.« Sie fasst sich an die Haare und klopft mehrmals ihren Haarknoten entlang, als müsste sie den Sitz überprüfen, ehe sie laut ausatmet und fragt: »Was war an meiner Taktik undurchdacht?«

Ich lehne mich zurück und verschränke die Arme. »Ich bin

begeistert, wie lernfähig du bist.«

Sie verschränkt ebenfalls die Arme, was ihre Brüste zusammendrückt, wodurch ein kleines Stück des Spalts dazwischen trotz ihres sonst eher züchtigen Kleides sichtbar wird. Wieso ist das reizvoller als ein tiefer Ausschnitt?

»Ich hingegen war der Meinung, du hättest mittlerweile akzeptiert, dass ich zur Kanzlei gehöre.«

»Abgefunden ist das korrekte Wort dafür. Ein Ratschlag von mir: Ehe du irgendetwas verbessern willst, solltest du die Lage sondieren.«

»Bereits an meinem ersten Tag konnte ich feststellen, dass hier ein enormer Papierbedarf herrscht, der sich leicht drücken lässt. Von der Umständlichkeit abgesehen. Es war wie eine Zeitreise zurück, sich hier an die Arbeitsweise anzupassen. Was spricht dagegen, sofort eine Verbesserung anzustreben?«

»Ich meinte nicht, das, was du ändern willst, zu analysieren, sondern die Menschen. Spätestens in ein paar Wochen wäre dir aufgefallen, dass Mort und Jacob selbst faxen neumodisch finden.«

»So alt sind sie auch nicht.«

Ich tippe mir mit dem Zeigefinger an die Stirn. »Hier doch. Du kommst aus dem gleichen Umfeld wie wir. Du bist ebenso mit einem goldenen Löffel im Mund aufgewachsen. Hattet ihr zu Hause keine Menschen, die sich um alles kümmern? Hat dein Vater jemals selbst seinen Fernseher eingestellt, ein Bett aufgebaut oder auch nur je bezogen? Ich bin überzeugt, dass er noch nie in seinem Leben selbst einen Computer eingerichtet hat. Hierfür gibt es jemanden, den man bezahlen kann. Elaine, Mortimer weiß nicht einmal, wie man einen PC hochfährt. Seine Sekretärin muss jeden Morgen alles in seinem Büro anschalten und dafür sorgen, dass die nötigen Programme geöffnet und an der richtigen Stelle auf dem Monitor platziert sind. Er druckt sogar E-Mails aus. Das meinte ich mit *die Lage sondieren.*«

»Hast du einen Vorschlag, wie ich es ihnen nahebringen kann?«

»Nein. Sie haben sich entschieden. Die einzige Möglichkeit, die bleibt, ist, es durchzuziehen und es anders zu nennen. Softwareupgrade statt Digitalisierung beispielsweise. Sie werden von der Umwandlung ausgenommen und erhalten weiter für ihre Mandanten die gewohnten Akten. Fordern sie eine andere an, muss sie gegebenenfalls für sie ausgedruckt werden.«

»Für diese Umstellung bräuchte ich mindestens eine Zustimmung.«

»Korrekt.«

»Erhalte ich deine?«

»Wirst du brav Danke sagen?«

Sie zieht sich einen Stuhl heran, indem sie den Fuß hinter ein Stuhlbein klemmt, und lässt sich in einer eleganten Bewegung nieder. »Was hast du eigentlich gegen mich?«

»Bis auf das, dass du schon zu unserer ersten Begegnung blasiert aufgetreten bist, als würde dir die Welt und vor allem das Rechthaben gehören?«

»Ganz davon abgesehen, dass du behauptet hast, lieber zu sterben, als zuzulassen, dass ich meinen Platz antrete, wolltest du mich aus den Waschräumen werfen und mir Kopieaufträge erteilen.«

»Entschuldige, dass ich dich verwechselt habe. Du bist selbstverständlich fehlerfrei.«

»Bin ich nicht. Wäre es möglich, von vorn zu beginnen? Dieses Gespräch kommt mir kindisch vor.«

Sie mustert kühl mein Gesicht, ohne einen Anflug von echter Reue. Da ich sie ebenso zurückmustere, statt sofort zu antworten, entsteht eine kleine ungeduldige Falte zwischen ihren perfekt gezupften Brauen.

Das ist Berechnung, oder? Sie spielt die Nette, weil ich die Macht habe, ihren Vorschlag vorerst komplett auf Eis zu legen.

Glaubt sie, ich kenne solche Psychospielchen nicht? Normalerweise nutze ich gern aus, wenn mein Gegenüber denkt, ich bin mir nicht im Klaren darüber, was derjenige vorhat, und drehe den Spieß um.

Kompliziert macht es, dass ich wirklich in einem Zwiespalt stecke. Einerseits will ich mich nicht darauf einlassen, um ihr nicht das Gefühl zu geben, dass ich mich so leicht aufs Glatteis führen lasse. Andererseits ist der Vorschlag zu gut, eigentlich sogar dringend notwendig. Es wäre ein Fehler, ihn nicht umzusetzen, auch wenn es an den anderen beiden vorbei ist.

Laut unserer Satzung benötigen Änderungen dieser Größenordnung die Übereinkunft zweier Partner. Sie wird sich zu Beginn ihres Vortrags nicht gedacht haben, dass sie am Ende darauf angewiesen ist, sich meine Rückendeckung zu sichern.

»Ich bekomme Brosman, du meine Zustimmung«, schlage ich lächelnd vor.

»Wie bitte? Du möchtest dafür einen Mandanten von mir?«

»Du verlangst einen Neuanfang. Ich will Brosman als Zeichen deines guten Willens. Mein Zeichen des guten Willens ist, dass ich dir den Rücken bei der Umsetzung deines Vorschlags decke.«

Sie schnalzt mit der Zunge und ihre Lider verengen sich abschätzend. Trotzdem funkelt das Grün hervor. Ein tiefes, reines Grün. Nicht oft zu finden. Sollte ich meine Liste um Augenfarben ergänzen? Nein, Haarfarben sind schon albern genug.

Elaines Gesichtsausdruck wird urplötzlich freundlich und ein einladendes Lächeln legt sich auf ihre Lippen. Dieser schnelle Wandel erinnert mich an den Auftritt eines Zauberers, der das Publikum ablenken möchte, um einen Trick zu verschleiern.

Nein. Zauberer passt in ihrem Fall nicht. Sie ist eine Hexe. Eine Hexe mit verschlagenen grünen Augen.

Sie reicht mir die Hand und sagt: »Ich biete dir an, Brosman mit mir gemeinsam zu betreuen.«

Ich zögere und sie legt den Kopf schräg. »Komm schon, Preston. Du hattest keine Erwartungen, als du den Raum betreten hast, und verlässt ihn mit der Hälfte des zukünftigen Gewinnanteils an einem wertvollen Mandanten.«

Ah, sie denkt, meine Intension dahinter ist das Geld. Interessant. Ich dachte, sie durchschaut, dass es mir nur darum geht, ihr nichts ohne Gegenleistung zu überlassen.

Das lasse ich so stehen und verbalisiere: »Das ist ein Anfängerspruch, aber da ich sowieso vorhatte, deine Idee zu unterstützen, ist das mehr als genug. Vielen Dank, Elaine.«

Meine Handfläche knallt gegen ihre, und jeder von uns packt etwas zu fest zu, während wir den Deal besiegeln.

Das war auf jeden Fall besser als ein PowerPoint-Vortrag, weshalb ich die Hand zufrieden aus ihrer gleiten lasse, um endlich in den Feierabend aufbrechen zu können.

Auf dem Heimweg überprüfe ich, was Gabrielle mir weitergeleitet hat, und da nichts mit hoher Dinglichkeit dabei ist, entspanne ich die letzten Minuten Fahrt und trommle einen mir nicht bekannten Song auf die Armablage.

Ethan trifft auch gerade vor dem Gebäude ein, bemerkt meinen Wagen und kommt auf ihn zu, während ich meinen Fahrer verabschiede und ihm Anweisungen für morgen gebe.

Er reißt die Tür auf und streckt seine Hand hinein. Ich bleibe sitzen und sehe so lange in seine Richtung, bis er stöhnend zurücktritt. »Du langweiliger Spielverderber. Einmal möchte ich dich wie ein Höfling umgarnen und du weist mich ab. Schluchz.«

Ich steige aus dem Wagen und schließe die Tür, wonach ich ihn packe und an mich drücke, als hätten wir uns Jahre nicht gesehen.

Seinem überraschten Gesichtsausdruck nach hat sich das gelohnt.

»Mein hässlicher Lieblingsschönling, ich lasse es dich wissen, wenn ich gebrechlich werde und Ausstiegshilfe benötige. Hat dich die Arbeit auch ein paar Minuten länger als geplant in Beschlag genommen?«

Seit er für Ryan arbeitet und nicht mehr arbeitslos ist, ist er ausgeglichener. Ich für meinen Teil kann es mir nicht vorstellen, nichts zu tun. Obwohl er behauptete, er muss sich nach der Distanzierung von seinem Vater und dessen Firma neu orientieren, scheint es ihm Halt zu geben, wieder nützlich zu sein und dass seine Fähigkeiten gebraucht werden.

»Ja. Was ist los mit dir? Du bist ungewohnt fröhlich und albern.«

»Ich hatte einen guten Tag.«

Er legt den Arm um meine Schulter und geht los Richtung Eingang. »Das finde ich wundervoll.«

Wir werden von einer Frau aufgehalten, die ihre Handtasche an langen Henkeln wie ein totes Tier mit sich schleift. »Wohnt ihr da?«

Ethan stoppt und antwortet ernst: »Nein. Dort wohnt die Alte, die wir knallen.«

»Beide?«

»Wie denn sonst?«, fragt Ethan mit erstaunter Stimme zurück.

»Abgefahren«, murmelt sie.

»Suchen Sie jemanden?«, frage ich höflich.

»Nein. Aber da ist grad einer rein, der hat gesagt, er gibt mir Kleines, und dann war er weg.«

»Kleines?«

»Kleingeld«, sagt sie in einer Tonlage, als wären wir völlig verblödet.

Um sie loszuwerden, drücke ich ihr etwas in die Hand, ohne sie zu berühren. Unter eifrigem Nicken und ohne ein Danke verschwindet sie wieder.

Ethan scheint angestrengt nachzudenken, weshalb ich frage: »Ist alles in Ordnung?«

»Nein, verdammt! Seit TAGEN versuche ich das Wort Hodennektar geschickt unterzubringen.«

»Und das wolltest du ...« Ich unterbreche meinen eigenen Satz mit einem Lachen. »Das wolltest du vor der Schnorrerin irgendwie einbauen?«

»Ich dachte, ich bekomme eine stylische Überleitung von *die Alte knallen* hin.«

Wir betreten den Aufzug und ich schüttle den Kopf. »Eure

Synonymerfindungen für schmutzige Worte sind höchst pubertär, das ist dir bewusst, oder?«

»Nichts ist zu kindisch, wenn man dafür ein Augenrollen von dir bekommt.«

Ich schmunzle. »Sperma ist aber wirklich kein Wort, das …« … man nicht in den Mund nehmen kann, ohne ordinär zu klingen. Gut, dass ich mich rechtzeitig bremsen konnte. Das wäre die nächste Vorlage für ihn gewesen.

»Was für ein Wort ist es nicht, Preston? Hm?«

An seinem Grinsen erkenne ich, dass er genau weiß, was ich gerade fast gesagt hätte. »Es ist kein Wort, das auf eine verbotene Liste gehört. Hodennektar ist natürlich auch schön. Nicht besonders Dirty Talk geeignet, außer es soll eine Lachnummer werden, aber ich wüsste sowieso nicht, warum man beim Akt über Sperma sprechen sollte.«

»Zu viel Reden zerstört auch die Stimmung. Du hast ganz recht.«

Die Aufzugstür öffnet sich und uns begrüßt Essensgeruch aus dem Wohnbereich.

»Guten Abend, Ryker.«

»Na endlich! Ich hatte Hunger und deshalb schon einmal ohne euch angefangen.«

Das kann ich sehen. Er hat bereits die Hälfte seiner Portion verschlungen. Immerhin hat er wie besprochen für uns Essen mit zubereitet, weshalb wir Platz nehmen und zu dem Besteck greifen. »Danke. Es gab eine späte Besprechung, sonst wäre ich pünktlich gewesen.«

»Ryan und ich haben noch Blödsinn gemacht und die Zeit vergessen. Preston ist übrigens höchst gut gelaunt und alberner Stimmung.«

»Hast du wieder jemanden abzocken können?«

»Ich bin Anwalt. Ich zocke niemanden ab. Aber ja, ich habe direkt vor dem Feierabend einen vortrefflichen Deal geschlossen, von dem ich doppelt profitiere.«

Beim Essen erzähle ich ihnen grob, was geschehen ist.

»Wie heißt die Olle noch mal?«, fragt Ryker.

Die Ward-Tochter liegt mir auf der Zunge. So habe ich sie bis jetzt vor meinen Freunden genannt. Ich entscheide mich um, da mir neue Erkenntnisse vorliegen. »Hexe.«

»Hexe? Du nennst sie Hexe? Wie nennt sie denn dich?«

»Preston Connor natürlich.«

Ich lache, und die beiden sehen sich an, wonach sie mit den Schultern zucken und mitlachen.

»Wieso Hexe?«, fragt Ethan und schiebt die Reste seines Essens auf der Gabel zusammen, um sie sich in den Mund zu schieben.

»Sie hat Süßigkeiten in der Schublade«, behauptet Ryker. »Damit lockt sie ihn in ihr Häuschen.«

»Nein. Ich bin überzeugt, dass sie eher Gift braut, als Süßigkeiten zu deponieren. Ihre Augen haben die Farbe von dem Sud im Hexenkessel aus Aidens Märchenbuch, vor dem er Angst hat.«

»Grüne Augen? Sieht sie scharf aus?«

»Warum ist das immer eine eurer ersten Fragen? Das wolltet ihr über meine Ex wissen, über meine Sekretärin ... Möchtet ihr eine bebilderte Liste mit allen Frauen in meinem Umfeld?«

»Würdest du das für uns tun?« Ryker lehnt sich zurück, legt eine Hand auf den Bauch und grinst.

Was habe ich eigentlich erwartet?

Zeit für einen Themenwechsel. »Ich gehe mich umziehen. Wollen wir dann los? Ich möchte Ryan nicht an der Trainingshalle auf uns warten lassen.«

»Jawohl, Sir. Und danach muss ich packen.«

Ethan erhebt sich und klopft ihm auf die Schulter. »Dieses Mal bist du wenigstens nur ein paar Tage weg.«

»Ihr vermisst mich«, stellt Ryker mit einem zufriedenen Lächeln fest.

Dieses Lächeln verrät, dass er sich ehrlich darüber freut.

Irgendwie macht mich das froh.

6

GEWOHNHEIT

Elaine

»Danke, Elaine«, sagt Harald und lächelt zufrieden. »Und mach dir bitte nichts aus meinem Vater. Er ist manchmal etwas verbohrt.«

Die Digitalisierung ist angestoßen, und Preston hat jedes Dokument kommentarlos unterschrieben, das ich ihm dazu zukommen ließ. Wenigstens kann man sich auf sein Wort verlassen. Zum Glück muss ich das nicht selbst umsetzen, sonst würde ich wahrscheinlich mehr als vierundzwanzig Stunden am Tag benötigen, um alles zu bewältigen. Das Zeitintensivste war, die Extrawurst für die zwei Alten zu planen. Die Projektleitung hat Harald übernommen und ist glücklich und stolz, dass ich ihm das zutraue.

»Nein, schon gut. Möglicherweise habe ich es nicht besonders klug angepackt, die Alten davon zu überzeugen.«

»Hm. Mir fällt allerdings auch keine Möglichkeit ein, wie man es verpacken könnte, um es ihnen schmackhaft zu machen. Vermutlich können wir froh sein, dass sie nicht darauf bestehen, mit einer Pferdekutsche anzureisen.«

Ich lache und er schmunzelt. Die Präsentation stieß zwar nicht auf Gegenliebe, dafür sind Harald und ich uns kollegial nähergekommen. In ein paar Jahren ist er Kanzleipartner und wir werden auf Augenhöhe zusammenarbeiten. Das ist auf jeden Fall ein guter Nebeneffekt meiner misslungenen Überzeugungsarbeit.

Er ist bereits länger als ich in der Kanzlei tätig und ich bin froh über jeden Verbündeten.

Es sind erst oder schon acht Wochen vergangen.

Seit acht Wochen habe ich den Platz meines Vaters übernommen. Mittlerweile kenne ich hier jeden und habe mit Alyssa, meiner Sekretärin, eine Routine entwickelt. Das hat etwas gedauert, da mein Vater anders arbeitete als ich.

Im Moment bin ich hauptsächlich immer noch damit beschäftigt, mich Mandanten vorzustellen. Viele habe ich von meinem Vater übernommen, doch einige davon haben zu den anderen drei gewechselt, ohne mich überhaupt zu kennen. Das ärgert mich ein wenig, aber ich kann es nachvollziehen. Ich bin neu und sie wollen auf Altbewährtes setzen. Es ist nur eine Frage der Zeit, bis ich auch altbewährt bin.

Nach einem verabschiedenden Nicken gehe ich zurück an meinen vorübergehenden Arbeitsplatz im Großraumbüro, da mein Büro im Moment renoviert wird. Es wäre zwar ein Einzelbüro frei gewesen, allerdings hoffe ich, so noch einen besseren Überblick und näheren Kontakt zu den anderen Anwälten zu bekommen.

Trotzdem ist mein neues Büro bald fertig. Raus mit allem, was an meinen Vater erinnert. Ich hätte gern Lara Walker den Auftrag dafür gegeben. Ich liebe ihre Arbeit als Innenarchitektin. Möglicherweise ist es aber auch ihre Art. Weiblichkeit kann viele Formen annehmen, doch sie drückt das aus, was ich ebenfalls verkörpern will: Zielstrebigkeit, Durchsetzungsvermögen und Eleganz. Leider nimmt sie keine Aufträge mehr an, weswegen ich auf das Raumgestaltungsunternehmen zurückgegriffen habe, das schon mehrmals für die Kanzlei tätig war.

Beim Platznehmen beobachte ich den Junganwalt, der den Platz neben mir hat und hitzig am Telefon spricht.

Er legt mit einem Schnaufen auf, weshalb ich ihn anspreche: »War das ein Mandant?«

»Das Vorzimmer hat mich nicht verbunden.«

»Wenn Sie wütend werden, lassen Sie es sich nicht anmerken. Das Vorzimmer hat sicher auf Anweisung gehandelt und kann nichts dafür. Sind Sie ungehalten gegenüber den Menschen, werden sie Ihnen nicht helfen, selbst wenn sie die Möglichkeit haben. Lächeln Sie am Telefon, auch wenn Ihnen nicht nach Lächeln ist. Man hört das. Kanalisieren Sie Ihre Wut anders. Verbünden Sie sich mit den Vorzimmern dieser Welt. Sie bekommen viel mit und diese Kontakte können wertvoll sein.«

Er sieht mich störrisch an, wagt es aber nicht, seine Meinung kundzutun, weshalb ich weiterspreche: »Das war kein Rüffel. Das war ein Ratschlag. Früher habe ich dann immer mit einer Hand Papier zerknüllt und sah wahrscheinlich aus, als wäre ich irre, so habe ich gelächelt. Das mit dem Lächeln hat mir ein Dozent an der Uni beigebracht. Ich schwöre, es hilft.«

Nun lächelt er. »So?«

»Breiter.«

Er beißt sich auf die Unterlippe und lacht.

»Und schon sind Sie nicht mehr wütend. Bitte schön.«

»Darf ich Sie etwas fragen?«

»Natürlich.«

»Wie verbündet man sich mit Vorzimmern?«

»Kennen Sie die Namen und nutzen Sie sie im Gespräch. Merken Sie sich etwas über die Person. Hat sie Kinder? Geht sie dienstags immer zum Tennis? Sie werden Sie lieben, wenn Sie so etwas wissen. Bringen Sie zu einem Termin eine Kleinigkeit mit, ohne schleimig oder aufdringlich zu wirken.«

»Okay. Vielen Dank.«

Ich nicke ihm zu und widme mich wieder der Akte, um einen

aufgesetzten Vertrag zu überprüfen, den mein Vater kurz vor Schluss zur Unterschrift gebracht hatte.

Egal, was ich von meinem Vater halte: Als Anwalt war er spitze. Es gibt nichts daran auszusetzen und er hat alles bedacht.

»So schnell den Platz wieder verloren? Das überrascht sogar mich.«

Zuerst erkenne ich beim Kopfdrehen den Schritt von Preston, sehe höher und lande in seinem Gesicht.

»Ich glaube, ich muss dir nicht erklären, dass mein Büro renoviert wird. Du bist auf dem Weg hierher daran vorbeigelaufen. Kann ich dir helfen? Benötigst du eine Fachexpertise?«

Er legt mir eine Mappe auf den Tisch. »Wenn du möchtest ... Jemand muss das auf Rechtschreibfehler prüfen.«

Ich schiebe sie zur Seite. »Möchte ich nicht.«

»Ist das der Rowan-Vertrag?«, fragt er und deutet auf die Unterlagen, die ich gerade durchgegangen bin.

»Ja.«

»War das nicht bereits abgeschlossen?«

»Da sie nun meine Mandanten sind, sollte ich ihre Verträge kennen.«

Er nickt. »Falls du meine Fachexpertise benötigst: Ich stehe zur Verfügung. Oder du überlässt ihn mir, sollte dir der Sachverhalt zu komplex sein.«

»Benötige ich nicht und weitere Mandanten bekommst du auch nicht.«

»Vielleicht bevorzugen sie jemanden mit mehr Erfahrung.«

»Wer sagt, dass du mit solchen Firmen mehr Erfahrung hast?«

Er zuckt mit den Schultern. »Ich bin älter.«

Mein Schnauben über diese Aussage klingt so abfällig, wie ich es beabsichtigt habe. »Die paar Jahre. Das macht dich nicht besser.«

»Ich denke, auf eine gewisse Weise doch.«

»Du gehst also davon aus, dass älter besser ist? Dementsprechend sind Mortimer und Jacob kompetenter als du? Interessant.

In diesem Fall wende ich mich bei Fragen selbstverständlich an sie.«

»So war das nicht gemeint.«

»War es. Genau so hast du es gesagt.«

»Gehen wir davon aus, ich gestehe dir so viel Kompetenz wie mir selbst zu, habe ich zu dieser Kompetenz mehr Berufserfahrung. Mort und Jacob sind zwar länger als Anwalt tätig, aber irgendwann verringert sich der Vorsprung. Das ist ein ganz gewöhnlicher Effekt.«

»Und aus diesem Grund ist der Abstand zwischen uns geringfügig. Trotzdem danke, dass du mir deine Expertise anbietest. Komme ich nicht weiter, frage ich dich um Rat. Immerhin sind das Mandanten der Kanzlei, auch wenn ich sie betreue.«

Er macht mich schon wieder wütend. Manchmal bringen mich seine Kommentare außer Contenance. Der Mann kostet mich jede Beherrschung.

»Ich kann dir ansehen, dass du gern rumzicken würdest.«

»Und ich kann dir ansehen, dass du in dem Fall einsteigst.«

Ein Mundwinkel von ihm hebt sich zu einem halben Grinsen. Ich habe recht. Es macht ihm Spaß. Mir leider auch, ob ich will oder nicht. Er ist clever, hat immer eine Antwort, und geht das so weiter, wird es wahrscheinlich noch zu meiner Lebensaufgabe, ihn irgendwann einmal mit irgendetwas fassungslos zu machen und ihn um Worte ringen zu sehen.

»Entschuldige, Elaine. So gern ich dieses Gespräch fortsetzen möchte: Ich muss zu Tisch.«

»Möge dir die Krawatte ins Essen hängen.«

»Und dir die Ärmel beim Händewaschen nach unten rutschen.«

Er wendet sich ab und ich sehe ihm hinterher. Wieder schiebt er eine Hand in die Hosentasche. Ich mag seinen Anblick. Vor allem von hinten. Das bedeutet nämlich, er verschwindet.

Zeit für eine kleine Pause, mir schwirrt bereits der Kopf. Da heute wunderbares Wetter ist und ich keine Verpflichtungen über

Mittag habe, beschließe ich, die Kanzlei zu verlassen und mir einen Kaffee zu kaufen, mit dem ich einen Spaziergang unternehmen werde. Mein Kaffee und ich. Zukünftiger bester Freund für zwanzig Minuten: Ich komme.

Vor dem Gebäude hält sich natürlich Preston auf. Um ein Gespräch zu vermeiden, bleibe ich stehen und zücke mein Smartphone.

Trotzdem bekomme ich mit, wie er mit einer Fahrradkurierin flirtet und sie anscheinend Nummern austauschen, ehe er auf der Rückbank seines schwarzen Wagens einsteigt, der schon bereitsteht. Ein Maybach in der Langversion.

Das weiß ich nur, da er auch auf meiner Liste stand, als ich mir überlegte, welches Auto ich zukünftig besitzen will, um mich damit kutschieren zu lassen. Ich wählte allerdings die Langversion des Panamera, einfach aus dem Grund, weil ich vorher schon einen Porsche besaß. Und vielleicht hatte ich den kindischen Gedanken, dass er etwas sportlicher wirkt als ein spießiger Maybach.

Die Fahrradkurierin kommt auf mich zu. »Er da hat mir gerade gesagt, dass sie zur Kanzlei CWAP gehören. Stimmt das?«

»Wer? Er, der in sein Auto gestiegen ist?«

»Jepp. Ich habe eine Zustellung.«

»Und die konnte er nicht annehmen?«

»Hä? Er hat gesagt, Sie wären seine Anwältin. Kann ich jetzt?« Sie hält mir verpackte Akten entgegen.

»Nein. Ich bin auf dem Weg. Bitte bringen Sie sie direkt in die Kanzlei. Hat mein *Mandant* mit Ihnen geflirtet?«

»Ja. Heißer Typ. Voll nett. Er hat mich zum Essen eingeladen.«

Kopfschüttelnd gehe ich weiter. Er scheint tatsächlich alles begatten zu wollen, was ihm vor die Nase läuft. Was mich aber wundert, ist sein Frauengeschmack. Diese Frau passt nicht zu ihm. Ihre Haare sind pink gefärbt, große Tunnels in beiden Ohren, Nasenring. Sie sehen nebeneinander fast lächerlich aus. Und was soll das überhaupt, zu behaupten, ich wäre seine Anwältin? Das ist doch albern.

7

EXPLOSION

Elaine

Mein Bein hibbelt unter dem Schreibtisch, weshalb ich nach unten fasse und es bremse. Ich bin nervös. Das Gespräch gleich ist wichtig. Ein vermutlich neuer Mandant möchte von uns Vertragsentwürfe vorgelegt bekommen, um sich von unserer Arbeit überzeugen zu können. Deshalb wird die Führungsriege der bekannten Bekleidungskette heute geschlossen zu einem Termin erscheinen.

Sie möchten aufgrund der Größe des Unternehmens von allen vier Partnern betreut werden. Aus diesem Grund haben wir uns alle eingebracht, und ich lese den Entwurf noch einmal, obwohl ich ihn fast auswendig kenne. Nur zur Sicherheit.

Das Bein, das sich selbst von meiner Hand nicht beruhigen ließ, stoppt abrupt. Wer hat denn dieses Satzkonstrukt verbrochen? Ich klicke den Bearbeitungsverlauf an und erkenne, es war Preston. Heute erst.

Das darf so nicht bleiben. Ein Blick auf die Uhr, um zu überprüfen, ob die Zeit reicht, und ich lege los, die wenigen Sätze in eine für jeden verständliche Sprache zu bringen.

Als ich fertig bin, wird es schon knapp, weshalb ich nach draußen haste und die ausgedruckten Seiten aus dem Drucker ziehe, der an Alyssas Platz steht. Damit gehe ich so schnell wie möglich, ohne zu rennen, in den geplanten Besprechungsraum.

Wie ich es mir dachte, verteilt Gabrielle bereits die vorbereiteten Mappen an den jeweiligen Plätzen und schiebt die Kaffeetassen in eine noch perfektere Ordnung, als sie schon standen. Vermutlich hat sie früher ein Lineal benutzt, heute genügt ihr geübtes Augenmaß.

Preston steht mit einer Hand in der Hosentasche am Fenster. Doch obwohl er sich frontal dazu positioniert hat, sieht er nicht nach draußen, denn die andere hält eine der Mappen und er scheint ebenfalls den Entwurf noch einmal zu lesen.

Er sieht sogar von hinten und beim Lesen arrogant aus.

»Gabrielle, Seite 13 muss jeweils ersetzt werden«, bitte ich.

Sie schaut zu Preston, der sich umdreht. »Nein. Gabrielle, du kannst gehen. Vielen Dank.«

Sie verschwindet, und während er ihr hinterhersieht, legt er die Mappe auf dem Tisch ab, um danach die Arme zu verschränken.

Kaum hat sie den Raum verlassen, bekomme ich seine Aufmerksamkeit. »Was passt dir wieder nicht? Einen Rechtschreibfehler gefunden?«

»Du schickst sie weg, ohne zu wissen, warum?«

»Ich schicke sie weg, weil sie einen Arzttermin hat. Oder willst du behaupten, wir sind nicht fähig, ein paar Seiten auszutauschen?«

»Natürlich sind wir das. Entschuldige, dass ich gleich vermute, du lehnst meinen Vorschlag ungesehen ab, weil du alles ablehnst, was ich vorschlage. Muss ich dir einen Mandanten abgeben, damit ich etwas in einem gemeinsamen Entwurf korrigieren darf?«

»Was möchtest du denn korrigieren?«

»Zu hochgestochene und viel zu lange Satzkonstrukte.«

»Darf ich es sehen?«

»Benötige ich denn deine Erlaubnis, um es zu ändern?«

Seine Augen funkeln mich eisig an und er streckt die Hand aus.

Ich gebe nach und reiche ihm einen der Ausdrucke, die ich auf dem Tisch abgelegt habe. »Dritter Absatz.«

Er nickt und liest. Ich sehe zu, wie sein Blick hin und her huscht, bis er zu mir schnellt. »Das wird nicht geändert.«

Bevor ich antworten kann, hat er das Blatt Papier zerknüllt, weshalb ich energisch Luft hole und frage: »Du lehnst meine Änderung ab, obwohl sie flüssiger und eingängiger klingt?«

»Nein, ich lehne sie ab, weil meine Formulierung die an dieser Stelle angebrachte übliche Behördensprache ist.«

»Das ist doch Blödsinn.«

»Das Dokument wird Behörden vorgelegt und damit können sie am ehesten etwas anfangen.«

»Und das weißt du woher? Begleitest du deine Mandanten bei Behördengängen? Führst du regelmäßig Umfragen bei den Mitarbeitern dort durch?«

»Nein. Ich kann dir trotzdem versichern, dass es so am ehesten verstanden wird.«

»Obwohl meine Formulierung den gleichen Sachverhalt einfacher ausdrückt?«

»Oh, sag bloß, du hältst die Mitarbeiter auf Ämtern für dumm?«

»Im Gegensatz zu dir begleite ich gelegentlich Mandanten auf Behörden.«

»Wie gestern? Warst du nicht außer Haus, um Vernon zum Notar zu begleiten, damit er dort seine Identität bestätigen und Dokumente beglaubigen lässt? So, als könnte er das nicht allein? Sehr süß.«

»Das gehört zu einem guten Service, den wir als Kanzlei bieten sollten, damit unsere Mandanten zufrieden sind.«

»Tatsächlich? Was bietest du denn noch für einen Service, um die Mandanten zufriedenzustellen?«

Er sieht langsam an mir hoch und runter, als wollte er mich mit

Blicken inhalieren. Unverschämtheit! Ist das Lust, was in seinen Augen aufblitzt? Auf eine ähnliche Art schaut mich Sebastian an, wenn ich nur beste Wäsche trage, um ihn zu besänftigen, weil er mir irgendetwas übel nimmt.

Das darf doch nicht wahr sein. So ein Drecksack.

Weshalb guckt er überhaupt so, wenn ich hier voll bekleidet stehe? Nichts an meiner Kleidung ist als aufreizend zu werten. Zumindest nicht im Vergleich zu der Unterwäsche, die ich gern trage, um mich nicht komplett bieder zu fühlen. Warum kribbelt das auch noch in mir, so von ihm angesehen zu werden?

Ich verbiete mir das und trete einen Schritt näher. »Möchtest du mir unterstellen, ich prostituiere mich für Mandanten?«

»Nichts liegt mir ferner.« Ein spöttischer Zug umspielt seine Mundwinkel, der alles in mir hochfahren lässt.

Er will über mich spotten? Das kann ich auch. Ich kneife ihm mütterlich in die Wange. »Elaine muss sich nicht ausziehen, um Mandanten zufriedenzustellen. Elaine muss noch nicht einmal über so etwas nachdenken. Nicht wie der arme Preston, der sich anscheinend die unmöglichsten Strategien überlegt, um von sich überzeugen zu können.«

Seine Hand landet auf meiner, weshalb sie gegen seine Wange gedrückt wird. Er beugt den Kopf in meine Richtung und sagt: »Preston denkt über vieles nach. Denken ist quasi sein Hauptberuf.«

Die Haut seiner Wange ist weich, glatt und fast seidig, so gut ist er rasiert. Ich schätze eine gute, gründliche Rasur bei Männern. Das verleiht ihnen etwas Edles. Seine Handinnenfläche schmiegt sich von der anderen Seite dagegen, und dieses Eingerahmtwerden fließt von der Hand in den Arm, von dort aus in meinen ganzen Körper und erzeugt Hitze. Ungewollte Hitze.

Empört von mir selbst ziehe ich die Hand ruckartig weg und würde ihn am liebsten ohrfeigen, weil er eine Wirkung auf mich hat, die ich nicht will.

»Was siehst du mich so fassungslos an? Entsetzt es dich, dass ich glaube, ich kann denken? Ich hoffe, dein Rest des Tages wird für dich so unangenehm, wie du es für mich bist.«

»Du bist ein gottverdammtes Arschloch, Preston Connor!«

Das war etwas zu laut, aber wenigstens eindringlich genug, um ihm klarzumachen, dass ... Habe ich ihn gerade Arschloch genannt? Er kostet mich wirklich jedes bisschen Contenance. Ich kann mich nicht erinnern, jemals zu jemandem kindisch Arschloch gesagt zu haben. Vielleicht als Jugendliche, aber selbst da entsprach das nicht meiner Art.

Trotzdem sehe ich ihm fest in die Augen, als wäre das völlig normal, absolut gerechtfertigt und kein Stück unreif und albern.

Er tritt noch näher, die Wärme seines Körpers umgibt ihn wie eine intime Hülle, und da jede höfliche Distanzzone unterschritten ist, erfasst sie mich, erwärmt mich weiter und gibt der Wut auf sein Verhalten mehr Nahrung. Unsere Gesichter sind sich nah, und wir neigen in langsamen synchronen Bewegungen die Köpfe hin und her, als würden wir sie statt Schwerter nutzen, um uns zu duellieren.

Das Blau seiner Augen ist glasklar und tief, mit einem wütenden dunklen Funkeln darin, das ich auch in mir selbst spüre. Ich rieche sein Aftershave, das mit dem Duft die Aussage seiner makellosen Rasur unterstreicht und sich unaufdringlich mit seinem Parfüm mischt, als wären sie perfekt aufeinander abgestimmt.

Wenn ich nicht so darauf konzentriert wäre, diesen Blickkampf zu gewinnen, könnte ich überprüfen, ob ich nicht doch ein vergessenes Barthaar finde, da ich definitiv nah genug an seinem Gesicht bin, um jede Pore zu inspizieren.

»Elaine! Du bist das schlimmste zickige Miststück, das mein Verstand in der Lage ist, sich auszumalen.« Der Anfang des Satzes war sehr laut, zum Ende hin wurde es immer leiser und bedrohlicher.

Ich lasse mich von ihm weder bedrohen noch einschüchtern. Niemals von ihm. Egal, was es kostet. Egal, wie weich meine Beine gerade werden, weil er mir viel zu nah ist.

Ein Räuspern und unsere Köpfe fliegen herum, während jeder von uns einen rettenden Schritt rückwärts vollführt.

Mortimer und Jacob. Hinter ihnen die erwarteten Mandanten. Warum haben wir sie nicht kommen hören? Wie viel haben sie mitbekommen?

Ich benötige alle Selbstbeherrschung, um freundlich zu lächeln und mir nicht anmerken zu lassen, wie weich meine Beine immer noch sind. Vielleicht von diesem kleinen, körperlich viel zu nahen Machtkampf oder von der Peinlichkeit dieser Situation. Schweiß bricht mir aus jeder Pore und die Beine werden immer weicher. Habe ich mich je in meinem Leben so geschämt?

Einer ergreift das Wort. »Das ist offensichtlich nicht die richtige Kanzlei für uns.«

Mir fällt nichts ein, was man dazu sagen kann; nichts, was diese Blamage ungeschehen machen könnte, und Preston scheint es ähnlich zu gehen, denn seine Lippen sind zu einem schmalen Strich geschmolzen und seine Stirn liegt in Falten.

Jacob folgt ihnen sofort, Mortimer wirft uns einen langen Blick zu, der alles bedeuten könnte, und geht ihnen ohne ein Wort zu sagen hinterher.

Kaum sind sie außer Sichtweite, atmet Preston laut aus und sieht zu mir. »Entschuldige. Das ist eskaliert.«

»Ja«, gebe ich zu und bin einfach nur froh, dass er das sachlich und ohne ein Wort des Vorwurfs feststellt.

»Können wir uns darauf einigen, die Schimpfworte wegzulassen?«

»Ja, bitte. Unbedingt sogar. Können wir darüber hinaus noch vereinbaren, falls wir etwas zu diskutieren haben, das unter vier Augen zu erledigen? Und ohne die Gefahr, dabei von Mandanten gesehen zu werden?«

»Oder Kollegen und Mitarbeitern?«

»Ja, gute Idee. Letztens konnte ich belauschen, wie uns jemand mit zwei Hunden im selben Revier verglichen hat.«

»Ehrlich?« Einen Moment huscht ein amüsierter Ausdruck über sein Gesicht, ehe es zurück ins Besorgte wechselt.

Besorgt bin ich auch. Das war nicht nur für ihn und mich blamabel, sondern dazu für die gesamte Kanzlei.

»Ja, ehrlich. Gut. Diskussionen nur noch hinter verschlossenen Türen.«

Ich reiche ihm die Hand, um den Deal zu besiegeln.

Er schnippt mit dem Finger dagegen, statt sie zu ergreifen. »Einverstanden.«

»Du willst mir nicht einmal die Hand geben?«

»Hast du mich nicht genug angefasst für einen Tag?«

Mir schwirrt erneut eine Auswahl Schimpfwörter durch den Kopf. Aber das wird nie wieder eine Option sein. Diese Lektion ist gelernt.

»Zeig mich wegen sexueller Belästigung an, wenn dir das Zufriedenheit schenkt.«

»Oh, sie will mir wie den Mandanten Zufriedenheit schenken. Mein Tag ist gerettet.«

Gleichzeitig gehen wir los Richtung Ausgang, bleiben stehen, als wir das bemerken, woraufhin er ungeduldig mit der Hand wedelt, um mir den Vortritt zu lassen.

Ich gehe voran und schnurstracks in mein Büro, um auf den Bürostuhl zu sinken, erleichtert sitzen zu können.

Das war schlimm von uns, richtig schlimm.

Warum lassen mich seine Sticheleien und Kommentare nur so hochfahren? Ich dachte, ich hätte schon vor Jahren abgelegt, mich von irgendetwas provoziert zu fühlen, was andere von sich geben. Oder dass es mir zumindest niemand anmerken kann.

Preston Connor ist ein Teufel.

8

MEDIATION

Preston

Ich erhebe mich von dem Stuhl und atme mit Sicht aus der Verglasung tief durch. Eigentlich stecke ich noch mitten in der Arbeit, aber in fünf Minuten hat Jacob ein Partnertreffen angesetzt. Ich bin gespannt, was er will.

Um den Kopf von meinen Überlegungen freizubekommen, massiere ich mir mit den Zeigefingern die Schläfen, während ich weiter nach draußen sehe. Schwere dunkle Wolken hängen dort. So fühlt sich mein Kopf momentan an. Voller Wolken mit einem leichten Ziehen hinter der Stirn. Irgendwie habe ich schlechte Laune.

Noch eine Minute. Ich verlasse das Büro und wechsle in den Besprechungsraum, in dem wir solche Treffen abhalten.

Mortimer und Jacob sind bereits da und scheinen sich zu beratschlagen. Beide heben die Köpfe und nicken mir zu, als ich mich auf meinem Platz niederlasse und mir Wasser einschenke.

Die Hexe fehlt noch. Sie wird doch nicht zu spät kommen? Obwohl ich versuche, überall an ihr Fehler zu sehen, passt das nicht zu ihr.

Gerade als der Zeiger der Uhr gegenüber meines Platzes auf die volle Stunde umspringt, rauscht sie mit Telefon am Ohr in das Besprechungszimmer.

»Vielen Dank. Ja. Ich melde mich später bei Ihnen. Bitte entschuldigen Sie, dass ich unser Gespräch unterbrechen muss.« Sie lässt die Hand sinken und nickt in die Runde. »Entschuldigt bitte. Ein Mandant. Ein sehr gesprächiger Mandant.«

Sie lächelt um Verständnis bittend und die zwei alten Säcke lächeln mit. Vielleicht ist es unfein, sie ständig in Gedanken so zu betiteln, aber für mich sind sie das, weil sie wie alte Säcke denken, völlig unabhängig von ihrem biologischen Alter.

Elaine nimmt Platz und verschränkt die Hände auf dem Tisch, um Mortimer erwartungsvoll anzusehen.

Mortimer räuspert sich und sieht Jacob an, der nickt. »Jacob und ich haben beschlossen, dass es mit euch beiden nicht so weitergeht. Ihr schreckt Mandanten mit eurem Verhalten ab. Ihr gefährdet die Kanzlei. Zusammengefasst: Ihr sorgt für ein schlechtes Klima, vergrault Mandanten, und garantiert leiden auch eure Arbeitsergebnisse darunter. Nur wenn wir zusammenarbeiten und eine Front bilden, funktioniert das hier. Ihr führt allerdings einen infantilen Krieg miteinander. Das muss sich ändern.«

»Sonst was?«, frage ich genervt. Genervt davon, wie ein Kleinkind gerügt zu werden. Ich weiß selbst, wie das bei den Mandanten ankommt, aber selbstredend leiden meine Arbeitsergebnisse nicht unter den gelegentlichen Meinungsverschiedenheiten mit ihr.

»Ansonsten.« Jacob sieht mich an. »Ja, ansonsten muss einer von euch gehen.«

»Kein Problem«, erwidere ich. »Sie kam zuletzt. Sie geht. Ich bin einverstanden.«

»Ähm, Moment mal!« Elaine schenkt mir einen Blick, als würde sie mir gleich an die Gurgel gehen, was meiner Meinung nach ihre Unzurechnungsfähigkeit beweist.

Mortimer übernimmt wieder. »Ganz ruhig, Elaine. Wir haben noch nicht entschieden, wer es von euch wäre.«

Ich lege die Unterarme auf den Tisch und sehe die beiden Männer nacheinander an. »Ihr könnt niemanden von uns rauswerfen.«

Jacob hebt eine Mappe an. »Lies noch einmal die Vereinbarung. Liegen zwei Partner im Streit und gefährden den Fortbestand der Kanzlei, dürfen die beiden anderen entscheiden, wer geht. Ebenso steht dort allerdings auch, dass vorher ein Mittelsmann hinzugezogen werden muss. Oder wie man das heutzutage nennt: Mediator. Und das haben wir getan. In einer Viertelstunde trifft eine Mediatorin ein, die zwischen euch vermitteln wird. Es ist eine ausgebildete Psychiaterin, die uns empfohlen wurde, da sie die Beste auf dem Gebiet sein soll. Wir wünschen uns, dass ihr zusammenfindet und Partner seid, wie die Kanzlei sie benötigt. Sie wird mit euch arbeiten und uns einen Abschlussbericht zukommen lassen. Fällt ihre Prognose negativ aus, muss einer von euch gehen. Wer, entscheiden wir, sollte dieser Fall eintreffen.«

In mir brodelt es. Das kann nicht ihr Ernst sein. Ich bin Jahre in unserer Kanzlei, war hier schon tätig, bevor ich meinen Platz übernahm. Sie können unmöglich überlegen müssen. Sie ist erst Wochen hier und hat den Frieden gestört.

Ein Blick zu ihr und ich erkenne, dass sie mich hasserfüllt mustert.

Ja, du Hexe. Das ist deine Schuld.

Ich verstehe überhaupt nicht, was sie gegen mich hat. Denn sie hat mich schon angezickt, bevor ich etwas überzogen auf die Ankündigung ihres Vaters reagierte. Das ist nicht professionell.

Zugegebenermaßen bin ich ihr gegenüber auch nicht besonders professionell. Sie schafft es immer wieder, mich mit ihrer Art zu provozieren. Glückwunsch. Ich kann mich nicht erinnern, dass es jemals jemand geschafft hat, mich so aus meinem gewohnten Verhalten zu reißen.

Sie haben recht. So kann es tatsächlich nicht weitergehen. Ich lächle Elaine an und sehe genau, dass sie das ärgert, weil sie nicht damit gerechnet hat.

Danach schenke ich mein Lächeln den beiden Männern. »Gut. Ich bin einverstanden. Mir ist der Frieden wichtig. Ihr habt recht. Ich bin überzeugt, es ist machbar, eine Einigkeit herzustellen. Zumindest soll es nicht an mir scheitern.«

Ich sehe wieder zu ihr und ihre vollen, dezent geschminkten Lippen verengen sich zu einem schmalen Strich. Das triumphierende Lächeln, das sich in mein Gesicht schleichen möchte, unterdrücke ich und lächle ihr stattdessen aufmunternd zu. Das ist eigentlich für Mandanten, die verzweifelt sind und denen ich Zuversicht vermitteln will. Nun stehe ich als der Einsichtige da, und ich weiß genau, wie es sie aufregt, dass ich das gesagt habe und väterlich verständnisvoll lächle.

Sie steht auf, streckt mir die Hand entgegen und setzt ein freundliches Lächeln auf. »Ich möchte das als Chance nutzen, erneut von vorn anzufangen. Ich schätze deine berufliche Kompetenz und bin ehrlich erfreut, dass du einverstanden bist, dir auch bei der sozialen Kompetenz helfen zu lassen.«

Ich erhebe mich ebenfalls und packe ihre Hand etwas zu fest. Sie ist ... Argh!

Keiner von uns lässt zuerst los. Wir sehen uns an, jeder bemüht um einen freundlichen, nachsichtigen Gesichtsausdruck, aber ich erkenne genau, wie die grünen Hexenaugen gefährlich funkeln und ihr Augenlid minimal zuckt. Mikroexpressionen. Nicht kontrollierbar. Ob sie so etwas auch an mir wahrnimmt?

Um sie zu provozieren, streichle ich ihren Handrücken mit dem Daumen und daraufhin zieht sie sie wie erwartet ruckartig zurück.

Elaine sieht auf ihre Armbanduhr. »Nun. Wir haben noch fünf Minuten. Die Zeit nutze ich, um mir einen Kaffee zu holen.«

»Bringst du mir bitte einen mit? Schwarz, ein Stück Zucker. Das wäre sehr lieb von dir.«

»Aber natürlich«, sagt sie, doch ich sehe genau, dass sie beim Rausgehen die Zähne fletscht. Das ist ein bisschen heiß.

Mortimer stöhnt. »Preston. Denkst du, wir bemerken das

nicht? Für wie blind hältst du uns? Ihr sollt nicht so tun, sondern euch ehrlich vertragen.«

Autsch, ertappt. »Ich verspreche, dass ich mich bemühen werde. Aber würdet ihr sie mir tatsächlich vorziehen?«

»Das wissen wir nicht. Du hast zweifellos mehr Erfahrung und uns bereits einige gute Mandanten gebracht. Allerdings hat Elaine ein enormes Potenzial, wie wir feststellen konnten. Die Wahl ist schwierig, vor allem, da wir nicht nur das Beste für die Kanzlei möchten, sondern auch andere Gesichtspunkte berücksichtigen müssen. Was geschieht, sollten wir eine Frau von diesem Platz entheben? Unsere genaue Vereinbarung ist geheim. Aber was nicht geheim ist, dass wir eine Frau vom Stuhl schubsen. Darunter könnte unser Ansehen leiden. Wir können es nicht gebrauchen, dass wir auf einmal einem Feministinnen-Sturm ausgesetzt sind. Uns wäre es recht, wenn ihr beide bleibt und zusammenarbeitet. So einen Fall gab es noch nie, und unsere Vereinbarung hat keine Lösung vorgesehen, wird ein Platz ohne würdigen Nachfolger frei.«

Mir entgleist das Gesicht. Sie würden ihr eventuell den Vorzug geben, nur weil sie eine Frau ist. Zugegebenermaßen war mein Geschlecht über Jahrhunderte das bevorzugte und ja, ich bin für absolute Gleichberechtigung, was die beiden gut wissen. Aber abgesägt werden, weil ich ein Mann bin, das lag immer so weit außerhalb meiner Vorstellungskraft, dass ich es nicht fassen kann.

Die beiden nicken sich zu und erheben sich. »Ihr könnt hier warten. Der Empfang ist angewiesen, Doktor Ramirez zu euch in den Besprechungsraum zu bringen.«

»Danke«, antworte ich mechanisch.

Kaum sind sie durch die Tür, erscheint Elaine und stellt einen Kaffee vor mir ab. Ich nippe daran und sehe zu, wie sie Platz nimmt.

Fast spucke ich das Gesöff zurück in die Tasse. Was ist denn das für eine dünne Brühe? Außerdem ist das garantiert mehr als ein Stück Zucker. Er ist süß wie Sirup. Ist das ekelhaft. Ich schiebe ihn von mir, und sie lächelt mich zuckersüß an, während sie von ihrem eigenen trinkt.

Ich reibe mir die Schläfe, woraufhin sie fragt: »Hast du Kopfschmerzen?«

»Tatsächlich. Ihr Frauen tragt doch immer alles mit euch herum. Hast du etwas dagegen? Dann muss ich Gabrielle nicht bemühen.«

»Nein, was sollte ich dagegen haben? Du darfst gern mit Kopfschmerzen herumlaufen. Das stört mich nicht. Aber lieb, dass du fragst.«

Darauf antworte ich nicht, sondern stehe auf und vertausche unsere Tassen. »Du hast da was verwechselt.«

Nach einem Schluck weiß ich, dass ihrer etwas taugt. Normaler Kaffee, nicht mehr als ein Stück Zucker. Eindeutig trinkbar.

Sie sagt nichts, sieht mich nur an, während der Sirup-Kaffee vor ihr abkühlt. Ich lächle sie mindestens so zuckersüß an wie sie eben mich, woraufhin sie den Löffel greift und ihn gemächlich durch die Brühe führt, ohne mich aus den Augen zu lassen.

Langsam wird mir unwohl. Kann man mit verzuckertem Kaffee jemanden töten? Mit einem Löffel? Ihr traue ich alles zu.

Wir schweigen, bis Aria vom Empfang Doktor Ramirez bringt. Eine riesige hagere Frau mit einem straffen Haarknoten. Ihr gesamtes Erscheinungsbild drückt aus: *Sieh mich an, ich bin so streng wie kompetent.*

Lächelnd erhebe ich mich. »Möchten Sie Kaffee oder Tee, Doktor Ramirez?«

»Sehr gern. Tee, grün, kein Zucker.«

Ich sehe Aria an und sie nickt mir bestätigend zu.

Doktor Ramirez bleibt vor uns stehen und sieht uns nacheinander an. »Elaine Ward, Preston Connor. Ich bin Selina Ramirez. Es freut mich, Sie kennenzulernen. Ich habe bereits einen Schlachtplan für Sie ausgearbeitet.«

»Möchten Sie uns nicht erst kennenlernen?«, fragt Elaine und reicht ihr die Hand.

»Selbstverständlich. Aber der ausführlichen Schilderung nach denke ich, bereits einen effektiven Weg für Sie gefunden zu haben.«

Wir nehmen Platz, und nachdem sie ihren Tee bekommen hat, eröffnet sie das Gespräch. »Ziel unserer Sitzungen ist, ein für Sie angenehmes Arbeitsklima zu schaffen und ein partnerschaftliches Miteinander zu ermöglichen. Da Sie erwachsene und gebildete Menschen sind, erkläre ich nicht lang und breit unsere Gesprächsregeln, sondern erwähne nur, dass wir uns aussprechen lassen und höflich bleiben. Elaine, was erwarten Sie von unseren Sitzungen?«

Elaine faltet die Hände. »Nun ja. Da ich nicht viel Zeit hatte, mir Gedanken zu machen, ist meine Antwort darauf: Ich erhoffe mir als Ergebnis einen respektvollen Umgang und eine angenehme Zusammenarbeit. Preston soll anerkennen, dass ich ebenso gute Arbeit leiste, wie er es von sich selbst denkt.«

»Aber …«, beginne ich.

Elaine unterbricht mich umgehend: »Aussprechen lassen. Wenige Regeln. So schwer kann das nicht sein.«

»Du warst etwa noch nicht fertig?«

»Benötigen wir einen Sprecherstab, damit du verstehst, wann du dran bist?«

»Ich bin mir ziemlich sicher, dass ich erkenne, wenn jemand eine Ausführung abgeschlossen hat.«

Doktor Ramirez sieht zwischen uns hin und her und lächelt. Was gibt es denn da zu lächeln, hä?

»Stopp. Ich denke, ich habe genug gehört. Mit meinem Konzept kommen wir tatsächlich nicht weiter. Ich habe eine andere Idee für Sie. Etwas ungewöhnlich, aber vermutlich zielführend. Ich arbeite das bis morgen aus und lasse Ihnen in unregelmäßigen Abständen Aufgaben zukommen. Unser nächstes Gespräch findet statt, sobald Sie alles absolviert haben. Ich danke Ihnen für den interessanten Einblick.«

Sie trinkt einen Schluck ihres Tees, der garantiert noch nicht richtig gezogen ist, und erhebt sich. Nachdem sie ihre Handtasche geschultert hat, reicht sie uns nacheinander die Hand und verschwindet mit einem Lächeln.

Ich sehe Elaine an. Was war denn das für ein seltsamer Auftritt?

»*Interessanter Einblick*. Die hat doch einen Knall.«

Da gebe ich ihr ausnahmsweise recht.

9

FRAGEN

Preston

Elaine stürmt in mein Büro und ich schnaube genervt. »Was?«

Sie wedelt mit einem Umschlag. »Doktor Crazy hat uns ihre *Aufgaben* zukommen lassen.«

»Doktor Crazy?« Ich hebe eine Augenbraue an.

»Wenn du das hörst, wirst du das auch denken.«

»So?« Ich lehne mich zurück und deute auf den Stuhl vor meinem Schreibtisch. Sie nimmt Platz und zieht ein Blatt Papier aus dem Umschlag hervor.

»Unsere Aufgabe ist es, jetzt pass auf: Sie sendet uns Fragen zu, die wir uns gegenseitig beantworten sollen. Fragen zum Verlieben! Unglaublich.«

»Wie *zum Verlieben*?« Ich muss mich verhört haben.

»Irgendein Psychologe hat 36 Fragen erfunden, mit denen sich wildfremde Menschen ineinander verlieben können. Wir sollen sie in mehreren Happen beantworten und uns jedes Mal danach in die Augen sehen. Ihrer Meinung nach sollten wir uns durch dieses Vorgehen zumindest gut verstehen.«

»Ich bin mir nicht sicher, ob sie das richtig verstanden hat. Wir benötigen keine Paartherapie, sondern müssen nur irgendwie hinbekommen, dass uns die zwei anderen abnehmen, unsere Zusammenarbeit klappt gut.«

»Paartherapie? Das erinnert mich eher an eine schlechte Verkupplungsshow im Reality-TV-Style.« Sie seufzt. »Ziehen wir das gleich durch oder heute nach Feierabend?«

»Gar nicht. Doktor Crazy«, ich stocke, da ich denselben Ausdruck benutze wie sie, »erscheint mir nicht besonders kompetent dank dieses kindischen Schwachsinns. Wir suchen uns einen anderen Mediator. Vielleicht einen Mann. Der kommt nicht mit Liebesscheiße um die Ecke.«

»Männer sind deiner Meinung nach kompetenter?«

»Ich akzeptiere auch einen Delfin als Mediator, wenn er mich mit so etwas in Ruhe lässt.«

»Wir sollten Mort und Jacob nicht um einen anderen bitten. Das bestärkt sie bloß darin, dass wir nicht miteinander auskommen. Wir ziehen das durch.«

»Du stehst auf mich, hm? Sonst würdest du nicht darauf bestehen, das durchzuziehen.«

Sie sieht mich an, wobei sie sich zurücklehnt und die Arme verschränkt. »Optisch magst du durchaus zu den begattungswerten Männchen unserer Art gehören. Aber ich stehe auf Männer mit Charakter. Das ist weit mehr begehrenswert.«

»Du magst meinen Charakter nicht. Was daran genau?«

»Ist die Frage ernst gemeint? Ist dir nicht bewusst, dass du ... Ach, vergiss es. Kurz: Ich halte dich für einen Narzissten.«

»Weshalb?« Jetzt wird es spannend.

»Arrogant und selbstverliebt. Mit Kritik und Misserfolg kannst du nicht umgehen. Dir ist es nicht möglich, dich in andere Menschen hineinzuversetzen. Du benimmst dich herablassend.«

»Mhm.«

Ja. Sie hat mit fast allem recht. Allerdings nur ihr gegenüber. Von mir aus lasse ich arrogant durchgehen. Mich interessieren andere Menschen nicht besonders. Benötige ich sie nicht und schenke ihnen dementsprechend keine Beachtung, wirkt das arrogant. Mit Kritik und Misserfolg kann ich umgehen. Nur nicht bei ihr. Möglicherweise liegt es an der Art, wie sie ihre Kritik formuliert.

Nein, das ist es auch nicht unbedingt. Normalerweise ist mir das egal. Irgendetwas an der Hexe fordert mich heraus. In sie hineinversetzen kann ich mich tatsächlich nicht. Sie ist mir ein Rätsel. Herablassend bin ich ihr gegenüber sicher auch. Eben, weil ich ihr keinen Sieg gönne und sehen möchte, wie sie sich aufregt. Sie dazu zu bekommen, mir einen ihrer wütenden Blicke zuzuwerfen, ist schon fast zu einem Spiel für mich geworden. Ein Spiel, das mich nun meinen Platz kosten könnte.

»Ich habe ins Schwarze getroffen, oder?«, fragt sie und legt die Arme auf den Armlehnen des Stuhls ab, wozu sie triumphierend lächelt.

»Möglicherweise. Allerdings musst du zustimmen, dass all diese Punkte von meiner Sicht aus auch auf dich zutreffen.«

»Ist das so?«

»Ja.«

Sie zögert einen Moment mit der Antwort, als wäre sie sich nicht sicher, ob sie die nächsten Worte loswerden möchte. »Hm. Ganz ehrlich: Bis auf die eine Sache vor den Mandanten empfand ich unser Miteinander nicht als unternehmensgefährdend. Wir müssen nicht beste Freunde werden, aber ich denke, mit unserem Entschluss, Beleidigungen zu streichen und nicht unbedingt vor anderen zu diskutieren ... Es sollte doch möglich sein, dass wir hier eine friedliche Koexistenz leben.«

»Eine Koexistenz feindlicher Lebensformen?«

Sie schmunzelt und hält ein Diktiergerät in die Höhe, das sie aus dem Umschlag zieht. »Korrekt. Bringen wir das schnell hinter uns? Das Gerät müssen wir nutzen und ihr nach jeder Sitzung die Aufnahme als Beweis zusenden, dass wir es ernst nehmen.«

»Leg los.«

Sie betätigt den Aufnahmeknopf und liest die erste Frage vor. »*Wenn du jede Person auf dieser Welt, verstorben oder lebendig, wählen könntest: Wen würdest du zu dir nach Hause zum Essen einladen?*«

»Meine Frau.«

Das kam impulsiv und ist die Wahrheit. Wann hatte ich das letzte gute Gespräch mit ihr? Ich kann mich kaum erinnern. Früher haben wir über alles gesprochen, gelacht und geträumt, und dann war das verschwunden, als wäre es nie da gewesen. Rückblickend kann ich nicht mehr festmachen, wann das passierte. Ob es einen Schnitt gab oder es ein schleichender Prozess war. Möglicherweise könnte ich bei einem gemeinsamen Essen herausfinden, an welcher Stelle es schiefging. Aber alles, was wir noch reden, ist: Was bekommst du, was bekomme ich. Und wie wir das mit den Kindern regeln.

»Du würdest, bei der Wahl zwischen allen Menschen, mit deiner Frau essen? Du kannst jeden Tag mit ihr essen, wenn du willst.«

Ich lächle schräg. Eben nicht. Aber das werde ich ihr nicht gestehen. Sonst darf ich mir vermutlich schadenfroh anhören, dass es keine Frau mit mir aushält.

Vielleicht sollte ich auch endlich aufhören, von Charlotte aus Gewohnheit als *meine Frau* zu denken. Fast-Exfrau wäre korrekter und führt nicht zu Verwirrungen, wenn ich es ausspreche.

»Ja. Ich würde Charlotte einladen. Und du?«

»Beate Uhse.«

»Den Namen habe ich schon einmal gehört …«

»Ja, vermutlich wegen der Erotikläden, die sie betrieben hat. Sie war eine Deutsche. Ich las eine Biografie über sie und finde sie faszinierend. Im Zweiten Weltkrieg war sie Hauptmann der Luftwaffe und überführte Flugzeuge an die Front. Eine richtige Abenteurerin, die noch mit 75 einen Tauchschein absolvierte. Das nenne ich ungebrochene Lebenslust. Anfang der Sechziger hat sie den ersten Erotikshop der Welt eröffnet, was damals sittlich undenkbar war, denn zu der Zeit war es verboten, Kondome an Unverheiratete zu verkaufen. Vermutlich hieß es deshalb *Fachgeschäft für Ehehygiene*. Lies das Buch selbst, falls es dich interessiert, was sie sonst noch getan hat. Diese Frau ist ein sagenhaftes Beispiel dafür, das zu tun, was man möchte, gegen jeden gesellschaftlichen Widerstand. Mit ihr würde ich gern bei einem Essen sprechen.«

»Ja, das passt zu dir. Tun, was man möchte, gegen jeden Widerstand.«

»So war das nicht gemeint und du weißt das genau.«

Ich sage nichts dazu, weil sie das mehr als jedes weitere Wort provoziert. Dass ich recht habe, erkenne ich am angriffslustigen Funkeln ihrer Augen.

»Nächste Frage, bitte.«

Einen Moment schaut sie mich renitent an, ehe sie ihren Blick auf das Papier richtet und vorliest: »*Wärst du gern berühmt? Wie würde das sein und wie wärst du?*«

»Dieses Mal fängst du an«, bestimme ich.

»In Ordnung. Ja, ich wäre gern berühmt. Allerdings nur in bestimmten Kreisen. Eine Anwältin mit Spitzenruf, die jedem in der Branche etwas sagt, auf die sich bezogen wird, und gegebenenfalls bei Vorlesungen an der Uni zitiert. Und du?«

Ich sehe sie nachdenklich an. Nach einigen Sekunden Überlegungszeit entscheide ich mich für die Wahrheit. »Ich möchte nicht von jedem auf der Straße erkannt werden, aber so einen Ruf, wie du es nanntest, ja, das würde mir ebenfalls gefallen.«

Sie nickt das ab und liest sofort die nächste Frage vor: »*Hast du jemals geprobt, was du sagen willst, bevor du jemanden angerufen hast? Warum?* Du zuerst.«

»Ich notiere mir jedes Mal Gesprächsthemen und Fragen, bevor ich mit meinen Kindern telefoniere. Ich weiß sonst nicht, was ich sagen soll.«

»Du telefonierst mit deinen Kindern?«

»Ja. Ich sehe sie eher selten. Der Beruf, du weißt schon.«

»Du bist ja ein lausiger Vater, wenn du nicht aus dem Bauch heraus weißt, was du mit ihnen reden sollst.«

Ich beuge mich nach vorn. »Und das beurteilst du wonach? Bist du Mutter? Hast du einen Mann und Kinder?«

»Ich muss nicht Klavier spielen können, um zu erkennen, wenn jemand falsche Töne anschlägt.«

Mit einem Seufzen lehne ich mich wieder zurück und gestehe: »Du hast leider recht. Ja, ich bin ein lausiger Vater. Ich arbeite daran, das zu ändern.«

»Aha.« Sie mustert mich verwirrt. War das zu viel Ehrlichkeit?

»Nun du. Aber bitte auch ehrlich.«

Sie ringt sichtbar mit sich und antwortet leiser als eben: »Seit ich hier in der Kanzlei bin, notiere ich mir jedes Mal, bevor ich mit meinem Vater telefoniere, was ich ihm erzählen werde.«

»Warum?«

Sie zuckt mit den Schultern. »Weil ich mich bei Gesprächen mit ihm wie das kleine Mädchen fühle, das ich einmal war. Ich habe das Gefühl, er bewertet alles, was ich von mir gebe, danach, ob ich würdig bin, seine Nachfolgerin zu sein.«

»Ein Vaterkomplex also. Interessant.«

»Nein, ich will beweisen, dass ich dem hier gewachsen und würdig bin.«

»Bist du.« Die Antwort kam aus dem Bauch heraus und für sie anscheinend überraschend, denn sie reißt die Augen so weit auf, dass mich die grüne Farbe fast anspringt.

»Was?«, frage ich und ärgere mich, dass ich das gesagt habe. »Natürlich halte ich dich für beruflich kompetent. Das hat nichts damit zu tun, dass ich dich unmöglich finde.«

Sie ist gut, daran gibt es nichts zu rütteln. Ich sah mir ihre Vertragsentwürfe und Vorschläge für Mandanten an. Teilweise etwas speziell, aber sehr durchdacht.

Zum Glück fragt sie nicht weiter nach und möchte sich nun Lob von mir abholen. Das kann sie schön bei Papa machen.

»*Stell dir deinen perfekten Tag vor. Wie würde er aussehen?*«

Sie sieht vom Blatt auf und überlegt kurz. Dann sind wir uns anscheinend einig, dass sie wieder zuerst dran ist. »Ich möchte gut gelaunt aufwachen. Mich auf die Arbeit freuen. Dort soll alles so klappen, wie ich es mir vorgestellt habe. Ich wünsche mir ein ehrliches Kompliment und abends die Ruhe, um etwas Köstliches zu essen. Ein unterhaltsames und anregendes Gespräch auf meiner Couch. Ebenso gut gelaunt ins Bett, wie ich morgens aufgestanden bin. Es muss nicht aufregend sein, keine große Unternehmung. Einfach den ganzen Tag genießen können; den Alltag genießen können. Und für dich?«

»Ich würde gern vor dem Arbeitsbeginn lachen. Egal worüber. Ich möchte einen Tag, der so anstrengend ist, dass er wie im Fluge vergeht, ohne dass ich mich ärgern muss. In der Mittagspause würde ich mit meinen Kindern telefonieren. Sie sollen mich Papa nennen und nicht mitten im Gespräch wegrennen. Abends verbringe ich Zeit mit meinen Freunden. Es wäre schön, wenn an diesem Tag irgendetwas passiert, worüber ich mich ehrlich freuen kann. Und ich möchte, dass meinen Freunden auch etwas Erbauliches geschieht, damit wir uns gemeinsam daran erfreuen können.«

»Ich hätte schwören können, es kommt weibliche Gesellschaft in deiner Aufzählung eines perfekten Tages vor.«

»Mhm.«

Was soll ich dazu sagen? Natürlich habe ich Spaß an weiblicher Gesellschaft. Aber eben nicht an meinem perfekten Tag. Da ist kein Platz dafür, eine Frau unter mir zu haben, die mir gleichgültig ist. In der Aufzählung einer perfekten Woche käme epischer Sex sicher dazu, jedoch nicht an einem perfekten Tag. Da bevorzuge ich in der Freizeit das Beisammensein mit meinen Freunden. Gespräche, lachen, ich sein. Ihn schlicht in Gesellschaft von Menschen verbringen, denen ich wichtig bin. Aus diesem Grund hat Charlotte da auch keinen Platz. Ich bin ihr höchstens noch als Vater ihrer Kinder wichtig. Nicht mehr als Person.

»Ist es nicht seltsam, dass wir beide an unserem perfekten Tag die Arbeit nennen?«

Sie klingt nachdenklich und ich mustere sie. War ihr das nicht bewusst, als sie davon sprach? Oder will sie zwanghaft Gemeinsamkeiten bei uns finden?

»Möglicherweise, da wir uns einen perfekten Alltag wünschen. Keinen besonderen Tag, an den man oft denkt, aber nur einmal erlebt.«

»Ja. Du hast recht. Ich denke, es ist gut, das so zu empfinden.«

Sie lächelt. Ich bin mir ziemlich sicher, dass sie so noch nie in meiner Anwesenheit gelächelt hat. Etwas melancholisch, etwas warm, etwas süß. Es macht sie jünger und hübscher, als sie sowieso schon ist.

Ihr Blick, der unfokussiert ins Leere gerichtet war, geht zu mir und sie sieht mir in die Augen. Ihre Lippen verziehen sich zu einem spottenden Lächeln. »Und? Schon in mich verliebt?«

»Ja. Unglaublich, wie schnell das geht.«

Sie lacht. Ein dunkles, tiefes Lachen, das angenehm nachhallt. Zu angenehm.

Obwohl ich mich zugegebenermaßen selbst witzig fand, ermahne ich sie deshalb: »Sobald du fertig bist mit den schrillen Lauten, stell bitte die nächste Frage. Ich will fertig werden. Oder hast du etwa nichts zu arbeiten? Das hier gehört definitiv nicht zur Beschreibung eines perfekten Tages.«

Das Lachen verstummt, und ihre Augenbrauen ziehen sich zusammen, wobei das Grün dunkler wird. Hexensudgrün.

Das musste sein. Das waren vier Fragen und tatsächlich scheint das die Stimmung zwischen uns zu verändern. Einerseits will ich das annehmen, andererseits fühle ich mich von Doktor Crazy manipuliert.

»*Wann war das letzte Mal, dass du für dich selbst gesungen hast? Und wann für jemand anderen?*«

Sie sieht mich auffordernd an und ich antworte: »Ich singe nicht für mich selbst. Zumindest kann ich mich nicht erinnern. Für meinen Erstgeborenen wollte ich als Baby singen. Das macht man ja so. Aber er sah mich mit riesigen Augen an, als hätte er Angst, dass ich ihn fresse. Da verlegte ich mich aufs Vorlesen.«

»Du liest deinen Kindern vor?«

»Früher, wenn ich am Wochenende da war.«

Wie oft war das? Dreimal? Viermal? Warum habe ich damit aufgehört?

»Ich brumme.«

»Was?«

»Ich singe nicht. Ich brumme. Ich kann das nicht kontrollieren. Höre ich Musik, brumme ich leise mit.«

»Das ist ein klein wenig beängstigend.«

»Es ist für mich in Ordnung, wenn du Angst vor mir hast.«

»Nächste Frage!«

»*Stell dir vor, du wirst 90 Jahre alt. Wenn du die Wahl hättest, was würdest du behalten: den Geist oder den Körper eines dreißigjährigen Menschen?*« Sie verdreht die Augen. »Schreckliche Frage. Soll damit ausgedrückt werden, dass man in diesem Alter körperlich und geistig am hochleistungsfähigsten ist?«

»Vermutlich schon. Und? Was wählst du?«

»Ganz klar den Geist.«

»Ich auch. Den Körper behält man trotzdem und kann ihn dementsprechend pflegen. Man kann bereits als Dreißigjähriger kraftlos und kaputt sein, kümmert man sich nicht um sich. Nächste Frage.«

»*Hattest du schon einmal eine Vorahnung, wie du sterben wirst?*«

Die Antwort fällt mir nicht schwer. »Natürlich. Entweder sterbe ich durch deine Hand oder stürze mich ins Schwert, da ich dich nicht mehr ertrage.«

»Die Antwort ist kindisch.«

»Nein, genervt. Wie viele kommen noch?«

»Das war es für heute. Nun sollen wir uns zwei Minuten in die Augen sehen.«

»Dann tun wir das doch. Stell einen Timer.« Ich deute auf das

Aufnahmegerät und schüttle den Kopf. Ich habe nicht vor, ihr in die Augen zu sehen. Zwei Minuten. Wie dämlich ist denn das?

»Nein.«

»Nein?«

»Nein ist meine Antwort auf die letzte Frage und nein ist auch meine Antwort auf deine Forderung. Stell selbst einen Timer. Ich bin nicht deine Sekretärin.«

»Und ich nicht deine. Vergiss das. Das ist tatsächlich kindisch. Ich übernehme das.« Ich klicke den Fokustimer auf meinem Bildschirm an und gebe zwei Minuten ein.

»Läuft.«

Um die Zeit abzuwarten, lehne ich mich zurück.

Sie sitzt mir gegenüber und ihre Miene ist absolut ausdruckslos. Ihr Wangenmuskel zuckt ungeduldig, was meine Mundwinkel dazu bringt, sich anzuheben. Mich macht das auch wahnsinnig. Zwei Minuten einfach sitzen und nichts tun.

»Darf man dabei reden?«, frage ich. »Oder nur gucken?«

Sie sieht an die Decke und grinst. »Das stand nicht in der Anweisung. Du hast echt schöne Augen.«

Ich grinse mit. Wie zwei Teenager haben wir uns verschworen, um uns nicht in die Augen zu sehen. Alles an dieser Sitzung ist lächerlich. Fragen zum Verlieben; uns in die Augen blicken müssen; unsere Rebellion, es nicht zu tun.

»Wie viele Fragen sind es insgesamt?«

»Sechsunddreißig.«

»Puh. Sind schon alle dabei?«

»Nein. Sie schickt sie nach und nach in unregelmäßigen Abständen. Es soll überraschend sein, glaube ich.«

»Wir könnten das googeln.«

»Willst du tatsächlich Zeit damit verschwenden?«

»Du hast recht.«

Sie reibt über die Armlehnen, nimmt den Blick von der Decke und sieht mir mit einem spöttischen Lächeln tief in die Augen. So tief, dass ich blinzle.

Nach einem flüchtigen Befeuchten ihrer Lippen sagt sie: »Ich glaube, ich verliebe mich doch in dich, wenn du mir noch ein paarmal recht gibst.«

»Dann achte ich darauf, das nicht zu wiederholen.«

Der Timer gibt Signal und ich atme erleichtert auf.

Sie nickt mir zu und verschwindet aus meinem Büro.

Ich sehe ihr hinterher. Das war irgendwie unterhaltsam.

Ein geführtes Gespräch samt unserer kleinen Machtkämpfe. Nette Mischung. Ich wüsste zu gern, was sie über mich denkt, wirklich denkt.

10

DREAMTEAM

Preston

Es ist ausnahmsweise spät geworden. Das versuche ich zu vermeiden, aber heute war es unumgänglich. Meine Freunde haben das mit für ihr Empfinden lustigen Gifs kommentiert, die sie mir über den Gruppenchat geschickt haben, und sind dann ohne mich zum Kickboxtraining. Bedauerlich. Etwas Auspowern hätte mir auch gutgetan.

Ich werfe meinen Mantel über den Unterarm, um das Büro zu verlassen. Vor der Tür bemerke ich Elaine, die den Flur mit einer Tasse in der Hand entlanggeht.

Sie ist noch hier. Die Angestellten sind alle längst im Feierabend, selbst Gabrielle, die meisten Anwälte auch. Egal, wie spät es bei mir wird, bei ihr brennt immer Licht.

Sie bemerkt mich nicht, und ich trete leiser auf, während ich ihr den Flur entlang folge. Mein Mund ist wie zugeklebt, da ich heute definitiv zu viel gesprochen habe.

An ihrem Büro angekommen öffnet sie die Tür, stützt sich mit der Hand, die den Kaffee hält, am Türrahmen ab und schlüpft aus einem Pumps, um den Fuß hochzunehmen. Ihr Kleid rutscht dabei immer höher, legt den Rand von halterlosen Strümpfen frei und bedeckt gerade noch ihren Hintern, als sie beginnt, das Fußgewölbe zu massieren.

Ich komme mir vor wie ein Voyeur, da sie offensichtlich davon ausgeht, dass sie nicht dabei gesehen wird. Obwohl mein Verstand nach diesem Tag eher stumpf als messerscharf ist, bestätigt das den Gedanken von eben. Sie ist es gewohnt, hier zu sein, wenn sich niemand mehr auf unserem Flur aufhält.

Meine rechte Hand zuckt. In meiner Hose zuckt es auch. Wie sich ihre Beine um mich anfühlen würden? Wie der von ihrem Körper erwärmte Stoff ihrer hochwertigen Bekleidung, wenn ich sie langsam von ihr schäle?

Kopfschüttelnd gehe ich weiter. Ich möchte kein Opfer meiner eigenen Hormone sein. Niemals eine Frau aus der Kanzlei. Und garantiert niemals sie. Ich stehe schlicht auf gute Kleidung.

Charlotte kommt mir in den Sinn. Wie war das bei ihr und ihrem Neuen? War sie zuerst Opfer ihrer Hormone; hatte einfach nur eine Affäre, da ich auch dahingehend nicht besonders verlässlich war? Hat sie sich dabei verliebt? Oder hat sie ihn kennengelernt, und erst als sie sich sicher war, dass sie etwas für ihn empfindet, ist sie mit ihm ins Bett?

Ekelhafter Gedanke, dass sie neben mir noch mit einem anderen zugange war, obwohl ich es sogar verstehen kann. Ich weiß nicht mehr, wann bei uns aus Lust auf den anderen einfach nur gegenseitiges Abreagieren wurde. Meistens habe ich ihr auf die Schulter getippt, wir haben das schnell durchgezogen und das war es. Kam sie auf mich zu, habe ich sie allerdings häufig abgewiesen, da ich arbeiten wollte. Aus Spaß wurde für uns Pflichtprogramm zur Lustbefriedigung. Nun ja. Zumindest bei mir ist es Lustbefriedigung geblieben. Immerhin hat mein neuer Lebensstil den Vorteil, dass ich mir keine Klagen anhören muss, dass ich ein schlechter Ehemann bin. Das wird mir nicht noch einmal passieren, indem ich einfach nie wieder einer werde.

Ohne zu wissen warum, drehe ich mich um und sehe, wie sie

den anderen Pumps loswird und auf Zehenspitzen zwei Schritte in ihr Büro tänzelt, als würde sie weiter unsichtbare Schuhe tragen. Ich meine sogar, sie brummen zu hören, als hätte sie ein Lied im Kopf, das andere vermutlich mitsummen würden. Aber sie brummt, wie ich nun weiß. Dieser kurze Blick auf eine unbeschwerte, private Seite von ihr bringt mich zum Lächeln.

In dem Moment dreht sie sich um und sieht mich erschrocken an. Dann folgt ebenfalls ein kleines irritiertes Lächeln, wobei sie die Kaffeetasse mit zwei Händen umgriffen hält.

Einen Augenblick bewegt sich nichts mehr, wir lächeln nur in der fast leeren Kanzlei. Obwohl der Gang gleichmäßig wie immer ausgeleuchtet ist, kommt es mir vor, als würde jemand die Beleuchtung herunterdrehen. Reduzierte Helligkeit, passend zur reduzierten Geräuschkulisse.

Das bilde ich mir ein. Natürlich bilde ich mir das ein.

Warum lächelt sie überhaupt zurück? Ich habe über sie gelächelt, nicht für sie.

Trotzdem liegt mir ein *Danke* für ihr Lächeln auf der Zunge.

Was für eine absurde Idee. Es ist kein Geschenk an mich. Ich war heute zu lange hier, die Müdigkeit fordert ihren Tribut.

Da meine Lippen immer noch zusammenkleben, drehe ich mich ohne ein Abschiedswort um, damit ich nach Hause komme.

Meinen Fahrer habe ich bereits in den Feierabend geschickt und öffne die Tür meines Zweitwagens. Beim Einsteigen bemerke ich, dass der Neuwagenduft sich langsam verflüchtigt. So lange habe ich ihn noch nicht. Oder doch, eine ganze Weile sogar. Ich habe ihn extra für die Kinder angeschafft. Charlotte hat bei ihrem Auszug natürlich das Kinderauto mitgenommen und in meinen Oldtimer passen keine Kindersitze.

Das gute Stück steht jetzt sorgsam verstaut in einer Mietgarage, in der er regelmäßig gewartet wird. Der Aston Martin V8, den ich von meinem Großvater geerbt habe. Irgendwann schenke ich ihn einem meiner Söhne, falls sie ihn wollen. So stylisch er ist, so viel moderne Technik und neumodische Annehmlichkeiten fehlen ihm auch.

Vermutlich habe ich aus nostalgischen Gründen den Rapide gekauft. Er hat zwar mit dem Oldtimer bis auf die Marke nichts mehr gemeinsam, aber mein Großvater hat auf den Hersteller geschworen.

Ich starte den Motor und bewege den Kopf von links nach rechts, um den Nacken zu dehnen. Morgen muss ich wieder Sport treiben. Seit ich das regelmäßig tue, merke ich sofort, wenn ich ein paar Tage aussetze, und fühle mich nach zu langen Schreibtischtagen steif und eingerostet.

Endlich zu Hause steige ich aus dem Fahrstuhl und sehe, wie Ethan vor dem Sofa steht und sich mit Ryker unterhält, der mit einem unterschlagenen Bein auf dem Sofa sitzt.

»Bist du auch gerade angekommen?«, frage ich Ethan.

»Dir ebenfalls Hallo. Ja, tatsächlich.«

»Wo warst du?« Ich verstaue den Mantel und lasse mich neben Ryker auf der Couch nieder. Ich habe mir angewöhnt, meinen Freunden Fragen über ihren Tag zu stellen, da ich will, dass sie wissen, ich interessiere mich für sie. Es ist mir völlig gleich, wie müde ich bin. Das muss sein.

»Nach dem Training bin ich zu meiner eigenen Wohnung gefahren. Ich musste mal wieder nach dem Rechten sehen, und da ich so selten dort bin, war alles eingestaubt. Deshalb bin ich so spät. Ich habe spontan geputzt.«

»Du putzt selbst?«

Genau diese Frage wollte ich ebenfalls stellen, aber Ryker kam mir zuvor.

»Hm, ja. Ich mag keine Fremden in meiner Wohnung. Sie gehört ganz mir. Ich habe sie renoviert, eingerichtet und halte sie selbst ordentlich. Nennt es kindisch, aber ich mag das Gefühl, dass alles dort drinnen von mir nur für mich ist und von niemand anderem berührt wird.«

Das kann ich nicht nachvollziehen. Es ist doch bloß eine

Wohnung. Austauschbar. Mir ist völlig egal, wie viele Leute hier ein und aus gehen, Hauptsache, ich muss mich nicht selbst um alles kümmern.

Ryker lacht. »Ethan mit Staubtuch. Trägst du Gummihandschuhe zum Putzen?«

»Müsste ich das? Würde dir das gefallen? Ist das ein Fetisch von dir?«

Er hebt abwehrend die Hände. »Ich habe keinen Putz- oder Gummifetisch. Ich wollte dir nur mein vollstes Verständnis schenken.«

Ethan seufzt und sieht mich an. »Ich will ins Bett. Was hast du getrieben? Hast du tatsächlich bis jetzt gearbeitet oder warst du noch aus?«

»Arbeit«, gebe ich zu und bitte sofort: »Keine Kommentare heute. Es war echt anstrengend. Selbst für mich.«

»Und was macht die Liste?«, will Ryker mit einem schmutzigen Grinsen wissen.

Ich schnaube. Er hat ja wirklich schon eine Weile nicht mehr gefragt. »Letztens konnte ich bunt gefärbte Haare abhaken. Sonst bin ich nicht viel weiter. Aber ich habe es ja nicht eilig.«

»Hast du jetzt alle Haarfarben? So schwer ist das doch nicht.«

»Eine Rothaarige fehlt noch. Eine echte Rothaarige, nicht gefärbt. Bei den meisten stellte sich heraus, dass es nicht ihre echte Haarfarbe war. Übrigens wird man schnell für einen Perversen gehalten, interessiert man sich zu sehr für die Naturhaarfarbe.«

Ethan lacht, Ryker stimmt ein. Ich schmunzle. Schon öfter habe ich mich gefragt, was Frauen Seltsames erleben, wenn solche Fragen ihnen einen misstrauischen Ausdruck aufs Gesicht zaubern. Aber ich habe die Fragetechniken optimiert. Jetzt fühlen sie sich meistens geschmeichelt, da ich die Fragen anders angehe.

»Meine Lieblingswichsfantasie ist im Moment immer noch deine Geschichte über den Dreier mit zwei Frauen«, behauptet Ryker.

Mir ist bewusst, dass er mich ärgern will, und antworte deshalb, als wäre das eine völlig normale Aussage. »Ehrlich? Obwohl ich dir erzählt habe, dass ich eher semibegeistert war?«

»Das macht es noch heißer. Der genervte Preston, der behauptet, Multitasking funktioniert nicht, weswegen sich zwei Frauen total viel Mühe geben.«

»Zwei Frauen Aufmerksamkeit schenken zu müssen ist lästig. Für die doppelte Mühe wird man auch nicht mit einem doppelt so guten Höhepunkt belohnt.«

Ryker lacht und Ethan schüttelt schmunzelnd den Kopf.

»Dann wird der Dreier mit einem zweiten Kerl von der Liste gestrichen?«

»Nein. Das ist etwas anderes. Ich kann mir nicht vorstellen, wie es ist, und deshalb wird es ausprobiert.«

»Preston, unser Massenbegatter.«

»Bitte? Ihr seid nicht besser. Seit ich bei der ersten Party Ryker gesehen habe, wie er sich auf dem Esstisch vergnügt hat, kann ich daran nicht mehr essen. Und Ethan ...« Ich sehe zu ihm. »Ja, Ethan, bei der letzten Party wollte sich eine bei mir beschweren, weil du angeblich auf eine sehr unhöfliche Art mit ihr Sex hattest.«

»Unhöflich?«, hakt Ryker nach.

Ethan antwortet grinsend: »Sie wollte geleckt und auch sonst total aufmerksam behandelt werden. Ich habe ihr lediglich gesagt, entweder sie kommt beim Ficken oder sie soll es lassen. Preston sagt, zwei Frauen Aufmerksamkeit zu schenken, ist ihm lästig. Mir ist es schon bei einer manchmal zu viel.«

»Miese Nummer«, sagt Ryker.

»Nein, praktische Nummer«, widerspricht Ethan. »Ist man nicht nett, wollen sie einen nicht wiedersehen. Das ist doch das, was wir wollen, oder? Ist es für sie episch, besteht die Gefahr, dass sie anhänglich wird. Wenn ich eins nicht will, ist es eine anhängliche Frau. Sie sagen mir alle, wie hübsch ich wäre, und ich zeige ihnen, dass ich eigentlich hässlich bin. Logisch, oder?«

»Um ehrlich zu sein, mache ich mir beim Sex nicht so viele Gedanken über mein Gegenüber«, sage ich, da Ethan seltsame

Schwingungen aussendet. Ich möchte deshalb das Gespräch zurück auf mich lenken, auch wenn das bedeutet, dass sie nun mein Sexleben zu ihrem Vergnügen ausschlachten könnten.

Es scheint zu gelingen, denn beide sehen mich an und lachen.

»Ich gehe ins Bett«, beschließt Ethan.

»Creme dir davor deine zarten Fingerchen ein, Liebling. Du hast mit Putzmitteln gespielt, nicht, dass deine Schönheit an den Händen endet«, singsangt Ryker.

Ich habe keine Ahnung mehr, wer und wann genau dieses *Liebling* sich hier eingebürgert hat, womit sie sich und mich aufziehen. Aber wehe, mich nennt einer von ihnen in der Öffentlichkeit so. Dann werden sie was erleben.

Ethan lacht erneut und bewegt sich Richtung Ausgang des Wohnbereichs. »Danke für diesen überaus nützlichen Ratschlag.«

Kaum ist er verschwunden, sieht Ryker mich an. »Ethan ist manchmal ein wenig seltsam drauf, wenn es um Frauen und Sex geht.«

»Es ist aber auch widerlich, wie sich ihm manche Frauen an den Hals werfen. Ich glaube, im Endeffekt will er, dass jemand IHN sieht und nicht sein Aussehen.«

»Hui, Preston, du wirst deep.«

»Wann bin ich das nicht? Ich denke, deshalb mag er uns. Weil es uns völlig gleich ist, wie er aussieht, und wir uns gelegentlich darüber belustigen. Oder nimmst du ihn als Konkurrenz wahr?«

»Nein, ich gönne ihm alles und jede und er uns. Ich vermute, aus diesem Grund hatte er Mia sofort in sein kleines, trauriges Herz geschlossen. Sie sieht einfach nur Ryan und deshalb kann er lieb zu ihr sein. Sie wird niemals auf ihn stehen. Ich glaube, das gefällt ihm.«

»Ja, Ryan und Mia ... Gut, dass die beiden sich gefunden haben. Ich denke, langfristig wäre dieses Leben, wie wir es führen, nichts für Ryan gewesen. Ryan ist einfach kein Typ für belanglosen Sex.«

»Ja. Ich liebe den Idioten trotzdem.«

»Ich weiß.«

Lächelnd sehe ich zu dem goldenen Wolfsbild, das ich damals spontan erwarb, weil es mich irgendwie an meine zu der Zeit noch neuen Freunde erinnert hat. Mir hätte nichts Besseres passieren können, als diese drei Männer nach der Trennung von Charlotte kennenzulernen. Sie haben mein Leben auf ein völlig anderes Level gehoben. Eins, in dem es wieder einen Privat-Preston gibt, nicht nur den Anwalt. Vermutlich werden sie nie begreifen, wie dankbar ich ihnen für diese seltsame Art der bedingungslosen Freundschaft bin.

»Und wie ist es bei dir? Suchst du dir eine neue Lady Preston, sobald du deine Liste durchhast?«

Mein Lächeln fällt zusammen. »Nein. Ich tauge nicht zum Ehemann. Das habe ich eingesehen. Mir ist nur wichtig, die Beziehung zu meinen Kindern hinzubekommen. Das ist die einzige Beziehung, die ich mir wünsche.«

»Du hast es geschafft, ein besserer Vater zu werden, du bekommst es auch hin, Ehemann zu sein, wenn du das willst.«

»Worauf möchtest du eigentlich hinaus? Hast du etwa eine Frau kennengelernt?«

»Nein. Ich lote nur aus, ob ich hier bald allein im Penthouse sitze, wenn du dir wieder eine Frau besorgst und Ethan eine findet, die ihn sieht statt sein Äußeres. Ryan hat den Anfang gemacht und jemanden für sich gefunden. Seltene Dinge passieren gehäuft.«

»Und wieso denkst du nicht, dass dir das als Nächstes passieren könnte?«

»Weil ich das nicht zulasse. Ich bin viel zu misstrauisch geworden, damit verjagt man sowieso jede Frau. Den Stress gebe ich mir nicht mehr.«

»Ich lasse das ebenfalls nicht zu. Verlassen werden ist echt frustrierend.«

»Dann sind wir das Dreamteam, ja?«

»Wir beide? Auf jeden Fall.«

11

FUNKEN

Elaine

Ich betrete nach einem kurzen Klopfen Prestons Büro. Wo ist er denn?

Ein paar Schritte in den Raum und ich erkenne, wie er halb hinter seinem Schreibtisch verborgen Liegestütze ausführt. Sein Sakko hängt über dem Schreibtischstuhl, die Krawatte hat er sich über die Schulter geworfen und die Hemdärmel hochgekrempelt.

Oha. Im Fitnessstudio sportelnde Männer zu beobachten, gibt mir nichts. Aber das ist irgendwie heiß. Sein Hemd ist tailliert geschnitten und umspielt seinen Körper, der perfekt die Spannung hält, nur die Arme bewegt. Er ist nicht übermäßig breit gebaut, doch das Verhältnis von Schulter, Taille und Hüfte ist schon beachtenswert.

Er schenkt mir keine Aufmerksamkeit, sondern vollführt die Übung weiter, während er etwas vor sich hinmurmelt.

»Was tust du da?«, frage ich.

»Ich probe meinen Text für die Verhandlung. Machst du das nie?« Er spricht etwas abgehackt.

»Doch, natürlich. Aber eher auf dem Laufband.«

»Dann frag nicht.« Er springt in den Stand und rollt die Ärmel nach unten. »Was möchtest du?«

Ich sehe seinen Bewegungen zu. Ärmel nach unten, am Handgelenk schließen … Seit wann sind so schlichte Handlungen sinnlich? Sein Absolventenring blitzt auf, weshalb mir auffällt, dass er keinen Ehering trägt. Natürlich nicht. Betrüger tragen keine Eheringe.

Nach einem Schnauben antworte ich etwas verzögert: »Gabrielle hat mir ausrichten lassen, die nächsten Fragen sind da.«

»Das ist richtig. Gib mir eine Minute, ich muss eine Stelle meines Plädoyers abändern.«

Ich nehme Platz, da er sich ebenfalls auf seinem Bürostuhl niederlässt, und frage: »Ein Strafverfahren?«

»Ja. Verstoß gegen Umweltschutzbestimmungen. Mein Mandant nutzt mangelhafte Filteranlagen. Ich übernehme das für ihn.«

»Deine Strategie?«

»Beweisen, dass die Firma, die mit dem Einbau beauftragt wurde, Pfusch geleistet hat.«

»War es so?«

»Den Unterlagen nach: ja. Es wurden die richtigen Anlagen bestellt, minderwertige eingebaut. Nun gilt es zu beweisen, dass mein Mandant keine mündliche Vereinbarung getroffen hat, die Minderwertigen zu verbauen, um Geld zu sparen. Das behauptet nämlich das beauftragte Unternehmen. Worauf leider auch der zu geringe Rechnungsbetrag hinweist. Aber ich habe ein paar Zeugen gefunden. Andere Kunden, denen es ähnlich erging. Lockpreis, um den Auftrag zu erhalten, und Einbau von nicht abgesprochenen schlechteren Anlagen, die die Umweltschutzauflagen nicht erfüllen können. Das sollte kein Problem sein.«

»Ja, klingt so.«

Er antwortet nicht mehr, sondern lässt die Finger über die

Tastatur gleiten. Er tippt schneller als ich. Ob er einen Kurs absolviert hat? Ich nutze gern die Diktierfunktion. Die Spracherfassung der modernen Programme ist mittlerweile richtig gut.

Das Büro ist wirklich stilvoll. Weitläufig, wenige wohlplatzierte Möbel. Eine gemütliche Sitzgruppe, eine kleine Bar daneben. Auf einem langen Sideboard einige Dekorationen, die nach Erinnerungsstücken und Mandantengeschenken aussehen. Eine Wand komplett als Schrank. Die Aufteilung gleicht meiner, nur dass ich andere Möbel gewählt habe. Andere Designer und ein klein wenig hellere Farben. Der Blick aus dem Fenster ist der Gleiche wie bei mir. Aber die Partnerbüros gehen auch alle zur selben Seite hinaus.

Sein Schreibtisch ist sehr ordentlich. Bildschirm, der daran angeschlossene Laptop in einem eleganten Ständer, kabellose Tastatur und Maus. Ein Kugelschreiber in einer Holzschale, die aussieht, als wäre sie extra dafür angefertigt. Lediglich auf einem Beistelltisch türmen sich ein paar Akten, Mappen und Papiere.

Nichts im Raum kann meinen Blick fesseln, weshalb ich einfach seinen schlanken Fingern beim Tippen zusehe, weil das fast etwas Hypnotisches hat.

Er schiebt die Tastatur zur Seite und greift einen Umschlag. »So. Kann losgehen.«

Er überfliegt das Blatt Papier, das er herausgezogen hat, und runzelt die Stirn.

»So schlimm?«, frage ich.

Er neigt den Kopf unschlüssig hin und her, wobei er den Knopf des Aufnahmegeräts drückt. »*Nennt je drei Dinge, die ihr denkt, gemeinsam zu haben.* Wir sind Anwälte.«

Er sieht mich an, weshalb ich weitermache: »Wir arbeiten in dieser Kanzlei.«

»Wir haben große Büros.«

»Wir sitzen auf Stühlen.«

»Wir sind bekleidet.«

Diese Aussage bringt mich zum Lachen. »O Gott. Stell dir vor, wir müssten das auch noch nackt erledigen.«

»Das wäre unfair. Ich denke, ich trage mehr Schichten als du und wäre länger mit An- und Ausziehen beschäftigt.«

»Glaub mir, ich habe genügend an.«

Sein Blick schweift über den Teil von mir, den er über dem Schreibtisch sehen kann. »Sieht nach einem Stück aus. Ein Kleid. Ruckzuck bist du das los. Warum trägst du überhaupt immer Kleider? Die meisten Anwältinnen bevorzugen Hosenanzüge. Ist das, weil du deine Weiblichkeit zu deinem Vorteil einsetzen möchtest?«

»Ich sehe darin keinen Vorteil. Es gibt keine Hosenpflicht. Ich trage Kleider, weil ich es kann und mag. Ich bin eine Frau und Anwältin. Meine Kleidung ist angemessen und seriös. Keine Oberschenkel, keine Oberarme und keinen tiefen Ausschnitt.«

»Ich erinnere mich, dass du sagtest, dein Service für Mandanten kennt Grenzen. Es wäre doch einen Versuch wert, zu erproben, ob man welche mit einem tiefen Ausschnitt für die Kanzlei gewinnen könnte.«

Ist die Frage ernst gemeint? Ich unterdrücke ein Schmunzeln und sage ebenso trocken: »Das funktioniert doch nicht. Oder zeigst du den Mandantinnen deinen Penis? Ist das dein Trick?«

»Brüste sind sekundäre Geschlechtsmerkmale. Bei Männern wäre das Pendant der Bartwuchs.«

»Ah, verstehe. Deswegen die gründliche Rasur. Zu schamhaft, um Bart zu zeigen.«

Er schmunzelt. »Manchmal finde ich dich witzig.«

»Ich dich nicht, deshalb ist das keine Gemeinsamkeit. Wir sind abgeschweift. Ich war dran. Wir zeigen beide unsere sekundären Geschlechtsmerkmale nicht.«

»Wir trinken unseren Kaffee mit einem Stück Zucker.«

Das stimmt. Woher weiß er das? Mir fällt nichts Unsinniges mehr ein, weshalb ich etwas anderes nenne: »Ich denke, wir sind beide zielstrebig.«

»Wir sind beide gut in unserem Beruf.«

»Wir sind detailverliebt.«

»Wir sind fertig.«

»Fertig?«, hake ich nach.

»Ja. Ich glaube, wir haben schon mehr als drei pro Person. Nächste Frage. Du beginnst. *Wofür bist du in deinem bisherigen Leben am dankbarsten?*«

Ich betrachte, um zu überlegen, meine Nägel, die heute noch einen neuen Anstrich benötigen. Die Farbe ist einen Millimeter herausgewachsen. Ein winziges Problem. Ein dekadentes Problem. Da fällt mir auch die Antwort ein. »Dass mir nie etwas wirklich Schlimmes passiert ist.«

»Ich bin dankbar für meine Freunde.« Er sieht auf das Blatt. »*Wenn du auf deine Erziehung zurückblickst: Was würdest du ändern?* Hm. Was würde ich ändern? Nichts, denke ich. Möglicherweise hätte ich mir gewünscht, nicht von vornherein in ein Leben als Anwalt gedrängt zu werden, aber da ich diesen Beruf gern ausfülle, ist das nichts, was man unbedingt ändern muss.«

»Ja, dieses Drängen würde ich mir auch wegwünschen.«

»Wozu wurdest du denn gedrängt? Wollte dein Vater etwa, dass du Anwältin wirst?«

Ich lache humorlos auf. »Nein. Gäb es ein Gute-Ehefrauen-Studium, hätten mich meine Eltern genötigt, darin meinen Abschluss zu machen. Mein Jura-Studium war ihnen ein Dorn im Auge. Nach viel Gebettel haben sie es mir bezahlt, da meine Mutter meinen Vater überzeugen konnte, dass ich auf der Uni möglicherweise einen guten Ehemann ergattern kann. Einen Anwaltsschwiegersohn haben sie sich immer gewünscht. Nur keine Anwaltstochter.«

»Und sind sie jetzt zufrieden? Du sagtest, du bist vergeben. Ist er Anwalt?«

»Ja, bin ich, aber nein, ist er nicht. Er ist Wirtschaftsprüfer. Das geht gerade noch so in ihren Augen durch. Bevor ich ihn kennengelernt habe, hatte ich gern Dates mit Männern, die verrückte oder bodenständige Berufe hatten, nur um meine Eltern zu ärgern. Ich glaube, meine Mutter war nie so blass wie bei diesem einen Essen, als ich ihnen Carl den Lebenskünstler vorstellte, der begeistert davon erzählte, wie er aus Müll Kunst schafft. Kindisch, oder?«

Er sieht zur Seite und lacht. »Und wie ist er so?«

»Wer?«

»Der Wirtschaftsprüfer.«

»Groß und gut aussehend.«

»Wie oberflächlich. Tztz.«

»Nett und aufmerksam«, ergänze ich.

Seine Augenbrauen wandern spöttisch in die Höhe. »Er würde es sicher lieben, zu hören, dass er *nett* ist.«

»Wie würdest du denn deine Frau beschreiben?«

»Hm. Falls du damit Charlotte meinst: Kämpferin. Stur. Entscheidungsfreudig.«

Ist das besser als meine Definition? Ich weiß es nicht.

Mit einem Nicken nimmt er das Blatt erneut in die Höhe und liest vor: »*Erzähle in vier Minuten die Geschichte deines Lebens.*«

Da ich denke, ich bin dran, berichte ich: »Baby, Kind, Jugendliche, Erwachsene, Studentin, Anwältin.«

Er schmunzelt. »Ja, sicher hat sie sich verschrieben und meinte Sekunden. Bub, Anwalt.«

»Bub?«

»Ja. Meine Mutter nannte mich mein ganzes Leben vor allen *den Bub*, erst mit meiner Zulassung wurde ich zu: *dem Bub, Anwalt wie sein Vater*.«

»O Gott. Eltern. Ja.« Das bringt mich zum Lachen. Preston, der Bub. Das ist wirklich amüsant.

»*Du hast die Möglichkeit, morgen mit einer neuen Eigenschaft oder Fähigkeit aufzuwachen. Welche würdest du wählen?* Was soll ich da jetzt antworten? Ich kann doch schon alles.« Er lächelt über seinen eigenen Spruch. »Ich wähle Gedankenlesen. Das erscheint mir äußerst nützlich.«

»Ich nicht. Ich will gar nicht alles wissen, was die Leute denken. Ich wähle ein fotografisches Gedächtnis.«

»Damit du mich nicht vergessen kannst?«

»Ach Preston …«

»Hat was, wie du meinen Namen seufzt. Elaine.« Er schmachtet mit einem Hauch Spott meinen Namen.

»Ich mag deine Art nicht.«

»Narzisst. Das habe ich mir gemerkt, auch ohne fotografisches Gedächtnis. Weiter. *Wenn du etwas aus deiner Zukunft erfahren könntest. Was wäre es?*«

Er sieht mich auffordernd an, weshalb ich wieder beginne. »Ich will nichts davon wissen. Ich mag das Gefühl, meine Zukunft gestalten zu können. Weiß ich etwas, egal ob gut oder schlecht, beeinflusst es mich.«

»Verstehe. Ich würde gern wissen, wie das Verhältnis von meinen Kindern zu mir ist. Das würde mich wirklich interessieren.«

Darauf habe ich keine Entgegnung. In meiner Lebensplanung kommen keine Kinder vor. Wann denn? Ich bin über dreißig. Bis ich hier gefestigt bin, kann ich mir keine Kinder erlauben. Dann werde ich irgendwann zu alt sein. Ich weiß sowieso nicht, ob das eine gute Idee ist. Kinder sind mir ein klein bisschen unheimlich. Sie sind so unberechenbar und empfindlich. Machst du etwas falsch: Zack hat man das Leben von jemandem versaut.

»*Was wolltest du schon immer einmal tun, was du noch nie getan hast?* Dazu habe ich eine Liste.«

»Eine Löffelliste?«

»So ähnlich. Und du?«

»Keine Löffelliste. Hm. Es gibt so viele Dinge, aber mir fällt nichts ein, was wichtig genug wäre, um es prominent zu nennen.«

Er nickt. Ausnahmsweise scheinen wir uns zu verstehen. Keiner von uns will verraten, was ihm dazu einfällt.

»*Was ist der bisher größte Erfolg deines Lebens?*«

»Niemanden umzubringen«, antworte ich scherzhaft und lächle ihn an.

»Mit dir hier zu sitzen und lebendig bis Frage fünfzehn gekommen zu sein.«

Ein spontanes Lachen hüpft aus meinem Hals, das ich mit einem künstlichen Husten überdecke.

»Waren es tatsächlich erst fünfzehn?«, frage ich.

»Ja. Glaubst du, ich schaffe es bis sechsunddreißig?«

»Wie meinst du das?«

»Falls dein Erfolg zur Niederlage wird.« Er greift in eine Schublade und legt einen Brieföffner zwischen meine auf dem Tisch ruhenden Hände.

»Es ist auf jeden Fall gut, dass ein Tisch zwischen uns ist«, antworte ich und schiebe ihn zur Seite.

»Ja«, antwortet er gedehnt. »Besser so. Nun das In-die-Augen-Sehen.«

Er wendet sich dem Bildschirm zu, danach mit einem Nicken mir. Dieses Mal tun wir es? Oder nicht? Hat sich unser Blick zufällig getroffen? Schaue ich weg, wirkt das feige, weshalb ich sein Blau sehr genau betrachte. Ich versuche, nur die Farbe zu sehen, nicht den Menschen, der dahintersteckt.

Es ist fast unangenehm, ihm so intensiv in die Augen zu blicken. Er blinzelt träge und seufzt.

Das dauert ewig. Ich fasse nach dem Stift, der auf seinem Schreibtisch liegt, da es mich zappelig macht. Dieser Drang, mich zu bewegen, den muss ich unterdrücken, denn auf gar keinen Fall sehe ich zuerst weg.

Er scheint die gleiche Idee gehabt zu haben, denn unsere Fingerspitzen berühren sich über dem Kugelschreiber. Ein hörbarer Stromstoß lässt meine Hand zurückzucken.

»Autsch«, fluche ich. »Was war denn das?«

»Wir haben uns zu lange in die Augen gesehen. Jetzt ist der Funke übergesprungen«, erwidert er ungerührt.

Ich sehe ihn irritiert an. Glaubt er das?

Er schnaubt und greift, ohne hinzusehen, erneut in die Schublade seines Schreibtischs. »Fass an Metall. Du bist geladen. Oder creme dir die Hände ein. Dachtest du, ich meine das ernst?«

»Nein, aber wenn man scherzt, darf man das den anderen ruhig erkennen lassen. Obwohl ich eigentlich vermutete, das könnte eine seltsame Masche von dir sein, und überlegt habe, bei welche Art Menschen das funktioniert. Das ließ mich an deinem Geschmack zweifeln.«

»Du kannst meinen *Geschmack* gern überprüfen. Ich habe heute Abend eine Verabredung.«

»So interessant bist du auch nicht.«

»Aber bei uns hat es doch gefunkt!«, ruft er gespielt empört. »Das war ein Scherz. Falls ich das immer noch erwähnen muss.« Er gestikuliert unterstreichend mit der Hand, weshalb ich erkenne, mit was er seine Finger beschäftigt hat, nachdem sein Griff nach dem Kugelschreiber schiefging. Etwas kleines Goldenes.

»Was ist das?«, frage ich trotzdem.

Er blickt für einen Augenblick auf seine Hand, als müsste er das selbst prüfen. »Ein Ring. Kann man als Schmuck am Finger tragen.«

»Ist das dein Ehering?« Das sieht verdächtig danach aus.

Er pfeffert ihn zurück in die Schublade, als wäre er wertloser Müll. Wie ich es mir dachte. Betrüger tragen ihren Ring nicht.

Statt einer Antwort stellt er eine Frage. »Wo ist dein Absolventenring? Du warst auf derselben Universität wie ich.«

»Zu Hause. Er ist mir zu wuchtig. Er passt nicht zu meinem aktuellen Outfit.«

»Mhm. Verstehe.«

Aber ich verstehe nicht. Wie kann man nur so ein Arschloch sein?

Sein Rechner gibt einen Signalton von sich.

Endlich erlöst.

Mit ihm diese Fragen zu beantworten ist ein Wechselbad der Gefühle. Von interessant über verärgert oder amüsiert bis angespannt ist alles dabei.

»Preston«, sage ich verabschiedend.

»Elaine«, erwidert er und schließt bereits das Aufnahmegerät an seinem Laptop an. Wenigstens sind wir uns einig, dass wir diese Gespräche selbst an Doktor Crazy weiterleiten.

Ich fühle mich erschöpft und gleichzeitig belebt. Eine seltsame Mischung.

12

VERLUSTE

Elaine

»Herein«, rufe ich. Wer klopft, durfte an Alyssa vorbei und sollte wichtig sein, da ich ihr eigentlich gesagt habe, dass ich keine Störung wünsche.

»Hey, Babe.«

»Huch. Sebastian. Du bist schon da?«

Ein Blick auf die Uhr verrät mir, dass ich nicht die Zeit vergessen habe. Er ist tatsächlich eine Stunde früher als erwartet hier.

Er tritt an meinen Schreibtisch und legt ein verpacktes Geschenk und eine Geschenkschachtel ab, weshalb ich nicke. »Danke schön.«

Ich greife in die Schreibtischschublade, in der ich das goldene Armband im Etui verstaut habe, um es in die Geschenkschachtel zu packen. Da ich zu der Bestellung vergessen hatte, eine Geschenkverpackung zu wählen, bat ich ihn darum, mir auf dem Weg eine zu besorgen. Genauso wie das Parfüm, das ich zur Abholung reserviert habe, da ich weiß, dass es in dieser Parfümerie besonders hübsch verpackt wird.

Ebenso weiß ich, dass meine Mutter dieses Geburtstagsgeschenk mit einem freudestrahlenden Lächeln entgegennehmen und sich überschwänglich bedanken wird, dann landet das Armband in ihrem Schmuckkästchen, um dort bis zu ihrem Tod zu bleiben. Das Parfüm kommt zu den anderen. Aber zu einem Geburtstag gehören für sie Geschenke.

Er beugt sich zu mir herab und drückt mir einen Kuss auf die Wange, weshalb ich den Kopf drehe, um einen auf den Mund abzustauben.

»Ich dachte, du freust dich, mich früher zu sehen.«

»Natürlich«, lüge ich und blicke auf den Schreibtisch, auf dem Papiere ausgebreitet sind, die ich durchgehen wollte.

»Wollen wir los? Wir können noch einen Kaffee trinken gehen, bevor wir zum Geburtstag deiner Mutter fahren, um ein bisschen Zeit zu zweit zu haben.«

Es ärgert mich, dass er denkt, er kann einfach so unabgesprochen meine Zeit beanspruchen. Es ist wesentlich angenehmer, am Wochenende zu unserer Wohnung zu fahren, wie es mir zeitlich passt, als ihn hier zu haben.

»Nein, ich will noch etwas fertig bekommen. Du musst deinen Kaffee allein trinken. Tut mir leid.«

»Ich warte hier. Tolles Büro übrigens. Es ist schön geworden. Sehr stilvoll. Geschmack hast du, aber du hast ja auch mich.« Er lacht.

Er hat recht. Man kann bei ihm optisch und charakterlich von gutem Geschmack sprechen. Ich lächle ihm zu, damit er weiß, dass ich ihn gehört habe. Er rückt sich seine Brille zurecht, um sie danach abzuziehen, gegen das Licht zu halten und zu seufzen. Ohne Brille sieht er für mich immer nackt aus. Sie steht ihm einfach zu gut.

Er lässt sich auf meiner Chaiselongue nieder und legt sie neben sich ab. »Du hast nicht zufällig ein Brillenputztuch?«

»Nein, tut mir leid.«

»Macht nichts. Erledige deinen Kram. Ich warte hier.«

Meinen Kram. Ich rolle mit den Augen, wozu ich den Kopf abwende und mich wieder meinem *Kram* widme.

Es fällt mir schwer, mich zu konzentrieren, weil mich seine Anwesenheit nervt. Jeder, der etwas erledigen möchte und weiß, jemand wartet, dass man fertig wird, kennt dieses Gefühl sicher.

Ich sehe ein paarmal zu ihm rüber. Er hat einen Arm auf der Rückenlehne abgestützt und seine Uhr spiegelt vom durch die Glasscheibe reflektierenden Sonnenlicht. Sein Blick ruht auf mir.

Heute hat er einen Anzug gewählt, der ihm gut steht. Er weiß, dass das bei meinen Eltern gern gesehen wird. Normalerweise trägt er beruflich Jeans, Shirt und Sakko. In seiner Freizeit lässt er das Sakko weg.

Schade eigentlich, dass seine Anzüge nur zu Elternbesuchen und beim Schick-Ausgehen zum Einsatz kommen. Mir gefällt er so. Außerdem ist es schwieriger, mich ihm anzupassen, kleidet er sich leger. Ich besitze nämlich keine einzige Jeans. Seit Jahren nicht mehr. Er belustigt sich gern darüber, dass ich nichts Bequemes im Schrank hätte. Allerdings sind meine Kleider nicht nur stilvoller, sondern auch angenehmer zu tragen als eine enge Jeans, die der gängigen Mode entsprechend den Bauch einquetscht.

Er lächelt, als er meinen Blick bemerkt, und ich wende ihn wieder ab. Kann er nicht wie jeder normale Mensch heutzutage sein Smartphone auspacken und sich damit beschäftigen, statt mich anzusehen?

Nach einer halben Stunde erhebt er sich. »Ich frage mal deine Sekretärin, ob sie ein Brillenputztuch für mich hat.«

Ich schmunzle. Nun scheint es ihm doch noch langweilig zu werden. Ich könnte Alyssa rufen und danach fragen, aber mir ist es recht, wenn er nach draußen verschwindet, darum nicke ich.

Kaum ist die Milchglastür hinter ihm zu, atme ich laut aus und kann mich nun besser konzentrieren.

Erst als ich meinen Schreibtisch aufräume, betritt er wieder das Büro. »Ich habe einen der anderen Partner kennengelernt. Netter Typ.«

»Welchen?«

»Preston Connor.«

»Netter Typ?«, frage ich spöttisch.

»Ja. Sehr charmant. Er wusste, dass ich Wirtschaftsprüfer bin. Du redest gern über mich, hm?«

So, charmant. Ich meinte, erwähnt zu haben, dass er dagegen war, dass ich diesen Platz bekomme. Aber diese ständigen Sticheleien und das mit der Mediatorin habe ich Sebastian nicht erzählt. Das ist mir ein wenig peinlich. Ich kann meinem Freund ja nicht erzählen, dass ich manchmal zur Zicke mutiere.

Sebastian scheint es zu freuen, dass ich über ihn geredet habe, denn er lächelt.

»Natürlich rede ich über dich. Du bist nicht mein kleines schmutziges Geheimnis.«

»Oh, ich hoffe, manche Dinge bleiben unser kleines schmutziges Geheimnis.«

Ich schmunzle. »Ich bin fertig. Wir können los.«

»Es wird auch Zeit. Ich will nicht zu spät bei deinen Eltern auftauchen.«

Ein kurzer Rundumblick durch das Büro, wobei ich meine Handtasche über den Unterarm hänge. Die Geschenke noch. Ich nehme sie in die Hand und nicke ihm zu.

Gemeinsam verlassen wir das Büro und ich sage zu Alyssa: »Feierabend.«

»Super«, bestätigt sie, obwohl es sowieso ihre Zeit wäre, um zu gehen.

Da ich Stimmen höre, werfe ich einen Blick nach rechts Richtung Prestons Büro. Dort steht er mit einer blonden Frau und zwei Kindern. Ist das seine Familie? Ich habe noch nie mitbekommen, dass sie hier waren.

Auf jeden Fall sieht er genervt aus.

»Charlotte, so geht das nicht.«

»Natürlich. Ich habe einen Termin. Du bist nicht der einzige Mensch, der welche hat.«

»Beim Friseur?« Er deutet auf die blondgelockten Haare, die ihr über die rechte Schulter fallen.

»Ja, genau, Preston. Beim Friseur. Ich fahre über zwei Stunden, um dir die Kinder zu bringen, damit ich zum Friseur kann.«

Wohnen sie so weit weg? Wahrscheinlich hält er es wie ich: Nur am Wochenende nach Hause fahren.

»Spar dir den Sarkasmus. Kündige dich das nächste Mal an.«

»Wir sind nur eine Stunde früher dran!«

»Genau! Eine Stunde! Weißt du, was ich in einer Stunde alles erledigt bekomme?«

Das kommt mir bekannt vor.

»Es sind auch deine Kinder!«

»Das weiß ich! Verschwinde schon zu deinem *Termin*. Ich kümmere mich um das Problem.«

»Problem? Problem!? Es sind deine gottverdammten Kinder. Kein Problem!«

»Mit Problem meinte ich, dass du dich nicht an Vereinbarungen hältst.«

Er dreht sich ruckartig um und mein Blick wandert zu den Kindern. Der Größere scheint irgendetwas Interessantes hinter dem Schreibtisch von Prestons Sekretärin gefunden zu haben, aber der Kleine steht da und hat riesige nasse Augen. Dann läuft er los, klammert sich an die Beine seiner Mutter und schluchzt laut auf.

Sie geht seufzend in die Hocke und streichelt ihm übers Haar. »Alles ist gut. Du bleibst hier und hast einen schönen Tag, ja? Du hast doch gesagt, dass du dich auf Onkel Ry freust, oder? Übernachtung mit Geschichten und Abenteuern. So hast du es erzählt.«

Er nickt und sieht zu Preston, der sich wieder umgedreht hat. Zögerlich geht er zu seinem Vater, der ihn hochnimmt. »Du kommst mit in mein Büro, okay? Du darfst auf dem Stuhl sitzen, dem, der sich dreht. Das hat dir doch das letzte Mal auch gefallen.«

Wieder nickt er und fährt sich mit der Hand unter der Nase entlang.

Preston befiehlt Gabrielle, wobei er auf den Größeren der Jungs deutet: »Bitte behalten Sie ihn im Auge, bis er sich überwinden kann, ebenfalls zu mir ins Büro zu kommen.«

Sebastian legt seinen Arm um meine Schulter. »Ganz schön anstrengend mit Kindern, hm? Wollen wir?«

»Natürlich.«

Eine Stunde später sitzen wir am Kaffeetisch bei meinen Eltern. Immer die gleiche Reihenfolge am Geburtstag. Erst Kuchen, dann Essen. Dabei wäre mir Kuchen als Nachtisch lieber. Ein einziges Mal habe ich die Abfolge an meinem Geburtstag geändert. Meine Mutter bekam kaum etwas runter, da es für sie so falsch war.

Mein Bruder Nelson schwärmt vom Aufbau seiner Kanzlei und mein Vater hört ihm nickend zu. So wie ich das mitbekommen habe, kam das Geld für die Gründung von meinen Eltern, und ich weiß, dass sie sich prestigeträchtige Räumlichkeiten im besten Stadtviertel angemietet haben. Das habe ich alles von meiner Mutter erfahren, denn mit meinem Bruder habe ich keinen Kontakt außer bei diesen Familientreffen.

Obwohl er nur zwei Jahre älter ist, haben wir nie miteinander gespielt, uns nie ausgetauscht, keine Gemeinsamkeiten. Und das ungeachtet dessen, dass wir den gleichen Beruf haben. Er hat mich einfach nie beachtet. Ich gebe ihm nicht die Schuld daran, wurde er doch so erzogen, als wäre er das wichtige Kind und ich die süße Prinzessin.

Meine Mutter lächelt mich an, aber das Lächeln wirkt irgendwie besorgt. »Was ist, Mama?«

»Ach, ich weiß auch nicht. Ich mache mir Sorgen.«

»Worüber? Dass Nelsons Kanzlei nicht laufen könnte?«

Sie lacht auf. »Nein. Davon habe ich doch keine Ahnung. Um dich.«

»Warum?«

»Wie das wird, wenn du heiratest. Jetzt wo du Anwältin bist.«

»Jetzt? Mama! Ich war schon Anwältin, bevor ich Papas Platz übernommen habe.«

»Ja, aber das war doch nicht ernst. Und wenn du heiratest ... wie ist das mit deinem Mann?« Sie sieht zu Sebastian, der sich raushält und auf seinen Kuchen starrt.

»Was soll mit ihm sein?«

»Du weißt schon. Ich war immer für deinen Papa da und habe ihm den Rücken gestärkt. Man sagt doch, ein Mann ist nur so stark wie die Frau hinter ihm. Aber wenn du jetzt diesen Platz hast ... Ich weiß nicht, wie das funktionieren soll. Wer stärkt dir den Rücken? Und was ist mit Sebastian? Er braucht doch eine richtige Frau.«

»Mama! Ich BIN eine richtige Frau.«

»Ja, Diane. Mach dir keine Gedanken. Wir arbeiten beide und stärken uns gegenseitig den Rücken.«

Er bekommt für seine Unterstützung ein dankbares Lächeln.

»Das funktioniert doch nicht, Kinder.«

Ich lege meine Hand auf ihre, die die Kuchengabel fest umklammert hält. »Mama. Ich weiß, dass du es nicht anders kennst. Aber wenn wir ehrlich sind, ist es ein wenig veraltet, dass eine Frau nur dazu da ist, einem Mann den Rücken zu stärken und Kinder großzuziehen.«

Was sage ich da? Das bringt doch nichts. Dieses Thema hatten wir schon so oft.

»Ja und eure Kinder? Du kannst nicht den ganzen Tag weg sein, wenn du Kinder hast.«

»Liebe, süße Mama. Siehst du irgendwo Kinder? Außerdem haben unzählige Frauen Nachwuchs und sind erfolgreich. Das ist heute kein Verbrechen mehr.«

Keine Ahnung, wie die Frauen das bewerkstelligen, aber ich weiß, dass es sie gibt.

»Elaine, Liebes, das ist ... Das ist doch nicht richtig.«

»Es ist mir bewusst, dass du das nicht nachvollziehen kannst. Können wir trotzdem das Thema beenden und uns einig sein, dass wir uns nicht einig sind?«

»Du weißt, du kannst immer zu mir kommen, wenn du Hilfe brauchst.«

»Natürlich.«

Sie schnauft. »Gut. Als Mutter hat man es nicht leicht.«

Als Tochter auch nicht.

Mein Smartphone klingelt und ich werfe einen Blick darauf.

Danielle.

Dani? Dani ruft mich nur selten an. Wir sind seit Unizeiten befreundet, aber da wir beide Anwältinnen sind und uns unsere Jobs weit auseinandergetrieben haben, hatten wir seit Jahren keinen persönlichen Kontakt mehr. Der Austausch blieb, weil wir uns ähnlich sind. Wir wollen beide das Gleiche: Am Ende des Lebens von oben auf der Karriereleiter nach unten gucken können. Trotzdem beschränkt sich unser Kontakt auf Text- und Sprachnachrichten. Das kann man lesen und hören sowie beantworten, wenn man eine ruhige Minute hat.

Um herauszufinden, was sie Wichtiges zu berichten hat, stehe ich auf und verlasse den Raum, während ich bereits das Telefon ans Ohr halte.

»Dani. Schön, von dir zu hören. Was gibt es denn?«

»El! Du glaubst es nicht!«

Ich lache. Ihre Stimme klingt so übereuphorisch, da kann man nur lachen. Sie ist ein Wirbelwind durch und durch.

»Was glaube ich nicht?«

»Ich bin schwanger! Und ich werde heiraten!«

»Was?«

»Ja. Das war nicht geplant, und als ich es Tayler gesagt habe, hat er gejubelt und mir einen Antrag gemacht! Voll irre!«

»Echt? Okay.«

»Okay? Freust du dich nicht mit mir? Oh. Tut mir leid. Ich

habe nur sonst keine Freunde. Deshalb habe ich gleich dich angerufen.«

Das wusste ich nicht. Sie ist tatsächlich auch meine einzige Freundin. In meiner alten Kanzlei war ich mit ein paar anderen Anwälten locker befreundet, aber nicht so wie mit ihr. Sie ist für mich die, der ich erzähle, was mich wirklich bewegt, weil ich weiß, sie versteht mich. Sie hat Eltern mit einer ähnlichen Einstellung wie meine und wir sind beide besessen von unserem Beruf. Zu wissen, eine Gleichgesinnte zu haben, egal wie weit weg sie ist, das ist, als hätte man eine sichere Rückendeckung.

»Doch! Natürlich. Wenn du dich freust, freue ich mich auch. Und jetzt? Wie wirst du das lösen? Bleibt Tayler mit dem Kind zu Hause?«

Beide sind Anwälte in der gleichen Kanzlei. Er etwas jünger und deutlich weniger ehrgeizig. Eigentlich hatten sie eine lockere Affäre und auf einmal waren sie zusammen. Wie sagt sie es gern: *Aus einem ONS auf der Weihnachtsfeier wurde eine Affäre, daraus Freundschaft Plus, dann etwas Festes. Ein besserer Weg, um herauszufinden, ob man zusammenpasst, existiert nicht.*

»Quatsch. Ich bleibe bei dem Kind. Wir haben uns überlegt, dass ich fünf bis sechs Jahre aussetze, weil wir nach zwei Jahren noch eins hinterherschieben wollen. Unglaublich, oder? Ich berichte ihm von einem ungeplanten Kind, er macht mir einen Antrag und plant gleich das nächste!«

Ja, das ist unglaublich. Ein kaltes Gewicht zieht mich nach unten und erschwert mir das Atmen. Es fühlt sich an, als würde ich sie verlieren. Unsere Wege spalten sich. Sie setzt aus. Sie wird Mutter und bleibt zu Hause. Keine Gespräche über schwierige Mandanten und Fälle mehr. Kein gegenseitiges Aufbauen. Keine nächtlichen Sprachnachrichten von Büro zu Büro. Kein Austausch von Schriftsatzstücken, die wir besonders genial finden und dem anderen zeigen wollen oder umgekehrt, die Frage, ob man das so ausdrücken kann.

Nun wird sie von Hochzeitskleidern, Windeln und Erziehungsmethoden reden. Es fühlt sich an, als hätte man mir etwas weggenommen. Ein ganz großes, wichtiges Stück. Es fröstelt mich und ich schlinge den freien Arm um mich selbst.

»El? Bist du noch da?«

»Ja, natürlich. Das kommt echt überraschend. Glückwunsch euch beiden. Da es dich freut, freut es mich auch.«

»Du hörst dich komisch an, wenn ich ehrlich bin.«

»Ich bin nur überrascht. Wirklich. Ich sah dich nie als Mutter und dachte, wir bleiben bis zur Rente Anwaltsfreundinnen.«

»Wir bleiben doch trotzdem Freundinnen. Ich erweitere nur mein Spektrum. Das ist so spannend! Ich sag es dir, ich werde ganze Regale über Schwangerschaften, Kinder und Mutterschaft lesen.«

»Mhm«, murmle ich. Keine rechtswissenschaftlichen Abhandlungen mehr. Ich verstehe.

»Kann das sein, dass du gerade keine Zeit zum Telefonieren hast?«

»Ja, ich bin bei meinen Eltern, da meine Mutter Geburtstag hat, und sie warten mit dem Kuchen auf mich«, behaupte ich, als wäre das eine Entschuldigung für meine komische Stimmung.

»Oh. Tut mir leid. Ich will nicht stören. Ich hab mich nur so sehr gefreut und wollte es mit jemandem teilen.«

»Nein! Da gibt es nichts zu entschuldigen. Ich schreibe dir später, okay?«

»Ja, gern! Viel Spaß bei den Spießern.«

Ich lache künstlich und lege auf.

Ein Blick auf die Tür zum Esszimmer und ich weiß, dass ich da jetzt nicht reinkann. Meine Mutter wird bemerken, dass ich seltsamer Stimmung bin, und mich ausfragen. Falls ich das erzähle, wird sie mir berichten, wie glücklich sie über meinen Bruder und mich war und wie herrlich es für mich wäre, selbst dieses Glück zu erleben, wenn es meine Freundin doch auch tut. Das schaffe ich jetzt nicht. Ich muss auf andere Gedanken kommen, damit ich normal wirke.

Aus diesem Grund stecke ich den Kopf zur Tür rein und verkünde: »Ich bin eine Stunde weg. Notfall mit einem Mandanten.«

»Welcher?«, fragt mein Vater.

Verflucht. Ich lüge: »Ein neuer, den ich bezirzen muss.«

Er nickt verständnisvoll. Sebastian sieht mich mit hochgezogenen Augenbrauen an, aber das ist mir gerade egal. Ich brauche kurz Zeit für mich.

Etwas über eine Stunde später bin ich zurück. Besser, viel besser. Meine Balance ist wieder da. Nichts hilft so gut, sie wiederzufinden, wie mein Lieblingsfreizeitbeschäftigung. Konzentration auf ein Ziel, Körperspannung, Atemkontrolle, den Körper ausblenden. All meine schlechten Gefühle konnte ich dort loswerden und bin wieder geerdet.

Ich betrete das Esszimmer, in dem immer noch alle sitzen und meine Mutter gerade den Männern das Essen serviert.

»Elaine! Wie siehst du denn aus?« Meine Mutter schüttelt den Kopf und ich sehe an mir hinab. Laufmasche? Ich erkenne nichts.

Sie kommt auf mich zu. »Deine Haare. Du musst deine Frisur richten. Und dann hilf mir servieren.«

Die drei Männer diskutieren über irgendetwas. Natürlich. Mein Bruder muss nicht helfen.

Egal, alles wie immer. Ich drehe mich um und suche das Badezimmer auf, um einen Blick in den Spiegel zu werfen. Geht doch! Zwei Strähnen haben sich vom Tragen des Kopfbügels eben gelöst. Das ist kein Weltuntergang. Seufzend befestige ich sie wieder mit zwei weiteren Haarklammern, von denen meine Mutter genügend hat. Etwas Haarspray zum Festigen. Da ich sowieso vorm Spiegel stehe, ziehe ich den Lippenstift nach. So, mein Spiegelbild behauptet, ich sehe perfekt aus. Perfekt, um vorgeführt zu werden, obwohl wir nur unter uns sind.

Aus dem Spiegel sieht mir eine jüngere Version meiner Mutter entgegen. Vergleichbare Gesichtszüge, identische Augenfarbe, sogar dieselbe Haarfarbe. Die echte sowie die gefärbte. Wie können wir uns so ähnlich sehen und so verschieden sein?

Eins habe ich vergessen und hebe die Mundwinkel für einen fröhlichen Gesichtsausdruck an, um danach das Badezimmer zu verlassen, damit ich meiner Mutter helfen kann. Dabei werfe ich einen Blick auf Sebastian. Normalerweise unterstützt er mich, obwohl meine Mutter jedes Mal abwinkt, weshalb ich vermute, er ist beleidigt.

Nachdem ich Platz genommen habe, tippe ich ihm an die Schulter. Er dreht mir den Kopf zu und ich forme einen Kussmund. Den Kuss erhalte ich, aber kein Wort.

Ich hake direkt nach: »Bist du beleidigt? Und falls ja: Warum?«

Seine Nase runzelt sich missmutig. »Du kannst nicht immer so tun, als wäre ich ein Gegenstand, den man irgendwo zurücklässt, bis man ihn wieder benötigt.«

»Heute bist du aber empfindlich.«

Mein Vater unterbricht. Nicht, da er mir helfen möchte, sondern weil ihm etwas einfällt und er immer denkt, seine Gedanken sind die wichtigsten. »Elaine, nächste Woche ziehst du um, richtig?«

»Ja.«

»Mein Hausverwalter nimmt am Samstag gegen 14 Uhr den Schlüssel in Empfang.«

Ich sehe zu Sebastian. »Du hast gesagt, du hilfst mir bei meinem Umzug. Kannst du ihn für mich abgeben? Ich leite das Umzugsunternehmen an, wo sie alles hinstellen sollen. Ich denke, bis dahin sind wir noch nicht fertig.«

»Hast du viel zum Mitnehmen, Elaine? Brauchst du Hilfe?«, fragt meine Mutter.

»Nein, danke. Die neue Wohnung ist schon fast fertig eingerichtet. Nur wenige Stücke kommen mit. Der Rest sind persönliche Gegenstände, aber die werden vom Umzugsunternehmen eingepackt und gleich wieder in der neuen verstaut. Ich überwache nur, ob alles so läuft, wie ich mir das vorstelle.«

»Soll ich dir Essen einpacken, damit du an so einem hektischen Tag nicht vergisst, etwas zu dir zu nehmen?«

»Ja, bitte. Das wäre schön.« Das ist wirklich nicht notwendig, aber sie meint es gut.

»Sebastian? Kannst du das für mich übernehmen?«

»Natürlich.« Das war sehr kurz angebunden. Heute ist er aber seltsam gestimmt.

»Stört dich etwas?«

Er atmet tief ein und sieht mich an. »Bekomme ich in deiner neuen Wohnung eine Schublade? In der alten hatte ich keine.«

Was? Ja, das ist korrekt. Aber das war doch nur eine vorübergehende Bleibe, bis ich eine eigene zum Kaufen fand, die mir gefällt. Ich werde eine ganze Weile hierbleiben, da ich nicht vorhabe, diesen Platz wieder aufzugeben, und zumindest unter der Woche nicht weit weg wohnen möchte. Da er beruflich selbst nicht räumlich flexibel ist, habe ich mir keine Gedanken um ihn gemacht, da wir unsere gemeinsame Wohnung ja behalten. Die hier ist nur für mich.

»Ich lasse dir eine frei«, versichere ich schnell.

»Aber von selbst hast du da nicht daran gedacht, oder?«

»Ja«, antworte ich ehrlich. »Wir haben unser Zuhause. Am Wochenende bin ich dort. Diese Wohnung ist nur für unter der Woche.«

»Und gelegentlich bin ich hier, wenn wir beispielsweise deine Eltern besuchen.« Er lässt den Arm über den Tisch kreisen. »Da sollte ich doch zumindest das Recht auf einen Platz für meine Zahnbürste und frische Kleidung haben, oder?«

»Selbstverständlich. Entschuldige.« Ich drücke ihm schnell einen Kuss auf die Wange, wobei mir einfällt: »Kannst du meine Wäsche nach dem Wochenende mit nach Hause nehmen? Dieses Wochenende kam ich nicht dorthin und nächstes vermutlich auch nicht. Ich glaube, ich sollte mich doch nach einer guten Reinigung umsehen.«

»Natürlich.«

Er ist immer noch kurz angebunden. Aber ich denke, es wäre besser, das später unter vier Augen zu klären. Er kann mir sowieso nicht lange böse sein.

Das konnte er nie.

13

WAHL

Preston

Dieses Wochenende habe ich wieder die Kinder. Angeblich hat Charlotte etwas Wichtiges vor. Es ist nicht so, als hätte ich andere Pläne gehabt, aber normalerweise überlege ich mir vorher, was ich mit ihnen unternehmen kann, und spanne gegebenenfalls meine Freunde ein. Sie haben meistens gute Ideen, wie wir sie beschäftigen können, sodass sie Spaß haben. Mir fehlt dafür irgendwie das Gefühl. Aber dieses Wochenende hat keiner Zeit.

Da ich Karten für eine Vernissage bekommen habe, halte ich im für die Ausstellung reservierten Parkbereich in einer Tiefgarage und drehe mich nach hinten zu den Kindersitzen um.

Vier Augen blicken mich an und Jack verlangt: »Wir wollen jetzt die Vanasasch sehen.«

»Vernissage«, korrigiere ich. »Seid lieb, ja?«

»Wir sind immer lieb. Nur Aiden manchmal nicht. Er hört nicht gut.«

»Deine Mama sagt, es ist umgekehrt.« Und dieser Meinung kann ich mich hundertprozentig anschließen.

»Mama will dich nur ärgern. Ich bin nicht das schwierige Kind.«

»Wie bitte? Hat deine Mutter zu dir gesagt, du wärst ein schwieriges Kind?«

Ich finde ihn gelegentlich auch schwierig, aber das kann man ihm unmöglich sagen. Er ist stur und besserwisserisch, lügt wie gedruckt und nutzt alles aus, was er kann. Doch ihn schwierig zu nennen ... Nein. Da werde ich ein Wörtchen mit Charlotte reden müssen.

»Nein. Die Mama hat mich lieb. Die Oma Willi hat das gesagt. Sie hat mich auch lieb, aber ich bin schwierig. Ich habe den Teller nicht mit Absicht fallen lassen. Obwohl er sowieso hässlich war. Von hässlichen Tellern will doch keiner essen.«

Da ich dieses Geschirrset von Whitney nur zu gut kenne, weiß ich, dass er recht hat. Das ist wirklich ein hässliches Gedeck. Uralt, wertvoll und garantiert nichts für Kinderhände.

»Ich werde mit Oma Whitney reden. Du bist nicht schwierig. Das hat sie nur gesagt, weil sie traurig wegen des Tellers war. Er war ein Geschenk von ihrer Oma.«

»Ach so. Vielleicht sollte sie sich freuen. Jetzt kann sie sich einen schönen Teller kaufen, und ihre Oma ist nicht traurig, weil sie den hässlichen nicht mag.«

Ich drehe mich nach vorn, damit er mich nicht lachen sieht. Seine Ururgroßmutter lebt nicht mehr, und ich bin mir sicher, dass Whitney keinesfalls scharf auf ein neues Set Porzellan ist, so oft, wie sie begeistert erzählt, wie wertvoll und selten das Gedeck ist. Es wird zu Geburtstagen und Festtagen genutzt und sie lässt es nicht einmal ihre Haushaltshilfe spülen. Keine Ahnung, wie sie auf die Idee kommt, dass die Kinder davon essen sollen. Selbst schuld.

Zuerst lasse ich Jack aussteigen und behalte ihn im Auge, während ich Aidens Gurt löse, damit er auch aus dem Wagen klettern kann. Jack hat zurzeit die Angewohnheit, jedes Auto anzufassen, das ihm gefällt. Was wiederum nicht jedem Besitzer zusagt. Er hat nämlich einen äußerst kostspieligen Geschmack.

Aiden hält sich an meinem Hals fest, während er etwas unbeholfen aus dem wuchtigen Kindersitz steigt. Er sieht mich fordernd an, woraufhin ich ihn hochnehme und eine Hand auf seinen Kopf lege, damit er ihn sich nicht am Türrahmen anschlägt.

»Vanasche?«, fragt er.

»Genau. Vernissage. Das wird Spaß machen.«

Er nickt und ich küsse ihn auf die Wange, wonach ich die Tür schließe. Er sieht im Gegensatz zu seinem Bruder, der gern einen verschlagenen Gesichtsausdruck wie ein kleiner Teufel aufsetzt, wie ein Unschuldsengel aus, weshalb ich ihn noch einmal küsse. Er kichert. Warum ist er so schrecklich süß? Er kann unmöglich von mir sein.

Jack schlendert auf uns zu, und an seinem Gesicht erkenne ich, dass er den unbeobachteten Moment genutzt hat, um etwas anzustellen. Ich frage nicht nach. Auch nicht, als er seine Hände an der blauen Hose abwischt. Manchmal ist es besser, nicht alles zu wissen.

»Komm«, fordere ich und strubble ihm beim Vorbeigehen durch die Haare und zupfe den Kragen des weinroten Poloshirts zurecht.

Er schlägt nach meinem Arm und geht voraus. Da Aiden zappelt, lasse ich ihn runter und greife die Hand, die er mir entgegenstreckt. Er fürchtet sich in dunklen Parkhäusern, will aber lernen, tapfer zu sein, da sein großer Bruder ihm sagt, das wäre wichtig.

Kaum sind wir am Türsteher im Vorraum vorbei und in der riesigen Industriehalle angekommen, in der die Ausstellung stattfindet, beschwert sich Jack: »Hier ist es langweilig. Wir wollen ins Kinderparadies.«

»Ich dachte, euch gefällt die Vernissage. Diese Spielplatzhalle ist zu weit weg und auf dem Spielplatz in der Nähe waren wir das letzte Mal. Ihr malt gern und hier sind viele Bilder.«

»Wir wollen aber selber malen!«

Diese Kinder! Malen: ja; Bilder: nein. Woher soll denn ein

vernünftiger Mensch wissen, woran sie Interesse haben? Vor allem, da es gefühlt alle zwei Minuten wechselt.

Ich kneife mir kurz in die Nasenwurzel und erkläre: »Ihr könnt nicht selbst malen, wir sind zum Betrachten hier. Nur ansehen, was auch bedeutet: nicht anfassen. Ich brauche eure Hilfe. Ich möchte ein Bild für mein Schlafzimmer. Eins, das zu meinen neuen Möbeln passt.«

»Wir mögen deine neuen Möbel nicht. Die sind scheiße.«

»Jackson!«

»Die sind doof! Hässlich! Ganz hässlich! Ich habe gesagt, du sollst das Autobett kaufen!«

»Ich bin erwachsen. Erwachsene schlafen nicht in Autobetten. Außerdem war das viel zu klein.«

»Dann musst du mehrere kaufen! Aiden hat auch schon in deinem Bett geschlafen. Er hat schlecht geträumt, weil dein Bett so langweilig und hässlich ist.«

Ich weiß nicht, ob ich lachen darf. Er sieht so ernst beim Schimpfen aus. Keine Ahnung, was unterhaltsamer ist: die Vorstellung, mir ein Bett ins Schlafzimmer zu stellen, das aussieht wie ein Rennauto, oder mein Sohn, der vor Empörung rot wird, weil ich nicht die Möbel gekauft habe, die er gut fand.

Aiden bekommt glasige Augen. Wie meistens, wenn Jack sich aufregt. »Aiden? Magst du mein neues Bett auch nicht?«

Er schüttelt den Kopf. Natürlich tut er das. Er schließt sich immer der Meinung seines Bruders an.

»Damit ich nicht wieder etwas Hässliches kaufe: Würdet ihr beide mir helfen, ein Bild auszuwählen?«

Sein auf die Frage folgendes Nicken ist sehr ernst. Alles klar. Ich unterwerfe mich gerade der Entscheidung meiner Kinder, die auf Autos, Dinosaurier und Comichelden stehen. Jetzt kann ich nur noch hoffen.

»Wir gehen gucken!«, beschließt Jack und nimmt Aidens Hand.

»Wartet! Regel eins: Ihr verlasst diesen Raum nicht, ohne mich zu informieren. Regel zwei: Ihr fasst nichts an. Regel drei: Belästigt keine Fremden.«

»Regel vier: Du nervst.«

»Jackson. Bleib höflich.«

»Regel vier: Du bist anstrengend.«

Er sagt, ICH wäre anstrengend?

Auf eine Antwort wartet er nicht, wirft mir einen zornigen Blick zu, um hocherhobenen Hauptes mit Aiden davonzulaufen.

Seufzend sehe ich ihnen hinterher. Ich dachte, Kinder dürfen erst mit der Pubertät so störrisch werden. Wer weiß, was mich da noch erwartet ...

Sie gehen an einem Bild vorbei, das mich durch die Rot- und Orangetöne an eine Vorstellung der Hölle erinnert, und ich flüstere: »Wählt ihr das, ist es bewiesen: Ihr seid die Satansbrut persönlich.«

»Falls das Ihre Kinder sind, wären Sie Satan, das ist Ihnen hoffentlich bewusst.«

Ich wende mich der Frau zu, die neben mir stehen geblieben ist und das Bild bewundert, das für mich nur aus zusammengekleckten Farben besteht.

»Ja, das ist mir bewusst.« Ich muss an Elaine denken, die mich schon mindestens dreimal Teufel nannte. »Vielleicht stimmt das. Zumindest gelegentlich.«

Sie wirft mir lächelnd einen Blick zu, woraufhin ich sie mustere, ob sie irgendein Merkmal hat, das ich noch nicht auf meiner Liste abhaken konnte.

Optisch erkenne ich nichts. Ich wage trotzdem eine Unterhaltung. »Sind Sie zum Vergnügen hier oder möchten Sie etwas erwerben?«

»Mein Bruder ist einer der ausstellenden Künstler.«

Ah, interessant. Eine Künstlerin hatte ich noch nicht. Ich trete näher an sie heran und setze ein charmantes Lächeln auf. »Sind Sie auch Künstlerin?«

»Nein. Ich bin COO von Davis Industries. Und Sie?«

Automatisch trete ich wieder zurück und überziehe mein Gesicht mit einem neutralen Ausdruck. Bei Davids Industries im Management. Wir haben mindestens zwei Mandanten, die Geschäfte mit dieser Firma betreiben. Sie fällt definitiv aus meinem Beuteschema. Ich habe kein Interesse, sie nach meinem Bett wieder an einem Verhandlungstisch zu treffen, sollte ich sie so weit bekommen.

»Ich bekam Karten und suche ein Bild für mich. Ich wurde bereits schon einmal bei einer Ausstellung fündig. Viel Vergnügen.«

Mit einem höflichen Nicken lasse ich sie stehen und schlendere durch den Raum. Bei der letzten Vernissage, auf der ich war, fand ich das goldene Wolfsbild, das nun im Wohnbereich der WG hängt. Das hat mich irgendwie auf den ersten Blick gefesselt. Ich kann nicht erklären, warum es mich spontan an meine Freunde erinnert hat. So ein Bild hätte ich auch gern für mein Schlafzimmer. Irgendetwas, was mir sofort ins Auge springt. Wobei es mich nicht unbedingt an meine Freunde erinnern muss.

Zufrieden betrachte ich meine Söhne, wie sie von Bild zu Bild schleichen, wobei Jack immer wieder auf Aiden einredet, der daraufhin nickt oder den Kopf schüttelt. Wenigstens scheinen sie es ernst zu nehmen, dass sie ein Bild aussuchen sollen, und sind damit zumindest eine Zeit lang beschäftigt.

Ich schlendere selbst mit einer Hand in der Hosentasche weiter. Auf keinen Fall darf ich vergessen, meinen Mandanten zu begrüßen, der diese Ausstellung organisiert hat. Davon abgesehen, dass ich meine Kinder beschäftigen muss, war, mich zu zeigen und Interesse zu heucheln, die Absicht bei diesem Besuch.

Eine bekannte Stimme. Hinter mir. Ich drehe mich langsam um. Elaine hat offensichtlich auch die Karten genutzt, die wir Partner bekommen haben.

Weshalb trägt sie noch mal immer diese Kleider? Und diese Schuhe? Warum sitzt das so stramm über ihrem Hintern? Das Kleid. Nicht die Schuhe. Obwohl? Die betonen ihre Kehrseite sicher durch die veränderte Haltung. Ob sie dieses Zeug drunter hat? Wie heißt das? Shapeware? Po-BH? Formgeber? Keine Ahnung mehr. Sie könnte sich einen riesigen Pfeil auf den Rücken schnallen, das würde nicht weniger auffallen.

Sie spricht mit ihrer Begleitung. Erst als er sich ihr zuwendet, erkenne ich, wer das ist. Elaines Freund, der Wirtschaftsprüfer. Er sprach mich gestern auf dem Flur an, stellte sich vor und fragte, ob ich Elaine kenne. Zuerst dachte ich, für diese dumme Frage gehört er bestraft. Zumindest mit einer sarkastischen Antwort. Dann wurde mir klar, dass er meinte, persönlich. Ich nannte ihm meinen Namen und war mir sicher, er weiß sofort Bescheid, dass ich der Partner bin, der sich mit seiner Freundin durch Fragen zum Verlieben quälen darf.

Jedoch: nichts. Er wusste schlicht nicht, wer ich bin. Erst als ich ihn aufklärte, einer der vier Partner zu sein, behauptete er, dass Elaine meinen Namen erwähnte. Vermutlich so am Rande, dass er ihn sich noch nicht einmal gemerkt hat. Ich war überzeugt, dass Elaine keine Gelegenheit auslässt, um über mich herzuziehen oder sich zumindest zu beschweren. Nach diesem Gespräch wunderte ich mich allerdings, wie wenig er überhaupt von ihrer Arbeit weiß.

Auf die Unterhaltung ließ ich mich auch nur ein, da ich neugierig war, was für ein Typ Mann es mit der Hexe aushält. Ihre Beschreibung trifft zu: Er ist nett und gut aussehend. Intelligent scheint er ebenfalls zu sein, zumindest kann er Sätze formulieren und versteht sogar die Erwiderung.

Zugegebenermaßen interessierte mich dazu auch, was für einen Mann sich Elaine als Partner wählt. Wieder kam mir das Wörtchen *nett* in den Sinn.

Ist es das, was Frauen wollen? Einen netten Kerl? Nett, aufmerksam und devote Züge? Erneut eine Bestätigung für mich, dass ich vermutlich zum Single geboren bin, denn kuschen liegt mir absolut nicht.

Bräuchte ich das andersherum? So wie Mortimer und Jacob? Wie mein Vater? Eine Frau, die um einen kreist wie ein Fixstern, alles, was man sagt und tut, abnickt und für die Handlung eines Gottes hält? Nein. Das würde ich unerträglich finden. Ein klebriges Etwas, dessen einziger Lebensinhalt ich wäre. Was mich bei einem One-Night-Stand bereits stört, kann ich unmöglich dauerhaft an der Backe haben.

Charlotte war nicht so. Sie hatte ihre eigenen Wünsche und Vorstellungen und hat diese umgesetzt. Absolut unabhängig von mir und selbstständig. So selbstständig, dass sie sich einen anderen gesucht hat. Oder gefunden. Mir hat immer noch keiner erzählt, wie es dazu kam. Was vermutlich daran liegt, dass ich nicht gefragt habe und es auch gar nicht wissen will.

Ein Stück entfernt vernehme ich eine erboste Kinderstimme, die sich verdächtig nach Jack anhört, weshalb ich mich dorthin bewege.

»Sie dürfen nicht mit meinem Bruder reden! Der darf nicht mit Fremden.«

Ich lege beiden von hinten die Hände auf die Köpfe und lächle ihren *Gesprächspartner* entschuldigend an. »Was ist los, Jack?«

»Der hat einfach mit Aiden geredet und ihn angefasst. Jetzt hat er wieder Angst!«

Keine Ahnung, ob Aiden mein Bein umklammert, da er tatsächlich Angst hat, oder weil Jack das gesagt hat. Er glaubt seinem Bruder definitiv zu viel, was man wann zu fühlen hat.

»Entschuldigen Sie, es war nicht meine Absicht, Ihren Kindern Angst einzujagen. Ich wollte lediglich wissen, ob sie ein Bild gefunden haben, das ihnen gefällt. Ihr Ältester hat einen sehr ausgeprägten brüderlichen Beschützerinstinkt.«

»Ja«, bestätige ich. Das ist richtig, wobei Aiden manchmal Schutz vor Jack bräuchte.

Er zwinkert Jack zu und begibt sich zu einer Gruppe, zu der er anscheinend gehört. Ich bin unentschlossen, was ich zu ihnen sagen soll. Einerseits müssen sie sich nicht ansprechen lassen und schon gar nicht anfassen, andererseits war das fernab von jeglicher Höflichkeit.

Aiden umklammert immer noch mein Bein, allerdings nicht ängstlich, sondern kuschelig. »Möchtest du hoch, Aiden?«

Er nickt, wobei er seine Wange an meinem Bein entlang reibt. Wird er schon müde?

»Aiden will hoch.«

»Jack, ich habe ihn gefragt und er hat bereits geantwortet. Gib ihm Raum, dass er selbst lernt, sich auszudrücken.«

Ich nehme ihn hoch und er greift mit beiden Armen um meinen Hals. Wieso sind seine Hände schon wieder klebrig? Er lächelt, als ich seufze.

»Hier ist genug Raum. Raum, Schaum, Traum.«

»Lenk nicht ab. Lass deinen Bruder einfach auch ab und zu mal sprechen.«

»Aber er kann das so schlecht!«

»Er muss üben. Das ist ganz normal. Du hast das auch erst lernen müssen.«

»Er spricht so leise!«

»Schluss. Es reicht.« Sein Gesicht nimmt schon wieder einen zornigen Ausdruck an. Schnell eine Ablenkung. »Habt ihr ein Bild gefunden, das ihr mögt?«

»Ja. Aber das zeigen wir dir nicht.«

»Wie soll ich es dann kaufen?«

Er stöhnt, stampft mit dem Fuß auf und geht voraus. Ich folge ihm vor ein Bild. Auf den ersten Blick Chaos. Schwarzer Grund, goldene Flecken und Schlieren in verschiedenen Größen. Gleiche Farbkombination wie das Wolfsbild. Allerdings haben sie sonst nichts gemeinsam. Weder Material noch Stil noch sonst etwas.

»Das? Ja? Sicher, Jack?«

»Ja. Das ist eine Baustelle. Überall Schmutz und Löcher. Das ist sehr schön.«

»Und du, Aiden? Du findest es auch gut?«

Er nickt an meinem Hals, an den er seine Stirn gelehnt hat. Ich halte ihn ein Stück von mir weg. »Was hast du gesehen?«

»Baustelle.«

»Sicher, dass dein Bruder dir das nicht eingeredet hat?«

Er dreht sich weg von mir und deutet auf das Bild. »Da war der Bagger. Er hat geschaufelt. Da war ein Kipper und vielleicht kommt ein Kran.«

Seine Fantasie bringt mich zum Schmunzeln. Ich versuche mir vorstellen, was er mir erzählt hat, und dabei fällt mir etwas auf. Ich glaube, ich habe erkannt, was das für ein Bild ist. Sex. Mindestens zwei Menschen haben sich mit Goldfarbe bemalt und es auf der Leinwand getan. Ja, doch, ich werde immer sicherer. Da ist ein Handabdruck; ein Hintern; ein Knie. Man soll so etwas nicht über Kunst denken, aber das könnte jeder zu Hause selbst anfertigen. Vermutlich möchte ich nicht wissen, was der Künstler dafür verlangt.

Hu. Will ich ein Bild in meinem Schlafzimmer, das von fremden Menschen beim Sex gefertigt wurde?

»Hallo, Preston. Schön, Sie wiederzusehen. Sie sind auch auf der Vernissage?«

Ich drehe mich in die Richtung von Elaines Freund, der mir mit strahlender Miene die Hand hinhält. Da ich Aiden auf dem Arm habe, kann ich sie nur recht kompliziert schütteln und nehme alles zurück. Intelligent ist er nicht. Diese Frage! Einem Mann, der etwas trägt, die Hand hinzuhalten! Sofort bin ich genervt von dieser Person.

Was antworte ich? Mir fallen nur Sachen zwischen Veralbern und bösartig ein. Wären nur Ryker, Ethan oder Ryan hier. Die würden kein Blatt vor den Mund nehmen. Ich kann ihre Sprüche schon fast hören. Selbstverständlich würde ich so tun, als wäre mir ihr Verhalten unangenehm, dabei würde ich es innerlich feiern.

Als beherrschter und höflicher Mensch antworte ich einfach: »Ja, Sebastian. Offensichtlich.« Puh. Das *Offensichtlich* konnte ich mir nicht verkneifen, aber wenigstens habe ich seinen Namen genannt. Das freut ihn doch sicher mindestens so wie meine Kinder das zweite Eis.

»Tolles Bild.«

»Hm«, brumme ich und nutze die Gelegenheit, von ihm wegzusehen.

»Das Bild gehört schon uns!«, behauptet Jack und stellt sich zwischen Sebastian und Bild, als wollte er es beschützen.

»Ehrlich? Schöne Wahl.«

»Jack, wir haben es noch nicht gekauft.«

»Aber fast!«

Sebastian lacht, und ich verbiete mir einen bösen Blick, da er nicht über mein Kind zu lachen hat. Nun klappt er in einer nachdenklichen Bewegung den Kragen seines Poloshirts nach oben.

Was zur Hölle?! Ich sehe mich Hilfe suchend um, wo Elaine steckt. Sie kann doch unmöglich zulassen, dass dieser Typ seinen Kragen nach oben klappt!

Ich atme erleichtert aus, als er ihn wieder richtet und weiter auf das Bild sieht. Eine Spitze ist nicht ganz richtig, und ich muss mich beherrschen, ihn nicht darauf hinzuweisen. Wie kann man zu doof sein, ordentlich auszusehen? Gefällt das Elaine etwa? Schlampige Männer?

An meiner statt bedeckt ihn Jack mit bösen Blicken und lässt ihn misstrauisch nicht aus den Augen. Vermutlich werde ich dieses Bild tatsächlich kaufen müssen, wenn ich meinen Sohn nicht erzürnen möchte.

»Elaine!« Sebastian hebt den linken Arm und sie kommt auf uns zu. »Sieh mal, wen ich gefunden habe.«

»Preston. Welch Freude.«

Sie zupft seinen Kragen in Perfektion, was zumindest meinen nächsten Worten Wahrheitsgehalt gibt. »Schön, dass du hier bist.«

Ein erstaunter Blick trifft mich. Das klang offensichtlich so ehrlich, wie ich es gemeint habe. Dieser Mann, den sie sich ausgesucht hat, benötigt einen Betreuer. Zumindest um ordentlich auszusehen. Ob sie ihm auch die Haare bürsten muss?

»Das ist unser Bild«, erklärt Jack nun ebenso Elaine.

»Du kaufst ein Bild?«, fragt sie mich.

»Meine Kinder lassen mir keine Wahl.«

»Elaine möchte auch ein Bild für ihre neue Wohnung«, behauptet Sebastian und legt den Arm um ihre Schultern.

»Ich bin bereits fündig geworden und habe die Bestellung unterschrieben.«

Er nimmt den Arm von ihr und da bleibt ein winziger Fussel hängen. Er fusselt auch noch. Wo hat sie den bloß gefunden? In Fusselhausen?

Fusselhausen … Wo hat mein Verstand denn dieses Wort ausgegraben?

»Ohne mich um meine Meinung zu fragen?« Das klang empört. Werde ich nun Zeuge eines Dramas? Bitte nicht.

»Sebastian, es ist für meine Wohnung. Nicht für unsere. Es hat mir gefallen, und deshalb habe ich es umgehend reserviert, damit es mir niemand wegschnappen kann.«

»Darf ich wenigstens wissen, welches, oder muss ich warten, bis ich dich besuchen kann, um es mir anzusehen?«

»Du hast es schon gesehen. Vier Bilder weiter.«

Er zieht ein unzufriedenes Gesicht, und ich verkneife mir jeden Kommentar, obwohl es unter der Zunge juckt, das zu kommentieren, um Elaine ein bisschen auf Touren zu bringen.

Sie seufzt. »Bist du jetzt beleidigt? Entschuldige. Wie gesagt: Wäre es für unsere Wohnung, hätte ich das mit dir abgesprochen.«

»Du hast noch nie etwas für unsere Wohnung gekauft. Ich habe sie allein eingerichtet, da du ständig arbeitest.«

»Lass uns das später diskutieren.«

Sie betrachtet mein vermutlich neues Bild, vor dem immer noch mein Ältester mit einer Miene steht, die ausdrückt, dass er bereit für einen Kampf ist, möchte es uns jemand streitig machen.

Nach mehrmaligem Blinzeln schaut sie zurück zu mir. »Du weißt, was auf diesem Bild zu sehen ist, oder?«

Ich räuspere mich. Sie hat es auch gesehen. »Meinen Kindern gefällt es.«

»Ja, tolle Technik«, mischt sich Sebastian ein. »Die Pinselführung ist originell.«

Sieht er es und das war ein Scherz? Ich lege den Kopf schräg und ruckle mir Aiden zurecht, der kaum hörbar ein Lied an meinem Hals murmelt, als wollte er sich selbst in den Schlaf singen. »Ich erkenne den *Pinsel* des Künstlers nicht.«

Er runzelt verwirrt die Stirn. Er erkennt nicht, wie das Motiv entstanden ist! Vielleicht ist es auch besser, wenn er nicht denkt, ich scherze über das Geschlechtsteil des Malers.

Elaine sieht mich von der Seite an und ihre Mundwinkel zucken. »Wer weiß, ob der Pinsel in der Farbe war. Ist das überhaupt gesund?«

»Ich stelle mir eine dauerhafte Nutzung dieses Pinsels schmerzhaft vor und das Farbenmischen etwas kompliziert. Wahrscheinlich entschied sich der Künstler deshalb dafür, lediglich eine Farbe zu nutzen.«

»Ob die Muse ihn geküsst hat?«

Sebastians Gesicht wird immer verwirrter und das spornt mich weiter an.

»Ablecken ist in dem Fall geschmacklich kein Highlight und es wäre vermutlich wirklich ungesund.«

Wenn mich nicht alles täuscht, brummt Elaine vergnügt, wonach sie absolut trocken kommentiert: »Hm. Ich weiß nicht, ob ich dieses Bild gut finde. Selbst der größte Pinsel macht noch keinen begabten Maler.«

»Wenigstens hat er vollen Körpereinsatz gezeigt.«

Mister Kragenaufsteller tritt näher an das Bild und liest das zugehörige Schild. »Der Titel ist *Pinsel der Liebe*.«

»Krrchtmg«, quillt zwischen meinen Lippen hervor, da ich versuche, mich zu räuspern, um nicht in Lachen auszubrechen.

Elaine hält die Hand vor den Mund, um ein gurgelndes Geräusch zu dämpfen, wobei ihre schmalen Schultern beben.

»Ich verstehe den Witz nicht«, sagt Sebastian. »Ist das ein Kanzlei-Insider?«

»Wir haben keine Insider«, antwortet Elaine. »Bitte sieh es dir noch einmal genauer an.«

Er tritt erneut näher an das Bild und ich kann nicht mehr. Ich zupfe den kleinen schwarzen Fussel von ihrem weißen Kleid, den der Kragenhochklapper dort hinterlassen hat, um die Vollkommenheit zurückzuholen. Mir ist bewusst, dass man das nicht tut, aber ich kann nicht anders. Fussel passen nicht zu ihr. Ich will, dass sie so perfekt wie immer ist.

Sie sieht mich an und runzelt die Stirn, wonach sie das Revers meines Anzugs zwischen Daumen und Zeigefinger nimmt und darüber reibt. »Du hast da etwas. Ist das ein Fleck?«

Ich deute mit dem Kinn auf den an mich gedrückten Aiden. »Kinder. Lass niemals welche in deine Nähe. Sie sind ...« ... fast so schlimm wie dein fusselnder Kragenhochklapper. Im letzten Moment spreche ich den Gedanken nicht aus, sondern ergänze: »... kleine Schmutzmagnete.«

»Aha.« Sie hält weiter mein Revers umklammert und scheint erst jetzt Aiden richtig wahrzunehmen. Sie mustert ihn, als wäre er ein Alien.

»Das ist meiner«, sage ich und will damit ausdrücken, dass sie mein Kind nicht so komisch angucken soll.

Sie sieht mich neckisch an. Da kommt doch gleich etwas. »Ja, ich konnte mir denken, dass du ihn nicht hier auf der Vernissage erworben hast. Man bekommt die Ausstellungsstücke ja erst geliefert, wenn die Ausstellung vorbei ist. Wie ein Kunstdieb siehst du wirklich nicht aus.«

»Ist der Fleck so schlimm?«, frage ich.

»Hm? Nein. Ich habe bloß ein penibles Auge. Mich macht so etwas wahnsinnig.«

»Ich dachte nur, weil du deine Hand nicht wegnimmst, als wolltest du ihn nun die gesamte Zeit damit verbergen, um mir eine öffentliche Blamage zu ersparen.«

Sie sieht auf ihre Hand, als wäre es nicht ihre, und dann ertönt Sebastians Stimme aus dem Off. Den hatte ich schon wieder ganz vergessen. »Ich erkenne es nicht.«

Elaine lässt den Arm sinken und dreht sich in seine Richtung. Ich streiche selbst über den Stoff, wobei ich für einen flüchtigen Augenblick die Restwärme ihrer Hand nachspüren kann.

Danach sehe ich mich um, da Jack verschwunden ist. Eine gute Gelegenheit, um ebenfalls zu verschwinden. Elaine kann das schön selbst erklären. »Ihr entschuldigt mich, ich möchte nach meinem anderen Sohn sehen.«

»Auf Wiedersehen, Preston. Es war mir ein Vergnügen«, sagt Sebastian.

»Ganz meinerseits.« Gott, bin ich höflich. Wann bekomme ich dafür endlich eine Auszeichnung?

»Elaine.« Ich nicke ihr zu und bleibe an ihrem Lächeln hängen. Es wirkt ehrlich amüsiert und ich muss selbst lächeln. Man sieht das selten bei ihr.

Eigentlich lächelt sie den ganzen Tag vor sich hin, als hätte sie es festgeschraubt. Sie hat es perfektioniert, freundlich und wie eine arrogante Königin gleichzeitig auszusehen. Vielleicht auch eine Kunst. Aber keine, die man sich an die Wand hängen kann. Gehören Hexen nicht auf einen Scheiterhaufen?

Auf der Suche nach Jack bleibe ich kurz an dem Bild stehen, über das Elaine behauptet hat, es gekauft zu haben. Eine ungewöhnliche Wahl. Es ist in verschiedenen Grüntönen gesprayt und schreit nach Rebellion. Ich kann es mir gut in einer großzügigen Wohnung vor einer freiliegenden Ziegelsteinwand vorstellen. Aber nicht in einer Behausung, wie ich sie in Gedanken Elaine angedichtet habe. Ein Puppenhaus in einem klassischen Stil. Eher dachte ich an ein barockes Motiv in Goldrahmen, über halbhoch getäfelten Wänden, nicht an so etwas.

Zügig marschiere ich los, denn ich sehe Jack, wie er sich von einem der Stehtische ein Glas greift. »Stell das wieder hin!«

»Ich habe Durst«, beschwert er sich. Wenigstens hört er einmal auf mich und lässt das Glas stehen.

»Wir besorgen dir etwas, aber das ist Sekt. Das ist nichts für Kinder.«

»Mama sagt, Sekt ist Traubensaft mit Kohlensauer. Ich darf Traubensaft trinken.«

»Kohlensäure heißt das. Sekt ist Alkohol. Möchtest du einen Saft? Wer hat dir eigentlich erlaubt, einfach etwas zu nehmen?«

»Ich habe Durst.«

»Dann sag mir das doch. Habe ich dir schon jemals Trinken verweigert?«

Was diskutiere ich hier überhaupt? Je logischer meine Argumente sind, desto bockiger wird er. Ich gehe mit Aiden auf dem Arm in die Hocke, damit ich Jack auf gleicher Höhe ins Gesicht sehen kann. »Du darfst jederzeit trinken. Wenn wir zu Hause, bei Freunden oder bei den Großeltern sind, nimmst du dir einfach etwas. Bis auf Alkohol. Ich finde es gut, dass du das allein kannst. Aber sind wir unterwegs, sagst du es mir. Du weißt nicht, wer vor dir aus dem Glas getrunken hat. Vielleicht hat derjenige reingespuckt. Das ist doch nicht schön.«

»Das ist eklig.«

»Genau.«

»Spucke ist eklig.«

»Ja, richtig. Was möchtest du trinken? Oder sollen wir gehen? Im Auto haben wir unsere eigenen Getränke.«

»Ich trinke im Auto. Wir müssen aber noch das tolle Baustellenbild kaufen.«

»In Ordnung.«

Ich erhebe mich und durchblicke den Raum, bis ich jemanden mit einem Klemmbrett sehe und denjenigen anspreche.

»Entschuldigen Sie. Ich würde gern ein Bild kaufen.«

»Oh, sehr schön. Zum Aufhängen?«

»Nein. So schlimm ist es nicht.«

»Wie bitte? Ich meinte, ob wir es bei der Lieferung gleich anbringen sollen.«

Und ich habe keinen Scherz gemacht, sondern tatsächlich gedacht, Sie fragen mich, ob ich das Bild kaufe, um mich dann aufzuhängen. Das spreche ich selbstverständlich nicht aus, stattdessen erhält er eine vernünftige Antwort: »Ja, ich buche die Befestigung mit.«

»Sehr schön. Welches möchten Sie erwerben?«

»Pinsel der Liebe.« Das ernst zu sagen kostet mich fast mehr Selbstbeherrschung, als Elaines Freund nicht wegen seines Kragens zurechtzuweisen.

»Sehr schön. Dann sehen wir schnell nach, ob es noch zur Verfügung steht.«

Ich folge ihm zu dem Bild, vor dem nicht mehr Elaine und Begleitung, sondern nun andere Menschen stehen. Aiden beginnt sich zu rekeln und gähnt.

»Sehr schön. Es ist noch da. Dann klebe ich den Punkt hin, damit jeder weiß, es ist nicht mehr zu haben.«

Ist irgendetwas für ihn nicht *sehr schön*? Sagt er es noch dreimal, bis wir die Transaktion abgeschlossen haben, kaufe ich mir die Seidengáze-Krawatte aus Italien doch in den anderen Farben.

Ich erhöhe auf fünf. Drei ist zu einfach.

Aiden zappelt und ich frage: »Soll ich dich runterlassen?«

»Vielleicht will er ja den Punkt anbringen?«

»Möchtest du einen Aufkleber auf das Baustellenbild kleben?«

»Ja!« Seine pipsige Stimme klingt müde, aber seine Augen funkeln hellwach. Ich stelle ihn auf seine eigenen Beine und weiß genau, was passiert.

»Ich will den Aufkleber auf das Bild machen! Ich bin der Ältere.«

»Dann lass deinem Bruder doch den Vortritt.«

»Nein. Das muss man richtig machen.«

Nach einem tiefen Atemzug blicke ich den Streitverursacher an, der den roten Punkt bereits auf dem Finger hat. Aiden sieht ihn aus großen Augen erwartungsvoll an.

»Wäre es machbar, dass jedes meiner Kinder einen Punkt auf dem Bild anbringen darf?«

»Ähm, ja, natürlich.« Er übergibt den ersten Jack, der sich

vorgedrängelt hat. Sobald er sieht, dass es einen zweiten gibt, reicht er den ersten großzügig an Aiden weiter.

Anschließend tritt Jack ans Bild und klebt seinen sorgsam auf den Handabdruck. Aiden sieht ihm zu und stellt sich auf Zehenspitzen. So kommt er gerade an den Rand, aber das scheint ihm zu genügen.

Er dreht sich um und seine Augen glänzen stolz.

Ich lächle ihm zu, und er strahlt über das ganze Gesicht, als hätte ich ihm gerade einen Einkaufswagen im Spielzeuggeschäft mit allem, was er will, befüllen lassen. Diese kindliche Freude über Kleinigkeiten ist ansteckend. Ich freue mich mit ihm, dass er Spaß daran hat, einen Aufkleber anzubringen, und gehe in die Hocke, weil ich das Bedürfnis habe, ihn in den Arm zu nehmen.

»Komm her. Das hast du gut gemacht.«

Er schüttelt den Kopf. Natürlich. Bevor ich mich erheben kann, nimmt Jack Anlauf und springt mich an. »Ich drück dich!«

Obwohl ich es mit Müh und Not verhindern kann, das Gleichgewicht zu verlieren, packe ich ihn und lache. »Du hast es selbstverständlich auch gut gemacht.«

»Ich weiß.«

Erneut lache ich, dieses Mal über seine arrogante Antwort. Er zieht an meiner Krawatte, lehnt den Kopf gegen mich und schiebt den zweiten Arm unter das Sakko.

Obwohl er so selbstbewusst und vorlaut ist, sucht er manchmal wie aus dem Nichts Körperkontakt, den er sonst lautstark verweigert, da er zu groß wäre. Ich weiß nicht, warum das so ist, aber es berührt immer etwas in mir, was eine Art Glücksgefühl auslöst. Ich streichle seinen Rücken und dann ist es schon wieder vorbei.

Er lässt mich los und brüllt: »Aiden will gehen!«

Seufzend erhebe ich mich und richte die Krawatte. »Bitte behaupte doch nicht immer, Aiden möchte etwas, wenn es dein Wunsch ist.«

»Aiden will aber. Das sieht man.«

»In Ordnung. Ich bezahle, dann gehen wir.«

Der Verkäufer klopft mit dem Stift auf das Klemmbrett. Seine Ungeduld ist mir egal. Wenn mein Kind mich umarmen möchte, hat er zu warten.

Vermutlich ist es tatsächlich Zeit zu gehen. Bis jetzt lief es gut mit den beiden, aber ich will nichts herausfordern. Und da ich etwas erworben habe, kann ich meinem Mandanten das nächste Mal erzählen, wie toll seine Ausstellung war und was ich gekauft habe. So erspare ich mir das Gespräch heute.

Nun habe ich ein neues Bild fürs Schlafzimmer.

Ich vermute, es ist besser als das Rennwagenbett.

14

VERSUCHUNG

Preston

Ich begrüße George, Joseph und Frank im großen Besprechungsraum ihrer Firma mit einem Handschlag. Auf dem Tisch sind bereits Getränke und Snacks angerichtet, und ein Beamer läuft, auf dem ich gleich vorführen darf, was ich vorbereitet habe.

»Wo ist sie denn?«, fragt George.

Eine Sekretärin steht abwartend im Raum, und ich drücke ihr meine mitgebrachten Mappen in die Hand, damit sie sie auf dem Tisch bereitlegen kann. »Sie sollte gleich da sein. Sie ist nie zu spät.«

Mich nervt, dass die drei verlangt haben, Elaine kennenzulernen. Ich habe das Unternehmen, das sie leiten, gemeinsam mit ihrem Vater betreut. Nun wollte ich sie für mich. Beim letzten Gespräch sicherten sie mir auch zu, dass sie einverstanden sind, nur noch von mir betreut zu werden. Sie sind Chauvis durch und durch. Sie möchten sie nicht kennenlernen, um zu prüfen, ob sie eine gute Anwältin ist, sondern um sie zu beäugen, weil sie die erste Frau in einer Führungsposition in unserer Kanzlei ist.

George zieht sich einen Stuhl vom Tisch weg und lässt ihn gleich wieder los, da Elaine den Raum betritt. Seine Augenbrauen wandern in die Höhe.

Kein Wunder, sie betritt ihn eigentlich nicht, sie nimmt ihn mit ihrer Präsenz ein. Das Kinn oben, ein leicht blasiertes Lächeln auf den Lippen und ihr Businesskleid ... Scharf, obwohl es durch und durch Business ist.

Eine Uniform wie meine, die zeigt, wo man steht. Frauen haben bei der Wahl der Kleidung auf jeden Fall eine größere Palette. Bei Anzügen sind die passablen Farben begrenzt, ebenso bei Hemden, auch bei den Schnitten gibt es keine unendliche Auswahl. Jedoch existieren unzählige Kleiderschnitte und entweder hat sie einen verdammt guten Ausstatter oder einen exzellenten Geschmack. Das würde ich niemals vor ihr zugeben, aber es beeindruckt mich, wie sie mit Kleidung ausdrückt, dass man ihr Respekt zu erweisen hat, ohne dass sie dabei abgehoben oder verschroben aussieht. Der Pfad ist schmal und sie balanciert darauf wie eine Hochseilartistin.

Sie nickt in die Runde und geht auf Joseph zu, der ihr am nächsten steht. »Elaine Ward, es freut mich.«

»Joseph. Einfach nur Joseph.«

Frank spricht mich an. »Ihr hätte ich den Job auch gegeben.«

Ich wende den Kopf ab, damit er mein Augenrollen nicht sieht. Sie hat den Platz, da sie der Sprössling ihres Vaters ist. Genauso wie ich. Nicht, weil sie scharf ist. Hochschlafen unmöglich.

Er geht auf sie zu, nimmt ihre Hand in beide Hände und begrüßt sie ebenfalls. George schließt sich an, und dann sind alle drei um sie versammelt, als wäre sie ein Kunstwerk, das zur Betrachtung freigegeben wurde.

Sie lächelt professionell bei den Flirtversuchen der Männer, die alle mindestens zwanzig Jahre älter sind als sie. Zumindest George musste ich schon einmal ermahnen, es nicht zu übertreiben, als er eine Junganwältin von uns angeflirtet hat, die davon vollkommen überfordert war. Zum Glück nehmen sie nur selten Termine in der Kanzlei wahr. Endlich setzen sie sich.

Elaine lässt sich ebenfalls nieder und ich weise sie darauf hin: »Du wirst nicht mehr benötigt. Sie wollten dich lediglich kennenlernen.«

»Sie waren die Mandanten meines Vaters. Ich würde dein Konzept für sie gern hören.«

»Ja, sie kann bleiben. Vielleicht lernt sie etwas von dir, Preston.«

Frank erhält ein bestätigendes Nicken. Von mir aus. Garantiert mache ich keinen Aufstand. Zwar bezweifle ich, dass sie etwas von mir lernen möchte, aber wenn sie zu viel Zeit hat …

Es dauert sowieso nicht lange. Eine kurze Einweisung, Dokumente unterschreiben, eine Liste aushändigen, was sie in ihrer Firma umzusetzen haben.

Ich erkläre ihnen meinen Plan, den ich mit ihrer Steuerberatungskanzlei ausgetüftelt habe. Ihre Renditen sind durch die Decke geschossen und sie wollen weiter expandieren. Diese Expansion soll gleichzeitig als Steuersparmodell dienen. Ich habe Verträge ausgearbeitet, um Deals mit anderen Unternehmen einzugehen und teilweise aufzukaufen.

Sie nicken begeistert, als ich ihnen erkläre, welche Vorteile ich für sie herausschlagen konnte.

»Könnte ich dich eine Sekunde sprechen, Preston?«

Elaine bekommt den genervtesten Blick, den ich zustande bringe. Was will sie ausgerechnet jetzt? »Kann das nicht warten?«

»Nein.«

»Dann sprich.«

»Wenn du das unbedingt hier möchtest … Dein Vorgehen wird so nicht umsetzbar sein.«

Beherrscht hake ich nach, da ich vor den Mandanten diese Bemerkung nicht übergehen kann: »Begründung?«

»Zufällig bekam ich mit, dass dieses Schlupfloch geschlossen werden könnte. Ein Gesetzesentwurf steht in den Startlöchern, der den Plan zum Scheitern bringt. Bevor er umgesetzt wird, solltest du abwarten, ob es tatsächlich verabschiedet wird. Die Lobbyisten arbeiten dagegen. Ob sie sich durchsetzen, wird man sehen.«

Ich erstarre. Warum hat diese Horde Steuerberater das nicht gewusst? Weshalb wusste ich das nicht? Steuerrecht ist eins meiner Fachgebiete.

Als könnte sie Gedanken lesen, redet sie weiter: »Das konntest du nicht wissen, da es erst heute Morgen bekannt wurde. Ich habe es zufällig gesehen, da ich ein ähnliches Vorgehen für einen anderen Mandanten geplant habe.«

»Preston? Ist das korrekt?«

»Ja, Joseph. Mit so etwas macht man keine Späße.« Ich sehe sie durchdringend an. Oder?

Sie lächelt entschuldigend, was zu einem verstohlenen Grinsen wird. Hexe. Aber gut, dass ihr das aufgefallen ist, bevor ich alles in die Wege leite.

»Und nun?«, fragt Frank.

»Ich überlege mir einen neuen Schlachtplan oder wir warten ab, ob das Gesetz verabschiedet wird. Ich werde mir das später genauer ansehen und mit euren Steuerberatern Rücksprache halten.«

»Für meinen Mandanten habe ich bereits eine Idee. Sie ist allerdings nicht ganz so gut wie diese. Sollte es zeitkritisch werden, jedoch auf jeden Fall eine Alternative.«

George nickt ihr zu. »Es ist nicht zeitkritisch, aber wir hätten dich trotzdem gern als Ergänzung zu Preston im Boot. Wie dein Vater vor dir. Zwei Anwälte scheinen besser zu sein als einer.«

Ich knirsche mit den Zähnen.

Elaine lächelt ihn freundlich an. »Euch steht doch sowieso das Wissen der gesamten Kanzlei zur Verfügung. Aber gern arbeite ich mit Preston bei eurer Betreuung zusammen.«

Natürlich arbeitet sie *gern* mit mir zusammen. Sie weiß genau, wie viel uns dieses Mandat einbringt. Meinen persönlichen Anteil daran werde ich nun mit ihr teilen müssen wie mit ihrem Vater zuvor. Ist sie deshalb noch hier? Hat sie auf eine Gelegenheit gewartet, um sich in den Vordergrund zu rücken? Geldgeile Hexe.

Da ich nach der Äußerung ihres Wunschs keine Wahl habe, stimme ich zu: »Gut. Elaine und ich arbeiten euch einen neuen Schlachtplan aus.«

George fragt: »Kommen wir damit zum vergnüglichen Abschnitt des Tages? Du kannst uns ja dabei erzählen, was du dir noch für uns überlegt hast.«

»Gern.« Ein Teil des Berufs, den ich nicht immer mag. Je teurer der Mandant, desto mehr Honig will er ums Maul geschmiert bekommen. Ein Essen, bei dem man sich angeblich bespricht, aber stattdessen mit Persönlichem vollgetextet wird. Meist Beschwerden oder Angeberei. Oder der Wunsch von Mandanten, sie zu ihren Hobbys zu begleiten, weil sie ja so wenig Zeit haben. Wie oft stand ich schon auf dem Golfplatz oder war in irgendwelchen Wellnesstempeln dabei, um ihnen meine Ideen näherzubringen? Ich kann es nicht mehr zählen.

Frank hakt sich bei Elaine unter, die ihm lachend auf den Oberarm klopft und einen Schritt zur Seite tritt, um seinen Arm unauffällig abzuschütteln. Das wirkt so geübt, dass ich mich frage, wie oft das schon nötig war. Ich sehe den beiden einen Moment hinterher, genauer gesagt auf ihre Hüfte, die sich beim Gehen sanft wiegt.

Gemeinsam fahren wir mit dem Fahrstuhl nach unten und Joseph fordert: »Elaine. Du begleitest uns sicher, oder?«

»Verratet ihr mir, wo es hingeht?«

»Auf die Schießbahn. Du kannst direkt zur Kanzlei fahren.«

Ihre Augen blitzen auf, als sie mich ansieht und mir widerspricht: »Nein. Ich komme sehr gern mit.«

George nimmt ihre Hand und tippt auf einen ihrer perfekt manikürten roten Fingernägel. »Keine Angst. Dort passiert nichts, was man mit einer Nagelfeile nicht ruckzuck richten könnte.«

Ihre Mundwinkel zucken einen Moment unwirsch nach unten,

bevor sich wieder das gewohnte kühle Lächeln auf ihre Lippen schleicht und sie ihm die Hand entzieht. »Ich habe selten Angst.«

»Wovor hast du denn Angst?«, fragt Frank.

»Davor, wichtige steuerliche Gesetzesänderungen zu verpassen.«

Die drei lachen und sie sieht mich spöttisch an. Ich bleibe mit den Schultern an der Aufzugswand gelehnt und lasse den Spott von mir abprallen. Solange Mandanten lachen, ist alles in Ordnung.

Sie öffnet ihre Handtasche und nach einem Blick auf das Smartphone zieht sie unwillig die Brauen zusammen.

»Gibt es ein Problem?«, frage ich.

»Ich habe meinen Fahrer in die Pause geschickt. Er ist noch auf dem Weg.«

Der Fahrstuhl öffnet sich, und ich marschiere voraus, wobei ich höre, wie Frank sie einlädt: »Du kannst bei uns mitfahren.«

»Sie fährt bei mir mit«, rufe ich über die Schulter.

Mein Fahrer hält mir bereits die Tür auf, und ich bleibe daneben stehen, damit sie einsteigen kann.

Sie wirft einen Blick von den dreien zu mir und wieder zurück, wonach sie mit einem Schulterzucken einsteigt. Kluge Wahl. Ich würde bei denen nicht ins Auto steigen wollen, wenn ich eine Frau wäre. Sie werden sie höchstwahrscheinlich nicht direkt belästigen, aber ich bin mir sicher, dass mindestens eine Abendesseneinladung mit Hintergedanken folgt. Auch wenn man höflich ablehnen kann, ist es geschickter, noch nicht einmal zu riskieren, einen Mandanten zu verärgern.

Ich nehme neben ihr Platz. Mein Fahrer ist bereits über unser Ziel unterrichtet, weshalb ich mein Smartphone zücke.

Sie atmet laut durch und sieht zu mir rüber, was ich ignoriere. Der Duft ihres Parfüms steigt mir in die Nase, gemischt mit dem angenehmen Geruch des Wagens. Die kleine Hexe drückt selbst mit ihrer Duftauswahl Dominanz aus. Keine Ahnung, was es genau für einer ist, aber er riecht nach dynamischer Eloquenz mit intuitiver Souveränität. Frische mit gleichzeitiger Schwere. Eine sinnliche Mischung.

Das ist mir schon ein paarmal aufgefallen, und ich frage mich, ob das ihr persönlicher Geschmack ist oder sie sich beraten ließ. Alles an ihr schreit, dass es bis zur Perfektion getrimmt ist. Haare, Schminke, Kleidungsstil, Art, sich zu bewegen, Gesichtsausdrücke. Eine Maske aus Professionalität. Darf man es genießen, wenn man einen flüchtigen Blick dahinter werfen kann?

Ich würde wetten, dass selbst jemand, dem man eine Million verspricht, keinen abstehenden Faden an ihrer Kleidung finden könnte. Deshalb kann der fusselnde Kragenhochklapper unmöglich ihr Ernst sein.

»Hör auf, mich anzustarren«, befehle ich ihr, da ich ihre Blicke spüren kann.

»Ich frage mich bloß, ob du ein aggressionshemmendes Spiel auf deinem Smartphone spielst oder so hektisch durch angekündigte Steueränderungen scrollst, um nachzuprüfen, ob ich recht habe.«

Nach einem Schnauben stütze ich die Hand zwischen uns auf und beuge mich zu ihr rüber: »Du hast recht. Zufrieden?«

Sie imitiert die Geste und sieht mir mit kaum einer Handbreite Abstand ins Gesicht. »Ja. Sehr. Trotzdem tut es mir leid, dass ich es vor deinen Mandanten angesprochen habe. Hätte ich nicht gesehen, dass bereits Unterschriftmappen auf dem Tisch liegen, hätte ich es dir danach gesagt, damit du deine Strategie anpassen kannst.«

»Komm schon. Es macht dir doch Spaß, mich vor anderen bloßzustellen. Außerdem sind es jetzt unsere Mandanten. Glückwunsch.«

»Ich würde niemals jemanden aus unserer Kanzlei bloßstellen. Es war dein Wunsch, es vor allen auszusprechen. Aber selbstverständlich freue ich mich, dass sie meine Fachkompetenz anerkennen.«

»Ich hatte das Gefühl, es gibt dir einen kleinen Kick, mich auflaufen zu lassen.«

»Nein, mir geben ganz andere Sachen einen Kick.«

Sie sieht nicht weg, ich auch nicht. Ihre grünen Augen verdunkeln sich, und die Luft um uns wird dicker, scheint sich elektrisch aufzuladen.

Ich spüre ihren Atem auf dem Gesicht, und mir wird bewusst, dass es ihr ebenso gehen muss. Sie zieht ihren Kopf ein Stück zurück und sieht mir auf den Mund. Zwanghaft befeuchte ich die Unterlippe und verringere den Abstand zwischen uns wieder. Sie schaut hoch in meine Augen und blinzelt. Ich kann ihren mit Wimperntusche akkurat getrennten Wimpern beim Zusammenschlagen zusehen und habe das Gefühl, hören zu können, als sie aufeinandertreffen.

So nah waren wir uns schon einmal. Sie nannte mich Arschloch, ich sie Zicke. Nach Schimpfwörtern ist mir allerdings im Augenblick nicht. Auch von ihr kommt nichts. Keine Regung, kein Wort, als wären unsere Gesichter so nah beieinander festgefroren, jeweils beim Darauf-Lauern, was der nächste Zug des anderen ist.

Was wäre ihr Zug?

Was wäre meiner?

In einer ruckartigen Bewegung lasse ich mich mit dem Rücken gegen den Sitz fallen und lehne den Kopf hinten an.

Was war denn das? Habe ich sie gerade fast geküsst?

Ich küsse keine Frauen, die ich wiedersehen muss. Obwohl ich gern wissen würde, ob ihr Bild der Perfektion dort endet. Ich schiele zu ihr rüber und ertappe sie dabei, dass sie das ebenfalls tut.

»Ist alles in Ordnung?«, fragt sie.

Ihr Tonfall lässt mich sicher sein, hätte ich sie geküsst, wäre sie darauf eingegangen. Ihre Stimme ist etwas tiefer und rauer. Ziemlich betörend, wenn man es genau nimmt.

Ich wünschte, sie wäre mit einer nervig schrillen Frauenstimme gesegnet!

Ein Griff ins Seitenfach und ich reiche ihr ein Kaugummi, als hätte sie schlechten Atem. Sie nimmt ihn mit einem giftigen Blick entgegen und stopft ihn sich zwischen die zart nachgemalten Lippen, die anscheinend eine schlimmere Versuchung sind, als ich dachte.

Genug davon. Ich widme mich wieder dem Smartphone, um mir diese anstehende Gesetzesänderung genauer anzusehen.

Joseph, George und Frank haben Spaß am Schießstand. Irgendetwas daran lockt eine Art kindlichen Spieltrieb und zugleich den Neandertaler hervor.

Elaine ist die ganze Zeit dabei, bewundert sie an der passenden Stelle, flucht mit ihnen, wenn ein Schuss danebengeht, und ich glaube, ihnen gefällt es, von ihr so viel Beachtung zu bekommen.

Ich muss zugeben: Sie ist hervorragend im Umgang mit ihnen. Freundschaftlich mit beruflicher Distanziertheit, locker und zugleich souverän. Aber das ist immerhin ihr Job, und das sind nicht die ersten Mandanten, die sie unterhalten muss. Es ist nur das erste Mal, dass ich sie dabei beobachte.

Sie ruckelt den Gehörschutz zurecht, und vermutlich überlegt sie, ob sie hier danach irgendwo ihre Frisur richten kann, die vom Gehörschutzbügel etwas aus der Form geraten ist.

»Du auch, Elaine?«, fragt Frank und hält ihr die Pistole hin, die er gerade genutzt hat.

»Warum nicht?«

Sie tritt an den Stand, stellt ihre Handtasche vor sich ab und wühlt darin herum.

Mein Mund klappt auf, als sie Handschuhe entnimmt. Schießhandschuhe. Die Frau hat Schießhandschuhe in ihrer Handtasche.

Fasziniert sehe ich zu, wie ihre roten Nägel darin verschwinden und sie die Handschuhe am Handgelenk schließt, wonach sie die Waffe in die Hand nimmt.

Ich stütze einen Ellenbogen auf, den Kopf auf dem Handballen. Spannend.

Sie greift sich eins der vollen Magazine, die herumliegen, und tauscht es gegen das leere, wonach sie mich ansieht. Bevor ich fragen kann, ob es ein Problem gibt, zieht sie mir die Schießbrille von der Nase und schiebt sie sich selbst ins Gesicht.

Sie tippt an eins der gelben Gläser. »Besserer Kontrast.«

Hat sie mich gerade belehrt, wofür die gelben Gläser gut sind?

Nach einem Kontrollblick, ob alle ihren Gehörschutz tragen, nickt sie und stellt sich in Position. Fasziniert sehe ich zu, wie sie einen Schuss nach dem anderen platziert. Ich glaube, bei jedem einzelnen werde ich härter, als würde das Blut davon in Wellen in meinen Schwanz gepumpt werden.

Übel.

Sie lässt die Hände sinken und ich drehe mich nach vorn. Nicht nur, um ihr Ergebnis betrachten zu können, sondern dass niemand entdecken kann, dass mich das erregt hat. Es ist nur eine Frau mit einer Waffe. Das ist doch albern, auch wenn ein pochender Körperteil von mir das offensichtlich anders sieht.

In einer erotischen Seelenruhe lockert sie den Handschuhestoff an jeder einzelnen Fingerspitze, ehe sie sie von den Händen zieht und wieder verstaut. Das macht es nicht besser! Katzenbabys! Volle Windeln! Das Gesicht des Wirtschaftsprüfers!

Meine Kehle gibt ein knurrendes Geräusch von sich, weil mich das nervt.

Wir betrachten ihr Ergebnis. Ich weiß nicht, ob es mich ärgern soll oder noch geiler machen, dass ihr Trefferbild besser ist als meines.

Sie dreht sich um und George sagt: »Schätzchen, das war großartig.«

Nun drehe ich zumindest den Kopf und kann zusehen, wie sie sich anspannt und sofort wieder bewusst locker lässt und ihn anlächelt. Ich verstehe. Ja, sie ist kein Schätzchen.

»Schätzchen ist wenig angebracht«, kommentiere ich, da sich Elaine selbst nicht äußert.

»Und was ist sie dann?«

»Ja, Preston, was bin ich dann?«

Sie ist eine absolut furchtbare Person. Schließlich habe ich für sie gesprochen. Ich stelle mich hinter sie, natürlich mit genügend Abstand, dass ich sie nicht mit meinen unerwünschten körperlichen Reaktionen belästige, und flüstere ihr zu: »Eine Hexe.« Anschließend sehe ich zu den dreien und erkläre: »Eine Partnerin. Sonst müsst ihr mich auch Schätzchen nennen, wenn ihr fair sein wollt.«

Egal, ob sie das gutheißt oder nicht. Ich dulde nicht, dass jemand einen Anwalt unserer Kanzlei so nennt.

Sie lachen. Natürlich lachen sie. Aber sie werden es sich hoffentlich auch merken.

Elaine dreht sich um und zischt bedrohlich leise: »Du musst mich nicht verteidigen. Ich kann das selbst und bin nicht auf dein männliches Wohlwollen angewiesen, *Schätzchen*.«

»Zuckerschnäutzchen, was ist denn los? Ich dachte, du willst mit mir zusammenarbeiten?«, frage ich klebrig süß zurück.

»Du musst mich nicht beschützen, du bist kein Held und das ist überhaupt meine Sache.«

Ruckartig dreht sie sich wieder um und sagt: »Ich brauche einen Drink. Wer ist dabei?«

Sie marschiert voraus, und ich schlage den dreien eine Bar vor, der sie zustimmen.

Da es unsinnig wäre, Elaines Fahrer kommen zu lassen, nehme ich sie wieder mit.

Sie starrt aus dem Fenster, und ich mustere ihr Profil, danach ihre Handtasche, die neben ihr steht und in der sich Schießhandschuhe befinden.

Das führt mich zu der Frage: »Wieso kannst du so gut schießen?«

Ohne mich anzusehen, antwortet sie: »Übung. So wird man in den meisten Dingen gut.«

Nach dieser Entgegnung hadere ich einen Moment, dieses Gespräch fortsetzen zu wollen. Erneut frage ich mich, was genau sie eigentlich gegen mich hat. Gelegentlich wirkt es, als hätte ich etwas angestellt, was ihr plötzlich wieder siedend heiß einfällt, weswegen sie daraufhin einen eisernen Vorhang vor sich schließt. Nur was? Bin ich wirklich so schrecklich? Habe ich aus Versehen ihre Mutter belästigt? Ihrem Vater Geld abgezockt? Popel an der Nase?

Da ich zu neugierig bin, hake ich trotzdem nach: »Und was gab den Ausschlag dazu, es überhaupt auszuprobieren?«

»Mein Vater nahm meinen Bruder vor langer Zeit mit auf den Schießstand. Meine Mutter bot mir an, ein Pferd zu kaufen und Reitstunden zu spendieren. Aber ich wollte auch schießen. Mein Vater erlaubte es nicht, doch sobald ich alt genug war, habe ich mir das selbst gegönnt. Jetzt tue ich das, um Stress loszuwerden, da man sich dabei auf etwas anderes konzentrieren muss.«

»Keine Lust auf süße Ponys?«

»Metall ist mir lieber als Plüsch.«

»Weil du in einer immer noch männerdominierten Welt deinen Mann stehen willst?«

Nun bekomme ich doch einen Blick, und zwar einen ziemlich missbilligenden. »Das hat nichts damit zu tun, sondern ist ganz persönlich. Ich bevorzuge ein Hobby, bei dem es nur auf mich ankommt. Beim Reiten kommt es auf zwei harmonierende Individuen an. Die Waffe tut, was ich vorgebe. Ist das Ergebnis nicht zufriedenstellend, liegt es nur an mir. Ganz einfach.«

»Du bist kein Teamplayer.«

Sie seufzt. »Du nutzt wirklich jede Gelegenheit, mir die Worte im Mund herumzudrehen, oder?«

»Wie du bei mir.«

Sie lächelt und sieht schnell aus dem Fenster.

Ich stütze den Ellenbogen seitlich ab und lehne die Fingerknöchel an die Lippen, um ebenfalls hinauszusehen.

Habe ich mir jemals gewünscht, in den Kopf einer Frau sehen zu können? Warum will ich das so dringend bei ihr?

15

KÖNNEN

Preston

Heute habe ich früher Schluss gemacht, da Ryker nach Hause kam. Ich glaube, ich habe ihn vermisst. Über einen Monat war er auf Geschäftsreise, und es hat mir gefehlt, seine Sprüche zu hören oder nach Feierabend eine Unterhaltung mit ihm zu führen. Nicht, dass Ethan nicht hier gewesen wäre und Ryan mit Mia regelmäßig zu Besuch kam, aber trotzdem. Ethan hätte mir vermutlich genauso gefehlt.

Es ist seltsam, wie sehr einem Menschen ans Herz wachsen können, beschäftigt man sich genügend mit ihnen. Das war eine bittere Lektion, und es erst zu begreifen, wenn man nur ein paar Jahre vor seinen Vierzigern steht, zeugt nicht von schneller Lernfähigkeit. Aber wenigstens weiß ich es jetzt und ist mir ständig bewusst.

Ich freue mich auf einen ruhigen Abend, auch wenn mich nervt, dass ich mein für heute selbst auferlegtes Pensum nicht ganz geschafft habe. Eine To-do-Liste, bei der ein Haken fehlt, ist etwas Grauenhaftes. Aber ich habe mir vorgenommen, Menschen mehr

Raum in meinem Leben zu geben, und damit wird wenigstens dieser Punkt heute erfüllt werden.

Da ich sowieso früher in den Feierabend gehe, werde ich eine Kleinigkeit selbst erledigen, statt Gabrielle darum zu bitten.

Das Geschäft, zu dem ich möchte, ist nur ein paar Gehminuten entfernt, weshalb es sich nicht lohnt, den Wagen zu nehmen und einen Parkplatz zu suchen. Meinem Fahrer gab ich heute frei, weil er zu viele Überstunden hat.

Da ich auch bereits weiß, was ich will, bin ich schnell wieder auf dem Rückweg.

Ein paar Schritte vor mir tritt Elaine aus einem Laden, der Sandwichs verkauft, und geht auf die Straße zu, um sie Richtung Kanzlei überqueren zu können. Dabei packt sie etwas aus einer braunen Tüte aus.

Ich sprinte los. Ist sie irre? Sie ist noch nicht weit gekommen, bekomme ich ihr Handgelenk zu fassen und reiße sie zurück auf den Bürgersteig. Ein Sandwich segelt im hohen Bogen davon, trennt sich und die Brotscheiben fallen gemeinsam mit Salatblättern und vermutlich Käse zu Boden.

Sie knallt gegen mich, ihr freier Arm ruckt in Richtung Straße und sie ruft entsetzt: »Mein Sandwich!«

Was ist mit ihr los? Wen interessiert das Sandwich!? Sie wurde fast überfahren!

Sie wendet sich mir zu, weshalb ich bemerke, dass ich ihr Handgelenk noch umgriffen halte und die schraubstockartige Umklammerung meiner Finger löse.

Mit einem wütenden Funkeln in den Augen klopft sie mir mit der flachen Hand auf die Brust, stutzt und lässt sie dort liegen. »Warum schlägt dein Herz so schnell? Ist das diabolische Schadenfreude, mir mein Essen zu verderben? Ich hatte heute noch nichts! Du willst mich verhungern lassen. Das ist es, oder?«

Ich nehme ihre Hand von mir, da mein Herz wirklich viel zu rasch schlägt, und frage: »Wie bitte? Was redest du da? Du wärst fast überfahren worden, weil du nicht fähig bist, auf den Verkehr zu achten!«

Ein unwilliges Wedeln mit der Hand folgt, woraufhin sie mir diese schon wieder auf die Brust legt und mit dem Zeigefinger mehrmals im Rhythmus meines Herzschlags tippt. Was tut sie? Sucht sie Körperkontakt?

»Von was wäre ich überfahren worden? Da war kein Auto. Oder meinst du das?«

Endlich nimmt sie die Hand von mir, denn es scheint, als könnte sich mein Puls nicht beruhigen, solange sie dort liegt. Sie deutet auf einen Wagen, der foliert ist mit dem Logo des Sandwichladens, in dem sie gerade war, und der vor wenigen Augenblicken direkt auf sie zugehalten hat.

»Ja, richtig.«

»Du willst mir sagen, dass du mich von der Straße gezerrt und mein Sandwich verdorben hast wegen eines Autos, das dort parkt?«

»Es fuhr direkt auf dich zu, während du verliebte Blicke auf dein Essen geworfen hast, statt auf die Straße zu achten.«

»Ich habe sehr wohl auf die Straße geachtet. Deshalb konnte ich bemerken, dass dieser Wagen zu dem Laden gehört.«

»Du konntest doch gar nicht wissen, ob er hält!«

»Offensichtlich hatte ich recht, oder?«

Ich gebe auf. Ein Griff in die Brusttasche meines Sakkos, ich entnehme die Geldklammer und drücke ihr einen Fünfziger in die Hand. »Hier, bitte, kauf dir ein neues Sandwich.«

Sie sieht auf den Schein, schlägt theatralisch die andere Hand vor den Mund und sagt schmachtend-spöttisch: »O mein Gott, Preston Connor lädt mich zum Essen ein.«

»Lade ich Frauen zu einem gemeinsamen Essen ein, sind sie üblicherweise der Nachtisch. Kauf dir davon ein Ersatz-Sandwich, damit du nicht verhungerst. Ohne mich. Das schaffst du doch allein, oder?«

»Du hast gerade zugegeben, im Unrecht zu sein, nicht? Sonst

wolltest du mir nicht mein Essen ersetzen.« Sie sieht mit einem trauernden Blick auf die Straße, auf der die Überreste bereits noch mitgenommener aussehen, da mittlerweile einige Reifen darüber gerollt sind. Ein tiefes Seufzen. »Das war das Letzte mit diesem unglaublich köstlichen Bergkäse.«

Ich seufze ebenfalls. Das war garantiert das letzte Mal, dass ich versuchen werde, ihr Ableben zu verhindern.

Ihr Blick fällt zurück zu mir. »Wo kommst du überhaupt her?«

»Ich war einkaufen.«

Sie sieht mich misstrauisch an.

»Denkst du etwa, ich laufe dir hinterher? Ich habe mir ein paar Krawatten gekauft. *Sehr schöne* Krawatten.«

»Warum betonst du das so seltsam? Meinst du das ironisch?«

»Nein. Das war ein kleiner Insider mit mir selbst.«

Der Mitarbeiter auf der Vernissage hat tatsächlich noch fünfmal *sehr schön* gesagt. Da blieb mir keine Wahl.

»Und wo sind diese Krawatten jetzt, die du angeblich gekauft hast?«

Auf diese Bemerkung drehe ich mich auf dem Absatz herum. Der Karton. Bei dem hektischen Sprint muss ich ihn fallen gelassen haben. Der hektische Sprint, um sie vor einem einparkenden Wagen zu retten.

Damit habe ich mich tatsächlich lächerlich gemacht. Obwohl sie nicht wissen konnte, ob er hält, denn er hatte keinen Blinker gesetzt.

Kein Karton. Das gibt es doch nicht! Jemand hat ihn aufgehoben und mitgenommen. Irgendein ruchloser Bastard ist nun neuer Eigentümer dreier italienischer Seidengáze-Krawatten. Glückwunsch.

Ein unzufriedenes Knurren sammelt sich in meinem Hals. Das waren die letzten. Die anderen Farben, die sie haben, gefallen mir nicht. Ich bin da sehr eigen.

»Danke, Elaine. Dank dir landen meine Krawatten nun im

Schrank eines Fremden. Hoffentlich weiß derjenige sie wenigstens zu schätzen.«

»Hast du wirklich deine Einkäufe verloren, weil du dachtest, du musst mich retten?«

»Es ging nicht um dich. Wahrscheinlich dürfte ich deine Arbeit mitübernehmen und möchte auch nicht, dass die Kanzlei in den Schlagzeilen ist, da unsere Anwälte Selbstmord begehen, indem sie sich vor Autos werfen.«

Sie öffnet die Handtasche, fasst hinein und greift eine Geldbörse. Daraus entnimmt sie sämtliches Bargeld und tritt direkt vor mich. Sie schiebt es langsam in die Innentasche meines Sakkos und sieht mir dazu in die Augen. Anschließend klopft sie darauf. »Kauf dir Neue. Es war nicht mein Fehler, aber dein trauriges Gesicht stimmt mich großzügig.«

»Es waren die letzten in meinen bevorzugten Farben.«

»Mein Sandwich war auch das letzte.«

»Du vergleichst ernsthaft ein Sandwich mit Kleidungsstücken?«

»Nein. Hunger ist schlimmer, als ein paar Krawatten weniger zu besitzen. Hattest du schon einmal ein Bergkäse-Sandwich von dort? Dafür würdest du deine letzte Krawatte verkaufen.«

Es kostet mich Mühe, nicht zu schmunzeln, da ich hier offensichtlich mit einer sehr hungrigen Frau spreche.

Ich ziehe das Geld aus der Innentasche und halte im letzten Moment inne, es ihr in den Ausschnitt zu stopfen, stattdessen drücke ich es ihr in die Hand.

»Kauf dir ein Blinklicht für den Kopf, damit dich keiner übersehen kann, wenn du die Straße überquerst. Ich kann nicht immer da sein, um dich zu retten. Das nächste Mal wird der Lieferservice nämlich nicht parken, sondern überfährt dich. Dann müssen einige andere Leute ebenfalls auf ihre Sandwichs von dort verzichten. Diesen Kummer kannst du offensichtlich nachempfinden und bist gewiss voller Verständnis.«

»Ich bin vor allem hungrig und deshalb kaufe ich mir nun eine

Alternative. Und zwar mit deinem Geld.« Sie marschiert los, sieht zurück über die Schulter und ruft: »Vielleicht gönne ich mir davon sogar noch eins der Törtchen. Es gibt garantiert welche mit Eiern, die sich nicht ihre Krawatten stehlen lassen.«

Wann habe ich eigentlich aufgehört, mich über sie richtig zu ärgern, sondern mich vor allem zu amüsieren?

Kopfschüttelnd mache ich mich auf den Heimweg. Sorgfältig darauf achtend, dass die Straße frei ist, und ohne neue Krawatten. Dass ich keine Eier hätte, kann ich nicht bestätigen. Alles, was sich zwischen meinen Beinen befindet, reagiert jedes Mal, wenn sie mich mit ihren Hexenfingern berührt. Irgendjemand sollte ihr den vorlauten Mund stopfen.

Sosehr mich der Gedanke reizt, ihr das Selbstbewusstsein wegzuficken, werde dennoch nicht ich das sein.

Kaum bin ich aus dem Aufzug den ersten Schritt Richtung Wohnbereich gegangen, höre ich Ethan und Ryker diskutieren. Ah, Ethan hat ebenfalls früher Schluss gemacht. Dann dauert es sicher nicht mehr lange, bis Ryan auftaucht. Vermutlich bringt er Mia mit, damit sie Ryker Hallo sagen kann. Nach dem Theater mit Ryans furchtbarer Ex bin ich froh, dass er jemanden wie Mia für sich gefunden hat. Obwohl sie genauso albern sein kann wie er, ist sie zu ertragen. Wenn ich ehrlich bin, mag ich sie sogar. Wahrscheinlich weil sie meinem Freund das gibt, was er heimlich gesucht hat, und sich nahtlos einfügt.

Ryker sieht mich und winkt mir lässig zu, als wäre er nur ein paar Stunden weg gewesen. Vielleicht fühlt es sich für ihn auch so an, da er häufig unterwegs ist.

»Hey, Preston«, sagt Ethan und deutet auf Ryker. »Er übertreibt mal wieder.«

»Hallo euch beiden. Was hat er denn getan? Willkommen zurück übrigens.«

»Ja, schön, wieder zu Hause zu sein. Danke, dass ihr eine Party für mich organisiert.«

Ungewollt lächle ich, weil ich es mag, dass er die WG als sein

Zuhause sieht. »Das war natürlich Ethan. Denkst du tatsächlich, ich organisiere Partys?«

»Entschuldige. Dein Metier sind eher Dinnerpartys, oder? Horsd'œuvre, ausgezeichnete Weinchen und gedämpfte Gespräche.«

»Nein. Das hast du falsch verstanden. Ich organisiere keine Partys, ich lasse organisieren.« Ganz davon abgesehen, dass ich nicht wusste, dass Ethan eine geplant hat.

Er schmunzelt, seine Mundwinkel wandern immer höher, bis seine Augen umgeben von Lachfältchen sind, dann lacht er laut. Ehe ich handeln kann, werde ich umarmt, und er klopft mir auf den Rücken. »Ich habe dich echt vermisst.«

Ich erwidere das und sage: »Ich hoffe, du musstest deshalb nicht weinen.«

Er tritt zurück und zwinkert mir zu.

»So? Was hast du jetzt angestellt?«, frage ich, da mir Ethans Vorwurf einfällt.

»Nichts. Ich wollte nur einen Teil zur Party beitragen. Das letzte Mal gab es zu wenig Snacks. Man kann ja nicht nur saufen.«

»Ja, und deshalb hat er das besorgt.« Ethan deutet auf einen riesigen Karton.

»Was ist das?«, hake ich nach.

»Das ist Popcorn. Aus dem Großhandel. Normalerweise bestellen dort Kinos.«

Ryker wirft verzweifelt die Hände in die Luft. »Das sind doch nur hundert Liter! Es gab auch zweihundert. Von Übertreiben kann hier nicht die Rede sein. Das sind maximal vierzig Portionen.«

Ob er selbst hört, wie verrückt das klingt? Vermutlich wird er sich drei Wochen von Popcorn ernähren, nur um zu beweisen, dass es die perfekte Menge war.

»Schön.« Ein anderer Kommentar fällt mir nicht ein.

Ethan sieht nachdenklich Richtung Karton. »Gibt es eigentlich noch mehr Dinge, die besser werden, wenn man sie zum Explodieren bringt? Oder haben sie ihre Experimente direkt nach dem Popcorn abgeschlossen, da das kaum zu toppen ist?«

Erwartet er darauf eine Antwort? »Bei solchen Fragen explodiert möglicherweise mein Verstand.«

»Bei experimentellen Fragen? Oder siehst du das eventuell sogar spirituell? Wir müssen das dringend wissen, damit wir dich nicht beschädigen.« Ethan tätschelt mir die Schulter, weshalb ich in seine Richtung knurre.

»Preston setzt wieder seine Superkraft ein.«

»Die wäre?« Ethan sieht Ryker erwartungsvoll an.

Es gibt kaum etwas Besseres für sie, als sich gegenseitig zu übertrumpfen, wer das Lustigste über mich sagt. Ich muss zugeben, ich bin selbst schon immer neugierig, was sie sich für einen Schwachsinn ausdenken. Haben sie sonst den ganzen Tag nichts zu tun?

»Er verliert die Geduld mit uns, und das, obwohl er gar keine hat.«

Hm, nein. Der war nicht so gut. Er ist nicht in Form. Nun tätschle ich ihm mitleidig die Schulter. »Lasst uns etwas essen. Dabei erzählst du uns, was du ohne uns erlebt hast, und danach schlafe ich vor, bis die Party startet.«

Eigentlich würde ich es bevorzugen, den Abend ohne Gäste zusammen zu verbringen. Vielleicht gemeinsam zum Kickboxtraining oder einfach ein Gespräch hier auf der Couch.

Aber wenn Ethan sie zu Rykers Rückkehr organisiert hat, will ich natürlich nicht der Spielverderber sein. Ich persönlich hätte keine Ahnung, wen ich auf solche Partys einladen sollte, da ich kaum Menschen kenne, die nicht meine Mandanten oder Kollegen sind. Und beide möchte ich hier nicht haben. Freundschaften zu schließen, fiel mir schon immer schwer. Was daran liegen könnte, dass die meisten mich für arrogant halten. Möglicherweise bin ich das. Elaine hält mich sogar für einen Narzissten.

Ob sie damit recht hat? Sich selbst einzuschätzen und seine

eigenen Charakterzüge zu bewerten, ist schwierig. Gibt es dafür nicht Fragebögen im Internet?

Ich muss beim Gedanken daran schmunzeln, mich vor einen Bildschirm zu setzen und Fragebögen auszufüllen, um eine Bewertung von mir zu erhalten. Wie meine ältere Schwester damals in ihren Zeitschriften. *Steht er auf mich? Bin ich cool? Sind meine Freunde ehrlich zu mir?*

»Apropos schlafen: Wie ist dein neues Bett? Taugt die Matratze?«

»Ja, sie ist in Ordnung«, antworte ich Ryker.

»In Ordnung? Ich dachte, ich spinne, als ich die Liste gesehen habe, die dir deine Sekretärin mit einer Auswahl von Matratzen erstellt hat mit den genauen Details im Vergleich und jeweiligen Vor- und Nachteilen. Normale Menschen schwingen ihren Arsch auf so ein Ding und sagen: *gekauft.*«

»Ich habe nun einmal Ansprüche. Und um eine Entscheidung zu treffen, will ich die Fakten kennen.«

»Du machst dir mittlerweile in unter zehn Minuten eine Frau klar, aber für eine Matratze brauchst du Wochen.«

»Die Matratze liegt auch häufiger unter mir. Außerdem traf ich die Entscheidung ebenfalls in unter zehn Minuten. Wochen hat es nur gedauert, da ich meiner Sekretärin sagte, die Aufgabe hat keine Priorität.«

»Die ist ja lahm«, wundert sich Ethan.

»Hm, nein. Gelegentlich nimmt sie Aufträge von mir zu ernst. In dem Fall hat sie ihren Bruder genötigt, mit ihr Matratzen Probe zu liegen, die sie für mich als angemessen eingestuft hat, da er ungefähr meine Größe und Gewicht hat. Er musste dann zu jeder für sie einen Fragebogen ausfüllen. Die hat sie mir auch ausgehändigt.«

»Ehrlich?«

»Ja. Sie ist überengagiert, was ich bereits erwähnte. Ich sagte ihr, dass der Aufwand nicht nötig war, und bat sie, als Ausgleich auf meine Kosten mit ihrer Familie essen zu gehen. Manchmal ist es mir unangenehm, wie ernst sie alles nimmt.«

Ethan zuckt mit den Schultern. »Möglicherweise hättest du sie auch dein Bett auswählen lassen sollen, dann würden sich deine Kinder nicht beschweren.«

»Sie würden sich über jedes beklagen, solange es nicht dieses Bett im Rennwagendesign ist. Hätte ich sie nur niemals in diesen Katalogen blättern lassen.«

»Hauptsache, du bist zufrieden mit Schrödingers Bett.«

»Ich bin zufrieden, wenn ihr es nicht mehr Schrödingers Bett nennt.«

Ryker lacht. »Das liegt in deiner Hand. Solange du noch keinen Sex darin hattest, weißt du nicht, ob es quietscht oder nicht quietscht.«

»Ich kann dir garantieren, dass es nicht quietscht. Ich setze auf Qualität.«

»Och Preston. Wieder im Rechtfertigungsmodus?«

Ich bin erneut darauf hereingefallen. Vernunftbetonte Argumente sind im Umgang mit ihnen nicht gefragt.

Möglicherweise sollte ich es einfach bei offener Zimmertür mit einer Frau tun, damit sie es sein lassen. Aber seit ich die neuen Schlafzimmermöbel habe, lud ich keine Frau in mein Schlafzimmer ein. Das Bett, das ich mir mit Charlotte teilte, wollte ich nicht mehr, und jetzt kommt es mir irgendwie falsch vor, es darin wahllos mit Frauen zu treiben, wenn meine Kinder ab und zu mit mir dort schlafen. Das ist auch kein Problem, immerhin haben wir noch ein freies Gästezimmer. Es ist mir sogar lieber, wenn meine Bettwäsche nicht nach Frauenparfüm riecht, sind sie erst einmal weg.

Ich wechsle das Thema: »Habt ihr schon das Essen vorbereitet?«

»Wir haben Popcorn.«

»Popcorn fällt für mich nicht in die Kategorie richtiges Abendessen.«

»Weil man es nicht mit Messer und Gabel essen kann?«

»Warum sollte man Popcorn nicht mit Messer und Gabel essen können?«

Ah, das war ein Fehler. Schnell gehe ich Richtung Küche voraus, um das nicht beweisen zu müssen, sondern etwas Richtiges in den Magen zu bekommen. Vielleicht sollte ich froh sein, dass aus dem Thema Popcorn nicht allzu viele Poppen-Scherze wurden.

Ich betrachte die Gäste unserer Party. Meine Finger trommeln in einem Takt, der nicht zur Musik passt, auf der Rückenlehne der Couch, auf der ich meinen Arm abgelegt habe.

Der Abend ist schon recht weit fortgeschritten, und nachdem Ryan und Mia verschwunden sind, bin ich froh, dass niemand mit mir sprechen möchte.

Das ist nicht ganz korrekt. Ich bin froh, dass niemand mit mir sprechen möchte, den ich nicht kenne. Mein Blick bleibt an Ryker hängen, der mit zwei Frauen gleichzeitig schäkert. So wie ich das einschätze, war er schon vor unserer kleinen Vereinbarung ein Bad Guy. Möglicherweise stimmt seine Geschichte, dass er häufiger betrogen wurde, aber neu war es für ihn damals nicht, Frauen nur für eine Nacht zu haben. Ich vermute, er hat sich uns höflichkeitshalber angepasst, damit wir vor ihm nicht als Idioten dastehen, weil wir keine Ahnung hatten, wie man gezielt Frauen findet, die sich nur einmal auf einen einlassen.

Ich nehme den Geschmack des Whiskeys auf. Einen aus meinem Privatvorrat, den ich in meinem Zimmer bunkere. In die Bar im Wohnbereich stelle ich nur noch, was ich verschmerzen kann, wenn es jemand achtlos trinkt. Mein Blick schweift weiter durch den Raum.

Ethan flüstert einer Frau etwas ins Ohr, was sie nervös zu machen scheint, denn sie verschüttet die Flüssigkeit aus ihrem Glas auf den Boden. Meine Reinigungskräfte müssen auch denken, ich leide unter einer schrägen Form von Midlife-Crisis.

Mal dürfen sie Partyreste und dann wieder Kinderschweinerei beseitigen.

Unglaublich wie viele Menschen Ethan findet, die er auf Partys einladen kann. Er scheint von früher einen riesigen Bekanntenkreis zu haben. Manchmal genügt es, wenn er eine Person anruft, und wir haben den Wohnbereich voll. Ich erinnere mich noch gut, wie er uns versicherte, das wären nicht alles seine Freunde, sondern Menschen, die er meist flüchtig kennt, als könnten wir sonst eifersüchtig sein.

Der Hauptgrund dafür, solche Partys zu veranstalten, ist, um an Sex zu kommen. Ich sollte mich ranhalten, wenn ich nicht erst aussieben will, wer schon zu betrunken ist. Ich sehe durch die Runde, bis ich eine Frau erblicke, die in meine Richtung schaut. Akzeptabel. Hübsch, enges kurzes Kleid. Das ist praktisch. Einfach hochschieben, und danach dauert es nicht ewig, bis sie angezogen ist, und sich unsere Wege wieder trennen.

Ob Elaine gelegentlich in ihrer Freizeit auch so kurze Kleider trägt? Nein, das passt nicht zu ihrem Stil, der knapp an bieder vorbei ist. Heiß bieder. Mehr Stoff zum Hochschieben. Ich könnte eine Hand auf ihr Knie legen und, während ich über ihre Haut nach oben gleite, das Kleid vor mir herschieben. Oder wahlweise den Stoff mit der Faust packen und nach oben zerren. Beide Varianten haben ihren Reiz. Aber Elaine ist weder hier noch werde ich sie jemals anfassen. Oder doch. Sollte sie irgendwann die Kanzlei wieder verlassen, werde ich meine geballten erworbenen Fähigkeiten einsetzen, um herauszufinden, ob sie sich so gut vögeln lässt, wie mein Kopf mir das vorgaukelt.

Die Unbekannte sieht immer noch her. Ich hebe die Hand und winke sie mit dem Zeigefinger zu mir, wobei ich bestimmend in ihre Richtung sehe. Eine Sache, bei der ich feststellen konnte, dass sie tatsächlich funktioniert. Tut man so, als wäre es ihre Pflicht, ohne es direkt auszusprechen, folgen die meisten.

Sag ich doch. Sie kommt auf mich zu und setzt ein Lächeln auf. Dann werde ich herausfinden, ob wir die gleiche Absicht hinter diesem Abend haben und, wenn ja, ob ich irgendeine Vorliebe aus ihr herauskitzeln kann, die ich noch nicht auf meiner Liste abgehakt habe. Falls nicht, worauf wir uns sonst einigen können.

Ich bleibe sitzen und lade sie mit einer Handbewegung ein, neben mir Platz zu nehmen.

Anschließend reiche ich ihr die Hand und halte sie fest, während ich mein Hallo loswerde. »Hey. Schön, dich kennenzulernen. Ich bin Preston.«

»Hallo, Preston, ich bin Sarina. Du bist ein Freund von Josh?«

»Nein. Ich kenne keinen Josh.«

»Oh, ach so. Ich dachte, das wäre seine Party. Er hat Bescheid gegeben, dass wir auch kommen sollen. Tolle Wohnung, oder?«

»Ja. Geht so. Ein bisschen klein.« Sie sieht mich erstaunt an. »Das war ein Scherz. Ja, wirklich nett. Ich würde einziehen, falls mich jemand fragt.«

»Ich auch.« Dich fragt aber keiner.

»Und was machst du so, Preston?«

»Ich sitze neben einer hübschen Frau, die ich gerade kennenlernen darf. Und du?«

»Was du arbeitest, meinte ich. Das sollte Smalltalk sein.«

Ich schmunzle. Was denkt sie denn, was ich hier betreibe? Ein Eheversprechen? Humor scheint nicht ihre Stärke zu sein. »Ich bin Vertriebsleiter.«

Berufe erfinden ist ein bisschen lustig. Letztens war ich Pilot. Praktisch, um zu erklären, weshalb man keine feste Frau sucht. Man muss ja die Stewardessen bumsen. So hatte es zumindest mein Date behauptet. Arzt zu sein, werde ich allerdings nie wieder von mir geben. Eine wollte, dass ich mir ihren Ausschlag ansehe. Danach habe ich vermutlich einen Fluchtrekord aufgestellt, so schnell war ich verschwunden. Soldat war unterhaltsam, denn sie nannte mich den Rest des Abends Sir. Dass mir Poolboy geglaubt wurde, kann ich immer noch nicht fassen. Sehe ich aus wie ein Poolboy? Die Poolboys, die ich von meinen Ferienhäusern kenne, sind alle braun gebrannt und würden unter Garantie keinen Anzug tragen.

Sie strahlt mich an. »Oh! Ich arbeite auch im Vertrieb.«

Verflucht. Schnell wechsle ich das Thema: »Lass uns nicht über die Arbeit reden. So spannend ist das nicht. Hast du ausgefallene Hobbys?«

»Wenn man es genau nimmt: Ja. Ich habe zwei Kinder.«

Ah, okay. Ich rutsche ein Stück weg und sie schmunzelt. »Singlemutti.«

Sie zwinkert, als ich umgehend zurückrutsche, und erklärt: »Beide waren ein Unfall.«

Wie passiert denn zweimal der gleiche Unfall? Hat sie aus dem ersten nichts gelernt? Oder ist sie so triebgesteuert? Das spielt mir in die Karten. Allerdings sollte ich sicherheitshalber das Kondom gut festhalten.

Ich nippe an meinem Glas, lasse den Geschmack über die Zunge wandern, bis sich die Noten entfalten. Bedauerlich, dass Sex nicht immer so zum Genießen ist wie ein wirklich gutes Aroma auf der Zunge.

Nun seufzt sie. »Aber zwei Unfälle, die ich lieben gelernt habe. Trotzdem bin ich froh, wenn ich mal rauskomme. Heute passt meine Mutter auf sie auf, da die Väter sich eher sporadisch kümmern. Und du? Frau? Kinder? Mehrere Geliebte?«

»Nichts davon. Noch nie in einer Beziehung gewesen«, lüge ich. Meine Kinder gehen Fremde nichts an und über meine gescheiterte Ehe zu sprechen, zähle ich auch nicht zu meinen liebsten Abendbeschäftigungen.

»Ehrlich nicht? Wie kommt's?«

»Es gibt nur eine Gelegenheit, bei der ich aufmerksam bin. Eine Kollegin bezeichnet mich als Narzissten. Möglicherweise stimmt das und damit bin ich sowieso kein guter Partner. Deshalb tausche ich das, was ich zu geben habe, gegen das, was ich gern bekommen möchte.«

»Und was hast du zu geben?«

»Ich erkläre es so: Ich bin eine gute Geschichte für später unter Freundinnen. Eine lohnende Geschichte.«

Sie lacht. »Du bist aber ganz schön eingebildet.«

»Nein, selbstsicher. Selbstverständlich müsstest du hinterher einen Fragebogen ausfüllen, damit ich meine Techniken verfeinern kann. Gutes Feedback und sachliche Kritik sind so wichtig zur Weiterentwicklung.«

»Sprechen wir jetzt doch über unseren Job?« Sie lächelt verspielt, was ich schon fast als Zusage betrachte.

»Sarina, ich rede mit dir über alles, was du möchtest.«

»Du scheinst recht offen zu sein.«

»Wie kommst du darauf?«

»Wer gibt schon in den ersten fünf Minuten zu, ein Narzisst zu sein?«

»Oh, ich bin darüber hinaus auch noch Besserwisser. Ich sagte nämlich nicht, ich wäre einer, sondern nur, dass es jemand über mich gesagt hat und die Möglichkeit besteht, es ist korrekt. Damit könnte die spannende Geschichte für deine Freundinnen beginnen. *Ich traf einen Vielleicht-Narzissten. Wir hatten eine amüsante Unterhaltung, und als er mich aufforderte, auf der Party in eins der Schlafzimmer zu schleichen, erregte mich bereits der Gedanke, etwas Verruchtes zu tun. Er hielt es noch nicht einmal für notwendig, mich auszuziehen, aber seine Hände unter meinem Kleid ließen mich das vergessen.*« Ich werfe einen Blick um mich, ob meine Freunde nicht irgendwo in der Nähe stehen. Sie sollen den Rest nämlich auf keinen Fall hören. »*Dann lutschte ich ihm dreckig den Schwanz, wobei mir bewusst wurde, wie wunderbar es ist, einem Mann diese Freude zu schenken. Es machte mich so geil, dass ich dachte, ich bin im Paradies, als er mich endlich von hinten nahm. Er sprach von Geben und Nehmen. Das war nicht gelogen, denn so hart, wie er mich nahm, so einen harten Höhepunkt hatte ich auch. Danach bin ich beschwingt nach Hause zu meinen Kindern und war froh, dieses Abenteuer, diese Abwechslung erlebt zu haben.* Was sagst du zu der Geschichte? Ergänzungen?«

Ich habe genau gesehen, dass ihr die Stelle mit dem Wegschleichen gefallen hat, die mit dem Blowjob auch, bis auf das Wort dreckig. Der letzte Satz hat sie amüsiert. Nicht zugesagt hat ihr hart. Alles klar. Damit weiß ich Bescheid. Mal sehen, wie gut sie bläst. Gibt sie sich Mühe, revanchiere ich mich. Sehr praktisch, diese mit den Jahren geschärfte Fähigkeit, Menschen bei Geschäftsvorschlägen ansehen zu können, welcher Teil ihnen zusagt und welcher nicht.

Sie blickt auf mein Glas, bei dem lediglich noch der Boden bedeckt ist. Was sie jedoch nicht weiß, ist, dass ich kaum mehr eingeschenkt hatte. Deshalb frage ich: »Sorgst du dich, ich könnte zu betrunken sein, um es zu einem beidseitigen Vergnügen zu machen? Keine Angst. Du wirst diesen Whiskey zwar von meiner Zunge schmecken, mehr aber auch nicht. Das ist ein exquisiter Tropfen. Ein Upgrade für jeden Kuss. Was werde ich von deiner Zunge kosten? Hattest du einen prickelnden Sekt?« Oder von diesem billigen Ekelwodka? Bitte nicht.

»Orangensaft. Ich schmecke süß und fruchtig.«

»Darf ich das testen?«

Sie zeigt wieder dieses schelmische Lächeln und sagt: »Ich warte eigentlich auf die versprochene Aufforderung. Ich habe schließlich nicht die ganze Nacht Zeit.«

Ich lege eine Hand auf ihren Oberschenkel und kehre zu den Gedanken von vorhin zurück. Den dämlichen, überflüssigen Gedanken daran, wie ich Elaines Kleid nach oben ziehe.

Um ihn zu vertreiben, schiebe ich die Hand zwischen ihren Schenkeln höher, bis ich mit den Fingerspitzen die Wärme ihrer Mitte spüre. Gleichzeitig lehne ich mich an ihr Ohr, um ihr zuzuflüstern: »Komm. Wir schleichen uns in ein Schlafzimmer. Sei unauffällig, damit uns niemand ertappt. Ein kleines Abenteuer mit einem Fremden.«

Ihren leichten Parfümgeruch in der Nase zu haben erinnert mich daran, wie sich der Innenraum meines Wagens mit dem Duft des Parfüms der Hexe gefüllt hat. Das war ein Fünf-Sterne-Duft. Das hier ist maximal eine Drei. Drei ist okay. Ich will keine fünf.

Denke ich auch noch an die Hexe, wenn ich in dieser Frau stecke, erschieße ich mich. Obwohl?

Eigentlich könnte Elaine das für mich erledigen. Schließlich war ihr Trefferbild besser als meins.

16

TANZEN

Elaine

Ich habe lange gegrübelt, wie ich mich zum heutigen Juristenball kleiden möchte. Letztes Jahr wurde ich in meinem Kleid ständig für eine Begleitperson gehalten. Deshalb überlegte ich, ausnahmsweise einen edlen Hosenanzug zu wählen.

Aber wenn ich meist Businesskleider trage, warum sollte ich für so einen Anlass in Hosen schlüpfen? Ich liebe Abendkleider, und man hat viel zu selten die Gelegenheit, eins auszuführen.

Da Mortimers Frau krank ist und nicht mitkommen kann, hake ich mich bei ihm unter. Jacob geht mit seiner Frau Mildred voraus und Preston dackelt uns hinterher. Warum er seine Frau nicht dabeihat, weiß ich nicht. Es kann mir auch egal sein.

Sebastian ist leider selbst beruflich verhindert. Er fand es die letzten zwei Jahre, an denen er mich begleitet hat, amüsant, dass er für den geladenen Anwalt gehalten wurde und ich für sein Anhängsel.

Wir überwinden den breiten Treppenaufgang, betreten den Ballsaal und lassen uns an unsere Plätze führen, die sich an einem großen Tisch mit Partnern von anderen Kanzleien befinden. Erst später mischen wir uns unter die Leute.

Ich mag diese Veranstaltung. Ausgezeichnetes Essen, Gespräche mit Gleichgesinnten und Tanzen. Da zahlt es sich wenigstens aus, dass meine Mutter mich zur Tanzschule geschickt hat, um Standardtänze zu lernen.

Leider hat nicht jeder der anwesenden Herren eine Mama wie ich, weshalb ich mir eigentlich Stahlkappen in die Pumps schustern lassen sollte.

Mortimer zieht mir den Stuhl zurück und ich streiche mein langes edles Ballkleid zurecht und packe zum Platznehmen unauffällig den Stoff, damit der hohe Beinschlitz nicht aufklafft.

Er nimmt mir gegenüber neben Jacob und seiner Frau Platz und Preston zieht sich den Stuhl links von mir zurück. Solange er mir nicht mein Dessert raubt, wird das auszuhalten sein.

Der Duft seines Parfüms steigt mir in die Nase. Das nervt mich, denn es duftet so mondän wie er gekleidet ist.

»In die Parfümflasche gefallen?«, frage ich missmutig. Ich will nicht, dass er ansprechend riecht.

Er lehnt sich in meine Richtung. »Zwei Spritzer. Legale Menge. Deins gefällt mir. Dein Kleid auch. Vor allem das.« Er zupft mit zwei Fingern hauchzart am Stoff, er verrutscht und gibt ein Stück des Oberschenkels über dem Knie frei. Nicht viel, aber für diesen Anlass hier doch. Im Stehen sieht man das nicht. Bei der Anprobe habe ich mich versuchsweise mit überschlagenen Beinen hingesetzt. Das scheint ziemlich heiß zu sein, denn Sebastian hat ein bisschen gesabbert.

»Deine Fliege sitzt nicht richtig«, behaupte ich und drapiere das Kleid wieder anständig.

Er setzt sich aufrecht hin und fährt mit beiden Zeigefingern die Fliege entlang, wobei er das Kinn etwas reckt. Heißer Scheißkerl. Fasst er noch einmal an mein Kleid, packe ich den Schenkel komplett aus, um ihm diesen zwischen die Beine zu rammen.

Der offizielle Teil mit Reden langweilt mich. Lobhuldigung,

Selbstbeweihräucherung und Aussprechen von Dingen, die jeder hier wissen sollte.

Die Entschädigung ist das Essen. Ich würde schon bei der Suppe am liebsten mein Gesicht hineinhängen. Eine Thai-Curry-Interpretation mit Jakobsmuscheln.

Mildred beschwert sich, sie wäre zu scharf. Die Frau hat keine Ahnung! Sie ist meisterhaft. Warmer Bauch, leichtes Kribbeln im Mund, voller Geschmack. Meiner Meinung nach ist sie perfekt gewürzt.

Preston schielt auf ihren Teller, den sie zurückschiebt, als würde er ihn gern auch noch verzehren.

Wir könnten uns darum streiten. Aber wir haben vereinbart, dass wir heute höflich zueinander sind, damit Mortimer und Jacob zufrieden sein können. Wir wollen ja beide unseren Platz behalten. Darin sind wir uns einig. Außerdem können wir hier unmöglich die Teller von anderen leeressen.

Und aus diesem Grund kratze ich unladylike jedes bisschen aus der Schale und lecke den Löffel unauffällig gründlich ab.

»Lass das«, zischt es von links.

Ich lege das Besteck ab und zische zurück: »Was soll ich lassen?«

»Dein Sitznachbar wird schon nervös, weil du den Löffel ableckst, als wäre das ein Vorspiel.«

»Mein Sitznachbar? Du?«

»Rechts.«

»Ich habe völlig normal gegessen!«

»Nein, du hast dir jeden Löffel in den Mund geschoben, als würdest du gleich kommen.«

»Bitte? Das war köstlich. Ich genieße leckeres Essen.«

»Offensichtlich.« Er schnaubt.

»Streitet ihr schon wieder?«, fragt Mortimer.

»Nein. Elaine und ich diskutieren über die Schärfe der Suppe.«

»Ja, sie war viel zu scharf, um sie genießen zu können«,

beschwert sich Mildred, anscheinend froh, jemanden gefunden zu haben, der ihr Leid teilt. Sie sieht mich lächelnd an. »Ich finde es schön, dass du dem Koch trotzdem Respekt für seine Arbeit erweist, indem du aufisst.«

Natürlich. Sie geht automatisch davon aus, mir war sie zu scharf. Männer können ja besser mit Schärfe umgehen. Ich lächle zurück. »Danke, dass du es bemerkst.«

Preston schnaubt schon wieder und ich flüstere ihm zu: »Siehst du. Es sah sogar nach Zwang und Mühe aus.«

»Hm«, brummt er. »Hoffen wir für den Blutdruck deines anderen Nachbarn, dass dir der zweite Gang nicht mundet.«

Ich werfe einen Blick nach rechts. Vorhin unterhielt ich mich mit ihm. Meiner Meinung nach war er kein Stück an mir interessiert, sondern eher höflich. Außerdem beachtet er mich überhaupt nicht, da er unkultiviert quer über den Tisch mit jemandem spricht, der auf der anderen Seite sitzt.

Der Rest des Essens verläuft zum Glück ohne weitere Benehmensermahnungen von Preston, denn so erspart er sich die Gabel im Handrücken.

Nach dem Nachtisch, eine Kreation aus verschiedenen Häppchen von Sorbets, Schokoladenmousse und Früchten mit Cremehülle lehne ich mich zurück und sehe unauffällig nach unten. Hätte ich doch Shapeware anziehen sollen?

Ich lasse locker und ziehe meinen gut abgefütterten Bauch wieder ein. Den werde ich gleich wegtanzen, sobald die Tanzfläche freigegeben ist.

Preston tupft sich die Mundwinkel mit der Stoffserviette ab und lehnt sich ebenfalls ein Stück zurück. Er hat ganz schön zugeschlagen. Vom Hauptgang hat er sich zweimal nachlegen lassen. Kocht seine Frau so schlecht?

Ich frage einfach: »Bekommst du sonst nichts Anständiges zu essen?«

Er hebt einen Mundwinkel an. »Normalerweise nutze ich fertige Fitnessmahlzeiten. Die sind gut, aber gegen so eine Küche kommen sie nicht an. Gehe ich mit Mandanten zu Tisch, möchte ich mich nicht müdefressen. Mit dem einschläfernden Gerede, was man sich manchmal anhören darf, würde ich sonst am Tisch einschlafen.«

»Dann wünsche ich dir ein schönes Schläfchen.« Die Tanzfläche wurde gerade freigegeben und der zwanglose Teil beginnt. Ich nicke Mortimer und Jacob zu. »Ihr entschuldigt mich, ich werde ein paar Gespräche führen.«

Zuerst halte ich Ausschau nach Kollegen aus meiner alten Kanzlei. Sie hat jedes Jahr Karten hierfür bekommen, und ich bin sicher, es sind ein paar bekannte Gesichter hier.

Ich werde an der Bar fündig und wir tauschen Geschichten aus. Nach einer halben Stunde wird mir bewusst, dass ich für sie nicht mehr dazugehöre. Ja, ich kenne vieles von dort, kann den Gesprächen über Kanzleiinternes folgen, aber es gibt auch neue Insider und alle sind ein wenig gehemmt. Das Schlimme ist, dass ich es sogar nachvollziehen kann. Ich habe mehrere Schritte der Karriereleiter übersprungen. Nicht aufgrund meiner Leistung, sondern wegen des Mannes, der mich gezeugt hat. Möglicherweise steckt auch etwas Neid und Missgunst dahinter.

Kurz: Ich bin keine von ihnen mehr.

Das macht nichts. Absolut gar nichts. Nichts, nichts. Das ist das, was ich wollte.

Mein Vater warnte meinen Bruder, dass Erfolg einsam machen könnte und es deshalb wichtig wäre, sich eine Frau zu suchen und sich mit den anderen Partnern anzufreunden.

Er hat recht. Ich hatte noch nie viele Freunde, aber selbst alle Bekannten scheinen sich nun von mir zu distanzieren. Wenigstens habe ich Sebastian. Mit den Partnern anfreunden finde ich momentan schwierig. Der Altersunterschied zu Mortimer und Jacob ist zu groß und die Moralvorstellung von Preston und mir zu verschieden.

Sonst könnte ich ihn vielleicht mögen. Die Dispute mit ihm sind zwar laut, hitzig und gelegentlich unreif, von der Art unseres

Tonfalls und wie wir uns ausdrücken, aber interessant. Seine Ansichten sind nie falsch, einfach nur anders als meine. Und an so etwas wächst man und erweitert seine Sichtweisen.

Meine Füße tragen mich an die Bar und ich bestelle mir ein Wasser mit Zitronensaft. Alkohol, wenn man traurig ist, das ist keine gute Idee. So wird man zum Alkoholiker. Diese seltsam dumpfe Leere, die sich in mir ausbreitet, muss anders gefüllt werden.

Zum Glück finde ich jede Menge anderer Gesprächspartner. Der Saal ist voller Menschen, voller Geschichten und voller interessanter Diskussionen. Kontakte sind wichtig, und ich kann dieses Gefühl der Leere verdrängen, indem ich rede, lache und tanze, bis ich wieder so etwas wie Zufriedenheit empfinde. Selbst Mortimer wirbelt mich übers Parkett und ich muss zugeben: Er ist fit.

Irgendwann brauche ich eine kurze Pause und begebe mich in die Waschräume. Auf dem Flur dorthin sehe ich zum ersten Mal wieder Preston. Er steht dort und spricht mit einer Servicekraft.

Er erhält ein höfliches Nicken, und als ich mich aufgefrischt habe, sind sie verschwunden.

Bevor ich mich zurück ins Getümmel stürze, lasse ich mir noch ein Wasser einschenken und beobachte die festlich gekleideten Menschen um mich herum, bis mir jemand auf die Schulter tippt.

Ich drehe mich um und frage: »Ja?«

Wenn mich nicht alles täuscht, ist das die Servicekraft, mit der Preston eben noch auf dem Flur stand.

»Ich wollte Ihnen nur sagen, dass Ihre Begleitung mich gerade angebaggert hat.«

»Meine Begleitung?«, frage ich verwirrt.

»Ja. Er.« Sie deutet die Bar entlang, und am anderen Ende steht Preston, der sich unterhält.

»Wie ...«

Sie unterbricht mich: »Ich dachte nur, wenn es Ihr Mann ist, wollen Sie das vielleicht wissen. Ich fand ihn ja ganz nett, und als ich ihn fragte, von welcher Kanzlei er ist, sagte er, er wäre nur Ihre

Begleitperson. Sie waren das doch, die eben auf Toilette ist, oder? Die, die an uns vorbeigelaufen ist? Er behauptete, er wäre mit Ihnen hier. Also, ja, es geht mich nichts an, aber falls er Ihr Mann ist ... Ich finde das ekelhaft.«

»Hat er Sie belästigt?«, hake ich nach.

»Nein! So schlimm war es nicht. Er war sehr höflich. Ein Flirt. Dann fragte er, ob ich Lust auf eine Verabredung hätte. Auf eine einmalige. Deshalb habe ich gefragt, von welcher Kanzlei er ist, da ich ... Egal. Danach erzählte er das auf jeden Fall. Und, ja ... ich finde das halt unmöglich, wenn er vergeben ist.«

»Ja, ich auch. Da sind wir einer Meinung. Danke für die Information.«

»Sie sind mir aber nicht böse, oder? Ich dachte, wir Frauen sollten zusammenhalten.«

Ich lächle ihr zu. »Das denke ich ebenfalls. Ich finde es lobenswert, dass Sie so mutig sind, mich angesprochen zu haben.«

Eine Aufklärung erspare ich mir. Unrecht hat sie nicht, auch wenn er ganz sicher nicht meine Begleitung ist.

Sie atmet erleichtert aus. »Gut. Dann gehe ich zurück an die Arbeit.«

Schon wieder tippt mir jemand auf die Schulter. Ist da ein Schild? Bitte hier klopfen, damit sie sich lustig im Kreis dreht?

Die Servicekraft reißt die Augen auf und macht sich davon. Ich drehe mich um und stehe vor Preston.

»Was ist denn mit dir nicht richtig?«, schnauze ich ihn an.

»Was wollte sie?«

»Was wohl. Mir beichten, dass mein *Mann* sie angeflirtet und ihr ein eindeutiges Angebot gemacht hat. Was sollte das?«

Er zuckt mit den Schultern und lächelt selbstgefällig.

Erschrocken japse ich auf, als er mein Handgelenk packt und mich ein paar Schritte auf die Tanzfläche zerrt. Eine Hand von ihm landet auf meinem Rücken, und er zieht mich mit einem Ruck an sich, mit der anderen greift er meine Hand, legt sie sich auf die Schulter, um danach meine andere zu packen. Schneller als ich das richtig begreife, bewegen wir uns schon im Takt der Musik.

»So, jetzt kannst du mich anzicken, ohne dass es alle mitbekommen.«

Sein selbstgefälliges Lächeln bleibt, und ich kann nur den Kopf schütteln, während ich ihm ins Gesicht sehe. »Warum behauptest du so etwas? Weshalb flirtest du überhaupt mit einer Kellnerin und hältst sie von der Arbeit ab? Sie kann dafür Ärger bekommen. Hier sind Anwältinnen. Mit denen hast du Gesprächsstoff.«

»Ich hatte nicht vor, mich mit ihr zu unterhalten.« Ich schnaube. Das dachte ich mir. »Außerdem möchte ich nicht, dass Frauen, mit denen ich *flirte*, wissen, wer ich bin.«

»Du solltest einen Warnhinweis an dir haben. Du bist ein Teufel.«

»Ach so? Und den trage ich dann den ganzen Tag?«

»Ja. Sonst laufen uns noch die Junganwältinnen weg, wenn du sie …«

Er unterbricht mich: »Hast du mich schon einmal in der Kanzlei wildern sehen? Nein, oder?«

Stimmt. »Dabei weiß ich von mindestens zwei, die auf dich stehen.«

Über diese dämliche Erwiderung könnte ich vor Zorn über mich selbst mit dem Fuß aufstampfen, wenn ich so etwas tun würde und ich nicht den Takt halten müsste. Sonst schaffe ich es doch auch, mich zurückzuhalten, fällt mir nichts Schlagfertiges ein. Nur er bringt mich dazu, mich zu vergessen.

»Sie stehen nicht auf mich, sondern auf das, was ich verkörpere. Ich gebe mich da keinen Illusionen hin. Das, was bei dir auf Männer abschreckend wirkt, macht mich attraktiver. So läuft es meist immer noch, oder?«

»Und warum nutzt du das dann nicht aus, wenn dich das so *attraktiv* wirken lässt? Du hast dich als meine Begleitung ausgegeben, statt zu sagen, was und wer du bist.«

»Sieh es als meine zweite Identität. Wie bei einem Superhelden. Batman will auch nicht, dass jemand weiß, er ist Bruce Wayne.«

Ich bin schrecklich naiv. Natürlich möchte er das nicht. Niemand soll wissen, was er treibt, damit seine Frau das nicht mitbekommt.

»Hast du dich ehrlich gerade mit Batman verglichen, weil du irgendwelche Frauen bumst, denen du nicht sagst, wer du wirklich bist?«

Er lacht. »Offensichtlich. Hast du noch nie deinen Beruf verschwiegen? Der Wirtschaftsprüfer wird doch nicht dein Erster gewesen sein.«

»Nein«, antworte ich zögerlich. Das geht ihn nichts an.

»Na also. Noch nie einem One-Night-Stand die falsche Nummer am nächsten Tag gegeben, weil es mies war?«

Jetzt fühle ich mich tatsächlich ertappt. Nicht, dass ich mich ständig durch verschiedene Betten getobt hätte, aber während des Studiums wollte ich keine Beziehung und vielleicht gab es die ein oder andere einmalige Sache. Dani war eine Partymaus, die mich regelmäßig überredet hat, dass eine Lernpause förderlich für den Verstand wäre. Ich glaube, ohne sie hätte ich ernsthafte psychische Probleme bekommen mit dem Zwang, unbedingt besser als mein Bruder sein zu wollen, damit meine Eltern wissen, es war kein Fehler, mir dieses Studium zu bezahlen. Sie hat sich im Prinzip um mein Sozialleben gekümmert.

Ich schweige und bin froh, dass meine Beine mich von allein durch die Musik tragen. Seine Hand auf meinem Rücken rutscht höher und sein Daumen berührt die freie Haut im Rückenausschnitt. Ich halte die Luft an, als er darüber reibt, und sehe ihm ins Gesicht, um ihm zu sagen, dass er das lassen soll.

Doch seine Aufmerksamkeit scheint nicht bei mir zu liegen, sondern im Nichts. Er sieht nachdenklich aus. Hat er Sorge, dass ich das seiner Frau verrate?

Wäre das meine Pflicht? So wie die Servicekraft es mir erzählt hat? Nein. Sie ist selbst schuld, wenn sie so einen Mistkerl heiratet, und ich vermute, das würde die Stimmung zwischen uns endgültig in den Abgrund treiben.

Sein Daumen bewegt sich weiter, reibt die Stelle bedenklich empfindlich, dringt durch Haut, Muskeln, Knochen, bis tief in mich. Ich fühle mich beschwingt und wehmütig zugleich, und dieses eigenartige Gefühl bringt meine Nackenhärchen dazu, sich aufzurichten, als würde mich dort der warme Atem einer vertrauten Person berühren und die Haut sanft streicheln. Er ist mir viel zu nah. Kein Schreibtisch dazwischen. Nur Schweigen und sein Duft.

Mein Körper vollführt die Tanzbewegungen selbstständig und passt sich ihm perfekt an. Oder er sich mir. Ich muss nicht denken, nicht handeln, nur den Tanz genießen und aushalten, wie seltsam ich mich fühle.

Ich rutsche mit der Hand auf seiner Schulter höher über den hochwertigen Stoff und pikse ihn mit dem Finger an den Hals, weil es mir immer unangenehmer wird, wie angenehm das ist.

»Hm?« Der verschleierte Blick fokussiert sich und er sieht mir lächelnd ins Gesicht. »Du tanzt gut.«

Kann er nicht etwas Dummes oder Überhebliches sagen? Und aufhören, so zu lächeln?

Bei unserem Tanz spüre ich, dass mein Nacken mit einer hauchzarten Schicht von Feuchtigkeit bedeckt ist. Nicht vom Tanzen selbst, dazu bewegen wir uns zu langsam. Das ist die Anspannung. Ich hoffe, das Stück ist bald vorbei, um ihn zu beenden. Denn da ist noch etwas anderes: Ich glaube, Preston Connor hat mir zum verschwitzten Nacken ein feuchtes Höschen verschafft, obwohl er ein Drecksack ist. Ein Drecksack, der sich elegant bewegt, fantastisch duftet, hübsch lächelt und einen außergewöhnlichen Daumen hat.

Wir werden angerempelt, weshalb wir aus dem Takt kommen. Seine Hand rutscht komplett auf die nackte Haut und presst mich fest gegen ihn, um mit mir auszuweichen und den Tanz fortführen zu können.

Was ist denn das? Ich bewege mein Becken kreisend an seinem entlang. »Du hast eine Erektion!«

»Ich weiß«, antwortet er lässig.

»Kannst du das bitte lassen?«

Seine Mundwinkel zucken. »Ich hatte ein paar verdorbene Gedanken, da passiert das manchmal bei gesunden Männern.«

»Du kannst nicht einfach ...«

Er unterbricht mich: »Nein. Du kannst dich nicht einfach dagegendrücken.«

»Das war keine Absicht. Behalte gefälligst deine Gedanken unter Kontrolle.«

»Elaine. Ich bitte dich. Du kannst dich nicht so an meinem Schwanz entlangschubbern und mir dann eine Szene machen.«

»*Entlangschubbern*? Du bist die unmöglichste Person, die ich kenne.«

»Einmalig, meinst du? Du schubberst immer noch.«

Er lacht und lässt mich einfach stehen, da das Stück zu Ende ist.

Zum Glück gibt es auch höfliche Menschen und ich werde von einem anderen Mann aufgefordert.

Mit einem Lächeln stimme ich zu und dieser Tanz bringt mich nicht ins Schwitzen. Nun, ein bisschen möglicherweise, aber auch nur, da ich mich konzentrieren muss, dass er mir nicht auf die Füße tritt. Er ist mir sympathisch, jedoch hat dieser Tanz mit ihm nichts von der Leichtigkeit von dem mit Preston eben.

Ich kenne ihn nicht, obwohl er von einer renommierten Kanzlei ist. Aber da diese auf Strafrecht spezialisiert ist, ist das kein Wunder. Er ist nett, und während unseres kleinen Tanz-Smalltalks frage ich mich, ob er seinen Vollbart glättet. Er sieht so ordentlich aus. Gibt es extra Glätteisen für Bärte? Nutzt man dafür auch Hitzeschutz? Bekommen Männer am Bart Spliss?

»Sie sehen nachdenklich aus«, stellt er fest.

»Entschuldigen Sie. Ich habe Ihren Bart bewundert.«

Er nimmt die Hand von mir, um sich stolz darüberzustreichen, was uns aus dem Takt bringt und dazu führt, dass er auf meinen Fuß tritt. Ich verziehe das Gesicht.

»Oh. Entschuldigen Sie.«

»Wie viel Jahre stehen auf Körperverletzung, wenn Sie mir den Fuß brechen?«

»Sie möchten mich im Gefängnis sehen. Mein Herz bricht.« Er schmunzelt.

»Darüber hinaus verlange ich Schadenersatz für meine wundervollen Schuhe.«

»Meinen Sie, es besteht die Chance, Sie wiederzusehen, habe ich meine Haftstrafe abgesessen und Ihre kostbaren Schuhe abgearbeitet?«

»Falls Sie ein Unternehmen gründen und eine Anwältin benötigen, sicher.«

Er beendet den Tanz und hält mir den Arm zum Einhaken hin, um mich von der Tanzfläche zu führen. »Lassen Sie uns an der Bar weitersprechen, ehe ich Ihre Schuhe gänzlich ruiniere.«

Ein Griff um meinen anderen Oberarm.

Preston schon wieder. Hinter ihm eine Frau.

»Ich klatsche ab«, sagt er ernst.

»Wie bitte?«

»Ich hatte dir einen Tanz versprochen und den gängigen Höflichkeitsregeln beim Tanzen zufolge klatsche ich an dieser Stelle ab.«

Was soll denn das schon wieder?

Er nickt meinem bisherigen Tanzpartner zu, als wäre es damit bereits beschlossen.

Da ich nicht reagiere, beugt er sich an mein Ohr. »Klatsch ab, Elaine. Um Gottes willen, rette mich vor dieser Person, die hinter mir steht. Ich behalte auch meine Gedanken unter Kontrolle.«

Dieser verzweifelte Tonfall ist zweifelsohne gespielt, und das zwingt mir ein Lachen auf. Wieso muss er manchmal so witzig sein?

Ich spüre, wie sich seine Lippen beim Sprechen nahezu an

meinem Ohr entlang bewegen, und frage mich, ob das ein Teil seiner Aufreißermasche ist. Ich kann mir gut vorstellen, dass diese absichtslos wirkende Berührung ansprechend wirkt, wenn er das im richtigen Moment tut.

»Elaine. Entführe mich schon an das andere Ende der Tanzfläche. Ich stehe damit für immer in deiner Schuld.«

Mein Arm wird freigegeben und ich erhalte ein verabschiedendes Nicken aus einem bärtigen Gesicht. »Wir können uns später weiterunterhalten. Sie finden mich, wenn Sie wollen.«

»Du findest ihn, wenn du willst. Ein Tanz, Elaine.«

»Na gut. Das mit der Schuld merke ich mir.«

»So ist es brav.« Er nickt der Frau halb hinter sich zu. »Wie gesagt, ich muss ein Versprechen einlösen. Vielleicht sehen wir uns.«

Er greift meine Hand und schon sind wir zurück auf der Tanzfläche.

»Ich wusste nicht, dass Superhelden Rettung benötigen«, spotte ich.

»Wenn man es genau nimmt, bist du schuld.«

»Wie bitte?«

»Du sagtest, ich soll mit einer Anwältin flirten. Allerdings hast du mir nicht verraten, dass man sie vielleicht nicht mehr loswird. So etwas muss ich doch wissen. Das war ein eiskaltes Vorenthalten von Informationen.«

»Du wirst sie nicht mehr los?«

»Sie hat mir gerade erzählt, wie viele Kinder sie will, und mich dabei angesehen, als wäre es nun meine Aufgabe, mich um ihren Wunsch zu kümmern. Da wurde es mir ... gruselig.«

»Passiert dir das öfter?«

Ich versuche wahrhaftig ein Gespräch, da seine Hand schon wieder viel zu hoch liegt. Dort, wo sie vorhin bereits lag, blank und ohne Schutz auf meinem nackten Rücken.

»Um Gottes willen, nein. Sonst würde ich tatsächlich ein Schild tragen.«

»Auf dem was genau steht?«

»*Belästige mich nicht mit Bindungs- und Kinderwünschen. Zeig Titten.*«

»Hast du gerade *zeig Titten* gesagt?«

Er fängt an, schallend zu lachen, und wirbelt mich einmal im Kreis, wonach er mich erneut an sich drückt. »Entschuldige. Ich habe einen kleinen Schwips. Ein Freund von mir fand es unterhaltsam, mir ein Shirt zu schenken, auf dem das steht.«

»Dieser Freund scheint dich nicht gut zu kennen.«

»O doch, sehr gut sogar. So gut, dass er heimlich sein Smartphone in der Hand hielt, um mein Gesicht zu fotografieren, als ich den Aufdruck las.«

»Wie beschwipst bist du denn?«

»So ungefähr zwei-gekippte-Scotch-während-Kinderwunsch-Gespräch-beschwipst. Und wie läuft es bei dir? Habe ich gerade einen Anbahnungsversuch verhindert? Oder gibt es den Wirtschaftsprüfer noch?«

»Warum sollte es den nicht mehr geben?«

»Er ist nicht hier und du schäkerst mit den anwesenden Herren.«

»Ach, so ein Blödsinn«, widerspreche ich und trete ihm absichtlich auf den Fuß.

Sein Kopf findet neben meinem Platz, und ich höre ihn schlucken, ehe er flüstert: »Ich habe das genau beobachtet.«

»Du hast mich beobachtet?«, hake ich misstrauisch nach, wobei ich den Kopf etwas drehe und deshalb seine Wange streife. Obwohl sie weich ist, spüre ich dabei, die nachwachsenden Stoppeln, da der Abend bereits weit fortgeschritten ist. Unbeabsichtigt atme ich tief ein. Sein exquisites Parfum verflüchtigt sich mittlerweile ein klein wenig, was ihn nur noch intensiver und männlicher duften lässt.

»Natürlich behalte ich dich im Auge, Elaine. Halte dir deine Freunde nah, aber deine Feinde näher.«

Er betont meinen Namen, als hätte er einen erlesenen Tropfen auf der Zunge. Ich hoffe, er spürt nicht die Gänsehaut, die sich deshalb auf mir ausbreitet, weil er immer noch seine verdammte Hand, als wäre sie dort festgewachsen, auf der Haut meines Rückens liegen hat.

Erneut wirbelt er mich herum, was mich nahezu zum Stolpern bringt, da ich den Einsatz fast verpasst habe. Kaum sind wir wieder voreinander, sieht er auf meine Lippen. Da bin ich mir sicher. Er wird doch nicht ...?

Nein. Er lächelt nur, was beinahe schlimmer ist. Für einen Kuss könnte ich ihn ohrfeigen. Für ein Lächeln, von dem man sich seltsam fühlt, nicht. Seine Lippen sind recht schmal, dafür schön geformt. Ich mag keine dicken Männerlippen. Das ist, als würde man einen Luftballon küssen.

Ich will nicht an so etwas denken und starre auf seine Fliege und den darüber sichtbaren Adamsapfel und schaffe züchtigen Abstand zwischen uns. Mit den nächsten Schritten hat er die Distanz erneut verdrängt.

Meine Mutter sagt, dass man bei einem anständigen Tanz noch überall Licht durchscheinen sieht, wo die Körper sich berühren könnten. Nehme ich ihre Worte ernst, tanze ich gerade unanständig mit Preston.

Würde sie das sehen, würde sie wahlweise mit Verlobungsringen anwackeln oder ihn mit ihrer Handtasche von mir wegprügeln und als Frauenschänder betiteln.

Nein, so ist sie dann doch nicht. Sie würde meinen Vater schicken, um ihn abzulösen, und mir später vorwerfen, wie der arme Sebastian sich fühlen muss, weil ich ihn betrüge.

Dann hätten wir eine Diskussion, wann betrügen anfängt. In ihrer Welt sieht man als Frau einen anderen Mann zu lange an. Bei Männern ist sie nachsichtiger. Dort vermutlich erst, wenn er zusätzlich eine andere heiratet.

Ich verzichte darauf, auf den Abstand zu bestehen. Ja, Mama, deine Tochter ist ein Flittchen.

»Woran denkst du? Du siehst belustigt aus«, fragt er.

»Ob es bereits sexuelle Belästigung ist, so wie du dich an mich drückst.«

»Oh, ganz sicher sogar. Aber solange du dich nicht wieder an mir schubberst, verzeihe ich dir.«

Ich schmunzle. Natürlich musste er das verdrehen.

»Allerdings hat sich dabei eine Frage aufgetan: Du hast abgenommen, seit du in der Kanzlei angefangen hast, kann das sein?«

»Ja, das stimmt. Aber keine Sorge, ich gebe dir nicht die Schuld daran, weil du mein Sandwich der Straße geopfert hast. Wie du weißt, kann der Beruf recht stressig sein. Bei Stress vergesse ich zu essen.«

»Das kenne ich andersherum. Ich esse bei Stress.«

»Aber du bist doch schlank.«

»Ich lasse mich nicht stressen. Geheimtipp.«

»Danke. Du bist ein echter Schatz, dass du diese Insiderinformationen mit mir teilst.«

»Wir werden noch Freunde, oder?«, fragt er und ein spöttisches Funkeln lässt seine blauen Augen hell aufblitzen.

»Mit jemandem wie dir freunde ich mich nicht an.«

»Wegen der Servicekraft? Du musst nicht eifersüchtig sein. Niemand erwartet, dass du ein Tablett so beeindruckend elegant durch die Menge trägst wie sie.«

Dieses Mal möchte ich ihn stehen lassen, da das Stück wechselt. Er packt mich fester. »Einen noch. Ich bin auch still.«

Er schweigt tatsächlich, aus einem wird der nächste, und obwohl meine Füße schon eine ganze Weile schmerzen, beende ich das nicht. Es ist zu einfach, mit ihm zu tanzen, denn er ist mit Sicherheit der beste Tanzpartner heute, weshalb ich den darauffolgenden ebenfalls mitnehme. Ich schwitze auch nicht mehr, träume schlicht dabei vor mich hin und wiege mich durch die Musik, ganz darauf vertrauend, dass er gut führt.

Ich sehe ihm nicht in die Augen, um mir nicht einzugestehen, dass ich heute den meisten Spaß mit ihm hatte; denke auch nicht über seinen unmöglichen Charakter nach, sondern gehe in seiner

Anwesenheit auf, die mich komplett einrahmt. Mein Blick ist fest auf seine Wange gerichtet, da sie mir der ungefährlichste Ort zu sein scheint, um ihn zu platzieren.

Falls das bedeutet, sich seine Feinde nah zu halten, bin ich froh, dass er mein Feind ist. Zumindest für heute.

»Brummst du?«, fragt er fast flüsternd.

Er hat recht, stelle ich fest, nicke jedoch lediglich, statt zu antworten, da ich nicht riskieren möchte, dass wir etwas von uns geben, was die Stimmung zerstört. Noch bin ich nicht bereit, mir meinen Feind nicht mehr nahe zu halten.

17

VERSUCH

Preston

Ich betrete mein Büro und bemerke sofort, dass etwas nicht richtig ist. Eine Flasche Scotch fehlt. DIE Flasche Scotch fehlt.

Meine Fäuste ballen sich, und ich fahre herum, um den Raum wieder zu verlassen. Bei der Hexe brannte noch Licht. Wer sollte mich sonst bestehlen?

Ohne zu klopfen, betrete ich ihr Büro, und da sitzt sie. Auf dem Schreibtischstuhl, den Rücken zu mir, mit Blick aus dem Fenster, in einer Hand ein Glas. Ein Glas mit einer bräunlichen Flüssigkeit. Ich sehe mich um und entdecke den Scotch auf ihrem Schreibtisch. Diese ...

»Was erlaubst du dir eigentlich?«

Ich trete näher und dabei dreht sie den Bürostuhl langsam in meine Richtung. »Hm?«

Mein Finger, der auf die Flasche deutete, sinkt wieder und mir bleiben die Worte im Hals stecken. So habe ich sie noch nie gesehen. Ihre Augen sind glasig. Nicht, weil sie betrunken ist, nicht weil sie geweint hat, so als wäre sie weit, weit weg. Ihr Haar ist unordentlich, als hätte sie an den Haarklammern gezerrt, ohne sie zu lösen.

»Ist alles in Ordnung?«, frage ich vorsichtig.

»Ja. Nein. Ich weiß nicht.«

Sie nippt an dem Glas, sieht mich an und deutet auf die Flasche. »Möchtest du einen Schluck?«

»Bietest du mir gerade etwas von meinem eigenen Getränk an? Ehrlich?«

»Entschuldige. Ich hatte Lust auf Scotch und habe keinen hier.«

»Das ist kein Scotch zum Trinken!«

Sie schaut auf das Glas und dreht es in der Hand. »Ja? Wofür ist er dann?«

»Eine Erinnerung!«

»Woran? An einen Absturz?«

»Diese Flasche bekam ich von meinem Großvater, als ich den Posten hier übernahm. Sie ist uralt. Ich wollte sie irgendwann einmal meinem ältesten Sohn schenken. Das kann ich nun vergessen.«

»Schenk ihm doch Zeit. Damit kann er wahrscheinlich mehr anfangen. Alkohol ist sowieso nichts für Kinder.«

Hä? Wovon redet sie? Natürlich, wenn er erwachsen ist. »Kannst du wenigstens so tun, als würde es dir leidtun?«

»Es tut mir leid.« Das klang völlig teilnahmslos.

Ich lehne mich gegen den Schreibtisch. »Ist irgendetwas passiert, was den Diebstahl und die Vernichtung eines Erbstücks rechtfertigen würde?«

Sie schweigt.

»Nun erzähl schon.«

Tiefes Einatmen. »Ich wurde abserviert.«

»Das rechtfertigt nicht, eine Flasche Scotch im Wert von ungefähr 40.000 Scheinen zu öffnen.«

»Tatsächlich?« Sie hebt ihre Hand mit dem Glas an und mustert ihn. »Du bist ja ein teurer Scheißer.«

»Ja. Ich schätze, du hast da ungefähr den Wert von zweihundert deiner geliebten Sandwichs im Glas.«

»Auch seltsam, so viel Geld zu schlucken.«

»Andere verdienen Geld mit Schlucken.«

Sie sieht mich an, und wenn mich nicht alles täuscht, ist das ein winziges Lächeln, das ihre Lippen sanft verbiegt. Wer hätte gedacht, dass Kommentare, wie sie meine Freunde gern von sich geben, auch sie belustigen können.

»Wurdest du noch nie abserviert?«, frage ich.

»Nicht so unvorbereitet. Eigentlich ist es nicht einmal das.«

»Was ist denn passiert?«

»Er rief an, dass er hierherfährt und mit mir essen gehen möchte. Er klang etwas nervös, und ich dachte, er wird mir einen Antrag machen. Irgendwie rechnete ich damit. Einfach der Zeit nach, die wir zusammen waren.«

»Und warum hat er dich abserviert?«

Sie zuckt mit den Schultern. »Er fühlt sich von mir benutzt und hat sich in eine andere verliebt.«

»Benutzt?«

Sie atmet tief ein, nimmt einen weiteren Schluck, wonach sie das Glas schwenkt. »Ja, ich war dumm. Er hat recht. Am Wochenende bin ich zu unserer Wohnung gefahren, habe es mir von ihm besorgen lassen, weitergearbeitet, das Essen genossen, das er mir gekocht hat, und war eigentlich gar nicht richtig anwesend. Ich kann mich nicht erinnern, wann wir das letzte Mal ein gutes Gespräch hatten.« Sie lacht bitter. »Er hat sich sogar um meine Wäsche gekümmert, da ich in der Wohnung hier keine Maschine habe und keinen der Angestellten für mich zur Reinigung schicken wollte. Kein Wunder, kam er sich ausgenutzt vor.«

»Klingt nicht, als wäre das eine wertvolle Beziehung gewesen. Nicht so wertvoll wie meine Flasche.«

Er hat ihre Wäsche gemacht? Ich lache mich tot. Garantiert hat er alles in eine Reinigung gebracht, denn wer fusselt, kann mit Sicherheit nicht anständig bügeln.

Sie hätte den Kragenhochsteller ernsthaft geheiratet? Er hat doch sowieso nicht zu ihr gepasst. Würmer passen nicht zu Hexen.

Mir fällt sofort das Gespräch ein, mit dem ich meinen Freund Ryan davon abhalten wollte, seine Ex zu heiraten. Bei ihr steht es mir nicht zu, meine Meinung dazu kundzutun, trotzdem hätte ich vermutlich den Mund nicht halten können. Aber sie ist es sowieso gewohnt, dass ich ihr völlig unverblümt zu allem meine Ansicht mitteile.

Sie schaut in das Glas, als könnte sie darin die Wahrheit erkennen, ob mein Kommentar zutrifft, dass es keine wertvolle Beziehung war, bevor sie mir ins Gesicht sieht.

»Mhm. Ja. Schon. Das ist es ja. Ich bin kein Stück traurig. Mein erster Gedanke war, dass ich mir den Weg am Wochenende erspare. Und vorher dachte ich, er macht mir einen Antrag, und hätte ihn angenommen. Einfach, weil es so läuft. Aber es sollte nicht *so laufen*. Das ist doch skurril.« Sie legt den Kopf schräg und überlegt einen Augenblick, ehe sie weiterspricht. »Warum warst du dagegen, dass ich hier anfange und diesen Stuhl besetze? Weil ich eine Frau bin?«

»Ja.«

»Was hast du gegen Frauen?«

Ich schnaube. »Ich habe nichts gegen Frauen.«

»Stimmt.« Das klang zynisch, weshalb meine Augenbrauen in die Höhe rucken.

»Mein Widerstand dagegen war persönlich, egoistisch und möglicherweise ein kindischer Eifersuchtsanfall.«

»Eifersucht? Worauf? Du hast doch deinen Platz an der Tafelrunde.«

Mein Blick schweift durch den Raum, bis ich an ihren großen, kummervollen Augen hängen bleibe, die, zumindest vor mir, noch nie so aussahen.

Irgendwie lockert das meine Zunge, ob ich will oder nicht. »Ich habe zwei Schwestern. Eine ist zwei Jahre älter. Sie ist Anwältin. Eigentlich hätte dieser Stuhl ihr gehört, weil sie die Erstgeborene ist, aber er darf nur an einen Sohn gehen. Wir haben beide hier gearbeitet. Als es für meinen Vater Zeit wurde, seinen Platz weiterzugeben, war es für ihn noch nicht einmal eine Option, dass meine Schwester ihn bekommt. Ich fand das ungerecht, denn sie ist eine geniale Anwältin. Sie hat ein unglaubliches Gedächtnis und kann verdammt schnell Zusammenhänge erkennen. Ich bestand darauf, den Platz mit ihr zu teilen, doch wir wurden überstimmt. Unser eigener Vater hat gegen sie gestimmt. Es wäre kein Problem gewesen, eher ein Vorteil für die Kanzlei. Wir hätten uns die Arbeit und den Gewinnanteil geteilt. Und bei dir ... bei dir stimmen die Säcke einfach so zu. Das ist erst ein paar Jahre her.«

Ich sehe aus dem Fenster. Vielleicht hätte ich dann meine Familie nicht verloren.

Was mache ich mir vor? Meine Schwester und ich hätten beide Vollzeit gearbeitet. Ich wäre trotzdem viele Abende nicht zu Hause gewesen.

Mit einem Seufzen sehe ich wieder zu ihr. Sie scheint eingefroren zu sein bei der Bewegung, das Glas zum Mund zu führen, und starrt mich an.

Ich beuge mich in ihre Richtung und nehme ihr das Glas aus der Hand, um selbst einen winzigen Schluck zu kosten. Ich lasse den Geschmack Raum im Mund einnehmen, ehe er in meine Kehle rinnt.

Schmeckt nicht nach so viel Geld, wie er kostet. Malzig, ein wenig rauchig. Nicht schlecht, aber der emotionale Wert war für mich höher als sein Geschmack.

»Du wolltest den Platz mit deiner Schwester teilen?«

Mit einem Schulterzucken drehe ich den Oberkörper, um nachzuschenken. Der nächste Schluck wird größer. Scheiß drauf.

»Ich hatte meine Schwester geliebt. Sie war ein Vorbild und Zugpferd für mich.«

»Hatte? Lebt sie nicht mehr?«

Erneut zucke ich mit den Schultern. »Doch. Sie hat deshalb mit der Familie gebrochen. Wir hatten eine Zeit lang noch Kontakt, aber da sie weggezogen ist, sahen wir uns erst weniger, dann gar nicht mehr. Sie lebt ihr eigenes Leben.«

»Das ist allerdings auch nicht nett von ihr, wenn du dich doch für sie eingesetzt hast.«

»Was ist nett?« Ein weiterer Schluck. »Sie lebt ihr Leben. Ich lebe meines. Keine Überschneidungspunkte mehr, bloß noch Weihnachts- und Geburtstagskarten. Das ist einfach nur das Leben.«

Sie streift mit den Fingern meine Hand, als ich ihr das Glas zurückreiche. Sie sind kühl, und ich muss daran denken, dass ihre Hand anfangs ebenso kühl war, als wir miteinander tanzten. Je länger der Tanz dauerte, desto wärmer wurde sie, bis ich sie kaum noch spüren konnte, da sie sich wie selbstverständlich an meine geschmiegt hatte.

»Das tut mir leid. Ich wusste das nicht. Du warst dagegen, weil ich als Frau das bekommen habe, was ihr verwehrt wurde. Habe ich das richtig verstanden?«

»Ja. So war es. Eine Entschuldigung ist offensichtlich nicht nötig, da du keine Nachteile durch mein Handeln hattest.«

Sie sieht nachdenklich aus. »Hm. Es war nicht fair mir gegenüber. Allerdings ist kaum jemand fair, sobald es emotional wird.«

Ich habe keine Lust mehr, über mich zu reden. »Und du sitzt hier und heulst?«

»Nein, ich heule nicht. Ich dachte nur darüber nach, wieso ich nicht bemerkt habe, dass ich meine Beziehung gegen die Wand fahre. Mit Desinteresse. Wahrscheinlich hätte ich mir mehr Mühe geben müssen. Keine Ahnung. O Gott. Ich glaube, ich habe ihn wirklich behandelt wie einen Gegenstand oder Diener. Ich bin schrecklich. Als Erstes bin ich hierhergefahren, weil ich den Gedanken hatte, wenn ich den Abend nicht mit ihm verbringe, kann ich etwas arbeiten. Das zeigt doch schon, wie irre ich bin. Sollte man nicht nach Hause gehen und voller Liebeskummer ein paar Kissen mit Tränen füttern, statt sofort die praktischen Seiten zu sehen?«

Es kommt mir vor, als würden wir immer noch über mich reden. Ich greife mir erneut den Scotch, woraufhin sie mein Handgelenk packt und sich mit meiner Hand das Glas zum Mund führt. Ich kippe es stärker und ein riesiger Schluck landet zwischen ihren Lippen, der sie zum Prusten bringt. Teile der Flüssigkeit tropfen auf meinen Handrücken und sie hustet heftig.

Mit einem Seufzen stelle ich das Glas zur Seite und wische die Feuchtigkeit am Stoff ihres Kleides ab.

»Hey!« Sie hustet weiter, wobei sie die Hand wegschlägt.

»Was? Du hast auf meine Hand gespuckt!«

»Weil du das Glas zu heftig geneigt hast!«

»Ich dachte, dann kommst du runter und kannst vielleicht lachen oder findest zumindest dein einstudiertes Lächeln wieder.«

»Du willst mich zum Lachen bringen? Du?«

Ihre Augen werden riesig. Ich beuge mich in ihre Richtung und ziehe eine hervorstehende Haarnadel aus ihrer Frisur. »Ja. Ich bin nicht nur ein Arsch.«

»Sicher?«

Ich beobachte, wie ich die entkommene Haarsträhne um meinen Zeigefinger wickle, ehe ich ihr ins Gesicht sehe. Ihre vollen Lippen sind feucht. Einladend feucht. Wegsehen unmöglich, mein Blick hängt wie festgeklebt daran. Wie wohl ein Kuss schmeckt nach diesem Scotch? Vielleicht wäre dieser Geschmack das Geld wert.

Ohne nachzudenken, beuge ich mich noch näher, bis sich ihr Atem auf meinem Gesicht bricht. Die Mischung aus Scotch, Parfüm und ihrem eigenen Duft spricht meine Sinneszellen an, und ja, das macht mich hart.

»Was tust du?«, flüstert sie.

»Vielleicht bin ich doch ein Arsch, kleine Hexe.«

Meine Lippen finden ihre. Sie rührt sich nicht. Ich auch nicht.

Nachdem ich wieder einen winzigen Abstand geschaffen habe, gerade so weit, dass ich sie nicht mehr berühre, aber nicht weit genug, um die Anziehungskraft, die davon ausgeht, nicht mehr zu spüren, murmle ich: »Du könntest den Scotch abarbeiten.«

»Was?« Sie zieht ruckartig ihr Gesicht zurück, stößt sich gleichzeitig mit dem Fuß ab und rollt ein Stück nach hinten, wonach sie aufspringt.

»Keine gute Idee?«, frage ich, da ich überzeugt bin, Anzeichen einer willigen Frau an ihr zu erkennen.

Sie greift sich das Glas vom Schreibtisch und stellt sich vor die Scheibe, um nach draußen zu sehen. Die Gelegenheit nutze ich, um ihre Rundungen in diesem Kleid zu betrachten. Das sieht nach einem Outfit für eine Verlobung aus. Heiß, aber elegant und kürzer als das, was sie im Büro trägt. Auch das passt perfekt zu ihr. Entweder kann sie alles tragen, oder sie weiß, was ihr steht.

Sie dreht sich um. Der Ausschnitt ist tiefer als der von ihrer üblichen Businesskleidung, was ich feststellen kann, da sie das Glas davorhält und einen Finger hineinsteckt, um mit ihm langsam darin zu kreisen. Meine Augen wandern gemeinsam mit dem Finger höher, den sie sich nun in den Mund steckt und lasziv ableckt.

Das sieht aus wie eine Einladung. Ich stoße mich wie ferngesteuert vom Schreibtisch ab, und sie kommt mir entgegen, nachdem sie das Glas zur Seite gestellt hat. Wir halten erst an, als sich unsere Körper berühren. Sie presst ihre Brüste an mich und sieht mir in die Augen, weshalb mein Atem stockt. Ihr Blick ist so intensiv. Das Grün in ihren Hexenaugen scheint zu glimmen.

Ich hebe eine Hand und schiebe sie in ihren Nacken. Sie reckt das Kinn nach oben und ich neige den Kopf. Ich will jetzt wissen, wie der Scotch von ihren Lippen schmeckt. Dringend. Und dann möchte ich ihn von ihrem Körper lecken.

»Weißt du«, haucht sie. »Du bist ein Arschloch. Daran gibt es nichts zu rütteln. Egal, was du erzählt hast. Ich hasse Männer wie dich.«

Sie reißt ein Bein nach oben, und erst im letzten Moment kann ich meine Hoden vor einer Kollision mit ihrem Knie schützen, indem ich sie mit der Hand auf ihrem Oberschenkel bremse. Sie trägt keine Strumpfhose, und meine Hand rutscht über ihre Haut, bis ich ihren nackten Schenkel packen kann und ihn mir um die Hüfte lege. Sie wehrt sich nicht, hält einladend still, weshalb meine Finger unter ihrem Kleid höher krabbeln, bis an ihren Hintern, woran ich sie mit einem Ruck näher ziehe.

»Ein Hassfick ist garantiert elanvoll.«

Sie knurrt. Die Frau knurrt. Mir wird heiß. Ihr anscheinend auch, denn ihre Wangen röten sich. Ob vor Wut oder Erregung kann ich nicht unterscheiden, aber ich will jetzt ihren Mund kosten. Ich nähere mich ihrem Gesicht, und sie kommt mir entgegen, damit ich ihn mir nehmen kann. Energisch presse ich die Lippen darauf, lecke darüber und schmecke Scotch. Meine Zunge taucht ein, und ich dränge sie zurück, bis gegen die Scheibe, da sie keinen Versuch unternimmt, mich wegzudrücken.

Ihre Zungenspitze berührt meine und ich stöhne ungewollt. Köstlich. Ich küsse sie drängender, sie erwidert das und keucht. Himmel, ist die Hexe eine gute Küsserin. Meine Hand rutscht zurück über ihren Oberschenkel, da ich sie mit dem Becken gegen die Scheibe drücke. Mit der anderen taste ich nach mehr Haarklammern, um sie aus ihrer Frisur zu lösen.

»Scheiße«, brülle ich.

Sie hat mir in die Zunge gebissen! Diese Hexe! Ich weiche zurück und schmecke Blut. Das metallische Aroma verdrängt den Scotchgeschmack, und viel bedauerlicher: auch ihren.

Sie steht an die Scheibe gelehnt und sieht mich höhnisch an. »Dachtest du tatsächlich, ich schlafe mit dir? Unglaublich.« Sie lacht.

Kopfschüttelnd stößt sie sich ab, geht an den in ihrem Wandschrank integrierten Kühlschrank und entnimmt sich eine Cola light. Ich sehe ihr zu, wie sie diese seelenruhig in ein frisches Glas einschenkt.

Mit diesem Glas schlendert sie an den Schreibtisch.

»Wage es nicht!«

Sie lächelt heimtückisch und greift tatsächlich nach dem Scotch, um davon in die Coke zu schütten! Ich drehe durch!

Dieser Scotch in Cola! Frevel! Auch noch in Cola light! Sie ist doch nicht bei Sinnen!

Ihre Augen sind auf mich gerichtet, als sie die Mischung an ihre Lippen führt.

Endlich erwache ich aus meiner Starre, überwinde die wenigen Schritte zu ihr und entreiße ihr das Glas, was es überschwappen lässt und eine Pfütze auf ihrem Schreibtisch verursacht.

In einem Zug stürze ich es hinunter und schnappe mir die Flasche, um ihr Büro zu verlassen. »Ich verstehe, warum der Wirtschaftsprüfer dich nicht heiraten wollte. Du bist eine Hexe. Hexen bekommen keinen Antrag. Er war offensichtlich klug genug, das zu erkennen, wenn er auch sonst ein Trottel war.«

18

ÜBERLEGUNGEN

Elaine

Ich stelle mich vor den großen Blumenkasten, in dem sich das hübsche Bäumchen befindet, das ich mir für die Wohnung gekauft habe. Ich fand, das grüne Bild, das ich auf der Vernissage erworben habe, passt perfekt dazu, um eine Art Waldgefühl zu erzeugen. Waldbaden soll ja gesund sein.

Eine Katze wäre lebendiger als eine Pflanze.

Ich wünschte mir bereits als Kind eine. Doch mein Vater sagte, zu einem Anwalt passt eher ein Hund, da diese ein Symbol für Loyalität wären. Katzen sind laut ihm schreckliche Viecher. Einen Hund bekam ich trotzdem nicht. Aber er meinte sowieso nicht mich mit Anwalt. Er meinte sich. Herr im Haus bedeutet sein Haustier und er wollte keins.

Katzen sind mir lieber als Hunde. Sie sind stolz und unabhängig. Sie betteln nicht um Aufmerksamkeit, sondern fordern sie ein. Ja, eine Katze könnte nett sein. Oder besser zwei, damit sie jemanden von der gleichen Art haben, um sich wohlzufühlen. Gerade weil ich mich so viel in der Kanzlei aufhalte. Es wäre schön, zu Hause erwartet zu werden. Es ist immer so ruhig in der

Wohnung. Meistens weiß ich das zu schätzen, aber manchmal erinnert mich die Stille an Einsamkeit.

Ob eine Katze mein Leben bereichert? Ich streichle über die trockenen Blätter des kleinen Bäumchens, die unter meinen Fingern zerbröseln. Besser nicht. Dieser Baum ist nicht mein einziges Opfer. Ich sagte meiner Reinigungskraft, sie soll nicht gießen, da ich das selbst übernehmen wollte.

Meine Mutter lacht gelegentlich über mich, da ich laut ihr das Gegenteil eines grünen Daumens habe. Gern hätte ich bewiesen, dass sie unrecht hat. Das hat offensichtlich nicht funktioniert, wenn ich mir dieses arme Bäumchen ansehe, das wie seine pflanzlichen Brüder hier in der Wohnung viel zu früh verstorben ist.

Ich bin echt schrecklich.

Kein Wunder hat Sebastian mich verlassen. Wenn Pflanzen bei mir sterben, wie soll eine Beziehung überleben?

Kein Mann für mich. Es war nie mein großes Ziel, Ehefrau zu werden, trotzdem dachte ich, dass es so kommen wird. Ganz im Hinterkopf. Vermutlich ein Teil meiner Erziehung, der unterbewusst hängen geblieben ist. Frauen heiraten. Fertig.

Kinder ... Ja, Kinder. Was ist damit? Dani und ich haben damals auf der Uni immer gesagt, wir werden nie welche haben, weil man nichts so sehr wie beruflichen Erfolg lieben kann. Jetzt freut sie sich, schwanger zu sein.

Hätten Sebastian und ich auch Nachwuchs bekommen? Wäre die Sehnsucht danach in mir entflammt und immer größer geworden? Ein evolutionäres Bedürfnis, das nach Befriedigung verlangt?

Ich weiß es nicht.

Im Moment ist kein Wunsch danach in mir. Nicht ein bisschen. Bin ich kaputt? Ich bin doch schon über dreißig. Dani freut sich wie verrückt. Stimmt etwas mit mir nicht, weil ich dieses Bedürfnis nicht verspüre? Haben das alle Frauen, nur ich nicht?

Das Gefühl ist sicher nicht rational, aber ich fühle mich ausgeschlossen. Abgegrenzt. Fast gemobbt, als würden alle auf mich zeigen und rufen: *Du bist nicht normal. Du bist keine echte Frau.*

Kein Kinderwunsch, nicht tauglich für Beziehungen, Pflanzen sterben und ein Tier wäre vermutlich bei mir gefährdet. Somit kann ich im Alter noch nicht einmal die verrückte Katzenlady werden.

Ach Mensch.

Ich lasse mich auf dem Sofa nieder und zücke das Smartphone. Jetzt muss ich wissen, ob ich tatsächlich mit diesem nicht vorhandenen Wunsch allein bin.

Nach über einer Stunde lehne ich mich zurück und werfe das Telefon auf die Sitzfläche neben mir. Das war viel Input. Aber wenigstens weiß ich jetzt nicht nur, dass ich nicht allein damit bin, sondern auch, dass es manche Eltern bereuen, Kinder bekommen zu haben. Dazu gab es sogar eine Studie namens Regretting Motherhood.

Es ist so logisch! Es gibt so viele Dinge, die man bereut. Bereuen kann man aber nur, was man getan hat. Wie soll man denn vorher wissen, wie es einem emotional damit ergeht?

Das Erstaunlichste daran fand ich, dass die meisten bereuenden Eltern angaben, ihre Kinder zu lieben, obwohl sie sich nicht noch einmal dafür entscheiden würden. Da stellt sich mir die Frage: Woher kommen dann Kindesmisshandlung und Verwahrlosung?

Würde ich ein Kind misshandeln? Nicht mit Absicht natürlich, aber ganz unwissentlich durch emotionale Kälte?

Wurde ich misshandelt? Ich bin überzeugt, meine Eltern haben mich nicht bereut, da in ihrer Welt ein Ehepaar ohne Kinder keine Existenzberechtigung hat. Von meinem Vater habe ich mich nie geliebt gefühlt. Von meiner Mutter irgendwann einfach nicht mehr verstanden.

Preston hat Kinder. Ob er das bereut hat? Oder seine Frau? Er hat Söhne. Wird ihnen von ihm Zucker in den Hintern geblasen, weil es seine männlichen Nachfolger sind, so wie bei mir zu Hause? Nelson bekam sogar Puderzucker in den Allerwertesten, denn Haushaltszucker wäre für den Goldjungen ja zu kratzig gewesen.

Wie wäre es, wenn Preston eine Tochter hätte? Abstellgleis wie ich? Seit er mir die Geschichte mit seiner Schwester erzählt hat, kann ich mir nicht mehr richtig vorstellen, dass er ein Misogynist ist, wie ich es am Anfang dachte. Jemand, der Frauen hasst oder ablehnt, würde doch nicht so für seine Schwester eintreten.

Warum denke ich jetzt ausgerechnet über Preston nach? Manchmal habe ich das Gefühl, wir wären irgendwie verbunden. Mir gefallen seine Gedankengänge. Sie decken sich gelegentlich eins zu eins mit meinen oder regen zum Nachdenken an, da seine Gedanken komplex und tiefsinnig sind und von einem unterschwelligen sympathischen Humor zeugen, den ich ihm ebenfalls nicht zugetraut hätte.

Ich lege den Kopf in den Nacken und starre an die Decke, die von alten freigelegten Holzbalken geziert ist, passend zu den Ziegelsteinwänden des historischen Gebäudes, in dem sich meine Wohnung befindet.

Das ist alles Schwachsinn.

Nur weil er diese seltsam anziehende Ausstrahlung hat, mich herausfordert und auch noch verdammt gut küsst, befreit ihn das nicht davon, dass er ein gewissenloser Hund ist. Mir Sex anzubieten, obwohl er verheiratet ist … unfassbar.

Dieses Gefühl kommt garantiert daher, dass wir nun einmal Gemeinsamkeiten haben. Eine. Den gleichen Job, auf derselben Position. Ich würde mich mit jedem verbunden fühlen, der dort sitzt und bei dem der Altersunterschied nicht so groß wie bei Mortimer und Jacob ist.

JEDEM.

Ganz sicher.

Meine eigenen Haare kitzeln am Arm, da sie frisch gewaschen und geföhnt über meine Schultern fallen. Sie sind recht lang. Sollte ich vielleicht einen emanzipierteren Haarschnitt wählen? Damit konnte ich meine Mutter schon einmal als Jugendliche schocken.

Ein Mädchen mit kurzen Haaren, das bringt ihr Gehirn zum Verdampfen, da es so falsch für sie ist. Aber nein. Erstens sieht es so aus, als hätte ich das getan, weil Sebastian mich verlassen hat, und zweitens erinnere ich mich noch gut, wie schwierig kürzere Haare für mich zu frisieren waren. Und zu guter Letzt weiß ich selbst, dass Emanzipation nichts mit dem gewählten Haarschnitt zu tun hat, sondern damit, dass man ihn frei wählen kann.

Was denke ich überhaupt über Frisuren nach? Vielleicht weil Sebastians Neue kurze Haare trägt. Beim Schlussmachen fragte ich ihn, ob ich sie sehen darf. Ich musste einfach wissen, wie die Frau aussieht, die mich ersetzen wird. Er zeigte mir ein Foto von ihnen auf ihrem Facebookprofil. Da wurde mir erst richtig bewusst, dass er mich schon eine Weile betrügt. Unter dem Bild hatte sie irgendetwas von Topf und passendem Deckel geschrieben. Das lässt mich vermuten, dass ich eine Auflaufform sein muss.

Wenigstens schmeckt Auflauf lecker.

Mit einem Seufzen nehme ich die Mappe zur Hand, die ich mit nach Hause genommen habe, und schlage sie auf. Recht stolz lese ich mein Vorgehen, das ich für einen Mandanten geplant habe, und den dazugehörigen Vertragsentwurf. Stimmt die Gegenseite zu, können sie zu einem Schnäppchenpreis eine Firma aufkaufen und mit einer kleinen Änderung im Geschäftsbetrieb ihre Kosten massiv durch Eigenproduktion senken.

Mit gerunzelter Stirn lehne ich den Kopf erneut hinten an. Dieser Absatz gefällt mir nicht. Der Inhalt ist stimmig, aber irgendetwas ist bei der Grammatik nicht korrekt.

Leichte Kopfschmerzen verursachen ein Ziehen an der Schläfe, als wäre der Schädel zu eng für den heißgelaufenen Verstand. Die sechzehn Stunden, die ich heute in der Kanzlei war, zerren an meiner Konzentration.

Diese Gelegenheit könnte ich nutzen, um den Kontakt zu Dani zu suchen. Ich fotografiere die Stelle ab, umkreise den Satz, der für mich irgendwie seltsam klingt, ohne zu wissen, warum, und schicke ihn ihr.

Die Antwort folgt innerhalb von Minuten, in denen ich nur sitze und versuche, den Kopfschmerz mit reiner Willenskraft zu besiegen.

Dani: Doppelte Verneinung. Was ist los? Müde? Kaffee alle? Oder liegt es daran, dass es mitten in der Nacht ist?

Ich: So ungefähr. Danke. Du hast einfach recht. Wie dumm. Dabei möchte ich doch gar keine negative Formulierung an dieser Stelle. Du bist ein Schatz.

Dani: Guck mal. Das habe ich gekauft und das ist gleich die erste Seite!

Sie sendet mir ein Bild und ich klicke es größer. Ein Kinderbuch. Auf dieser Seite werden Zahlen erklärt. Beispielsweise ist da ein Apfel mit der Zahl eins. Den Fehler sehe ich sofort. Bei der Fünf sind nur vier Bananen abgebildet. Wie konnte das denn übersehen werden?

Ich: Hilfe. Ich hoffe, du kannst das zurückgeben.

Dani: Ich überlege, ob ich in meiner Auszeit selbst ein Kinderbuch veröffentliche. Ich habe tolle Ideen, nachdem ich durch ein paar geblättert habe. Der Mann einer Mandantin ist Illustrator. Er würde für mich zeichnen. Meins wäre auch garantiert fehlerfrei. Was sagst du dazu?

Mir wird kalt. Von Schriftsätzen zu Kinderbüchern? Ich öffne die Faust, die sich geschlossen hat und weshalb sich die Nägel in den Handballen bohren. Das ist nicht schlimm. Das ist schön. Sie findet andere Dinge, die sie begeistern. So muss es sein. Warum habe ich dann das Gefühl, ich bleibe stehen? Ich bewege mich doch vorwärts, erarbeite mir einen Namen, werde wer. Bin wer!

Dani: Ich rede nur von mir! Wie geht es dir?

Ich: Das ist nicht spannend. Erzähl mir, wie es dir geht. Sieht man schon etwas? Um ehrlich zu sein, werde ich deine Fachexpertise vermissen, aber ich will auf jeden Fall wissen, wie dein Buchprojekt vorangeht.

Dani: Meine Fachexpertise bekommst du trotzdem. Man sieht nichts, viel zu früh. Mir ist auch nicht schlecht. Ich pinkle manchmal zwischendurch über einen Schwangerschaftstest, weil ich das kaum glauben kann. Jetzt sag schon: Wie ist das Singleleben? Vermisst du Sebastian oder machst du die Männerwelt verrückt?

Mein einsames Auflachen hört sich in der stillen Wohnung falsch an.

Ich: Ich soll die Männerwelt verrückt machen? Ich sitze den ganzen Tag am Schreibtisch. Die Einzigen, die ich verrückt mache, sind gegnerische Anwälte.

Dani: Geh raus! Du kannst nicht den ganzen Tag am Schreibtisch sitzen! Du wirst depressiv! Los, lass dich ordentlich durchbumsen!

Ich: Durchbumsen? Bitte! Ich habe gepflegten Beischlaf. Wenn das deine Mutter hören könnte …

Dani: Selbstmord wegen Schande! Mindestens! Falls nicht Schlimmeres. Weißt du noch, als ich damals am Unibesuchstag ficken sagte?

Ich: Ich werde das nie vergessen. Ihr Gesicht hat sich zusammengeknautscht, bis es nur noch aus Falten bestand.

Dani: Ich frage mich, wie meine Eltern mich gezeugt haben. Mama hatte bestimmt dabei ihr Nachthemd an und wusste nicht, was mein Papa da tut.

Ich: Ich habe keine Ahnung, wie mein Vater einen hochbekommt, weil meine Mutter klischeehaft mit Lockenwicklern und einer Tonne Nachtcreme schlafen geht. Sie sieht aus wie ein Gespenst. Als Kind hatte ich Angst vor ihr.

Dani: O El! Sei nicht so verklemmt! Wer treibt es denn nur im Bett!? Du wurdest bestimmt im Büro deines Vaters auf einem Gesetzestext gezeugt. Das ist wie das Mathebuch unters Kopfkissen legen, bevor man schlafen geht, um bei einem Test besser abzuschneiden. Es hat auf dich abgefärbt.

Ich: Igitt. Bitte. Das Büro ist jetzt meins.

Dani: Also ich habe mir keine Gedanken gemacht, ob mein Vater einen hochbekommt ...

Ich tippe, als eine Sprachnachricht aufploppt. Nur Lachen. Lautes, hemmungsloses und albernes Lachen. Das steckt mich an und ich lache mit. Durch dieses fast gemeinsame Lachen fühle ich mich mit einem Schlag weniger allein. Das wärmt mich von innen und nimmt das Druckgefühl von mir. Die angefangene Nachricht wird gelöscht und ich schreibe etwas anderes.

Ich: Ich freue mich, dass du glücklich und voller Ideen bist. Ich schätze dich sehr. Du bist toll, und ich bin so froh, dich zu haben. Auch wenn es aus der Ferne ist.

Sie schickt mir eine ganze Reihe Herzen zurück.

Dani: Versprichst du mir, dass du ausgehst? Du brauchst Abwechslung. Hab Spaß mit Männern, dann vergisst du Sebastian schneller. Hab ein paar nette Gespräche, ein paar gute Schwänze (Penisse hört sich seltsam an, oder?) Und entspanne dich. Erinnerst du dich noch an meinen ultimativen Anbaggerspruch? Benutze ihn! Und berichte!

Ich: Ich werde mich bemühen.

Dani: Das heißt: Ja, liebe Dani, werde ich.

Ich: Ja, okay, Frau Mentorin: Ja, liebe Dani, werde ich.

Dani: Wundervoll. Wir hören uns. Ich muss ins Bett. Hab dich lieb!

Ich dich auch. Du weißt es nicht, aber du hast mir den Abend gerettet. Vor mir selbst und viel zu nutzlosen Gedanken. Eine Freundin wie Dani sollte jeder haben, dann sieht man das Leben leichter, lockerer und vor allem entspannter.

19

DANKE

Elaine

Ich bleibe an der Tür zur Kaffeeküche der Partner stehen, in der sich Jacob und Mortimer unterhalten, während beide energisch in Kaffeetassen rühren, als gäbe es Geld dafür.

»Was ist nur mit Preston los?«, fragt Jacob.

»Ich wundere mich auch. Das ist nicht seine Art.«

»Was machen wir mit dem Mandanten? Wir können ihnen unmöglich sagen, dass der Termin abgesagt ist, weil Preston sich um sein krankes Kind kümmern muss! Akintola versetzt man nicht. Ich würde den Termin selbst wahrnehmen, aber ich habe Besprechungen angesetzt, die ebenfalls nicht verschiebbar sind.«

Mortimer rührt noch energischer in der Tasse. Wäre es Teig, wäre der jetzt fertig. »Richtig! Wofür hat das Kind eine Mutter? Warum kümmert die sich nicht darum? Ich kann heute auch nicht.«

»Ja, absolut unverständlich. Er kann nicht einen unserer wichtigsten Mandanten wegen eines kranken Kindes versetzen!«

Das macht mich wütend. Sehr wütend. Diese Einstellung ...

Ich kenne sie zu gut. Ich weiß noch, wie mein Vater, jedes Mal wenn ich krank war, zu meiner Mutter sagte: *Halte das Kind von mir fern. Ich kann mich unmöglich anstecken.* Kein Wort des Trostes, nein, sah er mich, ist er sofort geflüchtet, als würde er sterben, falls er auch nur liebevoll in meine Richtung sieht.

Aus diesem wütenden Impuls heraus sage ich: »Ich übernehme Akintola. Ich bin mit dem Sachverhalt vertraut und weiß von Prestons Plänen, da er meine Expertise zu dem Fall wollte.«

Das Letztere stimmt zwar nicht, eher im Gegenteil, aber ich habe mich eingehend damit beschäftigt, da es A interessant war und B ich Preston möglicherweise Akintola irgendwann abluchsen wollte. Dieser Mandant wäre auf jeden Fall ein gewaltiger Prestige-Schub für mich.

»Elaine? Tatsächlich?« Mortimer sieht mich fragend an und trinkt endlich von seinem Kaffee, statt ihn zu Tode zu rühren.

Ich trete komplett in die Küche ein. »Ja. Ich benötige nur ungefähr zwei Stunden, um mich vollständig darauf einzustimmen, dann kann ich diesen Termin übernehmen. Das passt gut in meinen Tagesplan. Außerdem sehe ich es als Beweis, dass Preston und ich durchaus zusammenarbeiten können.«

Jacob sieht mich forschend über den Rand seiner Tasse an, wobei er den kleinen Finger abspreizt. Als Kind habe ich das auch getan, weil ich mich dabei wie eine Prinzessin fühlte. Das ist lange her, und trotzdem frage ich mich, ob er ähnliche Gefühle hegt. Prinzessin Jacob. Ich spüre, wie meine Lippen unter einem unterdrückten Lachen zucken.

»Ich weiß nicht …«, murrt er. »Sie sind es gewohnt, von einem Mann vertreten zu werden.«

»Ich bin nicht zu Showzwecken hier. Diese Mandanten werden innerhalb von zehn Sätzen von meiner Kompetenz überzeugt sein. Sie führen ein modernes Unternehmen und haben selbst Frauen in Führungspositionen. Keine Ahnung, wie du auf die Idee kommst, sie könnte mein Geschlecht stören.«

Er leckt sich nachdenklich über die obere Zahnreihe. »Da wir den Termin ungern absagen, übernimmst du ihn, Elaine. Insofern du dir sicher bist, dass du dich schnell genug komplett eingearbeitet bekommst.«

»Selbstverständlich.«

Ohne den geplanten Kaffee rausche ich davon, um mich darum zu kümmern. Das muss perfekt werden. Dieser Gedanke lässt mein Gesicht versteinern, nicht, weil ich es perfekt wünsche, sondern weil dieses Gefühl in mir wütet. Dieses hässliche Bauchzwicken, wenn ich mich herausgefordert fühle, mich beweisen zu müssen, obwohl es nicht nötig ist. Ja, es ist einer unserer wichtigsten Mandanten, aber es ist kein schwieriger Fall.

Meine Nägel bohren sich in die Handballen, weil mir ein wenig übel davon ist, wie sie mit mir gesprochen haben. Ich brauche ihre Erlaubnis nicht. Absprechen, wie wir vorgehen, fällt Preston aus, das ist normal. Aber dieses Gönnerhafte war herablassend. Wir sind gleichberechtigte Partner, auch wenn Jacob die inoffizielle Führerrolle innehat.

Warum macht mir das immer wieder so viel aus? Ich sollte mich längst daran gewöhnt haben. Manchmal bin ich müde davon, mich gegen gleichwertige männliche Kollegen zu behaupten. Dieselben Fehler sind bei mir gravierender, falsche Worte gewichtiger und immer dieses Nicken, als wäre klar, dass mir als Frau das passieren muss. Je mehr ich von meinen hohen Zielen sprach, desto kritischer wurde ich beäugt. Ich weiß nicht, wie Frauen es mental geschafft haben, diesen Kampf zu den Zeiten zu führen, als die Gleichberechtigung noch nicht so weit fortgeschritten war. Ich bin voller Respekt ihnen gegenüber.

Mit dem Herantreten an Alyssas Arbeitsbereich schüttle ich das ab. Konzentration auf das Ziel: Prestons Mandant zufriedenstellen.

»Alyssa, bitte sprechen Sie mit Gabrielle. Ich benötige alle Akintola-Unterlagen, da ich Prestons Termin heute übernehmen werde. Und wenn Sie so lieb wären, mir einen Kaffee zu bringen?«

»Ich bin auf dem Weg. Wie verfahren wir mit Ihren Terminen?«

Ich atme laut aus. Wir werden einiges verschieben müssen.

Sie erhebt sich von ihrem Platz und lächelt mich an. »Ich informiere Gabrielle, dann besorge ich Ihnen den Kaffee, und während Sie ihn trinken, besprechen wir die Terminplanung. Das haben wir in ein paar Minuten erledigt.«

»Danke.«

Sie bekommt ein verdientes Lächeln voller Dankbarkeit. Sie ist wirklich eine wertvolle Unterstützung.

Was beschwere ich mich eigentlich? Ich habe den Job, den ich liebe, lebe in einer Zeit, in der das möglich ist, habe die beste Mithilfe ... Besser kann es kaum sein.

»Danke«, wiederhole ich und öffne die Tür, um mich an die Arbeit zu machen.

Nach Mitternacht entspanne ich auf der Chaiselongue in meinem Büro und starre nach draußen durch die große Glasfront. Die Lichtemission in der Großstadt lässt es niemals ganz dunkel werden und Sterne kann ich auch nicht erkennen. Aber ich genieße die Stille der verlassenen Kanzlei, untermalt mit leisen Klaviertönen aus den Lautsprechern. Mein Rücken ruht bequem an der seitlichen Rückenlehne, die Beine habe ich ausgestreckt, und grundsätzlich fühle ich mich gut, weil alles einwandfrei gelaufen ist. Das Gefühl im Hals von meinem eigenen Brummen im Takt zur Musik entspannt mich zusätzlich.

Ein klein wenig ärgere ich mich allerdings über mich selbst. Ich hätte die Gelegenheit nutzen können und mich vor den Mandanten in den Vordergrund rücken. Stattdessen habe ich jeden Ruhm für die Ausarbeitung des Vorgehens Preston überlassen, sogar den für die zwei Punkte, die ich selbst hinzugefügt habe. Einfach weil ich dieses abfällige Gerede von den Alten so unmöglich fand.

Preston soll keine Nachteile haben, wenn er sich um seine Kinder kümmert, nicht wie die anderen Scheißkerle. Ich habe es nicht übers Herz gebracht, das auszunutzen.

Möglicherweise bin ich doch nicht skrupellos genug für diese Welt. Wahrscheinlich hätte er das gnadenlos ausgenutzt und sich danach noch über mich belustigt. Oder auch nicht. Manchmal kann ich ihn schlecht einschätzen.

Ich werfe einen Blick auf die Pumps, die neben mir auf dem Boden stehen. Sosehr ich diese Schuhe liebe, langsam muss ich sie ersetzen oder aufarbeiten lassen. Die Sohle sieht leicht abgenutzt aus. Obwohl das beim Gehen und meiner Art zu sitzen niemand erkennen kann, stört es mich.

Meine Füße schmerzen etwas, da ich viel gestanden bin, und ich reibe mit den von einer Seidenstrumpfhose bedeckten Fußsohlen über den Stoff der Chaiselongue, wozu ich an dem Glas mit Cognac sippe, das ich in der Hand halte. Der sich in meinem Mund entfaltende Geschmack fügt sich perfekt in die Ruhe ein, die ich mir gerade schaffe.

»Hey.«

Dieses eine leise gesprochene Wort erschreckt mich so sehr, dass ich die wenigen Tropfen haarscharf an den Atemwegen vorbei hektisch schlucke, wovon der Hals brennt, und ein Schockgefühl die Entspannung wie eine Welle aus meinem Körper spült. Ich dachte, ich wäre allein.

Langsam wende ich den Kopf und beobachte, wie Preston auf mich zukommt, während ich das Glas neben der Chaiselongue abstelle. Bis auf die gelockerte Krawatte sieht er noch wie heute Morgen aus, als ich ihn das letzte Mal sah. Nur etwas düsterer, da das gedämpfte Licht ihn in Schatten hüllt und er einen Anflug von Augenringen trägt.

»Wie geht es deinem Sohn?«, frage ich und empfinde meine eigene Lautstärke beim Sprechen als viel zu lärmend.

»Besser.« Sein Tonfall ist bei diesem Ein-Wort-Satz angepasster und voller zufriedener Ruhe, genau von der Art, die ich gerade noch hatte.

»Und jetzt ist er bei deiner Frau?«

»Nein, er musste zur Sicherheit im Krankenhaus bleiben.«

»Okay.« Ich sehe zurück nach draußen und lausche den Tönen, um die Entspannung wiederzufinden.

»Warum bist du noch hier?«

Meine Lider schließen sich, da das Klavierstück gerade perfekt mit seiner leicht rauchigen Stimme und der Satzmelodie seiner Frage harmoniert.

Es fällt mir schwer, die Lippen zu öffnen, da ich am liebsten weiter seine Stimme hören würde als meine eigene.

Trotzdem antworte ich ausführlicher als gedacht. »Mich entspannen. Es war ein langer Tag. Ich bin oft länger hier. Vielleicht ist dieses Büro mehr ein Zuhause geworden, als es meine Wohnung ist. Außerdem wollte ich später noch einen Schriftsatz überprüfen.«

Er geht neben mir in die Hocke und sieht mich an. »Ich erhielt einen völlig begeisterten Anruf, wie gut ich dich gebrieft hätte und wie exzellent meine Ideen wären. Zwei meiner Ideen kannte ich gar nicht.«

»Das ist doch schön, oder?«

»Warum hast du das getan? Das hat dich fast einen ganzen Arbeitstag gekostet und ich habe Lob für deine Arbeit kassiert. Mort und Jacob hätten den Termin bestimmt verschoben bekommen und ich hätte das irgendwie hinterher geklärt.«

Ich stelle das Glas auf den Beistelltisch und drehe mich auf die Seite, um ihn anzusehen. »Kannst du nicht einfach *Danke* sagen?«

Vielleicht hätte ich es ahnen müssen, möglicherweise habe ich es auch unbewusst provoziert, weil ich ihm den Kopf entgegen schiebe. Trotzdem bin ich überrascht, als er sich in einer fließenden Bewegung nähert und seine Lippen hart auf meine drückt.

Eigentlich öffne ich den Mund, um zu protestieren, doch als er mir die Zunge in den Mund schiebt, knallen alle Sicherungen durch, die meine Vernunft steuern und ich dränge ihm meine ebenfalls entgegen.

Er küsst mich nicht mit gekünstelter Leidenschaft, sondern seelenruhig und langsam erhitzend. Genau passend zu der immer noch laufenden Musik. Ungewollt brumme ich zufrieden, weil alles perfekt miteinander harmoniert.

Ich gebe es nicht gern zu, aber ich denke öfter an diesen Kuss, bei dem ich ihn in die Zunge gebissen habe. Der war nämlich besser als dieser alte Scotch und wie er mein Bein gepackt hat, seine energischen Bewegungen ... Es war wirklich knapp, mich nicht auf mehr einzulassen.

Er nimmt den Kopf leicht zurück, sagt: »Danke«, und der nächste Kuss ist dreckig, nass und tief. Und ziemlich geil. Er beugt sich weiter über mich, legt eine Hand auf mein Knie und schiebt sie von dort über die Strumpfhose unter das Kleid. Ich zucke zusammen, als er ohne langes Vortasten direkt zwischen meine Schenkel rutscht und über den Slip streicht. Selbst durch die zwei Lagen Wäsche verpasst mir das einen kleinen Stromstoß und ich stöhne leise an seinem Mund.

Soll sein Danke ein schneller Handjob für mich sein oder wie habe ich das zu interpretieren? Der Gedanke verfliegt genau dann, als er härter streicht, die Strumpfhose am Zwickel packt und mit einem energischen Ruck ein Ratschen zu hören ist. Seine gierigen Finger sind nur noch durch mein Höschen gedämpft, doch auch diese Barriere überwindet er und schiebt es zur Seite. Nun streichelt er mit dem Handballen über diese nackte, nasse Stelle, drückt, bewegt, dreht und ruckt. Die andere Hand zerrt das Kleid höher, soweit es in dieser Position möglich ist.

»Kondome?«, fragt er, küsst meinen Mundwinkel und stößt hart zwei Finger in mich.

Ich wedle mit einer Hand Richtung Handtasche, die neben der Chaiselounge steht. Sie steht sonst nie dort. Nie. Müsste er aufstehen, würde auch nur eine Sekunde aufhören, seine Finger an mir zu bewegen, wäre ich vielleicht beherrscht genug, um das hier wieder abzubrechen.

Diese teuflisch blauen Augen, die mich gerade mit einem gierigen Glitzern ansehen, halten mich gefangen, während eine Hand weiter meine Lust höher schraubt und mit der anderen in der Tasche wühlt.

Mich würde es nicht wundern, wenn er es auch noch einhändig überziehen würde, damit nichts die Kette unserer Handlungen abreißen lässt. Ich bin mir sicher, dass wir beide wissen, ein Hauch genügt und wir unterbrechen das.

Er steigt auf die Chaiselounge, kniet sich mit den Beinen rechts und links von mir über meinem Bauch und lehnt sich ein Stück zurück, um mich direkt weiter mit einer Hand zu erregen.

Ich sehe auf die Beule in seiner Hose, hoch in sein Gesicht und er nickt fordernd. »Auspacken. Einpacken.«

Diese kleine Reststimme der Vernunft verstummt, da ich jetzt wirklich ziemlich dringend diesen Schwanz sehen will, der sich dort wie eine Drohung abzeichnet.

Ich öffne Gürtel, Knopf ... und noch mehr Knöpfe, weil seine Hose einen geknöpften Hosenschlitz besitzt. Von Knopf zu Knopf entblößt sich mehr von dem darunterliegenden, an die Haut geschmiegten dunkelgrauen Stoff, der farblich auf seinen Anzug abgestimmt zu sein scheint.

Endlich kann ich ihm die Hose ein Stück über den Hintern zerren, den Stoff darunter gleich mit. Dadurch drücke ich seine Erektion lediglich zur Seite, weshalb sie unter der Unterwäsche verborgen bleibt. Ich taste mit den Fingerspitzen darüber. Nettes Teil. Selbst durch die Wäsche fühlt er sich erhitzt an, und ich nutze die ganze Hand, um fester zu streichen. Nur ein bisschen Stoff trennt mich von einer direkten Berührung. Es scheint nicht unbedingt etwas Besonderes zu sein, dass jemand dorthin greift, aber für mich schon. Denn ich wollte das nie.

Er packt mein Kinn und zwängt es nach oben, damit ich ihn ansehe.

»Tu es. Bitte. Danke.« Seine Augen bohren sich fordernd in meine, und ich packe ihn aus, berühre ihn mit beiden Händen, wobei sein Blick zu flackern scheint wie eine alte Glühbirne.

Bitte? Danke? Egal. Er lässt mein Kinn los, und ich bewege völlig triebgesteuert den Kopf, weil ich ihn kosten will. Ich kann meine Lippen durch unsere seltsame Position lediglich um die Spitze legen, aber das zischend-erregte Geräusch von ihm ist ein netter Ausgleich dafür.

Während ich das Kondom greife, das er neben mir abgelegt hat, bewege ich meine Zunge über die weiche Haut, taste ihn ab. Das Bändchen darunter, die glatte Fläche darüber. Erst als ich ansetze, ihm das Kondom überzuziehen, bemerke ich, dass er mich nicht mehr berührt, sondern mir zusieht. Seine Miene ist eine Maske aus purer Wollust und schickt mir eine Gänsehaut über den Körper.

Bewusst langsam rolle ich es über ihm ab, zupfe sorgfältig alles zurecht, überprüfe den Sitz, wozu ich seine Hoden in die Hand nehme und sanft drücke, als wäre das dazu wichtig.

Soll ich das wirklich tun? Mein Körper schreit Ja, diese Vernunftstimme kehrt allerdings fordernd zurück und verlangt energisch, dieses Teil zurückzupacken, wo es herkommt, und es wieder unter einer doppelten Lage Stoff zu verstauen.

Gott sei Dank scheint er Ähnliches zu denken, denn er rutscht weg von mir.

Meinen Irrtum bemerke ich erst, als er ein Bein von mir über seinen Unterarm legt, das andere ein Stück zur Seite schiebt und seine zweite Hand nutzt, um sich an der richtigen Stelle zu positionieren.

Mit einem unbeherrschten Vorschieben seiner Hüfte versenkt er sich in mir, was die letzten Ketten der Libido sprengt und sie die Kontrolle übernehmen lässt. Mein Becken drängt sich ihm entgegen, er stößt erneut zu und wir stöhnen synchron.

Er schiebt den zweiten Arm unter die Brücke, die sich an meinem unteren Rücken gebildet hat, und wiederholt das.

»Danke«, sagt er, beugt den Kopf und küsst mich erneut.

Unsere Zunge und unsere Unterleiber finden gemeinsam einen berauschenden Rhythmus, bis er mich fester packt und unangekündigt von der Chaiselounge trägt. Um das Gleichgewicht nicht zu verlieren, muss ich die Arme um seinen Hals verschränken und lande mit dem Hintern auf dem Schreibtisch.

Ein weiteres kratziges Danke aus seinem Mund überrollt rau meine Sinne; ergänzt, wie er sich immer wieder mit grober Kraft zwischen meine Schenkel drängt und mein Inneres mit einem unglaublich guten Schwanz verwöhnt.

Ein hingebungsvoller Kuss, ein heiseres Stöhnen. »Exzellent.«

Noch nie habe ich einen Mann exzellent stöhnen hören. Was soll ich zurückstöhnen? Formidabel? Gott, ja, das ist es. Formidabel ist gar kein Ausdruck. Ich schiebe eine Hand in sein dunkles Haar, kralle mich hinein, um mich an der Realität festzuhalten, die sich einfach aufzulösen scheint.

Beim nächsten Kuss packt er mich fester, bewegt sich auf die Glasfront zu, fickt mich dort dagegen, danach krachen wir gegen mein Bücherregal, hiernach gegen die nackte Wand, von der der große Kunstdruck fällt, da er aus der Aufhängung hüpft.

Er wechselt ständig den Ort, hält beide Oberschenkel von mir fest gepackt und vögelt mich ekstatisch durch mein ganzes Büro, als müsste er es mit Sex markieren. Wir wechseln kein einziges Mal die Stellung, aber ich will auch keine Sekunde auf die exquisite und immer wiederkehrende Dehnung von ihm verzichten. Er sieht mir abwechselnd ins Gesicht und küsst mich, wirkt dabei völlig entrückt, bis mein Hinterkopf gegen die Wand ruckt, weil ich von Lust überwältigt werde.

Die Playlist muss irgendwann zu Ende gewesen sein, denn ich höre nur noch mein Stöhnen und sein kratziges Keuchen.

Ich weiß nicht, wann ich das letzte Mal gekommen bin, ohne selbst Hand anzulegen. Ist das dieser Hirnfick? Unsere Dynamik? Der verdorbene Hauch wie beim Biss in den verbotenen Apfel? Irgendetwas davon lässt meine Dopamin-Ausschüttung völlig außer Kontrolle geraten, denn dieses berauschende Glühen hält mich fest umklammert.

Er drückt die Lippen an meinen Wangenknochen und murmelt: »Endlich ... schon ... endlich.«

Seinen Höhepunkt, der in meinen letzten Wellen aus ihm herausbricht, spüre sogar ich. Er scheint ebenfalls darin gefangen zu sein, denn das Zucken in mir hört ziemlich lange nicht mehr auf.

Direkt danach stellt er mich ab und marschiert zum Mülleimer, um das Kondom loszuwerden. Als er sich umdreht, ist nicht nur seine Hose geschlossen, sondern auch mein Kleid wieder an Ort und Stelle. Lediglich unsere etwas lädierten Frisuren dürften noch Zeuge unserer Nummer sein.

Er sieht mich seltsam an, weshalb ich sage: »Das Dankeschön war okay.«

»Okay ... Sie sagt, es war okay.«

»Hast du ein enthusiastisches Dankesschreiben erwartet?«

»Ich hatte die Hoffnung, wenn dich jemand anständig rannimmt, bist du danach weniger zickig.«

So ein unverschämtes Arschloch!

»Denkst du, die Kondome in meiner Handtasche bedeuteten, ich werde nie *anständig rangenommen*? Ich bin Single und nehme mir, was ich brauche, weshalb ich keinesfalls auf dich angewiesen bin. Aber nett, dass du dich um mich sorgst und mir behilflich sein möchtest.«

»Hm«, antwortet er mit einem süffisanten Grinsen. »Ich behaupte verwegen, dass noch welche da waren, bedeutet, sie kamen nicht zum Einsatz. Hab einen wundervollen Abend, Elaine.«

Das klingt genauso dämlich wie meine vorherige plumpe Erwiderung. Überhaupt alles, was wir gerade von uns geben, ist unglaublich unbeholfen und lächerlich, wenn ich ehrlich zu mir selbst bin.

Trotzdem spreche ich die nächste Sinnlosigkeit aus: »Nacht. Es ist Nacht.«

»Dann schlaf schön, kleine Hexe. Bis morgen. Und danke.«

Das Danke kam spöttisch, und vermutlich war das nicht mehr darauf bezogen, dass ich mich um seine Mandanten kümmerte, sondern dass ich ihn ranließ.

Ich wusste, das war ein Fehler!

Ich habe zugelassen, dass mich der Teufel verführt.

20

LÖWEN

Preston

Ich fahre wie ferngesteuert nach Hause.

Das war völlig irre. Ich hatte Sex mit der Hexe. Nach ihrer Abfuhr schwor ich mir, nie wieder auch nur einen Versuch zu unternehmen, egal wie sie mich reizt.

Was bin ich bloß für ein Mann? Werde scharf, weil eine Frau einen Termin für mich übernimmt und eine Verhandlung zu einem erfolgreichen Abschluss führt. Wobei ich immer noch nicht verstehe, warum sie das getan hat. Ich konnte kaum glauben, was ich am Telefon hörte, und erst als ich mir die unterschriebenen Verträge ansah, wurde es irgendwie Wirklichkeit in meinem Kopf.

Ich war eigentlich auf dem Flur, um nach Hause zu gehen, als ich sah, dass Licht bei ihr brennt, und fand sie dort. Zu genau weiß ich, was sie damit meinte, dass ihr Büro mehr ihr Zuhause ist als ihre Wohnung, kenne diesen Drang, auch spätnachts noch einmal Schriftsätze zu überprüfen oder etwas auszuarbeiten. Bevor meine Freunde zu mir zogen, war ich genauso. Sie haben mich auf ihre wenig charmante Art nahezu gezwungen, wieder ein Privatleben haben zu wollen. Es war eigentlich ganz leicht. Einfach gehen. Die

Arbeit ist am nächsten Tag immer noch da. Mehr an unsere anderen Anwälte abgeben, was ich nicht unbedingt persönlich erledigen muss. Diese Erkenntnis kam für meine Ehe zu spät, aber für diese Freundschaft nicht. Je länger ich mein Leben so gestalte, desto leichter fällt es mir.

Sie zu sehen, wie sie gelöst und entspannt auf der Chaiselongue saß, bis ich sie ansprach und ihre Hexenaugen sich vor Schreck weiteten, das hat etwas in mir ausgelöst. Den Rest übernahm irgendwie mein Unterbewusstsein.

Dieser Akt war für mich weit weg von *okay* und vermutlich war ich deshalb wegen ihrer Aussage etwas beleidigt. Das ärgert mich. Es kann mir völlig egal sein, wie sie es fand. Ich habe bekommen, was ich wollte. Ende.

Wobei das nicht ganz korrekt ist. Ich hatte nie vor, sie zu küssen, nie, mit ihr zu schlafen, einfach weil ich das innerhalb der Kanzlei für keine gute Idee halte. Schon dreimal nicht mit ihr, da mir von ihr immer wieder eine nicht unbedingt unterschwellige Verachtung entgegenschlägt.

Endlich zu Hause angekommen trete ich aus dem Aufzug. Bis auf eine Stehlampe ist alles dunkel im Wohnbereich.

Ryker liegt schlafend auf der Couch, Aiden zwischen ihm und der Lehne unter einer Decke.

Obwohl es ein Scheißtag war, schleicht sich ein Lächeln auf mein Gesicht, als ich auf die beiden hinabsehe. Ich dachte, Charlotte veralbert mich mit ihrem panischen Anruf, dass Jack Fieber hat und ich ihn ins Krankenhaus bringen muss.

Erst nach und nach bekam ich aus ihr heraus, dass sie mit ihrem Neuen auf einen Hinterwäldler-Anwaltskongress geflogen ist und unsere Kinder bei den Großeltern untergebracht hat. Es dauerte eine ganze Weile, bis ich verstand, dass sie damit meine Eltern meinte, und ich bin jetzt noch wütend, dass keiner es für nötig gehalten hat, mich zu informieren, dass meine Kinder in der Nähe sind.

Keine Ahnung, auf wen ich mehr zornig sein soll: auf Charlotte wegen dieser unterschlagenen Information oder auf meinen Vater, der sagte, dass Kinder ein bisschen Fieber aushalten müssen. Meine Mutter musste heimlich Charlotte anrufen, damit jemand etwas tut. Auf sie sollte ich auch wütend sein. Sie hätte direkt mich kontaktieren können.

Es wird eine Weile dauern, bis ich meinen Vater wiedersehen kann, ohne einen Drang zu verspüren, ihm die Faust in sein Gesicht zu schmettern. Ein Kind mit lebensgefährlich hohem Fieber nicht zum Arzt zu lassen. Das ist so ... Dafür gibt es keine Worte.

Ich hatte Furcht, dass Jack nach seiner Mutter verlangt, aber im Gegenteil: Sobald das Fieber etwas zurückging, sah er seinen Aufenthalt im Krankenhaus als Abenteuer und forderte, dass ich gehe, da er keinen Aufpasser braucht. Trotzdem wollte ich dortbleiben. Er ist noch zu klein, um allein dort zu übernachten, und seine Stimmung kann rasch kippen.

Die Schwestern beteuerten jedoch, dass sie auf ihn achten und mich sofort anrufen, sollte etwas sein. Außerdem muss ich mich um Aiden kümmern. Denn eins ist klar: So schnell bekommen meine Eltern die Kinder nicht wieder.

Nachdem ich Aiden in seinen Schlafanzug packte, wollte ich ihn ins Bett bringen, aber er bekam einen Heulanfall, weil sein älterer Bruder nicht da ist. Er hat natürlich mitbekommen, dass mit Jack etwas nicht stimmt, und das hat ihm Angst gemacht. Ryker erzählte ihm zur Ablenkung Tiergeschichten, bis Aiden seine bewundernd weit aufgerissenen Augen auf der Couch zugefallen sind.

Vielleicht muss ich deshalb lächeln. Er hat nicht nur meinen Sohn mit Geschichten abgelenkt, die ich nicht beherrsche, sondern, kaum dass er geschlafen hat, gesagt: »Los, verzieh dich in dein Büro. Du musst doch sicher prüfen, ob der Laden noch steht. Ich bleibe bei ihm.«

Da ich weiß, dass Aiden ihm vertraut und Ryker ihn wie eine Löwenmutter beschützen wird, selbst vor bösen Großvätern und schlimmen Albträumen über große Brüder im Fieberwahn, ging ich tatsächlich los.

Vorsichtig hebe ich Aiden hoch und ziehe die Decke über Ryker, um danach in meinem Schlafzimmer zu verschwinden. Ich lege Aiden aufs Bett, wechsle zügig den Anzug gegen einen Pyjama und lasse die Tür zum angrenzenden Badezimmer geöffnet, damit ich hören kann, falls er aufwacht, während ich mir die Zähne putze.

In langsamen Bewegungen, um ihn nicht zu wecken, schlupfe ich unter die Decke und ziehe seinen kleinen, warmen und vom Schlaf schlaffen Körper an mich. Wenn er nicht allein sein möchte, will ich es auch nicht.

Mein Gesicht verschwindet in seinen weichen Haaren, die immer noch nach Baby riechen, und ich frage mich, wie ich so lange darauf verzichten konnte, meine Söhne eng bei mir zu haben. Hätte Charlotte mich mit der Trennung nicht wachgerüttelt, wäre es für immer so weitergegangen. Meine eigenen Kinder wären zu Fremden aufgewachsen.

Aiden seufzt im Schlaf und ich küsse seine Stirn.

Er schmatzt mit den Lippen und seufzt noch einmal. Ich hoffe, er träumt etwas Schönes.

»Löwe«, murmelt er, weshalb ich leise lache. Rykers Geschichte über den Löwen, der sich auf Kommando hinsetzt und winkt, scheint ihn zu beschäftigen.

Sein Rücken spannt sich unter meiner Hand an und er schlägt die Augen auf. Sie leuchten blau wie ein gedämpftes Babynachtlicht und mustern mich sowohl verschlafen wie auch misstrauisch.

»Wo ist Onkel Ry?«

»Er liegt auf der Couch und plant im Schlaf die nächste Löwenzähmung.«

»Onkel Papa auch brav mit Löwen?«

»Nein. Ich versuche, Hexen zu zähmen. Hexen mit grünen Augen.«

»Hexen sind böse. Onkel Papa darf nicht mit Hexen!«

Das war nicht so klug von mir. Ich beschwichtige ihn: »Diese Hexe nicht. Sie tut nur böse, aber eigentlich ist es eine liebe Hexe, die anderen hilft. Sie hat mir geholfen, weshalb ich sicher besser schlafen kann.« Das war doppeldeutig. Doch das versteht er zum Glück noch lange nicht.

»Hat Hexe Süßigkeiten?«

Warum ist er so niedlich? So verschlafen spricht er schlechter, aber ich will ihn nicht verbessern.

»Das weiß ich nicht. Es ist eine süße Hexe. Vielleicht dürfen wir sie ablecken.« Okay, jetzt wird es pervers.

Ich küsse ihn noch einmal auf die Stirn. »Schlaf, Aiden.«

»Nicht weggehen.«

»Nein. Ich bin immer da, wenn du das willst.«

»Mama auch?«

»Ja, Mama auch. Sie ist auf dem Weg hierher. Gleich nach dem Schlafen holt sie dich ab und dann geht ihr zusammen zu Jack. Er darf morgen nämlich wieder nach Hause.«

Eigentlich wollte ich für morgen alle Termine absagen und von hier aus arbeiten, um auf die Kinder aufzupassen. Erst hat es mich verärgert, dass Charlotte mir nicht zutraut, mich um den kranken Jack zu kümmern. Aber ich meine, verstanden zu haben. Es liegt nicht nur an mir, sie findet den Gedanken einfach unerträglich, dann nicht bei ihnen sein zu können.

Aiden schließt die Augen, krallt sich in mein Pyjamaoberteil und murmelt eine halbe Minute später wieder: »Löwe.«

Das bezieht sich sicher nicht auf mich, obwohl ich mir wünsche, er könnte mich als Löwenpapa sehen. Aber ich schaffe es ja nicht einmal zurück von Onkel Papa zu Papa.

»Ich hab dich schrecklich lieb«, flüstere ich so leise, dass es fast nur ein Gedanke ist. Wann habe ich ihm das das letzte Mal gesagt? Habe ich das je ausgesprochen? Weiß er es trotzdem?

»Es tut mir leid, dass ich so ein mieser Vater bin«, offenbare ich ihm, obwohl er auch das nicht mitbekommt.

In Zukunft soll er es von mir hören. Nicht, dass ich ein mieser Vater bin, sondern dass ich ihn lieb habe.

Ich glaube, das ist wichtig.

21

UMGANG

Elaine

Heute bin ich Preston noch nicht begegnet. Allerdings ist es früh und vermutlich war ich an diesem Morgen die Erste hier. Ich konnte nicht schlafen. Mit dem Mann einer anderen Sex gehabt zu haben ... das ist so schäbig. Meine Moralvorstellungen sind strikt: Finger weg von vergebenen Männern. Es gehören immer zwei dazu, aber für mich stellt mich das auf eine Stufe mit einem Betrüger, auch wenn manche das anders sehen wollen.

Das hässliche Wissen, gegen meine eigenen sittlichen Werte zu verstoßen, hielt mich lange wach. Zugegebenermaßen auch die Erinnerung an diesen Fehltritt. Kaum waren unsere Lippen verwoben, verlor ich daran keinen Gedanken mehr. Das war viel zu fließend, zu berauschend, zu perfekt.

Keine Ahnung, wie ich mit ihm umgehen soll. Ich hoffe nur, dass er mit dem *Vorfall* gestern so umgeht, wie ich ihn mir wünsche: nicht existent.

Der Umschlag mit den nächsten Fragen liegt am Rand des Schreibtischs und wirkt wie eine Bedrohung. Braunes, edles

Papier, als wäre der Inhalt wertvoll oder von schwerwiegender Wichtigkeit.

Ich habe Alyssa mit Gabrielle einen Termin vereinbaren lassen, an dem wir beide Zeit haben. Was in weniger als fünf Minuten ist. Bevor der Tag richtig beginnt, ist einfach die beste Möglichkeit für so einen Unsinn und am ehesten Platz für spontane Termine.

Da ich nicht will, dass wir dieses Unterfangen bei mir durchziehen, an dem Ort, an dem ich nirgendwo hinsehen kann, ohne daran zu denken, dass er mich dort genommen hat, gab ich vor, dass wir das in seinem Büro erledigen. Neutrale Zone. Zu-bereuender-Sex-freie-Zone.

Sorgfältig stoße ich einen Stapel Papiere auf und schiebe ihn zurück in die Mappe, um diese auf die Ablage zu legen. Danach gibt es kein Entkommen, kein Aufschieben mehr. Ich greife mir den Umschlag und mache mich auf den Weg.

Preston steht mit der Hüfte an Gabrielles Bereich gelehnt, und sie sprechen miteinander, weshalb ich ein paar Schritte entfernt stehen bleibe. Er scheint gerade angekommen zu sein, denn er hat einen Mantel über dem Unterarm hängen.

»Bei dem Meeting um 11 Uhr nimmt der Vorstandsvorsitzende teil. Sie werden deshalb im fünfzehnten, statt vierzehnten Stock erwartet.«

»Ah, sehr gut. Dort gibt es auch besseren Kaffee.«

»Außerdem konnte ich Mikel mit der Telefonkonferenz dazwischenschieben. Er meldet sich Punkt 15 Uhr.«

»Das werden wir sehen. Ich wette, es werden genau zehn Minuten später, da ihm das das Gefühl gibt, ich muss auf ihn warten. Er ist Fan von Machtspielchen. Was er nicht bemerkt, ist, dass er viel zu leicht zu durchschauen ist.«

»Ich kann ihn nicht leiden.«

»Sie können jeden nicht leiden, der unfreundlich ist. Schöne Blumen.« Er deutet auf einen wirklich schönen und üppigen Strauß.

Mein Fuß wippt ungeduldig, obwohl ich zwei Minuten zu früh bin, weil es sich so gehört, und ich möchte sie bei dem morgendlichen Abgleich nicht stören ... Aber können sie endlich fertig werden?

»Ja, wundervoll, nicht? Der wurde bereits vor meinem ersten Tee geliefert. So startet man gern in den Tag. Vielen Dank dafür.«

»Ist er etwa von mir?«

»Wie jedes Jahr zu meinem Geburtstag. Ich bin Ihre Anwaltsgehilfin. Und mein Anwalt braucht dringend Hilfe, jedes Jahr an den Geburtstag seiner Sekretärin zu denken.«

Sein dunkles, etwas raues Lachen beansprucht Platz in meinem Gehörgang und arbeitet sich durch mich hindurch. Dieses Lachen hört man selten von ihm. Ein ehrliches Geräusch, ohne Kalkül oder Absicht.

»Ich weiß. Sie sind die Beste. Ohne Sie würde ich zugrunde gehen. Deshalb ...« Er greift in die Innentasche seines Sakkos. »Hier, Gabrielle. Ich habe keine Ahnung, was sich eine erstklassige Sekretärin wünscht, wenn ich sie nicht fragen kann, aber das ist ein Gutschein für den Laden, in dem Charlotte immer ihr Handtaschensortiment erweitert hat. Gerüchte sagen, Frauen mögen Taschen.«

Sie greift danach, strahlt über das ganze Gesicht und fragt: »Oh, hat Charlotte etwa genug Taschen oder warum die Vergangenheitsform?«

»Nein, sie ...«

»Entschuldigen Sie. Ich weiß. Sie wird woanders shoppen gehen. Das ist auch besser so. So bleibt mehr Auswahl für mich. Vielen Dank. Sie haben noch nie an meinen Geburtstag gedacht. Warum dieses Jahr?«

»Ein Freund fragte mich vor längere Zeit, ob Sie meine beste Freundin wären. Möglicherweise hat er recht. Wer kennt mich schon besser als die Frau, die meinen Terminkalender führt und sogar meine persönliche Korrespondenz erledigt?«

»Falls Sie jetzt noch mit mir flirten, bekomme ich einen Herzinfarkt. Ich könnte Ihre Mutter sein.«

»Alles, was mir dazu einfällt, würde als unschicklich gelten.«

Sie lacht. »Sie sind ein degoutanter Schleimer.«

»Ich? Niemals. Ich erhoffe mir ein Feedback zu meinen Flirtkünsten. Sie wissen doch, dass ich nach ständiger Verbesserung strebe.«

Erneut lacht sie und hebt mahnend den Zeigefinger. »Gehen Sie arbeiten. Ich habe Ihnen genügend weitergeleitet. Außerdem steht Ihr erster Termin hinter Ihnen.«

Er dreht sich langsam um, und ich werde stocksteif, als mich ein forschender Blick trifft, der komplett über mich schweift, als würde er sich mich nackt vorstellen. Bedauerlicherweise bringt mich der Gedanke, er könnte das tun, zum Schwitzen, und je trockener mein Mund davon wird, desto feuchter wird mein Slip.

Diese körperlichen Reaktionen sind unerwünscht und fehl am Platz!

Er leckt sich nachdenklich über die Unterlippe und streicht sich über das glatt rasierte Kinn. Ich sah noch nie auch nur einen einzigen Stoppel in seinem Gesicht und diese perfekte Rasur betont seinen elegant geschwungenen Kiefer und lenkt die Aufmerksamkeit auf seine fast zu schmalen Lippen, die viel zu gut geküsst haben.

Falsche Reaktionen, falsche Gedanken!

Um den aufkommenden Ärger über mich selbst loszuwerden, sage ich spöttisch: »Warum siehst du mich so an, als müsstest du überlegen, woher du mich kennst? Ich bin Elaine Ward. Mein Büro ist nur einen Katzensprung entfernt.«

»Guten Morgen, Elaine.«

Das klang, als könnte er den Spott nicht hören, und da er genauso unangebracht war wie meine Gedanken und höchst überflüssig gleich am Morgen, erwidere ich, als hätte ich das nicht gesagt: »Guten Morgen, Preston.«

Er hält mir die Tür zu seinem Büro auf, und ich schlüpfe

hindurch, um sogleich Platz zu nehmen und die Fragen aus dem Umschlag zu ziehen.

In einer gleitenden Bewegung lässt er sich mir gegenüber auf dem Bürostuhl nieder und lehnt sich zurück.

Ich bleibe aufrecht sitzen und halte mich an dem Stück Papier fest, abwartend, was und ob etwas von ihm zu gestern kommt. Ein spöttischer oder abwertender Kommentar. Eine Frage dazu. Irgendetwas. Ich wünschte, es wäre so, damit ich irgendwie reagieren kann, statt zu warten.

Etwas Belustigtes zuckt durch sein Gesicht, woraufhin er sagt: »Entspann dich. Oder sind die Fragen heute so schlimm? Hast du sie dir schon angesehen?«

»Nein.«

»Können wir loslegen?«

»Ja.«

»Gibt es neue Regeln? Beispielsweise nur noch in Ein-Wort-Sätzen zu antworten?«

Ein kindisches *Blödmann* liegt mir auf der Zunge. Dafür hätte ich doppelten Spott verdient. Zuerst für das Wort und dann, dass ich genauso einsilbig antworte, wie es ihn bereits belustigt hat.

»Schalte das Aufnahmegerät an. Sonst müssen wir sie zweimal durchgehen.«

Er greift in eine Schublade und zieht es heraus, wonach er eine Hand an den Krawattenknoten legt und ihn zurechtrückt, obwohl er perfekt saß. Das hat etwas von Vorbereitung auf einen Kampf.

Umgehend lese ich die erste Frage vor: »*Was ist für dich in einer Freundschaft das Wichtigste?*«

Eine schwierige Frage. Früher hätte ich behauptet, gemeinsame Interessen. Wie mit Dani. Mittlerweile nimmt die Kindersache immer mehr Raum in ihrem Leben ein. Trotzdem lachen wir bei unserem Nachrichtenaustausch und haben uns weiterhin etwas zu sagen. Das lässt mich in der Zwischenzeit zuversichtlich sein, dass unsere Fern-Freundschaft auch noch Bestand haben kann, wenn sie Mutter ist. Ihre Art zu erzählen ist die gleiche geblieben, egal ob über Mandanten oder ihre neuen Bekannten aus dem Geburtsvorbereitungskurs, den sie jetzt schon unbedingt besuchen möchte. Diesen Gedanken hatte ich nach einem Chat vor ein paar Tagen. So töricht, wie es klingt, hat mich diese Erkenntnis ehrlich erleichtert. Ja, sogar glücklich gemacht. Sie bleibt meine Freundin, egal was sich in unseren Leben ändert.

Preston reißt mich aus den Überlegungen. »Denkst du nach oder lässt du mir den Vortritt?«

»Oh, entschuldige. Ich musste darüber nachdenken. Möglicherweise sich nicht auszuschließen. Das Gefühl zu bekommen, zum Leben des anderen zu gehören, selbst wenn man nicht viel Raum darin einnimmt. Und für dich?«

»Zuerst dachte ich: Ehrlichkeit. Dann entschied ich mich für absolute Verlässlichkeit. Aber das ist ein Teil von Ehrlichkeit, oder? Oder ist die Behauptung seltsam?«

»Nein. Ich glaube, das könnte Hand in Hand gehen. Antwort akzeptiert.«

»Das macht mich zu einem sehr glücklichen Mann.«

Ich schnaube und lese die nächste Frage vor. »*Wenn du dir die schönsten Momente deines Lebens vorstellst. Welcher Moment ist deine schönste Erinnerung?*«

Er reibt sich die Schläfe. »Ich mag diese Frage nicht. Warum muss ich mich für einen entscheiden? Wahrscheinlich müsste ich jetzt so etwas antworten wie: *als ich das erste Mal meine Kinder im Arm hielt* oder *meinen Hintern auf diesen Stuhl setzen zu können.* Aber um ehrlich zu sein, waren es manchmal recht kleine, für andere unbedeutend wirkende Momente, die für mich schöne Erinnerungen sind. Darunter möchte ich mich auch nicht entscheiden. Es sind zu viele wertvolle.«

»Und erst in der Gesamtheit ergibt sich ein großes Bild, das einem echte Zufriedenheit schenkt.«

Er sieht mich verwundert an. »Ja, richtig. Genau so war es gemeint. Die Summe potenziert jede Einzelne davon.«

»Ich musste letztens darüber nachdenken. Es war unter

anderem nur eine kleine Erkenntnis, doch alles zusammen hat mich glücklich gemacht.«

»Und welche Erkenntnis war das?«

Die Erkenntnis, der Freundschaft von Dani sicher zu sein, dazu kam, einen neuen hochwertigen Mandanten für die Kanzlei gewinnen zu können. Meinen ersten und das geschafft zu haben, war auch ein schönes Gefühl. Beim Ausgehen festgestellt zu haben, dass ich keine Probleme habe, Menschen zumindest flüchtig kennenzulernen, ebenso. All diese Dinge gemeinsam haben mir ein paar Tage durchgehend Glücksgefühle geschenkt.

Doch all das möchte ich nicht mit ihm besprechen, nicht nach gestern. Es kommt mir falsch vor nach der körperlichen Intimität, intime Gespräche zu führen. Das ist zu viel. Ich muss mich unbedingt von ihm distanzieren.

Deshalb sage ich recht harsch: »Nach dieser Erkenntnis wird im Fragebogen nicht verlangt. Die nächste Frage. *Da leider nicht immer alles gut läuft im Leben: Was ist deine schlimmste Erinnerung?* Gestern.«

Die Antwort kam spontan. Und unüberlegt. Spontan unüberlegt. Zwei Worte, die ich auf meine Aussagen nicht gern zutreffen lasse. Warum habe ich das gesagt? Gerade habe ich mich entspannt, da er so tut, als wäre nichts geschehen. Was auch irgendwie zu ihm passt. Abgehakt. Weiter zur Nächsten. Eine von vielen. Vielleicht hat er es sogar über Nacht vergessen. Was weiß ich, wie oft er sich Frauen vornimmt und dann zurück in seine Ehe huscht, als wäre nichts gewesen.

Er lächelt. »In diesem Fall werde ich mir diese Frage gleichfalls einfach machen und ebenfalls antworten: gestern.«

Schön, wie einig wir uns doch sind.

Um das nicht näher zu thematisieren, widme ich mich der nächsten Frage. »*Stell dir vor, du wüsstest mit Sicherheit, dass du in einem Jahr stirbst. Würdest du etwas an deiner Lebensweise ändern? Was und warum?*«

»Solch hypothetische Fragen nerven mich. Allerdings kann ich sie beantworten. Zwar dachte ich nicht, ich sterbe, trotzdem habe ich mein Leben umgekrempelt, da mir manche Dinge bewusst wurden. Vermutlich hätte ich Ähnliches mit dem Wissen meines Todestags getan.«

»Und was?«

»Im Grunde lässt sich alles damit zusammenfassen, dass ich besser auf mich achte. Darauf, dem Raum zu geben, was mich glücklich macht.«

Natürlich gibt es eine egoistische Antwort von ihm. Kein Wunsch, in dem Fall etwas Bedeutsames zu hinterlassen oder möglicherweise dieses Jahr seinen Kindern zu widmen. Nein, es geht nur um sein Glück.

»Ich würde aufhören zu arbeiten.«

»Und dann?«

»Wie meinst du das?«, frage ich.

»Was tust du, wenn du dieses Jahr nicht arbeitest?«

»Vielleicht eine Weltreise, bei der ich überlege, welcher Organisation ich mein Geld hinterlasse, um etwas verbessern zu können.«

Er schnaubt verächtlich.

»Was ist daran auszusetzen?«

»Denkst du, ein bisschen Geld macht die Welt besser? Warum so weit weg? Weshalb überlässt du dein Vermögen nicht jemandem, der dir wichtig ist, damit sich diese Person möglicherweise einen Traum erfüllen kann?«

»Aha. In deinem letzten Jahr nur auf dich zu achten, ist natürlich eine bessere Antwort, als mein Geld spenden zu wollen.«

»Ja, finde ich schon. Ich würde das knallhart ein Jahr durchziehen. Mich macht es glücklich, wenn ...«

Er spricht nicht weiter, weshalb ich nachhake: »Was macht dich glücklich?«

Er überlegt viel zu lange und ich spekuliere: »Dir ist die Antwort peinlich, und deshalb denkst du dir jetzt eine möglichst tolle Aussage aus, die mich beeindrucken soll, damit du dich mir überlegen fühlst.«

»Ja, du hast einfach recht. Ehrlich ist nämlich, dass es mich glücklich macht, wenn Menschen, die ich mag, mich ebenfalls mögen und glücklich sind. Bitte schön. Die Antwort mag peinlich sein, ist aber deiner auf jeden Fall überlegen.«

»Ja, sie ist peinlich. Sie zeugt davon, dass du dir nur selbst wichtig bist. Alles, was du tust, ist bloß für dich.«

Was ich sage, stimmt, aber wir Menschen sind egoistische Wesen und sein Gedanke, durch das Glück anderer selbst Freude zu empfinden, ist eine schöne Auffassung.

Das kann ich auf keinen Fall zugeben. Nicht, weil ich nicht zugeben kann, unrecht zu haben, sondern weil mich seine Antwort traurig stimmt. Gibt es jemanden, dem mein Glück Freude schenkt? Bei wem habe ich das? Schon wieder fällt mir Dani ein. Es ist deprimierend, dass ich bei so etwas bloß an eine Person denken kann. Nur an eine einzige. Eine.

»Ja, wenn du meinst«, antwortet er und atmet laut aus. »Nächste Frage bitte.«

Ich darf nicht zulassen, dass ich etwas Abwertendes über eine gute Aussage von mir gebe, nur weil ich nicht fähig bin, Menschen Glück zu schenken.

»Preston? Deine Antwort war besser als meine. Durchdachter.« Sofort lese ich laut und nachdrücklich vor, damit er nicht darauf eingehen kann. »*Was für eine Bedeutung hat Freundschaft in deinem Leben*? Wir hatten doch bereits eine Freundschaftsfrage, oder?«

»Ja und deshalb können wir es knapp ausfallen lassen. Eine wichtige.«

»Superwichtige«, stimme ich zu, froh, dass wir es in Kurzfassung hinter uns bringen. »*Wie würdest du die Rolle, die Liebe und Zuneigung in deinem Leben spielen, einschätzen*? Du bist dran.«

»Höher als gedacht.«

»Aha. Was bedeutet das?«

»Nichts, was ich hier erörtern möchte. Und bei dir?«

»Keine.«

»Keine? Veralberst du mich?«

Bevor ich antworte, sehe ich zu, wie er durch den Raum blickt und sich dabei unter dem Kinn entlangstreift. Eine traurige Aussage, jedoch eine wahre. Aber warum sollte ihn das interessieren?

»Ich bin Single. Schon vergessen?«, rechtfertige ich mich.

»Elaine.« Er rutscht näher und legt die Unterarme auf dem Schreibtisch ab. »Ganz im Ernst: Liebe und Zuneigung gibt es nicht nur von einem Partner. Behauptest du tatsächlich, du hast niemanden? Was ist mit deinen Eltern? Keine Freunde?«

»Doch, bestimmt lieben meine Eltern mich. Auf ihre Art.«

Er streckt den Arm über den Tisch und greift meinen Unterarm. »Es gab eine Zeit, da hätte ich ähnlich geantwortet wie du. Wahrscheinlich so etwas wie: *Die, die sie spielen muss.* Aber das ist nicht richtig. Niemand sollte so eine Antwort geben. Du bist immer ewig hier. Geh raus und lerne ein paar Menschen kennen, damit du das nächste Mal, wenn dir jemand so eine Frage stellt, anders antworten kannst. Ich kann dir aus eigener Erfahrung berichten, dass unsere Büros nicht das sind, was uns am Ende glücklich machen wird. Ein Teil dessen. Unser Beruf darf nur ein Teil dessen sein.«

Ich blinzle und bemerke einen unangenehmen Druck hinter den Augen, davon, wie ernst und eindringlich er spricht. So viel gewichtig klingende Worte. Ähnlich wie Danis. Dani. Ja, bei ihr habe ich ein Zuneigungsgefühl, fernab von dem einer romantischen Beziehung. Er hat recht. Zuneigung und Liebe existieren nicht bloß in Partnerschaften.

Nach einem Räuspern antworte ich: »Danke. Ich glaube, ich habe tatsächlich jemanden, den ich sehr gernhabe.«

»Schnapsflaschen zählen nicht, das weißt du, oder?«

»Wie bitte?«

Er nimmt die Hand von mir, deutet mit einem schrägen

Lächeln auf die Wodkaflasche und die Pralinen, die auf seinem Beistelltisch stehen. Die gleichen Dinge, die ich gestern ebenfalls vom vermutlich selben Mandanten bekommen habe. Wofür weiß ich nicht genau. Wir machen doch nur unseren Job.

Dieser Scherz verdrängt die enge Kehle, und ich frage mich, ob er diese Äußerung von sich gab, weil er bemerkt hat, dass seine Aussage mich mitnimmt, oder er lediglich wie gewohnt gespottet hat.

Egal, was der Grund war, ganz möchte ich das Thema noch nicht abschließen, weil mich etwas interessiert. »Das loszuwerden schien dir wichtig zu sein. Wie hast du es bemerkt? Dass irgendetwas falsch läuft? Kann man das so nennen?«

»Charlotte hat mich wachgerüttelt. Es kostet gelegentlich etwas Überwindung, sich von der Arbeit loszusagen, aber es lohnt sich. Wie lautet die nächste Frage?«

Neben der Flasche und den Süßigkeiten habe ich auf dem Beistelltisch etwas gesehen, was mich nicht mehr loslässt. Ich erhebe mich kurz, um mir das Buch zu greifen, das dort liegt.

Er sieht mir zu und fragt: »Was willst du denn mit einem Buch über Kindererziehung? Schwanger? Von mir kann es nicht sein.«

Dafür hätte er einen bösen Blick verdient, aber ich blättere bereits durch die Seiten, wobei ich antworte: »Nein. Eine Freundin hat dieses *Problem*. Darf ich mir das leihen?«

Ich überfliege das Inhaltsverzeichnis. Hauptsächlich handelt das Buch davon, wie man mit Kindern umgeht, damit sie sich selbst entfalten können, wenn ich das richtig erfasse. Lese ich das, sollte ich besser verstehen, wovon Dani spricht.

»Die meisten, die über Freunde reden, die irgendein Problem haben, meinen sich.«

Schmunzelnd sehe ich auf. »Nein. Ich bin direkt. So war das auch nicht gemeint. Es ist kein Problem. Im Gegenteil, sie freut sich sehr darüber. Aber falls du Ratschläge erteilen möchtest: Was würdest du mir raten, wenn ich erzähle, dass eine Freundin ein

Problem mit einem Mann hat, mit dem sie in der gleichen Firma arbeitet?«

»Was hat sie denn für ein Problem mit ihm? Ist er zu attraktiv?«, fragt er trocken und legt den Kopf schräg.

»Nein. Er schafft es, sie immer wieder mit unmöglichem Verhalten außer Contenance zu bringen.«

»Sag ihr, sie sollte auf keinen Fall mit ihm schlafen.«

»Das ist wirklich ein guter Rat. Wir werden doch noch Freunde, wenn wir uns schon hilfreiche Lebenstipps geben. Und nun? Leihst du mir das Buch oder muss ich es mir selbst kaufen?«

»Willst du es tatsächlich für eine Freundin lesen?«

»Eigentlich traf ich vor ein paar Tagen einen Mann, der zu mir sagte, ich sehe aus wie eine gute Autofahrerin. Das hat mich überzeugt. Wir sind nun verlobt und planen Kinder. Gefällt dir die Antwort besser?«

Er kneift sich in die Nasenwurzel und lacht leise. »Dieses Kompliment ist so seltsam wie auch … interessant. Aber meine Frage war nicht spöttisch gemeint. Das ist eine lobenswerte Absicht. Du kannst es geschenkt haben. Ich bin bereits durch und habe mir die wichtigsten Punkte notiert. Nun weiter mit den Fragen.«

»Danke. *Sagt euch abwechselnd, welche positiven Charakterzüge Euer Gegenüber hat. Jeder soll dabei 5 nennen.* Ich denke, ich muss beginnen. Zielstrebig. Du bist auf jeden Fall zielstrebig.«

»Du auch.«

»Weiter?«

»Das war meine Antwort. Du bist wieder dran. Nummer zwei.«

»Du möchtest aber nicht einfach alles wiederholen, was ich über dich sage?«

»Falls es passt, werde ich das so handhaben. Warum mehr Aufwand betreiben?«

»In Ordnung. Deine Ausstrahlung ist wahnsinnig charismatisch.«

Er lächelt. »Sarkasmus ist wahrscheinlich knapp an der Arbeitsanweisung vorbei. Es ist bewundernswert, wie du Worte verdrehen kannst.«

»Ich liebe deine schnelle Auffassungsgabe.«

»Du bringst Dinge so wundervoll auf den Punkt.«

»Du schaffst es, immer zielgerichtet den richtigen Punkt zu treffen.« Exemplarisch den Punkt, den man treffen muss, um mich zur Weißglut zu treiben.

Das Lächeln wird zu einem ordinären Grinsen. »Gestern beispielsweise? Ich weiß wirklich nicht, was meine Fähigkeiten als Liebhaber mit meinem Charakter zu tun haben.«

Ich deute auf das Aufnahmegerät. »Dein Mut, in aller Öffentlichkeit dazu zu stehen, es jeder Frau zu besorgen, die dir über den Weg rennt, ist beispielhaft.«

Er scheint das Gerät tatsächlich vergessen zu haben, denn ich kann zusehen, wie sich seine Augenbrauen unwillig zusammenziehen, ehe er künstlich lächelt und danach greift. Er drückt auf den Knöpfen herum, und kurz darauf höre ich, wie ich zu ihm sage, dass ich seine schnelle Auffassungsgabe liebe.

»Ab hier weiter. Du bist fleißig.«

»Du bist ein korrekter Anwalt.«

»Du bist nicht nachtragend.«

»Woher willst du das wissen?«

Er überlegt, wobei er sich zurücklehnt und arrogant die Beine spreizt. Seine Finger gleiten über den Stoff seiner Krawatte, worauf ein kurzes Lachen folgt, das vermutlich nur für ihn selbst ist, dann erklärt er: »Möchte man an jemandem eine positive Charaktereigenschaft sehen, behauptet man geschickterweise, dass man sie am anderen schätzt. Derjenige wird versuchen, der Aussage gerecht zu werden.«

»Ja, davon habe ich gehört. Du bist hilfsbereit.«

»Das ist aber keine Lüge.«

»Wer sagt, dass diese Aussage dazu dient, dich zu beeinflussen?«

»Ich mag deine Raffinesse.«

»Ich deine gelegentliche Offenheit.«

»Denkst du, ich bin gelegentlich offen, oder wünschst du dir lediglich, ich wäre es?«

»Das zu beantworten wird im Fragebogen nicht verlangt.«

»Haben wir bereits fünf?«

»Ich habe nicht mitgezählt.«

»Und damit darf keiner von uns behaupten, der andere wäre aufmerksam.«

Das bringt mich dazu, ein lautes Lachen loszuwerden. Ich muss zugeben, die Gespräche mit ihm sind kurzweilig, gelegentlich lustig, immer wieder interessant und ... Unterhalte ich mich etwa wirklich gern mit Preston Connor?

Er schmunzelt und sagt: »Ich würde sagen, dass du informativ bist, wenn du mir verrätst, wie viele Fragen uns noch bevorstehen.«

»Unsere Aufmerksamkeit wird nicht länger verlangt. Das war die letzte für heute.«

»Dann darf ich dich höflich hinausbitten.« Er hebt den Zeigefinger. »Falls wir noch keine fünf hatten, könntest du höflich für mich wählen.«

»Höflich wäre etwas, was ich im Zusammenhang mit dir nicht nutzen würde. Möglicherweise egoistisch, selbstverliebt und ...«

Das darf doch nicht wahr sein! Ein Adjektiv fehlt. Mir fällt auf die Schnelle nichts Negatives über ihn ein.

»Hatten wir bereits hilfsbereit? Ich helfe dir auch hierbei: narzisstisch.«

»Ah, ja, danke schön.«

Jetzt weiß ich es wieder: betrügerisch. Ein Betrüger ist er. Das ist so ekelhaft. Wie soll ich seiner Frau ins Gesicht sehen, wenn sie ihn hier besucht? So oft kommt das zum Glück nicht vor. Eigentlich habe ich sie erst ein einziges Mal in der Kanzlei gesehen, als sie ihm die Kinder brachte. Aber die Vorstellung, ihr bei irgendeiner Veranstaltung gegenüberzusitzen und mich als Flittchen zu sehen, die mit dem Mann einer anderen ... mit ihrem ... Mich schüttelt der Gedanke.

»Ist alles in Ordnung? Du siehst aus, als hättest du eine Kakerlake verschluckt.«

»Du hast keine Ahnung, wie recht du hast. Ich gehe. Wir sind fertig.«

»Traust du dich nicht mehr, mir in die Augen zu sehen?«

Dieser Spott ist vollkommen unangebracht. Ich beuge mich nach vorn, drücke die Stopptaste auf dem Diktiergerät und tätschle seine Hand, die danebenliegt.

»Das haben wir doch gestern schon erledigt. Ich bin sicher, das waren knapp zwei Minuten.«

Er zieht seine Hand unter meiner weg und will nach meinem Handgelenk greifen, weshalb ich sie ablehnend in die Höhe hebe. Irgendwie rutschen seine Finger in den Raum zwischen meinen, und er packt zu, um mich ein Stück näher zu ziehen.

Zusammengefügt fällt mir sinnlos ein.

Er starrt ebenso auf unsere verschränkten Hände wie ich. Wieso kann man mit Fingern in den Zwischenräumen nicht richtig atmen? Drückt er einen Reflexpunkt?

Die mühelose Stärke seines Zupackens wundert mich, dabei konnte ich gestern bereits lernen, dass er ordentlich zugreifen kann.

Er löst das auf, indem er lockerlässt. Ich bin noch so erstarrt, dass meine Hand den Halt verliert und unsere Handflächen aneinanderreiben. Das ist ... ein seltsames Gefühl, nicht zuordenbar, außerhalb von Händeschütteln oder etwas Sexuellem, obwohl es meinen Herzschlag beschleunigt.

Endlich hat jeder seine Hand bei sich und sein Kopf sinkt zwischen die Schulterblätter. Er kneift sich erneut mit Daumen und Zeigefinger in die Nasenwurzel, wozu er die Lider schließt. Dieses Mal folgt kein Lachen. Sie gleiten wieder auf, und mit gesenktem Kopf trifft mich ein Blick, der meinen Bauch in Aufregung versetzt, als wäre das Blau etwas Essbares, das ich nicht vertrage.

»Du hast recht. Die zwei Minuten von gestern sollten genügen. Wir sehen uns, Elaine.«

Froh, seiner verwirrenden Gesellschaft zu entkommen, verlasse ich äußerlich ruhig, aber innerlich in Fluchtgeschwindigkeit den Raum.

22

DATE

Elaine

Heute ist nicht mein Tag.

Ich habe früher Schluss gemacht, weil mir die Konzentration fehlt. Wer ist schuld daran? Preston. Ich könnte ihm momentan an allem, was für mich schiefgeht, die Schuld geben. Das gestern ... Keine Ahnung. Ich komme nicht darüber hinweg.

Feierabend. Schön. Nun weiß ich nichts mit mir anzufangen. Schießbahn? Dazu fehlt mir die Lust, auch wenn das sonst mein ultimatives Ablenkungsmittel ist. Zum Sport? Heute Morgen war ich nicht beim Spinning. Nein, das lockt mich ebenfalls nicht.

Mir wäre nach Gesellschaft. Aber Freunde habe ich hier keine gefunden. Wie auch, wenn ich meist im Büro sitze? Einen Partner habe ich nicht mehr. Die angestellten Anwälte sind eher höflich reserviert mir gegenüber. Was hoffentlich nicht an mir liegt, sondern daran, in welchem Büro ich meinen Platz habe. Wie lernt man Menschen kennen, die man gelegentlich sehen kann, ohne sie damit zu enttäuschen, nur selten Zeit zu haben?

Deshalb wird es heute vermutlich darauf hinauslaufen, dass ich einen Mann kennenlernen muss. Mal wieder. Erstaunlicherweise fällt mir das nicht schwer. Dank des Flirttipps, den Dani auf der Uni immer genutzt hat.

Ich suche keinen festen Mann, da ich ahne, jede Beziehung wird enden wie die letzte: Er fühlt sich neben meinem Job benachteiligt. Das wird sich die nächsten Jahre auch nicht ändern. Zumindest nicht, bis es für alle normal ist, dass ich dieses Büro besetze und ich mich nicht ständig unter Druck gesetzt fühle, mich mehr beweisen zu müssen wie jeder andere vor mir.

Es ist nicht so, dass ich unbedingt Sex will, obwohl das natürlich auch ein Grund ist, jemanden kennenzulernen. Aber eine nette ungezwungene Unterhaltung, ein Flirt, das tut gut und bietet Abwechslung.

Ich verlasse das Kanzleigebäude und vielleicht habe ich sofort Glück. Da steht ein gut aussehender Mann direkt neben dem Eingang. Er lehnt lässig an der Wand und hält ein Smartphone in der Hand. Es wirkt, als würde er auf jemanden warten.

Ein kontrollierender Blick auf seine Kleidung, um festzustellen, dass sie gepflegt und hochwertig ist, wenn auch recht schlicht. Beige Chinos, Markenpoloshirt, gute Schuhe, kein Ehering.

Zeit, dem Flirttipp die nächste Gelegenheit zu geben, ein Erfolg zu sein.

»Entschuldigen Sie. Ich liebe Ihre Schuhe. Würden Sie mir verraten, wo Sie die gekauft haben? Ich würde genau solche gern meinem Bruder schenken.«

Er hebt den Kopf, und ein Blick aus tiefgrünen Augen trifft mich, die sich leicht durch ein Lächeln verengen.

»Lustig. So spreche ich auch gern Frauen an, wenn ich denn Frauen anspreche.«

»Ehrlich?« Ich muss ebenfalls lächeln. Seinem Gesichtsausdruck nach amüsiert ihn das, aber nicht auf eine überhebliche Art, sondern auf eine Hey-schau-an-Brüder-im-Geiste-Art.

»Ja, tatsächlich. Und wie läuft das sonst bei Ihnen? Erfolg damit?«

»Hm, ja, doch. Und bei Ihnen?«

»Auf jeden Fall. Haben Sie wirklich einen Bruder?«

»Ja, aber ich würde ihm niemals Schuhe schenken.«

Er lacht. »Sie sind mir trotzdem voraus. Ich habe nämlich keine Schwester. Damit bin ich der größere Lügner. Sind Sie betrunken?«

»Ähm, nein? Sollte ich?«

»Nein, das war ein kleiner Insider mit mir selbst. Gehen Sie mit mir aus?«

»Um uns zu betrinken?«

»Nein, denn ich würde mich gern morgen noch an den Abend mit Ihnen erinnern. Wo gehen wir hin?«

»Jetzt gleich?«

»Natürlich. Sie haben mich angesprochen, Sie sind nun für den Rest meines Tages verantwortlich.« Er streckt mir die Hand entgegen. »Ich bin Ethan.«

Ich ergreife sie. »Elaine.«

Er lächelt tiefer und seine Hand fühlt sich gut in meiner an. Bestimmender Händedruck, trocken, mit einer gewissen Intensität, die aussagt: Ich weiß, was ich will.

Beim Loslassen beuge ich den Zeigefinger und streiche so über seine Handfläche, woraufhin er den Kopf schräg legt. »Sie wissen, was Sie wollen, oder?«

»Meistens schon.«

Er kommt einen Schritt näher und bewegt sein Gesicht neben meines, wobei ich seinen Duft wahrnehme. Edel fällt mir dazu ein.

»Elaine«, schnurrt er an mein Ohr. In einem Tonfall, der lässt ein paar Synapsen bei mir runddrehen. »Wenn wir beide wissen, was wir wollen: Welche Fantasie kann ich dir erfüllen?«

Beim Drehen meines Kopfs streife ich leicht seine Wange, was irgendwie meine Knie weich werden lässt. Dass dieses Ansprechen so läuft, damit habe ich nicht gerechnet.

»Du möchtest mir eine Fantasie erfüllen? *So eine* Fantasie?«

»Ganz genau. Normalerweise rammle ich wie ein notgeiler

Köter vor mich hin, aber du siehst aus wie eine Frau, die eine Fantasie erfüllt bekommen sollte.«

»Stand das im selben Flirtratgeber wie die Wo-haben-Sie-das-her-Frage?«

Er tritt einen Schritt zurück und lacht. »Für gewöhnlich langweilen oder nerven mich Frauen. Aber du, du bist mir sympathisch. Ich kann dir noch nicht einmal sagen, warum. Das ist ein bisschen seltsam.«

»Also dieser Spruch ist wirklich billig.«

In einer nachdenklich langsamen Art dreht er ein Lederarmband, das um sein Handgelenk geschlungen ist. »Aber ausnahmsweise wahr. Elaine. Gehen wir?« Er spricht meinen Namen wieder auf diese schnurrige erotische Art aus, dass es in mir kitzelt.

»Verrätst du mir vorher eine Fantasie von dir? Nur, damit ich weiß, worauf ich mich einlasse.«

»Hm. Da gibt es etwas, was ein Freund als Wunsch erwähnt hat, und vielleicht ist das auch in meinem Hinterkopf hängen geblieben. Stehst du auf Blond?«

»Blond? Wieso blond?« Oh. Ich meine zu verstehen. »Noch ein Mann? Du schlägst einen Dreier vor? Du, ich und ein Blonder?«

»Ja.«

»Und du hast mich nicht zufällig nach meiner Fantasie gefragt in der Hoffnung, sie deckt sich mit deiner?«

»Möglicherweise?« Sein verschmitztes Lächeln lässt mich ihm das nicht übel nehmen. Himmel hilf. Ich stehe auf der Straße, habe einen Fremden angesprochen, und keine zehn Minuten später reden wir nicht nur davon, Sex zu haben, sondern auch noch zu dritt?

»Warum denkst du, ausgerechnet ich wäre die Richtige dafür?«

»Da wir so absolut ehrlich zueinander sind: Zufällig sprach ich mit meinem blonden Freund erst gestern davon, dass wir das angehen werden, um den gemeinsamen Freund neidisch zu machen, der das gern tun würde, aber noch keine Gelegenheit hatte. Eigentlich hat es nichts mit dir zu tun, sondern ist eher Zufall.«

»Ich muss darüber nachdenken.«

»Gut. Dann komm. Ich stelle ihn dir vor.« Er spreizt den Ellenbogen ab als Einladung, mich einzuhaken.

»Das ist aber kein Darüber-Nachdenken!«

»Natürlich. Hast du Hunger? Du kommst mit zu mir, wir essen mit ihm gemeinsam, und du kannst herausfinden, ob das für dich eine Option ist. Willst du nicht, vernasch ich dich auch allein oder gar nicht. Wie du es wünschst.«

Ich zögere, weshalb er sich mir wieder zuwendet. Erneut kommt er mit seinem Kopf näher und küsst mich hauchzart auf die Wange. »Komm schon, Elaine. Etwas Besseres als mich findest du heute nicht mehr.«

Da ich Fan schneller Entscheidungen bin, er damit recht hat und ich sowieso jederzeit gehen kann, hake ich mich entschlossen bei ihm ein. Ich werde seinen blonden Freund kennenlernen und dann weiter darüber nachdenken. Ich bin Single. Mir steht sexuell gesehen die Welt offen mit all den Erfahrungen, die man machen kann. Warum nicht diese?

Nur um ihn darauf hinzuweisen, dass ich niemand bin, der absolut naiv in Situationen rutscht, lüge ich: »Ich werde meinen Standort an eine Freundin schicken mit der Bitte, hört sie nichts mehr von mir, soll sie die Polizei dorthin schicken.«

Ich sehe ihn von der Seite schmunzeln. »Das ist gut. Wenn du dich dann sicherer fühlst, tu das. Bist du mit dem Auto hier? Ich mit dem Motorrad, habe allerdings nur einen Helm.«

»Wir nehmen ein Taxi«, bestimme ich, und er hebt die Hand, um eins heranzuwinken.

Selbst wenn er einen Helm hätte, setze ich mich garantiert nicht in einem Kleid auf ein Motorrad. Ich könnte meinen Fahrer rufen, aber ich will nicht, dass Ethan Fragen über mich stellt und mehr von mir weiß. Falls das so endet, wie ich es mir immer besser vorstellen kann, wird das eine einmalige Sache bleiben.

Im Taxi tippt er auf seinem Telefon herum, eine Hand auf meinem Oberschenkel, als wollte er ausdrücken: *Ich bin trotzdem mit den Gedanken bei dir*.

Auch von der Seite ist er ein wirklich hübscher Mann. Nein, überdurchschnittlich gut aussehend, muss ich zugeben. Eine feine Narbe zieht sich über seine Schläfe und sein dunkles Haar ist modern geschnitten. Ob er oft angesprochen wird?

Er steckt das Telefon weg und lächelt mich an. »Ich musste nur schnell einem anderen Freund absagen.«

»Du hast für mich einem Freund abgesagt?«

»Um ehrlich zu sein, hatte er schon angekündigt, dass es heute bei ihm länger dauert, aber ich wollte ihn nötigen, sich doch mit mir zu treffen. Er hat anscheinend Glück, dass du mich angesprochen hast. Außerdem musste ich meinem blonden Freund Bescheid geben, was wir vorhaben.«

»Muss er deine Junggesellenbude noch schnell für dich auf Vordermann bringen?«

Er antwortet nicht, sondern beugt sich zu mir rüber. Ich ahne die Absicht, komme ihm entgegen und nehme den Kuss an. Er küsst vorsichtig, aber frei von jeder Unsicherheit. Eine Hand schiebt sich in meinen Nacken und er zieht mich bestimmend näher. Da es sich angenehm anfühlt, ihn zu küssen, lasse ich mir das gefallen.

Seine Selbstsicherheit, ohne diesen überzogenen Enthusiasmus, den manche Männer an den Tag legen, gefällt mir. Es wirkt ein wenig kühl und bedacht, doch trotzdem gut. Ja, ein guter Kuss. Kein überragender, aber völlig ausreichend, um mehr daraus zu machen.

Der Gedanke, außer ihm heute noch einen anderen Mann zu küssen, verstärkt das Kribbeln, das dieser Kuss auslöst. Ich glaube, ich will das tatsächlich. Vorausgesetzt, sein Freund ist attraktiv und gepflegt. Außerdem werde ich die Führung übernehmen, da ich keine Lust habe, zwei Männer zu bedienen. Ich möchte etwas für mich mitnehmen.

Er zieht sich zurück und sieht mich an, wobei er sich über die Unterlippe leckt. Diese unbeabsichtigte Bewegung ist ziemlich reizvoll und ich nehme mir einfach einen weiteren Kuss.

Ich werde mir immer sicherer, das wird ein spannender Abend.

»Ich hoffe, mein Freund gefällt dir«, flüstert er rau und setzt sich wieder aufrecht hin.

»Wieso? Meinst du, du kommst nicht allein mit mir zurecht?«

»Sagen wir es so: Ich glaube, er ist der Nette von uns. Möglicherweise denke ich, du hast einen Netten verdient. Ich sagte ja, das mit dir ist seltsam.«

»Du bist nicht nett?«

»Nein. Nur höflich. Eigentlich bin ich ziemlich egoistisch.«

»Du bist recht offen mit deiner Selbsteinschätzung.«

»Ich mag dich. Irgendwie. Da werde ich schnell offen.«

Hat er gerade gesagt, er mag mich? Jetzt schon?

Er legt die Hand wieder auf meinen Oberschenkel und lächelt. Sein Lächeln ist wirklich warm und macht ihn unglaublich anziehend. »Sieh mich nicht so erschrocken an. Versteh das nicht falsch. Du bist attraktiv und all das Zeug, aber ich habe trotzdem nicht vor, dich richtig zu daten mit einem anderen Ziel als das, was wir vorhaben.«

»Gut. Ich würde nämlich niemals einen Mann richtig daten, den ich mir mit seinem Freund geteilt habe.«

»Du teilst mich mit meinem Freund? Ich hoffe, du hast keine falschen Vorstellungen. Elaine.«

Da. Er macht es wieder. Meinen Namen so betonen. Das ist, als würde er mich mit meinem eigenen Namen zwischen den Schenkeln streicheln. Nicht direkt dazwischen, sondern langsam die Innenseite der Oberschenkel nach oben. Mir stockt der Atem, als er genau das mit seinen Fingerspitzen in die Tat umsetzt und mir dabei ins Gesicht sieht. Seine grünen Augen funkeln neckisch, und ich muss an Prestons Eisaugen denken, weshalb ich seine Hand stoppe.

»Nicht gut?«, fragt er kein bisschen irritiert oder enttäuscht, eher abschätzend.

Warum denke ich jetzt an Preston? Ich muss unbedingt mit einem anderen Mann schlafen. Unbedingt. Ich will nicht an diesen Mistkerl denken. Eigentlich möchte ich das von gestern sogar ziemlich dringend vergessen. Ja, das war unglaublich heiß, aber er ist tabu. Fertig.

»Ich würde deinen Freund gern *nüchtern* kennenlernen und nicht schon total erregt. So etwas führt zu Entscheidungen, die man bereuen kann.« So wie die gestern.

»Verstehe.« Er schmunzelt. »Wir sind sowieso gleich da.«

Tatsächlich hält das Taxi ein paar Minuten später, und Ethan beugt sich nach vorn, um zu bezahlen. Nach dem Aussteigen bietet er mir wieder seinen Arm an und legt eine Hand auf meinen Unterarm.

Das ist seltsam vertraut. Mag er mich wirklich? Er ist ein bisschen merkwürdig, ohne unheimlich zu wirken.

Er führt mich in einen Fahrstuhl, der bloß an einer Etage hält, wie ich an der Anzeige bemerken kann. Privataufzug. Wie bei meinen Eltern. Meinen Aufzug muss ich mir mit acht anderen teilen. Beim Betreten der Wohnung fällt mir gleich auf: Das ist die Penthousewohnung. Und sie ist riesig. Ich sehe zwar lediglich den Wohnbereich, aber ich kenne diese Art von Domizilen. Meine Eltern hatten ihr Leben lang nur Kontakt mit Menschen, die so oder besser leben. Was oder wer ist Ethan, dass er sich das leisten kann?

Ihm deshalb eine Frage zu stellen, schaffe ich nicht, denn uns kommt jemand entgegen. Prompt fallen mir Bezeichnungen ein wie Barbar, Wikinger, Krieger.

Ethans Freund ist nur ein kleines Stück größer als er, aber deutlich breitschultriger. Tatsächlich ist er blond, und mir drängt sich das Bild auf, wie die Strähnen nach einem Schwertkampf blut- und dreckbesudelt sind.

Er streckt mir mit einem frivolen Grinsen die Hand entgegen.

Diese Pranke hat nichts mit Ethans angenehmem Händedruck gemeinsam, sondern ist vor allem kräftig.

Das soll der Nette der beiden sein?

»Ethan, du bringst eine waschechte Lady mit?«

»Das ist Elaine. Und der unhöfliche Unhold ist Ryker.«

»Freut mich, Elaine.« Seine Zähne blitzen hell in seinem gebräunten Gesicht auf, als er noch breiter grinst.

»Ryker.« Was sagt man da: *Angenehm. Und jetzt fick mich mit deinem Freund? Schön, dich kennenzulernen. Ist dein Schwanz so mächtig wie du?*

Eben war ich mir sicher, dass ich das will, aber nun in einer Wohnung zu stehen mit zwei Männern, von dem ich einen zwanzig Minuten und einen diesen ziemlich langen Händedruck kenne, mit dieser Absicht im Hinterkopf ... Puh. Ich bin ein wenig von mir selbst überfordert. Kann mir jemand eine Akte reichen? Einen Gesetzestext? Ich brauche etwas, worin ich sicher bin.

Vermutlich wäre es einfacher, das betrunken und enthemmt anzugehen. Aber so bin ich nicht. Ich gebe diesem Ryker und überhaupt dieser Situation genau die Länge, die es dauert, mit den beiden zu essen, dann entscheide ich. Im Moment tendiere ich wieder eher zu einer normalen zweisamen Sache.

»Was überlegst du?«, fragt Ryker, ohne dabei meine Hand loszulassen, als hätte er Angst, bei seinem Anblick ergreife ich spontan die Flucht.

»Was es zu essen gibt. Ich bin hungrig.«

Er klatscht mit seiner zweiten Hand auf meinen Handrücken und hält sie mit beiden fest. »Ethan, sie ist spitze. Ich bin jetzt schon Fan. Sie will zuerst essen.« Er sieht mich wieder an. »Ich bin erst erschrocken, was Ethan für eine Lady mitbringt. Sorry, du siehst aus wie eine eiskalte Herzensbrecherin, die nur für ihren Job lebt und Männer wie uns bloß mit einem verächtlichen Blick streift. Ja, doch. Das kommt hin. Vielleicht dachte ich auch zuerst, dass du eher aussiehst, als sollte man dich in eine Oper begleiten, und man darf dort vorsichtig deine Fingerspitzen berühren, insofern du so gnädig bist.«

Ich lache und er lässt meine Hand los. Er scheint genauso offen zu sein wie Ethan. Warum er allerdings denkt, ich könnte mich für etwas Besseres halten, verstehe ich nicht. Ja, er sieht ein bisschen wild aus, aber bei dieser Wohnung denke ich an Immobilieninvestoren, CEOs, Banker und nicht an Männer, die in Kneipen aushelfen.

»Setz dich, Elaine. Ich bestelle uns etwas.«

»Nichts, was schwer im Magen liegt«, befiehlt Ryker Ethan und deutet auf die weiße Couchlandschaft.

Gemeinsam lassen wir uns nieder, und er sieht mich fragend an, während Ehtan verschwindet.

»Was?«

Ryker schmunzelt. »Hattest du schon einmal ein *Date* mit zwei Männern?«

Eine Lüge liegt mir auf der Zunge, um mich nicht als unerfahren in dieser Hinsicht zu outen, beschließe allerdings, so offen zu sein, wie die beiden es anscheinend sind. »Nein. Aber ich habe feste Vorstellungen, sollte es so weit kommen.«

»Das habe ich mir gedacht.«

»Und du?«

»Hm. Nein, hatte ich nicht. Ich habe allerdings keine festen Vorstellungen. Du darfst mit mir machen, was du willst. Na gut, fast alles.« Seine Stimme ist bei den letzten zwei Sätzen ins Tiefe, Dunkle abgerutscht.

Eigentlich sind große Wikinger-Krieger nicht mein Typ, aber da er trotzdem attraktiv ist, auf eine andere Art als Ethan, beschließe ich, noch vor dem Essen herauszufinden, ob mich dieser eher wilde Typ von Mann antörnen kann. Das wäre die Grundvoraussetzung, sonst kann ich gleich verkünden, nur mit Ethan dieses Date fortzusetzen. Ich wende mich Ryker zu, und da ich anders nicht richtig rankomme, knie ich mich auf die Couch und drücke ihm die Lippen auf den Mund.

Ist er überrascht, lässt er es sich nicht anmerken, denn er küsst mich sofort mit einer Vehemenz zurück, die passt auf keinen Fall in eine Oper. Dazu verschränkt er die Arme hinter mir, als wollte er mich komplett in Besitz nehmen. Himmel, ja. Das hat was. Seine Hände verteilen sich auf meinem Rücken und scheinen überall gleichzeitig liegen zu können. Die Wärme seiner Handflächen dringt langsam durch den Stoff und in der gleichen Geschwindigkeit steigt Hitze in mir auf.

Er küsst gut, aber nahezu zu enthusiastisch und wild. Dagegen waren Ethans Küsse fast schon distanziert und kühl. Würde man sie kombinieren, wäre es genau die Art Kuss, wie ich sie bevorzuge.

Wie Prestons. Das war Sinnlichkeit in der reinsten Form. Wäre der Scheißkerl nicht so ein perfekter Küsser, wäre das alles nicht passiert. Ich schiebe den Gedanken so schnell zur Seite, wie er aufgetaucht ist, da ich nicht ständig an ihn denken und ihn ab sofort als Maßstab für jede sexuelle Tätigkeit nutzen will.

Ryker und Ethan könnten zusammen ebenso gut sein, wenn ihre Küsse sich doch so ideal ergänzen. Diese Auffassung gefällt mir besser, befreit mich von dem stechenden Gefühl, das die Gedanken an Preston auslösen.

»Schön. Ihr lernt euch bereits kennen.«

Ich lasse von Ryker ab und nehme wieder Platz.

Ryker sagt anklagend: »Keine Lady. Dafür macht sie mich noch vor dem Essen hart.«

Ethan lacht, und ich wende ihm den Kopf zu, danach zurück zu Ryker. Vielleicht kann ich meine Entscheidung schon vor dem Essen treffen. Beide legen mir je eine Hand auf den Oberschenkel und rutschen näher. Doch, das ist heiß. Wie ist es, wenn man von zwei Männern gleichzeitig berührt wird? Einer seine Finger in mich schiebt, der andere am richtigen Punkt kreist? Der Gedanke ist so verdorben und wird immer reizvoller.

Ryker sieht mir forschend in die Augen. Seine sind auch grün. Aber während Ethans etwas von einem Smaragd haben, sind seine eher dunkles Moos, was gut zu seinem Erscheinungsbild passt.

Mein Herz hämmert viel zu schnell von innen gegen den Brustkorb. Zwei Männer. Das ist ein Ausbrechen aus meiner Komfortzone, das mich taumeln lässt. Aber auf eine gute Art. Besser als der Stress in der Kanzlei. Besser als Druck und Erwartungen. Beide wirken, als wäre das eine einfache, lockere Sache.

Genau das will ich. Etwas erleben, ohne denken zu müssen, ohne zu bereuen, ohne zu planen, schlicht fallen lassen und nur Elaine sein, nicht Elaine, die spießige Anwältin.

»Was hast du denn zu essen bestellt, Ethan?«, fragt Ryker, ohne sich von meinen Augen zu lösen. Der tiefe Blick, kombiniert mit dieser Frage, bringt mich zum Lachen.

Das Gelächter scheint die Situation zurück ins Unverfängliche zu katapultieren, denn beide Hände verschwinden und sie lachen mit.

»Ryker, du Stimmungskiller«, beschwert sich Ethan mit belustigter Stimme.

»Ohne Mampf kein Kampf«, behauptet Ryker. »Außerdem haben wir Elaine eine Verköstigung zugesichert. Falls wir scheiße im Bett sind, will sie sicher die Flucht ergreifen. Da sollte sie wenigstens vorher ein gutes Essen genossen haben, damit sie den Abend nicht ganz abschreiben muss.«

Rykers Aussage bringt mich schon wieder zum Lachen. Ich mag ihn. Irgendwie ist er durch und durch sympathisch.

Mein Lachen bleibt mir im Hals stecken und ich blinzle mehrmals verwirrt. Haben die beiden mir Drogen untergeschoben? Nein. Ich habe noch nichts getrunken oder gegessen. Warum bilde ich mir dann ein, dass der Mann, den ich am allerwenigsten sehen will und mit dem ich gestern Sex hatte, vor mir steht? Und wütend aussieht? Verdammt wütend sogar.

»Guten Abend, Ethan. Guten Abend, Ryker.«

Ethan lehnt sich zurück. »Hey, Preston. Doch schon Feierabend?«

»Ja, deinetwegen. Ich hatte ein schlechtes Gewissen, einen Freund hängen zu lassen.«

»Kein Problem. Wir haben einen Ersatz für deine Gesellschaft gefunden.« Er deutet auf mich. »Das ist Elaine.«

»Das weiß ich.«

Sein Blick liegt die ganze Zeit auf mir und seine Augen funkeln eisig.

»Ihr kennt euch?«

»Ja, natürlich kenne ich sie.«

»Ist alles in Ordnung?«, fragt Ryker gedehnt.

»Kann ich kurz mit dir sprechen?« Das ging wohl an mich.

Bis jetzt habe ich geschwiegen, weil er im Moment der letzte Mensch ist, mit dem ich reden will, und ich ahne, dass mein Abend hiermit verdorben ist. Warum muss dieser Mann nicht nur mein Arbeitsleben vermiesen, sondern nun auch noch mein Privatleben?

»Was möchtest du, Preston? Was willst du überhaupt hier? Läufst du mir nach?«

Er tritt näher, beugt sich in meine Richtung und zischt: »Das ist mein Penthouse. Entschuldige, dass ich hier wohne.«

Ich komme nicht dazu, bei Ethan oder Ryker nachzuhaken, ob das stimmt, denn er packt mein Handgelenk und zerrt mich daran in die Höhe und dann hinter sich her aus dem Raum.

»Hey, du spinnst doch! Lass mich los!«

»Reden. Jetzt. Allein.«

Er schleift mich in einen Raum und schlägt die Tür hinter uns zu. Ein Schlafzimmer. Wieso denn Schlafzimmer?

Hektisch drehe ich mich in seine Richtung. Seine Arme sind vor der Brust verschränkt und er sieht aus wie ein wütender Gott. Das lässt mich hochfahren. Er hat kein Recht, mich so zornig anzusehen. Er hat immerhin meinen Abend verdorben!

Ich fahre ihn an: »Du! Warum bist du eigentlich überall? Verfolgst du mich?«

»Wie bitte? Du verfolgst doch mich! Was soll der Mist? Ist das irgendein witziges Spielchen, dich an meine Freunde ranzumachen, um in meine Wohnung zu kommen?«

»Bist du irre? Woher soll ich denn wissen, dass das deine Freunde sind?«

»Du willst mir aber nicht erzählen, das wäre Zufall?«, fragt er höhnisch.

»Was bildest du dir eigentlich ein? Das war ein Date und hat absolut nichts mit dir zu tun. Für wie toll hältst du dich denn? Denkst du tatsächlich, ich stalke dich, um über deine Freunde an dich heranzukommen, wenn ich dich schon kaum in der Kanzlei ertrage?«

»Ein Date?«, wiederholt er spöttisch.

»O ja. Ein Date.«

»Meine Freunde daten nicht. Die ficken nur. Du bist hier falsch.«

Meine Augen verdrehen sich ganz unladylike. »Ich bin ein Weibchen. Natürlich bin ich auf der Suche nach einem Ehemann und Versorger. Anders kann es nicht sein. Frauen wollen nie einfach nur so Spaß. Natürlich. Idiot.«

»Du bist hier, um mit meinen Freunden ins Bett zu gehen? Beiden?«

»Anscheinend sind diese Pläne gestrichen. Dank deines Auftauchens!«

»Machst du das öfter? Zwei Kerle?«

Bei der Frage wird mir übel. Falls er vorhat, das wie ein Waschweib weiterzutratschen ... Wird ihm das jemand glauben? Kann er damit meinen Ruf ruinieren? Zumindest schräg angesehen werde ich garantiert.

»Was geht dich das denn an?«, antworte ich verzögert.

»Gestern mich, heute die Nächsten?«

»Wage es nicht, mich anzusehen, als wäre ich ein Flittchen. Du bist das Flittchen, Preston Connor.«

Immer wieder klopfe ich ihm mit der Handfläche auf die Brust, als wollte ich einem uneinsichtigen Dummkopf etwas erklären. Er packt mein Handgelenk und hält es fest.

Keine Ahnung, wie das passiert, aber möglicherweise bewegt er seinen Kopf ein Stück in meine Richtung und ja, vielleicht drücke dieses Mal ich ihm die Lippen auf den Mund. Der Rest sind flüssige hektische Bewegungen, die verschleiert werden von einem schamlosen Kuss.

Ich zerre ihm die Krawatte vom Hals, er schiebt mein Kleid nach oben und zerfetzt irgendwie meinen Slip. Meine Finger nesteln seine Hose auf, er greift in die Kommode neben der Tür und versorgt sich mit einem Kondom.

Der Kuss unterbricht kein einziges Mal. Unsere Zungen bleiben verschränkt, unsere Lippen aufeinandergepresst, als wäre der Kuss das Bindeglied, mit dem alles steht und fällt.

Erst als er schon wieder im Stehen in mich eintaucht, lösen sich unsere Lippen voneinander, als wäre es jetzt besiegelt. Seine Hände sind überall, sein Mund nun an meine Schläfe gepresst. Ich kralle die Hände in die Rückseite seines Sakkos, das er immer noch trägt, und genieße seine Unbeherrschtheit, die meiner plötzlich ausgebrochenen Gier vollendet entgegenkommt. Preston Connor ist ein Arschloch, aber sein Schwanz ist perfekt.

So perfekt, dass es sicher keine fünf Minuten dauert, bis ich um ihn komme. Er gibt ein Geräusch zwischen Keuchen und Knurren von sich, packt mich fester, um – noch bevor mein Rausch ganz abgekühlt ist und ich mich fragen kann, was ich hier tue – selbst in einem Höhepunkt abzutauchen.

Wir verharren so, er immer noch mit dem Mund an meiner Schläfe, an der seine schnellere Atmung die Haut angenehm berührt. Irgendwie scheint uns beiden das jetzt peinlich zu sein, aber so stehen bleiben können wir auch nicht, weshalb ich mich räuspere.

Gleichzeitig stellt er mich ab und ich lasse ihn los. Wie das letzte Mal dreht er sich weg, um das Kondom zu entsorgen, und als er sich umdreht, sitzt unsere Kleidung wieder einigermaßen.

»Entschuldige«, murmelt er und seinem Gesichtsausdruck nach ärgert er sich.

»Vergiss es einfach. Ich gehe zurück zu meinem *Date*. Nettes Schlafzimmer.«

Damit lasse ich ihn stehen. Vergessen. Ja, vergessen. Und zwar schnellstmöglich. Mein Männergeschmack ist durch und durch fragwürdig. Nur meine Handlungen sind schlimmer. Habe ich gerade mit einem verheirateten Mann geschlafen? Schon wieder? In seinem Schlafzimmer? Wie ist das jetzt passiert? Ich würde mir gern einbilden, das ist nicht geschehen, aber ich bin immer noch nass zwischen den Beinen und durch sein schnelles unbeherrschtes Eindringen fühle ich ihn nach. Oder das ist Verlangen, denn das war irgendwie zu wenig, um mich richtig, richtig zu befriedigen, eher zum Anheizen.

Den Weg zurück in den Wohnbereich finde ich zum Glück allein, und dort ist nur noch Ryker, der auf einem Smartphone tippt.

Er schaut vom Bildschirm auf und sieht mich nachdenklich an. »Woher kennst du Preston?«

Ich lenke ab und frage: »Wo ist Ethan?«

»Gegangen.«

»Kommt er wieder?«

»Vermutlich nicht. Er ist verschwunden, weil er dachte, Preston hat dich irgendwie für sich reserviert, und ist jetzt ungerechtfertigt sauer auf ihn. Er wollte in Deckung gehen. Er ist ein Feigling.«

»Reserviert? Sicher nicht.«

Er bringt mich hierher und verschwindet dann einfach? Von wegen höflich. Vielleicht ist Ryker wirklich der Nette.

Meine Beine sind weich wie das fluffige Hefegebäck, das mir Alyssa heute von ihrer Mittagspause mitgebracht hat, und ich lasse mich neben ihn auf der Couch nieder. Mir fällt auf, dass ich dank Preston nun keinen Slip mehr unter dem Kleid trage. Das liegt noch zerrissen in seinem Schlafzimmer. Hoffentlich vergisst er es und seine Frau findet es. Wo ist die überhaupt? Sagte er, er wohnt hier? Ist das eine Art Lasterhöhle für unter der Woche, die er mit Freunden teilt?

Mein Körper verarbeitet immer noch den Adrenalinrausch, und ich bin unentschlossen, was ich tun soll. Flucht wäre vermutlich klug.

»Ist das wirklich Prestons Wohnung?«

»Ja.« Das kam von Preston selbst, der gerade den Raum betritt.

»Ja«, bestätigt auch Ryker, als wüsste er, dass ich Preston kaum ein Wort aus seinem Mund glaube.

Ryker sieht zu Preston und fragt: »Bist du sauer auf Ethan? Er glaubt das nämlich. Er wusste nicht, dass du was mit ihr am Laufen hast.«

»Wir haben nichts am Laufen und ich bin auch nicht sauer.«

»Dann schreib ihm das. Sonst schläft er nicht gut, der Arme.«

Ich muss schmunzeln, Ryker bemerkt das und zwinkert mir zu. Er wirkt völlig unbeeindruckt von der seltsamen Wendung, die der Abend genommen hat.

»Ich gehe«, teile ich Ryker mit. Es wird Zeit. Dringend sogar.

»Was? Nein! Komm schon, kleine Lady. Bleib noch zum Essen. Preston ist auch brav.« Das bezweifle ich stark. »Es wird sonst viel zu viel für uns sein. Wir werden fett werden. Kannst du dir Preston mit Männertitten vorstellen?«

Preston schnaubt und ich schlage die Beine übereinander, da dieses angenehm-unangenehme Ziehen trotz allem nicht verschwindet. Zwanghaft versuche ich, nicht rhythmisch meine inneren Muskeln anzuspannen, um den Druck etwas loszuwerden. Preston sorgt mal wieder für Probleme. Dieses Mal, indem er mich zu einem Orgasmus bringt, der mich heißerregt bleiben lässt.

Er steht auf einmal vor mir und sieht mit schräg gelegtem Kopf zu mir runter. »Ich vermute, sie ist nicht scharf auf Essen. Zumindest nicht an dem gemessen, wie sie gerade ihre Schenkel aneinanderpresst.«

Meine Fäuste ballen sich von allein, und ich lockere die Schenkel, ohne sie voneinander zu nehmen. Das wäre ein Eingeständnis, dass er recht hat.

Mir fällt keine Entgegnung ein, die ausdrückt, wie sehr mich seine Art nervt.

»Bleib ruhig«, sagt er und beugt sich über mich.

Seine Lippen verhindern jedes böse Wort, das ich loswerden möchte, und seine Hand schiebt sich unter das Kleid. Ohne Umweg gleiten seine Finger zwischen meine Schenkel und zwängen sie auseinander, um sofort ein Stück in mich einzutauchen.

Ein Keuchen verhallt an seinem Mund, und er küsst mich härter, drückt die Finger tiefer in mich und dreht sie langsam. Verflucht. Ich glaube, ich habe ein Problem. Mein Problem ist, dass ich ihn hasse und will, dass er weitermacht.

Er zieht die Hand zurück und packt meine Oberschenkel, um mich in einer schwungvollen Bewegung zu drehen, sodass ich mit dem Rücken auf die Sitzfläche sinke. Schneller als ich protestieren kann, ist er zwischen meinen Beinen und sagt: »Küss sie, Ryker. Sie soll den Mund halten.«

Ein Dreier mit Preston? Was mich aufs Erste zu lauten Protesten ansetzen lassen will, ist auf den zweiten Blick vielleicht die Idee. War er selbst beteiligt, kann er schlecht in der Kanzlei erzählen, dass ich das fast mit seinen Freunden getan habe.

Außerdem … vertraue ich ihm irgendwie, auch wenn er das nicht verdient hat. Wahrscheinlich weil ich ihn kenne und er kein Fremder ist.

Aber vor allem, es zusammen getan zu haben und das Wissen, dass er niemals darüber spotten oder lästern kann, ohne sich selbst damit zu treffen, überzeugt mich.

Rykers Gesicht taucht über mir auf und er neigt fragend den Kopf zur Seite. Ohne weiteres Nachdenken nicke ich. Umgehend legt er mir eine Hand an den Kieferknochen und küsst mich tief.

Das ist kein verspielter Kuss, das ist einer, der meine komplette Aufmerksamkeit fordert. Aufgrund dessen bekomme ich nicht mit, was Preston tut. Erst als seine Zungenspitze über meinen Kitzler streift, bemerke ich, dass er das Kleid bis zum Bauch hochgeschoben hat und sein Kopf zwischen meinen weit gespreizten Schenkeln verschwunden ist.

O mein Gott. Preston Connor leckt mich. Mein Becken bockt zur Seite, da seine Zunge in einem schweißtreibenden Rhythmus auf mir tanzt, und ich beiße fast Ryker, da sich alles an mir anspannt.

Preston umgreift meine Oberschenkel und fixiert sie mit den Armen, wodurch ich seiner herrischen Zunge ausgeliefert bin. Rykers Hand verlässt mein Gesicht und rutscht in den Ausschnitt des Kleides. Er mogelt sie mit in das rechte BH-Körbchen, was den Stoff verdächtig knirschen lässt. Egal, egal, von mir aus können sie alles zerfetzen, ich will angefasst werden, nein, ich muss. Er umgreift die Brust, fährt mit dem Daumen über die Spitze, wozu er an meinem Mund brummt, als würde es ihm zusagen, dass sie bereits hart ist.

Er drückt fester, ich keuche. Ich will nicht kommen, denn ist der Rausch vorbei, weiß ich nicht, ob ich weitermachen kann. Meine Erregung hat die Kontrolle übernommen und ich möchte sie noch nicht zurück.

Preston rollt je mit einer Hand die halterlosen Strümpfe von meinen Beinen, die ich heute statt Strumpfhose trage. Das Abstreifen ist langsam und zärtlich, liebkost die freigelegte Haut. Nicht wie seine Zunge, die erbarmungslos und mit viel Druck ständig die beste Stelle findet.

Ich schwitze bei der Bemühung, einen Höhepunkt zurückzuhalten, und atme laut aus, als beide gleichzeitig verharren.

Preston drückt den Handballen fest auf meine Mitte, als wollte er die Erregung mit einem Deckel bändigen, aber so funktioniert das nicht. Das macht mich gierig, ich reibe mich dort entlang und genieße weiter, während ich versuche, die Übersicht zurückzubekommen, wer was wie.

Ryker nickt Preston zu und erhebt sich, weshalb ich zu Preston sehe.

»Kondome«, flüstert er.

Er küsst meinen Bauch, schiebt das Kleid vor sich her, bis er küssend am Brustbein angekommen ist und es mir über den Kopf zieht. Er stützt sich mit einer Hand ab, mit der anderen löst er eine Haarnadel nach der anderen. Ich drehe den Kopf erst nach links, dann nach rechts, damit er alle finden kann. Dabei sieht er mir ununterbrochen ins Gesicht.

Das ist seltsamer, als mit ihm zu schlafen, seltsamer, als sich von ihm lecken zu lassen.

Ryker flucht.

»Was ist denn?«, fragt Preston genervt.

»Wo sind die vom Wohnzimmer?«

»Ich glaube, die hat Ryan gestohlen.«

»Wofür braucht der denn Kondome?«

»Für Mia. Der erste Nach-Geburt-Sex. Er hat Angst, dass er sie gleich wieder schwängert, weil er sich für einen gottgleichen Frauenbefruchter hält, da es beim letzten Mal sofort geklappt hat.«

Ich weiß nicht, ob ich lachen soll, weil das irgendwie witzig war, oder mich merkwürdig fühlen, weil die beiden so ein normales Gespräch führen, während ich fast nackt unter ihm bin.

»Beeil dich. Sie sieht aus, als würde sie es sich gleich anders überlegen.«

»Du …«

Mein Schimpfen wird mal wieder von einem Kuss erstickt. Knebeln überflüssig. Hier bekommt man einfach eine Zunge in den Mund gestopft. Für einen Drecksack küsst er leider auch noch zu gut, sodass ich mich gar nicht dagegen wehren will.

Seine Hand zwängt sich unter meine Schultern und fummelt irgendwie den BH auf.

Um mich komplett davon zu befreien, löst er sich aus dem Kuss.

»Pscht. Genieße es einfach. Ich tue es auch.«

Ich wollte gar nichts sagen, nicke allerdings trotzdem. Vermutlich ist es eh zu spät, um einen eleganten Abgang hinzulegen.

Ryker scheint fündig geworden zu sein und kommt auf uns zu. Außerdem hat er Essen in kleinen Lieferkartons dabei, das er achtlos auf dem Tisch abstellt. Dem angenehmen Geruch, der davon ausgeht, kann ich nicht viel Aufmerksamkeit schenken, denn er zerrt mit einer Hand sein Oberteil über den Kopf, und ich kann nicht anders, ich starre ihn an.

Oben ohne sieht er noch mehr nach Wikinger-Krieger aus. Breite, definierte Brust, ansprechende Muskulatur nach unten, starke Arme und schwer tätowiert. Das an seinem Unterarm konnte ich schon bemerken, dass es allerdings komplett über den Arm, quer über seine Brust, bis auf die gegenüberliegende Taille führt, sehe ich erst jetzt.

»Er gefällt dir?«, fragt Preston und fährt mit den Lippen meine Ohrmuschel nach, da ich den Kopf gedreht habe.

Ist es pervers zu spüren, wie noch mehr Feuchtigkeit aus mir läuft bei dem Wissen, gleich mit diesem Krieger zu schlafen? Vor allem, weil der Mann, den ich nicht leiden kann, über mir so nah ist, dass ich seine Körperwärme wie eine Decke auf meiner Haut liegen habe? Und das, obwohl er bekleidet ist? Macht es das noch heißer?

»Das bedeutet, ja.« Preston weicht zurück und sinkt auf die Fersen.

Ryker bleibt bei mir stehen und sieht auf mich runter. Hilfe, von unten wirkt er noch mächtiger. Ich strecke die Hand aus und berühre seinen Bauch oder eher die Leiste, direkt über dem Hosenbund. Seine Haut ist samtig weich beim Darüberstreichen, und ich spüre, wie er beim Luftholen den Bauch einzieht.

»Du könntest dich bei mir für Prestons Leckerei revanchieren«, schlägt er vor und öffnet den Gürtel.

»Gute Idee. Ich würde sie nur zu gern nackt auf Knien sehen.«

Ich beschließe, Prestons Kommentar zu ignorieren. Vor ihm werde ich sicher niemals im Leben auf die Knie gehen. Da kann er noch so gut lecken. Aber ich würde jetzt wirklich gern herausfinden, womit ich es zu tun habe. Was haben Wikingerkrieger für Schwänze?

»Wir machen einen Deal, kleine Lady. Ich ziehe mich aus und du übernimmst Preston. Ich bin mir nämlich fast sicher, dass er noch nicht einmal zum Vögeln seinen Anzug auszieht.«

Das könnte stimmen. Zumindest bei mir. Schnell zur Seite, was im Weg ist, und los.

Ryker wechselt zu Preston, beugt sich nach vorn und – ach du Scheiße! – küsst ihn. Preston drückt ihn nicht weg, entzieht sich nicht, macht aber auch nicht mit, rührt sich einfach nicht. Er starrt ihn nur an, und ich meine zu sehen, wie sich Eiskristalle in seinen Augen bilden.

Lachend weicht Ryker wieder zurück. »Toll. Mit Ryan knutschst du rum und ich bekomme noch nicht mal ein Küsschen.«

»Ich habe Ryan geküsst, weil ich wissen wollte, wie es ist, einen Mann zu küssen. Eine Wiederholung war nicht angedacht.«

Ryker grinst breit. Ihn scheint das zu amüsieren. »Hätte eine interessantere Nummer werden können. Was du nicht probierst, kennst du nicht.«

»Mich wirst du auf jeden Fall nicht *probieren*. Schieb deinen Schwanz in ihren Arsch, falls du daran dachtest.«

»Hui. Lady, bei Preston knallen die Sicherungen durch. Er sagt Schwanz und Arsch. Obwohl er eher der Gemächt- und Gesäßtyp ist.«

Seine Feststellung und der alberne Tonfall bringen mich zum Lachen. Er ist wirklich ein lockerer, lustiger Mann, dieser Wikinger. Überhaupt geht er mit dieser Situation um, als wäre alles völlig normal.

An dieser Stelle sollte ich etwas klarstellen: »Mein Hintern ist in dieser Konstellation keine Option. Das ist mir für ein erstes Mal mit zwei Männern zu heftig. Ich fange bevorzugt klein an.«

Vermutlich ist Ehrlichkeit angebracht, wenn das etwas werden soll, und Ryker sieht nicht aus, als würde er sich darüber belustigen, dass ich zugebe, nicht sofort mutig genug für eine Doppelpenetration zu sein.

Irgendwie habe ich Preston in meinem Kopf zu einem Objekt degradiert und spreche bloß mit Ryker. Ich kann und will mir nicht eingestehen, dass ich das hier ausgerechnet mit Preston tue.

Ryker sieht an sich hinab. »Zu spät für klein. Prestons Ablehnung hat mir einen traurigen, nichtkleinen Ständer beschert.«

»Bist du bi?«, frage ich die Grinsebacke.

Er überlegt einen Augenblick und sagt dann: »Ja.«

»Tatsächlich?« Ich sehe zu Preston, der sich völlig erstaunt anhört. »Ich habe dich noch nie ...«

»Ja, ja«, unterbricht ihn Ryker. »Bi bedeutet doch nicht, dass ich zwangsläufig Sex mit Männern haben MUSS. Ich schlafe nicht mit jeder Frau, weil mir nicht jede gefällt. Nicht jede Frau schläft mit mir, da ich nicht jeder gefalle. So ist es auch mit Kerlen. Ich suche nicht danach, aber wenn mich einer anzieht und ich mit ihm einig werde, dann gern. Männer sind schön und fassen sich gut an.«

»Ja, das sehe ich auch so.« Er zwinkert mir nach meiner Bemerkung zu.

Preston hat so einen fassungslosen Ausdruck auf dem Gesicht, wie ich es mir immer gewünscht habe, darauf zu zaubern. »Warum hast du das nie erzählt?«

»Ich habe es nicht verschwiegen, aber es war auch nie Thema. Ich laufe nicht durch die Gegend und trommle auf meine Brust, um dabei herumzubrüllen, ich bin bi. Es ist einfach so. Kommst du damit klar? Ich glaube, es war ein Fehler, es dir zu sagen.«

»Nein. Küss mich noch einmal.«

Nun habe ich den fassungslosen Ausdruck im Gesicht und klappe schnell den Mund zu, als ich es bemerke.

»Ehrlich?«

»Ja. Ich habe noch nie einen Mann geküsst, der auch auf Männer steht.«

»Ist das von deiner Liste?«

»Jetzt ja.«

»Und was passiert, wenn es dir nicht gefällt? Sind wir dann keine Freunde mehr?«

»Mir fällt kein Szenario ein, in dem ich nicht mit dir befreundet sein möchte.«

Nickend beugt er sich wieder vor, und die beiden blicken sich gegenseitig ins Gesicht, bis sich ihre Lippen berühren. Ich rutsche auf, um das aus der Nähe zu betrachten. Sie neigen leicht den Kopf, und ich kann Rykers Zunge aufblitzen sehen, die über Prestons Unterlippe streicht. Ihre Kiefer bewegen sich langsam und eher vorsichtig, aber kurz darauf werden sie gieriger, öffnen ihre Münder weiter, und ich kann zusehen, wie sich ihre Zungen berühren und sie immer wieder ihre Lippen aneinanderdrängen.

Ich glaube, ich habe noch nie einen Kuss so aus der Nähe gesehen, zweimal nicht von zwei Männern, und das ist so abartig heiß, dass ich mir vornehme, sicherheitshalber irgendwann einen Porno mit homosexuellen Männern anzusehen. Falls das hier nicht weitergeht.

Mir fällt ein, dass Preston mich eben geleckt hat, und das Wissen, dass sie gerade meinen Geschmack auf ihren Zungen teilen, wärmt meinen Schoß wie ausführliche Reibung. Nie dachte ich darüber nach, aber das vor Augen zu haben ... zu erleben ... Das ist heißer als jede Fantasie.

Ryker schiebt eine Hand in Prestons Nacken, woraufhin Preston seine darauflegt und sie wegschiebt, um danach beide gegen Rykers Brust zu stemmen. Ryker richtet sich wieder auf und Preston räuspert sich.

»Sorry, Ryker.«

Der Angesprochene nickt, und wenn mich nicht alles täuscht, glänzen seine Augen feucht.

Ich weiß nicht, was in ihm vorgeht, aber es verdrängt die Hitze aus mir, und ich habe das Bedürfnis, etwas Tröstendes zu sagen, ohne überhaupt zu wissen, was sein Problem ist.

»Das war dann doch zu viel, oder? Jetzt magst du mich nicht

mehr. Du denkst, ich bin seltsam, weil dein Stock im Arsch zu fest sitzt.«

»Wie bitte? Nein. Ich denke, dass Elaine ein wahnsinniges Glück hat, das ausgerechnet mit dir tun zu dürfen. Außerdem denke ich, dass ich dich sehr schätze, als Freund, nicht als Liebhaber. Das funktioniert nicht für mich. Und zu guter Letzt: Wenn ich das richtig verstanden habe, bist doch du der, der gern den Stock im Arsch hätte.«

Rykers Mundwinkel heben sich an, dann lacht er kurz. »Ich glaube, du hast völlig falsche Vorstellungen. Aber lassen wir das. Zwischen uns ist wirklich alles in Ordnung?«

»Wie deutlich muss ich denn noch werden? Tu, was du willst, jedoch nicht mit mir.«

Mit einer Bewegung seines Kopfs deutet Ryker auf mich. »Und mit ihr?«

Preston schmunzelt. »Wäre schade um die Gelegenheit.«

Ehe ich mich einmischen kann, um ihn darauf hinzuweisen, nicht über mich zu sprechen, als wäre ich nicht hier, sieht mich Ryker an. »Du hast gerade intime Einblicke in eine Freundschaft bekommen. Die müssen wir dir jetzt leider wieder aus dem Verstand ficken.«

Er streckt mir die Hand hin und zieht mich in die Höhe. »Was hältst du davon: Ich darf zuerst. Du hilfst mir beim Ausziehen. Und Preston, ja, der bekommt erst wieder die Erlaubnis, Hand an dich zu legen, sobald er nackt ist. Weißt du, mit unserer Freundin Mia sitzt er lustig nackig im Whirlpool und bei uns macht er so ein Theater.«

»Mia?«

»Die Frau eines Freundes. Nichts, was Preston anfassen würde. Außerdem ist es schon viele Monate her.«

Ein Blick über die Schulter zu Preston, der den Kopf schnell abwendet. Hat er mir auf den Hintern gestarrt? So was. Er sieht auf einmal unentschlossen aus. Rykers wegen? Nein. Das scheint geklärt.

Da diese Unentschlossenheit etwas mit mir zu tun haben könnte, gibt mir das wiederum Sicherheit. Ich gehe, nackt wie ich bin, an meine Handtasche, entnehme einen Haargummi und raffe die Haare in einen Zopf zusammen. Nichts nervt mehr beim Sex als offene Haare.

Beide Männer sehen mir zu. Ja, vielleicht strecke ich mich dabei ein wenig mehr, als ich müsste, stelle mich sogar auf die Zehenspitzen und schiebe die Brust heraus. Und ja, möglicherweise binde ich sie langsamer zusammen, als das notwendig wäre.

Preston hat ein gleichgültiges Gesicht aufgesetzt, aber etwas Dunkles tanzt in seinen Augen, was mich schlucken lässt. Ryker ist da offener. Er starrt mich gierig an und fasst sich in den Schritt.

Ich überlege, Ryker zu fragen, was ich tun soll, um ihm ein Kopfkino an Möglichkeiten zu geben, aber ich entscheide anders. Ich gehe zu Preston, setze mich rittlings auf seinen Schoß und zerwühle seine Haare. Er hat auch meine Frisur zerstört.

»Zieh dein Sakko aus«, befehle ich.

Die Reaktion kommt verzögert, doch er richtet sich ein wenig auf, um es loszuwerden. Ich greife an seine Weste, die er darunter trägt, um die Knöpfe zu öffnen.

»Ryker?« Ich drehe den Kopf und er lässt sich neben uns nieder.

Was ich will, versteht er sofort, als ich mich ihm ein Stück entgegenbeuge. Er küsst mich, dieses Mal geduldiger, weshalb ich mich darauf konzentrieren kann, nebenher auch noch die Knöpfe von Prestons Hemd zu öffnen.

Bis zur Hälfte halte ich durch, dann würde ich gern seine Haut berühren, aber er trägt darunter ein Shirt oder Unterhemd. Der Mann ist in so viele Lagen verpackt, als wollte er seine Jungfräulichkeit schützen.

Meine Hände arbeiten weiter und ich schiele zu ihm. Er sieht uns beim Küssen zu. Seine Lippen sind feucht, als hätte er darüber geleckt. Ich will auch darüber lecken und unterbreche den Kuss mit Ryker, um genau das zu tun. Nur mit der Zungenspitze fahre ich die Kontur seines Mundes nach, um sie danach eintauchen zu lassen. Er erwidert das und dieser Kuss fühlt sich nach einem langen, ausführlichen an; einem zum Versinken. Trotzdem beende ich ihn, damit Ryker sich nicht ausgeschlossen vorkommt.

Die Sache mit der Koordination von zwei Männern nervt ein bisschen. Ich möchte nicht, dass sich jemand bevorzugt oder benachteiligt fühlt, weil mir das unfair erscheint, aber ich will auch nicht denken und überlegen müssen. In der Fantasie ist eine Ménage einfacher als in der Realität und wir haben noch nicht einmal richtig angefangen. Brauche ich einen Timer, wann wir irgendwie wechseln?

»Sie denkt schon wieder nach.«

»Kannst du auch etwas Konstruktives beitragen, statt mich ständig zu analysieren?«, fahre ich Preston an, entnervt, dass er das bemerkt hat.

»Nicht streiten!«, befiehlt Ryker, der auf einmal herrisch klingen kann. »Ihr habt beide recht. Wir brauchen einen Gamemaster. Elaine, sorry, du denkst wirklich zu viel.«

»Gamemaster?«

»Jemand, der durch das Spiel führt. Der Gamemaster bestimmt, was passiert, die anderen folgen ihm. Ein Vetorecht gibt es natürlich und Wünsche können auch angemeldet werden. Preston, willst du das übernehmen? Du übernimmst doch so gern die Kontrolle.«

»Nein. Ich möchte nicht über sie bestimmen.«

»Gut. Dann ist das mein Job. Ihr könnt also beide aufhören zu denken und schön brav auf meine Anweisung vögeln.«

»Ich wusste nicht, dass Sex so kompliziert sein kann.«

»Sorry, Lady. Preston und ich sind hierbei kein eingespieltes Team. Wir sind alle damit unerfahren, und wenn wir das nicht vermasseln wollen, brauchen wir Regeln, da ihr beide den Kopf nicht ausschaltet.«

»Super. Du analysierst genauso viel wie Preston. Sehr sexy.«

»Aber ich habe recht.«

»Aber du hast recht«, gebe ich zu.

»Wir können gern danach ein Analysegespräch führen, wenn ihr das wünscht.«

»Bloß nicht«, murmle ich.

Er reibt die Hände aneinander. »Lasst die Spiele beginnen. Preston, küss sie wieder heiß. Das klappt ja ganz gut. Und du, Lady, du darfst mich dann besteigen, was Preston die Gelegenheit gibt, den Rest seiner fünfziglagigen Kleidungsschichten loszuwerden.«

Mein Plan war, selbst die Zügel in der Hand zu behalten, andererseits hat er wirklich recht. Bevor ich das zerdenken kann, folgt Preston seiner Anweisung und küsst mich. Nein, er küsst nicht nur, seine Hände erforschen mich dazu auf seine etwas ruppige, zielgerichtete Art.

Mir wird tatsächlich sofort heiß davon, und wenn mein Körper sich dem hingeben kann, kann mein Verstand es auch. Ich streichle seinen Nacken und versinke in der Sinnlichkeit des Kusses und seinen Berührungen. Mehr Hände finden auf mir Platz, Ryker liebkost meinen Hals und nun brenne ich endgültig.

»Komm auf meinen Schoß«, brummt Ryker an meiner Haut. »Ich will dich spüren.«

Er entfernt sich und lehnt sich an der Couchrückseite an. Er ist nackt, hat sich bereits ein Kondom übergezogen und hält ihn in der Hand, damit ich nur noch auf ihn gleiten muss.

Ich nehme die Einladung an, steige von Preston und verteile meine Beine links und rechts von Rykers. Er schaut mich an, und mir gefällt, wie er mich ansieht. Als wäre ich wirklich eine Lady und es für ihn eine Ehre, dass wir das miteinander tun. Mit einem festen Griff packe ich an seine Schultern und lasse mich langsam auf ihn sinken. Seine Spitze taucht ein, und ich ruckle mich ein wenig auf ihm zurecht, wovon er rau stöhnt. Er ist groß, aber nicht mehr als ich aufnehmen kann, weshalb ich die fortschreitende Dehnung auskoste. Preston sieht sich von nebenan an, wie sein

Freund mein Inneres teilt, und seine Augen rucken hoch zu meinen.

Es ist fast unangenehmer, wie er mir intensiv in die Augen schaut, als dass er zusah, wie jemand in mich eindringt, weshalb ich das Gesicht wegdrehe und Ryker küsse.

Ich vernehme Kleiderrascheln und vermute mit geschlossenen Augen, dass Preston sich endlich durchgerungen hat, seine restliche Kleidung loszuwerden.

Ryker ist wirklich gut als Gamemaster, wie er es selbst genannt hat. Ich denke nicht, ich achte auf nichts, ich höre einfach auf seine mit tiefer Stimme geflüsterten Anweisungen, wechsle die Position, lasse mich berühren und genieße. So viele Hände auf mir, die über meine Haut streichen, zupacken, meine Brüste verwöhnen, zwischen meinen Schenkeln sind, jede empfindliche Stelle finden, die mein Körper besitzt.

Beide Männer sind vorzüglich, können sich bewegen, verlangen nicht zu viel, geben umso mehr. Abwechselnd berühre ich sie, verwöhne mit meiner Zunge, nehme sie in mir auf und fühle mich begehrt wie noch nie.

Es ist durcheinander, wild und vollkommen berauschend. Überall Haut, Lippen, Hände, die Luft ist geschwängert von Hitze und genussvollem Stöhnen.

Preston ist von Rykers sexueller Orientierung nicht irritiert. Im Gegenteil, ich meine, dass er sich ebenso fallen lässt wie ich, und das entspannt mich. Das entspannt mich sogar sehr. Ich funktioniere nur noch körperlich, wandere durch einen wahren Rausch von Erregung und Lust.

Ich weiß nicht, wie lange wir so zugange sind, hätte schon so oft kommen können, zögere das aber hinaus, indem ich Bewegungen unterbreche, innehalte oder einen Positionswechsel verlange.

Preston sinkt mit dem Rücken gegen die Lehne der Couch, atmet durch, und ich folge ihm, weil ich das Bedürfnis nach einem seiner perfekten Küsse habe.

Kaum habe ich das Bein über seine Oberschenkel

geschwungen und seinen Mund gefunden, zieht Ryker meine Hüfte zurück. Seine Finger krallen sich hinein, und ich biege mich ihm so weit wie möglich entgegen, damit er sich in mich schieben kann.

Meine Hand umfängt Prestons Härte, doch ich bin unfähig, sie zu bewegen, da wir uns nahezu entrückt küssen.

Mir ist heiß, ich bin völlig verschwitzt, alles brodelt in mir. Meine Haut ist hypersensibel, jedes Eindringen überirdisch krass, jede Berührung schon fast schmerzhaft.

Prestons Lippen rutschen über mein Gesicht, bis er am Ohr flüstert: »Davon abgesehen, dass es auf meiner Liste stand, eine Frau mit einem anderen Mann zu teilen, gibt es einen weiteren Grund, warum ich das tue. Das ist, um mit dir abzuschließen. Irgendetwas zieht mich an dir an und mir gefällt das nicht. Jetzt hast du dich vor meinen Augen hemmungslos von meinem Freund nehmen lassen und damit bist du verdorben für mich. Das war es mit Anziehung. Du bist mir nun wieder egal, so wie es sein sollte.«

Ja. Ja! Ja, ich stimme in allen Punkten zu. Trotzdem fühlen sich seine Worte wie Peitschenhiebe an, die mich zerschmettern wollen. Das Gefühl vermischt sich mit der Pein von unterdrückten Orgasmen und sorgen für einen seltsamen Schwindel im Kopf.

Er küsst mich direkt unter meinem Ohr und spricht weiter: »Warum ich das jetzt sage? Du siehst aus, als würdest du gleich durch den Schwanz meines Freundes kommen. Perfekter Augenblick, oder? Du kommst, bist dabei zufrieden, dass sich zwischen uns nichts ändern wird, und dann sind er und ich an der Reihe. Danach können wir wieder normal weitermachen.«

Jeder Muskel spannt sich an, weil Zufriedenheit nicht das ist, was ich empfinde.

Ryker stöhnt hinter mir und scheint das Anspannen falsch zu interpretieren.

Er beugt sich zu mir und raunt mir an meinem anderen Ohr zu: »Willst du jetzt kommen?«

Mein Kopf schüttelt sich energisch. Nein. Ich kann nicht. Ich kann nicht mit dem hier aufhören. Ich kann die Worte von Preston nicht richtig verarbeiten. Ich kann nichts mehr verarbeiten, außer Schmerz, von dem ich nicht weiß, ob er körperlich oder seelisch ist.

»Nein?«, hakt er nach.

»Besser nicht«, presse ich hervor und sehe Preston an, der sich zurückgelehnt hat.

»Angst vor einem Absturz?«, fragt Ryker.

»Ja«, gebe ich ungewollt zu. Kann er hellsehen?

»Preston, wir haben ein Problem. Sie stürzt ab.«

»Was soll das bedeuten?«

»Sie ist überfordert.«

»Bin ich nicht«, behaupte ich, aber ich glaube, er hat recht.

Mir tut alles weh, weil ich zurückhalte, was in mir ausbrechen will, und das Ende dieser Geschichte macht mir Angst. Zum ersten Mal seit langer Zeit habe ich ein Panikgefühl. Was ist danach? Ich kann Preston nie wieder ins Gesicht sehen. Wie gehe ich mit ihm um, jetzt, später, morgen, in einer Woche? Wie gehe ich mit mir um? Das hier mit einem Mann zu veranstalten, der verheiratet ist und Kinder hat, sich von mir angezogen fühlt oder dem ich egal bin. Darüber hinaus weiß ich auch nicht, was von beidem aus meiner Sicht auf ihn zutrifft.

Diese hektisch schnelle Nummer, okay. Das war unangenehm genug. Aber das hier ist viel ausschweifender. Ich kann nie wieder in den Spiegel sehen. Wohin ist die Leichtigkeit von vorhin?

Mir fällt nicht ein, wann ich mich zuletzt so schlimm gefühlt habe. Ich weiß nicht, wie man atmet, mein Kopf ist gefüllt mit Stacheldraht und ich fühle meine Glieder nicht mehr.

Preston legt mir die Hände an den Kopf, die Daumen an der Schläfe, und sieht mir alarmiert ins Gesicht. »Du lügst. Er hat recht, oder?«

»Nein.« Das kann ich nicht zugeben. Nicht vor ihm, nicht vor seinem Freund, nicht vor mir.

»Ryker, bring ihr eine Decke.«

»Preston«, murmle ich aus Protest.

Weg. Ich muss hier weg. Durch ein schwarzes Loch. Zurück. Zurück an den Moment, an dem ich Ethan vor dem Gebäude gesehen habe. Einfach an ihm vorbeigehen. Noch besser: zurück an den Tag, an dem ich mich entschieden habe, Jura zu studieren.

Ich möchte einen normalen Bürojob. Etwas ohne Verantwortung. Schuhe verkaufen. Hübsche Schuhe. In einem Eisladen arbeiten mit Mitarbeiterrabatt.

»Hey, kleine Hexe. Du bist totenblass.«

Preston hält immer noch mein Gesicht in den Händen. Ich will nicht mehr nackt sein, ich will das nicht getan haben, ich will kein Mitleid in seinen Augen. Warum sind seine Augen so blau?

»Ich möchte nach Hause«, entkommt mir flüsternd.

»Ich weiß. Weshalb dieser plötzliche Stimmungsumschwung? Gerade bist du vor Ekstase fast zerflossen und dann zack: das?«

»Du.«

»Meinetwegen?«

»Ja.«

Nur noch Hauchen kommt aus meinem Mund. Eine Decke landet über meinen Schultern und ich kann mich nicht mehr kontrollieren. Ich bebe, als hätte ich Schüttelfrost.

Ryker setzt sich auf die Couch und zieht mich mitsamt der Decke auf seinen Schoß. Er trägt schon wieder Unterwäsche, als hätte er bereits mit allem abgeschlossen. Ich möchte diese Nettigkeit nicht annehmen müssen. Ich bin nicht empfindlich, ich bin nicht sensibel, ich bin nicht schwach.

Er drückt mich an sich, ich mache mich klein und lehne den Kopf an ihn. Bloß eine Minute. Bevor ich die Augen schließe, werfe ich einen Blick auf Preston, der sich den Wangenknochen reibt.

Eine Hand, die nicht Rykers Pranke ist, streicht über mein Haar.

»Gib sie mir.«

»Nein, sie bleibt bei mir. Du bist ein Idiot, Preston.«

»Das weiß ich.«

»Du hättest mir vorher sagen müssen, dass etwas zwischen euch läuft!«

»Es ist kompliziert.«

»Danke, dass du mich mit reinziehst.«

»Bist du beleidigt, weil du nicht gekommen bist?«, fragt Preston scharf.

Die beiden dürfen sich nicht streiten. Nicht meinetwegen. Nicht das auch noch. Ich strecke blind die Hand aus und sie landet auf Prestons Brust. Ihn zu berühren lässt mich besser atmen.

Er legt seine darüber, und statt sie wegzuschieben, drückt er sie fester an sich und seufzt. »Entschuldige, Ryker. Wir reden später.«

Viele Gedankenfetzen bilden sich in meinem Hinterkopf. Gesprächsthema möchte ich nicht sein, bei uns läuft nichts und kompliziert ist es auch nicht. Die Gedanken schaffen es nicht, zu Worten zu werden. Vielleicht weil es doch stimmt. Ich fühle mich auf eine seltsame Art zu diesem Mann hingezogen, ob ich will oder nicht.

Ich will nicht.

Ich will nicht, weil es falsch ist.

23

NIEMALS

Preston

Ihre Hand liegt auf meiner Brust und ich drücke sie noch ein bisschen fester gegen mich. Ich fühle mich entblößt. Nicht, weil ich nackt bin, sondern weil ich mich sorge, man sieht mir an, dass ich selbst aus dem Gleichgewicht geraten bin.

Ihre Hand auf mir ist zu wenig. Ich bin kurz davor, sie Ryker einfach zu entreißen. Aber so bin ich nicht. Seit wann hat er überhaupt so einen Beschützerinstinkt?

O bitte. Er wird doch nicht irgendetwas für sie empfinden? Sie ist MEINE Hexe!

Bei dem Gedanken schiebe ich ihre Hand weg. Ich möchte das nicht denken, nicht fühlen. Soll er sich um sie kümmern, wenn er das so unbedingt will.

Mein Blick liegt unfokussiert auf der Zimmerdecke. Ich kann Ryker nicht verlieren. Noch nie hatte ich solche Freunde wie ihn, Ethan und Ryan. Freunde, die mir so viel bedeuten. Deshalb ist es mir auch völlig egal, ob er bi, homo, trans, oder was es sonst gibt, ist. Trotzdem. Bringt er sie jetzt öfter mit, ziehe ich aus. Ganz gleich, ob es meine Wohnung ist. Das kann ich mir nicht ansehen.

Dass sie so vertrauensvoll an ihn gelehnt ist, lässt meinen Magen brodeln. Es hat mich weniger gestört, seinen Schwanz in ihr verschwinden zu sehen, wie das. Ich habe meinen immerhin in genügend Frauen versenkt, um das für nichts Besonderes mehr zu halten. Aber das ... Ich kann mir einfach nicht vorstellen, dass sie mit jedem Mann so vertraut umgeht, mit dem sie schläft und ... Argh. Ich hasse, wie ich mich fühle.

Gerade als ich mich erheben will, um die beiden allein zu lassen, bewegt sie sich, befreit sich von Ryker und krabbelt zu mir auf den Schoß. Sie breitet die Decke weiter aus, bedeckt uns und macht sich so klein wie eben auf ihm. Ihr Kopf ist direkt unter meinem Kinn und nur noch die Nasenspitze lugt hervor.

Die Wärme ihres nackten Körpers geht unmittelbar auf mich über, der Kontakt zu ihrer Haut zwingt mich zum Schlucken. Ich verschränke die Arme darüber, entscheide mich anders, schiebe sie unter den Stoff und umschlinge sie direkt.

Besser. Viel besser.

Mit aller Selbstbeherrschung unterdrücke ich den Impuls, laut und erleichtert auszuatmen, weil sich das genau richtig anfühlt.

»Ich lasse euch mal allein«, verkündet Ryker. Er beugt sich runter an Elaines Nasenspitze. »Schrei einfach, falls er sich nicht benimmt.«

»Danke«, murmelt sie. »Es tut mir leid.«

»Muss es nicht. Mir ist das auch schon passiert.«

»Was?«

»Ein emotionaler Absturz mittendrin.«

»Echt? Dir? Ich dachte, du hattest noch keine Dreier?«

»Es waren nur eine Frau und ich. Zufällig hatte ich sie schrecklich gern. Na ja. Deshalb war ich wahrscheinlich mit ihr zusammen. Beruflich bin ich immer wieder unterwegs und wir konnten uns länger nicht sehen. Hm, ja. Wir tobten zu Ehren meiner Rückkehr ein wenig durchs Schlafzimmer. Dabei entdeckte ich möglicherweise ein paar Hinweise, dass in meiner Abwesenheit ein anderer Mann meinen Platz eingenommen hatte. Das ist für mich ein No-Go. Trotzdem wollte ich das möglichst cool und lässig zu Ende bringen. Ich dachte mir, dann nimmst du dir wenigstens noch eine epische Nacht mit, bevor du sie verlässt. Ich steigerte mich im Kopf in einen Strudel aus Ekel, Lust, Hass und Enttäuschung hinein, der mich aus den Latschen gehauen hat. Wie das aussah, will ich lieber nicht beschreiben, aber du siehst: So etwas kann jedem passieren. Du bist trotzdem noch eine kleine Lady, die ich nicht in die Oper begleiten möchte.«

»Und wieso bist du dann mit ihm befreundet?«

»Sorry, ich verstehe den Zusammenhang nicht.«

»Na, dich macht es fertig, betrogen zu werden und er …«

»Er?«, hakt Ryker nach und sieht mich fragend an.

»Na, er ist verheiratet und hat mit mir … uns … und anscheinend genügend anderen.«

Ohne Absicht spannt sich alles an mir an.

»Aber …«

Ich unterbreche Ryker bei seiner Aufklärung. »Du wolltest gehen. Ich habe keine Lust, meine schiefgelaufene Ehe zu thematisieren.«

Sie hält mich für einen Betrüger. Aha. Ernüchternd. Sie hat ja wirklich eine hohe Meinung von mir. Glaubt sie, ich hätte mit ihr geschlafen, wenn meine Ehe noch existent wäre? Ja, gut, vielleicht ist der Gedanke nicht so abwegig. Ich kenne genügend Männer, die eine andere Einstellung haben. Es hinterlässt trotzdem ein bitteres Gefühl in mir, dass sie das von mir denkt. Sie hat doch mitbekommen, dass ich mit anderen Frauen *ausgegangen* bin. Dachte sie das tatsächlich die ganze Zeit?

Ryker verdreht die Augen und verschwindet endlich.

Diese Ernüchterung verdränge ich aus mir und lehne den Kopf hinten an, weil ich mich erschlagen fühle. Tief erschöpft und völlig energielos.

Meine Arme schließen sich enger um sie, da es hilft, erschöpft und energielos in Zufriedenheit zu verwandeln.

Wann hat es sich das letzte Mal so gut angefühlt, eine Frau im

Arm zu halten? Wann hatte ich das überhaupt das letzte Mal? Ryker hat recht. Ich ziehe mich noch nicht einmal immer ganz aus, wenn ich mit einer Frau schlafe. Warum auch? Die dazu benötigten Teile lege ich frei. So ist man schneller weg. Ich will keine Frau gernhaben, da ich offensichtlich nicht in der Lage bin, auf eine Frau aufzupassen. Wie hätte ich sonst alle Alarmsignale bei Charlotte übersehen können? Das Schlimmste ist, dass ich noch nicht einmal selbst bemerkt habe, wie sie mir immer gleichgültiger wurde. Vielleicht bin ich sogar erbärmlicher als ein Betrüger.

»Preston? Können wir das irgendwie in Würde abschließen?«

»Es hat nicht funktioniert«, platzt mir von den Lippen.

»Was?«

»Das, was ich vorhin zu dir gesagt habe. Du bist mir nicht wieder egal. Dieses Anziehungs-Dings ist immer noch da.«

Mir fehlen die korrekten Worte dafür. Keine Ahnung, wie man das nennt. Der Ausdruck Verliebtsein kommt mir zu profan und zu kindlich vor.

»Ich stehe auf dich, Preston Connor.« Das abzustreiten, wäre auch dämlich, so wie wir schon zweimal – mit dem jetzt dreimal – übereinander hergefallen sind. »Und ich fühle mich zu dir hingezogen.«

Ist das ein Tausch? Ich sage ihr, sie ist mir nicht egal, und sie gibt das zu? Kann ich da noch mehr rausholen?

»Ich bin eifersüchtig, weil er dir gefällt, und hätte dich gerade eben am liebsten von ihm runtergezerrt.«

»Das hier fühlt sich echt gut an, und ich hasse es, dass du verheiratet bist. Wo ist deine Frau jetzt?«

»Keine Ahnung. Mich interessiert schon lange nicht mehr, was Charlotte treibt.«

»Ich fühle mich echt schlecht deshalb.«

»Du musst dich nicht schlecht fühlen, Charlotte und ich …«

»Nein! Bitte erzähl mir nicht irgendwelche Geschichten, wie mies es läuft und du dir aus dem Grund dieses Recht herausnimmst. Oder noch schlimmer, eine Lüge, dass du sie verlässt oder so etwas. Das ist doch unter deiner Würde.«

Was soll ich sagen? Wäre jetzt nicht die ideale Gelegenheit, sie über ihre Fehlannahme aufzuklären?

Nein, eigentlich ist ihr Irrglaube sogar besser. Soll sie mich doch für einen gewissenlosen Betrüger halten. Ich wüsste sowieso nicht, wie das weitergeht. Ich bin nicht bereit für eine neue Beziehung, die vermutlich genauso endet wie die letzte, weil ich immer noch nicht herausgefunden habe, wann dieser Moment war, an dem meine Ehe den Bach runterging. Wenn ich Charlotte nicht gerecht wurde, wie sollte es mir dann mit jemandem wie ihr gelingen?

Außerdem ist sie zickig, nervig und viel zu selbstsicher. Das ist keine Frau für mich, das ist mir zu anstrengend. Was denke ich hier nach? Ich war mir mit mir selbst einig, dass ich überhaupt keine mehr will. Und sie schon dreimal nicht. Zickig, nervig, zu selbstbewusst ... und süß und klug und beeindruckend und heiß und zuverlässig und aufmerksam. Und, und, und.

Ich reibe mein Kinn an ihren Haaren, die völlig durcheinander, leicht verschwitzt und klebrig von vermutlich Haarspray sind. Sie ist echt, keine Fantasiefigur, einfach Elaine, die gerade vollkommen aus ihrem selbst geschaffenen Bild gefallen ist.

Wie ich.

»Danke«, nuschelt sie in meine Überlegungen hinein. Ich lächle. Keine Ahnung, worauf sich das bezieht, aber vermutlich macht sie sich mindestens so viele Gedanken wie ich.

»Wofür, kleine Hexe?«

»Dafür, dass du mich festhältst. Ich glaube, ich brauche das jetzt, weil ich mich echt schlecht fühle. Nein, falsch, Vergangenheitsform. Fühlte. Ich fühle mich besser.«

»Das fällt dir schwer zuzugeben, oder?«

»Ja, aber da es offensichtlich ist ... wollte ich halt Danke sagen.«

Sie hat keine Ahnung. Ich brauche das jetzt auch. Allerdings kann ICH das nicht zugeben. Das macht mich vermutlich zu dem Schwächeren von uns beiden, obwohl sie abgestürzt ist.

»Preston? Ich hasse dich jetzt noch mehr.«

»Und warum das?«

»Weil du ein Arschloch bist, ich trotzdem nicht von dir loskomme und dir nun darüber hinaus dankbar bin. Außerdem ... Ach, egal. Gestern Abend wollte ich dir noch einen toten Fisch in die Lüftung deines Autos stopfen.«

»Dann ist es vorteilhaft, dass mein Fahrer anständig auf den Wagen aufpasst.«

»Ja, du hast echt unglaublich viel Glück.«

Ich lache leise in ihre Haare. »Würdest du so etwas Kindisches tatsächlich tun, wenn du die Gelegenheit hast?«

»Nein. Aber es mir vorzustellen, tat gut.«

»Dafür hatte ich überlegt, dir rote Farbe aus den Druckerpatronen in die Handtasche zu schütten. Leider habe ich keine Ahnung, wo die Behälter damit an den Druckern in der Kanzlei sind.«

Sie lacht gurgelnd. »Ja, weil wir Laserdrucker nutzen.«

Keine Ahnung, ob es da einen Unterschied gibt, aber ich lache mit ihr.

Sie legt eine Hand auf meine Brust und richtet sich auf, um mich anzusehen.

»Ich weiß echt nicht, was ich an dir finde. Aber ...«

»Aber?«

»Ich weiß auch nicht. Ich bin durcheinander und kann an nichts anderes denken, als dich noch einmal zu küssen.«

»Vermutlich kommt es darauf nicht mehr an.«

Sie schmunzelt. »Außerdem bist du nackt. Sehr nackt. Ich mag dich nackt.«

Sie kratzt mit den Nägeln über meine Brust und das zuckt einmal quer durch mich durch.

»Tu das nicht«, warne ich sie.

»Doch. Können wir noch einmal ... dieses Mal nackt, nur wir

beide? Um das abzuschließen? Und dann gehe ich nach Hause, und morgen tun wir so, als wäre das nie passiert?«

Ich bin mir nicht sicher, ob ich das kann, aber der Vorschlag ist vernünftig, weshalb ich sage: »Ja.«

Sie legt mir einen hingebungsvoll leidenschaftlichen Kuss auf die Lippen, der mir eigentlich fast zu viel ist. Darin ist keine Distanziertheit mehr. Es ist, als wären wir nicht nur körperlich nackt, sondern auch alles andere von uns bloßgelegt. Ich kann mich dem nicht entziehen, richte mich ein Stück auf und lege eine Hand auf ihren Rücken, um sie an mich zu drücken. Wenn ich etwas gut kann, dann ist es, mich voll und ganz auf eine einzige Sache zu konzentrieren und nur dieser Aufmerksamkeit zu schenken, alles andere auszublenden und mit meinen Gedanken bloß noch das wahrzunehmen, was vor mir liegt. Mein Fokus ist komplett bei ihr, mein Bewusstsein damit gefüllt und alles wird intensiver, brennender, tiefer.

Ihre Brust berührt meine, und ich bilde mir ein, ihr Herz wild schlagen zu fühlen. Sie kratzt mir über die Seite, als wollte sie mich aufwecken, mich hervorlocken, aber das ist nicht nötig. Ich bin längst hart und will sie. Ganz für mich allein.

Ohne sie loszulassen, rutsche ich ein Stück vor und greife blind nach einem Kondom, die Ryker auf dem Tisch verteilt hat. Menge: Rudelbums für drei Wochen ohne Pause. Ich reiße es hinter ihrem Rücken auf, und sie schafft etwas Platz zwischen uns, damit ich es platzieren kann.

»Das ging preisverdächtig schnell.«

Ich sehe sie an und ziehe sie mit einem Arm ein Stück nach vorn, um sie zu finden, ein zweiter sanfter Ruck, um vorzutasten, ein dritter, um sie ganz auf mich zu schieben. Sie keucht und greift an meine Schultern.

»Ich habe LANG und HART geübt.«

Ein Lachen folgt, das ich um mich spüre.

»Lach noch einmal.«

»Ich kann doch nicht auf Kommando lachen, du Witzbold.«

»Meine Freunde behaupten, ich beherrsche die Kunst des Humors nicht.«

Sie zwinkert. »Das gleichst du mit einem perfekten Schwanz aus.«

»Von dem haben sie aber nichts. Ich dachte, das hätte ich vorhin klargestellt.«

»Schade für sie.«

Ein Lächeln für ihre Albernheit, dann sinke ich nach hinten gegen die Lehne und schließe die Augen.

»Müde?«

»Nein, ich genieße. Normalerweise sind wir jetzt schon fertig.«

Sie beugt sich schmunzelnd zu mir. »Ganz stimmt das ja auch nicht. Fünf bis zehn Minuten hältst du durch.«

Sie ist und bleibt eine Hexe.

Ich möchte nicht mehr reden und fordere: »Komm her.«

Warten will ich auch nicht, packe sie mir und umschlinge sie mit beiden Armen, ähnlich wie eben. Sie schiebt ihre zwischen Rückenlehne und mir ebenfalls um mich und lehnt ihre Wange an meine.

Wir bewegen uns in kleinen Wellen gegeneinander und finden einen ruhigen Takt. Das war keine Lüge, ich will das wirklich genießen.

Je länger wir das beibehalten, desto seltsamer wird mir. Ich spüre sie an jeder Stelle. Ihre Hände, ihren Körper, sie um mich, ihre Lippen, die sich gelegentlich irgendwohin verirren. Sie ist überall an meiner Haut, aber nicht nur. Sie ist auch in meinem Magen, in meiner Brust, in meinem Kopf. Allüberall nur noch sie, auf eine schmerzhafte Art fast himmlisch. Alles an mir ist entspannt und gleichzeitig jagt Erregung durch meinen Körper. Dieser Schwebezustand dazwischen ist das Widersprüchlichste, was ich je gefühlt habe. Vielleicht kann Sex doch etwas Besonderes sein; möglicherweise hatte ich das vergessen.

Zeit verliert völlig ihre Bedeutung, ist nur noch messbar an ihrer Nässe, die sich immer weiter über meinen Schoß verteilt.

Gelegentlich gibt sie leise Lustgeräusche von sich, die meine Brust eng werden lassen und meine Selbstbeherrschung auf die Probe stellen, das zu beschleunigen. Ewigkeiten tanze ich kurz vor der Klippe, bereit zum Sprung. Zum Nicht-Kommen zu viel, zum Kommen zu wenig.

Sie murmelt meinen Namen und alles an ihr spannt sich gleichzeitig an. Nägel drücken sich tief in meinen Rücken, ihre Oberschenkel scheinen zu versteinern und sie quetscht mich in sich ein. Ihr lang gezogenes Stöhnen höre ich kaum, da mein Kopf nach hinten ruckt und ich ebenfalls laut werde.

Die Dauer meines Höhepunkts zerreißt mich fast, aber selbst als er vorbei ist, scheint ihrer noch anzudauern. Ich streichle ihren feuchten Rücken, bis sich alles an ihr entspannt.

Wieder murmelt sie zusammenhanglos meinen Namen und ja, ja, ich bin ein Kerl, das ist geil, selbst hinterher und höchst befriedigend. Zumindest, wenn ich ihn von ihr höre.

Ich schiebe sie ein Stück zurück, um das Kondom loszuwerden, bevor es irgendwelche Unfälle gibt. Gedankenlos ziehe ich sie direkt wieder an mich, zerre die Decke über ihren verschwitzten Körper und damit auch über mich. Noch bin ich nicht bereit, sie gehen zu lassen.

Sie bleibt eng an meinen Schoß gepresst, legt die Stirn an meinen Hals und verharrt dort.

Ein Geräusch alarmiert mich und ich öffne die Augen. Noch bevor ich richtig wahrnehme, was passiert, bemerke ich, dass verschiedene Stellen meines Körpers beschlossen haben, ohne mich weiterzuschlafen, und dass jemand auf mir liegt, der sich sanft zu rekeln beginnt. Das schenkt mir ein Lächeln und ich streichle Elaine über ihr wirres Haar. Wir haben uns keinen Millimeter bewegt.

Meine Bewegung stockt, denn da stehen Ryan, Mia und Ethan vor mir.

»Guten Morgen. Was tut ihr hier?«, frage ich.

»O Gott.« Das war Elaine, die schnell unter die Decke abtaucht, was aus meinem Lächeln ein Grinsen macht.

Ryan hält mehrere riesige Papiertüten in die Höhe. »Frühstückslieferung. Ethan ist zu uns geflüchtet, da du sauer auf ihn sein könntest.«

»Warum denkst du das?«, frage ich Ethan direkt und streichle Elaines nackten Rücken. Bekommt sie überhaupt Luft unter der Decke?

»Hättest du deinen Blick gesehen, wärst du auch getürmt. Und? Ist sie das unter der Decke? Und viel wichtiger: Wo ist Ryker? Gefesselt? Tot?«

»Ryker ist nicht so ein Feigling wie du. War ich schon einmal sauer auf dich?«

»Öfter. Und der Killerblick war echt bedrohlich. Deshalb haben wir Frühstück mitgebracht, um dich zu besänftigen. Normalerweise stehst du jetzt auf. Warst du gar nicht im Bett?«

»Doch, natürlich. Ich wollte euch nur erschrecken und bin rechtzeitig mit ihr hierhergewechselt.«

Elaine packt mir in den Schritt. Selbst mit aller Selbstbeherrschung schaffe ich es nicht, zu verhindern, dass mich das hart macht.

»Lebt sie noch? Die Decke sieht schwer aus.« Ich sehe zu Mia, die grinst.

»Hätten eure Eltern euch gut erzogen, wüsstet ihr, dass jetzt der Zeitpunkt ist, in dem ihr still und leise in die Küche verschwindet, damit wir uns anziehen können.«

»Oder weitermachen!«

Ryker muss natürlich auch noch auftauchen. Großartig. Ich bin heute Morgen auf eine Art Mittelpunkt, wie ich es nie sein wollte.

Er marschiert hinter die Couch, küsst mich auf den Kopf und haucht: »Guten Morgen, Liebling.«

Also manchmal gehen mir ihre dämlichen Scherze mit dem Ziel, mich zu veralbern, gewaltig auf den Keks. Erstaunlicherweise muss ich aber lachen. Wie viel zu oft.

»Gott sei Dank. Auf mich ist er nicht sauer, und das obwohl …«

»Müssen wir das jetzt erörtern? Oder …« Verdammt. Elaine packt fester zu und schnürt mir damit den Hals ab.

»Wir gehen!«, bestimmt Mia. »Die arme Frau. Was glaubt ihr, wie peinlich ihr das ist.«

Endlich verlassen sie den Raum, wozu Ryker den Arm um Mia legt. »Das ist keine Lady, auch wenn sie so aussieht.« Das kann ich bestätigen.

Kaum sind sie weg, hebe ich die Decke an. Elaines Augen blitzen neckisch, wobei sie mich weiter umklammert hält. »Ich bin froh, dass wir beschlossen haben, diesen Vorfall als nicht existent zu behandeln. Sonst würde ich jetzt vor Scham sterben.«

»Du hast da etwas in der Hand, was mir gehört.«

»Ja, entschuldige. Ich musste mich irgendwo festhalten. Tolle Form. Sehr ergonomisch.«

Sie lehnt ihre Stirn an meine Brust, weshalb ich frage: »Ist alles in Ordnung?«

»Ja, natürlich. Ich kann bloß dein Lächeln nicht sehen. Das macht komische Sachen mit mir.«

»Gut komisch oder wird dir schlecht, wenn ich das tue?«

Sie lacht. »Gut komisch. Mir tut alles weh. Völlig unabhängig davon.«

»Mir auch. Nicht die beste Art zu schlafen, hm?«

»Ja und nein gleichzeitig.«

Sie seufzt und erhebt sich, wonach sie mir meine Hose reicht und ihr Kleid greift. Ich schlüpfe hinein, schließe sie und den Gürtel und helfe ihr, da sich ihre Haare irgendwie verheddert haben.

Leider ist die Sache abgeschlossen, als ich sie aus dem Kragen befreit und es nach unten gezogen habe. Warum hat dieses Kleidungsstück keinen Reißverschluss? Zu gern würde ich jetzt einen Reißverschluss zuziehen. Langsam, ganz genüsslich und vor allem zeitschindend. Stattdessen fasse ich an ihre Haare und versuche, sie etwas zu ordnen. Sie sieht mich an und greift meine Hände. Ich ziehe sie nicht weg, habe noch nicht einmal den inneren Drang danach, wie ich es sonst habe, wenn mich jemand vertraut an den Händen berührt.

Warum kann es intimer sein, Hände zu berühren als Geschlechtsteile? Kommt nur mir das so vor?

Sie lächelt. »Ich glaube, da ist nichts mehr zu retten. Ich rufe meinen Fahrer, der soll mich nach Hause bringen, damit ich mich in einen kanzleiangemessenen Zustand versetzen kann.«

Sie wühlt ein Telefon aus ihrer Handtasche und hält es sich ans Ohr. Da ich sonst nichts mit mir anzufangen weiß, lasse ich mich auf der Couch nieder.

In dem Moment, an dem sie das Smartphone vom Ohr nimmt, marschieren die Störenfriede wieder ein. Ryan und Ethan tragen Tabletts, auf denen alles Mögliche für ein Frühstück steht. Sie hätten es ruhig, wie sonst das Wochenendfrühstück, in der Küche anrichten können. Im Moment nerven sie mich. Seit wann bringen Ryan und Mia überhaupt unter der Woche Frühstück vorbei? Nur wegen Ethan?

»Perfektes Timing«, beteuert Ryker und nimmt neben mir Platz, wobei er mein Hemd mit dem Fuß zur Seite schiebt, das auf dem Boden liegt.

Elaine teilt mit: »Ich warte unten. Er ist in fünf Minuten da, behauptet er.«

»Trink doch so lange einen Kaffee mit uns«, schlägt Ethan vor.

Sie lächelt ihn an. »Nein, danke. Ich gehe. Es wird Zeit.«

Ihre Tasche bereits unter dem Arm schlüpft sie in ihre Schuhe.

Ich beobachte sie dabei und … und will sie immer noch nicht gehen lassen. Ich möchte dieses Gefühl von heute Nacht, als ich sie im Arm hatte, wieder und wieder und wieder.

Meine neue Komfortzone ist bequem und funktioniert. Eigentlich bin ich nicht bereit, sie zu verlassen. Überhaupt gar kein Stück. Aber ich will das echt dringend noch einmal. Zwischen uns ist doch etwas, das kann nicht nur ich sein.

Zweifel verbieten mir den Mund.

Sie zieht ihr Kleid glatt und sieht unzufrieden an sich nach unten, wonach sie nickt.

Gleich ist sie weg.

Meine Lippen wachsen komplett zusammen. Es ist besser so. Gestern habe ich schon zu viel gesagt. Und sie auch. Jedoch tat es so gut, diese Worte von ihr zu hören. Ich wollte sogar noch mehr davon.

Aber ich tauge dafür nicht. Das habe ich doch bewiesen. Was hat sie über ihren Ex gesagt? Er sei nett? Ich bin nicht nett. Nicht aufmerksam. Kein Charakterzug an mir ist geeignet, jemanden glücklich zu machen. Diese Bad-Guy-Sache hat für mich doch nur so gut funktioniert, da ich schon vorher einer war.

Elaine nickt erneut, dieses Mal verabschiedend in die Runde, wonach sie sich umdreht. Ihre Schritte wirken fast zeitlupenartig, weil meine Gedanken so schnell sind.

Aiden fällt mir ein. Gestern Morgen, bevor Charlotte ihn abgeholt hat, sagte ich ihm, dass ich ihn lieb habe. Eigentlich habe ich nichts erwartet, aber er sagte es sofort zurück, so beiläufig wie eine Selbstverständlichkeit. Zum Abschied hat er mich umarmt und es noch zweimal wiederholt, als hätte ich mit den ausgesprochenen Worten eine Starttaste gedrückt.

Von diesem Erfolg beschwingt versuchte ich vormittags mein Glück ebenfalls bei Jack. Ich wollte ihn sowieso anrufen, um ihn zu fragen, wie es ihm geht. Selbst von ihm durfte ich es hören, obwohl es etwas anders klang als von Aiden. *Ich hab dich auch lieb, weil du der Krankenschwester gesagt hast, ich darf so viel Eis essen, wie ich will.*

Alles, was ich ihnen gebe, kommt wie ein Echo zurück. Vielleicht ist es ja möglich …

Ich atme etwas hektischer, bekomme nicht genügend Luft durch die Nase, weshalb ich die Lippen öffne.

Da sie nicht mehr zusammenkleben, gebe ich mir keine Zeit, die Auswirkungen zu überdenken, sondern rufe: »Elaine!« Sie dreht sich in meine Richtung und ich erhebe mich. »Willst du mit mir zusammen sein?«

Mein Magen krampft sich bei der Frage zusammen und zieht hoch bis zur Brust, was schlimmer wird, da sie mich nur ansieht, statt zu antworten.

»Okay. Zu viel. Verstehe. Würdest du dann mit mir ausgehen? Ein richtiges Date?«

Ihr Kopf bewegt sich. Aber falsch. Komplett falsch. Langsam, aber falsch. Von links nach rechts und wieder zurück. Sie kann doch nicken. Eben hat sie das sogar bewiesen. Warum jetzt nicht?

»Hasst du mich etwa wirklich?« Scheiße. Meine Stimme kratzt im Hals, und das scheint man zu hören, denn ich fühle mich von fünf Augenpaaren durchbohrt.

Das hässliche Kopfschütteln stoppt und macht Platz für einen höchst wütenden Gesichtsausdruck. »Was bildest du dir eigentlich ein?« Sie schnaubt aggressiv. »Denkst du wirklich, ich werde deine Geliebte oder so etwas? Vergiss es, du eingebildeter Kotzbrocken.«

Ach so, ich vergaß. Meine Fingerspitzen kribbeln vor Erleichterung. »Elaine. Ich lasse mich scheiden.«

Sie schnaubt, was Ethan zum Schmunzeln bringt. Was ist denn daran lustig, bitte?

Nun sieht sie mich lauernd an. »Preston, entschuldige, aber ich glaube nicht, dass du das wahr machst.«

»Wahr machen? Die Scheidung steht kurz vor Abschluss. Dann ist es offiziell, falls du so lange warten möchtest.«

»Was?«

»Elaine, bitte. Du bist clever. Du erkennst Zusammenhänge deutlich schneller als der Durchschnittsmensch. Denkst du, ich würde mit zwei Freunden zusammenwohnen, wenn ich eine Frau hätte? Sie hat mich verlassen. Bereits vor gefühlten Ewigkeiten. Schon bevor wir uns kennengelernt haben.«

»Ihr wohnt alle hier? Ich dachte, das wäre eure *kleine* Lasterhöhle.«

»Nein, das ist unser Zuhause. Mit diesem Wissen: Fällt deine Antwort dann anders aus?«

Sie sieht mich an und ihre Miene wird maskenhaft. »Nein. Ich kann nicht mit dir zusammen sein. Nein. Nein. Niemals. Nein.«

Das hallt irgendwie hässlich in mir nach. *Nein. Nein. Niemals. Nein.*

Wäre ich bloß still geblieben. Ich habe mich geirrt. Das war nur ich. Ich allein. Aber hat sie nicht gestern noch gesagt ... Ich verbiete mir das. Egal, was sie gesagt, gedacht oder gefühlt hat: Offensichtlich teilt sie mit mir die Meinung, dass ich nicht tauge, um eine Beziehung zu führen.

Vielleicht sollte ich sogar erleichtert sein, da ich ja weiß, dass ich nicht der Typ dazu bin.

Dass ich irgendwie ausgegangen bin, bemerke ich erst, als Ryan seinen Arm um meine Schulter legt. »Sie ist weg. Tut mir leid, Mann.«

»Schon okay.«

»Sicher?«

Ich mache mich von ihm los, schnappe mir auf dem Weg nach draußen Geldbörse und Smartphone und ignoriere die Stimmen, die ich höre.

»Preston?«

Das ist mein Name.

»Wo gehst du hin?«

Das weiß ich noch nicht.

»Er geht einfach! Er hat nur eine Hose an.«

Die Aufzugtür schließt sich hinter mir und ich sehe nach unten. Tatsache. Barfuß.

Kaum im Erdgeschoss angekommen verschwinde ich aus dem Gebäude. Zu Fuß, so wie ich bin. Sie werden mir folgen, das ist mir klar. Deshalb ohne Auto. Ich schalte das Smartphone lautlos. Keine Elaine mehr zu sehen. Zum Glück.

Erst nach zwanzig Minuten Spaziergang hält ein Taxi für

mich. Oben ohne wird man offensichtlich nicht so gern mitgenommen. Als Ziel nenne ich ihm die Adresse meines Herrenausstatters.

Natürlich ist das Geschäft noch geschlossen. Ich rufe den Inhaber an, und nach weiteren zwanzig Minuten Wartezeit vor der Tür, da sie im Café gegenüber keine Kunden ohne Oberbekleidung bedienen, geht es endlich weiter. Die Zeit habe ich sinnvoll genutzt und weiß nun, was ich als Nächstes tue.

Das ältere Paar, das dieses Bekleidungsgeschäft betreibt, zuckt noch nicht einmal mit den Wimpern bei meinem Erscheinungsbild. Das sollte bei ihren Preisen auch drin sein.

Sie öffnen das Ladengeschäft und schalten die Beleuchtung an, die Reihen von Hemden und Stoffen, Krawatten und Einstecktüchern, und was man sonst benötigt, um anständig angezogen zu sein, in Licht taucht.

»Wie können wir Ihnen helfen?«

»Ich benötige einen Anzug, Hemd, Schuhe, Socken und Wäsche. Haben Sie Zahnbürsten?«

»Ähm, nein.« Schön. Ich konnte zumindest ihn kurz verwirren.

»Dann nur die anderen Sachen.«

»Woran denken Sie?«

»An Las Vegas, Nutten und Suff bis zum Koma. Aber zuerst benötige ich einen Anzug.«

Ha, nun habe ich beiden eine feinste Gesichtsentgleisung ins Gesicht gezaubert, was sich leider nicht im Mindesten auf irgendeine Art befriedigend anfühlt.

»Welchen Schnitt?«

»Wie der letzte.«

»Bis wann benötigen Sie ihn?«

»Sieht man das nicht? Sofort.«

»Sie wissen, dass …«

»Ja, das weiß ich. Geben Sie mir irgendeinen fertigen.«

»Wir haben keine …«

»Können Sie mir einen besorgen? Ich zahle das Doppelte. Sie

haben meine Maße. Und könnte ich bitte einen Kaffee bekommen?«

»Natürlich.«

Ich setze mich so hoheitlich auf einen der Wartesessel, wie es möglich ist, wenn man nur eine Hose trägt. Mit durchgestrecktem Rücken trommle ich auf die Armablage.

Ja, vielleicht reagiere ich über und ja, möglicherweise kann ich mit Zurückweisung nicht besonders gut umgehen. Aber scheiß drauf, das ist meine Sache.

Ich zücke das Telefon und ignoriere die Anrufe und Nachrichten meiner Freunde, rufe meine Assistentin zurück, die sich auf meine Benachrichtigung bereitgemeldet hat.

Bis ich meinen neuen Anzug trage und wieder wie ein Mensch aussehe, ist alles geklärt: Mein Mandant hat Zeit für mich und ich bekomme den Firmenjet, den wir uns mit einer anderen Kanzlei teilen. Der Geschäftsreise steht nichts im Weg, und das, ohne die Kanzlei betreten zu müssen.

Ich brauche Ablenkung, denn ich habe keine Ahnung, wie ich reagiere, sollte ich heute noch einmal Elaine begegnen. Abstand. Mit etwas Abstand, vor allem zeitlich, kann ich den kurzen Besuch im Land der schmachvollen Ablehnung vergessen.

Da ich es nicht übers Herz bringe, meine Freunde nicht zu informieren, und das nicht wie ein Feigling im Gruppenchat erledigen möchte, rufe ich Ryker an.

»Wo bist du!?«, brüllt er wie eine hysterische Mutti ins Telefon.

»Ganz ruhig. Arbeiten.«

»Nur in einer Hose?«

»Nein. Vollmontur. Ich habe nicht viel Zeit, ich muss mein Flugzeug erreichen.«

»Wo fliegst du hin? Komm in die Wohnung. Wir suchen dich überall. Mia weint. Ethan rennt auch mit roten Augen durch die Gegend.«

»Ehrlich? Warum?«

»Deinetwegen. Mia sagt, sie bringt sie um. Aber wir verhindern das, keine Sorge. Wir holen sie dir zurück.«

»O bitte. Bloß nicht.«

»Aber du ...«

»Ja! Ich verstehe! Ich sagte das nur, weil sie mir den Schädel rausgevögelt hat. Jetzt bin ich wieder klar.«

»Preston ... Es tut mir leid, dass ich sie gef... Sex mit ihr hatte. Ich habe erst viel zu spät kapiert, dass bei euch was Komisches läuft. Vielleicht hätte ich auf Ethan hören sollen, statt mich über seinen feigen Abgang zu belustigen. Meinst du, sie hat Nein gesagt, weil wir Freunde sind?«

Mit aller Gewalt muss ich mich zurückhalten, dieses Telefon nicht auf den Boden zu schmettern. »Ich habe keine Ahnung, was sie denkt. Es muss dir nicht leidtun. Das war gut. Das stand doch schon lange auf meiner Liste.«

»Und ich habe spaßig zu ihr gesagt, dass sie aussieht wie eine eiskalte Herzensbrecherin. Da wusste ich noch nicht, wie recht ich habe. Kannst du heimkommen?«

»Sie hat mir nicht das Herz gebrochen, du überdramatischer ... Argh! Ich bin auf Geschäftsreise. Ich melde mich.«

Eine Antwort warte ich nicht ab, sondern lege umgehend auf.

Ich hasse es, unhöflich zu meinem Freund zu sein, und möchte das irgendwie entschärfen. Ein Emoji? Welcher? Was passt? Augenverdrehen nicht, grinsen nicht, wütend sein nicht, zwinkern nicht. Herrje, warum hat noch keiner einen passenden Emoji erstellt, den man nutzen kann, wenn man bei dem Versuch eines Freundes auflegt, Trost zu spenden für etwas, bei dem man das nicht möchte?

Genervt wische ich durch die Vorschläge, da erscheint eine Nachricht von Ryker im Gruppenchat.

Hey, Preston. Falls die Lady dich nicht mehr ranlässt, stehe ich dir zur Verfügung. Ich liebe dich zwar auch nicht auf die romantische Art, aber den Rest kannst du haben. Nach mir willst du sowieso nie wieder eine Frau.

Direkt danach folgt ein GIF zweier gegeneinander kämpfender Penisse.

Das Lächeln, das mir diese dämliche Nachricht aufzwingt, tut fast weh, da mein Gesicht in einer neutralen Miene verkrampft ist. Darauf kann ich antworten. Ich sende ein Augenverdreh-Emoji und ein Zwinkern hinterher.

Irgendwie scheint das der Startschuss für die anderen zu sein, denn nun schicken mir alle über den Chat dämliche Vorschläge, wie sie mich ablenken wollen. Ich überfliege nur die ersten paar. Schweigemonat in einem Kloster? Trauertherapie? Stripper-Workshop? Die Adresse einer Dessertbar? Töpferkurs?

Mir erschließt sich bei diesen Empfehlungen nicht ganz der Zusammenhang. Mein Fahrer hält vor dem Geschäft, und ich steige auf dem Rücksitz ein, wobei ich das Smartphone verstaue. Eine Antwort werden sie darauf nicht erwarten. Trotzdem ein angenehmes Gefühl, dass sich jemand für mich interessiert.

Wieder komplett bekleidet zu sein, fühlt sich wie der erste richtige Schritt an, um die Geschehnisse hinter mir zu lassen.

Der zweite folgt jetzt, denn der nächste Halt ist beim Friseur. Eine Auffrischung meines Haarschnitts war zwar erst für übermorgen geplant, aber er öffnet sein Geschäft für mich früher, um das heute gleich zu erledigen. Außerdem benötige ich eine Rasur. Ich streiche mir übers Kinn. Ungewohntes Gefühl, bereits in meinem Wagen zu sitzen und noch wie ein Penner unrasiert und ohne zurechtgemachte Haare zu sein.

Der dritte Schritt wird diese Geschäftsreise sein, und ich bin fest davon überzeugt, danach ist alles wieder wie vorher.

24

FLUCHT

Elaine

Hat Preston mich gerade tatsächlich gefragt, ob ich mit ihm zusammen sein möchte?

Das ist noch keine ganze Minute her, und trotzdem kommt mir die Erinnerung teilweise schon verschwommen vor, weil es so unwirklich war.

Ungeduldig trete ich einen Schritt vor und wieder zurück, als könnte sich die Fahrstuhltür deshalb rascher öffnen. Ich fasse an mein Haar, das vermutlich ein irrer Mob ist, und versuche, es doch irgendwie zu bändigen, um beschäftigt zu sein.

Preston wollte das eben auch, als wüsste er, dass ich so nicht gern auf die Straße gehe. Schnell lasse ich die Hände sinken, weil dieses angenehme Gefühl, als er so zärtlich mein Haar berührte, wie ein sanftes Echo in mir nachhallt. Es bringt sowieso nichts, das Haardesaster kann man nur noch mit einer Wäsche und dem nötigen Equipment bändigen.

Endlich öffnet sich die Tür und gibt meinen Fluchtweg frei. Trotzdem eile ich nicht, sondern konzentriere mich auf jeden

Schritt, um wenigstens Würde auszustrahlen, wenn ich schon einen würdelosen Abgang hingelegt habe.

Vor dem Gebäude gehe ich zielstrebig nach rechts. Nicht weit gekommen marschiere ich zurück. Ich kann nicht stehen bleiben, aber auch nicht weglaufen, weil mein Fahrer mich gleich hier abholen wird.

Erneut laufe ich an dem Wohngebäude vorbei, in dem sich diese seltsamen Geschehnisse abgespielt haben, die noch nicht ganz von meinem Verstand verarbeitet wurden, die Tasche fest unter den Arm geklemmt. Ich will nicht denken, aber wie schaltet man Denken ab?

Wie er mich angesehen hat! Dieser ehrlich bis ins Innerste erschütterte Gesichtsausdruck, als ich ablehnte, mit ihm auszugehen. Es so hart zu formulieren war nicht meine Absicht. Eigentlich war ich geschockt, dass er so etwas sagt. Das hätte ich nie gedacht. Auch nicht nach allem, was war.

Jeder Schritt auf dem Boden schickt mir neue hektische Gedanken in deren Rhythmus in den Kopf.

Er ist in keiner Beziehung.

Er lebt in Scheidung.

Er ist Single.

Ich habe nicht mit dem Mann einer anderen geschlafen.

Es war sinnlos, sich deshalb mies zu fühlen.

Es war einfach nicht wahr.

Er hat seine Frau nie betrogen.

So viele geringschätzige Gedanken.

So viele innerliche Ermahnungen, das nicht zu vergessen.

So viele verächtliche Worte.

So oft!

Alles vergeblich.

Alles ungerechtfertigt.

Eine eiserne Klammer um die Brust hindert mich am Atmen, weil Preston durch die gleiche Tür wie ich vor ein paar Minuten das Gebäude verlässt. Die Klammer wird enger, und ich schmelze gegen die Gebäudewand, um unsichtbar zu werden.

Er wirft einen flüchtigen Blick nach links und rechts, und mein Herz schlägt immer schneller, weil ich nicht weiß, ob ich will, dass er mich sieht.

Erst als er mir den nackten Rücken zuwendet, da er nur eine Hose trägt und in die andere Richtung geht, hole ich hektisch Luft, da diese beklemmende Enge mich komplett am Atmen hinderte.

»Preston?«, flüstere ich ohne Absicht, aber natürlich ist er zu weit weg, um mich zu hören.

Dieses Mal wiederhole ich es ein Stück lauter: »Preston?«

Keine Ahnung, was ich zu ihm sagen soll, aber am liebsten würde ich ihn mit zu mir nehmen, damit wir ihm von dort etwas Anständiges zum Anziehen besorgen können. Er geht doch nicht so auf die Straße. Außerdem hätte ich ihn gern bei mir, auch wenn ich noch nicht weiß, wie ich das klären kann.

Ich rücke die Tasche unter dem Arm zurecht und trete von der Wand weg. »Preston?!«

Seine zielstrebigen Schritte haben ihn von mir entfernt und die Distanz wächst weiter.

Ehe ich ihm nachgehen oder noch lauter rufen kann, hält mein Wagen neben mir an der Straße. Ich habe ihn nicht kommen sehen, da ich nur auf Preston geachtet habe.

Ein Blick ihm hinterher, wie er mittlerweile durch die Entfernung immer kleiner geworden ist, und ich steige ein.

Kaum sitze ich, fährt Niklas los, und ich greife mechanisch nach dem Gurt, um mich anzuschnallen.

»Guten Morgen. Nach Hause, richtig?«

»Guten Morgen, Niklas. Ja, nach Hause bitte«, antworte ich intuitiv. Vielleicht war es ein Zeichen, dass Preston mich nicht gehört hat. Garantiert ist es besser, mich erst einmal zu sammeln.

Mir ist übel, weshalb ich mehrmals schlucke, ohne das Gefühl vertreiben zu können. Mit jeder Minute, die wir uns vorwärtsbewegen, fühle ich mich etwas stabiler, gefasster. Der vertraute Duft des

Wagens und dessen Schutzzone fangen mich auf und ich lehne den Kopf zurück.

Entschlossen stelle ich die Handtasche auf den Schoß und wühle das Smartphone hervor. Ich werde ihn anrufen. Wenige Klicks und mein Daumen schwebt über seinem Namen. Wie von allen Partnern habe ich seine Nummer abgespeichert, aber wir telefonierten noch nie.

Der Daumen will sich nicht auf das Displayglas legen, hält Abstand und scheint eingefroren. Wann war ich das letzte Mal so unentschlossen? Ich kann mich nicht erinnern.

Was soll ich zu ihm sagen? Entschuldigen? Rechtfertigen? Doch zustimmen, mit ihm auszugehen?

»Wir sind da.«

Mein Kopf hebt sich langsam und mit einem Gefühl der Erleichterung verstaue ich das Smartphone. Erleichtert darüber, dass mir die Entscheidung abgenommen wurde.

»Danke, Niklas. In ungefähr einer halben Stunde möchte ich in die Kanzlei.«

»Ich halte mich bereit.«

Ich greife an die Tür und steige aus. Er ist ein guter, professioneller Chauffeur. Keine Fragen, keine Bemerkungen, nicht ohne dass ich beginne und ihn damit quasi einlade.

Ab hier ist alles Routine. Wohnung betreten, Handtasche an ihrem Platz abstellen, Pumps verstauen, getragene Wäsche in den Wäschekorb geben. Zähne putzen, in die Dusche treten.

Unter dem perlenden Wasser rutsche ich aus dem gewohnten Ablauf und schrubbe mir Preston in ungewohnt hektischen Bewegungen mit einem Peelingschwamm und viel zu viel Seife vom Körper. Nicht, um ihn loszuwerden, sondern um die schlechten Gefühle zu beseitigen, als könnte ich das Erlebte abwaschen und würde mit der Frische ebenfalls eine frische Chance bekommen, es anders anzugehen.

Tränen mischen sich mit dem Wasser, und das ist gut so, weil ich mir dadurch einreden kann, dass es nur wenige sind. Es gibt keine neue Chance. Ich muss damit leben, was ich getan und gesagt habe. Ich rasiere noch jede Stelle meines Körpers bei laufendem Wasser, da es das völlig fremd klingende Schluchzen dämpft. Es dauert Ewigkeiten, bis ich mich wieder gesammelt habe und es schaffe, die Dusche zu verlassen.

Weiter geht es mit Haarerichten, Kleidung wählen und schminken. Meine Gedanken brüllen immer lauter, fordern eine Auswahl, was ich zu ihm sagen kann.

Was sagt man zu jemandem, dem man ins Gesicht schleuderte, dass man niemals mit ihm ausgehen kann, obwohl man sich einfach nur nicht sicher ist?

Wie sich seine Freunde wohl dazu geäußert haben? Sie waren alle Zeuge davon, was es noch schlimmer macht. Ich habe das nicht nur zu ihm gesagt, nein, ich sagte es zu ihm vor allen.

Je länger ich das sacken lassen konnte, desto bewusster wird mir, wie hart und böse meine Worte klangen.

Soll ich Dani um Rat fragen? Nein. Ich schäme mich zu sehr und kann es nicht verkraften, von Dani ausgefragt zu werden, was in mir vorgeht. Denn das kann ich selbst nicht richtig bestimmen. Verwirrt wird sie nicht als Antwort akzeptieren.

Wieder in der schützenden Hülle der äußerlichen Perfektion, obwohl ich innerlich kein Stück perfekt bin, lasse ich mich in die Kanzlei bringen.

Meine Hände krampfen sich in das Leder der Tasche, die ich zum heutigen Outfit gewählt habe. Das wunderbar weiche Material macht mir noch einmal bewusst, wie grob ich mich verhalten habe.

Alyssa bekommt den Auftrag, mir Bescheid zu geben, sobald Preston auftaucht. Trotzdem kann ich mich kaum konzentrieren, nutze jede Möglichkeit, das Büro zu verlassen, um nach ihm Ausschau zu halten. Passende Worte habe ich mir immer noch nicht zurechtgelegt, aber ich muss ihn sehen.

Jedes Mal, wenn ich darüber nachdenke, taucht seine Miene vor meinem inneren Auge auf. Dieses Hoffnungsvolle, diese Ernsthaftigkeit. Alles für mich und das von ihm. Viel zu unvorbereitet, viel zu heftig.

Ich wollte noch mehr aus dieser Situation entkommen als zu dem Moment, als er diese schmerzhaften Worte beim Sex zu mir sagte. Irgendwohin, wo ich mich sortieren kann, Pläne schmieden, Gedankenfetzen zusammenfügen, ein neues Bild schaffen.

Den ganzen Tag erscheint er nicht, und ich habe kaum etwas gearbeitet, eigentlich nur Terminsachen erledigt. Wo ist er bloß?

Gegen Abend, kurz bevor der offizielle Feierabend der Assistenten ist, frage ich Gabrielle, wo Preston steckt.

Daraufhin sitze ich die halbe Nacht in meinem Büro und denke darüber nach, ob die spontane Geschäftsreise, die sie als Grund nannte, warum er nicht anwesend war, etwas mit mir zu tun hat oder auch nicht. Ich weiß nicht, was ich gut finden würde.

Immer wieder nehme ich das Smartphone in die Hand, fest entschlossen, ihn wenigstens zu fragen, wie es ihm geht. Ich lege mir sogar ein, zwei Problematiken zu einem Vertragsentwurf zurecht, zu denen ich ihn um seine Meinung bitten kann. Eine lausige Ausrede, die er garantiert sofort durchschaut.

Die Zeit vergeht, und als ich kaum noch die Augen aufhalten kann, beschließe ich, zum Schlafen nach Hause zu fahren.

Es ist doch sowieso besser, mit ihm zu reden, wenn ich sein Gesicht sehen kann. Ja, genau das ist es. Deshalb rufe ich ihn nicht an. Nur deshalb.

Da ich meistens versuche, ehrlich zu mir selbst zu sein, gestehe ich mir mit einem traurigen Seufzen ein, dass ich einfach so feige wie noch nie in meinem Leben bin.

25

ERWACHEN

Preston

Ich muss die Augen nicht öffnen, denn sie sind schon auf und schmerzhaft trocken. Mein Nacken knirscht, als ich unter Blinzeln den Kopf hebe. Jemand liegt halb auf mir.

Eine Frau. Nackt. Falsch. Ein Nippelaufkleber ist auf einer ihrer Brüste. Korrekte Arbeitskleidung, vermute ich. Ich schiebe sie von mir und bemerke dabei eine zweite.

Sachen gibt's.

Ich erhebe mich von diesem überbreiten Bett und wate durch ein Meer an Kleidung. Ich erinnere mich. Da müsste meine dabei sein, obwohl ich sie sonst ordentlich zur Seite lege.

Mein Kreislauf ist hinüber und der kühle Fußboden lässt mich frösteln. Eine warme Dusche zum Aufwärmen wäre nicht schlecht. Oder besser noch eine Wechseldusche, um mich wieder in Schwung zu bringen. Ich reibe mir die Stirn. Habe ich gestern überhaupt einen Schluck Wasser getrunken? Mein dicker Kopf behauptet nein.

Im Wohnbereich der Suite entdecke ich in einem Sessel den völlig weggetretenen Stannis. Zu seinen Füßen schläft eine weitere

Frau und hier liegen ziemlich viele Flaschen. Auf dem hässlichen dekadenten Glastisch befinden sich darüber hinaus Pillen und Pulver. Garantiert habe ich davon die Finger gelassen. In dieser Gesellschaft kommt das für mich nicht infrage.

Erinnerungsbruchstücke behaupten, Stannis hat Koks von einem Schamhügel gezogen. Trank ich dazu nicht Scotch, dachte an Elaine und weigerte mich, eine der Frauen von meinem Glas probieren zu lassen? Das war doch auch die, die dann zwischen meinen Beinen kniete.

Mein müder Blick schweift weiter. Ein zertrümmerter Stuhl im Eck.

Huch? Das war nicht ich.

Und falls es doch so gewesen wäre, könnte das die Preston Rockstarphase sein. Oder Periode? Wie Picasso seine blaue hatte? Ja, das ist Kunst. Wunderschön, dieser Stuhl und dieses Chaos hier.

Ich tippe Stannis mit dem Fuß an. »Wach auf, du Sack.«

»Hm?« Er zuckt hoch. Seine Augen sind blutunterlaufen. Sehe ich auch so aus? Er schüttelt den Kopf, als müsste er den Schlaf davonschütteln, und ruft: »Du bist nackt, Mann!«

»Na ja. Nicht ganz. Im Gegensatz zu dir.« Ich blicke an mir beziehungsweise an dem aufgeknöpften Hemd hinab. Fleckig. Ich hasse Flecken.

Er beginnt zu lachen. »Geile Party. Ich wusste, dass ich dich irgendwann überredet bekomme, mit mir einen draufzumachen.«

»Ja, es war nur eine Frage der Zeit, bis ich deiner Einladung nicht mehr widerstehen konnte.«

Von wegen. Unter normalen Umständen hätte ich mit dieser Kröte niemals gefeiert. Vielleicht bin ich eingebildet, aber ich halte ihn für unter meiner Würde. Das wird er jedoch nie erfahren, sonst bin ich ihn als Mandanten los. Er ist ein armer Wurm, ohne echte Freunde, dem alle nach dem Mund reden, weil er Geld hat. Wenigstens konnten wir vor der Ausschweifung noch das Geschäftliche klären.

Erschlagen schlurfe ich zurück zu dem Kleiderparadies und sammle auf, was mir gehört. Dabei finde ich ein paar benutzte Kondome. Ist das widerlich. Aber widerlicher wäre, keine genutzt zu haben.

Dadurch halte ich meine Kleidung für nicht mehr tauglich, weshalb ich die Rezeption anrufe. In einer halben Stunde sollten eine Jeans und ein Shirt für mich da sein. Um etwas Besseres zu bestellen, bin ich viel zu daneben.

Im Badezimmer begrüßt mich zu meinem Glück kein Tiger. Gibt es nicht einen Film, in dem so etwas passiert ist? Wie in einem schlechten Film komme ich mir auf jeden Fall vor. Außerdem herrscht in diesem Raum filmreifes Chaos und im großen Whirlpool befindet sich noch Wasser.

Waren wir das? Dumme Frage, wer sonst? Warum trage ich dann ein Hemd? Nein, an den Whirlpool könnte ich mich erinnern. Ich meine Stannis von dort grölen gehört zu haben, während zwei der Damen vor mir auf dem Bett knieten, sich küssten und ich sie abwechselnd von hinten beglückte.

Beglücken ist ziemlich nett ausgedrückt. Was soll das überhaupt bedeuten? Be-glücken. So ein dummes Wort. Ich habe mich nicht beglückt gefühlt, weil ich mich ärgerte, da ich eine Frau mit naturroten Haaren wollte. Und was tauchte auf: eine Gefärbte! Ewig suche ich eine echte Rothaarige. Das ist die letzte Haarfarbe, die auf meiner Liste noch offen ist.

Stannis fand meine Beschwerden ziemlich lustig und versuchte, mir ihren Körper anzupreisen, als wäre er ein Bazarverkäufer. Er hatte keine Ahnung, warum ich das wollte, aber erklären kam auch nicht infrage. Die armen Frauen taten mir fast leid, weil wir wie Ware über sie sprachen.

Garantiert haben sie schon Schlimmeres mit Kundschaft erlebt. Zumindest haben sie ausgelassen mitgefeiert. Wie viel davon Show war und wie viel echtes Vergnügen, weiß ich nicht, aber es war mir auch egal. Ich hatte nicht den Eindruck, dass sie sich gezwungen fühlten, das genügte mir.

In Zeitlupe dusche ich, wickle mir ein Handtuch um die Hüfte und style meine Haare wie gewohnt mit den vom Hotel gestellten Produkten. Selbst Rasierschaum und hochwertige Einmalrasierer finde ich. Langsam fühle ich mich besser.

Leider sollte ich mich verabschieden, wenn ich nicht als unhöflich gelten möchte, obwohl ich überhaupt keine Lust mehr habe, ein weiteres Wort mit Stannis zu wechseln. Wenigstens lohnt sich der Weg, denn ich muss meine Schuhe suchen. Gleich nachdem ich sie gefunden habe, klopft zum Glück der Zimmerservice und ich kann in frische Kleidung schlüpfen.

»Stannis, willst du mit mir fliegen oder bleibst du noch?«

Hoffentlich gibt er die Antwort, die ich denke, denn zwei der Escorts sitzen schon wieder auf seinem Schoß, eine die Hand in seinem Schritt. Respekt, falls er so einen Schädel hat wie ich.

Er hat mich schon auf dem Hinflug mit seinen Privatangelegenheiten genervt, obwohl ich ihn bat, mir die Möglichkeit zu geben, ein paar Sachen abzuarbeiten. Das brauche ich auf dem Rückflug nicht auch noch. Oder ich frage die zwei Escorts, ob sie Zeit haben, mitzukommen, um ihn von mir abzulenken.

»Ich bleibe. Sicher, dass du gehen willst?«

»Ich muss. Die Pflicht ruft. Deine Einladung besteht noch?«

»Natürlich. Ich übernehme das.«

Eine Hand landet auf meinem Rücken und gleichzeitig mit einem Ausweichschritt drehe ich mich um.

»Du willst nicht bleiben, Baby?«

»Nennst du mich noch einmal Baby, bist du deinen Job los.«

Sie verzieht ihre Lippen zu einer hässlichen Schnute, die höchstwahrscheinlich niedlich wirken soll. »Gestern warst du aufgeschlossener.«

»Gestern war gestern, heute ist heute.« Ich seufze ergeben. Sie macht nur ihren Job. Wie ich meinen. »Entschuldige. Er zahlt. Gute Zeit.« Ich deute mit dem Kopf Richtung Stannis und ziehe endlich die Schuhe an, um von hier zu verschwinden.

Auf dem Weg zum Jet versuche ich mich an alles zu erinnern,

aber ich habe nur noch Bruchstücke der Nacht im Kopf. Hatte ich schon jemals einen Filmriss? Ich kann mich nicht entsinnen.

Wenigstens kann ich jetzt auf der Liste abhaken, mit einer Frau Sex gegen Geld gehabt zu haben. Das war nicht meine Idee, denn ich war mir sicher, dass wir auch so ein paar Frauen finden, die Lust auf eine Party in einer Suite haben. Außerdem verstoße ich nicht gegen Gesetze, und Prostitution ist nun einmal illegal in Las Vegas. Stannis war es zu anstrengend, sich um Frauen zu bemühen, und bestand auf den schnellen Weg. Ihm ist es egal, dass es nicht erlaubt ist. Manche Leute denken, sie kommen mit allem durch, weil sie Geld haben. Leider stimmt das auch viel zu oft.

Das kann mir egal sein, immerhin habe ich das Vermögen meiner Mandanten oft genug benutzt, um sie irgendwie aus dem Dreck herauszuschaufeln, den sie sich gern einbrocken, und mich dafür fürstlich entlohnen lassen.

Bald habe ich die Liste durch. Das interessiert mich viel mehr.

26

WIEDERSEHEN

Elaine

Schon der zweite Tag, an dem Preston nicht in der Kanzlei auftaucht.

Ich brauche eine Pause und erhebe mich vom Schreibtischstuhl. Ein paar Minuten bleibe ich vor der Fensterfront stehen, wobei ich mit den Fingerspitzen das Glas berühre. Hier stand ich, als er mich das erste Mal geküsst hat. Auch mein Rücken war hier dagegen gepresst, als wir Sex quer durch das Büro hatten. Hat er das Gleiche gesehen, wie ich gerade sehe? Diesen Ausblick auf andere Gebäude und blanken Himmel? Oder sah er mich an?

Das Glas ist kühl, genau wie seine Augenfarbe. Wer hätte gedacht, dass Eis so brennen kann. Er ist so viel anders, als ich es dachte oder denken wollte.

Ein letzter Fingerstreich über die Scheibe und ich drehe mich um, um mich auf den Weg in die Teeküche der Partner zu begeben. Dort sollten ein paar Snacks stehen. Ich habe zu wenig geschlafen, zu wenig gegessen und hatte auf jeden Fall zu viel Kaffee. Trotzdem will ich Nachschub. Alyssa würde mir bestimmt etwas bringen, aber gehe ich nicht selbst, wird das keine Pause, was auch ein Grund ist, häufig in der Mittagspause rauszugehen.

Noch nicht ganz aus der Tür bleibe ich ruckartig stehen. Preston. Preston ist wieder da. Es fährt mir direkt in den Magen, ihn wiederzusehen. Er geht an mir vorbei, ohne mich eines Blickes zu würdigen, und ich sehe ihm hinterher, wie er an den Bereich seiner Assistentin tritt, um sich mit ihr zu besprechen.

Er trägt Jeans und ein schlichtes graues Shirt. Ich sah ihn noch nie in Jeans. Allerdings entkleidet, und vermutlich werde ich nie vergessen, wie nackt er war, als Ryker verschwand und diese Worte zwischen uns gefallen sind. Mit dem, was wir voreinander zugegeben haben, haben wir mehr als Kleidung abgelegt. Auch wenn ich nicht ahnte, dass diese gesprochenen Sätze über eine Nacht hinaus Bestand haben könnten. Das war eher wie ein schöner Traum.

Er nickt ihr zu, wendet sich ab, und ich gehe ihm in sein Büro hinterher, ohne auf ihre Protestlaute zu hören. Schnell schließe ich die Tür vor ihrer Nase und lehne mich von innen dagegen.

»Ich sagte, keine Störung.«

»Können wir reden?«

»Worüber?«

Der flüchtige Blick, den er mir schenkt, ist kalt und distanziert. Seine Augen sind gerötet und er hat Augenringe. Falls das wirklich eine Geschäftsreise war, war sie offensichtlich nervenaufreibend.

»Über das, was passiert ist.«

»Ich war auf Geschäftsreise.«

»Davor!«

»Was soll denn passiert sein?«

»Du weißt schon …«

»Moment. Du wolltest, dass wir so tun, als wäre nichts gewesen. Halte dich an das, was du sagst. Sache abgeschlossen. Nie geschehen. Und jetzt verlasse mein Büro. Ich möchte mich umziehen.«

Ich würde ihm wenigstens gern erklären, warum ich nicht mit ihm ausgehen kann. Da gibt es doch so viele Gründe!

Kein Wort verlässt meinen Hals, ich sehe ihn bloß an, wie er wie eine Statue vor mir steht, und habe ein unglaublich dringendes Bedürfnis, zu ihm zu gehen und ihn zu berühren.

Ja. Ja. Ja! Ich bin in diesen Mann verliebt. Vermutlich nicht erst seit gestern, auch wenn ich das nicht wahrhaben will. Er beeindruckt mich. Er berührt mich. Er hat mich vollkommen von sich eingenommen.

Dieser grenzüberschreitende Tag mit ihm hat mich komplett aus meiner strengen, engstirnigen Bahn geworfen. Vorher war alles sicher, er nie eine Option. Es hat sich mies angefühlt, mit dem Mann einer anderen so etwas zu erleben, aber es war gefahrlos! Ihn frei zu wissen, nicht nur als kurze sehnsuchtsvolle Fantasie auf einer Couch für eine einzige Nacht, die man nie wieder vergisst ... Das ist einfach zu viel! Verdammt zu viel!

»Willst du nicht wissen ...«

»Ich möchte nichts wissen, sondern mich umziehen, damit ich weiterarbeiten kann. Meine Zeit ist teuer. Also? Bitte, danke, auf Wiedersehen.«

Vielleicht sollte ich froh sein, dass er mich unterbricht, weil mir kein einziger vernünftiger Grund einfällt, warum wir nicht ausgehen könnten, ohne ihn an meinen Ängsten teilhaben zu lassen, es auszuprobieren.

Was wären schon Argumente?

Was die anderen in der Kanzlei denken?

Egal.

Dass meine letzte Beziehung meinetwegen nicht funktioniert hat?

Egal.

Dass ich nicht weiß, ob ich einem Mann wie ihm gerecht werde?

Egal.

Alles Ausreden und so würde es sich auch anhören.

»Elaine! Raus jetzt!«

Ich kann nicht. Er ist so schrecklich wütend auf mich und wenigstens eine Entschuldigung hätte er verdient.

»Ich wusste nicht, dass du in Scheidung lebst. Du hast auch nie ein Wort gesagt. Du hast doch sogar über deine Frau, fast Ex-Frau gesprochen.«

»Sie ist zufällig die Mutter meiner Kinder und ein Teil meiner Lebensgeschichte. Natürlich taucht ihr Name auf, wenn wir über unsere Leben sprechen. Aber schön, dass du zuerst von mir denkst, dass ich Charlotte betrüge, statt in Erwägung zu ziehen, wir haben uns getrennt oder führen eine offene Ehe.«

Das ist schlüssig. Er hat recht. Hätte ich fragen müssen? Hätte ich es heraushören können, wenn ich nicht davon überzeugt gewesen wäre, er ist ein Betrüger? Ich weiß es nicht.

»Preston, es tut mir leid.«

Alles tut mir leid. Die Unterstellungen, die bösen Worte, die darauf begründet waren, die Abfuhr, einfach alles.

»Das interessiert mich nicht.« Er zerrt sich das Shirt über den Kopf und wirft es auf einen Besuchersessel, wonach er seine Schuhe loswird.

Er knöpft die Jeans auf und ich mache einen halben Schritt auf ihn zu. Alles in mir tut weh. Mir ist klar, dass ich ihn verletzt habe. Keine Ahnung, wie ich damit umgehen würde, hätte ich das gesagt bekommen. Ich will mich einfach wieder an seine Brust lehnen, ihm sagen, dass ich ihn mag und es mir leidtut. Ich möchte gestehen, dass es nicht sein Penis war, der sich perfekt angefühlt hat, sondern er in seiner Gesamtheit.

»Ich warne dich: Fasst du mich an, erlebst du eine Seite von mir, die du nicht kennenlernen willst.«

Er schält sich die Hose von der Hüfte, unter der er keine Wäsche trägt. Er tut so, als wäre ich nicht da, und geht vollkommen nackt an den Schrank.

Irgendetwas muss ich sagen, auch wenn es etwas Dummes ist:

»Was ist passiert? Hast du dein Geld falsch investiert und kannst dir nun keine Unterwäsche mehr leisten?«

Er wendet mir den Kopf zu, während er in eine frische Anzughose steigt.

Falls es möglich ist, wird sein Blick noch kälter. »Meine Unterwäsche habe ich bei Nutte eins, zwei oder drei verloren. Hilft die Info, damit du endlich gehst?«

Soll mich diese Aussage verletzen? Ich würde es verstehen, gut verstehen. Es ist nur fair, und ich nehme diesen feinen Stich an, der ausgelöst wird von dem Gedanken, dass er bei einer anderen Frau war.

Er greift ein weißes Shirt, zieht es über den Kopf, um danach ein Hemd aus dem Schrank zu entnehmen.

Beim Zuknöpfen kommt er auf mich zu, was ich als Gelegenheit sehe, ihm zu sagen: »Es tut mir leid. Ehrlich. Ich habe deine Nähe sehr genossen. Du bist mir nicht egal, aber ich wünschte, du wärst es, weil ich mit nichtegal nicht gut umgehen kann. Vor allem mit nichtegal im Zusammenhang mit dir.«

»Schön für mich.«

Das war nicht die Antwort, die ich erhoffte, nachdem ich zugab, er ist mir nicht egal. Nächster Versuch. »Ich wollte dich nicht verletzen. Wie gesagt: Es tut mir leid. Ich verstehe, dass du böse auf mich bist. Können wir …«

Er bleibt vor mir stehen und unterbricht mich: »Nein. Nein. Niemals. Nein. Das hast du falsch verstanden. Ich bin nicht böse auf dich. Ich bin bloß nicht mehr interessiert. Das geht schnell bei mir.«

Ein weiteres Stück näher, mein Herz rast nicht länger, es summt nur noch, weil ich das wirklich dringend wieder hinbekommen möchte. Ist er tatsächlich nicht mehr interessiert? Ist das eine Schutzbehauptung aufgrund der harten Abfuhr? Warum habe ich Nein gesagt und nicht geantwortet, ich bräuchte einen Moment, um das zu verarbeiten? Das wäre eine kluge und einfühlsame Antwort gewesen, die mir Zeit gegeben hätte, mich zu sammeln, ohne ihn vor den Kopf zu stoßen.

Ich sehe in sein Gesicht, um einen Pfad zu finden, wie ich um den von mir durch Worte errichteten Gletscher herumkomme, um das wiederzufinden, was wir auf dieser Couch hatten.

Er greift an mir vorbei an die Türklinke, wobei seine Hand meinen Oberarm streift, und ärgerlicherweise zittere ich davon.

Er ist so nah, dass ich ihn riechen kann und dazu einen anderen Duft wahrnehme. Er hat nicht seine üblichen Pflegeprodukte genutzt, was mich einen Moment irritiert. Noch mehr irritiert mich, als ich einen Hauch auf dem Mundwinkel spüre, der die Berührung seiner Lippen gewesen sein könnte.

Sein Arm um meine Taille lässt mich erleichtert Luft holen und ich möchte das erwidern, doch er schiebt mich aus der Tür, wobei er flüstert: »Auf Wiedersehen, kleine Hexe. Betritt nie wieder ohne geschäftlichen Grund mein Büro.«

Die Tür ist zu. Wie von weit weg vernehme ich, wie mich Gabrielle bittet, darauf Rücksicht zu nehmen, wenn sie sagt, sie hat Anweisung, niemanden zu ihm zu lassen und ihr zumindest die Möglichkeit zu geben, mit ihm Rücksprache zu halten, damit sie keinen Ärger bekommt.

Zu mehr als einem künstlichen Lächeln und Abnicken bin ich nicht fähig und begebe mich zurück in mein Büro.

Ich werde mir etwas überlegen. Ist da kein Pfad durch den Gletscher, muss ich einen anlegen. Diese kurze Zeit mit ihm erscheint mir auf einmal so kostbar wie ein Kleinod, das man in einer goldenen und mit hochwertigem Samt ausgekleideten Schatulle aufbewahrt.

Es war doch nur so kurz!

Oder auch nicht. Wenn ich es genau nehme, all meine verächtlichen und falschen Gedanken ihm gegenüber außer Acht lasse, ist da schon länger etwas zwischen uns.

Waren vielleicht all die Momente mit ihm, die in mir gekribbelt haben, etwas Gegenseitiges?

Je länger ich weiß, dass er in der ganzen Zeit in keiner festen Beziehung war, desto deutlicher erscheinen sie mir. Als würde jemand einen Scheinwerfer darauf richten, um mir zu sagen: *Sieh doch hin! Da hast du etwas empfunden, ob du wolltest oder nicht, und er wahrscheinlich auch!*

Hatte ich jemals mit jemandem so etwas? So ein seltsam intensives Verbundenheitsgefühl, das man nicht mit den Händen greifen kann? Das auf der Couch war eigentlich nur ein Höhepunkt dessen.

Falls ich das schon einmal erlebte, hätte ich mir das gemerkt. Oder eben nicht, weil ich so unaufmerksam diesbezüglich durch das Leben bin?

Hätte das etwas werden können? Preston und ich? Trotz Ehrgeiz, trotz Karriere, trotz allem? Ich will das herausfinden, nein, ich werde das herausfinden. Er ist doch auch Anwalt und wir befinden uns auf der gleichen Stufe. Sollten wir das nicht organisiert bekommen? Wie perfekt wäre es, so etwas haben zu können und gleichzeitig meiner Arbeit gerecht zu werden? Er wird mich auf jeden Fall immer verstehen können.

Sebastian hat mich auch verstanden und unterstützt. Die Partnerschaft mit ihm war meine erste und letzte lange Beziehung. Er hat sich perfekt in mein Leben integriert und ich dachte, ich wäre glücklich, dabei lief er nur nebenher. Er gab so viel und bekam nichts zurück. Nie die Liebe, die er verdient hätte, und am Ende noch nicht einmal mehr Aufmerksamkeit. Wie die Pflanzen in meiner Wohnung habe ich ihn so lange verkümmern lassen, bis ihn jemand anders gegossen hat.

Der Gedanke ernüchtert mich, doch als ich wieder an Preston denke, wächst eine Sehnsucht in mir, ihm Aufmerksamkeit zu schenken, ihm etwas zu geben, das ist kaum auszuhalten.

Ich muss das hinbekommen.

Nur wie?

27

THEATER

Preston

Am liebsten würde ich heute nicht nach Hause gehen, weil ich mir denken kann, was folgt. Aber vermutlich bringe ich die Fragen meiner Freunde zügig hinter mich. Wie Pflasterabziehen.

Ich werde es überleben. Die Begegnung mit Elaine habe ich auch überlebt. Immer noch habe ich keine Ahnung, was sie vorhin von mir wollte. Sie hat meine Nähe genossen, wünscht sich aber, ich wäre ihr egal? Ist das die softe Variante von *Nein. Nein. Niemals. Nein*?

Vermutlich. Dermaßen lächerlich gemacht habe ich mich garantiert noch nie in meinem Leben, wie diese Frau zu fragen, ob sie mit mir zusammen sein möchte.

»Gehen Sie nach Hause, Gabrielle«, fordere ich beim Schließen der Bürotür.

»Sie gehen schon?«

»Ja. Ich bin mit Freunden verabredet.«

»Sehr schön. Haben Sie einen wundervollen Abend.«

»Sie auch.«

Ich verlasse das Gebäude und stutze. Da stehen drei Männer in

Anzügen, die mir sehr bekannt vorkommen. Warum sind meine Freunde hier? Komplett in Schwarz, samt Hemd und Krawatte sowie je einem Kaffeebecher in der Hand. Der zweite, den Ryan zusätzlich festhält, wird dann wahrscheinlich für mich sein.

»Da ist er ja.«

Alle sehen mir mitleidig entgegen. Wie ich das hasse. Um jedem Wort zuvorzukommen, frage ich: »Was ist los mit euch? Warum komplett in Schwarz? Müsst ihr auf eine Beerdigung?«

»Wir wussten nicht, ob Trauer angesagt ist.«

Ich verdrehe die Augen und Ryker legt den Arm um meine Schultern. »Sei nicht böse. Wir wollten dich zum Lachen bringen. Noch zu früh für Elaine-Scherze?«

»Erwähne sie am besten nicht mehr.«

»Ich sagte doch, er hat Liebeskummer. Hätte auch keiner von ihm gedacht«, merkt Ryan an und drückt mir den Kaffee in die Hand.

Statt eine Antwort zu geben, da sie weder höflich noch lustig ausfallen würde, nehme ich einen Schluck. »Igitt. Der ist kalt.«

Ethan zuckt mit den Schultern. »Wir stehen schon eine Weile hier.«

»Warum? Ich habe doch in den Gruppenchat geschrieben, wann ich nach Hause komme.«

»Wir wollten dich nicht verpassen.«

»Aha.« Ich drücke den Kaffee Ryan zurück in die Hand, der instinktiv danach greift. So. Damit kann er ihn selbst entsorgen.

Er stopft ihn in seinen offensichtlich leeren Becher und reicht ihn an Ethan mit den Worten weiter: »Halte mal kurz.«

Ethan greift zu und sieht ihn an. »Was willst du denn machen?«

»Ich wollte den Müll loswerden.«

Ethan flucht irgendetwas über Idiotenfreunde und sammelt auch die anderen Becher ein, um sie zum nächsten Mülleimer zu bringen.

Rykers Arm scheint um meine Schultern festgewachsen zu

sein, weshalb ich seine Hand greife und mich von ihm befreie, bevor es nervt.

»Was haben wir vor?«, frage ich.

»Wir gehen essen, ins Kino und danach in einen Club.«

»Ich war schon Ewigkeiten nicht mehr im Kino«, gebe ich zu und habe eigentlich auch überhaupt gar keine Lust darauf. Ist das ein typisches Freunde-Ablenkungsmanöver?

»Ja, ja, wissen wir. Du gehst eher ins Theater«, sagt Ethan, der vom Müll zurück ist und mir nachsichtig auf den Oberarm klopft.

»Gott, nein. Ich hasse Theater.«

»Dann ist es ja vorteilhaft, dass wir keine Karten bekommen haben«, behauptet Ethan.

Ryan lacht. »Ja, weil wir nicht nach Theaterkarten geguckt haben.«

»Wir gehen ins Kino. Das ist ja nicht für uns. Wir prüfen lediglich, ob es eine kindergerechte Beschäftigungsmöglichkeit für Aiden und Jack ist.«

Ethan geht nicht auf Rykers Kommentar ein, sondern verlangt: »Bevor wir losgehen, erzählst du uns aber, woher du Elaine kennst.«

Resigniert schließe ich für einen Moment die Augen. Darum komme ich wohl nicht herum. Ich deute auf das Gebäude hinter uns, in dem die Räumlichkeiten der Kanzlei sind. »Daher. Sie ist die Ward-Tochter. Die Hexe.«

Alle reißen gleichzeitig die Augen auf, als hätten sie ein Bühnenstück geprobt und müssten Überraschung darstellen.

»Die Hexe, ja? Die, von der du erzählt hast? Die scharfe, nervige Trulla, die schießt wie ein Cowboy, tanzt wie ein Elfchen und mit der du Fragen zum Verlieben durchgehen musst?«

»Nichts davon sind meine Worte. Weder Trulla noch Cowboy noch Elfchen. Aber sonst ist das korrekt.«

»Und?«, hakt Ryan nach.

»Was *und*?«

»Hast du sie heute gesehen? Was hat sie gesagt? Was hast du gesagt?«

»Sie stand auf einmal in meinem Büro und hat mich mitleidiger angesehen als ihr. Sie wollte sich entschuldigen.«

»Ja und dann? Habt ihr euch ausgesprochen?«

Schnaubend gehe ich voraus, ohne zu wissen, wo sie einen Tisch reserviert haben. Aber wenn wir hier noch länger stehen und über mich reden, als wären wir eine Gruppe Teenager, die zum ersten Mal in ihrem Leben ihre nervigen Hormonschwankungen diskutieren, raste ich aus.

Sie holen mich ein und Ethan sagt: »Also war es keine *solche* Entschuldigung. Sag uns wenigstens, was du getan hast. Hast du sie angenommen?«

»Nein. Ihr mitleidiger Blick hat mich nicht gerade in gute Stimmung versetzt.«

»Soll ich mit ihr reden?«, fragt Ryker.

Ich bleibe stehen und stelle mich vor ihn, um ihn ernst anzusehen. »Ich weiß doch ein Szenario, in dem ich nicht mehr mit dir befreundet sein möchte. Wenn du dich mit ihr triffst. Egal zu welchem Zweck.«

Er hebt beschwichtigend die Arme. »Heyheyhey, ich will nichts von ihr. Ehrlich nicht. Ganz im Ernst: Was will ICH denn mit einer Lady?«

Ethan mischt sich ein: »Na ja. Wir haben sie angeschleppt und du hast mit ihr geschlafen. Kein Wunder kommt er auf seltsame Ideen.«

»Seltsame Ideen? Ich werde gewiss nicht ihr erster Mann gewesen sein. Denkt ihr, ich bin eifersüchtig?«

»WIR werden nicht ihr erster Mann gewesen sein«, sagt Ryker. Er scheint schon beim Sprechen zu bemerken, dass die Erwiderung nicht so lustig ist, wie sie wahrscheinlich in seinem Kopf klang, denn er verzieht beschämt den Mund.

»Ich habe es korrekt ausgedrückt. Das mit dir war nicht unser erstes Mal. Aber darum geht es auch nicht. Es ist mir völlig egal, mit wem sie es treibt. Ich möchte einfach nur kein Thema sein. Keiner von euch spricht mit ihr. Das ist meine Sache. Und die Sache ist abgeschlossen. Sie hat kein Interesse an mir. Es gibt Schlimmeres.«

Hätte ich sie das bloß nie gefragt. Nicht nur, dass ich jetzt weiß, dass sie das nicht erwidert, und mir unangenehm ist, dass nun jeder, samt ihr, über meine Gefühle informiert ist, nein, darüber hinaus habe ich sie auch noch in eine peinliche Lage versetzt. Zumindest gemessen an dem, wie sie herumgestottert hat. Hoffentlich glaubt sie mir, dass ich kein Interesse mehr habe, und ich werde nicht ständig von ihr mit diesem mitleidig-traurigen Blick bedacht.

»Ihr hattet schon vorher etwas miteinander? Warum hast du uns das nicht erzählt?!«

Weshalb klingt Ryan so empört, als hätte ich ihm verschwiegen, dass ich ... Ja, was? Auswandern werde? Seine Schwester flachgelegt habe? Keine Ahnung, warum ich unbedingt richtigstellen wollte, dass wir bereits vor der Ménage miteinander geschlafen haben.

»Ich führe kein Tagebuch für euch, mit wem ich was tue. Können wir das Thema abhaken?« Aus welchem Grund rechtfertige ich mich hier? Um nicht weiter darauf eingehen zu müssen, behaupte ich: »Ich will wirklich dringend ins Kino.«

Ryker lacht, legt schon wieder den Arm um mich und läuft los. Ethan wiederholt die Geste auf meiner anderen Seite und Ryan sie bei Ethan.

Da ich nicht immer der Spielverderber sein möchte, lege ich die Arme um die beiden neben mir. So schlendern wir den breiten Bürgersteig entlang, und vermutlich hält mich auch noch jeder für ihren Anführer, da ich der Einzige mit weißem Hemd bin.

Um etwas beizutragen, das möglicherweise unterhaltsam sein könnte und nichts mit Elaine zu tun hat, erzähle ich: »Ihr solltet wissen, dass ich überaus seriös aussehe, aber eigentlich trage ich keine Unterwäsche. Darf man so überhaupt dem cineastischen Vergnügen frönen? Ich kenne die Benimmregeln in Kinos nicht.«

Ryker tritt zur Seite und sagt laut: »Igitt.« Sofort lacht er und legt seinen Arm erneut um meine Schultern. »Kein Problem. Falls du jemanden benötigst, der keine Hemmungen hat, dir die Eier in der Öffentlichkeit zurechtzurücken, lass es mich wissen.«

Ich werfe ihm einen kritischen Blick zu. Er wird niemals erleben, dass ich vor Zuschauern meine Geschlechtsteile richte, und zweimal nicht, dass ich das jemand anderen erledigen lasse.

Ryan ergreift das Wort: »Ryker hat seine Bi-Beichte schon bereut, die er nebenbei fallen ließ, als er uns erzählte, was passiert ist.«

»Ja«, bestätigt Ethan. »Wir wollten doch dringend wissen, in wen von uns Prachtkerlen er verliebt ist.«

»Hoffentlich könnt ihr euch noch an die Antwort erinnern. Ich musste es ja nur ungefähr zehnmal wiederholen.«

Ethan grinst und sieht zu ihm rüber. »Nee, überhaupt nicht. Ich war es, oder?«

Ryker seufzt. »Ich bin ja froh, dass ihr darüber Witze reißt und mich nicht ablehnt oder euch seltsam in meiner Gegenwart benehmt.«

»Quatsch. Du kannst tun und lassen, was du willst. Außer Socken in Sandalen tragen. Dann wäre das mit der Freundschaft vorbei.«

Ryan lacht über seinen eigenen Spruch, was Ryker zum erneuten Seufzen bringt.

Was seufzt er denn so viel? Wenn mir das egal ist, wird es die anderen noch weniger stören.

»Genau das ist das Stichwort. Ihr seid meine Freunde. Außerdem verliebe ich mich nicht so schnell. Aber wenn … dann richtig.«

»Oh! Das sieht nach Junggesellenabschied aus«, ruft eine Brünette aus einem Rudel Frauen, das uns entgegenkommt. Ich sehe mich irritiert um und stöhne. Sie meint uns.

Ryker hebt die Hand, die über meiner Schulter hängt, und winkt ihnen zu. »Falscher Verdacht. Eher die Bad Guys als Ehemänner. Aber wir könnten, wenn wir wollten.«

Sie gehen lachend an uns vorbei.

»Genau«, sagt Ethan. »Kehren wir zurück zum ursprünglichen Plan. Becoming Bad Guys. Bis auf Ryan haben wir das doch ganz gut hinbekommen. Warum eigentlich nicht Bastards? Weiß das noch einer?«

Ryan behauptet: »Garantiert wegen Preston. Der nimmt keine Schimpfwörter in den Mund. Und keine Penisse. Er ist sehr wählerisch mit den Dingen, die er da reinlässt.«

Erneut stöhne ich und daraus wird ein Lachen. Ich fühle mich leichter, beschwingter, befreiter. Sie sind Idioten, aber ich habe sie so unglaublich gern, dass ich mich manchmal selbst darüber wundere.

Ryker redet wieder, weil man ihm wahrscheinlich das Mundwerk nach seinem Ableben zusätzlich totschlagen muss: »Gut, keine neue Lady Preston. Wir bleiben Bad Guys. Wie nennen wir Elaine? Lady Schlampe? Lady Bitch? Das wird wie bei Harry Potter. Die, deren Namen nicht genannt werden darf.«

Aus dem Bauch heraus sage ich: »Sie ist keine Schlampe und keine Bitch. Sie ist ... Sie ist einfach Elaine. Hexe will ich auch nicht mehr hören.«

Trotz allem möchte ich nicht, dass sie Elaine beleidigen. Uns gegenseitig mit Schimpfwörtern zu beehren, war etwas zwischen uns, und meinem Gefühl nach steht es meinen Freunden deshalb nicht zu.

Ethan behauptet: »Und aus diesem Grund suchen wir dir jetzt ein Gegenmittel dagegen, dass sie dich zum liebeskranken Volltrottel verhext hat, der nur in einer Hose durch die Gegend rennt.«

»Heißt das, wir müssen doch ins Theater?«, fragt Ryan.

Ethan sinniert: »Zählt Strippen als Theaterstück? Preston war so begeistert vom letzten Lapdance.«

Ich lache. Ja, an unseren Las-Vegas-Trip erinnere ich mich noch gut, an den Lapdance eher ungern. Zumindest an das Ende.

»Danke«, sage ich, und bevor sie es falsch verstehen, ergänze ich: »Danke, dass ihr mich abgeholt habt, und hm, halt ... Ihr versteht schon.«

»Tun wir«, sagt Ethan und drückt kurz meine Schulter.

28

RÜCKKEHR

Preston

Ein Gutes hat die Sache: Wir streiten uns nicht mehr. Keine Neckereien, keine Sprüche, keine abfälligen Bemerkungen, keine Zickerei.

Dafür war keine Mediatorin nötig, sondern nur ... das, was passiert ist.

Nachdem ich Elaine aus dem Büro warf, stand am nächsten Tag eine Entschuldigungskarte mit einem Gutschein für zwei Menüs im Restaurant, das den Juristenball ausgerichtet hatte, auf meinem Schreibtisch. Ich schenkte ihn Ryan und Mia und entsorgte die Karte im Müll. Am nächsten Tag fehlte die Scotchflasche meines Großvaters. Ich stellte sie nicht zur Rede.

Heute war sie zurück. Zusammen mit einem Bild von ihm in Glas oder Ähnliches gegossen. Zugegebenermaßen ist das eine nettere Erinnerung als nur eine Flasche. Trotzdem habe ich dieses Geschenk in den Schrank verbannt und auch die zweite Entschuldigungskarte entsorgt. Ich will nichts von ihr. Gar nichts. Das ist mein neues Motto.

Ein Blick auf das Glas Whiskey, das ich mir eingeschenkt habe, obwohl es erst Vormittag ist, und ich reibe mir die Schläfe. Nein, kein Alkohol. Nicht vormittags, nicht, ist er nicht zum Genuss und nicht wegen einer Frau. Auch wenn ich auf das, was mir nun bevorsteht, überhaupt keine Lust habe.

Die nächsten Fragen sind da, dieses Mal an mich adressiert. Diese unregelmäßigen Abstände, in denen wir die Fragen bekommen, sind so unglaublich willkürlich. Ich hasse so etwas. Aber bei Doktor Crazy kann es wohl nicht anders sein.

Diese Aufgabe habe ich gestern den ganzen Tag ignoriert. Der Umschlag lag auf meinem Schreibtisch und hat mich ununterbrochen ermahnt, dass ich es hinter mich bringen sollte. Doch erst heute Morgen konnte ich mich überwinden, Gabrielle einen Termin mit Elaine vereinbaren zu lassen.

Langsam muss ich los. Unpünktlichkeit liegt mir nicht. Beim Aufstehen zupfe ich das Sakko zurecht und schnappe mir den Umschlag, um in ihr Büro zu wechseln. In meinem will ich sie nicht haben. An der Tür drehe ich um, um das vergessene Aufnahmegerät aus der Schublade zu befreien und mitzunehmen. Nun aber keine Ausreden mehr.

Nach ihrem Herein betrete ich den Raum und schließe die Milchglastür hinter mir. Ich mache einen weiteren Schritt und bleibe wieder stehen. Vielleicht war das doch keine gute Idee. Dieses Büro erinnert mich an Küsse, ihren Geschmack auf den Lippen, ihren Duft in der Nase, ihren Körper an meinem. Egal, wo ich hinsehe. Haben wir es an irgendeinem Ort hier nicht getrieben?

Als ich mit den Augen an dem großen Kunstdruck hängen bleibe, will ich stöhnen. Das Eck, das beim Sturz von der Wand beschädigt wurde, ist immer noch angeschlagen. Als wollte sie eine Erinnerung daran. Für mich ist es eine.

Ohne es zu wollen, wird mir warm und der Hauch eines Lustgefühls kitzelt in meinem Lendenbereich. Das ist in Ordnung. Ich bin ein Mann. Es ist quasi meine Pflicht, immer und überall an Sex zu denken. Das hat nichts mit ihr zu tun.

Mein Blick schweift zu Elaine. Sie sitzt hinter ihrem Schreibtisch und sieht mich erwartungsvoll an, ohne etwas zu sagen.

Ich hebe die Hand mit dem Umschlag. »Die nächsten Fragen. Wir haben einen Termin.«

»Schön.«

»Schön.« Keiner von uns rührt sich, weshalb ich loswerde: »Könntest du bitte aufhören, mir Geschenke ins Büro zu stellen? Ich möchte wirklich nichts von dir.«

»Erst wenn du mir glaubst, dass es mir leidtut.«

»Ich glaube dir und nun lass mich in Frieden.«

»Wirst du den Gutschein nutzen?«

Ich trete an ihren Schreibtisch und stütze die Knöchel ab, um mich ein wenig in ihre Richtung zu beugen und ihr ins Gesicht zu sehen. Ihre Wimpern flattern unter mehrmaligem Blinzeln.

»Elaine. Ich habe den Gutschein weiterverschenkt. Was soll ich mit einem Gutschein für zwei Menüs? Ich bin Single. Schon vergessen?«

»Nein, ja, doch, das habe ich verstanden.«

Und?

Weiter?

Warum fragt sie nach dem Gutschein? Falls sie mit mir hingehen wollte, hätte sie die Entschuldigungskarte mit diesem Gutschein nicht unpersönlich auf meinen Schreibtisch legen sollen, sondern ihn mir in die Hand drücken und mir einfach sagen, dass ich mit ihr dorthin zu gehen habe.

Oder sie wollte nie mit mir dorthin, und ihr Plan war, wenn ich ihn nutze, bin ich verpflichtet, das zu vergessen.

Sie kann mir unmöglich so eine Abfuhr erteilen und erwarten, dass ich danach enthusiastisch ihr gegenüber bin.

Ich mustere ihr Gesicht. Sie sieht zurück, und ihre grünen Augen sind so weit aufgerissen, dass sie mich an meine kleine Schwester erinnert, wenn sie mich wieder um Geld anbettelt.

Was soll dieser flehende Blick?

Hä? Elaine? Verrate es mir.

Sie öffnet die Lippen, aber statt zu sprechen, befeuchtet sie sie lediglich. Ihr werden doch nicht die Worte fehlen?

Ich atme etwas schwer, was ich sofort korrigiere, und dadurch meine Nasenflügel zum Beben bringe beim beherrschten Atmen durch die Nase.

Sag was.

Sag doch einfach irgendetwas.

Ein großer Fan von Romantik bin ich nicht, wie Charlotte jedem bestätigen kann. Aber jetzt wäre mir sogar etwas Schmalziges recht. Egal was. Von mir aus kann sie direkt mit einer kitschigen Liebeserklärung starten. Ich würde noch nicht einmal lachen, wäre vermutlich einfach erleichtert.

Der Gedanke lässt mich schwitzen und mir wird endgültig viel zu warm in diesem Anzug. Ja, ich gebe zu, mir würde das sogar gefallen. Ich verbiete mir, die Krawatte zu lockern, halte die Fäuste weiter auf dem Tisch abgestützt und erwidere ihren Blick.

Sag was. Vergleich mich meinetwegen mit einem Hundebaby oder erzähl mir etwas von Regenbögen. Ich komme auch mit einer Geschichte von magischer Anziehungskraft oder sogar einer Seelenverbindung zurecht, ein Zuckerwattegefühl ... oder wenigstens, dass sie mich genug mag, um mit mir auszugehen.

»Es tut mir leid.«

Mir entweicht Atemluft, wie wenn man bei einem mit zu viel Bar befüllten Autoreifen das Ventil öffnet. Schnell und leider Gottes sogar mit einem Geräusch.

Ich ziehe ruckartig einen Stuhl heran und lasse mich nieder. Es tut ihr offensichtlich wirklich nur leid. Mehr nicht. Ich hatte kurz die Hoffnung, dass ich nicht allein mit diesem Gefühl ihr gegenüber dastehe; dass es ihr nicht nur leidtut, mit einem Mann Sex gehabt zu haben, von dem sie dachte, er ist verheiratet.

War es das? Hätte sie sich sonst nie darauf eingelassen?

Ihr Interesse an mir könnte noch geringer sein, als ich annahm. Vielleicht habe ich auf der Couch unter der gemeinsamen Decke viel zu viel herausgehört, was sie nie gesagt hat. Das gute alte Sender-Empfänger-Problem.

Es ist nicht ihre Schuld. Nur meine. Ich habe meine eigenen Grundsätze über Bord geworfen, und so etwas passiert nun einmal, wenn man sich nicht an selbst auferlegte Regeln hält.

»Lass uns anfangen.« Ich ziehe den Papierbogen aus dem Umschlag, der bereits für mich geöffnet wurde. »*Wie nah stehst du deiner Familie und wie herzlich geht Ihr miteinander um?*«

»Kein Kontakt zu meinem Bruder, außer auf Familientreffen. Herzlicher Umgang mit meiner Mutter, auch wenn wir verschieden sind und sie sich fast immer um mich sorgt. Ein kühles Verhältnis zu meinem Vater, das sich etwas gebessert hat, seit er wollte, dass ich den Platz anstatt meines Bruders übernehme.«

Meine Antwort fällt ebenso knapp aus: »Kein Kontakt zu meiner älteren Schwester, ein Aufpasser für die jüngere, Mutter und Vater normal, vermute ich, Söhne, ja, meine Söhne ...« Da mir bewusst wird, dass es wirklich große Fortschritte in unserer Beziehung gibt, muss ich zwangsläufig lächeln. »Das Verhältnis zu meinen Söhnen ist so herzlich, wie es uns möglich ist. Nächste Frage. *Hast du das Gefühl, deine Kindheit war glücklicher als die der meisten?* Ja.«

Eine noch knappere Antwort, aber sie trifft zu. Ich bekam alles, war immer im Mittelpunkt, es hat mir nie etwas gefehlt. Vielleicht wurde ich ein bisschen verzogen, da mir von Anfang an klargemacht wurde, ich wäre jemand Besonderes.

Das beste Beispiel dafür war dieses Bilderbuch. *Preston wird Anwalt.* Als Kind dachte ich jahrelang, es gibt tatsächlich ein Buch über mich, bis ich begriff, dass meine Mutter es für mich anfertigen ließ.

Dem Anspruch, etwas Besonderes zu sein, wollte ich immer entsprechen und sah es als Pflicht, überall mein Bestes zu geben. Zumindest was Schule, Studium und Beruf angeht. Möglicherweise habe ich durch diese Art der Erziehung gelernt, dass ich nur auf mich achten muss, und habe meiner Ehe deshalb nicht genügend Aufmerksamkeit geschenkt. Allerdings halte ich nichts davon, als Erwachsener meinen Eltern die Schuld an persönlichem privatem Versagen zu geben. Irgendwann ist man alt genug, um sich daraus zu lösen und selbst Verantwortung für sich zu übernehmen.

»Nein«, sagt sie und sieht mich an.

»O bitte, Elaine. Möchtest du behaupten, dir ging es schlechter als anderen Kindern? Hast du mal einen Blick aus deinem hohen Turm geworfen und die Realität gesehen? Meinst du, es ist alltäglich, als Jugendliche ein Pferd angeboten zu bekommen und das arrogant abzulehnen, weil man bevorzugt etwas anderes hätte?«

»Seit wann hat Glück etwas mit Materiellem zu tun? Das letzte Mal hast du anders über Glück gesprochen. Ich bekam als Kind vieles geschenkt und sicher wurde ich auch geliebt, zumindest von meiner Mutter. Aber ... Vergiss das. Ja, du hast einfach recht.«

»Nein. Sprich den Satz nach aber zu Ende.«

Sie zögert und senkt den Blick, um ihn sofort wieder hochschnellen zu lassen. »Aber ich war nicht glücklich, weil meine Wünsche niemand ernst genommen hat. Nie.«

Ich lehne mich zurück. Leider verstehe ich, was sie meint. Dank der Erziehungsratgeber, die ich mir zu Gemüte geführt habe, um herauszufinden, was Kinder zu glücklichen und zufriedenen Menschen werden lässt. Meine Wünsche wurden immer gehört, und ich kann mir nicht vorstellen, wie es sich anfühlt, wenn ihnen niemand Beachtung schenkt. Nicht als hilfloses Kind.

Mir fällt keine Antwort ein und eigentlich möchte ich auch gar nicht mit ihr über Persönliches, Glück und Wünsche sprechen. Denn nimmt man es genau, hat sie mir einen Wunsch abgeschlagen. Und ja, es fühlt sich mies an.

Deshalb lese ich die nächste Frage vor. *»Jeder von Euch macht drei wahre Wir-Aussagen. Zum Beispiel: Wir sind beide in diesem Raum und fühlen uns ...«*

... befangen fällt mir sofort ein. Unzufrieden. Zurückgewiesen.

Aber sie ist dran und das werde ich sowieso nicht sagen. Außerdem trifft es nicht auf uns zu, sondern nur auf mich.

Sie presst die Lippen zusammen, und fast stöhne ich laut, als sie einen Teil meiner Gedanken ausspricht: »Befangen, unzufrieden und ... genervt?«

»Warum als Frage?«, hake ich nach.

»Ich weiß nicht. Bist du genervt von mir? Befangen bin zumindest ich. Unzufrieden auch.«

»Ich bin nicht genervt von dir, weil ich mich von jemandem wie dir nicht nerven lasse, sondern davon, diese Fragen beantworten zu müssen.«

»Dann passt es irgendwie, oder?«, fragt sie leise und reißt schon wieder ihre Augen auf, als wollte sie auf Kleinmädchengetue etwas haben.

Um irgendetwas zu sagen, frage ich: »Warum so kleinlaut?«

»Mir fehlt die Art, wie wir vorher miteinander umgegangen sind. Es war laut, spöttisch, unterhaltsam, und um ehrlich zu sein, hat es mir gefallen. Es tut mir leid, was passiert ist und wie ich mich verhalten habe. Können wir nicht zumindest wieder in den alten Stand zurück?«

Ich zerknittere das Papier in den Händen und lasse sofort locker, als ich das bemerke. Trotzdem kann ich hinter der Stirn spüren, wie irgendwo eine Sicherung durchknallt.

Wie kann sie so respektlos sein? Kann sie nicht akzeptieren, dass es nicht besonders einfach ist, zurückgewiesen zu werden und sich mit dieser Frau für ein paar dämliche Fragen zusammensetzen zu müssen, obwohl man sie am liebsten überhaupt nicht mehr sehen würde?

»Preston?«

»Fick dich, Elaine.«

Habe ich das gesagt? Tatsache. Ich sagte gerade: *Fick dich, Elaine.* Habe ich jemals in meinem Leben zu jemandem *Fick dich* gesagt? *Fick MICH* kam vor, aber das?

Ihre Fassade bröckelt, und undefinierbare Emotionen bringen die Muskeln in ihrem Gesicht dazu, sinnlos zu tanzen.

Abrupt springt sie auf, stützt die Hände auf dem Tisch ab und beugt sich in meine Richtung. »Benimm dich nicht wie ein Arschloch. Nimm die Entschuldigung an oder lass es bleiben. Deine Wahl. Bitte schön: Du wirst nicht noch einmal von mir hören müssen, dass es mir leidtut. Ich sagte das, da du offensichtlich gekränkt bist und ich mich gern mit dir versöhnt hätte. Mir ist bewusst, dass eine gewisse geistige Größe dazugehört, jemandem zu vergeben, die du nicht zu besitzen scheinst. Was soll ich tun? Betteln?«

Als wären wir eine Waage, bringt mich ihr Hochfahren wieder runter.

Betteln? Das wäre schön gewesen.

»Entschuldige, Elaine. Hiermit versöhnt. Ich bemühe mich um die gewohnte Freundlichkeit.«

Sie legt den Kopf schräg und mustert mich. »Danke?«

»Ja, sehr gern doch«, erwidere ich spöttisch und erhebe mich. »War das die gewohnte Freundlichkeit, die du wolltest?«

»Fast.«

»Ich bemühe mich. Wir sehen uns.«

»Sind wir schon durch?«

»Ja«, lüge ich und schnappe mir das Aufnahmegerät, um den letzten Teil in meinem Büro löschen zu können. Das geht Doktor Crazy nichts an. Die übrigen Fragen, die ich kurz überflogen habe, möchte ich heute nicht mit ihr besprechen.

Was war dein bisher peinlichster Moment des Lebens? – Eine Frau zu fragen, ob sie mit mir zusammen sein will, und knallhart abgewiesen zu werden.

Erzähle deinem Gegenüber von einem persönlichen Problem. – Ziemlich heftig in eine Frau verliebt zu sein, die das nicht erwidert.

Ach, ich bin mir sicher, dass ich auch auf die anderen Fragen eine Antwort finden könnte, um mich selbst fertigzumachen.

Ab heute hat das endgültig aufzuhören.

Mein Leben hat ohne Elaine funktioniert. Bestens funktioniert.

Es gibt genügend andere Dinge, die meiner Aufmerksamkeit wert sind.

Ich schließe die Tür hinter mir und versuche, ebenso gedanklich eine Tür hinter mir zuzuschlagen.

Hiermit war es der letzte Tag, an dem mich das interessiert hat.

Auf dem Weg in mein Büro hält mich Gabrielle auf. »Ein spontanes Partnermeeting in fünf Minuten. Darf ich zusagen?«

»Nein. Ich gehe gleich rüber und sage persönlich zu.«

Nachdem ich ihr die Fragen und das Aufnahmegerät zur Verwahrung in die Hand gedrückt habe, mache ich auf dem Absatz kehrt, um den kleinen Besprechungsraum aufzusuchen, den wir für unsere Treffen nutzen.

Beim Betreten stutze ich. Hier sind nicht nur Mort und Jacob versammelt, sondern ebenfalls Samuel und Nelson.

Was wollen Elaines Vater und Bruder hier?

Ich begrüße beide mit Handschlag und lasse mich auf meinem Platz nieder. Elaine betritt den Raum und stutzt ebenso wie ich.

»Vater? Nelson?«

Sie begibt sich an die Seite, an der ihr Platz üblicherweise ist. Dort sitzt ihr Bruder, als wäre es seiner, daneben ihr Vater.

Beide geben ihr die Hand, als wäre sie eine Bekannte. Ich sehe prüfend zu Mort und Jacob. Was wird das?

Elaine lässt sich nicht anmerken, falls sie es irritiert oder stört, dass ihr Bruder ihren Platz am Tisch eingenommen hat. Sie wählt den Platz neben Jacob. Kluge Wahl. Beim ältesten Partner.

Dieser ergreift das Wort: »Es gibt etwas zu besprechen. Der älteste Sohn von Samuel beansprucht nun doch seinen Platz als Partner.«

»Nein!«, stößt Elaine aus und ihr Gesicht entgleist völlig. Sie fängt sich wieder und spricht ruhig weiter: »Das ist nicht möglich. Er hat verzichtet. Ich war die Nächste. Ich habe den Platz eingenommen. Er ist nicht mehr frei.«

»Elaine, Schatz …«

Sie unterbricht ihren Vater scharf: »Nenn mich nicht Schatz! Wäre ich dir etwas wert, wärst du hier nicht mit meinem Bruder aufgetaucht! Ich vermute, deine Begleitung bedeutet nicht, dass du mich unterstützen wirst, oder?«

»Elaine. Es ist der Platz, der ihm zusteht.«

»Er wollte seine eigene Kanzlei! Was ist damit? Läuft sie nicht wie erwünscht? Das ist nicht meine Schuld. Ich habe mich hier eingebracht. Ich habe meine alte Stellung aufgegeben. Ich bin ...«

»Typisch Elaine«, unterbricht ihr Bruder sie lachend. »Immer ich, ich, ich.«

Sie wendet sich an Jacob. »Zieht ihr das in Erwägung?«

»Nun, Elaine, er ist der Sohn und dazu kommen diese Probleme zwischen Preston und dir.«

»Das könnt ihr nicht als Rechtfertigung nehmen.«

Ich höre mich sagen: »Hattet ihr nicht Bedenken, was passiert, wenn ihr eine Frau vom Thron stoßt? Was ist damit?«

Jacob sieht mich an. »Du möchtest, dass sie bleibt?«

»Mir geht es um den Ruf der Kanzlei.«

»Wir waren so frei und haben für Elaine ein paar lukrative Angebote von anderen Kanzleien eingeholt.«

»Ihr wisst das schon länger. Das war geplant. Ihr wollt mich alle loswerden. Ich, ich, ich weiß nicht, was ich sagen soll.« Elaines Stimme bricht und ich schließe für einen Moment die Augen, weil es sticht, dass ihr das vor allen passiert.

Um nichts zu verpassen, öffne ich sie sofort wieder und mustere Jacob und Mortimer. Mir hat auch niemand etwas davon gesagt. Die alten Säcke verbünden sich. Das gefällt mir nicht.

Mortimer ergreift das Wort: »Elaine. Wir möchten dich grundsätzlich behalten. Aber vermutlich wirst du kein Angebot annehmen, hier als normale Anwältin arbeiten zu wollen.«

»Willst du mir das tatsächlich antun?«

Mortimer sieht gequält aus und wirft einen kurzen Blick auf Samuel und Jacob. Aha. Er wurde von den anderen überzeugt. Er war doch sogar dafür, dass Elaine den Platz übernimmt.

»Ich hätte eine Frage«, mische ich mich ein. »War das von Anfang an Absicht? Elaine als Warmhalter? Hm? Samuel? Hast du auf das Scheitern deines Sohns spekuliert und Elaine sollte die Zwischenlösung sein, bis er beschließt, dass er doch in deine Fußstapfen tritt?«

Samuel richtet sich auf und erwidert meinen Blick mit erzwungener Festigkeit. »Nein.«

Scheiße. Er lügt. Nicht nur ich bemerke das, sondern auch sein Sohn, der ihm einen zornigen Blick zuwirft. Elaine schnappt hörbar nach Luft.

Sie erhebt sich und stützt die geballten Fäuste auf dem Tisch auf. »Samuel Ward. Ab heute bist du nicht mehr mein Vater. Du wolltest es nie sein, bitte, da hast du es. Nelson, ich werde dir diesen Platz niemals freiwillig überlassen. Ich ziehe vor jedes Gericht der Welt, tue alles, was nötig ist, aber du nimmst mir das nicht weg. Du hattest deine Chance.«

Jacob erhebt sich ebenfalls. »Wir werden das rechtlich überprüfen lassen. Elaine, ich möchte dich darauf hinweisen, dass du zur Verschwiegenheit über diesen Vertrag verpflichtet bist. Sind die rechtlichen Fragen geklärt, werden wir abstimmen. Weder Elaine noch Nelson erhalten eine Stimme. Bis dahin wird die Kanzlei wie gewohnt ihren Aufgaben nachgehen.«

Elaine sieht Hilfe suchend zu mir. Ich erwidere ihren Blick ungerührt. Das ist ihr Kampf. Vermutlich wäre es sogar besser für mich, wenn ich sie nicht mehr sehen muss. Was die Säcke hier abziehen, ist fernab von jeder Fairness und Anstand, aber es ist nicht mein Problem.

Sie kneift die Lippen zu einem dünnen Strich zusammen. »Demzufolge darf ich all meine Aufgaben normal wahrnehmen, bis ihr zu einer Einigung kommt. Das werde ich nun tun. Einen schönen Tag, meine Herren.«

Mit festen Schritten schreitet sie nach draußen. Den Kopf erhoben, als hätte sie die Schlacht bereits geschlagen. Aber ich sehe genau, wie ihre Hand zittert, als sie an den Türgriff fasst.

Kaum ist die Tür hinter ihr zu, frage ich Samuel: »Ehrlich?«

Ungerührt antwortet er: »Ja, Nelson war doch von Anfang an dafür vorgesehen. Elaine findet mit Leichtigkeit eine andere Anstellung. Ihre Mutter und ich würden es sowieso begrüßen, wenn sie mehr Zeit hat, um sich um einen Partner zu bemühen. Ihre Mutter wünscht sich eine gute Partie für sie. Die findet sie nicht mit der Verantwortung, die sie hier trägt. Kaum ein Mann will eine Frau, die so weit oben steht. Es ist zu ihrem Besten.«

»Das sind doch Ausreden«, wendet Mortimer ein. Ich hatte recht. Er ist eigentlich nicht dafür.

»Nein, ich sehe das wie Samuel«, widerspricht Jacob. »Vermutlich wird sie niemals Kinder bekommen, solange sie diesen Platz innehat. Damit fehlt auch ihr Nachfolger. Wir müssen langfristig denken.«

Langfristiges Denken wäre, nicht mehr die Söhne dazu zu drängen, das Amt ihres Vaters zu übernehmen. Aber das laut auszusprechen hilft niemandem.

Ich deute auf Nelson. »Was ist mit ihm? Kinder geplant? Frau am Start?«

Nelson sieht mich grinsend an. »Kein Problem. Sitze ich erst hier, werde ich schon eine Frau finden, die gern mein Heimchen am Herd wird. Oder nicht am Herd. Meine Frau muss natürlich nicht kochen. Hübsche Kinder soll sie machen.«

»Hm«, brumme ich. Das ist doch ein Irrsinn hier. Ich erhebe mich und nicke allen zu. »Informiert mich, wenn es etwas zu entscheiden gibt.«

Sollen sie sich zerfleischen. Hauptsache, die Kanzlei wird nicht durch solche Spielchen in den Dreck gezogen. Das ist doch Kindergarten.

Auf dem Weg zu meinem Büro komme ich an Elaines vorbei. Alyssa ignoriere ich und betrete es, ohne zu wissen, was ich überhaupt hier will.

Ihre Schuhe stehen unordentlich vor der Chaiselongue, sie darauf im Schneidersitz, weshalb ihr Kleid recht weit über die

Oberschenkel nach oben gerutscht ist. Allein diese Art zu sitzen zeigt schon, wie aufgelöst sie sein muss. Den roten Slip, den man durch die Strumpfhose schimmern sieht, beachte ich nicht, weil ich mit den Augen an dem Glas mit der bräunlichen Flüssigkeit darin hängen bleibe, das sie in der Hand hält.

Das nehme ich ihr aus den Fingern und sage: »Reiß dich zusammen. Sonst werfen sie dir vor, du trinkst, anstatt dich um die Geschäfte zu kümmern. Niemals Schwäche zeigen.«

Zwei Tränen rollen über ihre Wangen, aber von mir kann sie keinen Trost erwarten. Ich gehe an ihre Bar. Gute Auswahl, teils mit Geschenkanhängern. Immer noch kein Scotch dabei. Da es zu viel ist, um alles unfallfrei zu tragen, schnappe ich mir ihren Papierkorb und packe die Flaschen hinein, um ihn mir danach unter den Arm zu klemmen.

»Und jetzt wieder an die Arbeit. Hier ist kein Platz für Tränen. Dir wurde gerade ein Krieg erklärt.«

»Ich …«

»Kein langes Gerede. Richte dein Gesicht. Du siehst schrecklich aus. Nach verheulter Tussi statt Siegerin. Das bist doch nicht du. Sei einfach wie immer, dann hast du eine Chance, den Krieg zu gewinnen.«

Mit dem Korb unterm Arm verlasse ich ihr Büro wieder.

Keine Ahnung, ob sie sich tatsächlich betrunken hätte. Aber sie kann unmöglich um diese Uhrzeit nach Alkohol riechen und in der Kanzlei aussehen, als hätte sie bereits aufgegeben.

Über Scheitern nachzudenken und sich gehen zu lassen ist weder eine Option noch passt es zu ihr. Ein Sieg mit hocherhobenem Haupt. Etwas anderes kann ich mir nicht vorstellen.

29

KRIEG

Elaine

Drei Tage.

Drei Tage, seitdem mein Vater mir auf diese schändliche Art in den Rücken gefallen ist. Ich spreche nicht mehr mit ihm. Das war für mich zu viel. Mein ganzes Leben war ich wenig wert für ihn, und mit dieser Aktion ist bewiesen, dass es nicht nur wenig ist, sondern gar nichts. Er hat keine liebende Tochter verdient und ich nicht so einen Vater.

Mit meiner Mutter spreche ich auch nicht mehr. Sie ist ganz auf seiner Seite und hat mit Unverständnis reagiert, als ich sie um Rückendeckung bat. Stattdessen möchte sie mir den Sohn einer Freundin vorstellen, der laut ihr gut zu mir passen würde. Das ist doch Hohn!

Meinem Bruder kann ich es noch nicht einmal übel nehmen. Seine Kanzlei scheint nicht zu laufen, deshalb greift er nach dem Strohhalm, der bleibt. Oder eher Rettungsring. Wir standen uns nie nahe, und es ist ihm natürlich gleich, was das mit mir anstellt. Es muss für ihn sein, als würde er die Stelle einer Fremden abspenstig machen wollen.

Ich denke, es war eine kluge und notwendige Entscheidung, meine Familie aufzugeben. Lediglich um meine Mutter tut es mir leid. Sie meint es sicher nicht böse, ist schlicht in ihrer Welt gefangen, in der eine Frau eine bestimmte Rolle hat. Eine Rolle, die niemals meine sein wird. Deshalb muss ich mich zumindest vorerst von ihr distanzieren. In ihre Augen zu sehen, die dieselbe Farbe wie meine haben, und von ihr gebeten zu werden, doch einsichtig zu sein, das ertrage ich im Moment nicht.

Es ist nun, wie es ist.

Ein Klopfen und ich rufe: »Herein.«

Harald betritt den Raum und sieht etwas unschlüssig aus.

»Setz dich. Kann ich dir helfen?«

Er zieht sich den Stuhl zurück und setzt sich auf den vordersten Rand, als wollte er gleich wieder die Flucht ergreifen. »Nein, ich bin nicht wegen eines Falls hier. Eher persönlich.«

»Oh. In Ordnung. Sprich ruhig.«

»Es ist nur, hm, ja ... mein Vater hat mir anvertraut, dass es heißt, du oder dein Bruder.«

»Ging das nicht schon durch die Kanzlei?«

»Nein. Ich erzähle es auch nicht weiter. Mein Vater hat mich zum Stillschweigen verpflichtet, damit die Führung nicht infrage gestellt und getuschelt wird. Für die anderen ist Nelson nur dein Bruder, der nun hier arbeitet. Ich glaube, das passt Nelson nicht. Er führt sich auf, als würde ihm die Kanzlei völlig allein gehören. Auf jeden Fall ...«

»Ja?«

Er legt die Hände ineinander verschränkt auf den Schreibtisch und spricht mit festerer Stimme weiter, als hätte er sein Selbstbewusstsein zusammengesammelt: »Ich sprach gerade mit meinem Vater, dass er sich für dich entscheiden soll. Nelson ist unsympathisch. Das werden auch die Mandanten bemerken. Ich möchte, dass du bleibst, denn ich würde bevorzugt später mit dir zusammenarbeiten statt mit ihm.«

Am liebsten würde ich applaudieren. Nicht nur, weil er für

mich ist und für mich spricht, sondern weil er das so selbstsicher vorträgt. Langsam legt er seine Schüchternheit ab und erkennt, dass er wirklich gut ist und Menschen sich für seine Meinung interessieren.

»Vielen Dank. Was hat er gesagt?«

»Er meinte, er kennt Nelson nicht ausreichend genug, um das bereits zu beurteilen, hätte ihm aber Aufträge gegeben, um seine Leistungen sichten zu können. Allerdings neigt er eher dazu, zu deinem Vater zu halten, weil sie schon Ewigkeiten befreundet sind. Solange die Kanzlei keinen Nachteil hat, wird er Nelson wählen. Kannst du mir Argumente liefern, die gegen ihn sprechen? Vielleicht kann ich meinen Vater doch noch überzeugen.«

»Seine Kanzleigründung ist gescheitert. Jedoch weiß ich nicht, ob der Grund im persönlichen Versagen liegt.«

»Das ist nicht ganz korrekt. Ich habe für meinen Vater recherchiert. Die Kanzlei existiert weiterhin mit den anderen Gründungspartnern. Nur dein Bruder ist ausgestiegen. Ich fragte bereits an, weshalb, bekam aber keine Antwort.«

»Hm, ja. Wer gibt so eine Information auch heraus?«

»Ich habe versucht, durch Smalltalk mit den Vorzimmern und den kleineren Angestellten mehr herauszufinden. Das hattest du doch gesagt, oder? *Sich mit den Vorzimmern verbünden.*«

Das sagte ich nicht zu ihm direkt, sondern zu einem anderen Junganwalt. »Du hast das gehört?«

»Ja. Ich fand das gut und konnte mir bereits ein kleines Netzwerk aufbauen.«

Meine Ratschläge umgesetzt zu wissen, lässt ein wenig Stolz in meiner Brust wachsen und ich lächle ihm zu. Mir kam noch nicht einmal in den Sinn, weiter über Nelson nachzuforschen. Er interessiert mich nicht, insofern er mir nicht meine Stellung rauben möchte. Da die Kanzleigründung der Anlass war, nicht den Platz zu übernehmen, ging ich schlicht davon aus, deren Scheitern ist der Grund, doch Anspruch zu erheben.

»Leider kann ich dir keine Anhaltspunkte liefern, was gegen

meinen Bruder spricht. Ich kenne ihn nicht gut genug. Trotzdem schätze ich deine Mühe sehr. Vielen Dank. Ich bemühe mich von der anderen Seite, weshalb ich einen Anwalt mit der Prüfung beauftragt habe und meine Arbeit weiter sorgfältig erledige, um mir nichts vorwerfen lassen zu müssen.«

»Ja, das dachte ich mir bereits. Ich habe zwar noch nichts zu sagen, und mein Vater hört nicht auf mich, aber ich hoffe trotzdem, dass du bleibst.«

»Danke, Harald. Das zu hören, tut gut.«

Er steht auf und streckt die Hand über den Tisch, wozu er eine bedeutungsvolle Miene aufsetzt. Aufgrund dessen erhebe ich mich ebenfalls und ergreife sie.

Mit feierlichem Ernst sagt er: »Auf eine zukünftige Zusammenarbeit und eine spätere Partnerschaft. Ich bin überzeugt, dass du den Krieg gewinnst.«

»Danke.« Mein drittes Danke und jedes dankbarer als das davor.

Mit einem verabschiedenden Nicken verlässt er das Büro und zeigt ein Daumen-hoch-Zeichen, bevor er die Tür hinter sich schließt.

Krieg. Er nennt es auch Krieg. Ich musste schon öfter an die Worte von Preston denken, dass mir der Krieg erklärt wurde. Leider stehe ich in diesem Krieg nahezu allein da, da alle Partner gegen mich sind. Und auf die wird es ankommen.

Entweder hält es sie davon ab, mich umgehend zu entfernen, dass sie tatsächlich Sorgen um den Ruf der Kanzlei haben, oder sie möchten sich von Nelsons Können überzeugen, wie Harald es gerade von seinem Vater erwähnte. Es gab mir auf jeden Fall Zeit, selbst einen Anwalt zu konsultieren. Nicht, dass ich mich nicht darum kümmern könnte, aber ich möchte meine eigentliche Arbeit nicht darunter leiden lassen, außerdem bin ich zu sehr emotional darin verwickelt. Ich benötige die sachliche Expertise eines objektiven Fachmanns.

Der ersten Einschätzung nach wird es nicht so einfach für sie, mich loszuwerden. Ich habe den Posten offiziell als Partner übernommen, und sie müssen mir nachweisen, dass Gründe vorliegen, weshalb ich nicht geeignet bin.

Dort setzen mein Anwalt und ich an, denn im Endeffekt wird es nicht darauf ankommen, was Nelson leisten kann, sondern nur, dass sie mir nicht die sachliche oder persönliche Befähigung für den Posten absprechen können. Vermutlich werden sie sich dabei auf das Problem zwischen Preston und mir stützen. Sie werden das aufbauschen und argumentieren, dass deshalb bereits ein großer Mandant verloren ging.

So kindisch es ist, hätte ich Preston gern an meiner Seite statt gegen mich. Nicht, um meinen Krieg zu führen, schlicht als Verbündeten, und wenn es nur wäre, um mich mit ihm auszutauschen.

Die Versuche, eine Versöhnung herbeizuführen, sind gescheitert. Das wurde mir bei der letzten Runde Fragen bewusst. Ein Zeichen von ihm, dass er es zumindest in Erwägung zieht, die Entschuldigung ernsthaft anzunehmen, und ich hätte mich garantiert überwinden können, ihn zu fragen, ob wir doch ausgehen können. Er hätte auch gern über meine Wankelmütigkeit lachen können, dann hätte ich ihm erklärt, dass ich nicht inkonsequent bin, sondern von der Plötzlichkeit dieser Frage überfordert war.

Meine Hoffnung war sogar, dass ich mir die Worte ersparen kann und er durch den Gutschein begreift. Wir beide mochten das Essen von dort. Aber er dachte offensichtlich noch nicht einmal daran, wir könnten gemeinsam hingehen, sondern hat ihn lieber verschenkt.

Alles, was es gab, waren unangenehm bohrende Blicke und ein Fick-dich.

Mittlerweile bin ich mir noch nicht einmal mehr sicher, ob seine Frage ernst gemeint war. Zuerst war ich überzeugt davon, dass es so sein muss. Er sagt so etwas nicht haltlos!

Als er nach der Ankündigung meines Vaters in mein Büro kam, dachte ich, er spricht mit mir, und ich weiß bis heute nicht, wie ich seine Aussagen interpretieren soll. Wollte er mir helfen oder über mich spotten?

Seit diesem Besuch bei mir herrscht von seiner Seite aus eine eiskalte Distanz, die mich zu dem Schluss führt, dass ich ihn mir tatsächlich zum Feind gemacht habe.

Das besagt im Umkehrschluss: Seine Frage kann nicht ernst gemeint gewesen sein. Man kann nicht so unversöhnlich sein, wenn jemand einem etwas bedeutet. Er lässt sich doch nicht so tief kränken. Zumindest schätze ich meine Wirkung nicht so stark ein, dass ausgerechnet ich das hinbekomme.

Die Tür zu meinem Büro fliegt auf, und Nelson betritt es, als wäre es seins.

Alyssa kommt ihm hinterher. »Entschuldigen Sie, Elaine. Er ist einfach an mir vorbei.«

»Schon in Ordnung, Alyssa. Ich kümmere mich darum.«

Er zieht sich einen Stuhl vor meinen Schreibtisch und stöhnt: »Ah.«

»Kann ich etwas für dich tun?«, frage ich mit hochgezogenen Augenbrauen.

»Außer das Offensichtliche nicht.«

»Findest du es wirklich in Ordnung, was du da verlangst?«

»Es ist mein Platz und das sieht unser Vater auch so.«

»Dein Vater. Für mich ist er nur noch ... ein Erzeuger. Und du? Möchtest du nicht mein Bruder sein statt ein Fremder?«

»Ich bin dein Bruder. Das ist das Beste für alle.«

»Nein, das ist das Beste für dich!«

»Du stehst auf Connor, oder?«

»Wie bitte?« Mein Herz stockt einen Moment. Woher weiß er das?

»Schau nicht so erschrocken. Ich habe deinen schmachtenden Blick gesehen. Er ist geschieden, das weißt du, oder?«

Er ist nicht geschieden. Noch nicht. Doch diese Spitzfindigkeiten bringen uns jetzt nicht weiter. »Worauf willst du hinaus?«

»Er mag nicht vergeben sein, aber er kann dich nicht leiden.

Das merkt man. Er sieht dich nicht einmal an. Keines Blickes wert.« Das weiß ich selbst. Mir diese schmerzhafte Tatsache aufs Brot zu schmieren, lässt mich nur noch mit Mühe einen neutralen Gesichtsausdruck bewahren. »Aber worauf ich hinauswill: Such dir doch jemand anderen. Jemanden, der dich will. Meinetwegen einen Anwalt. So könnten wir alle glücklich sein. Du wirst Heimchen am Herd, kannst dein Leben lang erzählen, wo du mal warst, und ich bekomme, was mir zusteht.«

»Nelson. Du kennst mich nicht. Wir hatten seit Jahren kaum Kontakt, nie ein persönliches Gespräch. Woher möchtest du wissen, was mich glücklich macht? Ich werde diesen Posten nicht kampflos aufgeben.«

»Mhm. Das dachte ich mir schon. Behalten um des Behaltens willen. Gib mir wenigstens Mandanten ab, bis die Sache geklärt ist.«

Ich hoffe, sie ist bald geklärt. Wie lange kann das noch dauern, bis die Alten in der Lage sind, eine Entscheidung zu treffen? Nach Haralds Worten fühle ich mich in der Vermutung bestätigt, dass sie sich genauer über die Arbeit von Nelson erkundigen, checken gegebenenfalls die Hintergründe, warum er nicht mehr in seiner Kanzlei tätig ist.

Das führt mich zu der Frage: »Mandanten bekommst du keine. Die Anweisung war eindeutig: Wir arbeiten weiter, als wäre nichts, bis die Entscheidung gefallen ist. Was ist eigentlich in deiner eigenen Kanzlei schiefgelaufen?«

»Hm. Möglicherweise habe ich Fehler gemacht und damit ein paar Leute gegen mich aufgebracht.«

»Und die soll ich nun ausbaden?«

»O Elaine. Du sollst einfach deine Rolle des Lebens annehmen und mir meine zugestehen. Es besteht kein Grund, mich als den Bösen hinzustellen.«

Meine Rolle des Lebens? Wer gibt ihm das Recht, zu bestimmen, was meine Rolle des Lebens ist? DAS hier ist meine Rolle. Eine Rolle, die ich mir selbst ausgesucht habe. Niemand, aber auch niemand hat das Recht, mir vorzuschreiben, was ich mir zu wünschen habe. Weder meine Eltern noch mein Bruder, noch sonst irgendjemand. Das ist meine Entscheidung, denn ich muss damit leben.

»Bitte geh, Nelson. Ich glaube, wir haben uns nicht mehr viel zu sagen.«

Er sieht sich um. »Ich denke, ich werde es noch einmal renovieren, wenn ich endlich das Büro bekomme. Es entspricht nicht ganz meinem Geschmack.«

»Und bis dahin: Geh bitte in das dir zugewiesene Büro, um zu planen, was du ändern möchtest. Noch ist es nämlich meines. Guten Tag, Nelson.«

Provozierend langsam macht er sich davon, was ich ignoriere. Erst als die Tür hinter ihm geschlossen ist, atme ich laut aus.

Was hat er gegen mich? Ich verstehe ihn nicht. Wir sind im gleichen Haus groß geworden. Er ist nur wenig älter. Liegt es an mir? An ihm? An unserer Erziehung? Preston sagte, er kämpfte darum, dass seine Schwester den Platz zumindest mit ihm teilen kann. Wir sind doch in ähnlichen Verhältnissen aufgewachsen. Was war bei ihm anders als bei mir?

Ich lasse die Maus sinnlos über den Monitor huschen und streichle meinen eigenen Arm. Noch nie kam ich mir so verlassen vor. Gesellig war ich nie, aber es waren immer Menschen da.

Meine Eltern will ich nicht mehr, meinen Bruder ebenso wenig. Sebastian ist schon eine ganze Weile aus meinem Leben verschwunden. Mit den alten Kollegen habe ich keinen Kontakt. Harald ist auf meiner Seite, was schön ist, aber er ist trotzdem kein Freund von mir. Preston ... Ja, Preston hasst mich.

Ich schicke meinem einzigen Lichtblick eine Sprachnachricht: »Dani, ich will nicht jammern, aber kannst du mir irgendetwas Gutes an meinem Leben nennen?«

Es dauert nicht lange, da vibriert das Smartphone sehr oft hintereinander, weil Sprachnachrichtbomben folgen.

»Hallo? MICH!« – »Deine Erfolge!« – »Du bist gesund!« –

»Du bist schlau!« – »Du bist beeindruckend!« – »Du bist die beste Freundin, die ich mir wünschen kann.« – »Ja, gut, manchmal wäre es schön, wenn wir uns auch treffen könnten.« – »Aber das ist nicht wichtig, denn wir sind ganz nah beieinander, egal wie weit wir voneinander weg sind.« – »Ich heule jedes Mal, wenn ein Paket von dir kommt.« – »Ich dachte, du hasst mich, weil ich schwanger bin, und jetzt schickst du mir so tolle Sachen!« – »Ich liebe dieses eine Buch, das mit der Giraffe.« – »Ich liebe dieses Holzspielzeug. Nein, ich liebe dich dafür, dass du dir gemerkt hast, dass wir genau so etwas wollen!« – »Ich liebe dieses Smoothiabo. Ohne Scheiß, ich könnte den ganzen Tag Obst in flüssiger Form wegschlürfen.« – »Oh. Jetzt habe ich von mir geredet.« – »Was ist los bei dir? Haben die Alten sich entschieden?«

Ein Lächeln zieht meine Mundwinkel nach oben, und ich glaube, das ist heute das erste Mal, dass es sich echt anfühlt. Ja, die Pakete. Ich überlege mir jede Woche etwas, was ich ihr zusenden kann, um ihr eine Freude zu machen. Mir tat es so leid, dass ich erst komisch auf ihre Schwangerschaft reagiert habe, deshalb wollte ich ihr beweisen, wie egal es mir ist, wie es bei ihr beruflich weitergeht. Sie ist mehr als Anwältin.

Ich wünschte, ich wäre auch mehr als Anwältin.

Vorsichtig wische ich mir unter dem rechten Auge eine Träne weg. Ja, irgendetwas habe ich falsch gemacht und nun habe ich nur noch das. Ich liebe es, Anwältin zu sein, und so arrogant es selbst in Gedanken klingt, ich weiß, dass ich herausragend bin und diesen Platz verdient habe.

Mein Hals schmerzt, und deshalb schicke ich einen Text, weil ich Angst habe, dass meine Stimme bricht.

Ich bin froh, dass ich dich habe. Und nein, sie haben sich noch nicht entschieden.

Sofort geht es mit Sprachnachrichten weiter.

»Egal, wie sie sich entscheiden, du wirst am Ende den Platz haben, der dir zusteht.« – »Sie sind dumm, wenn sie dich nicht behalten.« – »Aber du warst auch schon in der alten Kanzlei auf dem besten Weg nach oben.« – »Dir stellt sich niemand in den Weg.« – »Ich schicke dir so viel Motivation, wie du brauchst.«

Vielleicht bin ich in dem Krieg doch nicht ganz allein. Sie mag nicht an meiner Seite kämpfen, aber sie ist die Rückendeckung, die irgendwie Stärke schenkt, wenn man seine eigene zu verlieren droht.

Ich straffe die Schultern und räuspere mich, ehe ich ihr auch eine Sprachnachricht schicke. »Dani, du bist die Beste. Danke.«

»Nein. Du bist die Beste.«

»Nein, du.«

»Du.«

Meine Antwort ist durchsetzt mit Lachen. »Dann sind wir beide die Besten. Vielen Dank für die Aufmunterung. Du hast keine Ahnung, wie gut das tut.«

»Du hast keine Ahnung, wie gut es tut, dass du das von mir annimmst.«

»Du hast mir echt den Tag gerettet.«

»Soll ich den Alten und dem Teufel über einen anonymen E-Mail-Account böse Nachrichten voller Wörter schicken, für die unsere Eltern uns ins Erziehungscamp geschickt hätten?«

Das nächste Lachen, das sich wie ein Geschenk anfühlt. Welch lustige Vorstellung. Ich bin froh, dass ich ihr nicht erzählt habe, was zwischen Preston und mir gelaufen ist.

Was ist das auch für eine Geschichte? Fast ein Dreier mit seinen Freunden, einen mit ihm, diese Frage, die meinetwegen so schiefgelaufen ist und … und im Endeffekt ist es nahezu wie vorher. Nein, eigentlich ganz anders. Keine Sprüche, keine Diskussionen, keine Gespräche. Nur noch Schweigen oder sachlicher Austausch, wenn er sich nicht vermeiden lässt.

Ich vermisse, wie es vorher war. Irgendwann habe ich mich schrecklich wohlgefühlt in dieser Stimmung, die zwischen uns herrschte, und mit den Herausforderungen, ob ich wollte oder nicht.

Habe ich mich nicht sogar irgendwie insgeheim auf die nächste Runde Fragen von Doktor Crazy gefreut?

Die Fragen!

Fehlen noch welche?

Bitte nicht.

Oder bitte doch?

Ich bin hin- und hergerissen. Einerseits kann ich seine ablehnende Miene nicht mehr ertragen und andererseits muss er dann mit mir sprechen.

Geschenke brachten nichts, entschuldigen war vergebens.

Aber irgendetwas wird es geben!

Aufgeben ist keine Option.

Weder meinen Platz noch Preston.

Zuerst gewinne ich diesen Krieg und dann werde ich Preston erobern.

Ich bin mir nicht sicher, ob der geschickteste Schachzug ist, ihm zu gestehen, dass ich nicht gerade begabt in Beziehungsdingen bin. Allerdings amüsiert er sich möglicherweise darüber, weil es bereits offensichtlich ist, und gibt mir wegen der Beichte des Defizits die Chance, auch auf diesem Gebiet zu lernen und mich zu verbessern.

Ja, vielleicht hilft das. Absolute Ehrlichkeit, kein Schutz, keine Rückzugsmöglichkeit und ohne die Maske aus Perfektionismus.

30

PLÄNE

Preston

Heute ist einer der Tage, an denen ich es nicht geschafft habe, pünktlich in den Feierabend zu gehen. Das Wochenende steht vor der Tür, und mein Plan ist, keine Arbeit mit hinein zu nehmen, denn Jack und Aiden sind morgen bei mir.

Umgehend bereue ich, noch hier zu sein, da Nelson ohne anzuklopfen das Büro betritt. Nicht besonders häufig schaffe ich es, Gabrielle zu überzeugen, vor mir nach Hause zu gehen, und ausgerechnet heute hätte ich meinen Wachhund gebraucht.

Nelson platziert seinen Hintern auf dem Schreibtisch, als hätte er jedes Recht dazu. »Spätestens in einer Woche bin ich zurück.«

Ich deute auf den Besucherstuhl, der davor steht, woraufhin er zu seinem Glück den Platz wechselt.

»Wo gehst du denn hin?«

Hoffentlich weit, weit weg. Seit er hier ist, sucht er meine Nähe wie ein herrenloser Hund. Er erinnert mich an Toastbrot. Nichtssagend, blass und in Massen erhältlich. Trotzdem bemühe ich mich um Freundlichkeit, da er möglicherweise mein Partner wird. Was mir bei Elaine nicht gelungen ist, klappt bei ihm ganz gut. Aber es ist nun einmal wesentlich einfacher, nett zu Toastbrot zu sein als zu einer Frau, die mich ununterbrochen herausgefordert hat.

Alles, was an ihm herausfordernd ist, ist der Versuch, ihm aus dem Weg zu gehen, damit ich in kein höchst substanzloses Gespräch verwickelt werde. Als genauso substanzlos empfinde ich auch seine Arbeit. Frei von Raffinesse, fast lieblos, aber auf jeden Fall mit wesentlich weniger Engagement, als Elaine selbst in Kleinigkeiten steckt. Ich hoffe, Elaine röstet ihn mit ihrem Feuer, bis von ihm nur noch Asche übrig ist.

Er lehnt sich in einer arroganten Pose an und spreizt die Beine. »In einer Woche bin ich zurück auf meinem Platz, meinte ich. Ich habe eine Möglichkeit gefunden, das Problem zu lösen.«

Ich finde ja, er ist das Problem, aber mich fragt ja keiner, weil die Abstimmung noch aussteht.

»Willst du deine Schwester ermorden?«, frage ich spöttisch.

»Nein, besser. Ich sorge dafür, dass sie freiwillig verzichtet.«

Ich kann mir nicht vorstellen, dass Elaine das tut. Elaine ist ein harter Hund, der niemals einen Knochen hergibt. Außer jemand bietet ihr einen guten Deal. Allerdings wüsste ich nicht, was er ihr anbieten könnte.

»Willst du meinen Plan hören? Er könnte dir gefallen. Du kannst sie doch auch nicht leiden, das weiß jeder in der Kanzlei. Wir beide sind aber vom gleichen Schlag und bald Partner. Sind wir nicht sogar so etwas wie Freunde?«

Im letzten Moment verbiete ich meinen Augenbrauen, nach oben zu zucken. Er hat offensichtlich keine Ahnung, was eine Freundschaft ausmacht.

Seine Augen blitzen verschlagen. Verstehe. Sein Plan hat nichts mit Freiwilligkeit zu tun.

»Ich bin neugierig. Weih mich ein.« Mein Smartphone vibriert. Perfekter Augenblick. »Einen kleinen Moment. Ich warte auf eine wichtige Nachricht.«

Er nickt und ich lese die Mitteilung. Ryker, der fragt, ob er uns morgen auf den Spielplatz begleiten kann. Er will Single-Muttis angraben. Natürlich. Das letzte Mal hat er mit keiner Frau gesprochen, sondern hat mit Jack auf dem Klettergerüst irgendwelche Fantasiespiele gespielt. Der Mann ist ein Kind.

Ich schicke ein Danke zurück, da seine Nachricht im perfekten Augenblick kam, und widme mich nach wenigen Klicks wieder Nelson.

»Still meine Neugier. Ich würde gern wissen, wie wir sie loswerden.«

Er reibt die Hände aneinander. »Sie hat eine Einladung erhalten. Von einem Mandanten von mir, da er angeblich eine neue Anwältin sucht. Er und ich sind aber ziemlich gut befreundet, was sie nicht wissen kann. Er wird sie anhören und dann darauf bestehen, dass sie gemeinsam eine *Bar* besuchen, um sich besser kennenzulernen. Was sie nicht weiß, ist, dass sich diese *Bar* in seinem Club befindet. Genauer gesagt in einem Edelclub für Swinger. Er wird ihr etwas ins Getränk geben, das völlig enthemmt. Ein paar Bekannte von ihm werden dort sein, die diese Hemmungslosigkeit zu schätzen wissen. Möglicherweise sind auch Kameras vor Ort, um das festzuhalten. Das wird dann bei der Presse landen.«

»Meinst du, irgendjemanden interessiert, wenn eine Rechtsanwältin für Firmenrecht in einem Swingerclub ausartet? Sie ist keine Schauspielerin oder sonst jemand, der im Rampenlicht steht.«

»Es wird nur ein kleiner Artikel sein, aber ich sorge dafür, dass unsere Mandanten das mitbekommen. Sie werden sich von ihr abwenden. Gut, auch von der Kanzlei, doch das gleichen wir aus. Ihr Ruf ist ruiniert. Laut Satzung muss sie bei einer Verfehlung mit solchen Konsequenzen ihren Platz räumen.«

Was für ein Bullshitplan. Aber er wird funktionieren, weil unsere Mandanten auf ein sauberes Image achten, egal ob sie privat Ähnliches treiben.

»Davon abgesehen, dass dein Plan strafbar und moralisch höchst fragwürdig ist, ist er raffiniert. Aber warum willst du den Ruf der Kanzlei gefährden? Nimm das entstehende Material und erpresse sie damit. Gib ihr die Wahl, den Platz zu räumen und ihn dir zu überlassen. Sie wird es gezwungenermaßen tun, wenn du ihr im Tausch die Bilder überlässt. Sie kann so verhindern, dass ihr berufliches Leben komplett ruiniert wird, und woanders neu anfangen.«

»Meinst du? Das ist mir fast zu unsicher. Händige ich ihr die Bilder aus, könnte sie danach einen neuen Kampf anzetteln.«

»Du bist bereit, deiner Schwester das anzutun? Es zerstört ihr Leben. Das ist dir voll und ganz bewusst, oder? Keine Angst vor Gewissensbissen?«

Er lacht. »O Preston, ich dachte, du bist ein harter Hund? Sie wird Spaß auf der Party haben, und danach findet sie bestimmt ein Männchen, das sie versorgen wird. So schlecht sieht sie nicht aus und stammt aus einer guten Familie. Eigentlich helfe ich ihr doch damit.«

Übelkeit kämpft sich nach oben und ich versuche sie wegzuatmen.

Was ist das für eine Scheiße?

Nicht reagieren.

Nicht sagen.

Nichts anmerken lassen.

Es gibt viele verschiedene Menschentypen, aber ich könnte noch nicht einmal darüber nachdenken, das meiner kleinen Schwester anzutun, ohne körperliche Schmerzen zu empfinden. Wo kommt nur diese Wut her?

Fünf – vier – drei – zwei – eins. Atmen.

Reagiere nicht.

Sag ihm nicht deine Meinung.

Brich ihm nicht die Nase.

Meine Stimme klingt wie beabsichtigt interessiert und leicht belustigt. »Du gehst wirklich über Leichen, oder?«

»So sind wir Anwälte doch, nicht?«

Er zwinkert mir zu, was mich dazu bringt, mein Gesicht in eine Maske zu verwandeln, damit ich es nicht verächtlich verziehe.

Wir sind Anwälte. Wir ruinieren niemanden mit fiesen Tricks. Wir nutzen Lücken, Schwächen und Fehler, bauen Fallen, jedoch initiieren wir keine Straftaten, um jemandem zu schaden.

Einmal habe ich eine Ausnahme gemacht. Aber das war etwas völlig anderes. Ganz unabhängig davon kann kein Mensch so etwas seiner Schwester antun.

»Was ist mit deinem Mandanten? Wird er nicht auch darin verwickelt? Elaine wird doch gewiss seinen Namen nennen und ihn dafür bestraft wissen wollen.«

»Kein Problem. Das wird sie in ein noch unglaubwürdigeres Licht rücken, denn mein Mandant hat natürlich Zeugen, die ihn am heutigen Abend an einem völlig anderen Ort gesehen haben.«

»Ihr seid raffiniert. Es scheint, als hättet ihr an alles gedacht. Warum tut er das für dich? Was hat er davon?«

»So ist das Leben, nicht? Ein Gefallen gegen einen anderen.«

»Was hast du für ihn getan, dass er dir bei so etwas hilft? Verzeih meine Neugier.«

»Ja, so sind wir Anwälte, wollen immer alles bis ins Detail wissen. In dem Fall kann ich deine Neugier nicht stillen. Das bleibt eine Sache zwischen ihm und mir. Aber möglicherweise denke ich über die Idee mit der Erpressung noch einmal nach. Als Gefallen ihres großen Bruders. Du hast ja recht.«

»Wann und wo ziehst du das durch?«

Er erhebt sich und beugt sich über den Schreibtisch. »Willst du etwa hinkommen? Mitmachen?«

Ich schnaube. »Bitte? Nein. Ich möchte nur vorbereitet sein, falls du meinen Vorschlag nicht umsetzt. Es wird hier vermutlich etwas hektisch werden, wenn Elaine in den Schlagzeilen ist und wir versuchen müssen, die Kanzlei herauszuhalten.«

»Sicher? Komm! Hast du dir noch nie vorgestellt, meine Schwester zu ficken?«

»Nein.« Keine Lüge. Ich habe es mir nicht nur vorgestellt, sondern es auch getan. »Deine Schwester ist eine Kratzbürste.«

»Ja, das stimmt.« Er schlägt mir auf die Schulter. »Es ist heute. Jetzt gerade sitzt sie mit ihm zusammen. Vielleicht steckt schon der erste Schwanz in ihr. Hoffentlich gefällt es ihr, dann werden die Bilder besser.«

»Nelson? Nimm die Erpressung. Zieh die Kanzlei nicht in den Dreck. Wie heißt der Club?«

»Ja, du hast recht. Vielleicht können wir ihn ja mal gemeinsam besuchen.«

»Wie heißt er? Ich sehe mir schon einmal Bewertungen an.«

»Brauchst du nicht. Er ist erstklassig.«

Ich erwürge ihn gleich mit seiner Krawatte, wenn er ihn mir nicht nennt.

»Warum so geheimnisvoll?«

»Irgendwie habe ich Sorge, dass du einschreitest, weil du Angst um den Ruf der Kanzlei hast. Hiermit versichere ich dir, ich halte sie raus.«

Er lächelt mich an, als wären wir Verbündete.

Was die Wahrheit ist, denn ich bin jetzt Mitwisser.

Hässliche Vorstellung.

31

LEUCHTREKLAME

Elaine

Ich fühle mich seltsam.

Aber da ich mich seit Tagen seltsam fühle, schenke ich dem keine Aufmerksamkeit.

Auf Ausgehen hatte ich eigentlich keine Lust und ursprünglich wollte ich mich mit diesem Mandanten nicht treffen. Ich weiß, dass mein Bruder ihn vertritt und an noch mehr Streit mit ihm bin ich nicht interessiert.

Doch Douglas hat mich heute so lange genervt, da er mich dringend in seinem Team für seine Unternehmensgruppe haben will, dass ich mich auf das eher spontane Treffen einließ. Ich konnte mich noch nicht einmal gründlich vorbereiten und mangels dieser Vorbereitung musste ich mir von ihm sein Unternehmen erklären lassen.

Diese Location, in der er einen Absacker einnehmen wollte, wirkt verrucht. Aber da sollte ich mich nicht anstellen.

Die Bar ist stilvoll gestaltet, Böden, Wände, Möbel, alles hochwertig, trotzdem mit einem sündigen Touch. Die Kronleuchter gefallen mir, ebenso wie die fein geschliffenen Gläser und der Inhalt dessen, den Douglas bestellt hat und der von einer teuren Getränkekarte sein muss.

Warum ich ausgerechnet heute von Männern mit Blicken ausgezogen werde, verstehe ich nicht. Ich bin mir sicher, ich sende keine Signale aus. Denn auf eine Sache habe ich im Moment gar keine Lust: Männer.

Erst gab es diesen Zwischenfall mit Preston, und bei dem Versuch, mich abzulenken, lande ich bei Ethan und in einer noch schlimmeren Situation. Ich möchte nicht erfahren, was passiert, will ich mich davon ablenken.

Eine Hand landet auf meinem Rücken und rutscht tiefer.

Ich spreche den dazugehören Mann an, der eigentlich nicht gekleidet ist, als wäre er jemand, der ungefragt Frauen betatscht: »Sie wissen nicht, wen Sie gerade unerlaubt anfassen, und ich rate Ihnen, das auch nicht herausfinden zu wollen.«

Er lacht und hebt die Hände entschuldigend an.

Kopfschüttelnd wende ich mich meinem eventuell zukünftigen Mandanten zu. »Unglaublich.«

»Vielleicht stellst du dich aber auch nur ein wenig an?«

Um ihm nicht ins Gesicht zu sagen, was ich von dieser Aussage halte, nehme ich noch einen Schluck von meinem Getränk.

»Auf ex oder schwule Kinder?«, fragt er und schlägt sein Glas an meines, was ein feines Klingen zur Folge hat.

Dieser Mann ist mir so unglaublich unsympathisch. Aber danach kann ich mir meine Mandanten nicht aussuchen.

»Mich stören schwule Kinder nicht«, antworte ich und stelle das Glas unterstreichend ab. »Homosexualität ist kein Makel.«

»Das kommt darauf an, wen man fragt.« Er lächelt.

Das kommt darauf an, wen man fragt. Idiot. Fast hätte ich ihn laut nachgeäfft. Was ist nur mit mir los?

»Du kannst mit solchen ehrlichen Aussagen nicht umgehen, oder?«

Ehrliche Aussagen? Doppelidiot. »Einigen wir uns darauf, dass wir uns nicht einig sind.« Das ist doch diplomatisch.

Er lacht wieder und schlägt erneut mit dem Glas an meins. »Darauf aber auf ex.«

Um ihm wenigstens dabei entgegenzukommen, führe ich es an die Lippen. Mein Plan ist sowieso, demnächst nach Hause zu gehen. Genug Zeit mit ihm verbracht. Ich will seine Anwältin und nicht seine neue beste Freundin sein.

Beim Austrinken des Scotchs, bei dem ich natürlich an Preston denken muss, weil ich zurzeit immer an ihn denke, bemerke ich, dass der Mann neben mir mich nicht aus den Augen lässt. Sonst finde ich das nett. Heute nervt es.

Das Bedürfnis, ihm die Zunge herauszustrecken, führt dazu, das leere Glas weiter umklammert zu halten. Irgendwas stimmt ganz und gar nicht mit mir.

Mein Körper, mein Verstand oder vielleicht beides wird immer träger. So träge, dass es einen Moment dauert, bis ich begreife, dass mein Smartphone klingelt. Das muss wichtig sein. Wie vor jedem Mandantentermin stelle ich es um, sodass nur noch Partner und meine Sekretärin Alyssa durchkommen.

Mit einem entschuldigenden Lächeln hole ich es aus der Tasche.

Preston. Fast fällt es mir aus der Hand, dann nehme ich ab.

»Hallo, Elaine. Verrate mir, wo du gerade steckst und mit wem.«

»Warum interessiert dich das? Ich dachte, du sprichst nicht mehr mit mir.«

»Ich möchte nur feststellen, ob du am richtigen oder falschen Ort bist.«

»Auf jeden Fall am richtigen. Deshalb lege ich nun auf. Willst du mit mir sprechen, können wir das morgen erledigen. Ja, das wäre schön. Wir hören uns, Preston.«

Ich beende das Gespräch, ohne auf eine Erwiderung zu warten, und verstaue das Smartphone wieder. Mein Herz schlägt viel zu schnell und erwartungsvoll. Er klang etwas süffisant, aber trotzdem: Er spricht mit mir? Darf ich mir Hoffnung machen?

Mit dem Zuziehen des Reißverschlusses versuche ich auch das zu verschließen. Für Hoffnungen, Wünsche und Gedanken ist jetzt der falsche Augenblick.

»Entschuldige, Douglas.«

»Schon in Ordnung. Wenn du so wichtig bist, kannst du auch ans Telefon gehen.«

Ein weiteres Lächeln für ihn. Das klang sarkastisch. Vermutlich hat es ihn verärgert. Es klingelt erneut und er sieht mich erwartungsvoll und leicht spöttisch an.

Mit einem lauten Ausatmen ziehe ich den Reißverschluss auf. Schon wieder Preston. Ich schalte es komplett auf lautlos und schiebe die Tasche zur Seite.

»Entschuldige. Ein Kollege, der etwas penetrant ist. Ich kümmere mich später um ihn.«

»Darauf stoßen wir an.« Mit einer Handbewegung ordert er zwei neue Getränke.

»Ich möchte nichts mehr trinken. Aber danke.«

»Schwirrt dir etwa schon der Kopf?«

Ja, tatsächlich. Normalerweise macht mir ein Glas nichts aus. Mandanten erwarten häufig, dass man mit ihnen etwas trinkt. Die Wattigkeit in mir fühlt sich aber nicht nach nur einem Glas an.

Da ich es kaum abwarten kann, den richtigen Augenblick zu finden, um mich höflich zu verabschieden, fällt es mir schwer, das freundliche Lächeln aufrechtzuerhalten und mich weiter auf das zu konzentrieren, was er erzählt. Zu gern würde ich Preston zurückrufen, statt auf morgen zu warten.

Mein Verstand schweift ständig ab, und bevor ich greifen kann, woran ich denke, ist der Gedanke schon wieder weitergezogen und nicht mehr fassbar. Werde ich krank?

Douglas erzählt und erzählt und erzählt, ich nicke und nicke und nicke.

Prestons Anruf. Seine leicht süffisante Art. Warum sollte er mich ausgerechnet jetzt anrufen und wissen wollen, wo und bei wem ich bin, als wüsste er es? Ich dachte sofort, er hat sich überwunden, nicht weiter nachtragend zu sein, aber wenn ich mich irre? War der Anruf kein Zufall?

Vielleicht kein Zufall. Die Kreisbewegung im Kopf möglicherweise ebenfalls nicht. Mein Mund ist trocken. Die Kleidung wirkt gröber, wie sie sich über meine Haut schiebt, da ich nicht nur mit einem Bein zapple, wie ich bemerken kann, sondern auch die Arme wippen.

»Nach Hause«, murmle ich laut meine Gedanken.

»Was sagst du?«, fragt Douglas, der auf einmal dreckig grinst.

Er ist der Mandant meines Bruders.

Mein Bruder, der meine Position in der Kanzlei will.

Preston, der mich loswerden möchte.

Der Arm eines fremden Mannes, der wie aus dem Nichts um mich liegt.

Dieses Wattegefühl.

Das Getränk.

Mein Getränk war nicht sauber.

Nicht mit mir. Ich entferne den Arm und knalle dem Mann neben mir die Handfläche ins Gesicht. Das ist nicht meine Art, aber ich habe vermutlich nicht mehr lange, bis es, was auch immer in dem Glas war, seine Wirkung komplett entfaltet.

Mein Blick schweift durch den Raum, wobei alles ein wenig aussieht, als würde ich durch gebogenes, nasses Glas nach draußen sehen. Ziemlich viele Männer schauen mich an. Keine Frau. Der Barkeeper. Verschwunden. Mir wird heiß-kalt.

Meine Handtasche. Ich muss die Polizei rufen. Hilfe. Ich benötige Hilfe. Das ist mir bewusst. Dieses Problem bekomme ich nicht allein gelöst.

Der Mann greift wieder nach mir. Ich werde konkreter und fasse ihm in den Schritt, um seine Hoden zu greifen. Mit aller Kraft packe ich zu und reiße daran.

Er kreischt, flucht und rutscht vom Barhocker. Das Lachen von mehreren Männern dröhnt hässlich im Kopf, versetzt ihn in Schwingung.

Meine Tasche ist verschwunden, als ich danach fassen möchte.

Wie soll ich mit dem Verdacht umgehen, dass mein Bruder etwas damit zu tun haben könnte? Die Frage verblasst, und mein Verstand krallt sich daran fest, dass Preston darin verwickelt ist. Verbündet gegen mich.

Er ist nicht gut auf mich zu sprechen, das weiß ich. Trotzdem dringt die Enttäuschung darüber in mich und breitet sich in mir aus wie billiger Hochprozentiger auf leeren Magen. Brennend und unangenehm, vertreibt kurz die Watte und lässt wütende Hitze in mir hochkochen. Die Hitze wird zu hässlichem Schwindel und lauterem Dröhnen.

Mein Körper ist von mir losgelöst, seltsam fremd nahezu, und gelegentlich ziehen schwarze wolkige Fäden durch mein Blickfeld.

Konzentration!

Die Theke, an der ich mich festhalte, erscheint auf einmal weit weg. Alles entfernt sich von mir. Was wollte ich? Ach ja. Hier raus.

Meine Finger zittern. Sollte ich Angst haben? Statt Furcht zu empfinden, werde ich immer ruhiger und mir ist angenehm warm. Ganz gleichmütig wird mir.

Gelassenheit ist falsch!

Eine Hand auf meinem Rücken. Jemand flüstert, ich wäre süß. Fragt, ob ich seinen Schwanz anfassen will. Möchte ich das? Nein. Ich wollte meine Handtasche. Wofür? Kondome? Nein. Denken ist so schwierig. Muss ich noch bezahlen? Das Getränk. Es war etwas in meinem Getränk.

Konzentration!

Mehr Hände, die ich wegschieben muss.

Ein lautes Krachen. Hat das etwas mit mir zu tun? Mein Kopf dreht sich, und der Blick hängt hinterher, als würde das Bild stocken.

Ich werde in die Luft gehoben.

Zu spät.

Nein!

»Ni-him ih-ihre Ta-aaaahaasche.« Dumpf dröhnende Worte in meinem Kopf.

Zappeln. Zappeln muss ich, mich wehren. Auf keinen Fall darf mich jemand hier rausbringen. Was passiert dann? Blut rauscht orkanartig in meinen Ohren und mein Herz sprengt fast den Brustkorb. Ich bekomme keine Luft. Was immer sie vorhaben, wird nichts Gutes sein.

Preston ist schuld. Preston ist an allem schuld. Er hasst mich. Er will mir wehtun. Alle wollen mir wehtun. Niemand gibt einem einfach so Drogen.

Noch ein Krachen. »Wi-hiiichser.« Warum sind Worte so komisch?

Ein Gesicht vor mir wie ein Mond mit Löchern.

Ich berühre es, bleibe mit den Fingerspitzen kurz an einer Lippe hängen. Keine blauen Augen. Was tut dieser Mann mit mir?

Das Glas.

Das Getränk.

Vergewaltigungsdrogen. Vergewaltigung. Das Wort ist klar wie eine Leuchtreklame.

Alle Männer hier? Sind alle Männer böse?

Männer sind böse.

Ich hasse Männer.

Ich hasse meinen Vater.

Ich hasse meinen Bruder.

Ich hasse Preston Connor.

»Preston«, murmle ich, was ziemlich laut im Kopf nachhallt.

Eine Faust, die sich schüttelt. Spritzer fliegen davon weg. Hat er mich geschlagen? Ist das mein Blut? Mein Getränk?

Blau. So blau.

»We-heeg hi-hiiier.«

Schwanken. Ich bin völlig weich und schmelze über Arme.

Mein Kopf rutscht an Stoff hin und her. Ich mag mich weich. Man kann mich bestimmt gut anfassen. Ganz kuschelig bin ich. Der Stoff an meiner Wange fühlt sich herrlich angenehm an.

Zeit dehnt und verengt sich. Bewegung. Licht. Schnellere Bewegung. Geräusche. Weichheit. Ich bin geschmolzenes Wachs.

32

VERRAT

Elaine

Huch! Geschmolzenes Wachs. Das war mein letzter Gedanke. Das Wachs verfestigt sich und ich spanne mich ruckartig an. Vergewaltigung als Leuchtreklame. Ich bewege die Arme, versuche es zumindest. Daraufhin vernehme ich metallisches Klappern und sehe nach oben. Meine Hände sind mit Handschellen gefesselt, deren lange Kette an dem Kopfteil eines Bettes befestigt ist. Unter mir befindet sich eine weiche Matratze.

O Gott. Es ist wahr.

Wie von selbst schlagen sich meine Beine übereinander, als wäre es nicht schon vermutlich zu spät. Scheiße. Scharfe Tränen schießen mir in die Augen, bis mir bewusst wird: Nichts fühlt sich an mir nach Vergewaltigung an. Eher fast normal, keine Schmerzen, bis auf die eines verspannten Körpers.

Es ist nahezu dunkel, lediglich gedämpfte Helligkeit durchdringt den Raum. Jemand sitzt auf der Bettkante, das Licht dahinter, sodass ich nichts erkennen kann, bis auf Umrisse.

Es greift nach mir und ich rucke zur Seite. Nein. Niemals. Falls sie gewartet haben, bis ich aufwache, sind sie selbst schuld. Ich werde mich wehren mit allem, was ich aufbringen kann.

»Ruhig, kleine Hexe. Tu dir nicht weh.«

Ich wusste es. Preston hat etwas damit zu tun. Diese Ahnung bestätigt zu wissen, ist enttäuschender wie der Verrat meines Vaters und der meines Bruders. Gibt es denn keinen einzigen anständigen Menschen auf dieser Welt?

»Warum tust du das?«, flüstere ich heiser, als hätte ich gebrüllt.

»Entschuldige die Handschellen, aber du hast um dich geschlagen. Wir wollten nicht, dass du dich selbst verletzt. Lass mich deinen Puls fühlen.«

Preston fasst mir an den Hals. Ich blinzle mehrmals, um die trockenen Augen zu benetzen.

Er verharrt mit der Hand über meinem Puls. »Geht wieder etwas schneller. Alles okay mit dir? Der Arzt konnte dir leider kein Gegenmittel geben. Es gibt anscheinend nichts. Er sagte, solange deine Vitalfunktionen in Ordnung sind, müssen wir dich nicht ins Krankenhaus bringen, dich nur ausnüchtern. Wir dachten, das wäre dir recht.«

Ich verstehe überhaupt nichts. »Was ist denn passiert?«

Meine Schultern schmerzen, weshalb ich mich höher schiebe, um eine sitzende Position finden zu können, soweit die Handfesseln es zulassen. Ein paarmal Schulterkreisen und das Ziehen lässt nach.

Er greift an die Ablage neben dem Bett und reicht mir eine Wasserflasche. Als ich diese sehe, bemerke ich, wie schrecklich trocken mein Mund ist, und trinke gierig ein paar Schlucke. Beim Absetzen schlägt die Kette der Handfessel gegen das Glas der Flasche, und das Geräusch hat etwas Fremdes, was mich innehalten lässt.

Ich lehne mich hinten an, sehe zu Preston und nehme noch einen Schluck. Dieses Mal bemerke ich auch, wie das Wasser in meinem Magen ankommt. Es erinnert mich an gegen Felsen schlagende Wellen. Alles erscheint intensiver, Trinken, Hören, selbst das gedämpfte Licht im Raum.

Er nimmt mir die Flasche ab, die ich ihm entgegenhalte, und fragt: »Kannst du schlechte Nachrichten verkraften?«

»Was kann schlechter sein als das?« Um auf die Handfesseln aufmerksam zu machen, hebe ich die Arme, wobei ich eigentlich alles meine. Ich, gefesselt an seinem Bett, nach diesem seltsamen Abend.

»Die Bissigkeit kommt zurück. Schön. Dein Bruder wollte dich loswerden. Sein Plan war, dir etwas ins Glas geben zu lassen, was enthemmt, damit das jemand filmen und fotografieren kann, um deinen Ruf zu zerstören.«

»Und was ist dann passiert?«

»Ich habe jemanden beauftragt, der dein Smartphone orten soll, damit wir dich finden können, nachdem du mir nicht sagen wolltest, wo du bist. Ich konnte es nicht glauben, dass dein Bruder zu so etwas fähig ist. Du kennst es sicher: Versager reden mehr, als sie handeln. Wir haben uns das ein paar Minuten angesehen, um festzustellen, ob das wirklich stimmen kann. Auf jeden Fall hast du nicht enthemmt gewirkt, sondern auf einmal völlig fahrig. Dann wurden die Typen aufdringlich. Aber mit dir haben sie wohl nicht gerechnet. Ryker hat schon ungefähr hundertmal wiederholt: *Habt ihr gesehen, wie sie dem einen fast die Eier abgerissen hat? Sie ist so geil.* Du hast einen echten Fan. Allerdings hast du ganz schön getobt. Sogar den Arzt hast du geschlagen, bevor du vor Erschöpfung eingeschlafen bist. Für exakt 63 Minuten.«

Mein Kopf schwirrt von den vielen Informationen. Er hat mich da rausgeholt?

»Soll ich dir die Handschellen abnehmen?«

Ich packe fester in die Kette, an der ich mich schon die ganze Zeit festhalte und die sich nach Sicherheit anfühlt. Er sollte. Aber ich habe Angst, was ich mit meiner vollen Bewegungsfreiheit anfange. Ihm um den Hals fallen beispielsweise. Dann vermutlich heulen.

»Nein, warte noch kurz.«

Er stutzt sichtbar und lächelt etwas schräg. »Eine gefesselte Hexe hat was.«

Ich sehe mich um. »Das ist dein Schlafzimmer. Sind das deine Handfesseln? Du hast Handfesseln?«

Er zuckt mit den Schultern. »Jetzt einen Bericht bitte: Wie fühlst du dich?«

Das weiß ich nicht so genau und lausche in mich. Mein Verstand hinkt leicht hinterher, funktioniert aber wieder besser. Ein wenig erhitzt fühle ich mich. Der Puls weiter schnell. Ein bisschen wirbelig. Gibt es das? Ein Wirbeliggefühl? Und wenn Ja: Was bedeutet es?

Preston zieht das Kleid etwas tiefer, das beim hektischen Wegrutschen auf einer Seite ein Stück über den Oberschenkel nach oben gerutscht ist. Die flüchtige Berührung seiner Finger flammt erst auf meiner Haut auf und scheint dann hineinzutauchen.

»Mach das noch einmal«, hauche ich.

»Was?«

»Anfassen. Das war seltsam.«

»Ein Taubheitsgefühl?«, fragt er alarmiert und legt eine Hand auf mein Knie und eine auf meinen Oberarm. Beide Berührungen jagen durch meinen Körper, scheinen sich in der Mitte zu treffen, glühen durch mich hindurch. Ein hektischer Atemzug. Krass. Sein Duft verirrt sich in meine Nase und entfacht mehr Glut.

»Fick mich.« Habe ich das gesagt?

»Was?«

»Nichts!«

»Hast du *Fick mich* gesagt?«

Seine Handflächen graben sich tiefer in mich, Verlangen beginnt zu pochen und ich werde feucht. Von Händen, die auf Knie und Oberarm liegen!

Es ist keine Absicht, aber ich rutsche wieder abwärts, damit seine Hand meinen Oberschenkel hinauf wandert. Er zieht sie weg.

»Das scheint tatsächlich enthemmend zu wirken.«

»Ja! Mach mich los!«

»Besser nicht.«

Ich rutsche in seine Richtung, spreize ein Bein ab, um damit seinen Körper einzufangen. Enthemmt ist kein Ausdruck. Ich kann mir nichts Besseres, nein, keine Alternative vorstellen, als mit ihm zu schlafen. Mein Bruder, Drogen, was falsch und richtig ist, ist nicht mehr wichtig.

Einen Schwanz will ich. Seinen. Jetzt.

All die aufgestaute Sehnsucht nach ihm, jedes Kribbeln, das ich mir seit unserem Kennenlernen verbot, jedes Quäntchen Lust, das jemals in meinem Leben nicht gestillt wurde, wirft sich in die Glut und verlangt nach ihm wie Feuer nach Sauerstoff.

»Elaine!«

Er versucht, meinen Oberschenkel wegzuschieben, mit dem ich ihn wiederum versuche einzufangen.

»Komm schon. Nur ein bisschen. Fass mich an. Mach mich los, damit ich dich anfassen kann.«

Seine Hände graben sich in meine Schenkel und halten sie an Ort und Stelle, was meinen Puls dermaßen beschleunigt, dass ich beginne zu schwitzen.

»Ich habe dir den Whirlpool auf dem Balkon vorbereitet, da der Arzt sagte, heißes Wasser könnte entspannend wirken und helfen, die Wirkung schneller loszuwerden. Aber wenn du dich nicht zusammenreißt, bleibst du genau so, wie du bist.«

»O Gott.« Das perlt gequält stöhnend über meine Lippen. Er und ich zusammen da drinnen. Nackte, nasse Haut. Lust. Überschwappendes Wasser durch berauschenden Sex. Wenn er dachte, das Angebot könnte mich zur Vernunft bringen, liegt er falsch.

Er befreit sich energisch von meinem Bein, rutscht höher und streichelt mir über den Kopf. »Das Zeug ist zweifellos übel. Du siehst tödlich gequält aus. Soll ich noch einmal einen Arzt rufen?«

»Nein, keinen Arzt. Erlös mich einfach von der Qual, und hör auf, meinen Kopf wie den eines Hundes zu kraulen!«

»Mhm. Genau. Und morgen erzählst du mir dann, wie sehr du mich hasst, weil ich deinen Zustand ausgenutzt habe. Außerdem wirst du dich selbst hassen. Das hier wird dir schon peinlich genug sein. Perfektes Material, um dich damit aufzuziehen. *Fick mich. Erlös mich von der Qual.*«

Keine Ahnung, ob er sich witzig dabei findet, mich nachzuäffen, oder es mich ablenken soll. Ich sehe zu ihm hoch. Hier gefesselt neben ihm zu sein törnt mich nur noch mehr an. Vollkommen ausgeliefert. Das war nie mein Ding, aber jetzt erscheint es mir absolut köstlich, mit gefesselten Händen unter Preston zu liegen. Meine inneren Muskeln krampfen sich immer wieder zusammen, als hätten sie bereits das weltbeste Teil dazwischen.

»Deine Anwesenheit macht mich ein bisschen irre. Du riechst so gut. Ich weiß, wie du dich anfühlst. Komm schon. Du kannst unmöglich behaupten, du willst mich nicht noch einmal.«

Er steht auf, und ich sehe ihm zu, wie er auf einem Sessel am anderen Ende des Raums Platz nimmt. Er legt die Arme hoheitlich auf den Armstützen ab und sitzt dort breitbeinig, als wollte er mich darauf hinweisen, dass er ein Mann ist. Als wüsste ich das nicht schon. Er sieht so scheiße arrogant aus, ich will ihn nur noch mehr.

»Elaine. Ich werde den Raum nicht verlassen. Irgendjemand sollte dich im Auge behalten. Vermutlich ist es auch nicht zielführend, wenn ich einen meiner Freunde hole. Die wirst du genauso anbetteln und dann ist es dir morgen noch unangenehmer.«

»Nein. Würde ich nicht. Ich will nur dich. Ich liebe dich.« Ich spreche es aus und weiß, es ist wahr, auch wenn ich es verdrängen wollte und ihm garantiert nicht gestehen, während ich hier gefesselt liege.

Er schweigt.

Gut, dann rede ich. »Du wolltest mit mir zusammen sein und hast mich aufgeklärt, dass du Single bist. Das hat mich geschockt, weil ich so viele schlechte Gedanken über dich hatte, da ich die ganze Zeit dachte, du bist verheiratet. Davon abgesehen macht mir eine neue Beziehung Angst. Man muss das doch pflegen. Bei mir sterben sogar Pflanzen. Und offensichtlich auch Gefühle von Männern. Das alles zusammen hat zu einer nicht besonders besonnenen Reaktion geführt. Bitte nimm meine Entschuldigung an, weil ich dich nicht verletzen wollte, wirklich nicht. Ich liebe dich. Schlaf mit mir, wenn du mit mir zusammen sein willst.«

»Mir sind schon einige merkwürdige Dinge passiert. Aber dass eine Frau denkt, ich schlafe mit ihr, weil sie wollüstig behauptet, sie liebt mich, das ist besonders glanzvoll.«

»So war das nicht gemeint!«

»Natürlich nicht.«

»Was hindert dich daran? Ja, ich bin durch irgendwelche ausgeflippte Botenstoffe etwas aus der Spur. Aber ich bin bei Bewusstsein und sage, ich will es. Du hast keine Nachteile. Niemand kann dir einen Vorwurf machen. Wir stehen aufeinander. Jetzt tu mir doch den Gefallen.«

»Nicht, wenn du auf Drogen bist.«

»Würde sich etwas ändern, wärst du es auch? Besorg dir was und dann besorg es mir. Ich schwöre, ich werde dir niemals einen Vorwurf machen, niemals böse sein. Wir hätten die gleiche Ausgangssituation: wir beide daneben. Lass uns das miteinander tun.«

Ein Lachen folgt. »Du bist sogar Anwältin durch und durch, wenn du auf Drogen bist. Herrlich. Ich glaube, niemand auf der Welt würde in so einer Situation versuchen, logisch und verschlagen zu argumentieren.«

Ich zerre an den Fesseln. »Gott, ja. Macht dich das heiß? Ich wünschte, wir hätten noch von dem Zeug hier, damit du das gleiche Problem hast. Ich bin froh, hier bei dir zu sein. Komm schon her.«

Er erhebt sich und das Pochen zwischen meinen Schenkeln wird heftiger. Durch kreisende Bewegungen des Beckens habe ich das Kleid in die Höhe geschoben. Da muss Luft ran. Und er. Bitte, bitte.

»Preston? Bitte.«

Er geht an eine Schublade, und ich verrenke mir fast den Hals, um zu sehen, was er tut, aber er steht mit dem Rücken zu mir. Denkt er nach? Ruckartig dreht er sich kurze Zeit später wieder um und kommt zu mir ans Bett. Dort verharrt er und sieht mich seltsam an, bevor er auf die Matratze steigt.

»Okay«, sagt er.

»Okay?«

»Okay. Wir tun es.«

Irgendetwas stimmt mit ihm nicht, das spüre ich selbst durch dieses heftige Verlangen nach ihm.

»Was hast du getan?«

»Was genommen. Wir ziehen gleich.«

Diese Forderung war mein Ernst und gleichzeitig nicht. Ich wollte nur, dass er zu mir kommt und weiß, ich würde alles dafür tun. Aber das überrascht mich jetzt doch und ich fasse fester in die Kette.

»Du hast tatsächlich Drogen hier? Um Frauen gefügig zu machen?«

»Sag mal, was denkst du eigentlich von mir? Eine Portion. Für mich. Die habe ich schon eine ganze Weile. Ich ... ich habe eine Liste mit Dingen, die ich sexuell erleben wollte, nachdem Charlotte mich verlassen hat. Eine Sache war Sex auf Drogen. Aber ehrlich gesagt brachte ich es nicht über mich, diesen Punkt abzuhaken, da ich niemandem traue. Ich gebe nicht gern die Kontrolle über mich ab und schon gar nicht vor einer fremden Frau. Vor allem, weil ich nicht weiß, wie es auf mich wirkt. So. Da hast du, was du wolltest: Preston unter Drogeneinfluss.«

Was soll ich davon halten? Bedeutet das, er vertraut mir? Möchte er einfach eine seiner Fantasien mit mir ausleben? Ist das für ihn die Ausrede, sich nicht länger zieren zu müssen, weil er mich so dringend will wie ich ihn? Hat er das für mich getan?

Auf einmal geht es mir nicht mehr nur um mich und was mein Körper verlangt. Eine Liste zum Abhaken. Ist das die Reaktion auf seine gescheiterte Ehe? Deshalb viele Frauen, weil er eine nicht halten konnte?

Meine schroffe Ablehnung auf seine Frage, mit mir zusammen zu sein, kommt mir noch mieser vor.

»Was steht auf deiner Liste? Was ist dann noch offen?«

»Nach dem eine weitere Sache. Aber egal.«

»Was war das Krasseste?«

»Das ist Ansichtssache, oder?« Er streichelt meinen Unterarm entlang und massiert die Handgelenke, wobei er die Handfesseln verschiebt, die recht locker sitzen.

»Natursekt?« Warum nenne ich das zuerst? Keine Ahnung. Ich atme schwer und konzentriert, um ihm zuzuhören, statt nur auf meinen Körper zu lauschen, der danach brüllt, berührt zu werden.

»Das stand nicht darauf.«

»Rollenspiele?«

»Finde ich albern.«

»Selbst gedrehter Porno?«, rate ich weiter.

»Das habe ich getan und gelöscht. Es ist eigenartig, sich selbst beim Sex zu sehen. Bevor du weiterfragst: Ich war bei einer Domina. Das war vermutlich das Seltsamste für mich. Ich dachte, es könnte mir gefallen, die Kontrolle an jemand Professionellen abzugeben, wenn man sie immer selbst in der Hand hat. Aber ich kann mich nicht genug fallen lassen oder finde zumindest keine Erregung dabei, mich herumkommandieren zu lassen und jemandem meinen Körper auszuliefern.«

Ich wäre gern diese Domina. In seine Haare packen, seinen Kopf dirigieren, ihn anweisen, das zu tun, was ich will. Ihn fesseln, dass er nicht mehr entkommen kann, seine Haut kennzeichnen. Seine nüchtern vorgetragenen Worte können das Brennen nicht lindern.

Er erzählt weiter: »In einem Swingerclub war ich auch. Ich kam mir schrecklich fehl am Platz vor. Nicht dazugehörig. Einen

Dreier mit zwei Frauen fand ich ganz nett, mehr aber nicht. Den Kuss mit Ryker hast du ja gesehen. Zum Weitergehen hat mir das richtige Feeling gefehlt. Ich hatte Kontakt per Nachrichten zu einer Frau aus der BDSM-Szene und habe mich edgen lassen. Was bedeutet, dass sie mir Anleitungen schickte, wann ich wie zu masturbieren und zu kommen habe und wann nicht. Dabei habe ich einiges über meinen eigenen Höhepunkt gelernt. Das war ganz interessant. Jedoch nichts, was ich danach weiter verfolgen wollte. Sonst konnte ich nicht viel Neues über mich lernen. Ich glaube, sexuell gesehen bin ich aufgeschlossen, aber langweilig.«

Er entlässt das Handgelenk und streichelt meinen Hals und das Brustbein. Erzählt er das so völlig frei, weil er denkt, er kann das mit mir besprechen oder da er etwas genommen hat, was die Zunge lockert? Auf jeden Fall hat er mir Bilder in den Kopf gesetzt, wie er masturbiert. Meinen Anweisungen folgend. Das ist nicht langweilig. Er ist nicht langweilig. Kein Stück.

Ich gestehe ihm: »Ich fand dich nicht langweilig, im Gegenteil.«

»Mit dir kam es mir auch nicht langweilig vor. Du bist eine ziemlich berauschende Gesellschaft.«

Er beugt sich über mich und küsst mich mit einer Sanftheit auf den rechten Mundwinkel, dass es kein bisschen sexuell wirkt. Nicht wie seine Hand, die selbst stimulierende Eigenschaften an der Stelle hat, an der sie lediglich bewegungslos ruht.

»Eigentlich sollte ich auf dich aufpassen und mich nicht berauschen.«

Deshalb die Sanftheit und die Geschichten? Hat er es sich anders überlegt? Bereut er es jetzt?

»Ich denke, meine Vitalfunktionen sind voll und ganz in Ordnung. Ab hier kann ich wieder selbst auf mich achten und bestimme, ein Punkt von deiner Liste zu werden.«

Ein raues leises Lachen an meiner Schläfe folgt, danach ein Kuss dorthin, und dann verharrt er dort, als könnte er nicht mehr von mir weg. Genau das erhoffe ich mir. Nicht nur im Moment, denn das Bedürfnis geht tiefer und über Lust hinaus.

»Ich gebe zu, das war nicht der Grund. Eigentlich kann ich schlicht nicht widerstehen, wenn du etwas von mir willst. Am allerwenigsten verlangst du nach mir. Ich wäre gern dein Wunsch, weißt du?« Eine Antwort lässt er nicht zu, als wollte er sie nicht hören, weil sie falsch sein könnte, und fragt schnell hinterher: »Ich frage noch einmal: Du möchtest das wirklich?«

»Ja.« Ein kurzes Wort. Aber es liegt viel mehr darin. Ja, ich will dich. Ich habe nicht gelogen, um dich zu überreden. Ich liebe dich. Du hast dich irgendwie tief in mir eingegraben. Du bist das Gegenteil von langweilig, weil langweilig nichts mit außergewöhnlichen Spielarten zu tun hat. Dieses Brennen nach dir sind nicht nur die Drogen, denn ich habe in deiner Gesellschaft schon viel öfter gebrannt. Jedes Mal ein bisschen mehr.

»Soll ich Ryker dazuholen? Oder Ethan?«

»Nein. Nur du. Ich will bloß dich.«

Er lächelt zufrieden und das berührt mich auf einer anderen Ebene als seine Hände.

Seine Hand bleibt auf mir liegen und glüht weiter, mit der anderen löst er die Krawatte. Gebannt sehe ich zu, wie er sie geschickt entknotet und sich vom Hals zieht. Sein Hals, den ich küssen will. Weiterhin einhändig knöpft er das Hemd auf, und um es loszuwerden, nimmt er seine Hand von mir. Das fühlt sich an wie Pflasterabziehen, brennt nach und dann wird die Stelle kalt.

Ein schweres Schlucken folgt, als er an das Shirt fasst, das er unter dem Hemd trägt, und er seinen Oberkörper Stück für Stück freilegt.

Mein Kopf fällt in den Nacken, und ich schließe die Lider, da das Warten unerträglich wird.

Zwei Hände packen meine Oberschenkel, weshalb ich nach Luft schnappe und ihn wieder ansehe. Er beseitigt den Slip, wirft ihn achtlos davon und tastet sich unter das Kleid vor.

»Mach mich los«, verlange ich.

Um mich ein Stück aufrichten zu können, rutsche ich höher und sehe ihn böse an, weil er nicht von allein auf die Idee kommt, dass ich ihn auch berühren möchte.

Der Blick fällt in sich zusammen, da der Gedanke, gefesselt Sex mit ihm zu haben, meinen Körper weiter kleine Funken schlagen lässt und ich bereue, das verlangt zu haben.

Er mustert mich und sein halb im Dunkeln liegendes Gesicht wird von einem schmutzigen Lächeln geziert. Er packt meine Fußgelenke, zieht mich mit einem Ruck in seine Richtung, sodass ich wegen der Handfesseln die Arme über den Kopf strecken muss.

»Vergiss es. Jetzt gehörst du mir.«

Der Ruck, seine Worte ... ich kann bald nicht mehr. Ich existiere nur noch, damit ich ihn spüren kann.

»Das muss aus dem Weg.« Er zerrt den Stoff des Kleides nach oben über den trägerlosen BH und grinst, als er den Verschluss vorn bemerkt.

Mit einem Fingerschnippen öffnet er ihn und legt meine Brüste bloß. Allein, dass er mich ansieht, verschafft mir einen kleinen Höhenflug, der meiner Lunge ein heftiges Weiten abverlangt.

Das Ansehen dauert ewig, weshalb ich mahne: »Preston.«

»Ist alles in Ordnung mit dir?«

»Nein! Rede nicht, als würdest du dafür bezahlt werden!«

»Ja, ich habe es verstanden. Du hast es eilig.«

Er schiebt seinen Körper über mich, woraufhin ich sofort die Beine um ihn schlinge und er sich auf die Unterlippe beißt, wobei er mich halb belustigt ansieht.

Endlich setzt er an, und ein köstlicher Druck dehnt mich, lässt mich viel zu laut stöhnen und in die Kette der Fesseln greifen. »O mein Gott, o mein Gott, o mein Gott.«

Es ist gut, dass er innehält, denn meine inneren Muskeln beben schon begeistert, allein davon, ihn in mir zu haben.

»Mehr?«, fragt er.

»Ja, verflucht! Du hast keine Ahnung, wie fantastisch sich das anfühlt.«

Seine aufgestützten Arme beugen sich, und sein Kopf sinkt neben mein Ohr, an dem er haucht: »Vielleicht doch?«

Er zieht sich aus mir zurück, gleitet wieder hinein und keucht. Mit weiteren gezielten Stößen raubt er mir den Atem und in einer kleinen Pause befeuchte ich mir hektisch die Lippen.

Hat er mich schon geküsst? Will er mich nicht küssen?

»Preston?«

»Elaine?«

Er bewegt wieder sein Becken, dieses Mal in einer wellenförmigen Bewegung, die über jeden guten Punkt in mir streicht. Mit aller Selbstbeherrschung verbiete ich der Lust, die Kontrolle über mich zu übernehmen.

»Ich ... Bist du mir weiter böse? Ich muss das wissen. Das wäre wichtiger als weitermachen.«

Seine Stirn sinkt an meine, und ich sehe nur noch blau, ganz unscharf und sehr intensiv. »Böse war ich nie. Du machst schrecklich verwirrende Sachen mit mir. Darf ich dich jetzt gepflegt zu Ende ficken, bevor wir das erörtern?«

»Küsst du mich trotzdem?«

Seine Antwort ist ein erlösender Kuss, ein befreiender Stoß, und ich bin selbst erstaunt, als das wohlbekannte heiße Kribbeln durch meinen Körper strömt, verschränke unsere Zungen, weil es das noch besser macht, und rausche prickelnd hindurch.

Ich nehme den Kopf ein Stück zurück und lächle entschuldigend, bevor ich ihn noch einmal küsse. Die ganze Nacht will ich ihn. Langsam, schnell, zart, hart, gefesselt, ungefesselt, unter ihm, auf ihm, egal wie.

Er erwidert den Kuss und sagt: »Es tut mir leid, dass dein Bruder dir das antun wollte. Doch mir gefällt, wozu es geführt hat.«

Meine Hüfte kreist von allein, lässt mich genießen, wie ich ihn dabei spüre, und ich sage: »Ja, das kann ich noch gar nicht richtig verarbeiten. Aber weißt du, was schlimmer war? Ich dachte, du warst das mit ihm gemeinsam.«

Er hält inne und wird stocksteif. »Was? Warum denkst du immer das Allerschlimmste von mir?«

Mit dem Heben seines Kopfs erkenne ich, dass er noch verletzter aussieht als in dem Moment, in dem ich ihm sagte, dass ich nicht mit ihm zusammen sein kann.

Das trifft mich hart, drückt die Erregung zur Seite und verengt meinen Brustkorb. Das wollte ich nicht. Ich möchte die Augen davor verschließen, einen solchen Ausdruck auf die Miene dieses Mannes bringen zu können.

Mit einem Satz.

Einem wahren, aber dummen Satz. Im völlig falschen Moment.

Bevor er sich zurückzieht, womöglich einfach verschwindet, möchte ich etwas Tröstendes loswerden; ihm erklären, dass ich das nur gesagt habe, weil er mir mehr als mein Bruder bedeutet, als im Moment überhaupt jeder andere, und der Gedanke deshalb schlimmer war. Wie glücklich ich bin, da er jetzt bei mir ist. Wie herrlich es sich anfühlt, mit ihm zu schlafen und zu wissen, er lehnt mich nicht länger ab.

Was zuerst? Kein Wort kommt über meine Lippen, weil mir nichts ausreichend erscheint, um es zurückzunehmen oder besser zu machen. Wie konnte ich so etwas Dämliches aussprechen? Verdiene ich nicht Geld mit den richtigen Worten? Warum sage ich zu ihm immer die falschen?

In diesem Moment hasse ich es, angebunden zu sein. Ich will ihn berühren, die Worte wegstreicheln, mich an ihn schmiegen und ihn festhalten, bis er versteht, was ich damit ausdrücken wollte.

Der verletzte Blick schaltet in Wut um und scheint zu gefrieren. Seine geweiteten Pupillen reißen ein schwarzes tiefes Loch in das harte blaue Eis.

»Ich beweise dir, wie schlimm ich bin«, zischt er.

Er senkt den Kopf, beißt mich in den Hals, nicht liebevoll oder erregend, nein, als wollte er ein Stück aus mir herausbeißen. Mein

Körper bäumt sich unter dem Schmerz auf und ich zerre an den Handschellen. Er beißt noch einmal zu und gleichzeitig stößt er energisch in mich. Ich will die Beine etwas zusammenpressen, doch er packt meine Oberschenkel, drückt sie auseinander und kracht in mich. Seine Finger greifen viel zu hart zu, was ich sofort vergesse, weil er mich wieder beißt, dieses Mal seitlich auf Rippenhöhe.

»Preston!«

»Was? Ich will, dass du nicht mehr glaubst, ich bin der Schlimmste von allen, sondern es weißt!«

Er schiebt sich so hart in mich, grausam hart, dass mir unwohl wird. »Preston! Vorsichtiger!«

»Bis zur Hölle. Du wirst mich nie wieder vergessen«, knurrt er und wiederholt das.

Drogen. Das sind die Drogen. Sie nehmen ihm die Kontrolle. Emotionsverstärker. Falsche Emotion. Irgendwie habe ich einen Schalter gekippt mit der Aussage, die verletzend bei ihm ankam.

Das ist meine Schuld, seine Schuld, unsere Schuld. Wir machen alles falsch. Was hat der Scheiß mit ihm angerichtet, den er sich eingeworfen hat und von dem ich nicht einmal weiß, was es war?

»Beherrsch dich! Du bist außer Kontrolle!«, verlange ich bemüht gelassen.

Alles, was eben an ihm noch fürsorglich und leidenschaftlich war, ist nun kalt und emotionsfrei. Seine Miene, seine Ausstrahlung, der Ausdruck in seinen Augen.

Es macht mir Angst.

Nicht um mich, um ihn.

Ich fühle mich so unendlich mies, weil ich die falschen Worte im falschen Moment genutzt habe, wie wird er sich erst fühlen, wenn er erkennt, was er gerade tut?

»Sicher? Du hasst mich. Ich glaube, das hast du kurz vergessen.« Selbst seine Stimme klingt so eisig, dass es mir kleine kalte Splitter ins Herz jagt.

Das muss ich auftauen und spreche langsam, leise und mit so viel Wärme, wie ich aufbringen kann: »Nein, tue ich nicht. Kein bisschen. Im Gegenteil. Ich …«

Der Rest schafft es nicht aus meinem Mund, da er verächtlich die Oberlippe verzieht und meine Oberschenkel noch fester packt. Er will das nicht hören. Verstehe. Einfach stillhalten. Er wird es gleich bemerken und von allein aufhören. Ich sammle alle Konzentration, um locker zu lassen und Ruhe auszustrahlen in der Hoffnung, sie auf ihn zu übertragen.

Eine Hand löst die harte Umklammerung um meinen Schenkel und ich atme erleichtert aus. Seine Hüfte weicht zurück und ich entspanne endgültig. Alles ist gut. Er verliert nicht komplett die Contenance. Auch nicht unter Drogen, auch nicht, wenn er wütend ist.

»Scheiße! Preston! Genug! Stopp! Sofort stopp!«, brülle ich, weil er mit dem nächsten Hüftschwung so brutal an meinen Muttermund stößt, dass ich kurz schwarz sehe.

Er hält inne und sieht mich an, so undeutbar, dass eine unangenehme Gänsehaut über mich prickelt und den scharfen Schmerz in meinem Schoß beiseiteschiebt.

»Geh weg«, flüstere ich mit brennender Kehle. »Geh bitte weg von mir. Hol Ryker, er muss dir helfen. Bitte. Ich kann nicht mehr. Wir machen alles kaputt.«

Seine Gesichtsmuskeln zucken unkontrolliert und seine Unterlippe bebt im selben Rhythmus, wie sein Blick flackert.

Er klettert rückwärts vom Bett, torkelt ein paar Schritte nach hinten, bevor er durch die Glastür nach draußen auf den Balkon schreitet. Sehr langsam, einen Schritt nach dem anderen. Ich verrenke den Hals, um zu erkennen, wo er hingeht. Er steigt in den Whirlpool. Dort sehe ich seinen Haarschopf untertauchen.

Und nicht mehr hochkommen.

»Preston!«, brülle ich noch lauter als eben. »PRESTON!«

Ich zerre an den Fesseln, die sich hart in meine Haut schneiden. Was tut er? O mein Gott, er ist völlig durchgeknallt.

»Preston! Verdammt! Preston!«

Die Fesseln geben kein Stück nach, gleich wie ich daran reiße, was mich nur noch weiter anstachelt.

Mir ist es egal, dass Ethan und Ryker mich nackt und tobend vorfinden, ich heule vor Erleichterung. »Preston. Draußen. Im Wasser. Schnell!«

Ethan stürmt Richtung Balkon und Ryker nimmt eine Decke und wirft sie über mich.

»Mach mich los!«, fordere ich. »Sofort!«

»Ganz ruhig«, brummt er beschwichtigend. »Was ist denn passiert?«

»Egal! Ich muss zu Preston. Du hast drei Sekunden, um mich loszumachen, sonst kannst du was erleben!«

Er lacht. »O Lady, du bist der Hammer.«

Da sind wir gänzlich verschiedener Meinung.

33

SCHULD

Preston

Ich bleibe unter Wasser und öffne die Augen. Alles ist unwirklich. Was habe ich getan? Das muss ich mir nicht schönreden. Heute wurden Grenzen überschritten. Meine Faust in dem Gesicht des dämlichen Wichsers in der Bar, weil ich mich nicht beherrschen konnte, war nur der Anfang.

Ihr Betteln nach mir, dieses Ich-liebe-dich, das ich nicht glauben konnte und doch so sehr wollte ... Ich konnte nicht widerstehen, obwohl es falsch war. Es kam mir für einen Moment sogar logisch vor, uns auf eine Ebene zu bringen, da ich sie auf keiner anderen wissen will als meiner. Oder in dem Fall ich ihrer.

Ihre Erklärung hat mich fertiggemacht, weil in mir sofort Hoffnung entflammt ist, dass ihre Worte die Wahrheit sind. War es doch eine Qual, sie jeden Tag in der Kanzlei sehen zu müssen, vor allem, da ich der Meinung war, es ist wirklich eine einseitige Sache, da sie nichts sagte, außer dass es ihr leidtut. So tiefsinnig. So bewegend. Möglicherweise war ich etwas schroff. Aber statt mir einen Gutschein für ein Restaurant als Entschuldigung zu schenken, hätte sie doch irgendetwas sagen oder tun können, damit ich weiß, es geht nicht nur darum, dass sie das mit mir bereut.

Fassade wahren, Gefühle nicht anmerken lassen. Auf keinen Fall sollte man mir ansehen, wie enttäuscht ich war. Nie wieder wollte ich eine feste Frau in meinem Leben, nachdem ich bereits als Ehemann versagt hatte.

Aber noch nicht einmal die Chance für einen neuen Versuch zu bekommen, wenn man denkt, jemanden gefunden zu haben, mit dem man es ganz ernst wagen möchte ...

Diese ungezügelte Raserei, die aus mir herausgebrochen ist, weil sie so viel Schlechtes von mir denkt. Keine Ahnung, woher das kam. Für was für einen Menschen hält sie mich? Frauen unter Drogen setzen. Sie unter Drogen setzen. Mir ist bewusst, dass diese Scheißdrecksdrogen Stimmung verstärken. Als ich sie mir besorgte, dachte ich an Lust. Nicht an rasende Wut, weil ich nicht damit zurechtkomme, so von ihr gesehen zu werden.

Dieser Frust, der mich verschlungen hat wie eine rot glühende Bestie, die mich zwang, ihr einzuficken, dass sie mir gehört; sie zu strafen, weil sie falschliegt; sie zu kennzeichnen, damit sie das nicht vergisst. So etwas hatte ich noch nie. Es war, als hätte ich ein Monster freigelassen, das eigentlich nicht existiert.

Es gibt nicht viele Frauen wie sie und ausgerechnet in ihren Augen bin ich zum Schlimmsten fähig. Das bin ich offensichtlich auch. Ich habe ihr wehgetan. Vermutlich habe ich damit jeden hässlichen Gedanken über mich bestätigt, den sie je hatte.

So habe ich es sogar gesagt in meiner Raserei. Glückwunsch für mich. Ich gehöre jetzt zur abscheulichsten Sorte Männer. Männer, die Frauen Gewalt antun. Das verzeihe ich mir nie.

Vom lieblosen Familienvater zum Abschaum. Welch Wandlung.

Meine Lunge brennt wie Feuer. Man kann sich normalerweise nicht selbst ertränken. Ist es unter Drogen möglich? Kann ich den natürlichen Reflexen des Körpers widerstehen, aufzutauchen und Luft zu schöpfen? Kann ich Wasser in die Lunge laufen lassen?

Ich will nicht sterben. Nicht jetzt, nicht heute, aber ich bin neugierig. Wie weit kann ich das kontrollieren? Irgendwie muss ich die Kontrolle zurückbekommen. Die Kontrolle über einfach alles. Mich. Die Situation. Vergangenheit. Zukunft. Jetzt.

Tauche ich auf, bin ich gescheitert. Endgültig.

Ruckartiger Schmerz flutet meine Kopfhaut, als mich jemand an den Haaren aus dem Wasser zieht. Mein Körper übernimmt und holt tief Luft.

»Preston, du liebeskranker Volltrottel!«

Ethan.

Er lässt mich los und steigt voll bekleidet mit in den Whirlpool. Meine Lunge brennt immer noch, die Luft fühlt sich schneidend an und die gesamte Brust prickelt. Er packt mich und zieht mich an sich, als wäre ich drei Jahre alt.

»Du dämlicher Wichser. Was machst du denn?«, murmelt er.

Ich lehne die Stirn an seine Schulter und schließe die Augen, um meiner Antwort nicht ins Gesicht sehen zu müssen: »Ich habe es ruiniert. Nimmt man es genau, habe ich sie vergewaltigt und ihr wehgetan.«

Geh weg. Bitte geh weg von mir. Nein. Nein. Niemals. Nein.

Meine Augen zwicken, der Hals ist eng und die Nase verstopft. Ich bin froh, dass ich nass bin, obwohl mir die Demütigung durch Tränen gerade fast egal ist. Allerdings will ich Mitleid vermeiden, denn sie ist das Opfer, ich der Täter.

Weil ich genau genommen keine verdient habe, entwinde ich mich aus seiner Umarmung.

Sie brüllt erneut meinen Namen, aber ich reagiere nicht. Sie kann ihre Wut ruhig an mir auslassen. Ich habe dem nichts entgegenzusetzen.

Ethan ruft zurück: »Es geht ihm gut.«

Er sieht mich an und legt den Arm um mich. Von mir aus.

Ein lautes Platschen und Elaine landet samt Kleid, das irgendwie schräg an ihr hängt, im Wasser. Prustend taucht sie wieder auf und hüpft auf mich.

Sie umschlingt meinen Körper und schluchzt. »Es tut mir so leid.«

Ich schiebe sie von mir weg. Habe ich ihr nicht genug Grund gegeben, mich zu hassen? Sie lässt sich nicht wegschieben, sondern ist wie ein glitschiger magnetisch angezogener Fisch.

Damit ich ihr nicht noch mehr wehtue, lasse ich es zu und brumme: »Was sollte dir denn leidtun?«

»Dass ich dich dazu genötigt habe.«

»So wie ich das sehe, habe ich dich genötigt.«

»Nein, hast du nicht. Ja, deine Raserei war nicht okay. Ich möchte nichts beschönigen. Wir haben uns beide schlecht benommen. Ich will mit dir zusammen sein. Bitte. Schick mich nicht weg. Kein Selbstmitleid. Kein Rückzug mehr. Sag einfach Ja.«

»Ich sage Nein. Dir ist hoffentlich bewusst, dass Männer, die einmal gewalttätig wurden, es wahrscheinlich wieder werden.«

»Warst du schon einmal gewalttätig?«

»Nein. Aber so eine Aussage sollte man nie jemandem glauben. Nie. Ich habe dich gerade … vergewaltigt.«

Was irgendwie leicht war vor Ethan zuzugeben, bekomme ich vor ihr kaum ausgesprochen.

»O Gott, Preston, hast du nicht. Das war einvernehmlich. Ja, du warst übertrieben ruppig, aber du hast doch sofort aufgehört, als ich Stopp gerufen habe.«

Sieht sie es so? Hat sie recht? Ich weiß es nicht. Mein Kopf schwirrt.

»Ich lege meine Hand für ihn auf die Herdplatte. In Ermangelung von offenem Feuer«, sagt Ethan.

»Dito«, kommentiert Ryker, der sich am Rand niederlässt. »Warum hat die Hütte eigentlich keinen Kamin? So ein Penthouse schreit doch geradezu danach. Künstliches Bärenfell davor …«

Ich fahre ihn an: »Was redest du da für wirres Zeug? Du weißt nicht, was ich getan habe!«

Ryker tätschelt mir wie einem störrischen Hund den Kopf. »Nichts, was nicht verzeihbar wäre, wenn eine Frau wie Elaine es tut. So einfach ist das. Wir wissen alle, dass sie Männer die Eier abreißt, kommen sie ihr blöd.«

Ich traue mich zum ersten Mal, Elaine anzusehen, und ihre grünen Augen glitzern flehend. »Kannst du dann anders auf meine Frage antworten?«

»Ja. Ja, natürlich will ich mit dir zusammen sein, sonst hätte ich dich das nie gefragt. Aber …«

Die Argumentation wird von einem schmerzhaften Zwicken in mein Ohrläppchen unterbrochen, nachdem Ethan seinen um mich gelegten Arm wegzieht. »Nichts aber. Ende. Du hast Ja gesagt.«

»Ihr seid unglaublich nervige Gestalten.«

»Nein. Wir beschaffen dir deine Lady und der Lady einen Kerl. Wir sind Amor, nur ohne Pfeil. Aber die Peitschen haben wir noch. Damit versohlen wir dir den Hintern, falls du wieder aufmuckst.«

Elaine streichelt mir über die Wange. »Also Ja?«

»Ja.«

Sie atmet so laut und erleichtert aus, dass ich mich tatsächlich ein Stück besser fühle.

»Nachdem das geklärt ist: Was ist denn überhaupt passiert?«, fragt Ryker.

»Ich wollte mit ihm schlafen und habe ihn genötigt, sich etwas einzuwerfen, damit wir gleichziehen und er nicht denkt, er nutzt mich aus.«

»Darauf hast du dich eingelassen?«, fragt Ryker und klingt so erstaunt, als würde ihm jemand erzählen, ich hätte ein Kleid zur Arbeit getragen.

»Ja.« Ich weiß, wie dämlich das war. Es wäre vernünftig gewesen, einen von den beiden zu rufen. Sie hätten ihrem Blick widerstanden. Diesem qualvollen Blick, als würde ich ihr Wasser, Nahrung und Atemluft verweigern. Mich kostet sie jede Zurechnungsfähigkeit, das hätte mir bewusst sein müssen.

»Ich sage doch, er ist ein liebeskranker Trottel«, behauptet Ethan. »Trotzdem war es absolut verantwortungslos von dir.«

»Wie drauf bist du denn noch?«

»Ein wenig. Alles ist ein bisschen heftiger als sonst.«

Das trifft es ganz gut. Dass sie hier bei mir ist und mir kein Stück böse zu sein scheint, schenkt mir gerade ein Glücksgefühl, dass ich das Bedürfnis verspüre, zu tanzen und zu singen. Ich tanze und singe nie.

»Und was hast du dir reingepfiffen?«, fragt Ryker.

»Keine Ahnung, was das war. Kenne ich mich mit dem Blödsinn aus?«

»Ehrlich? Was ist denn mit dir nicht richtig? Du musst doch wissen, was du nimmst!«

»Was willst du von mir? Ich wollte das einmal tun. Dafür muss ich mir kein umfangreiches Wissen aneignen. Ich habe einfach gefragt, worauf man am besten … Ihr könnt es euch ja denken.«

Ryker lacht und klopft mir auf die Schulter. »Wir überlassen euch mal euch selbst. Nächster Versuch.«

Er wieder. Vermutlich hat er schon beim ersten Mal auf eine Aussprache gehofft, als er uns allein ließ. So war es eigentlich auch, denn so offen sprachen wir vorher nie.

Hätte ich nur gleich, nachdem ich verstand, dass sie dachte, ich wäre vergeben, diese Fehlannahme korrigiert, hätte sie sich vielleicht bis zum nächsten Morgen an den Gedanken gewöhnt und wäre nicht so überrascht gewesen, wie sie es behauptet hat.

Meine Hand vollführt von allein streichelnde Bewegungen über ihren Körper, als wüsste sie, dass ich das jetzt brauche. Ich muss mir nichts vormachen; bevor sie am nächsten Morgen gehen wollte, dachte ich noch, es wäre besser, keine neue Beziehung zu riskieren. Erst mit dem Wissen im Nacken, dass sie gleich weg ist, habe ich den Mund aufbekommen.

Wir reden nicht, obwohl die beiden weg sind. Wie das letzte Mal schon. Es gibt so viel zu besprechen, aber eigentlich bin ich froh, weil mir nach Schweigen ist und mir im Moment vollkommen ausreicht, sie bei mir zu haben.

Es ist das erste Mal, dass ich in diesem Whirlpool sitze. Ich ließ ihn mir hierherstellen, um abends nach der Arbeit ein, zwei Schlucke sippen und vom Tag abschalten zu können. Aber hat man Kinder, muss man dann seiner Frau zuhören, wenn sie denn noch wach ist. Sie erzählte über das, was die Kinder getan haben, und irgendwie war ich immer mit den Gedanken in der Kanzlei oder in diesem Pool.

Was sind schon Kinderprobleme gegen die einer schwierigen Firmenfusion? Wäre ich aufmerksam gewesen, hätte ich mich höchstwahrscheinlich nicht gewundert, dass sie auf einmal Zähne haben und laufen können.

Wie oft muss ich mir noch eingestehen, dass ich mich für zu wichtig hielt? Ich habe Probleme für andere gelöst, unfähig zu erkennen, selbst welche zu haben.

Möglicherweise habe ich ihn deshalb nicht genutzt, obwohl sie weg waren. Als Strafe, nicht gewusst zu haben, dass mein Sohn nicht gern badet, saß ich in Gedanken höchstwahrscheinlich jedes Mal hier, wenn Charlotte davon erzählt hat.

So etwas darf mir nie wieder passieren. Mit meinen Freunden klappt das doch ganz gut, selbst die Beziehung zu meinen Kindern wird immer besser.

Diese Chance werde ich nutzen. Vermutlich werde ich nie der Typ Mann sein, der eine Frau auf Händen trägt, aber sie wirkt auch nicht wie jemand, der das braucht. Trotzdem werde ich mich bemühen. Mir fällt schon etwas ein, was ich für sie tun kann, um mir selbst zu beweisen, dass ich dazu in der Lage bin.

»Es tut mir leid, was ich getan habe«, hauche ich an ihr Ohr, da ich nicht mehr weiß, ob ich mich überhaupt schon entschuldigt habe. »Ich wusste noch nicht einmal, dass ich so sein kann.«

»Locke ich deine schlechten Seiten hervor?«

»Das wollte ich damit nicht sagen.«

»Ich weiß. Um ehrlich zu sein, fand ich das weniger schlimm als die Tatsache, dass du mich ignoriert hast. Mir ist der wütende Preston lieber als der abweisende. Bei dem wütenden habe ich wenigstens das Gefühl, ich bedeute ihm etwas.«

»Tust du. Aber das war nicht der wütende Preston, sondern der verzweifelte.« Irgendwie tut es gut, über mich selbst in der dritten Person zu sprechen, so ist es einfacher, das zuzugeben.

»Wenn der verzweifelte Preston keine Drogen mehr nimmt, kann ich auch mit dem umgehen.«

»Garantiert nicht.«

»Dann möchte ich jetzt nichts mehr davon hören. Übrigens ... Ich habe vorhin nicht gelogen.«

»Was meinst du?« Ich streichle wieder ihren Rücken. Diese glatte, nasse Fläche mit den vielen kleinen Wirbeln zu befühlen, hat etwas Beruhigendes.

»Ich habe Angst, das zu verderben. Ich glaube, ich bin wirklich ein recht kalter, egoistischer Mensch. Du ... du musst mir ein bisschen helfen.«

Weil ich im Moment nicht genug Körperkontakt bekommen kann, reibe ich die Schläfe an ihrer entlang. »Egoismus ist bis zu einem gewissen Grad gesund und kalt bist du auf keinen Fall. Ich stehe auf deine eher hitzige Art.«

»Ehrlich? Und du stehst auch darauf, Frauen anzuketten?«

»Ich stehe darauf, dich anzuketten. Es hat was, die selbstbewusste Hexe zu zähmen.«

»Zähmen ist nicht Anbinden. Zähmen ist freiwillig bleiben.«

»Willst du freiwillig bei mir bleiben? Trotz allem?«

»Ja. Aber nur noch einmal zur Erinnerung: Bei mir sterben Pflanzen.«

Das bringt mich zum Schmunzeln. Ich kann schmunzeln, obwohl ich mich gerade wie ein kranker Besessener verhalten habe.

Dank ihr.

»Du süßes grünäugiges Monster musst mich nicht gießen. Ich überlebe ganz allein. Wir bekommen das hin.«

Ein spürbares Nicken.

Um den Anfang zu machen, diese Chance ganz ernst zu nutzen, bitte ich: »Kannst du mir etwas über dich erzählen? Ich würde gern lernen zuzuhören. Das ist nicht gerade meine Stärke.«

»Das glaube ich dir nicht. Du hast mir vor meiner bösen Abfuhr immer zugehört. Selbst als wir uns nicht leiden konnten.«

Da das für mich schöner klingt als ein Ich-liebe-dich, umgreife ich sie fester.

Sie stöhnt, weil es vermutlich etwas zu fest war, weshalb ich locker lasse. »Wie geht es dir?«

»Gut. Einfach gut. Und dir? Wie drauf bist du noch?«

»Schwierig einzuschätzen. Und du? Immer noch enthemmt?«

»Hm. Ebenfalls schwierig zu sagen. Es könnten die Drogen sein oder die Tatsache, fast nackt auf dir zu sitzen.«

Ich lache und liebkose die Haut ihres Halses mit den Lippen.

»Lass das! Oder lass es nicht!« Sie reibt sich an meinem Schritt, was umgehende Reaktionen zur Folge hat.

Option zwei gefällt mir besser, weil ich einfach verdrängen möchte, was ich gerade getan habe, weshalb ich die Bisse von mir entlangküsse, als könnte ich sie ungeschehen machen.

Sie greift zwischen uns, und ich genieße, wie sie sich auf meinen Schwanz schiebt. Das ist reine Triebhaftigkeit, die sich trotz allem nach Bedeutung anfühlt und mir anders den Atem raubt, als mit dem Kopf unter Wasser zu sein.

Ein gedanklicher Kältestich fährt mir in den Nacken, woraufhin ich sie bei der Hälfte stoppe und an der Taille zurückschiebe. »Nein!«

Das Grün ihrer Augen funkelt mich fassungslos an, weshalb ich sofort ergänze: »Nicht ganz Nein. Nur Nein zum Reinstecken. Wir haben keine Kondome hier. Außerdem sind sie sowieso nicht sicher im Pool.«

Sie lächelt und drängt ihr Becken vorwärts. »Ich riskiere es. Momentan sollte ich nicht fruchtbar sein.«

»Du willst riskieren, schwanger zu werden?« Energisch drücke ich sie wieder zurück.

»Ich sagte doch, es ist unwahrscheinlich. Ich kenne meinen Zyklus. Der ist so zuverlässig wie ich.«

»Unwahrscheinlich ist mir zu unsicher, du triebgesteuerte Hexe.«

Ihr Mund klappt auf, die Augen verengen sich, dann lacht sie. Mit einer Hand halte ich sie weiter von mir fern, mit der anderen streichle ich ihren Hals.

»Preston, ich will dir kein Kind anhängen. Eigentlich kommen Kinder in meiner Lebensplanung nicht vor, wenn ich ehrlich bin.«

»Gar nicht?«, frage ich hoffnungsvoll.

»Nein. Gar nicht.«

»Das trifft sich gut. Meine Kinder wären ohne Charlotte emotionale Krüppel. Ich kann nicht riskieren, noch eins dem Risiko auszusetzen, einen schlechten Vater zu haben. Außerdem finde ich zwei perfekt.«

Um weitere Diskussionen abzuwenden, höre ich auf, sie von mir wegzudrücken, und schiebe zwei Finger in sie. Sie ist innen so nass wie außen, was mich gleichzeitig mit ihr keuchen lässt.

Sie zerrt sich das völlig durchnässte Kleid mühsam über den Kopf, greift an meine Schultern und sieht aufs Wasser. Kann sie meine Finger an sich sehen? Bewusst langsam nehme ich sie zurück, drücke sie wieder in sie hinein, spüre ihr nasses Inneres an ihnen entlanggleiten, als ich sie bewege, um herauszufinden, worauf sie am besten reagiert.

Dazu sehe ich ihr ins Gesicht, bemerke jeden zuckenden Muskel, jedes Augenverengen, jede kleinste Regung ihrer Miene. Sie reitet brummend auf meinen Fingern und schließt die Lider.

Vermutlich gab ich mir in meinem ganzen Leben noch nie so viel Mühe, genau die richtigen Punkte zu treffen, den perfekten Druck zu finden und die ideale Schnelligkeit zu ermitteln. Nicht nur meine Finger sind an und in ihr, nein, ich versuche mit viel mehr in sie vorzudringen.

Ein kreisender Daumen an ihrer Perle bringt ihre Lider zum Flattern, und als mich ein tiefgrüner satter Blick trifft, ziehe ich die Finger vorsichtig zurück, wonach sie gegen mich sackt.

»Gleich du«, murmelt sie und reibt ihre Nase an meinem Hals entlang.

»Wir gehen besser schlafen, hm?«

»Du hast noch nicht. Ich muss mich revanchieren.«

Ein Kuss auf ihr Haar und ich versichere ihr: »Musst du nicht. Ich bin selbst müde.«

»Das sagst du nur, weil du nett sein willst.«

»Das stimmt ein bisschen. Aber ich bin erst heute Morgen ganz ausgezeichnet gekommen.«

»Bei wem warst du?«

Das klang ein wenig zänkisch, weshalb ich lache. »Eifersüchtig?«

»Jaaa«, jammert sie lang gezogen.

»Weißt du, Elaine, ich bin zwar hetero, aber ich kann trotzdem exzellent mit Schwänzen umgehen. Zumindest mit meinem.«

Sie lacht, und ich liebe es, dass sie lacht.

Es ist nicht so, als hätte ich keine Lust, mich noch von ihr bedienen zu lassen, aber ich denke, sie gehört ins Bett. Aus diesem Grund packe ich sie mir und hebe sie aus dem Pool, um ihr zu folgen.

Umgehend wickle ich sie in das Handtuch ein, das ich beim Vorbereiten des Whirlpools für sie bereitgelegt habe, und führe sie an der Hand hinter mir her ins Badezimmer.

Dort lache ich. Meine Freunde sind ... verrückt? ... die Besten? Ich bin mir nicht ganz sicher, aber auf der Ablage liegt auf jeden Fall eine originalverpackte Zahnbürste neben meiner.

»Mach dich bettfertig«, befehle ich und verlasse das Badezimmer, um unsere Kleidung zusammenzusammeln und in den Wäschekorb zu bringen.

Sie ist schnell fertig, und ich schlage ihr die zerwühlte Bettdecke zurück, um danach mit einem strengen Blick auf die Matratze zu deuten.

Seufzend lässt sie sich nieder, und als ich selbst meine Abendroutine abgeschlossen habe, ist sie tatsächlich schon eingeschlafen.

Da ich ihr keinen Pyjama angeboten habe, lege ich mich nackt zu ihr und rutsche an ihren Rücken.

Schrödingers Bett gibt zwar keine Geräusche von sich, dafür aber sie, denn sie brummelt leise im Schlaf.

Fast ersticke ich an meinem Herzschlag, der sich beschleunigt, als meine Vorderseite an ihre Rückseite schmilzt, dann wird alles ruhig in mir.

Ja, so ist das anscheinend, wenn man die Frau bekommt, die man mit allen Fasern seines Seins begehrt.

34

KENNENLERNEN

Elaine

Schrille Töne durchbohren meinen Verstand. Ich habe irgendetwas Angenehmes geträumt. Irgendetwas, was ein gutes Gefühl in mir hinterlassen hat. Oder? Moment.

Da ist etwas Warmes hinter mir, das genervt stöhnt. War das gar kein Traum? Ich bin bei Preston. Ist er schuld, dass ich mich so gut fühle?

Die Wärme verschwindet und dann auch der hässliche Ton.

»Ich muss aufstehen«, flüstert es rau und verschlafen hinter mir und die Wärme kommt zurück.

»Willst du in die Kanzlei?«

»Nein, dieses Wochenende nicht. Meine Kinder sind heute und morgen bei mir.«

Nun bin ich richtig wach. Seine Kinder. Die habe ich ganz vergessen.

»Möchtest du hierbleiben?« Das kam etwas zögerlich.

Da ich kein Freund davon bin, lange herumzuraten, frage ich direkt: »Zögerst du bei der Frage, weil es dir unangenehm ist, wenn ich ihnen begegne, oder weil du nicht weißt, ob ich in die Kanzlei will?«

»Ich werde dich nicht von deinen üblichen Plänen abhalten. Möchtest du sie kennenlernen, kannst du gern bei mir bleiben.«

»Ich hatte für heute noch keine konkreten Pläne. Wie heißen sie?«

»Preston Junior und Preston Junior zwei.«

»Ehrlich? Meine Güte.«

Er lacht. »Nein. Jack oder eigentlich Jackson und sein jüngerer Bruder heißt Aiden.«

»Hast du dir die Namen überlegt? Gibt es eine tiefere Bedeutung oder Verwandte, nach denen sie benannt sind?«

Seine Hand, die meinen Arm gestreichelt hat, hält inne. »Um ehrlich zu sein, weiß ich das nicht. Charlotte hatte sich darüber vermutlich mit jemandem beraten. Ich habe die Namen letztendlich nur abgenickt, da ich mir selbst keine Gedanken gemacht hatte.«

Sucht man Namen für Kinder nicht gemeinsam aus? »Habt ihr euch deshalb auseinandergelebt? Wegen der Kinder?«

»Nein. Ich war schon vorher scheiße.«

Er sagt das so ernst und drückt dabei das Gesicht in mein Haar. Ich muss schmunzeln, weil er sich selbst als scheiße bezeichnet. Ob er wirklich *scheiße* ist, kann ich ja nun herausfinden.

Um die Fronten zu klären, frage ich direkt weiter: »Ist es schlimm, wenn ich mit Kindern nichts anfangen kann?«

»Du sagtest bereits, dass du keine willst. Sie haben eine Mutter, und keiner verlangt, dass du sie adoptierst. Meistens sind sie bei Charlotte. Wir halten es eher klassisch. Sie leben bei ihr und sind so ziemlich regelmäßig alle zwei Wochenenden bei mir. Diese Tage gehören ihnen. Da frage ich dich auch nicht um deine Meinung, würde mich allerdings freuen, wenn du die Zeit mit uns verbringst. Aber es ist kein Muss. Sie sind anstrengend. Um ehrlich zu sein, kann ich mit Kindern ebenfalls nicht viel anfangen. Ich liebe sie trotzdem, obwohl sie Kinder sind, weil sie meine Kinder sind. Ich bin ein guter Anwalt. Ach, was sage ich da, ein verdammt guter Anwalt. Aber ein mieser Ehemann und ein noch mieserer Vater. Deshalb muss ich mir Mühe geben. Das ist mir wichtig.«

Seine Ausführung bringt mich zum Lächeln, weil er in wenigen Sätzen Fakten darlegt; mich wissen lässt, wie es abläuft; arrogant klingt; Schwächen zugibt und mich einlädt, an seinem Leben teilzuhaben.

Da ich meine Gedanken vor ihm noch nie zurückhalten musste, urteile ich: »Wer so spricht, kann kein schlechter Vater sein.«

»Du hast keine Ahnung.«

»Möglicherweise habe ich den Überblick und du bist eingeschränkt in deiner Sicht?«

»Du willst doch schon wieder mit mir streiten, kleine Hexe. Du wirst es erleben. Sie lieben Ryker und Ethan mehr als mich. Sogar Ryan, den sie am seltensten sehen, der jedoch ein extra Vater-Gen hat.«

»Ich habe keine Ahnung von Kindern, aber ...«

»Damit hast du schon ganz klar ausgedrückt, dass du dir kein Fachurteil erlauben kannst.«

Ich drehe mich um und sehe ihm ins Gesicht. »ABER! Aber eins weiß ich: Ein guter Vater zu sein hat nichts damit zu tun, dass man von seinen Kindern geliebt wird. Sondern dass man sie liebt. Man spürt, wenn man nicht geliebt wird, und das ist ein trauriges Gefühl. Ich freue mich für deine Kinder, dass sie dir wichtig sind.«

Er lächelt und zieht mich an seinen Körper. »Du bist wirklich eine bezaubernde Hexe. Ich werde diese Fachexpertise annehmen und mich bemühen, die Menschen, die ich liebe, es wissen zu lassen.«

Mein Herz schlägt schneller und schiebt Wärme durch die Adern. Er hat das etwas seltsam ausgedrückt. Nicht: *Meine Kinder wissen lassen*, sondern *die Menschen, die ich liebe*.

Gehöre ich da jetzt auch dazu?

Er küsst meine Stirn und verharrt dort mit den Lippen. Ich

streichle seinen nackten Rücken und kratze mit den Nägeln darüber. Das ist echt schön. Mir ist es egal, ob er Kinder hat, da ich keine ungeteilte Aufmerksamkeit brauche. Ein kleines bisschen genügt mir schon. Beispielsweise hiervon fünf Minuten am Tag.

»Elaine?«, flüstert er.

»Hm?«, nuschle ich, da ich mich bewegt habe, damit ich die Lippen an seine Brust legen kann.

»Hör auf, mir über den Rücken zu kratzen.«

»Ja, das ist nicht klug. Falls ich dich umbringe, finden sie Spuren deiner Haut unter meinen Nägeln.«

Er lacht und legt ein Bein über meine Hüfte, wobei ich bemerke, was meine Kratzerei anscheinend angerichtet hat.

Wäre ihm *Unwahrscheinlich* nicht zu unsicher, würde ich mich einfach daraufschieben und den Tag damit beginnen, das zu beenden, wozu er gestern nicht mehr kam. Aber es ist nicht eilig, und es genügt mir, hier mit ihm liegen zu können.

Oh, das ist so ein perfekter Morgen und das nach gestern, ein Tag, an dem alles außer Kontrolle geraten ist.

Da fällt mir ein: »Du hast mein Telefon geortet? Machst du das schon länger? Woher wusstest du eigentlich, was mein Bruder vorhatte?«

»Nelson hat es mir erzählt. Er dachte, ich kann dich nicht ausstehen. Damit war es doch zu etwas gut, dass ich bei dir abgeblitzt bin. Sonst hätte er mir das nicht anvertraut. Er ist ein ziemlich geltungssüchtiger Mensch, wenn er noch nicht einmal so einen Plan für sich behalten kann. Und, nur zu deiner Information: Ich habe dein Telefon erst orten lassen, nachdem du mir nicht sagen wolltest, wo du bist.«

»Du hast mich gerettet.«

»Na ja. Es sah erst so aus, als bräuchtest du keinen Retter. Aber Chemie haut den stärksten Willen um.«

»Eigentlich führte deine beleidigte Leberwurstnummer dazu, dass du mich retten konntest. Hättest du mit mir geredet und herausgefunden, dass ich einfach damit überfordert war, wäre das gegebenenfalls anders ausgegangen.«

»Vielleicht bin ich nachtragend, unversöhnlich und von dir leicht zu kränken. Irgendeine Schwäche muss jeder haben.«

Das bringt mich zum Lachen. Fehlerfrei und ohne menschliche Schwächen sind wir beide nicht, auch wenn wir gern vorgeben, es zu sein.

Schon wieder ein Wecker!

Er angelt sein Smartphone vom Nachttisch. »Das ist Charlotte. Sie ist bereits da.« Er tippt hinter meinem Rücken auf dem Telefon herum. »So. Ich habe ihr den Aufzug geschickt. Ich bin nämlich ein böser fast Ex-Mann. Sie darf nur noch mit meiner Erlaubnis hier rein. Schließlich wohnen jetzt auch meine Freunde hier. Ich stehe auf, um die Kinder in Empfang zu nehmen.«

Ein kurzer Kuss auf meine Nasenspitze und er erhebt sich. Ich sehe ihm – oder vielleicht auch seinem Hintern – hinterher, wie er sich eine Pyjamahose greift und schnell hineinschlüpft.

Beim Oberteil stockt er und wirft es mir zu. »Bedeck dich lieber. Meine Kinder sind unberechenbar. Sie könnten auf einmal hier drinnen stehen. Später suchen wir dir etwas Richtiges. Dein Kleid wird noch nicht trocken sein, außerdem habe ich es in die Wäsche geworfen.«

Ich streife mir das Oberteil über den Kopf, und als ich die Haare aus dem Kragen befreit habe, ist er schon verschwunden. Andere Kleidung scheint er nicht hier zu haben und die von gestern hat er laut seiner Aussage in die Wäsche gegeben.

Was nun? Meine Neugier zwingt mich, aus dem Schlafzimmer Richtung Wohnbereich zu schleichen. Ich bleibe am Eingang verborgen stehen und beobachte, wie der Aufzug sich öffnet und zwei Kinder hinausstürmen.

»Wo ist Onkel Ry?«

»Der schläft noch. Stürmt sein Schlafzimmer und weckt ihn mit Löwengebrüll.«

Beide Kinder stürmen los. Der Große voraus, der Kleine

hinterher, wobei sie laut unverständliches Zeug brüllen. Sie rennen an mir vorbei, ohne mich zu bemerken. Oder nicht bemerken zu wollen. Der Kleine verliert dabei einen Plüschhasen, der bereits sehr abgenutzt aussieht.

Seine Frau sah ich nur einmal flüchtig in der Kanzlei. Von hier aus sieht sie einfach perfekt aus. Vornehm gekleidet in einem teuer wirkenden Hosenanzug, die blonden Haare in sanften Wellen über einer Schulter.

»Preston. Wir kamen nicht zum Frühstücken. Du musst ihnen etwas zubereiten. Keine Süßigkeiten, sie haben sich heute Morgen nicht gut benommen. Außerdem hat Jack seine Lieblingsspielzeugfigur verloren. Kauf sie so schnell wie möglich mit ihm nach. Ich habe ihm versprochen, dass du das tust, denn ohne dieses Versprechen wollte er nicht mit. Aiden hat Durchfall. Kümmere dich darum. Er hat empfindliche Haut.«

»Dir auch einen guten Morgen, Charlotte. Ich soll mit einem Kind mit Durchfall einkaufen gehen?«

»Glaub mir, beschaffst du das Spielzeug nicht, ist unterwegs Durchfall dein kleinstes Problem.«

»Okay, okay. Spielzeug kaufen. Wird erledigt.«

Sie atmet aus, als wäre sie gerade dem größten Stress entkommen, und mustert ihn mit in Falten gelegter Stirn.

»Wie siehst du denn aus, Preston?«

»Ja, ich bin noch nicht angezogen. Das hole ich gleich nach.«

»Das meine ich nicht. Trainierst du?«

»Ja.«

»Wann?«

»Ich nehme mir die Zeit. Es tut mir gut.«

»Ist das dein Ernst? Du nimmst dir die Zeit? Du bist so ein gottverdammtes Arschloch! Für uns hattest du nie Zeit!«

»Ja, ich weiß. Ich versuche, mich zu ändern.«

»Na, vielen Dank, dass du das nicht für uns getan hast. Für deine Kinder!«

»Für die tue ich das. Und für mich.«

Sie starren sich an, wobei sie die ganze Zeit in kleinen Bewegungen hektisch den Kopf schüttelt.

Er ergreift das Wort und spricht in sanftem Tonfall zu ihr: »Hör zu, Charlotte. Es tut mir leid. Wirklich. Ich habe unsere Ehe ruiniert, das habe ich verstanden. Du hast mich aufgeweckt, indem du mich verlassen hast. Vielleicht wird es Zeit für ein Danke. Danke, dass du so mutig warst. Danke, dass du dich immer liebevoll um unsere Kinder kümmerst. Vermutlich bekomme ich das nie so hin, wie du es tust. Aber ich gebe mein Bestes. Du kannst dich auf mich verlassen. Ich verspreche es.«

»Du hast immer viel versprochen.«

»Das weiß ich. Ich werde nicht noch einmal wiederholen, dass es mir leidtut. Vielleicht kann ich mir dein Vertrauen mit der Zeit wieder zurückholen.«

Sie sieht ihn an und streckt die Hände in seine Richtung. Er tritt ihr entgegen, legt die Arme um sie und zieht sie näher, wonach er sie fest an sich drückt und seine Schläfe an ihren Kopf lehnt.

Heißbrodelnde Eifersucht zerrt an meinen Nervenenden. Sie ist seine Frau. Ja, in Trennung, aber irgendwann bedeuteten sie sich genug, um zu heiraten, und sie haben Kinder. Betrachte ich hier gerade den ersten Schritt zu einer Versöhnung? Nach allem gestern? War das vielleicht sogar der Ausschlag?

Er sagte, dass er mit mir zusammen sein möchte. Aber das, was er mit seiner Frau hat, kann ich ihm nicht bieten. Eine gemeinsame Vergangenheit und gemeinsamen Nachwuchs. Das verbindet doch.

Mit einem halben Schritt rückwärts lässt er sie los und legt ihr die Hände auf die Schultern. »Ich würde dir gern jemanden vorstellen.«

»Wen?«

Er dreht den Kopf und ruft: »Elaine?«

Woher weiß er, dass ich hier stehe? Ich sehe an mir hinab. Sein Pyjamaoberteil reicht mir gerade bis zur Hälfte der Oberschenkel, die mit blauen Flecken in Form seiner Finger verziert sind. An meinen Handgelenken befinden sich rote Abdrücke der Handfesseln und Zahnabdrücke von ihm habe ich auch am Hals.

Das ist doch keine Erscheinung, um seine Noch-Ehefrau kennenzulernen!

»Elaine? Bitte. Ich weiß, dass du da stehst.«

Genervt schnaubend ziehe ich die Ärmel so weit wie möglich nach unten und fahre wenigstens kurz durch mein Haar. Das struppige Gefühl macht es nicht besser. Vogelnest eines geisteskranken Federviechs. Egal.

Ich trete in den Raum und gehe auf die beiden zu, als hätte ich mein edelstes Businesskleid an, und lächle dazu, als würde ich planen, einen neuen Mandanten zu bezirzen.

Sie reißt die Augen auf. Ja, du Fast-Exfrau! Ich weiß, ich sehe nach übernächtigter Partyschlampe aus. Nach übernächtigter BDSM-Partyschlampe.

Preston lächelt mir entgegen und spreizt einen Arm ab, mit dem er mich an sich zieht, sobald ich bei ihm ankomme.

»Charlotte, das ist Elaine, meine Frau.«

Dass er mich seine Frau nennt, fährt mir wie ein Fieberschub in die Glieder. Vor ihr, so wie ich aussehe. Dazu klang er auch noch stolz, als könnte er mit mir angeben. Ich kneife konzentriert die Lippen zusammen, weil mir nach Heulen ist.

Das ist so schnell. Und so schön. Wir sind zwar schnelle Menschen, trotzdem dachte ich, er wird das langsam angehen wollen. Irgendetwas muss ihm das Gefühl geben, dass es bei uns jetzt schon ernst genug ist, um mir seine Ex vorzustellen.

»Elaine, das ist Charlotte, die Mutter meiner Kinder.«

Wir reichen uns die Hand, wonach er mich auf die Stirn küsst und sie ansieht. »Bei Elaine werde ich alles besser machen, was ich von deinem Abgang gelernt habe.«

Falls mich nicht alles täuscht, bekommt sie glasige Augen. Sie räuspert sich und sagt: »Ich konnte dich wirklich nicht mehr leiden, Preston. Aber dem Mann, den ich damals geheiratet hatte, dem wünsche ich, dass er glücklich wird. Manchmal hatte ich ein schlechtes Gewissen, dich zurückzulassen.«

»Schön für mich. Wir sehen uns.«

Er dreht sich um und zieht mich mit sich. Sie schnaubt und ich werfe einen Blick über die Schulter, um zu erkennen, wie sie den Aufzug wieder betritt. Dann muss ich lachen. Preston ist wirklich einmalig. Erst so viele bedeutungsvolle Worte und danach ein *Wir-sehen-uns* mit Abmarsch.

»Was gibt es zu lachen?«

»Nichts, gar nichts«, behaupte ich und schmiege mich beim Gehen enger an ihn. »Danke.«

»Wofür?«

»Dass du mich deiner Fast-Exfrau vorgestellt hast.«

»Vielleicht musst du dich nicht bedanken, weil ich das bloß getan habe, um ihr zu zeigen, dass ich sehr gut ohne sie zurechtkomme.«

»Du hättest die Gelegenheit nutz…«

Er unterbricht mich: »Pst. Das war ein Scherz. Ihre Meinung interessiert mich nur noch dahingehend, dass sie mir ohne schlechtes Gefühl die Kinder überlässt. Ich wollte einfach bloß …«

»Was?«, hake ich nach, da er nicht weiterspricht.

Er geht schneller und öffnet die Schlafzimmertür. »Ich wollte, dass es für dich etwas Verbindliches ist. Jetzt weiß es jemand außerhalb dieser Wohnung. Damit habe ich dich ein Stück festgenagelt.«

Ich bleibe stehen und stelle mich vor ihn, um seine Wangen zu umfassen. Leicht raue Bartstoppeln sind sicht- und spürbar, und es kommt mir vor, als würde ich damit ein privates Stück von ihm berühren, da ich ihn immer glatt rasiert erlebt habe bis auf diesen einen Morgen, der so unglücklich ausging.

»Preston. Du musst mich nicht festnageln. Ich will das.«

»Ich weiß.«

»Arroganter Teufel«, motze ich, woraufhin er lächelt. Trotzdem spreche ich aus, was ich sagen wollte: »Ich würde mich wieder unter Drogen setzen lassen, wenn es dich dazu bringt, mit mir zu reden. Ich brauche selten Hilfe, und ich bin sehr glücklich, dass ausgerechnet du mir geholfen hast. Ich hatte wirklich Angst.«

Meine Hände sinken bei dem Gedanken daran, wie es hätte enden können, und landen an seiner Brust. Von dort aus lasse ich sie nach hinten wandern und umgreife ihn. Ich brauche keinen Mann an der Seite, das weiß ich, aber als soziales Wesen tut es einfach nur gut, ein schönes Gefühl von jemandem geschenkt zu bekommen.

Von ihm fühlt sich alles mehr als gut an, geht viel tiefer, berührt mich an Stellen, an die man nur Menschen lassen kann, denen man instinktiv vertraut.

Ich drücke mich an ihn und kann nicht verstehen, dass ausgerechnet jemand, bei dem ich mich so lange bemüht habe, ihn nicht zu mögen, jede Barriere durchbricht und sich dort einnisten konnte.

Er streichelt mir übers Haar und schlingt den anderen Arm um mich. »Ich bin froh, dass dir nichts passiert ist. So gern ich dein Held wäre, muss ich zugeben, dass Ryan für mich dein Smartphone geortet hat. Mia hat den Fluchtwagen gefahren, Ryker hat dich getragen und Ethan deine Handtasche gefunden.«

»Mhm«, brumme ich. »Und du?« Mein Kopf ruckt hoch. »Hast du jemanden geschlagen? Ich erinnere mich an eine Faust, von der Blut weggespritzt ist.«

»Mhm«, brummt nun er und drückt meinen Kopf zurück.

Es ist ihm peinlich. Das bringt mich zum Schmunzeln und Schmachten gleichzeitig. Handgreiflich werden passt nicht zu ihm, und dass er es meinetwegen doch wurde, ehrt mich.

Da es ihm unangenehm ist, sage ich allerdings nichts dazu, nehme schlicht das Gefühl an, dass er mich verteidigt hat. Ob der Schlag oder die Schläge nötig oder überzogen waren, kann ich nicht beurteilen, und es ist mir auch egal.

»Wie verfahre ich mit meinem Bruder?«, frage ich, um das Thema zu wechseln.

»Ich schlage vor, dass wir das Wochenende nutzen, damit du dich von dem Schreck erholen kannst. Am Montag überlegen wir uns etwas.«

Benötige ich Erholung? Der Gedanke, dass mein Bruder mir so etwas antun kann und ich nicht weiß, was er sich als Nächstes überlegt, nachdem er bemerkt hat, dieser Plan ging nicht auf, verursacht ein unangenehmes Ziehen in der Magengegend. Eigentlich würde ich das gern gleich angehen, aber ... Nein, ich nehme seinen Vorschlag an, da ich dieses Wochenende viel lieber Preston widmen möchte statt meinem Bruder, und nicke bestätigend.

»Willst du duschen und frische Kleidung?«

»Hast du etwas für mich? Ich kann mich später zu Hause umziehen, aber für den Weg wäre es nicht schlecht.«

»Komm mit.« Er greift meine Hand und führt mich durch das angrenzende Badezimmer in einen Ankleideraum.

Er sieht sich um und lacht. »Ich habe nur Anzüge. Geht das als Übergangslösung?«

»Ehrlich? Keine Jeans? Ich habe dich doch in Jeans gesehen.«

»Die waren meine Übergangslösung, da meine Kleidung, ähm, unbrauchbar war. Sportkleidung hätte ich darüber hinaus. Kurze Sporthosen und Shirts. Wäre dir das lieber?«

Ich in kurzen Sporthosen für Männer? Das kommt mir noch schräger vor als einen Anzug von ihm zu tragen. »Ein Hemd und eine Anzughose, bitte. Besitzt du keine bequeme Kleidung?«

»Ein Anzug ist doch bequem. Sag bloß, du gammelst zu Hause im Schlabberlook herum.«

Das klang verwundert, weshalb ich lache. »Um ehrlich zu sein: nein. Ich mag meine Kleider und Röcke und sie tragen sich auch äußerst bequem auf dem Sofa. Ich achte auf einen komfortablen Schnitt, weil ich nicht den ganzen Tag etwas anhaben möchte, was ich als unbequem empfinde. Nur die Pumps und der BH fliegen zu Hause ins Eck.«

»Ich lege Krawatte und Sakko ab, wenn ich es gemütlich will.«

Er grinst mich an, ich grinse zurück und greife seine Hand, um sie kurz zu drücken.

Mir fällt etwas ein und ich frage: »Wenn wir jetzt zusammen sind, ähm, ja, möchtest du bei mir in der Wohnung eine Schublade haben?«

»Nein, Elaine, möchte ich nicht.«

»Oh, zu viel.«

Er beugt sich an mein Ohr und flüstert: »Ich gebe mich doch nicht mit einer Schublade zufrieden. Ich bekomme die Hälfte des Kleiderschranks.«

Schnell drehe ich ihm das Gesicht zu und küsse seine Wange, ehe er seinen Kopf wieder komplett zurückgezogen hat. »Ich befürchte, ich habe keinen halben Schrank frei.«

»Ich befürchte doch. Bring die andere Hälfte zu mir.«

Mein Herz rauscht schon wieder. Das ist ernst. Echt ernst. Gestern Vormittag hat er nicht mit mir gesprochen und jetzt deponieren wir gegenseitig Sachen in unseren Wohnungen.

Er schwenkt eine Hand. »Bedien dich einfach. Das Badezimmer kennst du schon. Nimm dir, was du brauchst.«

»Kommst du mit unter die Dusche?«

Er stöhnt und schüttelt den Kopf. »Pflanz mir keine Fantasien in den Verstand. Ich muss nach meinen Kindern sehen. Kinder sind Sexbremsen. Erwarte nicht mehr als einen Quickie, wenn sie da sind.«

Ups. Die hatte ich schon wieder vergessen.

»Schade.« Ich seufze.

»Wir werden das nachholen«, verspricht er und küsst mich auf den Mundwinkel. »Bis gleich.«

Ich sehe zu, wie er verschwindet, und gehe dann seine Schränke entlang. Da es eigentlich egal ist, was ich nehme, greife ich mir, wie angekündigt, eine Anzughose in Grau und ein schwarzes Hemd, um damit ins Badezimmer zu wechseln.

Beim Haarewaschen höre ich jemanden ein paar Schritte durch die Tür machen und frage: »Willst du doch mitduschen?«

»Nein. Nein. Niemals. Nein.«

Eine flinke Drehung Richtung Tür, aber niemand ist mehr durch die Glasscheibe zu sehen, weshalb ich mit den Augen rolle und das Wasser aufdrehe, um die Haare auszuspülen.

Seine Kleidung zu tragen ist seltsam. Ich stopfe das schwarze Hemd in die Hose, schließe den Gürtel und schlage die zu langen Ärmel und Hosenbeine um. So drehe ich mich vor dem großen Spiegel. Auch ein Look. Keinen, den ich wählen würde, aber es hat etwas Lässiges.

Ich finde keine Haarbürste, lediglich einen Kamm und natürlich keine Haarklammern. Kurzerhand werfe ich die Haare nach vorn, kämme sie mit den Fingern grob durch und schleudere sie zurück, um sie etwas in Form zu zupfen. Ohne mein Equipment brauche ich nicht zu föhnen, falls er überhaupt einen Föhn besitzt. Aber da mich Preston und seine Freunde schon in einem schlimmeren Zustand gesehen haben, denke ich, das geht so. In seinen Sachen, mit offenen, nassen Haaren und ungeschminkt sehe ich völlig fremd aus.

Nach einem letzten Blick in den Spiegel suche ich die Küche auf. Sie zu finden ist nicht schwer. Einfach dem Kindergebrüll folgen.

Die Szene dort lässt mich im Türrahmen stehen bleiben. Ryker befindet sich hinter dem großen Küchenblock in der Mitte des Raums am Herd und singt etwas über Ritter, wobei er in einer Schüssel rührt. Hinter ihm toben die Kinder und kämpfen passend zum Liedtext mit Kochlöffeln gegen imaginäre Feinde.

Preston steht gegenüber und hat die Unterarme auf der Platte aufgestützt, Ethan daneben mit der Hand auf seinem Rücken.

»Ist alles in Ordnung?«, frage ich.

Preston dreht sich um, wobei er den Kopf schüttelt, und ich erkenne, dass er ein Smartphone in der Hand hält.

Ethan lächelt mich an. Er trägt einen Anzug. Schon allein das ist ein seltsamer Anblick. Preston immer noch in der Pyjamahose, einen Anzugträger daneben.

»Geh einfach um den Küchenblock, du wirst sofort erkennen, was nicht stimmt.«

»Na dann …« Ich bin neugierig und umkreise die Kücheninsel.

Ryker schielt mich grinsend an und wackelt mit dem Hintern, als ich um die Ecke bin. Er trägt eine Schürze. Sonst nichts. Dieser Mann hat einen Knall.

Er dreht sich in meine Richtung, kommt einen Schritt auf mich zu und küsst mich auf den Mund.

»Guten Morgen, kleine Lady.«

»Ähm. Ist das hier immer so?«

Auf einmal ist Preston neben mir und schiebt mich zur Seite. Oh, super. Ein Streit zwischen Freunden hat mir gerade noch gefehlt.

Mein Mund klappt auf, denn nun küsst Preston einfach ihn.

Danach tätschelt er ihm die Wange und sagt: »Alles, was du mit ihr tust, musst du mit mir wiederholen.«

Ryker grinst, packt mich am Arm und klapst mir auf den Hintern. Anschließend reckt er seinen Preston entgegen.

Er schnaubt und sagt: »Vergiss das. Ich vergaß. Lass sie in Frieden. Meins.«

»Geht doch.« Ryker widmet sich wieder der Schüssel.

Ich frage Preston: »Ist er immer so gekleidet?«

»Nein, bin ich nicht. Prestons Kinder stürmten mein Schlafzimmer, hüpften auf dem Bett herum, und dann haben sie die Kleidung geklaut, die ich mir rausgelegt hatte. Solange ich meine Wäsche nicht zurückbekomme, bleibe ich so. Außerdem sieht man nichts.«

Ethan mischt sich ein. »Wir nicht. Aber die Kinder sind kleiner. Von dort unten können sie sicher problemlos dein Gebamsel erkennen, wenn du so herumtänzelst.«

»Gebamsel. Pah. Tadellose Fleischpeitsche. Frag Elaine.«

»Können wir das bitte nie wieder erwähnen?«, fordere ich energisch.

»Lady, wenn du so sprichst, erfülle ich dir jeden Wunsch.«

»Dann erfüll mir den.«

Das Größere der Kinder stupst mich mit seinem Kochlöffel an. »Was ist eine Fleischpeitsche?«

Entsetzt sehe ich ihn an. Was sagt man da? Habe ich schon jemals mit einem Kind gesprochen? Und dann gleich über solche Dinge. Was stand noch einmal in dem Buch, das ich über Kindererziehung gelesen habe? Stand da überhaupt etwas über Fleischpeitschen?

Ryker rettet mich. »Ein Penis, Jack.«

»Keiner sagt mehr Fleischpeitsche«, verlangt Preston. »Das ist verboten. Für alle!«

»Ein Penis?« Jack hebt mit dem Kochlöffel Rykers Schürze an, der sich lachend wegdreht.

»Zeig! Wir dürfen Penisse sehen. Wir haben auch welche. Aber kleinere. Nur Mama hat einen kleineren. Die hat nämlich gar keinen.«

»Ich zeige euch gar nichts, ihr kleinen Perversen!«, wehrt er sich immer noch lachend und tritt direkt an den Küchenblock, um Jacks Attacken abzuwehren.

Preston stöhnt und murmelt: »Charlotte wird mich töten.«

Ich lehne mich lachend an ihn. Keine Ahnung, ob es gut oder schlecht ist, wenn Ryker hier halb nackt steht und wir mit den Kindern über Penisgrößen reden.

»Onkel Papa? Hast du auch eine Fleischpeitsche? Warum haben wir keine?«

Ethan erklärt trocken: »Eine Fleischpeitsche bekommt man, wenn man viel Gemüse isst. Auberginen, Zucchini, Gurken und Banane wäre zusätzlich eine Option.«

Jack schlägt mit dem Kochlöffel auf die Theke ein. »Wir wollen Fleischpeitschen-Gemüse essen.«

»Ich sagte, Fleischpeitsche ist ein verbotenes Wort.«

Prestons verzweifelt vorgetragener Befehl wird übergangen, stattdessen schließt sich Aiden an und beide hämmern wie Verrückte auf die Küchenschränke ein.

Ist das immer so, wenn man Kinder hat?

Ethan wendet sich an Preston. »Mit etwas Glück erzählen sie ihrer Mutter, dass sie dank dir Gemüse wollen. Dann stehst du als Held da.«

»Ja, danke«, murmelt Preston und kratzt sich an der Schläfe. Danach sieht er ihn an und legt die Stirn in Falten.

»Trägst du einen Anzug von mir? Spinnst du?«

»Meine Kleidung haben die Kids ebenfalls entführt. Das ist nur gerecht. Meine Duschsachen haben sie auch mitgenommen. Da wollte ich mir deine klauen, aber das Badezimmer war besetzt.«

»Du warst das!«, beschwere ich mich. »Hast du mich beim Duschen bespannt?«

»Bloß ein bisschen. Anscheinend hat dich ja schon jeder außer mir nackt gesehen. Gestern kam ich nicht richtig dazu. Das ist nur fair.«

»Also bitte!«

»Wir wollen dich auch nackig sehen«, verlangt Jack.

Das ist ja die Höhe hier!

Preston lacht.

»Warum sprichst du eigentlich immer von *wir*? Kann dein Bruder nicht sprechen?«

»Der ist noch klein! Der weiß nicht, was er will, und redet total nervig und langsam!«

»Stimmt das?«, frage ich den kleinen Kerl.

Dessen Augen weiten sich, bis er aussieht wie ein erschrockenes Babykätzchen.

Das ist irgendwie niedlich und bringt mich dazu, zu sagen: »Wenn du sagst, ich soll mich ausziehen, tue ich es.«

»Sag nichts Falsches, Aiden«, verlangt Ethan und lacht.

Aiden öffnet den Mund, schließt ihn und flüstert dann: »Fleischpeitsche.«

Ich breche in Lachen aus und muss mich an Preston festhalten.

Aiden scheint nicht zu verstehen warum und umklammert Prestons von mir abgewandtes Bein.

»Entschuldige, Preston. Ich wollte deinem Sohn keine Angst einjagen.«

»Schon okay.« Er reicht mir das Smartphone, das er in der Hand hält, geht in die Hocke und setzt ihn auf seinen Oberschenkel. »Aiden, das ist Elaine. Ich habe dir von ihr erzählt. Sie ist die Hexe, die wir vielleicht ablecken dürfen.«

»Muss ich?« Seine Stimme ist nur ein Flüstern und er sieht ängstlich zu mir.

»Du musst gar nichts.«

»Doch! Gemüse essen!«, brüllt Jack und springt Preston von hinten an, der sich mit der Hand abstützen muss, um mit Aiden nicht nach vorn zu kippen.

Er singt laut und schrill an Prestons Ohr: »Elaine, Elaine, Elaaaaaaaaine, Elaine.«

Ethan lacht. »Ihr könnt sie auch Tante Mama nennen. Dann wäre das rund.«

»Warum?«, fragt Jack und lässt Preston los.

»Das ist ihr Spitzname«, behauptet Ryker. »Oder Lady.«

»Lady Elaine? Wie eine Ritterfrau?«

»Wenn man deinem Vater zuhört, Hexenlady Elaine.«

»Hexenlady, Hexenlady, Hexenlady!«, wiederholt er immer wieder und trommelt im Rhythmus dazu auf Prestons Rücken, bis er sich mit Aiden auf dem Arm erhebt.

»Jackson, wir schlagen keine Menschen«, ermahnt ihn Preston. Aha. Ganzer Name, wenn es ernst wird.

Jack sieht ihn böse an, wobei er wieder auf die Küchenschränke schlägt. Seine Augen blitzen gefährlich. Sie sind so blau wie Prestons, wie ich es schon auf der Vernissage bei seinem anderen Sohn feststellen konnte. Das ist irgendwie faszinierend.

Er drückt mir Aiden in den Arm. »Halte ihn mal kurz, bitte.«

Perplex nehme ich ihm den kleinen Kerl ab, der sich so weit wie möglich von mir zurücklehnt und ängstlich ansieht. Er ist schwerer, als er aussieht.

Ethan nimmt mir das Smartphone aus der Hand, da es mir fast

aus den Fingern fällt.

»Ist das nicht dein Massenbegattungshandy?«, fragt Ethan und legt es auf der Theke ab.

Wie bitte?

»Nenn mich nicht Massenbegatter, du Massenbegatter. Zuletzt warst du bei Knatterknabe. Ich brauche es nun nicht mehr und wollte es gerade zurücksetzen. Vielleicht bekommen es die Kinder, damit sie ein eigenes haben, um mich anzurufen.«

Ethan nimmt es wieder in die Hand und lacht. »Möglicherweise solltest du vorher eine neue Nummer besorgen.«

Er hält es mir unter die Nase. Ein Bild einer Frau, beziehungsweise ein Teil ihres Körpers. Brust, Bauch, Beine, im Liegen fotografiert, getaucht in Schatten und Licht. »Was sagst du dazu, Elaine?«

Eine Nachricht poppt darunter auf. *Wann können wir uns jetzt treffen? Du hältst mich seit über zwei Wochen hin!*

Da er offensichtlich einen Kommentar von mir erwartet, sage ich: »Schreib ihr, sie soll zur Hölle fahren.«

»Hat Preston nicht erzählt, du nennst ihn gern Teufel? Wäre die Hölle dann nicht ein perfekter Ort für ein Date mit ihm?«

Mich kann er damit nicht ärgern. Nicht, nachdem Preston gesagt hat, er braucht dieses Telefon nicht mehr.

Preston befiehlt: »Wirf es in eine Schublade. Ich besorge eine neue Nummer, und Ryan soll sicherstellen, dass man nur eine einzige Sache damit machen kann: mich anrufen. Charlotte will zwar noch nicht, dass sie ein Smartphone besitzen, aber ich möchte nicht, dass sie immer ihre Mutter fragen müssen, um mit mir reden zu können.«

Jack fordert wieder Aufmerksamkeit und schlägt mit dem Kochlöffel weiter auf Schränke ein. »Ich will ein Telefon! Telefon, Telefon, Telefon!«

Aiden bewegt sich auf meinem Arm, und ich flüstere, weil ich das Gefühl habe, man muss leise mit ihm sprechen: »Ich bin keine Hexe. Du musst keine Angst haben.«

»Jackson!« Prestons Stimme klingt scharf. »Schluss jetzt! Die Möbel sind keine Trommel.«

»Doch!«, behauptet er und schlägt erneut auf eine Schranktür ein. Preston nimmt ihm den Kochlöffel aus der Hand, woraufhin Jack auf mich deutet. »Aiden weint gleich. Er hat Angst vor Hexen.«

Aiden nickt, seine Augen sind allerdings trocken. Ich fühle mich irgendwie befangen. Ein Kind auf meinem Arm. Prestons Kind auf meinem Arm.

»Soll ich ihn dir abnehmen?«, fragt Ethan und ich imitiere Aiden und nicke.

Er tritt neben mich, streckt seine Arme aus und weicht wieder zurück.

»Haha. Elaine ist fällig.«

»Was?«

»Riechst du das nicht? Windel voll.«

Doch. Jetzt, da er es sagt. Der Kleine stinkt. Dass er noch eine Windel trägt, spüre ich auch erst nach diesem Hinweis. Logisch. So einen großen Hintern haben Kleinkinder garantiert nicht. Keine Ahnung, wie lange Kinder Windeln benötigen.

Ryker bricht in ein dröhnendes Lachen aus. »Pech für dich, Lady.«

»Wieso Pech?«

»Wir spielen hier Russisches Windelroulette. Wer ihn hat, wenn er in die Windel macht, muss ihn wickeln.«

»Ihr alle? Ihr wickelt abwechselnd?«

Ethan zuckt mit den Schultern. »Warum nicht?«

»Du musst ihn nicht wickeln, keine Sorge.« Preston nimmt ihn mir ab, wobei ich bemerke, dass Jack mit verschränkten Armen und beleidigter Miene dasteht.

Ryker strubbelt ihm durch die Haare. »Willst du wirklich Gemüse essen?«

»Ja!« Er schiebt trotzig die Unterlippe vor. »Viel Gemüse.«

Aiden murmelt: »Fleischpeitsche.«

Ich muss kichern und Preston atmet laut aus.

Jack löst die verschränkten Arme auf und hüpft auf der Stelle. »Aiden hat ein neues Lieblingswort.«

»Bitte nicht«, murmelt nun Preston und sieht mich verzweifelt an, was mich schon wieder zum Kichern bringt. Seit wann kichere ich?

Ethan legt einen Arm um mich und grinst mich an. »Na, Elaine? Willst du ihn überhaupt noch?«

Ich sehe ihn von der Seite an. Er ist wirklich zum Dahinschmelzen attraktiv. Aber er wirkt nicht anziehend auf mich, das ist irgendwie weg.

»Warum sollte ich ihn nicht mehr wollen?«

»Weil er stinkende Kinder und wundervolle Freunde hat.«

Sein warmes Lächeln erinnert mich an unser erstes Gespräch und dann weiß ich es. Es liegt nicht an ihm. Es ist Preston. Preston hat für mich einfach mehr Ausstrahlung. Viel intensiver. Darunter verblasst für mich jemand wie Ethan, genau wie jeder andere. Dachte ich bei dem Kuss im Taxi nicht sogar an ihn?

Ethan streicht mein Haar zur Seite und lacht. »Preston? Hat sie Zahnabdrücke in Form eines Ps am Hals? Alter, du bist der Hammer.«

Ich fasse mir an den Hals. Darauf, dass dort mehr zu sehen ist als nur der Abdruck seiner Zähne, habe ich nicht geachtet.

»Ich wusste nicht, wie ich ein C hinbekommen soll. Sonst hätte ich das selbstverständlich ergänzt.«

»Wie bei den Initialen, die wir in der Kleidung haben, damit die Reinigungskraft unsere Wäsche auseinanderhalten kann?«

»Genau. Sie kommt in meinen Schrank.«

Preston erhält den empörtesten Blick, den ich zustande bringe, was ihm einen belustigt hochgezogenen Mundwinkel und ein Zwinkern wert ist, ehe er in die Hocke geht und Aiden zwischen seinen Beinen abstellt.

Unglaublich dieser Mann. Wenn er nicht aufpasst, erhält er von mir ein Brandzeichen.

Ich sehe durch die Küche. Ryker immer noch hinter der Kochinsel, Jack sitzt nun neben dem Herd auf dem Tresen und rührt in der Schüssel. Preston flüstert Aiden irgendetwas ins Ohr, was ihn auf der Unterlippe kauen lässt.

Was in Prestons Ehe auch immer falsch gelaufen ist, er hat eine neue Familie gefunden. Seine Freunde. Das hier geht weit über eine Freundschaft hinaus, wie ich sie kenne. Die kleinen Jungs gehören dazu, obwohl sie nicht oft hier sind.

Passe ich überhaupt in diese Gruppe? Alle sind so schrecklich vertraut. Preston ist fähig, solche Freunde zu finden. So etwas, wie ich hier sehe, hatte ich noch nie. Die Freundschaft mit Dani ist so völlig anders. Trotzdem nicht minder wertvoll.

Aber eigentlich ist eher das Problem, dass ich mit einem seiner Freunde geschlafen habe. Er war zwar dabei, allerdings kann ich nicht einschätzen, ob es das nicht sogar schlimmer macht, weil er alles gesehen hat.

»Heißt das, Aiden hat es für Preston verkackt?«, fragt Ethan.

»Was? Nein. Das hier ist nur ungewohnt für mich.«

»Daran gewöhnst du dich. Wir sind total pflegeleicht. Ich weiß jetzt auch, was ich bei unserem Kennenlernen an dir so faszinierend fand.«

»Ach ja?«

»Du bist er.« Er deutet auf Preston und lacht. »Du bist die weibliche Form meines Freundes. Selbe Vibes. Fast hätte ich Preston gevögelt.«

»Okay.« Ich weiß noch nicht, wie ich diese Information einsortieren soll.

»Elaine?« Ich sehe zu Preston. »Aiden hat erlaubt, dass du dabei sein darfst, wenn er gewickelt wird. Möchtest du uns Gesellschaft leisten?«

Warum nicht? Heute gibt es viel Neues für mich. Ich folge ihm aus dem Raum in ein Kinderzimmer.

Er setzt Aiden auf der Wickelkommode ab. »Hose runter. Hinlegen.«

Der kleine Kerl folgt brav der Anweisung und legt sich auf den Rücken, wonach er von Preston eine Packung Feuchttücher in die Hand gedrückt bekommt, die er fest umklammert.

Preston sieht mich ernst an. »Du darfst ihn nicht anfassen und nicht helfen.«

Aiden nickt eifrig.

»In Ordnung. Ich stehe einfach hier.«

»Genau.«

Preston öffnet die Windel, und was ich da sehe, sieht nach Unfall aus. Ist der kleine Kerl explodiert? Der Geruch wird penetranter, doch Preston verzieht keine Miene. »Tuch.«

Aiden zieht eins aus der Verpackung und reicht es ihm, damit Preston ihn säubern kann. Er hält ihm immer ein weiteres entgegen, bis Preston fertig zu sein scheint und ihm zunickt.

Er reibt ihm über den Bauch. »Durchfall, hm? Hast du auch Bauchschmerzen?«

»Nein.«

»Hat dich etwas geärgert?«

Aiden flüstert: »Jack war böse. Sein Spielzeug ist ganz kaputt. Er will meins.«

Preston erklärt unter kreisförmigem Streicheln seines Bauches: »Das bekommt er nicht. Falls er es dir doch wegnimmt, sagst du mir das und ich rede mit ihm. In Ordnung?«

Aiden nickt zufrieden und Preston weist ihn an: »Windel.«

Er fasst nach rechts und greift eine von einem kleinen Stapel, um sie ihm zu reichen. Es wirkt, als wären die beiden sehr eingespielt.

Während er die Windel anbringt, erzählt Preston: »Er könnte bereits trocken sein. Aber er musste die Kita wechseln, da Charlotte ihn in eine andere stecken wollte, obwohl ihn damals der Auszug von hier schon mitgenommen hat. Er reagiert ein bisschen sensibel auf Veränderung. Fertig. Du kannst dich anziehen.«

Aiden steht auf und zieht sich selbst die Hose nach oben, wonach er die Arme ausstreckt. Preston küsst ihn auf die Wange und lässt ihn runter. Er düst aus der Tür, vermutlich zurück in die Küche.

Ich habe keine Ahnung, was einen guten Vater ausmacht, aber er scheint mit seinen Jungs doch zurechtzukommen. Er spricht zwar recht streng, fast ein wenig geschäftsmäßig mit ihnen, jedoch nimmt er sie in den Arm und sie scheinen keine Berührungsängste zu haben. Niemals hätte ich mich getraut, meinen Vater anzuspringen oder ihn auch nur zu berühren, wenn er mich nicht aufgefordert hat. Was er so gut wie nie tat. Außerdem hat Preston ihn sogar um Erlaubnis gefragt, ob ich hier dabei sein darf, und er weiß, dass er sensibel ist.

»Und?«

»Was und?«, frage ich zurück.

»Abgeschreckt?«

»Von was?«

»Von meinen Freunden. Von meinen Kindern.« Er mustert mich recht intensiv.

Meine Lippen bewegen sich zu einem Grinsen. Was für eine dumme Frage. Es hätte tausend andere Gründe gegeben, ihn abschreckend zu finden.

»Solange du es mir nicht übel nimmst, dass ich nicht das Bedürfnis habe, deine Kinder zu herzen und zu drücken und meine Augen bei ihrem Anblick beginnen zu leuchten ... Ich glaube, für mich sind Kinder einfach kleine merkwürdige Personen.«

»Kein Problem. Du musst sie lediglich an meiner Seite akzeptieren und hinnehmen, dass ihnen meine Zeit und Aufmerksamkeit zusteht.«

»Und deine Freunde ... Ist es für dich nicht seltsam, dass wir mit Ryker ...«

»Dass wir mit Ryker Sex hatten? Oder eher du?«

»Ja, genau.«

»Wie sage ich das jetzt? Mir hat es gefallen. Nur ...«

»Nur?«

»Wie erkläre ich das, ohne mich lächerlich zu machen? Hm,

ja. Dir ging es nicht gut und du bist zu ihm. Das fand ich unangenehm. Ich wünsche mir, dass du zu mir kommst, falls dich etwas bewegt. Nicht, dass ich es schlimm finde, wenn du dir woanders Trost holst, aber ich wäre gern deine Hauptbezugsperson dafür.«

Er ordnet den Stapel Windeln und räumt die Packung Feuchttücher an ihren Platz, die Aiden liegen ließ. Da kommt doch noch etwas.

Ich habe recht, denn er lehnt sich gegen die Wickelkommode, verschränkt die Arme und sieht mich an. »Ich glaube, dass es zwischen Menschen tausendmal intimere Dinge als Sex gibt. Falsch formuliert. Meinen neusten Erkenntnissen nach kann Sex etwas sehr Intimes zwischen zwei Menschen sein, muss es aber nicht. Allerdings kann man solche persönlichen Momente auch ohne Sex haben. Ich wünsche mir eine geschlossene Beziehung, was diese Gegebenheit betrifft. Richtige Intimität gibt es nur zwischen uns beiden, der Rest ist mir egal, insofern wir es zusammen erleben.«

»Das bedeutet, du möchtest Sex mit anderen?«

Nun verschränken sich meine Arme. Das war außerhalb meiner Vorstellungskraft. Obwohl ich weiß, dass es offene Beziehungen, Polybeziehungen oder sonst was gibt, ist das etwas, was nicht in meine kleine biedere Welt passt. Ich ging davon aus, das wird eine stinklangweilige monogame Sache. Wollte er nicht eben noch sein zweites Telefon löschen?

Sehe ich ihn allerdings an ... Er ist ein attraktiver Mann, was man besser als im Anzug sieht, wenn er wie jetzt nur eine tiefsitzende Schlafanzughose trägt. Allein sein selbstsicheres Auftreten würde schon bei weniger Attraktivität genügen, um auf Frauen anziehend zu wirken. Das will er natürlich ausnutzen.

Schlagartig ist mir übel und Druck breitet sich von Brust bis Kehle aus. Wie ernüchternd.

Wie als Ausgleich für mein Armeverschränken löst er seins auf und lächelt. Gleichzeitig verlagert er sein Gewicht von einem Bein auf das andere, was dazu führt, dass sich seine Muskulatur bewegt und … dämlicher heißer Scheißkerl.

Was mache ich jetzt?

Die Gedanken rasen noch schneller, als mein Körper auf diese Information reagiert. Das ist Enttäuschung, oder? Enttäuschung, die kalt durch mich hindurch wandert und von innen gegen die Stirn pocht. Heute gibt es alle Emotionen kostenlos.

»Interessant«, sagt er. »Wo ist denn das aufgesetzte Lächeln hin? Echt spannend, wenn du deine Miene nicht kontrollierst.« Er lacht. »Nein. Das bedeutet nicht, dass ich Sex mit anderen will, sondern dass wir offen sind. Du möchtest mit Ryker schlafen: okay. Ich könnte mit so etwas leben, insofern dich das glücklich macht. Aber nur, falls ich dabei bin. Ich glaube, sonst komme ich damit nicht klar.«

Ein weiterer Emotionsschub. Dieses Mal darf ich erleichtertes Kribbeln in Armen und Beinen aushalten. Der Mann macht mich wahnsinnig.

Gleichzeitig wird mir bewusst, dass ich noch nie so ein Gespräch geführt habe. Ein Beziehungsgespräch mit klarer Kommunikation. Er formuliert hier seine Gedanken, Wünsche und Vorstellungen wie einen sachlichen Antrag. Ein mündlicher Vertrag. Die rationale Form von Intimität.

»Angenommen, ich möchte das tatsächlich: Wird das kein Problem zwischen euch? Hast du keine Sorge, wir könnten das ausweiten?«

»Ich vertraue Ryker. Vermutlich würde er sich sowieso nicht darauf einlassen, aber ich denke, du hast verstanden, dass ich nicht explizit ihn meine.«

Warum bietet er mir das an? Weil seine Ex fremdgegangen ist? Das wird es sein. Er will nicht betrogen werden, bevorzugt möchte er eine gemeinsame Lösung finden. Ich mag das. Ich mag ihn. Ich mag alles an ihm. Wie er handelt, wie er denkt, wie er ist.

Der Drang, ihn zu berühren, ihm nahezukommen, lässt meine rechte Hand zucken. *Ich liebe dich*, liegt mir schwer auf der Zunge.

Doch es will nicht hinaus, kommt mir übereilt vor, obwohl ich es gestern unter Drogen bereits gesagt habe. Er wird mich lächerlich finden, wenn ich es an unserem ersten gemeinsamen Tag ausspreche.

»Worüber denkst du nach?«, fragt er, und dann fällt mir auf, dass seine Stirn in Falten liegt. Sorgt er sich so sehr um meine Antwort wie ich mich um seine?

Ich konzentriere mich auf unser Gespräch und erkläre: »Ja, ich verstehe. Trotzdem nein. Keine anderen Männer für mich. Oder warte, ich formuliere es um: Im Augenblick habe ich keinerlei Bedürfnis, mehrgleisig zu fahren, und falls sich das ändert, rede ich vorher mit dir. Vertraust du mir in dieser Sache? Trotz der Geschichte mit Ryker?«

»Selbstverständlich. Vertrauensvorschuss. Allerdings bin ich nachtragend und unversöhnlich. Nicht, weil ich das sein möchte, sondern da ich dahingehend nicht aus meiner Haut kann. Charlotte nehme ich das nur nicht übel, da ich ihr nie zugehört habe. Davon abgesehen will ich nicht, dass meine Kinder streitende Eltern haben. Dir höre ich zu. Trittst du das mit Füßen, weiß ich nicht, wie ich das aufnehmen werde.«

»Ich fasse zusammen: Kinder akzeptieren. Intime Emotionen nur zwischen uns beiden. Vertrauensvorschuss. Miteinander reden.«

»Korrekt. Dein Beitrag dazu?«

Mir fallen tausend organisatorische Dinge ein, die Klärungsbedarf haben. Wie oft sehen wir uns? Geben wir das in der Kanzlei bekannt? Werden wir immer hier bei ihm mit seinen Freunden sein oder auch bei mir? Und, und, und. Aber das sind alles Fragen, die keine grundlegende Bedeutung haben und variabel verhandelbar sind.

Mir gefällt seine Darlegung, wie er Intimität versteht. Nicht, weil ich mit anderen Männern schlafen will, aber es gibt mir das Gefühl, dass ich ihm jeden Wunsch, jeden Gedanken, jede Vorstellung mitteilen kann, da dies zu Intimität gehört.

So sehr wie mir das Gespräch zusagt, bin ich mir dennoch sicher, dass das Wichtigste geklärt ist, weshalb ich antworte: »Wir haben einen Deal. Bis auf eine Sache. Ich werde dir auch Anweisungen per Smartphone schicken. Das ist ein bisschen heiß.«

»So?« Er hebt eine Augenbraue an.

»Und ich werde dich anketten.«

»Hm. Ich lasse mich nicht anketten.« Nun verschränkt er die Arme, was mich schon wieder fast zum Kichern bringt.

»Du schuldest mir einmal.«

»Erstens war das zu deinem Schutz, und zweitens hast du selbst gesagt, dass ich sie befestigt lassen soll.«

Ich beuge den Oberkörper und schiebe den Kopf unter seine verschränkten Arme, dass ich dazwischen rutschen kann. Er lässt locker, und als ich wieder aufrecht stehe und ihn ansehe, lächelt er und greift fest um mich.

»Schreib auf deine Liste: Von Elaine Ward gefesselt werden.«

»Auf meiner Liste steht: Jetzt von Elaine Ward geküsst werden. Und dann mit Elaine Ward frühstücken. Spätestens in fünf Minuten brüllt nämlich irgendjemand, wo wir bleiben.«

»Darf ich deine Liste sehen? Oder existiert sie nur in deinem Kopf?«

Er überlegt einen Augenblick, um danach mit den Schultern zu zucken. »Wenn du das willst.«

»Ich bin neugierig.«

»Hm.« Mit einem Nicken verlässt er den Raum und wechselt in sein Schlafzimmer. Dort zieht er einen Notizblock aus der Kommode, reißt das oberste Blatt ab und reicht es mir.

Ich überfliege es. Ganz schräges Zeug ist nicht darauf. Das mit der Domina weiß ich schon, direkt darunter steht abgehakt: Sex mit einer devoten Frau. Hinzugefügt: in einem Club. Aha.

Manche Sachen davon habe ich selbst vor Jahren erlebt, was mich zum Schmunzeln bringt, genauso wie die alberne Aufstellung von Haarfarben und Berufen.

Er tritt hinter mich, streicht mein Haar auf eine Seite und küsst das Ohrläppchen, um danach auf eine Stelle seiner Liste zu deuten. »Das warst du.«

Etwas beim Sex beschädigen, steht dort.

»Was haben wir denn beschädigt?«, hake ich nach.

»Das Bild in deinem Büro. Mia erzählte, dass sie und Ryan eine Kommode zerstört haben. Da dachte ich, so enthusiastischen Sex will ich auch erleben. Bevor du fragst: Absicht war es nicht, dein Bild zu lädieren.«

»Ich muss diese Mia kennenlernen. Ich habe schon viel von ihr gehört. Sie war das doch an dem Morgen. Die, die mit dabei war, oder?«

»Ja, richtig. Mia ist mit meinem Freund Ryan zusammen. Die beiden sollten auch gleich auftauchen, da sie samstags immer Frühstück mitbringen.«

»Hast du einen Stift?«

»Weshalb? Willst du sie ergänzen?«

»So ähnlich. Gib schon her.«

Er greift noch einmal in die Kommode, übergibt mir einen Kugelschreiber und legt von hinten eine Hand auf meinen Bauch, um mir über die Schulter zu sehen. Ich hake *Sex mit einer Rothaarigen* ab.

»Hm?«, fragt er.

»Meine Naturhaarfarbe ist ein dunkles Rot. Ich schimmere wie ein Fuchs, wenn Licht darauf fällt. Früher nannte meine Mutter mich Kobold wegen grüner Augen und roter Haare.«

»Ehrlich? Du färbst? Weshalb?«

»Dunkelbraun wirkt seriöser.«

Er lacht und drückt mich mit der Hand gegen ihn. Seine Wärme geht an meinen Rücken über, was mir ein Lächeln schenkt.

»Ich fragte mich irgendwann einmal, ob du alles tragen kannst, weil du immer perfekt aussiehst. Ich glaube, das stimmt. Du siehst selbst in meinen Sachen mit wirren Haaren, ja sogar mit nackten Beinen vor meiner Ex, wie eine Königin aus.«

»Schön wäre es. Ich sehe schrecklich aus.«

Das macht mir überhaupt nichts aus, wird mir bewusst. Nicht bei ihm. Ich dränge den Rücken fester gegen seinen Oberkörper, weil diese Erkenntnis mir Sicherheit gibt, dass zwischen uns etwas richtig ist. Niemand sieht mich normalerweise so, und in seiner Gegenwart so sein zu können, muss doch einfach viel bedeuten.

»Da stehen noch mehr Dinge mit dir«, behauptet er.

Ich überfliege sie und rate: »*Sex im Büro*? Weshalb ist das durchgestrichen?«

»Das hatte ich ganz am Anfang aufgeschrieben und es mir dann anders überlegt, da ich das nicht so klug fand.«

»Klug war es gewiss nicht. Trotzdem ziemlich gut.«

»Okay, war es, hast du gesagt.«

»Ich weiß. Ha, die Ménage mit zwei Männern, das war auch ich.«

Ich drehe mich zu ihm um und sehe in sein Gesicht. »Erstellen wir uns eine gemeinsame Liste? Dauerhaft? Wir schreiben immer darauf, was wir gern ausprobieren würden oder noch nicht getan haben. Ich wäre beispielsweise dafür, das Bild, das du gekauft hast, mit einem selbst gemachten zu ersetzen.«

»Gute Idee. Schreib außerdem auf: in Elaines Mund kommen.«

»Auf Prestons Gesicht sitzen.«

Jemand donnert mit der Faust an den Rahmen der offenen Tür und unsere Köpfe fliegen in die Richtung. Dort steht Ryker und lehnt sich lässig mit der Schulter gegen den Türrahmen.

»Wollt ihr frühstücken, bevor ihr euch auf eure Gesichter setzt und in euren Mündern kommt?«

O Gott ist das peinlich. Schnell drehe ich mich weg. Preston scheint sich nicht zu schämen, denn er sagt locker: »Gib Elaine eine Minute, um die Schamesröte aus dem Gesicht zu wischen, dann erscheinen wir. *Liebling*.«

Da ich zu ihm schiele, erkenne ich, dass Ryker erst die Augen aufreißt, danach lacht er. »Du lernst es langsam.«

Preston schnaubt, da Ryker ihm auch noch zuzwinkert, ehe er pfeifend davongeht.

Das führt mich zu der Frage: »Ist er immer so gut gelaunt?«

»Meistens schon. Aber ich glaube, heute ist er besonders glücklich.«

»Weshalb?«

»Unseretwegen. Er freut sich.«

»Was? Warum?«

»Du hörst dich schon an wie meine Kinder. *Weshalb? Was? Warum?*« Er schmunzelt. »Ryker freut sich einfach für mich. So ist er. Eigentlich alle meiner Freunde.«

»Ich hätte nie gedacht, dass du solche Freunde hast. Das ist schön.«

»Ja, das dachte ich auch nie, so etwas hinzubekommen. Komm, frühstücken. Mach dich darauf gefasst, dass du dir dazu gleich noch etwas anhören darfst.«

»Wozu?«

»Gesichtsitzen und Mundkommen.«

»Hilfe.«

Er lacht und greift meine Hand. »Sei froh, dass ich nicht Tittenfick gesagt habe.«

»Weshalb?«

»Für sie ist es ein Spiel, für jedes ordinäre Wort aus meinem Mund ein Synonym zu finden. Vorbaukoitus wäre in diesem Fall ein Beispiel.«

»Oberweitenakt?«

»Du hast es verstanden.«

»Hm. Hört sich an, als müsste man bei einem Oberweitenakt als Begeisterungslaute Gedichte zitieren. Beim Tittenfick wäre eher Grunzen angebracht.«

»Ich glaube, jetzt verstehe ich, was sie meinen. Es hört sich seltsam an, dich Tittenfick sagen zu hören.«

Er lacht erneut und zieht mich an der Hand hinter sich her aus dem Raum.

35

WILLKOMMEN

Preston

Rykers dämlicher Kommentar hat mich für einen Moment erzürnt, da es weder höflich noch einfühlsam war. Aber dann fand ich es lustig, einfach lustig und dachte mir, dass Elaine so oder so mit seinem Humor zurechtkommen muss, ist sie mit mir zusammen.

Außerdem beruhigt es mich, dass sie überhaupt kein Interesse an ihm zu haben scheint, auch wenn ich mir das bereits dachte.

Wir betreten Hand in Hand die Küche, in der gerade Mia und Ryker in Teamarbeit Frühstückssachen auf die Theke räumen, während Ethan sich mit Ryan unterhält, der seine Tochter auf dem Arm hat.

Ryan dreht sich in meine Richtung und fragt: »Was ist los? Oben ohne, um ihr zu imponieren?«

»Nein. Das ist für Mia. Wir waren schon eine Weile nicht mehr zusammen baden.«

Mia dreht den Kopf. »Stimmt. Vermisst habe ich es aber auch nicht. Hallo, Elaine. Schön, dich kennenzulernen.«

Elaine hebt eine Hand und sagt: »Hallo, Mia. Irgendwann

begegnen wir uns mit etwas Glück, wenn ich nicht nackt bin oder in fremder Kleidung stecke.«

Mia lacht. »Ich habe schon Schlimmeres gesehen. Ryker eben beispielsweise nur in einer Schürze. Auf meine Proteste hat er sich ein paar Socken angezogen. Willkommen in der Höhle der sturen Männer. Ryan musste ihm erst drohen, dass er sein Würstchen zum Frühstück anbrät, damit er sich etwas überzieht.«

Jack und Aiden kommen um die Kücheninsel herum, jeder mit einem zufriedenen Gesicht und einem mit Schokolade überzogenen Croissant in der Hand.

»Wer hat meinen Kindern das Schokoladenzeug gegeben?« Ich spreche Jack direkt an: »Eure Mutter hat gesagt, ihr bekommt heute keine Süßigkeiten.«

Er antwortet mit halbvollem Mund: »Mama sagt das oft und gibt uns doch was.«

Ryker pikst ihn mit einer Gabel. »Keiner mag Petzen.«

»Ich bin keine Petze! Ich sage die Wahrheit und das soll man auch! Das sagt Mama immer. Man darf nicht lügen.«

Mein Sohn ist ein durchtriebenes, wortgewandtes Biest. Vielleicht sollte er wirklich Anwalt werden.

»In Ordnung. Aber danach gibt es nichts mehr!«, bestimme ich.

»Wir bekommen immer Gummibärchen, wenn wir hier sind. Aiden ist traurig, wenn er keine bekommt. Er versteht das doch gar nicht.«

»Meinst du? Gut, Aiden bekommt Gummibärchen. Du nicht. Du verstehst es ja.«

»Das ist aber unfair! Wenn du uns beide lieb hast, musst du uns ganz gleich behandeln.«

Ich wusste, dass er das sagt, und schmunzle. Elaine sieht etwas verloren aus, weshalb ich auf einen Barhocker deute und mich danebenstelle, um zuzusehen, wie Aiden auf seinen gesicherten Kinderhocker steigt, der auf meiner anderen Seite steht. Davon hat Ethan zwei von Montessori inspiriert gebaut, damit sie mit an der

Theke stehen können, wenn sie möchten. Deshalb frühstücken wir seit einiger Zeit auch hier.

Er übersieht die Arbeitsplatte und greift sich Trauben und klein geschnittene Äpfel. Jack steigt ebenfalls auf seinen Hocker und schenkt sich Orangensaft ein.

Ich frage Aiden: »Möchtest du ein Brot?«

»Ei, bitte.« Er deutet auf die hartgekochten Eier, die Mia gerade aus einer braunen Tüte in ein Körbchen umfüllt, und sie reicht ihm gleich eins. Ich finde hartgekochte Eier zum Frühstück immer noch seltsam, aber diese von Mia in der Schwangerschaft entwickelte Vorliebe verfolgt uns seitdem.

Er bekommt zu dem Ei einen langen schmachtenden Blick von ihr, doch das wundert mich nicht. Ich glaube, es gibt nichts Niedlicheres als Aiden, der Bitte sagt.

Unauffällig greife ich ebenfalls nach ein paar Trauben, viertle sie und tausche sie schnell gegen Aidens aus. Komplette Trauben in Kinderhälsen sind gefährlicher als Messer in ihren Händen. Da er abgelenkt ist, weil er mit dem Ei auf die Platte klopft, um die Schale zu zerbrechen, bemerkt er es zum Glück nicht.

Ryker nimmt sich von den veganen Pancakes, da er immer noch darauf besteht, keine tierischen Produkte zu essen, und hält Aiden einen entgegen. Er schüttelt den Kopf und beginnt sein Ei zu pellen.

Da Elaine sich nicht rührt, frage ich: »Soll ich dir ein Brot vorbereiten? Ich schneide auch den Rand ab, falls du ihn so widerwärtig findest wie meine Kinder.«

Sie lächelt mich von unten an. Wir benötigen mehr Sitzgelegenheiten. Sie wird nun öfter mit dabei sein, wenn wir unsere wöchentliche Frühstücksrunde veranstalten.

»Ich bin es nicht gewohnt, zu frühstücken. Kaffee wäre nett.«

Ethan deutet auf die mattschwarze große Kaffeekanne, die wir uns angeschafft haben, damit es keinen Stau vor der Siebträgerkaffeemaschine gibt. »Kaffee haben wir dort drinnen. Tee in der silbernen Kanne. Den musst du loben, falls du ihn trinkst. Es ist Rykers Teeblätter-Geheimmischung.«

»Und was hat Ryker vorhin gekocht?«, fragt sie und übersieht die Platte mit den Frühstückssachen.

»Ich habe nicht gekocht. Ich habe Pulpe vorbereitet. Das ist Papierbrei, um damit Sachen zu formen. Vielleicht wollt ihr später ein bisschen Zeit ohne die Kinder verbringen, dann können wir sie so lange beschäftigen.«

»Onkel Papa hat aber gesagt, dass wir auf den Spielplatz gehen!«, empört sich Jack.

»Werden wir«, versichere ich schnell. »Danach könnt ihr damit basteln. Obwohl … das ist eigentlich eher etwas für ältere Kinder. Vielleicht spielt ihr einfach mit euren Spielsachen.«

»Wir helfen Onkel Ry beim Basteln, wenn wir davor auf den Spielplatz gehen.«

Ryker grinst und zwinkert mir zu. Ich zwinkere zurück. Sehr nett von ihm oder von allen, dass sie sich etwas ausgedacht haben, um sie zu beschäftigen. Sie haben auf jeden Fall ein besseres Gespür als ich, was Kindern Spaß macht.

Elaine greift an die schwarze Kanne und schenkt sich einen Kaffee ein. Nach einem fragenden Blick schiebe ich ihr auch meine Tasse hin, damit sie diese für mich befüllen kann.

Ryan wippt Miray auf dem Arm und lässt sich von Mia immer wieder etwas in den Mund stecken.

Sie sagt zu Elaine: »Nur falls du eher jemand von der zurückhaltenden Sorte bist: Keine Sorge, Ryker hat uns informiert, dass eine Person mehr mitisst. Es ist genug da. Im Zweifelsfall sind noch fertige Fitnessmahlzeiten im Kühlschrank. Haferflocken, Nüsse und Ähnliches haben sie auch hier, falls du ein Porridge möchtest statt Cornflakes, Kuchen oder … Du siehst ja, was hier herumsteht.«

Elaine lacht. »Nein, ich bin nicht zurückhaltend. Ich versuche mich gerade zu erinnern, wann ich das letzte Mal ein gemeinsames

Frühstück hatte. So eins auf jeden Fall noch nie. Bist du oft in der WG? Du wirkst hier wie zu Hause.«

Sie zuckt mit den Schultern. »Eine Zeit lang haben Ryan und ich hier gewohnt. Mindestens einmal die Woche sind wir hier, insofern nichts dazwischenkommt. Ryan gelegentlich öfter, wenn die Männer etwas zusammen unternehmen. Nimmt er unsere Tochter mit, habe ich Zeit für mich. Auch mal nett.«

Ryan mischt sich ein: »Hey, du kannst nicht sagen, dass es ohne uns nett ist! Du musst beteuern, wie sehr du uns vermisst, wie schrecklich das Leben ohne uns ist und dass du die Sekunden zählst, bis wir zurück sind.«

Mia lacht und stopft ihm ein Stück Croissant zwischen die Lippen. »Ich liebe jede Sekunde mit ihnen, und wenn ich nicht wüsste, dass sie wieder zu mir zurückkommen, würde ich sie schrecklich vermissen. Allerschrecklichst.«

»Hörst du, Miray? Deine Mutter liebt uns nicht richtig«, jammert Ryan, nachdem er hektisch geschluckt hat.

Mia rollt mit den Augen. »Ich sterbe jedes Mal fast vor Sehnsucht und laufe unruhig im Wohnzimmer auf und ab, wobei ich mich frage, ob sie mich genug lieben, damit sie zurückkommen wollen.«

EINE LÜGE WURDE ERKANNT.

»Ryan! Hast du Kai das einprogrammiert?«

»Ja, ich muss doch wissen, ob das stimmt, wenn du behauptest, du hast keine Ahnung, wo die letzte Fertigsuppe hin ist.«

»Wovon reden sie?«, flüstert mir Elaine zu.

»Sie haben eine KI programmiert. Eine künstliche Intelligenz.«

»Wie Skynet aus dem Film Terminator?«

»Du siehst dir solche Filme an?«

»Ja, ich bin Schwarzenegger-Fan. Seine Biografie ist wirklich faszinierend.«

»Kai ist nicht wie Skynet«, mischt sich Mia ein. »So viele Befugnisse bekommt er von uns nicht.«

EINE LÜGE WURDE ERKANNT.

»Kai! Das ist kein guter Scherz!«

MEINEN ERFAHRUNGEN NACH IST DAS EINE BELIEBTE ART VON MENSCHLICHEN SCHERZEN.

»War das nun ein Scherz oder nicht?«, frage ich belustigt.

BEI DIESER ART VON HUMOR GEHT DER SPASS VERLOREN, SOLLTE MAN DIE AUSSAGE AUFKLÄREN. MEIST IST DAS NUR NOTWENDIG, VERFÜGT DER HÖRENDE NICHT ÜBER DIE BENÖTIGTE INTELLIGENZ, UM DEN SCHERZ ZU ERKENNEN.

»Hat mich gerade eine KI dumm genannt?«, hake ich nach. Ich bin so fassungslos, dass ich die Überflüssigkeit meiner Frage erst bemerke, als ich sie bereits ausgesprochen habe.

Elaine kichert. Das ist nicht das erste Mal, dass sie dieses Geräusch heute Vormittag von sich gibt. Vorher habe ich das nie von ihr gehört. Ich wusste noch nicht einmal, dass sie das kann. Irgendwie faszinierend. Als würde sie lockerlassen, alle Schutzschilde runterfahren und sich einfach wohlfühlen.

Damit sie keinen Kommentar abgibt, stecke ich ihr eine der Trauben in den Mund und sage Richtung Mia und Ryan: »Ich bin sehr glücklich mit der Entscheidung, dass ihr eure KI nicht in der WG installieren dürft. Mir genügen schon eure Scherze.«

»Wir würden niemals auf deine Kosten scherzen«, versichert Ethan und bemüht sich um ein ernstes Gesicht.

»Nie«, beteuert Ryan.

Ryker schließt sich ebenfalls an: »Never ever. Nein. Nein. Niemals. Nein.«

Aus einem spontanen Impuls heraus schnippe ich eine Traube über den Tresen, die an seiner Stirn abprallt.

»Hast du gerade …? Du hast! Habt ihr das gesehen?«, empört er sich. »Jack! Dein Vater wirft mit Essen! Aiden! Habt ihr ihm das erlaubt?«

»Der hört voll schlecht«, versichert Jack und greift grinsend ebenfalls nach den Trauben.

»Jackson, untersteh dich!«, sage ich eindringlich.

»Du hast auch!« Schon fliegt die erste in meine Richtung. Man darf wirklich keinen einzigen Fehler in Anwesenheit von Kindern machen! Keinen! Nie!

Aiden hebt die Hand mit seinem Ei, an dem er immer noch mühselig dabei war, die einzelnen Schalensplitter abzubekommen.

Bei ihm ist nicht alle Hoffnung verloren, weshalb ich die Hand über das Ei lege und sage: »Das ist doch dein Ei. Du hast es dir vorbereitet. Das willst du sicher nicht hergeben.«

Er sieht mir ins Gesicht, und ich erkenne genau, dass er nachdenkt. Seine Zähne vergraben sich in der Unterlippe, und nun schaut er durch die Runde, während er darauf kaut. Nach Abschluss seiner Beobachtungen streckt er den Arm Richtung Elaine.

Sie bemerkt es nicht, da sie mit hochgezogener Augenbraue zusieht, wie Ethan und Jack sich mit Trauben bewerfen und jedes Mal laut stöhnen, wenn sie getroffen werden.

Ich drücke ihren Unterarm und deute auf das angebotene Ei.

»Nein, danke. Ich möchte kein Ei.«

Ich flüstere ihr zu: »Nimm es, bitte. Er will es sowieso gleich zurück.«

Sie beugt ihren Oberkörper an mir vorbei und hält Aiden die Hand entgegen, um es sich aushändigen zu lassen. »Ein schönes Ei. Du möchtest es nicht essen? Es ist so ordentlich gepellt.«

Meine hellseherischen Fähigkeiten haben mich nicht verlassen, denn er nimmt es ihr wieder aus der Hand und nickt ihr mehrmals zu, während er davon abbeißt.

Sie setzt an, sich zurück in eine aufrechte Position zu begeben, zögert kurz, wendet sich mir zu und küsst meine Brust. An solchen Kleinscheiß könnte ich mich gewöhnen, weshalb ich den Arm um sie lege, damit sie das vielleicht wiederholt. Nach einem tiefen Atemzug ihrerseits bekomme ich das Erhoffte und sie sieht zu mir nach oben.

Sie flüstert: »Kinder sind sehr seltsam. Wusstest du das?«

»Nun ja. Ich habe zwei. Es sollte mir aufgefallen sein.«

»Hast du es jemals bereut?«

»Bereuen?«

Während ich nachdenke, setzt sie sich wieder aufrecht auf den Barhocker und ich stelle einen Fuß auf die Stütze. Es gibt ganz anderes, was ich bereue. Die Kinder nicht. Eine Zeit waren sie mir egal, aber weggewünscht habe ich sie nie. Allerdings weiß ich nicht, ob das im Endeffekt nicht auf das Gleiche hinausläuft.

Um die Antwort nicht zu verkomplizieren, fasse ich zusammen: »Es ist manchmal etwas anstrengend. Aber ich sollte mich nicht beklagen, da sie die meiste Zeit bei Charlotte sind. Sie sind ein Teil meines Lebens, ein guter Teil, und das will ich auch nicht anders sehen. Wieso fragst du das?«

Etwas beschämt dreht sie den Kaffeebecher zwischen den Handflächen und sieht auf die schwarze Flüssigkeit, von der noch ein Hauch Dampf aufsteigt. »Nur die Neugier. Vor nicht allzu langer Zeit dachte ich, ich wäre fehlerhaft, weil sich nach meinem Empfinden alle Frauen Kinder wünschen, nur ich nicht. Dann las ich eine Studie, bei der viele angaben, dass sie es bereuen, Kinder bekommen zu haben. Deshalb war ich neugierig.« Nun blickt sie in mein Gesicht und lächelt. »Ich würde gern wissen, was in dir vorgeht. Das war der Grund, warum ich gefragt habe. Nicht weil ich mir wünsche, du würdest es tun.«

Ich küsse ihre Stirn und frage laut: »Kai? Lügt Elaine?«

EINE ELAINE BEFINDET SICH NICHT IN MEINER DATENBANK UND WIRD AKTUELL NICHT VON MIR ÜBERWACHT. ICH KANN DAZU KEINE AUSSAGE TREFFEN.

»Du!« Sie stellt die Tasse geräuschvoll ab und ich lache.

Ich nehme ihre Hand und lege sie zurück. »Ich wollte dich nur foppen. Hätte ich ein Tagebuch, dürftest du es lesen.« Meine Liste hat sie ja auch gesehen.

»Mia hat meins ohne zu fragen gelesen«, behauptet Ryan mit halbvollem Mund.

»Ja, weil deine Schwester es mir in die Hand gedrückt hat. Sonst hätte ich das nicht getan.«

»Er hat Tagebuch geführt? So richtig handgeschrieben?«, fragt Ethan, der dazu übergegangen ist, die Trauben vom Boden zu sammeln, während mein ältester Sohn so tut, als würde es ihn nichts angehen, und einen Pancake mit mehr Ahornsirup übergießt, als er wahrscheinlich Zucker zur Weihnachtszeit konsumiert.

»Wie denn sonst?«, fragt Ryan und schunkelt Miray, die herzhaft gähnt.

Ryker mischt sich ein: »Ich verstehe die Frage. Du bist ITler. Es ist deine Pflicht, alles digital zu erledigen.«

Mia und Ryan lachen, wonach Mia erklärt: »Ihr seid voller Vorurteile.«

Ryan grinst Mia an. »So verkehrt sind die Vorurteile nicht. Ich für meinen Teil wurde nur ITler, da ich den ganzen Tag in einem vergammelten Outfit als Arbeitskleidung im Halbdunkel vor einem Display sitzen und mein kleines Ego puschen wollte, indem ich sage: *Das Problem sitzt meistens vor dem Bildschirm.*«

»Dann hast du etwas falsch gemacht«, sagt Mia und lächelt spöttisch. »Meist trägst du Anzug in deiner Firma, und außerdem bist du kein Support-ITler, sondern Softwareentwickler.«

»Ja, damit ich eine Software entwickeln konnte, die meinen Browserverlauf selbstständig löscht.«

»Hast du so eine Software?«, fragt Ryker.

»Das kann man bei den meisten Browsern selbst einstellen. Das weiß sogar ich als Nicht-Experte«, meldet sich Ethan zu Wort.

»Hm. Okay. Es ist mir auch egal. Ich wüsste sowieso nicht, warum ich meinen Verlauf löschen sollte.«

Ryan grinst. »Du hast dir wahrscheinlich nie mit älteren Brüdern einen Computer geteilt. Was ich da gesehen habe, hat mich sehr früh aufgeklärt. Pervers aufgeklärt. Nachdem sie herausfanden, dass ich gelegentlich in ihrem Verlauf stöberte, machten sie sich einen Spaß daraus, immer irgendetwas Abartiges zu hinterlassen. Bevor ich meinen ersten Blowjob bekam, wusste ich schon, was Bukakke ist. Bei Dirty Sanchez und den darauffolgenden Rainbow Kiss habe ich dann nachgefragt, ob mit ihnen alles in Ordnung ist. Sie lachten lange darüber. Sehr, sehr lange. Immer wieder.«

Mia hebt den Zeigefinger. »Ah, deshalb ist Amy ein wandelndes Sexpraktiken-Wörterbuch.«

Ryan grinst. »Genau. Wir brachten unserem Schwesterchen alles bei, was sie nicht wissen muss.«

Ich gucke nacheinander auf meine Söhne. Ob Jack so etwas mit Aiden anstellen wird? Hoffentlich überspringen sie die Pubertät und werden direkt fünfundzwanzig.

Ansonsten muss ich färben wie Elaine, da ich jetzt schon die grauen Haare wachsen spüre.

»Elaine? Meinst du, mir stehen graue Haare?«

»Das werde ich mit Freuden herausfinden«, sagt sie und lächelt mich an.

»Igitt, sind die kitschig«, beschwert sich Ryan, weshalb er eine Traube von mir an die Stirn bekommt. Dass ich damit die zweite Runde Traubenwerfen offiziell eröffnet habe, wird mir erst zu spät bewusst.

36

ZEIT

Preston

Ich finde es schön, dass Elaine beschlossen hat, das Wochenende bei uns zu bleiben. Obwohl ich mich darüber freue, ist das auch seltsam. Eine Frau dabeizuhaben, wenn ich mit meinen Kindern Zeit verbringe ... Ja, das ist seltsam.

Da ich ihnen versprochen hatte, dass wir dieses Wochenende auf den Spielplatz gehen und Aidens Durchfall sich anscheinend erledigt hat, sind wir auf dem Weg dorthin.

Zuerst sind wir bei ihr vorbeigefahren, da sie sich umziehen wollte. Hier sitze ich nun im Auto und warte, bis sie fertig ist und ihre Tasche gepackt hat. Wenn sie das Wochenende mit mir verbringt, kann sie auch bei mir übernachten.

Ich glaube, meine Kinder machen sie ein wenig nervös. Was mich irgendwie entspannt, da es mich ja genauso nervös macht, sie mit ihnen zusammenzubringen. Sie lud uns ein, mit hochzukommen, dann erklärte sie hektisch, dass sie keine Kindersicherungen in den Steckdosen hat.

Das brachte mich zum Lachen. Mein Plan war allerdings sowieso, im Auto zu warten. Das beherbergt weniger Konfliktpotenzial. Ich kenne meine Kinder. Erst wollen sie nicht aussteigen, dann nicht mehr einsteigen. Oder sie entdecken etwas in Elaines Wohnung, was sie fasziniert, und weigern sich zu gehen.

Nein, nein. Da höre ich mir lieber Jacks Gemecker an, dass er mitwollte und wie langweilig es im Auto sei.

»Wohnt sie in einem Hexenhaus?«, fragt Jack.

»Nein.«

»Warum heißt sie dann Hexenlady?«

»Sie heißt Elaine. Hexe ist eine Art Spitzname. So wie Mama dich Schatz nennt.«

»Aber Hexe ist nicht Schatz.«

»Ja, das ist richtig.«

Wo bleibt sie bloß? Sie sagte, fünfzehn Minuten, um sich umzuziehen, Haare und Gesicht zu richten und schnell ein paar Dinge in eine Tasche zu werfen.

»Aiden will ein Eis.«

»Nein, du willst ein Eis. Wie oft möchtest du noch von mir hören, dass du deine Wünsche nicht als Aidens ausgeben sollst?«

»Eis?«, fragt Aiden und ich stöhne.

»Nein, kein Eis.«

»Eis ist so kalt. Darf ich ein warmes?«, piepst er mit sehnsuchtsvoller Stimme.

»Es gibt kein warmes Eis. Das Besondere am Eis ist, dass es eben gefroren ist.«

Ich drehe den Kopf zu ihm und, ach nein, er verzieht den Mund. Schon startet das Wehklagen. Mit einem tiefen Einatmen löse ich den Gurt und beuge mich so weit wie möglich zu ihm nach hinten. »Aiden. Hör auf, bitte.«

Jack tätschelt mir den Kopf, und da Aiden richtig loslegt, höre ich kaum, wie er sagt: »Du hast ihn traurig gemacht.«

»Aiden. Komm schon. Es ist nicht schlimm, dass es kein warmes Eis gibt. Wir finden etwas anderes, was du magst. Pudding vielleicht?«

Er sieht mich mit hochrotem Kopf an, zieht die Nase hoch und unter heftigem Kopfschütteln geht es laut weiter.

»Willst du in den Arm? Hilft das?«

Noch lauteres Gebrüll. Dann nicht. Ich gebe mich geschlagen und tätschle sein Knie. »Ich hab dich lieb. Mehr als warmes Eis.« Danach drehe ich mich zurück nach vorn. Er wird sich beruhigen.

Elaine öffnet die Tür und stopft eine kleine Reisetasche in den Fußraum, bevor ich erst ihren Hintern sehe, der sich auf den Sitz schiebt, dann klappt sie die Beine in den Innenraum.

»Dieser Wagen hat einen Kofferraum.«

Sie geht nicht darauf ein, sondern sieht irritiert nach hinten zu Aiden. »Was ist denn passiert?«

»Er wollte warmes Eis.«

»Das verstehe ich nicht.«

»Das versteht keiner.«

»Und jetzt?«

»Beachte ihn einfach nicht. Er wird sich genauso beruhigen wie bei dem Heulkrampf, als er nicht in die heiße Pfanne fassen durfte oder als ich ihm verbot, Hundekot aufzuheben. Das Entsetzen, als ich auf seinen Wunsch ein Brot durchschnitt und es dann *kaputt* war, werde ich auch nie vergessen.«

»Soll ich Schokolade oder so etwas holen?«, flüstert sie und wirft einen mitleidigen Blick nach hinten.

»Pah. Ich besteche doch nicht meine Kinder. Na ja. Nur manchmal.«

Ich starte den Wagen. Nächster Halt Spielplatz.

Während der Fahrt wird Aidens Geheule leiser, und ein Blick in den Rückspiegel verrät mir, dass Jack seine Hand hält. Guter großer Bruder.

Am Spielplatz angekommen steigt Elaine verwirrt aus. »Irgendwie hatte ich Spielplätze anders in Erinnerung.«

»Das ist ein Privatspielplatz. Charlotte hatte damals die Mitgliedschaft abgeschlossen und ich habe sie übernommen. Der

Jahresbetrag dafür ist höher, als es wahrscheinlich kostet, ein Sportpferd in einem Edelstall unterzubringen.«

»Und was macht ihn besonders?«

»Keine Katzenfäkalien in den Sandkästen, hochwertige Spielgeräte, alles Mögliche an Equipment, es gibt einen riesigen Indoorbereich für schlechtes Wetter und, das ist nahezu unbezahlbar, ordentliche Toiletten.«

Sie lacht und sieht zu, wie ich die beiden nacheinander aus dem Auto befreie.

Nachdem ich fertig bin, nehme ich die lederne Laptoptasche aus dem Kofferraum, die ich zur Kindertasche umfunktioniert habe, da ich finde, das passt besser zu meiner Kleidung als die Wickeltasche, die mir Charlotte andrehen wollte.

Elaine sieht mich an und ich deute auf die Tasche. »Noch ein Grund für diesen Spielplatz. Hier bekommt man Getränke und Snacks, Windeln und sogar Sonnencreme und solche Sachen gestellt. Deshalb muss ich, wenn wir hierhergehen, nur Wechselkleidung mitnehmen.«

Sie nickt und sieht auf den Eingang, an dem Jack und Aiden schon warten. »Von außen wirkt es wie ein Gefängnis.«

»Elaine, das ist, damit niemand reinkommt. Ja, gut, auch dafür, dass die Kleinen drinbleiben. Aber ansonsten sollen natürlich weder Vandalen noch Kinder aus schlechteren Verhältnissen diesen heiligen Grund betreten.«

»Deine Kinder dürfen nur mit Kindern aus der gleichen Gesellschaftsschicht spielen?«

Ich führe sie zu einer Sitzbank, da Aiden und Jack bereits davontoben. Sie setzt sich und klappt die Beine ab, als würde sie nicht auf einem Spielplatz auf einer Bank sitzen, sondern auf einer offiziellen Veranstaltung. Mir gefällt das. Mir gefällt ebenfalls, dass sie so schick wie immer aussieht. Wahrscheinlich, weil ich auch wie immer aussehe.

Mir gefällt einfach alles an ihr.

Sie sieht mich fragend an, woraufhin ich endlich neben ihr

Platz nehme und antworte: »Charlotte hält es für eine gute Idee, wenn sie von klein auf Kontakte knüpfen können. Ich halte das, gerade in dem Alter, für Schwachsinn, aber es stört mich auch nicht. Freunde können sie überall finden. Deshalb ist das kein Grund zum Streiten. Sie bekommt dabei ihren Willen, ich setze meinen bei Dingen durch, die mir wichtig sind. So funktioniert das ganz gut.«

»Ich habe mir noch nie Gedanken gemacht, was es bedeutet, sich von jemandem zu trennen, wenn man weiter gemeinsam Verantwortung für Kinder trägt.«

Aiden kommt hektisch mit einer Schaufel in der Hand angewackelt, weshalb wir dieses Gespräch unterbrechen.

Er bleibt vor uns stehen und sieht Elaine an. »Kommst du in den Sand?« Er pendelt von einem Bein auf das andere, als wäre es wirklich dringend.

»Ähm. In den Sand? In den Sandkasten? Und dann?«

»Buddeln. Wir machen Löcher rein. Ganz tiefe.«

Überraschend. Er spricht mit ihr. Sogar recht ausführlich für seine Verhältnisse.

Sie sieht mich an und ich zucke mit den Schultern. Ihre Entscheidung.

»In Ordnung. Wir graben Löcher. Tiefe Löcher. Hast du die passende Ausrüstung?«

Wie immer, wenn er nicht versteht, was jemand von ihm will, sieht er sie nur an und blinzelt langsam.

Ich antworte: »Ja. Bedien dich einfach. Hier gibt es jede Menge Schaufeln. Pass aber auf, dass du nicht die falsche nimmst.«

»Welche ist denn falsch?«

»Das herauszufinden, gehört zum Spiel.«

»Na dann los. Aiden, weis mich ein.«

Das scheint er verstanden zu haben, denn er greift ihre Hand und führt sie zu den anderen Kindern.

Aiden ist wie ein Kätzchen. Beachtet man ihn nicht, kommt er von allein. Schenkt man ihm dann zu viel Aufmerksamkeit, flüchtet er wieder. Lässt man ihn einfach, wird er zutraulich. Das ging ja recht schnell.

Ich sehe amüsiert zu, wie Elaine in ihrem Kleid in die Hocke geht und eine Schaufel zugewiesen bekommt. Sie sticht in den Sand, und ein anderes Kind erklärt ihr, wie es richtig funktioniert, weshalb sie innehält und mit schräg gelegtem Kopf zuhört.

Unter Nicken sinkt sie auf die Knie und gräbt weiter. Aiden kniet neben ihr und buddelt sein eigenes Loch, genau wie die anderen Kinder.

Jack sieht vom Klettergerüst aus zu. Ob Elaine jetzt in seiner Achtung fällt, da sie mit den Kleinen sandelt?

Das zu beobachten und ein paar Gesprächsfetzen zu lauschen, die sie mit den Kindern spricht, amüsiert mich.

Irgendjemand ruft laut: »Marco!«

Elaine hebt den Kopf und ruft zurück: »Polo.« Danach verliert sie lachend das Gleichgewicht und landet auf dem Hintern. Sie wirkt so unbeschwert, das habe ich noch nie an ihr gesehen. Das möchte ich das ganze Wochenende erhalten, denn dass diese Frau nach allem so völlig gelöst in meiner Gegenwart ist, das schenkt mir eine gewaltige Zuversicht. Ein Vertrauen, möglicherweise gelernt zu haben, auf Menschen zu achten; doch jemandem etwas geben zu können, was dem anderen guttut.

Ein Seufzen lässt mich den Kopf drehen, und ich erkenne, dass gerade eine Frau eine große Tasche hinter der Bank abstellt und sich neben mir niederlässt.

»Ihre Frau hat ja ein Glück, dass Sie für sie eingesprungen sind.«

»Wer sagt, dass ich eingesprungen bin?«

»Ihre Kleidung und die Tasche.« Sie deutet auf die umfunktionierte Laptoptasche, die neben meinen Beinen an der Bank lehnt. »Lassen Sie mich raten. Ihre Frau musste spontan etwas erledigen, und Sie sind direkt aus dem Büro gekommen, um ihr die Kinder abzunehmen. Mein Ex kam nie aus der Firma, auch nicht am Wochenende. Selbst als ich mir das Bein gebrochen hatte.«

Ich sehe wieder nach vorn. Das interessiert mich nicht.

»Sie sind doch mit Kindern hier, oder?«

»Nein. Ich bin hier, um mir eins auszusuchen.«

Sie lacht. »Kümmert sich um seine Kinder, hat Humor ... Falls Sie jetzt noch handwerklich begabt sind, mache ich Ihnen sofort einen Antrag.«

»Bin ich nicht.« Das muss ein Witz sein. Sie sieht nicht aus, als würde sie Handwerker eines Blickes würdigen.

»Schade.«

Jack taucht auf, setzt sich zwischen uns auf die Bank und schwenkt seine Beine vor und zurück, während er sie ansieht. »Mein Papa hat schon eine Freundin.«

Sie lächelt ihn an. »Ja? Das ist aber bedauerlich.«

Habe ich das richtig verstanden? Ganz sicher bin ich mir nicht, weshalb ich ihm zuflüstere: »Was ist denn mit Onkel Papa?«

Er dreht sich um und stellt sich auf die Bank, um mir die Hände auf die Schultern zu legen. Mein Ohr wird etwas feucht, da er viel zu nah flüstert: »Das versteht sie doch gar nicht.«

Schnell greife ich an seinen Arm, als er Anstalten macht, wieder zu verschwinden. »Warte. Was meinst du damit? Du verstehst es? Was verstehst du?«

Mit einem genervten Kopfschütteln antwortet er: »Ich bin nicht dumm. Ich weiß, dass du mein Papa bist. Aber Aiden versteht das doch gar nicht, dass Bill nur der Freund von Mama ist. Deshalb sage ich das auch. Das ist doch logisch. Er ist sonst verwirrt.«

Wenn ich nicht wüsste, dass er das im Moment nicht mögen wird, würde ich ihn in den Arm nehmen. Er sagt das für seinen kleinen Bruder. Der Gedanke gefällt mir, dass wenigstens einer meiner Söhne weiß, ich bin sein Vater.

»Jack ... Würde es dir etwas ausmachen, mich so zu nennen?«

»Papa? Das kann ich machen. Was bekomme ich dafür?«

»Nichts. Du könntest es tun, weil ich es mag.«

»Dann nicht.«

Kleiner raffgieriger Teufel. Bloß nicht lachen. Ich versuche es anders: »Könntest du es Aiden erklären? Dir glaubt er. Er hört doch immer auf seinen großen Bruder.«

»Ja, mir glaubt er immer. Okay. Aber ich will später ein großes Pommes-Menü.«

»Falls du noch einen Kuss dazugibst, steht der Deal.«

Er küsst mich stöhnend auf die Wange und springt über meinen Schoß von der Bank. Er strauchelt, fängt sich erst im letzten Moment und verhindert einen Sturz.

Ich lächle ihm hinterher.

»Das war Ihr Sohn?«

Hat sie zugehört? Wahrscheinlich schon. Was soll ich jetzt antworten? Nein, alle Kinder gehen mit mir so um? Ich bin sein Großvater? Sein Bruder? Mannomann.

»Ja«, erwidere ich knapp.

»Meine Tochter ist da vorn. Sie ist fünf.«

»Schön.« Was interessiert mich ihre Tochter? Soll ich sie für Jack kaufen?

»Wie viele Kinder haben Sie denn?«

Ich rechne kurz nach. Aiden und Jack. Die Kindsköpfe zähle ich einfach mit. Ryker, Ethan und Ryan. Mia muss ebenfalls dazugezählt werden. Sie kann genauso kindisch sein wie meine Freunde. »Sechs.« Das wirkt doch bestimmt abschreckend.

»Ehrlich? Ungewohnt. Sie sehen nach zwei Kindern aus.«

O bitte. Wie sieht man denn nach zwei Kindern aus?

»Sie sind wirklich eine angenehme Gesprächspartnerin, aber falls es Sie nicht stört, würde ich gern meinen Kindern beim Spielen zusehen.«

»Ja, es gibt kaum Spannenderes.«

Sie seufzt und die Kombination aus dem Satz und Seufzen bringt mich zum Lachen.

37

VERDRÄNGEN

Elaine

Ich werfe einen Blick über die Schulter zu Preston, neben dem sich eine Frau niedergelassen hat. Er lacht über irgendetwas, was sie gesagt hat, und meine Stirn runzelt sich spürbar. Er wird doch nicht flirten? Ehrlich? Will er sterben?

Kopfschüttelnd wende ich mich wieder Aiden zu. Seit wann bin ich eifersüchtig? Zwischen uns ist alles geklärt, und er stellt sich auch nicht an, wenn ich mit Ryker spreche. Oder Ethan, der ebenfalls einst auf meiner Speisekarte stand. Bekomme ich allerdings mit, dass er ihr seine Nummer gibt, dann stirbt er doch. Schade um ihn.

Aiden richtet sich auf und schmiert sich die sandigen Finger an der ebenso sandigen Hose ab. Er nimmt mir die Schaufel aus der Hand, mit der ich hier meine Buddelkünste unter Beweis stellen musste, und schließt seine kleinen Finger um meine. Er geht voraus und ich folge ihm wie ein abgerichtetes Hündchen.

Ich lerne recht schnell, und dass man, um Theater zu vermeiden, am besten das tut, was Kinder möchten, habe ich sofort begriffen.

Vor einer Reihe Schaukeln macht er Halt und sieht mich auffordernd an. Dann erst verstehe ich, dass er in dieses Gestell nicht allein hineinkommt. Ein erneuter Blick über die Schulter zu Preston. Ist es okay, seinen Sohn dort hineinzusetzen?

»Bitte, Tante Lady. Ich will saukeln.«

»Was ist denn los mit dir? Kannst du noch kein sch sprechen? Schaukeln?«

Er lässt meine Hand los und blinzelt mich an. Hm. Ich glaube, er versteht mich nicht.

»Schon gut, Aiden. Entschuldige. Ich soll dich in die Schaukel setzen?«

Ein Nicken. Habe ich ihn jetzt ausgeschaltet mit meiner Frage? Kompliziert, das mit den Kindern.

Um ihn in den Sitz zu heben, packe ich ihn unter den Armen, und er bewegt geübt seine Beine, um hineinzugleiten. Das bedeutet, er sitzt dort öfter. Gut. Auf keinen Fall will ich ihnen etwas erlauben, was sie eigentlich nicht dürfen, und damit Preston verärgern.

»Und jetzt, Aiden?«

»Du musst anschubschen.«

Aha! Er hat mich doch verstanden und gibt sich Mühe mit dem Sch. Das ist so niedlich, dass ich beherzt schlucken muss, um ein Lachen zu verstecken, da ich nicht möchte, dass er es falsch versteht und sich ausgelacht fühlt.

Um die Schaukel zum Schwingen zu bringen, stelle ich mich hinter ihn. Entweder mache ich es nicht richtig oder Aiden findet das so langweilig wie ich, denn nach ein paar Minuten verlangt er: »Ich will raus.«

Nachdem ich ihn aus dem Sitz befreit habe, stelle ich ihn ab und er sagt: »Ich gehe wieder in den Sand.«

Da er davoneilt, vermute ich, ich bin entlassen, weshalb ich mich zurück zu Preston begebe.

Ich bleibe vor der Bank stehen, auf der er und die andere Frau sitzen. Da kein Platz für mich ist, ziehe ich mir stehend einen

Pumps vom Fuß, und um das Gleichgewicht nicht zu verlieren, stütze ich mich auf Prestons Oberschenkel ab. Theatralisch drehe ich ihn um und Sand rieselt hinaus.

»Kinder sind schrecklich.« Ich stöhne und breche das abrupt ab. Vielleicht sollte ich das nicht unbedingt auf einem Spielplatz sagen und möglicherweise auch nicht vor dem Vater, mit dessen Kindern ich hier bin und mit dem ich frisch zusammen bin.

Er lacht zum Glück. »Was denn genau?«

»Sand in den Schuhen beispielsweise.« Ich streife mit einer Hand die feinen Körnchen von dem Füßling ab, bevor ich den Pumps wieder überziehe und die Seite wechsle. »Ein Kind hat eine Schaufel nach mir geworfen. Noch ein Grund. Obwohl ich ihm lediglich erklärte, dass seine Methode, ein Loch zu schaufeln, nicht effizient ist.«

Er packt mich an der Taille, und ich gebe ein erschrockenes Geräusch von mir, als er mich ruckartig auf seinen Schoß zieht. Ich spüre, wie er hinter mir bebt und dabei die Stirn an meinen Rücken lehnt.

»Bin ich lustig?«, frage ich und beende die grobe Sandreinigung.

»Ja, sehr. Du bist sehr lustig. Du musst nicht mit Aiden schaufeln, das weißt du, oder?«

»Ja, natürlich.«

»Du hast es trotzdem sehr ausdauernd getan und ich konnte ein paar Worte belauschen. Du redest mit ihnen, als wären sie erwachsene Menschen, keine Kinder. Ich fresse den Sand aus deinen Schuhen, wenn sie die Hälfte von dem verstanden haben, was du von dir gegeben hast.«

»Oh. Sollte ich mich irgendwie einfacher ausdrücken?«

»Nein, so lernen sie sprechen und erweitern ihren Wortschatz. Aber wenn du etwas von ihnen möchtest, wäre es hilfreich, verstehen sie, was du von ihnen willst.«

»In Ordnung. Was für ein irres Wochenende.« Ich lehne mich gegen ihn und er umfasst meinen Bauch. Wann habe ich das letzte

Mal bei jemandem auf dem Schoß gesessen? Gedankenverloren streichle ich über seine Hände, befühle seinen Absolventenring und kreise mit dem Finger über die zarten Haare auf dem Handrücken. Ja, ein irres Wochenende. Das hier, überhaupt der ganze Morgen ist wie ein anderes Leben zu dem, was gestern noch war.

Gestern ... das hätte anders laufen können.

Wie würde es mir heute gehen, wenn Preston meinem Bruder nicht dazwischengefunkt hätte?

»Was ist los?«, flüstert er und küsst meine Wange. »Denkst du an deinen Bruder?«

»Hm, ja, tatsächlich. Kannst du Gedanken lesen?«

»Körpersprache. Du wurdest seltsam steif.«

Ich drehe den Kopf und versuche die Vorstellung an alles, was war und hätte sein können, abzuschütteln, indem ich flüstere: »Und du? Auch irgendetwas steif?«

»Nur bei Perversen ist irgendetwas auf dem Spielplatz steif.«

Das bringt mich zum Lachen, obwohl es gar nicht so witzig ist.

»Elaine ... Erzähl mir, wenn es dich beschäftigt.«

»Nein, mit mir ist alles in Ordnung. Ich genieße das hier.«

»Schön. Dann bleiben wir bei dem ursprünglichen Plan. Das Wochenende auskosten und am Montag machen wir uns Gedanken.«

»Ja, das klingt gut.«

Die Frau neben uns mischt sich ein: »Sie sind wirklich ein süßes Paar. Toll, wenn man sich das bewahren kann, nachdem zwei oder sechs Kinder da sind.«

»Sechs Kinder? Preston, verschweigst du mir etwas?«

»Ich habe die Kindsköpfe mitgezählt.«

»Deine Freunde?«

»Wen sonst?«

Ich wende mich der Frau zu und sage ehrlich: »Wir sind noch keine vierundzwanzig Stunden zusammen.«

»Und er lässt Sie schon mit seinen Kindern spielen? Was sagt denn die Mutter dazu?«

Preston schnaubt. »Ich wusste nicht, dass man mit der Jahresgebühr für diesen Spielplatz das Recht mitbezahlt, sich in die Angelegenheiten anderer Leute einzumischen.«

Sie schnaubt ebenfalls auf eine abfällige Art und geht dann davon, vermutlich um selbst mit ihren Kindern zu spielen.

Da nun Platz ist, verlasse ich Prestons Schoß und setze mich neben ihn. »Ist es seltsam, wenn die Neue die Kinder kennt und mit auf den Spielplatz geht? Ich habe keine Vorstellung davon, was sich ziemt und was nicht.«

»Ich auch nicht. Und es ist mir egal. Keine Ahnung, was ihr Problem ist. Du hast hoffentlich nicht vor, gleich morgen wieder aus unserem Leben zu verschwinden.«

»Nein.«

»Gut. Das wäre wirklich sehr schade.«

»Verdammt schade. Und ... deine Kinder sind irgendwie nett. Ich dachte, Kinder fremdeln oder so etwas, aber deine tun so, als würden sie mich schon kennen.«

»Hm. Ich glaube, sie haben einfach gelernt, dass die Menschen um mich herum in Ordnung sind. Mit meinen Freunden wurden sie schnell warm, möglicherweise schneller als mit mir. Niemand von uns hat dich wie eine Fremde behandelt und daran werden sie sich orientiert haben.«

»Ja, das kann sein. Deine Freunde sind wirklich umgänglich und lieb mit den Kindern.«

»Und deine? Wann lerne ich deine Freunde kennen?«

»Da gibt es nur eine, aber ich habe sie schon seit Jahren nicht mehr persönlich getroffen.«

»Das war keine Antwort auf meine Frage.«

Der Mann ist immer noch anstrengend. Schnaubend wühle ich mein Smartphone aus der Tasche, klicke mich zu einem Videoanruf mit Dani durch und sage: »Sofort.«

»Soll mir recht sein.« Er schmunzelt verstohlen.

»El! Gut, dass du anrufst! Blau oder grün?«

»Hallo, Dani. Wofür denn?«

»Das Kinderzimmer natürlich! Wir wollen nicht wissen, was es wird. Mir gefällt blau, aber falls es ein Mädchen wird, ist …«

Preston schiebt seinen Kopf neben meinen und unterbricht sie. »Meine Söhne mögen auch Rosa. Warum sollte ein Mädchen nicht mit Blau zurechtkommen?«

»Huch!« Danis Gesicht kommt näher. »El? Wer ist das?«

»Ich wollte dir Preston vorstellen. Deshalb rufe ich an.«

»Das ist nicht ganz korrekt«, mischt sich Preston ein. »Eigentlich wollte sie mir ihre Freunde vorstellen.«

Dafür ramme ich ihm den Ellenbogen in die Seite. Eins der Dinge, wozu nur er mich bringt. Niemand, der erwachsen ist, tut so etwas.

»Ich bin Danielle, Els Berater in allen Lebenslagen. Bekomme ich eine Definition?«

»Ich bin männlich, heterosexuell, Schuhgröße …«

Nun fällt Dani ihm ins Wort. »Beziehungsstatus! El, er ist ein Witzbold, oder?«

»Er hat seine komischen Momente. Ob sie immer mit Absicht sind, weiß ich noch nicht. Aber ich würde unseren Beziehungsstatus so nenn…«

Preston packt mein Gesicht mit beiden Händen, dreht es in seine Richtung und unterbricht mich mit einem Kuss. Seine Lippen schmiegen sich sanft an meinen Mund, demonstrieren eine Mischung aus Ernsthaftigkeit und Leidenschaft.

Erst als er den Kuss beendet, bemerke ich, dass ich die ganze Zeit das Smartphone hochgehalten habe.

Preston sieht zu Dani, zwinkert und sagt: »Das ist unser Beziehungsstatus.«

»Wohoo!«, jubelt sie, hält inne und ruft begeistert: »Habe ich das richtig verstanden? Er hat Kinder? Haha! El! Dann bist du noch vor mir Mutter!«

»Beruhig dich bitte. Die Kinder haben eine Mutter.«

»Oh, klar.« Sie lacht und wirkt total aufgekratzt. Ist das meinetwegen? Freut sie sich so sehr für mich?

Sie beantwortet meine stumme Frage mit einem seligen Lächeln. »Ich bin froh, dass du jemanden gefunden hast. Ich hatte ehrlich Angst um dich, weil du nur noch für die Arbeit gelebt hast und kein Stück für dich. Das hatte nichts mehr mit glücklichem Singleleben zu tun. Sie ... entschuldigen Sie, ich habe vor lauter Freude Ihren Namen schon wieder vergessen. Sie dürfen es ihr nicht übel nehmen, wenn sie schwierig ist. Sie ist ungeübt.«

»Dani!«

Zu spät, sie redet sich schon in Rage. »Sie sollten El unbedingt in der Kanzlei besuchen. Da ist so ein Typ, falls sie das noch nicht erzählt hat. Ein echter Drecksack. Oder wie hast du das gesagt, El? Ein heißer Teufel? Oder teuflisch heißer Scheißkerl? Der macht ihr das Leben schwer. Retten Sie sie ab und zu aus diesem Saftladen, in dem nur verbohrte dämliche Machos neben ihr herrschen. Im Notfall einfach am Dutt rauszerren und dann ...«

»Dani!« Ich schiele zu Preston, der sich mit einem amüsierten Gesichtsausdruck unter dem Kinn entlangstreicht. Trotzdem steigt Hitze in mir auf, die meine Ohren zum Glühen bringt. Ist das peinlich!

»Ich hatte schon Angst, dass sie mit dem Teufel im Bett landet. Emotionale Dynamik. So ging es mir mit Tayler. Erst haben wir uns damals auf der Weihnachtsfeier gestritten und dann trieben wir es irgendwann hinter diesem gigantischen Weihnachtsbaum. Aber egal, Hauptsache nicht mit dem. Der ist ja absolut furchtbar, wissen Sie ...«

»Danielle!« So. Es ist so weit. Ich handhabe das wie Preston mit seinen Kindern. Ganzer Name, wenn es ernst wird. Ein weiterer Blick auf ihn verrät mir, dass er nun doch verärgert aussieht. Danke, Dani.

»Was denn, El? Er wird hoffentlich damit klarkommen, dass es Männer gibt, die dir gefallen, und du kannst den Teufel sowieso nicht leiden. Zum Glück hast du nie was mit dem angefangen und jetzt hast du ja jemanden. Vielleicht kann er mit dem ein paar Takte reden, wie sich ein Gentleman benimmt.«

»Niemand muss mit jemandem reden und jetzt halte die Fresse!«

Danis Augen werden riesig, und ihr Gesicht näher sich dem Bildschirm, während Preston mich pikiert von der Seite ansieht.

Hilfe! So war dieses Gespräch nicht gedacht! Jetzt bringt sie mich schon dazu, ausfallend zu werden.

»Entschuldige, El. Ich habe mich hinreißen lassen.« Dani sieht etwas kleinlaut zu Preston. »Nehmen Sie mir das nicht übel. Wie war Ihr Name?«

»Preston«, antwortet er beherrscht.

»Preston ...«, wiederholt sie nachdenklich. »Gut, Preston, verübeln Sie es ihr nicht, wenn sie schwierig ist. Anwälte sind die Hölle. Ich musste mich erst schwängern lassen, um mir bewusst zu werden, dass es mehr als ein Berufsleben gibt.«

»Möglicherweise hat er doch Ahnung«, erkläre ich und hoffe, jetzt kommt nicht noch mehr Blödsinn von ihr. »Er ist auch Anwalt. Eigentlich sogar Partner. In meiner Kanzlei.«

Sie blinzelt hektisch. »Moment. MOMENT! Preston wie Preston Connor? Der Teufel? Das ist der Teufel?« Ihr Gesicht verschwindet, wir sehen nur noch eine Zimmerdecke und hören lautes Lachen. Sie taucht wieder auf und wischt sich über die Augen, wobei ihr Make-up verschmiert. »O mein Gott. Ich sterbe vor Lachen. Warum hast du das nicht gleich gesagt? Jetzt habe ich mich blamiert!«

Sie sich? Sie mich! Ich bleibe diplomatisch: »Ich kam nicht zu Wort.«

»Entschuldige. Es tut mir leid. Preston, verraten Sie mir mal, wie es dazu kommen konnte. Waren es die Fragen der Mediatorin?«

»Ich war bereits völlig von ihr eingenommen, als sie vor der ersten Frage feststellte, dass ich durchaus zu den begattungswerten Männchen unserer Art gehöre und ein Narzisst wäre. Da war mir klar, wir passen zusammen.«

Ich sehe ihn mit hochgezogener Augenbraue an. Seine Art

Humor ist vor allem trocken, obwohl er immer noch etwas verärgert aussieht.

»Toll. Ein Narzisst. Genau das habe ich mir für meine beste Freundin gewünscht.« Dani lacht laut und zwinkert. »Oh, verdammt, ich muss los. Tayler ruft nach mir. Wir wollen uns Möbel ansehen. Ich bin für Weiß, er für Holztöne. Vielleicht heiraten wir doch nicht, wenn wir diese Frage nicht geklärt bekommen. Macht es gut, ihr beiden!«

Sie lächelt zufrieden. Ich muss zugeben, sie wirkte noch nie so gelöst, wie seit sie von ihrer Schwangerschaft weiß und Tayler ihr den Antrag gemacht hat. Vermutlich konnte ich daraus sogar etwas lernen. Nämlich, dass auch meine beste Freundin, wie alle Menschen, das Recht darauf hat, ihr Leben so zu gestalten, wie sie es möchte. Sie will Kinder: bitte. Sie bleibt trotzdem sie.

»Ihr auch. Viel Spaß beim Möbelwählen. Übrigens solltest du vorher noch einen Blick in den Spiegel werfen, dein Make-up ist zerstört.«

Ich lasse das Smartphone sinken und verstaue es wieder.

»Und? Zufrieden?«, frage ich Preston.

»Nein. Kannst du mir verraten, wie gut ihr befreundet seid? So Wir-erzählen-uns-alles-befreundet?«

»Ja, schon. Weshalb?«

»Hm. Verstehe.«

»Was verstehst du denn genau?«, hake ich nach.

»Dass ich dir kein Wort wert war. Trotz allem. Das, was zwischen uns abgelaufen ist, überhaupt ich, hat noch nicht einmal zu einer Geschichte für deine beste Freundin gereicht.«

Ah, ich begreife, weshalb er gekränkt ist, und erkläre: »Du wärst eine Geschichte für ein ganzes Buch. Sie weiß fast alles, und hätte sie mehr erzählt, hättest du von ihr hören können, dass ich die Gespräche mit dir anregend und interessant fand. Die Sex- und Abfuhrgeschichte konnte ich ihr nicht erzählen, weil ich mich geschämt habe, und ich wollte auf keinen Fall irgendwelche Tipps, wie dass ich dich vergessen muss und es noch genügend andere

Männer gibt. Du hast sie doch gerade erlebt. Ihr Tipp wäre gewesen, ich soll mich von irgendjemandem ordentlich *durchbumsen* lassen. Nach unserem ersten Mal war das sogar mein Plan. Das hat mich so sehr beschäftigt, dass ich dachte, ich muss mir schnellstmöglich den Nächsten suchen, um dich hinter mir lassen zu können, weil du meinem Wissen nach vergeben warst. Und wo bin ich gelandet? Wieder bei dir.«

Ich schiebe den Arm unter seinem durch und lehne mich gegen ihn.

»Ja, bei mir«, wiederholt er und ergänzt die Bewegung, indem er unsere Hände verschränkt. Ein warmer Schauer voller Glücksgefühle rieselt durch mich nur von dieser kleinen Geste.

»Du warst irgendwann ununterbrochen in meinem Kopf, auch wenn du es nicht in jedes Gespräch mit anderen geschafft hast«, gestehe ich und greife seine Hand fester. »Man kann dich sehr leicht kränken, oder?«

Er erwidert den Druck. »Nein, eigentlich nicht. Nur du. Meine Freunde noch und natürlich die.« Er deutet auf seine Kinder.

Ein erneuter Glücksschauer, weil er einfach schlicht nebenher sagt, dass ich zu diesen wichtigen Menschen gehöre, die so eine Macht über ihn haben. Von einem Tag auf den anderen.

Da ich keine Antwort darauf weiß, seufze ich glücklich.

»Deine Freundin ist völlig anders als du. Ihre Fröhlichkeit ist ganz schön penetrant.«

»Du hältst mich nicht für einen fröhlichen Menschen?«

»Du bist auf jeden Fall ernster. Subtil fröhlicher? Kann man das so sagen? Ich finde das sympathischer.«

»Sympathischer?«

»Gut, ja, ich stehe nun einmal mehr auf deine Art. Ich finde das attraktiver. Vielleicht ...« Er wendet sich mir zu, indem er den Oberkörper dreht, und legt eine Hand an meinen Hals, um mich ihm entgegenzuziehen.

Sein Griff ist fest, bestimmend und so selbstverständlich, dass der nächste Schauer durch mich rast. Ein Schauer, der nicht nur Glücksgefühle beinhaltet.

Er legt seine Wange an meine und flüstert: »Vielleicht fand ich in meinem ganzen Leben noch nie eine Frau so attraktiv wie dich. Und ich konnte, seit Charlotte mich verlassen hat, bereits einige kennenlernen. Deine Art reizt mich, was du verkörperst, fasziniert mich, ist in einer kopfverdrehenden Hülle und dazu perfekt verpackt. Als hätte ich dich nach irgendwelchen Vorstellungen, über die ich mir selbst nicht richtig klar war, nach meinem Geschmack herstellen lassen.«

Meine Brust ist zu eng für so viel Herzschlag. Was sagt man auf so etwas?

Unsere Hände sind immer noch verschränkt, mit der anderen packe ich ihn, kralle mich in den Stoff seines Anzugs und ziehe den Kopf zurück, um seine Lippen finden zu können.

»Du bist grandios«, murmle ich dort und küsse ihn schnell, um damit dieses bedeutungsarme Wort zu vertuschen. Er ist so viel mehr als grandios. Mein recht großer Wortschatz reicht hier nicht aus, zumindest finde ich keine Aneinanderreihung von Worten, die ebenso schön für ihn klingen könnten wie seine für mich. Ich muss das dringend üben.

Er löst sich viel zu schnell aus dem Kuss und streichelt liebkosend über meine Wange, ehe er sich wieder an der Bank anlehnt.

Ich rutsche auf, damit sich unsere Körper trotzdem berühren, und frage: »Was machen wir heute noch?«

»Wir bleiben hier, bis die Kinder oder wir genug vom Spielplatz haben. Dann müssen wir Jack Pommes besorgen und dieses Spielzeug, um das Charlotte gebeten hat. Jack hat es zwar noch mit keinem Wort erwähnt, aber wenn es ihm wieder einfällt ... Vielleicht kaufe ich ihnen gleich etwas Größeres. Dann sind sie auch morgen beschäftigt. Ich brauche nur eine gute Begründung, warum sie sich etwas Größeres aussuchen dürfen, sonst verlangen sie das jedes Mal.«

»Ich könnte es ihnen kaufen.«

»Hm. Das ist lieb von dir, aber vermutlich werden sie sehr lange jedes Mal, wenn sie dich sehen, fragen, wann sie wieder etwas geschenkt bekommen.«

»Und falls ich sage, das ist ein Kennenlerngeschenk? Man lernt sich ja nur einmal kennen.«

»Gute Idee. Das könnte funktionieren.«

»Man muss bei Kindern auf ganz schön viele Dinge achten.«

Er lacht. »O ja. Und glaub mir: Die meisten Fehler und Fettnäpfchen sind unsichtbar. Man bemerkt sie erst, wenn es bereits zu spät ist.«

»Wie nützlich, um seine Vorhersehungskraft zu schulen.«

Er drückt meine Hand. »Schön, dass du das so siehst.«

38

ABSCHIED

Preston

Etwas in meinem Gesicht weckt mich. Ein Blick aus halb offenen Lidern verrät mir, es ist Aiden, der mir über die Wange streichelt und dessen blaue Augen mich albern anfunkeln.

»Was machst du denn hier?«, flüstere ich. »Ist dein Bett kaputt?«

»Jack.«

Ich warte kurz, ob mehr kommt, und hake dann nach: »Jack hat gesagt, ihr sollt rüberkommen?«

»Ja. Er hat gesagt, wir gucken, ob Tante Lady noch da ist.«

»Elaine heißt sie.«

»Elaine«, wiederholt er mit seiner piepsigen Stimme.

»Wie lange seid ihr schon da?«

»Ganz lange. Wir waren müde.«

Zum Glück habe ich daran gedacht, dass wir zum Schlafen in Pyjamas schlüpfen sollten. Mit einem leisen Lachen streichle ich durch sein zerstrubbeltes Haar, um danach einen Blick auf Elaine zu werfen. Von ihr sehe ich den Hinterkopf. Schläft sie noch? Und wo steckt Jack?

Aufgerichtet auf die Ellenbogen erkenne ich mehr. Sie hat ihre Arme um Jack geschlungen, der zu schlafen scheint. Vorsichtig fasse ich ihr an den Oberarm, woraufhin sie aufschreckt und damit auch Jack weckt.

»Huch?!« Sie dreht sich irritiert auf den Rücken. Als sie auf der anderen Seite Aiden entdeckt, der zwischen uns liegt, wiederholt sie: »Huch?«

Jack springt auf und zeigt auf Elaine. »Sie hat mich angefasst!«

»Was?« Sie richtet sich ebenfalls auf die Ellenbogen auf und sieht so verschlafen wie auch verwirrt zu mir.

»Entschuldige. Sie waren anscheinend neugierig.«

Jack beginnt über das Bett zu hüpfen und sich dabei in einem Singsang zu beschweren: »Die Hexenlady hat mich angefasst!«

»Hey! Jack! Mach langsam.«

Statt sein Gehüpfe und Gesinge zu beenden, stachelt es seinen Bruder an, der nun auch wie ein Flummi über das Bett hüpft.

So. Spätestens jetzt stürzt sich Elaine vermutlich vom Balkon.

»Preston? Hilfe.«

Ich kann nicht anders, ich lache. Mein Lachen scheint die Kinder zu befeuern, denn sie hüpfen noch wilder und kreischen: »Angefasst, angefasst, angefasst!«

Hier wird die strenge Hand eines Vaters benötigt. Ich richte mich auf, packe mir den Lärmverursacher, da ich weiß, dass Aiden sofort aufhört, wenn sein Bruder das Theater einstellt. Ich klemme ihn mir unter den Arm und rutsche zum Kopfteil auf, um mich anzulehnen. Jack lacht, als wäre er ein Verrückter aus einem Horrorfilm.

»So! Du denkst also, du kannst bei mir heimlich im Bett schlafen? Ich dachte, das Bett ist so schrecklich?«

»Ja! Ist es auch.« Ich lasse ihn los, als er seine Hände gegen mich stemmt, und er stellt sich auf meine Oberschenkel und balanciert sich mit den Händen auf meinen Schultern aus. »Wir wollten die Hexenlady fragen, ob sie lieber in einem Rennautobett schlafen will. Vielleicht kaufst du dann eins.«

Ich schicke einen warnenden Blick zu Elaine, die sich mittlerweile ebenfalls am Kopfteil angelehnt hat und völlig überfordert aussieht. Wehe, sie sagt, sie möchte ein Rennautobett.

Aiden, der auf die Knie gesunken ist, stupst Elaine an. »Willst du ein Autobett?«

»Ähm, nein, ich denke nicht.«

»Du bist so scheiße!«, brüllt Jack.

»Jack! Es reicht. Elaine ist nicht scheiße, nur weil sie nicht das gleiche Bett wie du möchte. Entschuldige dich. Was ist denn das für ein Benehmen?«

»Nein. Das war nämlich keine Absicht. Ich weiß, das darf man nicht sagen. Manchmal kommt das einfach raus.«

Immerhin etwas. »Dann entschuldige ich mich für dich, falls du das noch nicht allein kannst. Vielleicht lernst du es, wenn du älter bist.«

»Ich kann voll viel allein. Entschuldigung.«

Er hüpft von meinem Schoß und streckt ihr die Hand hin. Offensichtlich nimmt sie die Hand nicht schnell genug an, denn er stöhnt. »Wenn man sich entschuldigt, muss man die Hände schütteln und sagen, dass alles gut ist.«

»Danke, dass du mir gleich morgens Benimmunterricht erteilst, Jack. Alles ist gut.« Elaine schüttelt die Hand übertrieben heftig und schmunzelt.

Vielleicht stürzt sie sich doch nicht vom Balkon.

»Wollt ihr Frühstück?« Aiden nickt schüchtern, Jack eindringlich. »In Ordnung. Wir lassen Elaine hier, damit sie sich von eurem Überfall erholen kann, ziehen uns an und gehen ins Badezimmer. Danach bereiten wir für Elaine Frühstück vor.«

»Heute kämmen wir uns aber nicht«, behauptet Jack grinsend.

»Doch. Du willst bestimmt schick zu Omas Geburtstag aussehen, oder?«

»Bekomme ich dann auch Geschenke?«

»Die Chance steigt sicher.«

»Dann kämme ich mich und putze sogar die Zähne.«

»Sehr großzügig. Geht vor und sucht euch aus, was ihr anziehen wollt, sonst mache ich das.«

Eine Minute später ist wieder Stille im Raum und ich sehe abschätzend zu Elaine. Sie sieht ebenfalls zu mir und lässt hörbar Luft entweichen. »Wow.«

»Das kann man so ausdrücken. Aber sie sind ja nicht jedes Wochenende bei mir.«

Sie lächelt mich an und rutscht auf, um sich irgendwie seltsam um mich zu schlingen. »Ich wollte es nicht negativ bewerten. Es war nur ungewohnt. Verdammt ungewohnt. Auf einmal lag ein kleiner Junge in meinem Arm und beschwert sich lautstark, ich hätte ihn angefasst.«

»Ja, er hat gelernt, dass er sich nicht von anderen anfassen lassen muss. Allerdings ist es seine eigene Schuld, schleicht er sich nachts zu uns ins Bett. Wahrscheinlich ist er selbst erschrocken. Leg bitte nicht jedes Wort von ihm auf die Goldwaage, auch wenn du dich selbstverständlich nicht beschimpfen lassen musst.«

»Ja, das habe ich verstanden.«

»Magst du noch ein bisschen liegen bleiben? Ich mache meine Jungs fertig. Nach dem Frühstück können wir sie im Wohnzimmer spielen lassen, und dann sollte auch bald ihre Mutter auftauchen, um sie für die Geburtstagsfeier ihrer Großmutter abzuholen.«

»Du willst nicht mit? Zum Omageburtstag?«

»Ex-Schwiegerelternbesuche gehören nicht zu meinen Lieblingsbeschäftigungen. Ich habe Charlotte schon selten begleitet, da waren wir noch zusammen. Warum sollte ich das nun anders handhaben?«

»Das bedeutet, du wirst mich niemals zu meinen Eltern begleiten?«

»Natürlich werde ich das.«

»Du musst nicht, wenn du das nicht magst.«

»Elaine, ich werde dich überallhin begleiten. Ich hatte die Arbeit vor alles andere gestellt. Falls du dich noch erinnerst, sagte ich zu Charlotte, dass ich bei dir alles besser machen möchte, was einschließt, aktiv an deinem Leben teilzunehmen.«

»Das ist schön. Obwohl ich eigentlich mit meiner Familie gebrochen habe nach der Aktion meines Vaters. Aber das müssen wir nicht jetzt thematisieren. Geh zu deinen Jungs. Ich checke ein paar E-Mails über mein Smartphone, bis das Badezimmer frei ist.«

Das Frühstück verläuft einigermaßen reibungslos, und beide Kinder sind zufrieden damit, im Wohnbereich mit ihrer neuen Rennbahn spielen zu dürfen. Gelegentlich müssen wir das bewundern, oder es fällt ihnen plötzlich ein, dass sie gestern Nachmittag diese Pappbrei-Sachen gebastelt haben. Daraufhin werden wir genötigt, zu überprüfen, ob sie schon getrocknet sind, obwohl wir ihnen sagten, das dauert bis zu ihrem nächsten Besuch.

Rykers Plan, sie damit ohne uns zu beschäftigen, ging nicht auf. Sie bestanden darauf, dass wir mitwirken, und Elaine ließ sich natürlich überreden. Sie hat mir unter ständigem Lachen einen Stifthalter geformt. Die Kinder irgendetwas Unförmiges, was ein Parkplatz für die Autos der neuen Rennbahn sein soll.

Ethan und Ryker schlafen noch. Vermutlich wurde es spät bei ihnen, da sie ausgehen wollten, und so haben wir den Wohnbereich für uns.

Gestern kamen wir kaum dazu, ein richtiges Gespräch zu führen, da wir den ganzen Tag von den Kindern umgeben waren. Als sie endlich schliefen, ergab sich das ebenfalls nicht. Wir haben tatsächlich eine Liste begonnen, um gleich wieder ein paar Dinge abzuhaken. Zuerst total lächerlich unter der Decke, weil ich Sorge hatte, dass die Kinder reinplatzen. Es war schwierig, sie überhaupt in die Betten zu stecken, da sie völlig überdreht waren vor lauter Aufregung über Elaine, die neue Rennbahn und die gebastelten Sachen.

Wenigstens muss ich mir in Zukunft von meinen Freunden nicht mehr anhören, ich besitze Schrödingers Bett.

Nun möchte ich die Gespräche zwischen den gelegentlichen

Unterbrechungen nachholen. Sie hat so viel von mir mitbekommen, nun will ich mehr über ihr Leben wissen.

Im Laufe der Unterhaltung wird mir immer bewusster, dass meine Vermutung stimmt: Elaine hat genauso wenig ein Privatleben, wie ich es früher hatte. Das werde ich ändern. Was meine Freunde für mich getan haben, werde ich nun für sie tun.

Irgendwann meldet sich Charlotte, dass sie da wäre, und ich schicke ihr den Aufzug.

Sie betritt den Wohnbereich, dahinter ihr Neuer. Vielleicht sollte ich langsam aufhören, ihn als ihren Neuen zu bezeichnen. Bill. Aber wer heißt denn Bill? Nur Cowboys, vermutlich.

»Hallo, Preston. Elaine.«

Charlotte zögert kurz bei ihrem Namen und mustert sie, als wäre sie sich nicht sicher, ob sie Elaine verwechselt und nun in ein Fettnäpfchen tritt. Ja, ihr Aussehen gestern unterscheidet sich tatsächlich sehr von dem heute.

Elaine streckt ihr die Hand entgegen. »Charlotte. Schön, Sie wiederzusehen.«

Danach schwenkt sie die Hand weiter und fragt: »Und Sie sind?«

»Bill. Ich bin Bill Axelrod.«

»Elaine. Es freut mich.« Ihr *Freut-mich* klingt wie: *Du bist mir völlig egal, aber ich bin immer höflich*, weshalb ich schmunzle.

Billy the Kids-Räuber streckt mir ebenfalls die Hand hin. Zum ersten Mal ergreife ich sie und nicke ihm zu. »Bill.«

»Preston.«

Das war das längste Gespräch, das wir je hatten, und seinem Gesichtsausdruck nach freut ihn das. Ist das sogar ein bisschen Stolz?

Um nicht darüber zu lachen, dass es ihn stolz macht, vom Ex mit einem Händedruck irgendwie anerkannt zu werden, drehe ich mich weg.

Da die Jungs weiter mit ihrer Rennbahn beschäftigt sind, informiere ich sie: »Kinder, eure Mutter ist da.«

»Wir wollen noch nicht gehen«, bestimmt Jack.

Charlotte lächelt, weil das für sie ein Zeichen ist, dass sie gern hier sind. Möglicherweise ist das eine Sache, worauf ich stolz bin. Es ist nicht so lange her, da gab es Heul- und Tobsuchtsanfälle, da sie zu ihrer Mutter wollten. Nun verlangen sie es nur noch aus Trotz, wenn ich ihnen etwas verbiete.

»Jack, Aiden, kommt. Wir fahren zu Oma.«

»Hat sie Schokolade?«

Sie schmatzt mit den Lippen und antwortet: »Bestimmt. Wann hat sie das nicht?«

»Okay. Aber wir nehmen unsere neue Rennbahn mit.«

»Nein. Große Spielsachen dürft ihr nicht mitnehmen. Ihr kennt die Regeln. Nur Sachen, die in euren Rucksack passen.«

»Dann spiele ich noch ein bisschen.«

»Nein! Wir gehen jetzt!«

»Ich muss packen und aussuchen, welches Auto ich mitnehme! Das dauert ganz lange!«

»Preston, warum haben sie ihre Sachen noch nicht zusammengepackt?«

»Weil es mir egal ist. Sollen sie hier mit gepackten Taschen sitzen und auf dich warten? Sie können spielen, bis du da bist.«

»Ich bringe dir fast jedes Mal die Kinder, deshalb kannst du wenigstens dafür sorgen, dass sie abmarschbereit sind.«

»Es ist ja nicht so, als würdest du das für mich tun. Du willst doch sowieso bei deiner Mutter vorbei. Jedes Mal vorher, jedes Mal danach. Wie ist der weibliche Begriff für Muttersöhnchen?«

Elaine knufft mich in den Arm. Was? Ich kann mit meiner Ex lustig streiten, wie ich will.

Aiden kommt mit seinem Rucksack angedüst und umklammert eins von Charlottes Beinen. Sie streichelt ihm über den Kopf und möchte sich nach ihm bücken, doch er dreht sich schon um und stapft zu mir.

»Hast du alles Wichtige eingepackt?«, frage ich und er nickt.

»Sicher? Auch deinen Hasen?« Doppelnicken. Hoffentlich stimmt das. »Gut, komm her.«

Ich sinke in die Hocke und er tritt zwischen meine Beine. Seine kleinen Hände umfassen meinen Nacken und er flüstert: »Kannst du mitkommen, bitte?«

Wenn einer wissen will, wie der schnellste Weg ist, einem Mann das Herz zu brechen, dann kann ich antworten: das. Das und verneinen zu müssen.

»Nein, kann ich nicht. Aber ich habe dich lieb und freue mich auf unser nächstes Wiedersehen. Du kannst mich jederzeit anrufen, okay? Mama gibt dir ihr Telefon.«

Er sieht mir unzufrieden ins Gesicht.

»Ich denke an dich. Du fährst mit zur Oma und isst Kuchen, bis dein Bauch spannt wie eine Trommel.« Ich klopfe ihm mit den Fingern auf den Bauch, was dazu führt, dass er leise kichert. »Jetzt sag Elaine Tschüss und dann deiner Mutter richtig Hallo. Sie freut sich, dass sie euch wiederhat.«

»Ich ruf dich gleich an.«

»Ja, tu das. Ich warte darauf.«

Warte ich nicht. Bis er zu Hause ist, hat er es vergessen, und das ist gut so.

Da ich mich erhebe, stapft er brav zu Elaine, die ebenfalls in die Hocke geht und ihm die Hand hinstreckt. Aiden ignoriert sie, fasst ihr an den Hals und küsst sie auf die Wange. Elaine klappt der Mund auf, sie fängt sich und streichelt ihm übers Haar. Das leicht belustigte und zugegebenermaßen etwas gerührte Schmunzeln will ich mir gar nicht verkneifen.

Charlotte stößt mit ihrer Schulter an meine. »Wie hat sie das gemacht? Mit Süßigkeiten bestochen?«

»Nein. Sie mag Kinder noch nicht einmal.«

»Was?« Das klang empört.

»Beruhig dich. Sie ist ausgesprochen nett zu ihnen. So nett, wie jemand, der dem Vater nachstellt, es nur sein kann.«

»Das wird es sein. Unsere Kuschelbacke kuschelt bloß mit Leuten, die das nicht wollen. Die lassen ihn wieder gehen.«

»Nicht wie deine Mutter.«

»Früher war dir das auch egal. Du hast sogar gesagt, sie müssen zur Oma lieb sein.«

»Jetzt weiß ich es besser. Sie müssen gar nichts.«

Sie lacht. Ihr Neuer, den ich irgendwann auch in Gedanken mit seinem Namen ansprechen werde, hält Jack die Hand hin, der sich endlich entschieden hat, was er mitnehmen möchte. Er schlägt unwillig dagegen und geht voraus Richtung Fahrstuhl, um seine Schuhe anzuziehen. Das gehässige Grinsen darüber verstecke ich höflich.

»Hey, Jack«, rufe ich. »Willst du dich nicht verabschieden?«

»Tschüss!«

Danke für nichts, Sohn.

Im Gegensatz zu Jack greift Aiden die angebotene Hand von Mister Frauenausspanner – ist die Bezeichnung besser oder schlechter als *der Neue*? – und führt ihn Jack hinterher.

Elaine schlingt von hinten die Arme um mich. Dem Abmarsch müssen wir nicht zusehen, weshalb ich die Hände auf Elaines lege und sie so hinter mir herziehe. Hierbei rufe ich ihnen zu: »Auf Wiedersehen.«

Erst als ich sie so fast durch den halben Raum gezogen habe, bemerke ich, dass ich den gleichen Abgang hingelegt habe wie mein Ältester, und lache.

»Du hast aber immens gute Laune«, behauptet Elaine und stolpert hinter mir her, da ich meinen Schritt beschleunige.

Jetzt haben wir Zeit für uns.

Das trifft sich, denn ich habe wirklich immens gute Laune.

39

ENTSCHEIDUNGEN

Elaine

Montagmorgen. Das Wochenende war viel zu schnell vorbei.

Preston steigt aus dem Fahrstuhl und betritt den Empfang der Kanzlei, ich hinter ihm. Obwohl wir uns von seinem Fahrer herfahren ließen, haben wir keine Details geklärt, wie wir unsere Beziehung hier handhaben wollen. Vermutlich sind wir uns einig: professionell.

Er dreht sich zu mir um, schnappt sich meine Hand und drückt mir einen Kuss auf den Handrücken, ehe er Hand in Hand mit mir weitergeht.

Das ist seltsam. »Mund zu, Elaine. Was dachtest du denn?«

Ja, was dachte ich denn? Ich drücke seine Hand, denn kaum ist dieser seltsame Augenblick vorbei, fühlt es sich nur noch richtig an.

Warum verstecken, was sowieso bald alle wissen?

»Machen wir das auch vor Mandanten?«, flüstere ich und begrüße die Angestellten hinter dem Empfang, da wir gerade an ihnen vorbeigehen.

Er wird ebenfalls einen Guten-Morgen-Gruß los und sagt dann: »Natürlich nicht. Wir sind professionell, oder nicht?«

Das alberne Funkeln in seinen Augen gefällt mir. Es ist nur für mich und vielleicht auch meinetwegen.

Alyssa erhebt sich von ihrem Platz. Heute ist sie vor mir da. Sie sieht auf unsere Hände und fragt: »Ein oder zwei Tassen Kaffee?«

»Guten Morgen, Alyssa. Einen für Elaine«, erklärt Preston und hält mir die Tür zu meinem Büro auf.

Mit einem Ruck an meiner Hand verhindert er, dass ich es betreten kann, und deutet auf seinen Mund. »Du hast da etwas Elementares vergessen.«

Er ist unmöglich! Trotzdem bekommt er einen Kuss, nach dem er davongeht und lacht.

Sagte er nicht bei einem Fragen-Gespräch, dass er – wie war das? Vor dem ersten Kaffee? – lachen möchte an seinem perfekten Tag?

Bis er in seinem Büro verschwindet, kann ich nicht aufhören, ihm lächelnd hinterherzusehen. Damals hätte niemand gedacht, dass ich ihn jemals zum Lachen bringe.

Schmachtend begebe ich mich an meinen Arbeitsplatz, und kaum sitze ich auf dem Stuhl, stellt mir Alyssa den Kaffee hin. Nach einem Danke von mir und einem wissenden Lächeln von ihr verlässt sie das Büro wieder, ohne eine Frage zu stellen. Aber was sollte sie wissen wollen? Was bei uns los ist, wird sie verstanden haben.

Während ich an dem Kaffee nippe, überlege ich, was ich zuerst tun werde. Irgendetwas war, worum ich mich kümmern wollte.

Hm …

Möglicherweise …

Da wäre eine Idee, die nichts mit Arbeit zu tun hat, weshalb ich mein Smartphone in die Hand nehme. Preston sagte, ich müsste mehr auf ein Gleichgewicht zwischen Arbeit und Privatem achten.

Warum nicht sofort beginnen? Im Zweifelsfall kann ich länger bleiben oder zu Hause noch etwas durchgehen.

Ohne lange zu überlegen, schreibe ich ihm eine Nachricht.

Ich: *Mach deine Hose auf und pack ihn aus. Jetzt.*

Preston: *Moment.*

Preston: *Ich bekomme gleich einen Kaffee gebracht. Oder ist dein Plan, mich loszuwerden, indem ich eine Klage wegen sexueller Belästigung am Hals habe?*

Ich: *Du belästigst gefälligst nur mich.*

Da keine weitere Antwort folgt, öffne ich den Vertrag, den mir ein Junganwalt aufgesetzt hat und den ich überprüfen und ergänzen muss. Das ist eine einfache Aufgabe und perfekt geeignet, um sie zu unterbrechen.

Wenig später leuchtet das Display des Smartphones auf.

Preston: *Zieh deinen Slip aus. Steck ihn in eine Aktenmappe. Lass ihn mir bringen.*

Empört richte ich mich auf. Scheißkerl. Ich wollte ihm Anweisungen erteilen! Seit er das erzählt hat, lässt mich die Vorstellung nicht mehr los. Das ist so heiß.

Einen Moment hadere ich, ob ich ihm schreibe, dass er gefälligst tun soll, was ich sage. Aber der Gedanke, seiner Aufforderung Folge zu leisten, hat auch etwas.

Um das anzugehen, rolle ich ein Stück zurück, streife die Pumps ab, erhebe mich und streiche die Strumpfhose nach unten, um aus dem Slip steigen zu können. Anschließend rückwärts. Strumpfhose an, Schuhe ebenfalls und Rock glatt ziehen. Definitiv benötige ich mehr Halterlose.

Nach einem Knopfdruck erscheint Alyssa, und ich drücke ihr die Mappe in die Hand, in die ich mein Höschen gesteckt habe. Es ist eine dünne Akte, und obwohl meine Unterwäsche nicht aus viel Stoff besteht, erkennt man, dass darin kein Papier ist, sondern etwas Unförmiges. Sie müsste sie nur aufschlagen. Das ist schon recht gewagt, und um ehrlich zu mir selbst zu sein, kribbelt das in mir, obwohl es mir verdammt unangenehm wäre, wenn sie das mitbekommt.

»Diese Mappe bitte zu Preston Connor. Gabrielle soll sie sofort an ihn weitergeben. Er wartet darauf.«

»Sehr gern. Brauchen Sie sonst noch etwas?«

»Nein. Im Moment nicht. Vielen Dank.«

Sie nickt mir lächelnd zu und ich sehe ihr hinterher. Wäre sie nicht so gut und zuverlässig, hätte ich sie damals ausgetauscht. Am Anfang dachte ich jedes Mal an meinen Vater, wenn ich ihren Hintern vor der Nase hatte, der sich straff unter ihrer Stoffhose abzeichnet, da er ihr wahrscheinlich darauf gestarrt hat.

Preston meldet sich nicht mehr. Muss er etwas erledigen, will ich ihn nicht stören. Ich könnte es nicht leiden, wäre es umgekehrt der Fall.

Erst nach zehn Minuten erhalte ich die nächste Nachricht und schaue vom Bildschirm mit dem Vertrag auf das Telefondisplay. Ein Bild. Ich öffne es und beiße mir auf die Unterlippe.

Seine von Stoff bedeckten Oberschenkel. Seine Hand. Sein Schwanz, mein Slip darum gewickelt. Hu. Es ist nur ein Schwanzfoto und mein Körper reagiert darauf, wie es sich wahrscheinlich all die Männer wünschen, die diese Bilder wahllos an Frauen verschicken.

Die Naht der Strumpfhose reibt hart über meine Perle, da ich unruhig auf dem Stuhl hin und her rutsche. Völlig unbewusst fasse ich mir mit einer Hand an die Brust und reibe mit dem Daumen den Stoff direkt oberhalb der Brustwarze. Ich würde Preston jetzt gern ablecken. Vielleicht war die Idee mit den Anweisungen per Nachrichten doch keine meiner guten. Ich sollte sie ihm geben, wenn ich alles sehen und einfach auf ihn springen kann.

Noch während ich überlege, was ich antworten soll, wird die Tür aufgerissen, er betritt mit festen Schritten das Büro und schließt die Milchglastür hinter sich. Er sieht mich von dort aus an und alles an ihm schreit: Sexgott.

Seine Ausstrahlung. Sein Gesichtsausdruck. Die Art, wie er

sich auf mich zubewegt. Ich darf mir echt selbst nicht böse sein, dass ich ihm nicht widerstehen konnte.

Er stoppt erst, als er direkt neben mir steht, und öffnet seine Hose, um zu präsentieren, was ich bereits auf dem Foto sehen konnte, das er mir geschickt hat.

»Mach den Mund auf, Elaine. Ich will auf deiner Zunge kommen.«

»Vergiss es. Mein Lippenstift sitzt perfekt.«

Er beugt sich mir entgegen, packt mein Kinn und leckt mir über den Mund, um danach an meiner Oberlippe zu saugen und seine Zähne darin zu vergraben.

Sein Kopf weicht etwas zurück, und er sieht mir in die Augen, ohne das Kinn loszulassen. »Mund auf, sagte ich.«

Widerworte liegen mir auf der Zunge. Sein Blick wird fordernder, herrischer und kriecht wie eine Berührung in meinen Schoß. Er tat, was ich verlangt habe, hat sich überhaupt darauf eingelassen, dann kann ich jetzt auch tun, was er möchte. Außerdem wollte ich ihn eben noch ablecken.

Mit einem ergebenen Schnauben rolle ich ein Stück mit dem Stuhl rückwärts und sinke auf die Knie. Er hält mir seine Spitze vor die Lippen, und ich betaste sie damit, wobei ich den Stoff der Hose an seinen Oberschenkeln packe. Er massiert sich selbst, während ich die Zunge kreisen lasse.

»Heiß. Wahnsinnig heiß«, flüstert er rau.

Er streicht mit der freien Hand über meine Kehle und ich strecke die Zunge weiter heraus. Wie er es angekündigt hat, kommt er recht bald darauf. Sein unterdrücktes Stöhnen begleitet jeden Schub, und als er fertig ist, schlucke ich und sauge noch einmal an ihm. Die Überreizung bringt ihn zum Keuchen. Das ist meine Art der Strafe fürs Lippenabschminken.

Er zieht sich zurück, streicht mit dem Daumen über meinen Mundwinkel und schiebt ihn mir in den Mund. Ich sehe zu ihm hoch, wie er mich überragt und dieses selbstgefällige, heiße Lächeln aufgesetzt hat.

»Tut mir sehr leid um den Lippenstift. Es ist nichts mehr übrig.«

Witzbold.

Es klopft.

Er grinst diabolisch, stopft zügig das Hemd zurück in die Hose und schließt sie, um mir danach aufzuhelfen und mich auf den Stuhl zu drücken, wonach er neben mir in die Hocke geht.

»Du musst *herein* sagen, kleine Hexe.«

Das tue ich und Alyssa betritt den Raum.

»Es gibt ein Terminproblem und ähm …«

Preston hebt die Hand. »Sprich weiter. Ich habe nur einen Manschettenknopf verloren. Lasst euch nicht stören.«

»Soll ich suchen helfen?«

»Nicht nötig. Aber danke.«

Er rutscht ein Stück in meine Richtung und lässt seine Hand über den Unterschenkel wandern, um mich daran dichter an den Schreibtisch zu ziehen.

Ich werfe einen Blick zu ihm, wie er seitlich neben mir kniet, und er zwinkert mir zu, wobei seine Hand langsam höher gleitet.

»Nun, der Termin mit den Lopez-Brüdern kollidiert mit der Beratung für die Vorbereitung der Vorstandsversammlung mit Mister Moore, da sie einen Frühstückstermin in einem Restaurant außerhalb wünschen.«

Prestons gierige Finger krabbeln zwischen meine Schenkel und streichen über den Zwickel der Strumpfhose. Spinnt er? Ich hole tief Luft und sehe nach unten. Nein, das sollte Alyssa von der Tür aus nicht erkennen können.

»Lässt sich der Termin zum Frühstück vorverlegen?«, frage ich.

Ein aufdringlicher Daumen kreist, weshalb ich die Schenkel etwas zusammenkneife. Er drückt mit der anderen Hand meine Beine auseinander, und die kühle Luft macht mir bewusst, wie durchnässt die Strumpfhose ist.

»Die Lopez-Brüder sind recht schwierig.«

»Ich weiß«, stöhne ich, weil Preston mit dem Fingernagel über den dünnen Stoff direkt über meine Perle fährt.

Sie scheint das Stöhnen auf die anstrengenden Lopez-Brüder zu beziehen, und nickt zustimmend. »Entschuldigung. Ich weiß, dass Sie das wissen.«

Ich räuspere mich und dränge nach hinten, wie mein Körper kribbelt. Er ist ein Teufel durch und durch. Das dient nicht nur meiner Erregung, sondern zielt direkt darauf ab, mich in einen Höhepunkt zu schicken. Er will mich doch wohl nicht kommen lassen, während Alyssa anwesend ist?

»Hast du deinen Scheißmanschettenknopf bald gefunden?«, frage ich beherrscht.

Er lacht und zwickt mich, weshalb ich keuche.

Alyssa fragt verwirrt: »Soll ich doch bei der Suche helfen?«

Preston sieht über den Rand des Schreibtischs zu ihr, ohne seine Finger von mir zu nehmen. »Ich weiß nicht, Alyssa. Elaine, was meinst du? Soll sie mir helfen?«

Ein weiteres Zwicken lässt mich erneut keuchen. »Nein. Du musst das schon selbst hinbekommen.«

»Das schaffe ich.«

»Alyssa, bitte klären Sie mit den Lopez-Brüdern ab, ob sie entweder einem früheren Termin oder einem Frühstücksrestaurant in der Nähe ihres Unternehmens zustimmen. Suchen Sie ein gutes heraus, das wir ihnen als Alternative anbieten können.«

»In Ordnung.«

»Danke.«

»Ich glaube, ich habe den Knopf gefunden«, sagt Preston und bewegt hart kreisend seinen Daumen über dieses geschwollene Nervenbündel, das sich groß wie der Mond anfühlt.

»Das ist doch ein Grund zur Freude«, antworte ich mit meiner letzten Selbstbeherrschung. »Danke, Alyssa. War es das?«

»Ja. Wünschen Sie noch einen Kaffee? Ist alles in Ordnung?«

»Nein. Ja. Nein, keinen Kaffee. Sie können gehen.«

Mit einem unterwürfigen Nicken und verwirrtem Gesichtsausdruck verlässt sie das Büro und schließt die Tür.

Sofort dreht Preston den Schreibtischstuhl in seine Richtung, fasst mit beiden Händen unter mein Kleid und packt die Strumpfhose.

»Hintern hoch.«

Mit einem Ruck zieht er sie über die Oberschenkel, mit einem zweiten mich an den Rand des Stuhls, wobei das Kleid nach oben rutscht.

Ich sinke zurück an die Rückenstütze und klammere mich an die Armlehnen, während er sich meine Schenkel über die Schultern legt.

Den Geschmack seines Spermas kann ich immer noch schmecken, und nun nimmt er gierig meinen auf, schabt seinen Mund über mich, lässt seine Zunge tanzen und seine Zähne vorsichtig kneifen.

Meine Hände verkrampfen sich um die Armablage und jedes Streichen von ihm schickt mich tiefer in mich selbst.

Die Realität flackert, während ich stöhnend den Höhepunkt an seinem Mund ausreibe.

Er leckt großflächig weiter, als ich schon längst fertig bin, und ich frage: »Noch einer?«

»Heute Abend. Ich lecke dich sauber. Du bist ein bisschen ausgelaufen.«

O mein Gott. Diese irgendwie abartige Fürsorge lässt mich blinzeln und gleichzeitig schlucken.

Er zieht den Kopf zurück, stößt mit dem Hinterkopf an die Strumpfhose, die auf Kniehöhe hängt, und sieht mich an.

Lächelnd hebt er meine Beine über seinen Kopf und stellt sie ab. »Hast du eine Ersatzstrumpfhose? Dass die durch ist, konnte ich sogar am Nacken spüren.«

Um einen Kuss auf seinen feuchten Lippen zu platzieren, beuge ich mich ihm entgegen. »Du bist schrecklich süß.«

»Ich will nur nicht, dass jeder die Lust meiner Frau riechen kann.«

»Du!« Ich stupse gegen seine Brust und er lacht.

»Hast du?«, fragt er, zückt ein Stofftaschentuch und tupft sich den Mund ab. Muss alles, was er tut, so abartig heiß sein?

»Ja.«

Mit einem Nicken bleibt er auf Knien, zieht mir die Pumps von den Füßen und rollt die Strumpfhose komplett ab. Die zärtliche Bewegung sticht mir ins Herz, und sein liebevoller Blick, als er fertig ist, schneidet tiefer hinein. Ich hoffe, er kann meine Gedanken lesen, weil das, was ich gerade empfinde ... dafür wurden noch keine Worte geschaffen.

Mit einem verdorbenen Lächeln lässt er sie in der Tasche seines Sakkos verschwinden.

»Was tust du?«, frage ich irritiert.

»Kein schlechtes Ergebnis für einen Morgen. Ich konnte einen Slip und eine Strumpfhose abgreifen.«

»Du bist ein Ferkel.«

»Ich habe es mir nicht besorgen lassen, während meine Sekretärin im Raum stand. Wo ist die frische?«

Ich deute auf eine Schublade, und er erhebt sich, um sie zu holen. Erneut sinkt er in die Hocke, rollt sie mir sanft über die Füße, über die Waden, bis hoch zu meinen Knien. Anschließend hält er mir die Hände hin und zieht mich in den Stand, um auch noch den Rest hochzuziehen. Er zupft das Kleid zurecht und lässt seinen Blick über mich schweifen.

»Schön und seriös wie immer.«

Mein Herz fühlt sich warm und schwer an, vollständig in seinem Besitz. Eigentlich sind wir erst ein Wochenende zusammen, aber ich vergöttere ihn jetzt schon. Er ist auf seine Art perfekt.

Ein sanfter Kuss auf meinen Mundwinkel folgt. »Ich bin wieder am Schreibtisch. Bis später.«

»Bis später«, hauche ich.

Er zwinkert mir beim Rausgehen zu und sagt: »Das hier beginnt mir Spaß zu machen.«

»Beginnt? Teufel!«

Er lacht und schließt die Tür hinter sich.

Ohne das Lächeln loszuwerden, widme ich mich wieder meiner Arbeit und sehe erst auf, als Alyssa drei Stunden später auftaucht und verkündet: »Ein ungeplantes Partnertreffen. Jetzt gleich.«

»Oh. In Ordnung. Danke.« Ich nicke ihr zu und erhebe mich.

Kaum hat sie sich wieder umgedreht, sinke ich zurück. Heute ist offensichtlich der Tag der Entscheidung. Das habe ich komplett verdrängt. Genau wie die Sache mit meinem Bruder.

All das war im Leben vor dem Wochenende mit Preston. Innerlich hat sich für mich so viel verändert. Wie konnte ich vergessen, dass um mich herum alles normal weitergeht?

Seit dem Spielplatz dachte ich keine Sekunde über alles nach, was mich belasten sollte. Es ist mir noch nie gelungen, Probleme im Kopf zur Seite zu schieben, und Preston schafft das mit seiner Anwesenheit einfach so.

Soll mich das glücklich machen oder an mir zweifeln lassen?

Darüber werde ich später nachdenken, weshalb ich mich entschlossen erhebe. Ein kontrollierender Blick in den Spiegel, wobei mir wieder einfällt, dass ich den Lippenstift erneuern könnte.

Als ich damit fertig bin, weiß ich die Antwort. Das Wochenende mit Preston, seinen Freunden und seinen Kindern war einfach wichtiger als alles andere, und das ist genau richtig so.

Ein Lächeln, mir selbst zunicken, und ich bin bereit, was immer mich erwartet.

Preston steht vor dem Besprechungsraum und hält mir die Tür auf. »Setz dich auf deinen Platz, bevor Nelson auftaucht und ihn sich nimmt.«

»Etwas anderes hatte ich nicht vor.«

»Dann ist es ja schön, dass wir uns so einig sind.«

Ich stupse ihn beim Vorbeigehen an und ziehe meinen Stuhl zurück, um mich niederzulassen.

Gabrielle taucht auf und stellt einen Kaffee auf Prestons Platz ab. Einen zweiten bei mir. Hat er ihr das gesagt? Oder hat sie es von selbst getan? Bevor sie verschwindet, sage ich schnell: »Danke, Gabrielle.«

Gedankenverloren rühre ich ihn um und klopfe anschließend zweimal mit dem Löffel an den Rand, um die daran hängenden Tröpfchen loszuwerden.

Krieg. Ich bin nicht bereit zu verlieren, aber eine Niederlage wird mich nicht umbringen. Nur wie gehe ich damit um, was mein Bruder getan hat? Es vor allen ansprechen? Ihn um eine Unterredung bitten?

Mortimer und Jacob betreten den Raum, wobei sie ein Gespräch verstummen lassen. Jacob möchte etwas zu uns sagen, doch in dem Moment tritt mein Bruder ein. Er zieht sich den Stuhl neben mir zurück. Einen Blick bin ich ihm nicht wert.

Es ist seltsam, neben dem Mann zu sitzen, der wollte, dass ich das Opfer einer Vergewaltigung werde. Denn etwas anderes ist es nicht, wenn er meinen Willen mit Drogen manipuliert, damit ich mit Männern schlafe, die unter normalen Umständen nie für mich infrage kommen würden.

Ein klein wenig verstehe ich, warum Preston dachte, er hat mich ausgenutzt. Aber bei ihm war es etwas anderes und absolut nicht zu vergleichen, denn um auf ihn Lust zu haben, brauche ich keine Drogen. Das hatte ich vorher schon zur Genüge bewiesen, und ich bin mir sicher, dass ihm das bewusst war. Bevorzugt hätte ich natürlich zuerst ein Gespräch geführt, ohne den Einfluss von bewusstseinsverändernden Substanzen, und danach Sex gehabt. Aber dass er überhaupt wieder mit mir gesprochen hat ... Nein, nicht nur. Er war da, als ich wirklich Hilfe gebraucht habe, obwohl er böse auf mich war. Das vergesse ich ihm nie.

Jacob eröffnet das Gespräch: »Preston? Warum dieses Treffen?«

Er hat das gefordert? Jetzt bin ich gespannt.

»Ich finde, wir sind so weit, darüber zu entscheiden, ob Elaine oder Nelson den Platz besetzen. Ich besitze Informationen, die die Entscheidungsfindung erleichtern.«

Mir wird kalt. Er will das erzählen? Ich wusste doch selbst noch nicht, was ich deshalb unternehmen möchte. Warum macht er sich Gedanken über Dinge, die ich verdrängt habe?

Er lehnt sich nach vorn und schiebt sein Smartphone ein Stück Richtung Tischmitte. Dann erklingt die Stimme meines Bruders, der seinen Plan erzählt, mich loszuwerden.

Den gymnastikballgroßen Kloß im Hals bekomme ich kaum geschluckt, lässt mich sogar schwerer atmen.

Preston hat das aufgenommen? Zu hören, wie Nelson gefühllos darüber spricht, diesen Stolz in seiner Stimme ... Das ist fast erschütternder, als es zu erleben. Die Verbindung ist nun nicht mehr zu verleugnen, obwohl ich Preston geglaubt habe.

Mein Blick wandert zu Nelson, der Preston giftig ansieht und mit dem Kiefer mahlt.

Die Stimmen aus dem Lautsprecher verstummen und Preston zieht sein Smartphone zurück und lehnt sich hinten an.

Er klopft zweimal auf seinen Absolventenring und spricht voller unterdrückter Wut: »Nelson ist ein hinterhältiger Bastard. Sein Verhalten widerspricht jedem Grundsatz, den wir in der Kanzlei leben. Er ist untragbar. Er hält sich nicht an Gesetze, ist nicht fähig, durch Leistung zu überzeugen, und greift zu unlauteren und völlig überzogenen Mitteln. Elaine hat sich bereits bewiesen, ist absolut integer und höchst loyal. Ich finde, die Frage, wer von beiden für die Kanzlei der richtige Kandidat ist, stellt sich nicht mehr. Mein Vorschlag ist: Elaine verzichtet auf eine Anzeige, da sie diese Situation abwenden konnte. Nelson verschwindet heute noch aus der Kanzlei, wird nie wieder einen Fuß über die Schwelle setzen, damit sie ihn nicht mehr sehen muss, und wir behandeln dieses Zwischenspiel, als wäre es nie geschehen.«

»Vorschlag angenommen«, antworten Jacob und Mortimer fast gleichzeitig.

Ich kratze mit den Fingernägeln über den Tisch und sende Preston meinen giftigsten Blick. Was fällt ihm ein, das zu entscheiden? Will ich Nelson ungeschoren davonkommen lassen? Mein Gerechtigkeitssinn widerspricht. Eine solche Aktion kann nicht so enden, indem er normal weitermachen kann, nur meinen Platz nicht bekommt. Den er möglicherweise sowieso nicht erhalten hätte!

Preston formt mit den Lippen: *Vertrau mir.*

»Ich …«

Preston unterbricht Nelson sofort: »Deine Meinung ist nicht mehr gefragt.« Er sieht zu mir und hakt nach: »Elaine?«

Es passt mir nicht, aber ich versuche diese Sache mit dem Vertrauen. Außerdem weiß ich zu schätzen, dass er mich fragt, als wäre nie beschlossen worden, dass ich keine Stimme in dieser Angelegenheit erhalte.

Meine Antwort klingt so fest wie erhofft. »Vorschlag angenommen.«

»Sehr gut.« Er drückt auf die Taste der Sprechanlage und sagt: »Der Sicherheitsdienst kann Nelson Ward hinausbegleiten.«

Mein Bruder erhebt sich. Bis auf den einen Versuch, der von Preston unterbrochen wurde, hat er nichts gesagt. Er greift sich an die Krawatte und räuspert sich. »In Ordnung. Vorschlag angenommen.«

Er bewegt sich auf die Tür zu. Meine Augenbrauen rutschen so weit nach oben, dass die Lider spannen. Niemand hat ihn gefragt.

Nicht einmal eine halbherzige Entschuldigung oder eine dämliche Rechtfertigung bin ich ihm wert. In mir brodelt Wut über seine Arroganz, und ich muss mir mit jedem Stückchen Selbstbeherrschung verbieten, aufzuspringen und ihn anzubrüllen.

Es gibt so viele Dinge, die ich ihm an den Kopf werfen und womit ich ihn konfrontieren will. Am liebsten würde ich ihn in einem Keller anketten und ihn zum Antworten zwingen. Es muss doch zumindest eine Erklärung geben, wieso er so ist. Sollten große Brüder ihre Schwester nicht beschützen? Warum handelt er genau gegenteilig? Ich will einfach nur wissen, ob er ein böser Mensch ist, ein gleichgültiger oder jemand, der generell für sein Anliegen über Leichen geht. Was ich in seinen Augen bin, wenn ich doch kein Familiengefühl in ihm wecke.

Meine Atmung ist viel zu schnell, weshalb ich beginne, in Gedanken zu zählen und in diesem Rhythmus Luft aufzunehmen. Die Genugtuung, seinetwegen vor Zorn zu hyperventilieren, gebe ich ihm nicht.

Er ist noch nicht ganz durch die Tür, treten die zwei Sicherheitskräfte an ihn heran und greifen an seine Oberarme.

»Lassen Sie mich los. Ich kann allein gehen. Ich muss nur meine persönlichen Dinge aus dem Büro abholen.«

»Unsere Anweisung war klar: direkter Weg hinaus. Ihre Sachen werden Ihnen geschickt. Keine Möglichkeit für Alleingänge.«

Sie packen ihn erneut und führen ihn weg. Ich sehe so lange hinterher, bis ich sie nicht mehr erkennen kann, und anschließend zu Preston. Er lächelt zufrieden. Ich vermute, es war seine Anweisung, dass sie ihn an den Armen hinausführen sollen, als hätte er Randale veranstaltet. Eine kleine Blamage zum Schluss. Aber das ist nicht genug, falls er das denkt.

Preston wirft einen Blick auf seine Uhr und betätigt erneut die Sprechanlage. »Bitte meinen Gast zu uns bringen.«

»Wen hast du eingeladen?«, fragt Mortimer. Vielleicht ist dies das erste Mal, dass ich Mortimer und Jacob fast sprachlos erlebe.

Bevor Preston antworten kann, betritt Doktor Ramirez den Raum. Preston erhebt sich, schüttelt ihr die Hand und zieht ihr den Stuhl neben sich heran.

»So. Die Abschlussbesprechung der Mediation. Glückwunsch, Frau Doktor. Sie haben es geschafft: Elaine und ich haben uns so weit angenähert, dass wir nun eine Beziehung führen.«

Sie lehnt sich lächelnd in einer Siegerpose zurück. »Ich wusste es.«

Gleichzeitig sagt Jacob: »Wie bitte? Preston, was ist mit Charlotte?«

Preston schnalzt mit der Zunge. »Was soll mit Charlotte sein? Wir sind seit Ewigkeiten getrennt.«

Ich bin wie erstarrt, dann lodert die Wut wieder auf und richtet sich gegen ihn. Alle Augen wandern zu mir, als ich mich erhebe und die Fäuste auf dem Tisch abstütze. »Du kannst nicht einfach allein entscheiden, jeden darüber zu informieren.«

»Doch. Das konntest du gerade bemerken. Ich sagte, ich nagle dich fest.«

»Es scheint, als würdet ihr euch immer noch wie Kinder zanken«, merkt Mortimer an.

Doktor Ramirez winkt ab. »Nein, nein. Ich habe das gleich gesehen. Garantiert werden sie sich nicht immer einig sein, aber da die Gefühlslage geklärt ist, wird sich das nicht mehr negativ auf den Kanzleibetrieb auswirken.«

»Was haben Sie gesehen?«, fahre ich Doktor Absolut-und-völlig-Crazy an.

»Anziehungskraft. Ähnlichkeiten. Ich habe ein vorzügliches Gespür dafür, wer zusammenpasst. Sie müssen sich nicht bedanken, dass ich das für Sie klären konnte. Das ist mein Beruf.«

Ich schnaube hart. Keine Ahnung, ob ihre Fragen irgendetwas geändert haben oder es so oder so dazu gekommen wäre.

Preston umrundet den Tisch und bleibt neben mir stehen. Er nimmt eine Hand von mir, die immer noch zur Faust geballt auf der Tischplatte gestützt sind, und öffnet sie.

Ganz langsam und zärtlich malt er mit seinem Zeigefinger etwas auf die Innenseite. Mit jedem Millimeter schmilzt ein Stück der Wut, und erst als er stoppt, erkenne ich, dass er ein Herz gezeichnet hat, da ich die Form noch nachspüre wie kleine elektrische Linien.

»Stört es dich so sehr? Ich dachte, du könntest es mögen,

nachdem es für dich heute Morgen in Ordnung war. Es tut mir leid.«

»Ich ... Ich ...« Ich bin überfordert und versuche, Worte zu finden. Auf keinen Fall möchte ich ihn kränken, nicht schon wieder. »Ich mag es nicht, wenn etwas über meinen Kopf entschieden wird, aber möglicherweise sollte ich lernen, nicht hinter allem eine Abwertung meiner Meinung zu sehen. Es war richtig, die Mediation zu beenden. Du hast recht. Sie wird nicht mehr gebraucht und ich will kein Geheimnis aus uns machen. Ich bin auch nicht auf dich wütend, sondern auf Nelson. Bitte entschuldige, dass ich es an dir ausgelassen habe.«

Er greift meine Hand fester. »Ich liebe dich.«

Was? Das sagt er hier, vor allen? Oder besser: trotz aller? Ich hätte nicht erwartet, diese Worte so schnell aus seinem Mund zu hören.

Schon wieder bin ich überfordert. Dann dringt das Gesagte in mich, breitet sich in mir aus und schickt Impulse durch meinen Körper, die mir ein strahlendes Lächeln aufzwingen.

»Und ich liebe dich.« Das kam ungesteuert und von tief in mir. Es ist so schön und so richtig, es auszusprechen, dass ich es noch einmal sage: »Ich liebe dich.«

»Du wiederholst dich.«

»Du grenzenlos...« Er lacht und unterbricht mich, indem er mich an sich zieht und mir die Luft aus der Lunge drückt.

Jemand klatscht und mein Kuss landet statt auf seinen Lippen auf der Wange. Ich sehe ebenfalls zu Doktor Ramirez, die durch und durch begeistert aussieht. Außerdem ziemlich eingebildet. »Wie ich es sagte: ein perfektes Paar. Meine Fähigkeiten werden offensichtlich nicht länger benötigt. Vielen Dank für die Einladung. Es war mir eine Freude, meinen Erfolg vor Augen zu haben.«

Preston und ich sehen uns an, wobei wir gleichzeitig je eine Augenbraue heben. Schnell lasse ich das, bevor sie das sieht und sich noch mehr beweihräuchert.

Sie reicht ihm die Hand. »Preston, es war mir ein Vergnügen.«

Er sagt nichts, weshalb ich sie als Nächstes bekomme. Sie tätschelt mir dazu mit der anderen Hand den Handrücken. »Elaine, ich freue mich für Sie.«

»Ja, wir auch. Vielen Dank, Doktor Ramirez«, erwidere ich höflicher, als ich mich fühle.

Kaum hat sie mit beschwingten Schritten den Besprechungsraum verlassen, ergreift Jacob das Wort: »Schön und gut, ihr beiden. Ich bin dagegen. Eine Beziehung zwischen zwei Partnern? Nein, das dulde ich nicht. Das beeinträchtigt den Geschäftsbetrieb doch auf eine andere Art. Außerdem hast du bereits zwei Kinder, Preston. Elaine hat keine. Wer soll ihr nachfolgen?«

Preston lässt sich auf dem Stuhl neben meinem nieder, was ich als Anlass nehme, mich ebenfalls zu setzen.

»Ich kann dir an dieser Stelle zusichern, dass Elaine und ich unsere Beziehung im Privatbereich halten und es nicht den Kanzleibetrieb stören wird. Ich könnte dir auch zusichern, dass ich mit ihr noch ein, zwei Kinder zeuge. Aber das wäre gelogen. Ich möchte keine weiteren Kinder, da ich meine Aufmerksamkeit den beiden schenken werde, die ich bereits habe. Elaine will, nach meinem aktuellen Kenntnisstand, gar keine eigenen. Was dazu führt, dass, selbst wenn sie einen anderen Partner hätte, die Nachfolge ausbleibt. Und unter uns: Würde sie schwanger werden, würdet ihr euch beklagen, dass sie das Kind von der Arbeit ablenkt.«

Er tut es schon wieder! Etwas über meinen Kopf beschließen. Ja, es ist richtig, was er sagt, jedoch steht es ihm nicht zu, das jedem zu erzählen.

Er holt Luft. »Aber das *Problem* ist nicht nur Elaine. Ich bin ein weiteres. Denn ich werde meine Kinder keinesfalls nötigen, meine Nachfolge anzutreten. Ich werde sie noch nicht einmal dahingehend erziehen. Sie dürfen frei wählen, welchen Beruf sie ergreifen, völlig von mir unbeeinflusst. Wollen sie Anwalt werden, können sie gern diesen Platz übernehmen. Möchten sie bevorzugt zum Zirkus, da sie damit glücklicher sind, dann werden sie Artisten. Ihre Wahl.«

Nach diesen Worten nehme ich den gedanklichen Einwand zurück. Er lässt seinen Kindern die Wahl und dafür liebe ich ihn. Es sind nicht meine und es könnte mir egal sein, aber da ich weiß, wie es ist, wenn die eigenen Wünsche übergangen werden, möchte ich bei so etwas nicht zusehen müssen. Sosehr ich ihn achte, würde so ein Verhalten ihn in meinem Ansehen sinken lassen.

Wenn ich es richtig interpretiere, war sein Plan nicht, meine nichtvorhandene Kinderplanung bloßzustellen, sondern er hat den anderen damit zu verstehen gegeben, dass wir beide dieses Nachfolgeverfahren unserer Vorfahren nicht weiter befürworten.

Die Hälfte der Partner. Fünfzig Prozent der Stimmen. Das können sie nicht ignorieren.

Von meinem Vater bekam ich mit, was bei Mortimer los war. Sein ältester Sohn studiert Medizin, was dazu führte, dass Mortimer ihm jede Unterstützung untersagte und er sich das Studium nur leisten kann, da seine Großeltern mütterlicherseits es ihm finanzieren.

Wird so etwas in Zukunft aufhören?

Beginnt hier eine neue Zeit in der Kanzlei? Brechen wir alte Regeln auf und prägen neu, was seit mehreren Generationen Bestand hatte? Ist es eingebildet zu denken, dass es möglicherweise damit begonnen hat, dass ich diesen Platz bekam?

Trotzdem sollte ich mit Preston darüber reden, da mir sein Vorgehen nicht gefällt.

Mortimer räuspert sich. »Aber, Preston, was wird aus der Kanzlei, wenn uns unsere Söhne oder Kinder nicht mehr nachfolgen?«

»Dann funktioniert es so, wie es bei einer gängigen Kanzlei abläuft: Die Besten haben eine Chance auf den Platz und können sich einkaufen. Sind deine Kinder nicht die Besten, haben sie Pech. Ich weiß, ich habe gut reden, da ich von der alten Regelung profitiert habe. Aber wenn wir ehrlich sind, ist diese Regelung Schwachsinn. Es war bloß eine Frage der Zeit, bis jemand Partner wird, der nicht charakterlich geeignet und qualifiziert dazu ist. Wie Nelson. Ihr könnt mir nicht erzählen, dass ihr seine Arbeit gut fandet. Hinterher betrachtet war das vermutlich der Grund, warum er nicht wie wir anderen hier von Anfang an mitgearbeitet hat. Sein Mindertalent für diesen Beruf wäre uns sofort aufgefallen.«

»Damit wären wir eine ganz gewöhnliche Kanzlei.«

Preston schwenkt die Hand. »Wir SIND eine gewöhnliche Kanzlei. Alles, was uns von anderen abhebt und zu Größe und Ansehen geführt hat, lag an unserer Arbeit und nicht an dieser dämlichen Vereinbarung unserer Vorfahren. Ihr habt die Wahl: Entweder ihr akzeptiert Elaine und mich und wir überlegen uns eine Vertragsänderung oder wir gründen selbst eine neue.«

»Ihr dürft keine Mandanten mitnehmen!«

»Das wissen wir. Aber ihr wisst genauso, dass einige Mandanten nur von mir betreut werden möchten. Die seid ihr schneller los, als ihr euch umgucken könnt. Euch ist bewusst, wie das läuft: Sie kündigen das Mandat, bevor wir gehen, damit verstoßen wir gegen keine Bestimmungen.«

Ich kann nur ungläubig zuhören, unfähig, etwas beizutragen oder sonst wie zu reagieren. Er erpresst sie. Ist das wirklich sein Ernst? Wir können doch nicht einfach eine andere Kanzlei gründen!

Das kostet Unsummen und dauert Jahre, bis man sich einen Namen geschaffen hat. Selbst wenn Preston als Zugpferd dient, da er sich einen mehr als guten Ruf erarbeitet hat. Das muss ich zugeben. So weit bin ich noch nicht gekommen. Allerdings sitzt er auch schon ein paar Jahre länger hier in der Kanzlei.

Jacob hadert sichtlich mit sich. »Mein Sohn würde mir niemals verzeihen, wenn ich zustimme, die Vereinbarung zu ändern. Er rechnet fest damit, hier seine Zukunft zu haben.«

Nach meinem langen Schweigen erkenne ich eine Möglichkeit, mich wieder am Gespräch zu beteiligen. »Jacob, dein Sohn ist gut. Ich weiß das, weil er mir zugearbeitet hat. Ich weiß auch, dass er sich sorgt, in die großen Fußstapfen seines Vaters zu treten. Das ist für ihn ein Grund, sich jeden Tag anzustrengen. Er will sich beweisen und der Position würdig sein. Was glaubst du, wie viel besser das Gefühl ist, wenn er den Platz nicht nur bekommt, sondern er dafür ausgewählt wird, weil er der Beste ist? Und wir wissen doch alle, wie das mit der Vetternwirtschaft läuft. Gibt es mehrere, die gleich geeignet sind, siegt derjenige mit den besten Verbindungen.«

Er lächelt mich an und zum ersten Mal fühle ich mich ihm gegenüber gleichwertig.

Preston lehnt sich mit verschränkten Armen zurück. »Elaine hat recht. Wir können unsere Kinder immer noch bevorzugen, haben allerdings die Wahl, die beste Entscheidung für die Kanzlei zu treffen.«

Jacob faltet die Hände und legt sie auf dem Tisch ab. »Grundsätzlich gefällt mir dein Erpressungsversuch nicht. Aber wir denken darüber nach.«

»Das genügt mir.« Preston erhebt sich und hält mir die Hand hin. Er begleitet mich aus dem Besprechungsraum, und als ich Richtung meines Büros gehen möchte, packt er fester zu und führt mich in seines.

Er deutet auf einen der Besuchersessel und zieht einen zweiten näher, während ich Platz nehme. Sein Knie berührt meins und er stützt die Unterarme auf den Oberschenkeln ab, eine Hand auf meinem Bein.

Ich werde umgehend los, was mich stört: »Preston, so geht das nicht. Vertrauen hin oder her und auch wenn ich die Absicht verstehe ... aber du kannst nicht einfach handeln und Dinge bekannt geben, ohne mit mir gesprochen zu haben. So stelle ich mir keine Beziehung vor.«

Er leckt sich über die Unterlippe. »Ja, deine Reaktion hatte das schon verraten. Bis vorhin war ich der Meinung, ich hätte dir damit etwas abgenommen. Du warst unbeschwert am Wochenende und irgendwie ... irgendwie wollte ich das noch eine Weile erhalten. Ich dachte, wenn wir das schnell in einer Besprechung abhandeln – deinen Bruder, die Nachfolgeproblematik und die Mediatorin –, dann musst du dir nicht so viele Gedanken machen.«

Zwickmühle. Absolute Zwickmühle. Die Absicht ist gut, aber nicht das, was ich will. Wie erkläre ich das, ohne ihn wieder vor den Kopf zu stoßen? Darin bin ich wahrhaftig eine Meisterin.

Ein ernstes Lächeln folgt, wobei er den Kopf leicht schräg legt und mich von unten ansieht. »Ich hoffe, die Sache mit deinem Bruder war in deinem Sinne. Du kannst ihn selbstverständlich trotzdem anzeigen, wenn du willst. Diese kleine Vereinbarung ist nichts wert und hat keine Rechtsgültigkeit.«

»Warte kurz. Das ist mir zu schnell das Thema gewechselt. Sei mir nicht böse, aber ich möchte nicht, dass du Dinge ohne mich entscheidest, um sie mir abzunehmen. Ich brauche keinen Mann, der entscheidet, was das Beste für mich ist. Ich will einen, den interessiert, was ich für das Beste halte.«

»Okay.«

»Okay? Einfach okay?«

»Ja. Genau das ist das, was ich will. Eine Frau, die mir sagt, wie sie sich das mit uns vorstellt. Ich verstehe, was du meinst, und es kommt nicht wieder vor. Es tut mir leid, dass ich arrogant davon ausging, dir gefällt, falls ich deine oder unsere Angelegenheiten kläre. Lass mich herausfinden, was du willst, auch wenn ich noch in ein paar Fettnäpfchen treten könnte.«

Wahrscheinlich hätte er nichts Perfekteres sagen können und mir fällt nur eine Erwiderung ein. »Danke. Allerdings denke ich, ich bin die schlimmere Fettnäpfchentreterin. Mir gefällt es sehr, dass wir darüber sprechen und offen zueinander sind. Zurück zu deiner Frage mit meinem Bruder. Um ehrlich zu sein, möchte ich, dass er bestraft wird. Deshalb ärgert es mich ein wenig, dass du ihn so einfach davonkommen lassen willst.«

»Das dachte ich mir bereits. Du kannst die Aufnahme nutzen sowie meine Freunde und mich als Zeugen benennen. Oder falls du dich aus den Schlagzeilen heraushalten willst und Getuschel vermeiden ... Hier.«

Er schiebt mir einen Stapel Papiere hin. »Was ist das?«

»Ich war heute Morgen bereits äußerst fleißig und habe herausgefunden, warum Nelson seine Kanzlei *aufgegeben* hat.«

»Wie denn das?«

»Hm. Ryan behauptet zwar, kein Hacker zu sein, sagt aber, dein Bruder wäre zu dumm, seine Daten ordentlich zu sichern. Er hat ihm am Wochenende eine präparierte SMS geschickt, bei der er auf einen Link geklickt hat, und so bekamen er und Mia Zugriff auf seine Daten. Entschuldige, ich habe selbst nicht genau verstanden, wie das funktioniert, immerhin bin ich kein ITler. Auf jeden Fall hat er mir alles zukommen lassen und ich konnte es heute Vormittag sichten. Ich hoffe, das zählt noch zum Fettnäpfchen von vorhin, dass ich dich nicht daran beteiligt habe.«

»Und? Jetzt sag schon!«

»Dein Bruder hat Insiderwissen genutzt und damit über Mittelsmänner an der Börse spekuliert, um ordentliche Gewinne einzufahren. Sein Mandant, der dich an dem Abend in den Club gebracht hat, war auch darin verwickelt, weshalb er das wahrscheinlich getan hat. Das kannst du mit den Unterlagen ebenfalls nachweisen. Seine Mitgründer fanden das heraus und wollten ihn daraufhin loswerden. Sie haben gegen ihr Stillschweigen gefordert, dass er die Kanzlei verlässt und seine Anteile ohne Auszahlung an sie abtritt.«

»Was? Und jetzt ist er reich durch Aktiengewinne?«

»Nein. Laut seinen Unterlagen haben ihn seine Mitgründer ebenfalls genötigt, die Investitionen zurückzuziehen, bevor er Gewinne erzielen konnte. Es war nämlich auch nicht sein Geld, sondern das der gemeinsamen Kanzlei. Das erklärt auf jeden Fall, warum er so dringend deinen Platz wollte. Job los, Vermögen los. Na ja.«

»Okay, okay«, murmle ich. Mein Bruder ist nicht nur mir gegenüber unfair und hinterhältig. Dann weiß ich das jetzt auch.

Insiderwissen, das man als Anwalt durch Einsicht in vertrauliche Unterlagen seiner Mandanten gewinnt, zu nutzen, um sich zu bereichern ... Das ist nicht nur gegen das Gesetz, sondern darüber hinaus gegen jeden Kodex.

Preston spricht weiter: »Was wir ebenfalls auf dem Rückweg getan haben, ist, die Polizei mit einem anonymen Anruf in diesen Club zu schicken. Wir haben deinen Namen nicht genannt, hofften allerdings, sie finden irgendetwas anderes, was dort nicht sauber läuft. Leider ohne Erfolg. Das geht mir etwas gegen den Strich. Meinen Freunden ebenfalls. Ryker hatte die Idee, ein paar Prostituierte zu bezahlen, dass sie in den Räumlichkeiten Drogen verstecken und anschließend behaupten, über die vereinbarten Leistungen hinaus genötigt worden zu sein.«

»Was? Nein! Um Gottes willen. Ryker ist doch völlig verrückt.«

»Mhm«, brummt er, als wäre er nicht ganz einverstanden damit. Bitte! Jemandem Drogen unterschieben. Also ...

Ich drehe und wende den Stapel Papiere in der Hand, den Preston mir ausgedruckt hat. Damit kann ich meinen Bruder ruinieren, ohne selbst auch nur einen Hauch von Schmutz abzubekommen. Preston hat recht. Zeige ich ihn wegen seiner Tat mir gegenüber an, bin ich für die Öffentlichkeit die Anwältin, die vom eigenen Bruder ... Nein, ich denke das nicht zu Ende. Außerdem war das ein falscher Gedanke. Nicht ich ruiniere meinen Bruder, das hat er ganz allein getan. Ich würde seine beruflichen Missetaten nur ans Licht zerren. Ja, das genügt mir als Vergeltung und Strafe.

Nachdem ich die Papiere wieder abgelegt habe, wende ich mich Preston zu.

»Das hast du alles für mich getan? Trotz allem? Mich dort rausgeholt, die Polizei hingeschickt, irgendwelche irren Rachepläne mit deinen Freunden geschmiedet, mir Unterlagen besorgt, um meinen Bruder der Gerechtigkeit zuzuführen ...«

Er streichelt mein Bein und sieht seiner Hand dabei zu. »Ja.«

»Warum?«

Sein Blick wandert zurück in mein Gesicht. »Es war nicht richtig, was dein Bruder getan hat. Ich möchte nicht, dass so jemand Anwalt sein kann. Ich bin stolz, einer zu sein, und ertrage nicht, wenn dieser Beruf befleckt wird.«

»Das ist doch nicht die ganze Wahrheit. Denn als du dorthin gefahren bist, um nach mir zu sehen, und jemanden zum Bluten gebracht hast, wusstest du noch gar nicht, dass mein Bruder Insiderwissen als Anwalt ausgenutzt hat.«

»Zwing mich doch nicht, auszusprechen, dass ich, selbst wenn du mich ablehnst, den Gedanken nicht ertrage, dir könnte etwas passieren.«

Ich streichle seine glatte Wange. Er ist wirklich besonders. Es gelang mir nicht ein einziges Mal, ihn in Verlegenheit zu bringen, als wir uns ständig stritten. Aber jetzt, nun da wir zusammen sind, passiert es einfach so, weil es ihm unangenehm ist, dass er mich mochte, obwohl er dachte, von meiner Seite besteht kein Interesse.

»Es muss dir nicht peinlich sein. Ich bin stolz, dass ich dir das wert bin, ganz unabhängig davon, dass ich deine Aktion vor Mortimer und Jacob nicht gut fand.«

Er lächelt. »Stolz ist eine Todsünde.«

»Wollust auch, und das hält dich nicht ab, ständig zwischen meinen Schenkeln zu sein.«

Nun lacht er und ich streichle durch sein Haar. Das Lachen stoppt und er brummt unwillig. Schnell streiche ich die Frisur zurück in Form, was ihn zum Schmunzeln bringt. Ich mag das auch nicht.

»Meintest du das ernst? Eine eigene Kanzlei gründen?«

Er setzt sich aufrecht hin. »Hm. Falls wir uns mit den alten Säcken nicht einig werden, halte ich das für eine Option. Alles, was ich gesagt habe, war die Wahrheit, oder nicht?«

»Ja, das ist richtig. Allerdings befürchte ich, dass mir die finanziellen Mittel fehlen, eine Kanzlei aufzubauen. Von meinem Vater nehme ich kein Geld und ... oder ich könnte meine Wohnung verkaufen. Aber das reicht auch nicht.«

»Elaine. Ich besitze genug. Du musst deine Wohnung nicht verkaufen.«

»Nein! Auf keinen Fall wirst du das finanzieren. Sollte ich so etwas in Erwägung ziehen, nur als gleichberechtigte Partner.«

»Du kannst deinen Anteil abarbeiten.«

»Sexuelle Dienstleistungen, oder was meinst du?«, hake ich misstrauisch nach. Will er mich veralbern?

Er lacht. »Ja, genau. Ich meinte das sexuell. Elaine, wirklich? Warum sollte ich für etwas bezahlen, was ich umsonst bekomme? Ich meinte, dass du beispielsweise die Hälfte deines Gewinnanteils abtrittst, bis du die gleiche Summe investiert hast wie ich.«

»Verstehe. Ja ... Und du besitzt genug? Eine Gründungsphase ist exorbitant teuer. Es wird dauern, bis die Kanzlei Gewinne abwirft. Hat deine Exfrau dich nicht ausgenommen?«

»Charlotte? Mich ausnehmen? Denkst du tatsächlich, ich lasse mich ausnehmen? Sie bekommt, was ihr zusteht. Das ist genug, um damit sehr lang auszukommen. Das will ich aber auch. Ich möchte nicht, dass die Mutter meiner Kinder auf einen anderen Mann angewiesen ist, weil sie ihren Beruf aufgab. Das hat sie schließlich getan, da wir das damals gemeinsam beschlossen. Es ist immer noch genügend da. Davon abgesehen, dass ich schon ein bisschen länger auf diesem Posten sitze als du und dadurch ordentlich verdienen konnte, hat mein Großvater mir einen großen Teil seines Vermögens vererbt und mein Vater ist recht großzügig zu mir. Immerhin bin ich die Frucht seiner Lenden, die er sich immer erträumt hat.« Er lacht. »Mich ausnehmen.« Er lacht weiter. Diese Vorstellung muss total witzig für ihn sein.

»Entschuldige. Ich bin davon ausgegangen, dass mit dir nichts anderes möglich ist, als einen Rosenkrieg zu führen. Vor allem, nachdem du erzählt hast, dass sie dich für einen anderen verlassen hat. Das schreit doch nach Scheidungsschlacht.«

»Es war meine Schuld.«

»Es war deine Schuld, dass sie dich betrogen hat? Man kann sich das aber auch schönreden.«

»Zu einer funktionierenden Beziehung gehören zwei. Ich habe nicht funktioniert, dann hat sie nicht mehr funktioniert. So einfach ist das.«

Meine Gedanken fliegen zu Sebastian. Da dachte ich mir das doch so ähnlich. Möglicherweise bin ich, ohne das jemals vor ihm zugeben zu können, ein wenig eifersüchtig. Das ist dumm, kindisch und passt nicht zu mir. Vielleicht, weil sie noch verheiratet sind, sie seinen Namen trägt und gemeinsame Kinder sie für immer verbinden werden.

Was könnte uns verbinden?

»Worüber denkst du nach?«, fragt er.

»Gemeinsame Tattoos.«

Er stutzt und schnaubt, was zu einem Lachen wird. »Ehrlich?«

Wo kommt dieses Bedürfnis her, mit ihm so viele Verbindungen wie möglich zu schaffen? Ich kann mich nicht erinnern, so einen Wunsch schon einmal verspürt zu haben.

Das mit dem Tattoo war natürlich nicht mein Ernst. Das ist auch nicht das, was ich meine oder will. Kein Zeichen auf der Haut oder ein Schmuckstück, nein, etwas, was unsere Leben verknüpft. Wie schafft man das? Wie soll mir das gelingen? Warum muss ich zweifeln? Dieses Wochenende war so wunderbar und ich mir so sicher, dass zwischen uns etwas Besonderes ist. Es war so einfach mit ihm. Trotz allem. Seinen verrückten Freunden, seinen Kindern. Bei ihm zu sein hat sich selbstverständlich und gewohnt wie eine geliebte Routine angefühlt. Das mit uns ist ... etwas Wundervolles, aber nicht Greifbares. Warum kann man das nicht sehen? Anfassen? Riechen? Einsperren?

»Elaine? Ich möchte wirklich kein Tattoo.«

»Ich auch nicht.«

»Was willst du dann?«

»Dich. Einfach dich.«

»Ich kann dir voll und ganz versichern, dass du mich nicht nur um den Finger gewickelt, sondern gleich komplett eingesponnen hast. Du musst dir keine Sorgen wegen Charlotte machen. So etwas passiert mir nicht wieder. Ich wollte keine Beziehung mehr, weil ich dachte, es passt nicht zu mir und ich wäre nicht in der Lage dazu, meinen Teil daran korrekt beizutragen. Aber du ... Ich habe einfach nur noch den Wunsch, bei dir alles richtig zu machen. Das sagte ich allerdings bereits.«

Fast lache ich. Für einen Moment dachte ich, er hat durchschaut, dass ich einen kurzen innerlichen Eifersuchtsanfall hatte. Aber daran denkt er nicht. Nein, er glaubt, ich sorge mich, dass er auch für mich kein guter Partner ist. Ich vermute, was immer zwischen ihm und seiner Frau war, das ist so vorbei, dass es nicht einmal mehr in seinem Kopf richtig existiert.

Eigentlich ist das eine Sache, die uns verbindet. Die Furcht, nicht tauglich für eine Beziehung zu sein, und den festen Willen, das Gegenteil zu beweisen.

Außerdem ist da noch so viel mehr. Eine Sache wäre die Kanzlei und unsere Arbeit.

»Preston Connor. Du bist ein Teufel. Ich habe dich verachtet, dich gefickt und jetzt will ich dich ...«

Er unterbricht mich mit einem dreckigen Lächeln. »Das ist nicht korrekt. Ich habe DICH gefickt.«

Er lacht. Ich lache mit.

Eigentlich wollte ich aussprechen: *...lieben und behalten, dir gerecht werden und so viel Energie in unsere Beziehung stecken, wie ich es immer nur in die Arbeit tat.*

Nun lachen wir. Was gibt es Schöneres, als mit dem Menschen, den man liebt, gemeinsam zu lachen?

40

SCHWÄCHE

Preston

Zur Mittagspausenzeit kommt Elaine in mein Büro und stellt eine braune Papiertüte auf dem Schreibtisch ab.

»Ich hoffe, es ist für dich in Ordnung, mit mir zu essen.«

»Warum sollte es nicht für mich in Ordnung sein? Deine Manieren lassen zwar zu wünschen übrig, wie ich auf dem Juristenball feststellen konnte, aber damit kann ich umgehen.«

»Teufel«, motzt sie und lacht, wobei ihre Zähne hell aufblitzen und ihre Augen funkeln. Es scheint, als wäre sie zufrieden. Das gefällt mir.

»Was hast du mitgebracht?« Ich deute auf die Tüte. »Auch etwas für mich? Gabrielle wollte mir Essbares besorgen.«

»Ich weiß. Normalerweise gehe ich selbst, um wenigstens ein paar Minuten aus der Kanzlei zu kommen, aber heute bat ich Alyssa darum, uns ein Mittagessen zu beschaffen und das mit Gabrielle abzusprechen. Sie hat mir erzählt, dass sie ihr eine dreiseitige Liste geschickt hat mit Dingen, die du magst, welche Lebensmittel du vermeidest, und vielem mehr. Entschuldige, dass ich mich nicht daran gehalten habe. Ich ließ Alyssa zwei Sandwichs besorgen. Mit Bergkäse. Falls du dich erinnerst, hast du bereits eins davon auf die Straße geworfen. Ich hoffe, wenn du probierst, wirst du es das nächste Mal mit deinem Leben verteidigen.«

Unter einem Schmunzeln erhebe ich mich und wechsle in den Sitzbereich, wozu ich die Tüte mitnehme.

Sie lässt sich neben mir nieder, und ich reiche ihr eins, um mich danach mit meinem eigenen zurückzulehnen.

Ein paarmal dreht und wendet sie ihres in der Hand, wonach sie mich ansieht. »Nach dem Essen bin ich mit meiner Mutter auf einen Kaffee verabredet. Ich wollte eigentlich auch den Kontakt zu ihr abbrechen, aber ich bringe es nicht übers Herz. Vielleicht bist du schuld daran.«

»Ich?«, frage ich und lasse das Sandwich auf die Serviette sinken, die ich mir über den Schoß gelegt habe.

»Ja, du und deine Kinder. Mir ist aufgefallen, dass dein Ältester recht stur ist, genau wie du. Garantiert werdet ihr euch, auch wenn er erwachsen ist, nicht immer einig sein. Ich dachte darüber nach, wie es für dich wäre, würde er wegen verschiedener Ansichten nicht mehr mit dir sprechen. Ich glaube, das würde dich verletzen, weil man merkt, dass er dir wichtig ist. Das möchte ich meiner Mutter nicht antun. Deshalb werde ich heute mit ihr reden und ihr erzählen, was Nelson getan hat, bevor ich die Unterlagen weiterleite, die du mir beschafft hast. Ich werde weiter ihre Tochter sein und wie bisher damit umgehen, dass wir gegensätzliche Lebenseinstellungen haben.«

»Was ist denn zwischen euch vorgefallen? Du hast nur erzählt, dass sie altmodisch wäre und immer zu deinem Vater hält.«

»Genau das ist es. Sie wollte mich überzeugen, dass ich Nelson den Platz überlasse, um endlich jemanden zu finden, dessen treusorgende Ehefrau ich sein kann.«

»Ich erinnere mich. Der Anwaltsschwiegersohn.«

»Korrekt.«

Bevor ich unangebracht lache, beiße ich in mein Sandwich. Ob ihr bewusst ist, dass ich das sein könnte, was ihre Mutter sich für sie wünscht? Auch wenn sie vermutlich davon ausging, dass Elaine eine Charlotte ist und ihren Beruf aufgibt, um sich ganz einer Familie zu widmen.

Das Sandwich ist tatsächlich gut. Warum hatte ich noch nie etwas von dort? Ah, garantiert, da Gabrielle mir niemals eine Mahlzeit aus einem profanen Sandwichladen besorgen würde, egal ob das gerade Mode ist.

Ich kaue sorgsam zu Ende und überlege. Vor dem nächsten Bissen frage ich: »Wo triffst du dich mit ihr?«

»In einem kleinen Café, nicht weit von hier.«

»Lade sie doch hierher ein. Zu mir ins Büro. Kaffee gibt es hier auch, und Gabrielle hat die Schubladen voller Snacks, falls ich Besuch bekomme.«

»Du willst dabei sein?«

»Wenn ich nicht störe ... gern. Natürlich möchte ich auch deine Mutter kennenlernen.«

»Du kennst meine Mutter. Mein Vater war jahrelang dein Partner.«

»Ja, aber nun bin ich doch der perfekte Anwaltsschwiegersohn in spe.«

Sie tupft sich schmunzelnd den Mundwinkel ab, an dem ein kleiner Rest der Soße hängen geblieben ist. Sie benötigt keine Serviette, sie hat jetzt mich. Ich könnte es weglecken. Mit ungefähr so einem Gesichtsausdruck, wie sie ihn bei der Thai-Curry-Suppe hatte, die auf dem Juristenball serviert wurde.

»In Ordnung. Und wann lerne ich deine Eltern kennen?«

»Übernächstes Wochenende? Mit den Kindern? Sie haben bei ein paar Dingen, die die Kinder betreffen, andere Vorstellungen als ich, weshalb sie meine Söhne nicht mehr allein betreuen dürfen. Deshalb besuche ich sie wenigstens gelegentlich mit ihnen.«

Sie sieht mich nachdenklich an. »Werden sie mich ablehnen? Ich kenne sie ja noch von früher, als ich zu Hause wohnte und unsere Eltern sich regelmäßig bei uns trafen.«

»Nein. Für sie ist Charlotte die Böse. Sie hatten sich eine Zeit lang mit ihr gutgestellt, da sie die Kinder von ihr haben wollten, aber nachdem ich das verbot, tun sie so, als wäre sie eine Verräterin. Vermutlich werden sie dich abnicken, da es für sie bloß eine Frage der Zeit war, bis ich wieder jemanden an der Seite habe.«

»Deine Eltern sind nicht ganz so spießig wie meine, hm?«

»Tendenzen kann ich nicht abstreiten. Aber da ich die Fortpflanzungspflicht für sie bereits erfüllt habe, erwarten sie von mir keine Frau mehr, die ihr Leben der Aufzucht von Nachwuchs widmet. Vermutlich finden sie es sogar vorteilhaft, dass ich jemanden habe, mit dem sie angeben können.«

»Angeben?« Sie lächelt auf eine so jugendhaft verspielte Art, dass ich mitlächeln muss.

»*Der Bub, Anwalt wie sein Vater, hat eine erfolgreiche Frau. Ihr habt ihren Namen sicher schon gehört*«, äffe ich meine Mutter nach, was ihr Lächeln in ein Lachen verwandelt. Das gefällt mir. Jemanden zum Lachen zu bringen, ist keine meiner Stärken und war vor nicht allzu langer Zeit auch kein Wunsch von mir. Vielleicht färben meine Freunde doch ab.

»In Ordnung.« Sie legt ihr halb gegessenes Sandwich zur Seite und tippt auf ihrem Smartphone herum. »So. Ich habe meiner Mutter gesagt, dass ich sie in der Kanzlei erwarte und wo sie mich findet.«

Wir essen auf, kauen und lächeln. Danach instruiere ich Gabrielle, dass sie Elaines Mutter zu uns bitten soll, sobald sie eintrifft.

Bald ist es so weit, und beide betreten den Raum.

»Darf ich Ihnen ebenfalls einen Kaffee bringen? Oder bevorzugt einen Tee oder etwas anderes?«

»Kaffee mit einem Stück Zucker«, erklärt sie mit einem Lächeln. Interessant. Mutter und Tochter trinken ihren Kaffee auf die gleiche Art.

Wir erheben uns und Elaine umarmt ihre Mutter zur Begrüßung.

Danach bin ich dran und erhalte eine Hand. »Hallo, Diane, schön, dich zu sehen.«

»Ja, es ist schon eine Weile her, Preston.«

»Setz dich.«

Sie nimmt Platz und sieht fragend zu ihrer Tochter.

Elaine lässt sich ebenfalls nieder und ich folge auf den Sessel neben ihr. Nach einem Räuspern spricht sie direkt aus: »Mama, Preston und ich sind ein Paar.«

Ungläubig huscht Dianes Blick zu mir und dann folgt ein strahlendes Lächeln. »Das ist ja schön.« Das Lächeln fällt zusammen. »Oh, aber ich dachte, er wäre verheiratet.«

»Ja, Mama, das dachte ich auch. Er ist schon lange getrennt. Die Scheidung ist fast abgeschlossen.«

»Samuel hat das nie erwähnt.«

»Es ist trotzdem wahr, Diane«, bestätige ich. Natürlich hat es Samuel nicht erzählt. Männer wie er erwähnen Scheidungen und Trennungen mit keinem Wort zu Hause.

»Ein geschiedener Mann, hm …«

»Mutter!«

»Ich weiß nicht, Elaine. Das ist doch, als wärst du zweite Wahl.«

Um nicht mit den Augen zu rollen, kneife ich mir in die Nasenwurzel. Was ist denn das für eine Aussage?

Da ich denke, dass eine Stellungnahme von mir angebracht ist, sage ich: »Diane, sie ist keine zweite Wahl. Sie ist meine erste Wahl, nein, meine einzige. Was früher war, ist doch unwichtig, oder?«

»Wir kaufen auch keine gebrauchten Möbel …«, murmelt sie und wippt die Handtasche, die sie auf dem Schoß mit beiden Händen festhält.

Möbel? Gebraucht? Ich bin ein gebrauchter Mann? Was hat diese Frau für eine Einstellung?

Elaine sieht ihre Mutter streng an. »Antiquitäten sind keine gebrauchten Möbel? An dieser Stelle möchte ich loswerden, dass du von ihm und seinen Umständen denken kannst, was du willst, aber ich werde mir das nicht anhören. Und er muss sich das ebenfalls nicht antun, also behalte deine Meinung diesbezüglich für dich. Ich liebe ihn, und was andere davon halten, geht mir gepflegt am Allerwertesten vorbei.«

Sie sieht entschuldigend zu mir und ich zwinkere ihr zu. Mehr muss ich nicht wissen.

»Elaine! Was sind denn das für Ausdrücke!«

Gabrielle kommt mit einem Tablett zurück und stellt jeweils vor uns eine Tasse ab sowie eine Schale angerichtetes Gebäck in der Mitte des Tischs.

»Danke«, sagen wir fast gleichzeitig und sie verschwindet wieder.

Diane mustert Elaine analytisch, wonach sie sagt: »Du solltest die Waschräume aufsuchen.«

Elaine erhebt sich mit einem Stöhnen und ich greife ihr Handgelenk. »Was soll das bedeuten?«

Ihre Mutter wird ihr garantiert nicht vorschreiben, wann sie ihre Blase zu erleichtern hat.

»Ihre Frisur löst sich auf«, erklärt Diane.

Ich ziehe an Elaines Arm, woraufhin sie sich wieder hinsetzt und mich fragend ansieht. Eine winzige Haarsträhne hat sich gelockert. Deshalb? Ehrlich? Das wäre selbst mir nicht aufgefallen.

Ein Kuss auf ihren Handrücken, da ich immer noch ihr Handgelenk umgriffen halte, und ich ziehe eine Haarnadel hervor, streiche die Strähne in Form und stecke sie wieder fest.

Meine Finger streicheln bei der Gelegenheit ihren Nacken, und weil das noch nicht genug ist, fahre ich mit dem Zeigefinger ihren Haaransatz nach und betrachte ihr Gesicht.

»Ich liebe es, wie perfekt du bist. Und ich liebe jeden Moment, in dem du es nicht bist.«

Noch nie sah ich so viel Perfektion, selbst wenn ihr Äußeres völlig zerstört ist. So etwas schafft man nicht durch Kleidung, das kommt von innen. Von mir. Weil ich sie so sehe. Gleich welche Fehler sie hat, für mich unterstreicht es ihr Ich und diesem Ich bin ich restlos verfallen.

Ihre Augen werden groß und glasig. Der Wirtschaftsprüfer verließ sie und da war kein Anflug von Tränen. Diese wenigen Worte von mir und ihre Augen schwimmen in Wasser. Ich wusste, dass er nicht zu ihr passt. Was ich aber zu diesem Zeitpunkt noch nicht wusste und nicht wissen wollte, ist, dass ich zu ihr passe.

Sie packt meine Hand und flüstert: »Ich dachte, ich hasse dich und du bist mein Feind. Tatsächlich bist du aber meine größte Schwäche, hast alles theoretische Wissen dementiert, das ich über Liebe hatte, und dem Wort erst eine echte Bedeutung gegeben. Wenn du mir das beibringen konntest, will ich nur noch von dir lernen.«

Ich kann sie nicht küssen, da ich an dem tiefglänzenden Grün festhänge, das sich zurückgezogen hat, da sich ihre Pupillen fast bis zum Anschlag weiten.

Heute sind so unglaublich viele kitschige Worte gefallen, dass es für ein Buch reichen würde, doch jedes davon hat einen Teil meiner Seele erreicht und sie gestreichelt. Wie macht sie das nur? Sie muss wahrhaftig eine Hexe sein.

»Elaine? Wie lange verschweigst du mir das schon?«

Wir lehnen uns beide zurück, wobei wir unsere Hände miteinander verschränken.

»Was verschweigen?«, fragt Elaine. »Preston? Tatsächlich sind wir erst ein Wochenende zusammen.«

»Das ist doch völlig übereilt! Ob man jemanden liebt, weiß man frühestens nach Monaten.«

Elaine lächelt, ich ebenfalls. Ja, das hat Monate gedauert. So falsch liegt Diane nicht. Monate, um es sich einzugestehen, dass man jemanden vor der Nase hat, den man lieben lernen kann, und es gleich noch getan hat, ohne es jemals vorgehabt zu haben.

Ich glaube, es wird Zeit, das Thema zu wechseln. Elaine hat

recht, Dianes Aussagen gehen uns am Allerwertesten vorbei. Ein weiterer Blick zu Elaine und sie scheint das Gleiche zu denken wie ich, denn sie nickt entschlossen.

Bevor sie dazu kommt, ihrer Mutter zu erzählen, was Nelson getan hat, klopft es und Gabrielle betritt nach meiner Aufforderung den Raum mit einem Umschlag.

»Das kam per persönlichem Kurier von Doktor Ramirez.«

Sie überreicht ihn mir und ich öffne ihn. Ein handgeschriebener Zettel, auf dem sie uns noch einmal eine wunderbare gemeinsame Zukunft wünscht und die Information, dass sie die restlichen Fragen beigelegt hat, falls wir neugierig sind.

Ich reiche es an Elaine weiter, die fragt: »Wollen wir die Fragen beantworten?«

»Welche Fragen?«, will ihre Mutter wissen.

Elaine erklärt ihr kurz, worum es geht, und Diane sieht uns nacheinander an. »Darf ich dabei sein, wenn ihr sie durchgeht? Ich bin neugierig.«

»Möchtest du dich von meinem Schwiegersohn-Potenzial überzeugen, weil ich gebraucht bin?«

»Falls mir das gefällt, wollte ich fragen, ob ich alle Fragen in Kopie bekommen könnte. Samuel und ich ... Er ist schwierig, seit er im Ruhestand ist. Früher war er den ganzen Tag beschäftigt und nun langweilt er sich. Ich dachte, er hat endlich Zeit für mich, aber er kommt nicht auf den Gedanken, wir könnten zusammen etwas Neues für uns entdecken. Vielleicht können wir uns mit solchen Fragen ...«

»... neu kennenlernen?«, ergänzt Elaine.

Sie nickt etwas beschämt.

Diese Idee halte ich für unterstützenswert, auch wenn ich daran zweifle, dass Samuel sich darauf einlässt. »Bleib. Wir beantworten sie. Elaine, würdest du vorlesen?«

Sie räuspert sich. »Schon dabei. *Wann hast du das letzte Mal vor einer anderen Person geweint? Wann allein?*« Ein Schlucken von ihr folgt, und sie schlägt die Lider nieder, ehe sie mich ansieht. »Deinetwegen.«

»Ich hoffe, du ärgerst dich nicht wie das letzte Mal, als ich deine Antworten wiederholt habe. Meine letzten Tränen waren ebenfalls für dich.«

Ein ernstes Nicken und sie greift nach meiner Hand. Details müssen wir nicht aussprechen. Nicht vor ihrer Mutter.

Sie hebt das Blatt einhändig wieder ein Stück an, da sie es hat auf ihren Schoß sinken lassen. *»Sag deinem Gegenüber etwas, was du jetzt schon an ihm magst.«*

»Darf ich *alles* antworten? Mir ist bewusst, dass man nie alles am anderen mögen kann, doch ich tue es trotzdem. Weil ich es will.«

»Das geht mir ebenso, aber dessen ungeachtet gebe ich eine andere Antwort. Denn eine Sache, sosehr sie mich gleichzeitig beschämt, mag ich besonders. Du schenkst mir so viele wunderbare Worte, die mich wirklich bewegen.«

Diane mischt sich ein. »Wieso beschämen?«

»Weil ich das nicht beherrsche.« Elaine tippt sich an ihre Herzgegend. »Hier sind jede Menge Gefühle. Aber mir fehlen die Worte. Er kann das viel besser.«

Jetzt könnte ich ihre Mutter beschämen, indem ich fallen lasse, dass, wenn man als Kind nie gelernt hat, sich emotional auszudrücken, es einem als Erwachsener schwerfällt.

Aber da ich das gleiche Problem hatte und hier den höflichen Gebraucht-Schwiegersohn spielen möchte, spreche ich zu Elaine: »Du lernst schnell. Meine Kinder bekamen zu wenig von mir, und ich habe geübt, ihnen ehrlich zu sagen, was ich ihnen gegenüber empfinde. Deshalb bin ich dir möglicherweise voraus. Allerdings hat mir auch nichts gefehlt, vielleicht wäre es mir nicht einmal aufgefallen. Man kann Emotionen nicht bloß mit Worten ausdrücken. Es gibt keinen Grund, beschämt zu sein. Nächste Frage, bitte.«

»Worüber macht man keine Witze?«

Zwar wäre sie dran, aber ich sage schnell: »Über mich. Man macht auf keinen Fall Witze über mich.«

Elaine lacht und bestätigt nickend: »Ja, über Preston Connor macht man auf keinen Fall Witze.«

Wir grinsen uns an, und das ist genau das, was für mich wichtiger ist. Was bringt mir eine schwülstige Beteuerung, wie toll ich wäre? Ist es nicht viel besser, wenn sie sofort versteht, was ich meine?

Diane sieht verwirrt aus, aber sie kann auch nicht ahnen, dass ich auf meine Freunde anspiele, die ständig versuchen, auf meine Kosten witzig zu sein. Warum mich das amüsiert, würde sie noch viel weniger verstehen. Diese Dynamik zwischen ihnen und mir zu begreifen, das ist schwierig und geht auch niemanden etwas an.

»Nächste Frage. *Wenn du jetzt sterben würdest, ohne mit jemandem gesprochen zu haben: Was würdest du bereuen, nicht gesagt zu haben, und warum hast du es noch nicht getan?* Nichts. Einfach nichts. Ich bin gerade an einem Punkt in meinem Leben, da habe ich alles, was mir wichtig ist, ausgedrückt.«

»Ja, ich liebe dich auch«, antworte ich.

Sie lächelt und sieht auf das Blatt. »Meine Pflanzen, weil ich nicht noch mehr dem Tod überlassen kann; der meiner Mutter; es gibt keins, das er nicht kennt.«

Erst als sie mir das Blatt in die Hand drückt und ich einen Blick darauf werfe, begreife ich, was sie meint. Sie hat die letzten Fragen quasi in einem Satz beantwortet. *Was rettest du aus einem brennenden Haus, wenn alle Liebsten und Haustiere in Sicherheit sind? Der Tod welchen Familienmitglieds wäre für dich am schlimmsten? Erzähle deinem Gegenüber von einem persönlichen Problem.*

Dem schließe ich mich an: »Das Lieblingsspielzeug meiner Kinder; meine jüngere Schwester, einfach weil sie die jüngste ist; es gibt keins, was wichtig ist, aber in Zukunft werde ich sie mit jedem nerven.«

Ehe sie fragen kann, reiche ich Diane das Stück Papier. Sie

liest nickend und erhebt sich anschließend. »Leider muss ich nun los.«

Das erscheint mir eher wie eine Flucht zum Nachdenken, aber aufhalten werde ich sie nicht.

Zur Verabschiedung werde ich von Diane umarmt. Was das bedeutet, weiß ich, als ich höre, wie sie Elaine bei der Abschiedsumarmung ins Ohr flüstert: »Ich wünschte, dein Papa und ich könnten auch so werden wie ihr beide. Schick mir auf jeden Fall den kompletten Fragenkatalog. Und ... Ja, erhaltet euch das, was ihr habt. Ich glaube, das ist selten.«

Mit einem hoheitsvollen Lächeln verabschiedet sie sich endgültig und Elaine schlingt den Arm um meine Taille. »Da kannst du mal sehen. Wir sind inspirierend.«

»Wenn nicht wir, wer dann? Allerdings bringt sie diese Inspiration nicht weiter, falls dein Vater nicht mitspielt. Veränderung benötigt den eigenen Willen zur Änderung und nicht den von anderen.«

»Meine Güte, ich habe mir so einen cleveren Kerl geangelt.« Sie seufzt theatralisch und lacht danach. »Ich glaube, an dieser Stelle ist tatsächlich alles Wichtige geklärt, oder?«

»Meine Güte, habe ich mir ein cleveres Weib geangelt«, äffe ich sie nach, was sie schon wieder lachen lässt.

»Ich denke, solange wir lachen können, bekommen wir jedes Problem gelöst, oder?«

Sie packt mein Revers links und rechts und zieht mich ein Stück in ihre Richtung. Das unterstütze ich, indem ich sie mit gespreizten Fingern zwischen ihren Schulterblättern noch näher ziehe.

»Richtig. Und zwar gemeinsam, sonst bekomme ich Ärger. Problemlösung unter Lachen oder wahlweise Küssen, gefällt mir. Ich kann beides ziemlich gut, sagt meine Frau.«

»Sie muss wirklich wahnsinnig klug sein.«

»Ist sie. Deshalb behalte ich sie.«

»Ich bin sicher, sie will liebend gern bei dir bleiben.«

»Sie hat keine Wahl.«

»Weil sie in dem Fall keine braucht.«

»Küss mich endlich.«

»Du redest doch, als wärst du Anwalt.«

Genug. Ein Kuss, ein langer Kuss, dann zurück an die Arbeit, denn ich kann jetzt jederzeit Küsse bekommen.

41

HAPPY END

Elaine

Mittlerweile haben wir uns eingespielt. Wir sind bei mir, wenn wir unsere Ruhe wollen, haben wir Lust auf Gesellschaft oder sind seine Kinder da, sind wir in der WG. Er geht mit seinen Freunden zum Sport und verbringt weiter regelmäßig einen Abend mit ihnen.

Er ist in recht kurzer Zeit ein Anker für mich geworden. Ein Anker zu mir selbst. Gab es vorher die Arbeit und mich, gibt es nun mich, ihn und die Arbeit.

Ich liebe es weiterhin, Anwältin zu sein, aber ich achte auf mich. Seinem Beispiel folgend gönne ich mir mehr Freizeit, indem ich Aufgaben an andere Anwälte abgebe, von denen es nicht wichtig ist, sie persönlich zu erledigen.

Dieses Freischaufeln für mich gibt mir gleichzeitig Raum für ihn. Ich erlebe mich selbst bewusster, und vielleicht war ich noch nie so entspannt und mit mir im Reinen, wie seit wir zusammen sind.

Er sagte, er kennt diesen Effekt. Angeblich ging es ihm ähnlich, und er will mich im Zweifelsfall genauso nötigen, mehr Privatleben zu haben, wie seine Freunde es mit ihm taten. Doch das ist nicht notwendig. Es fällt mir leicht, vor allem, da ich bei ihm sehen kann, dass es funktioniert.

Den heutigen Abend verbringt er mit seinen Freunden, weshalb ich mir eigentlich Zeit für mich in der Badewanne mit einem Buch gönnen wollte. Dinge, die es vor Preston nicht gab. Dieses komplette Abschalten. Für heute war als Lesestoff noch ein Erziehungsratgeber angedacht. Das ist nun doppelt nützlich. Um zu begreifen, was Dani mir erzählt, und gleichzeitig, um Aiden und Jack besser zu verstehen.

Nach wie vor möchte ich keine eigenen Kinder, aber die beiden sind mir ans Herz gewachsen. Warum kann ich nicht genau erklären. Möglicherweise weil ich in ihnen verschiedene Züge von Preston erkenne; vielleicht da sie auf ihre Art unterhaltsam sind oder eine neue Herausforderung bieten. Ganz davon abgesehen, dass man durch sie einen ungewohnten Blick auf die Welt bekommt, schon allein daher, da sie andere Dinge schätzen als ein Erwachsener.

Dani behauptet, ich hätte es raffiniert gelöst. Ich kann Spaß mit Kindern haben, trage aber keine Verantwortung, und bevor sie richtig nerven, sind sie schon wieder bei ihrer Mutter in bester Obhut.

Die Badewannenpläne sind gestrichen, weshalb ich die Sachen, die ich mir für die kleine Auszeit auf dem Beistelltisch der Wanne vorbereitet habe, wieder aufräume. Ryker hat mich informiert, dass ich spontan in die WG kommen müsste, da es wichtig wäre.

Zum Glück ist sie wenigstens nicht weit von meiner Wohnung entfernt, und ich kann bald vom Fahrstuhl ins Penthouse treten. Kaum öffnet sich die Tür, schlägt mir laute elektronische Musik entgegen.

Nach ein paar Schritten bleibe ich stehen. Was tun sie da?

Sie befinden sich alle vor dem großen Fernseher. Ryan, Ethan und Ryker in Sportkleidung, Preston ohne Sakko, mit hochgekrempelten Ärmeln. Auf dem Bildschirm tanzen fünf Jugendliche ziemlich schnell über die breite Treppe eines Schlossaufgangs.

Die vier Männer machen die Bewegungen nach, bis Ethan ruft: »Ich will das Tutorial noch einmal sehen. Ich kann mir den Scheiß nicht merken.«

Er bleibt abrupt stehen, und Ryan fängt an zu lachen, wozu er auf den Boden sinkt. »Und wir müssen das auch noch Tom beibringen.«

Ich wechsle die Handtasche von einem Arm zum anderen, unschlüssig, was ich tun soll. Warum hat Ryker mich herbestellt?

Ryker und Ethan lachen mit, die Kerle auf dem Bildschirm tanzen weiter, und Preston schaut auf seine Füße, wobei er eine Bewegung vollführt, die nicht auf dem Fernseher vorgeturnt wird. Dabei macht er eine Drehung und hebt den Kopf. Er sieht mich und unterbricht die Schritte.

Ryan sagt in seine Richtung: »Jetzt weiß auch jeder Waldorfschüler, dass du Karen heißt.«

Ethan und Ryker lachen erneut, Preston sieht weiter zu mir, weshalb ich mich in Bewegung setze.

»Was tust du hier?«, fragt er.

»Ryker bestand darauf, dass ich herkomme.«

Preston holt genervt Luft und öffnet einen weiteren Knopf seines Hemdes, als wäre es ihm ziemlich warm. Ihn ohne Krawatte, mit hochgekrempelten Ärmeln und ein paar geöffneten Knöpfen zu sehen, lässt ihn viel lässiger wirken als in der Kanzlei oder wenn wir draußen unterwegs sind. So sieht man ihn nur im privaten Bereich.

Ryker bestätigt mit einem dicken Grinsen: »Jepp. Ich dachte, das darfst du nicht verpassen.«

»Was tut ihr denn da?«, will ich wissen und hole mir einen Kuss bei Preston ab.

»Mia und ich werden bald heiraten und ich plane eine kleine Show«, erzählt Ryan, der sich wieder erhoben hat, um mich zur Begrüßung zu umarmen.

Dass diese Männer recht herzlich sind, konnte ich bereits feststellen. Die Sache mit Ethan und Ryker scheint gänzlich vergessen, stattdessen behandeln sie mich wie ein geliebtes Familienmitglied. Was anderes sind diese vier Kerle nicht: eine seltsame Art der Familie. Nein, eher mehr.

Wie Preston es einst erwähnt hat, gibt es Zuneigung und Liebe auch außerhalb von Partnerschaften. Sie sind das beste Beispiel dafür.

»Ryker! Du hast mich herbestellt, dass ich zusehe, wie ihr tanzt?«

»Das muss man von Preston gesehen haben. Gib es ruhig zu: Das willst du doch gar nicht verpassen.«

Preston hat recht. Ryker ist ein Kindskopf und deshalb gehe ich darauf nicht ein.

Ungläubig deute ich auf den Fernseher und hake nach: »Ihr wollt das auf einer Hochzeit tanzen? Das ist ein ungewöhnlicher Tanz für eine Trauung.«

»Shuffeln nennt man das«, erklärt Ethan. »Das war bei den Kids eine ganze Zeit lang Trend. Ob es noch so ist, weiß ich nicht, aber Ryan ist eh nicht der Trendigste.«

Ryan behauptet: »Wir werden langsam alt. Es ist quasi unsere Pflicht, Trends immer zu spät umzusetzen.«

Preston reibt sich über die Schläfe. »Ich wollte dich sowieso noch etwas fragen.«

Ryker reißt die Arme nach oben. »Wohoo. Er macht ihr einen Antrag. Perfekt die Gelegenheit genutzt.«

»Und besser, als das auf meiner Hochzeit zu erledigen«, ergänzt Ryan.

Ethan gibt auch noch seinen Senf dazu: »Ja, vermutlich erledigt er das bevorzugt hier. Stellt euch vor, er mietet total romantisch einen Heißluftballon, fragt sie und sie sagt: *Nein. Nein. Niemals. Nein.* Es folgt sehr lange Zeit sehr peinliche Stille.«

Preston brüllt: »Könnt ihr mit diesem Mist vielleicht aufhören?«

Ich stehe stocksteif da und weiß nicht, was ich sagen soll.

Nach einem lauten Stöhnen nimmt Preston meine Hand und sagt: »Nein, ich wollte dich lediglich fragen, ob du mich zu dieser Hochzeit begleitest.«

»Du hast sie noch nicht gefragt?«, erbost sich Ethan in einem Tonfall, als wäre dieses Versäumnis das Schlimmste, was er sich vorstellen kann.

»Willst du nicht, dass sie auf den Fotos ist, falls ihr euch wieder trennt?«, vermutet Ryan.

»Seid einfach still!«, verlangt Preston und sieht sie nacheinander mit einem mahnenden Blick an, der andere Menschen vermutlich erstarren lassen würde. Die nicht. Sie grinsen.

Er packt meine Hand fester. »Entschuldige. Ich ging davon aus, dass du mich begleitest. So sehr, dass ich einfach vergaß, dich zu fragen.«

»Er vergisst meine Hochzeit! Ich drehe durch. Das Ereignis des Jahres! Des Jahrzehnts! Ach, was sage ich da: des Jahrtausends!«

»Ryan! Klappe!«

Nun muss ich kichern, weil solche Ausbrüche von Preston wirklich selten sind. Er zieht mich an sich und flüstert: »Entschuldige. Und? Kommst du mit? Obwohl die drei anderen auch dort sein werden? Da es vermutlich viel Essen gibt, sind sie vielleicht wenigstens für fünf Minuten still.«

»Ja, natürlich. Sehr gern. Ich freue mich.«

»Eine andere Antwort habe ich auch nicht erwartet.«

Nach einem Schnauben löse ich mich von ihm, um ihm den gleichen mahnenden Blick zuzuwerfen wie er seinen Freunden. Die Wirkung ist dieselbe: keine.

»Möchtest du etwas trinken, da du schon hier bist?«

»Ja. Oder soll ich wieder gehen?«

»Jetzt bist du hier und bleibst. Lach nicht zu laut, wenn ich – wie hat Ryan gesagt? – tanze, dass mein Name Karen ist.«

Er geht Richtung Küche und Ryker folgt ihm.

Ethan beschwert sich: »Uns fragen sie nicht, ob wir Durst haben.«

»Ich gehe schon«, teile ich ihm mit und folge den beiden.

»Und? Machst du ihr irgendwann einen Antrag?«, höre ich Ryker Preston fragen, weshalb ich stehen bleibe.

»Ich habe nichts geplant. Wir sind ohnehin nicht lange zusammen, die Scheidung ist auch immer noch nicht komplett abgeschlossen und nach Charlotte wollte ich sowieso nie wieder heiraten. Einmal reicht mir.« Er öffnet den Kühlschrank. »Aber vielleicht ...«

»Vielleicht?«, wiederholt Ryker und stellt Gläser aus einem Schrank auf den Tresen.

»Also falls ich es mir noch einmal überlegen würde ... dann müsste es jemand wie sie sein. Nein, nicht WIE sie, GENAU sie. Ich habe vorher nie jemanden wie sie getroffen.«

»Rosarote Brille?«

»Keine Ahnung. Aber eigentlich dachte ich das ganz sachlich.«

»So sachlich bist du gar nicht. Hast du nicht erzählt, du bist gegen eine Laterne gelaufen, als du deine Ex zum ersten Mal gesehen hast?«

»Ja, sie lachte so sympathisch. Ich hatte sie auch wirklich geliebt. Sie hat sich perfekt in mein Weltbild eingefügt, was eine gute Ehefrau ausmacht. Elaine dagegen kein bisschen. Elaine ist eher ... Wie erkläre ich das? Sie ist ein Stück von meiner Welt. Ein echtes. Ich kann mir keine andere vorstellen. Sie passt perfekt zu mir, und ich glaube, ich passe auch perfekt zu ihr. Wir sind ein gutes Team, ein richtig gutes Team, und das auf verschiedenen Ebenen. Eure Freundschaft bedeutet mir immens viel und sie hätte mir genügt. Wie du weißt, wollte ich keine Frau mehr und darum geht es mir auch gar nicht. Ich will einfach sie als Person in meinem Leben, weil es damit noch viel erfüllter ist.«

Ich schmelze gegen den Türrahmen, da diese Worte entkräftender auf Muskeln wirken als das härteste Spinning. Ryker ordnet die Gläser auf ein Tablett, das er aus einer Schublade gezogen hat.

Danach sieht er direkt in meine Richtung, weshalb ich zusammenzucke. Ertappt.

Er grinst und zwinkert mir zu, wonach er zu Preston sagt: »Mir gefällt, wie du es siehst. Davon abgesehen, dass ihr offensichtlich aufeinander abfahrt, haben wir schon ausreichend über euch gelästert. Ihr seid euch auf so eine perfekte Art ähnlich, dass es fast Inzest ist.«

»Denk dir an dieser Stelle einfach ein Schimpfwort für dich, das du als passend erachtest.«

Beide lachen, wonach Ryker fragt: »Und was ist dir an ihr als Erstes aufgefallen?«

»Hm. Ich glaube, ihre Kompetenz und ihre verbalen Konter haben mich ziemlich gefesselt.«

»Wärst du ein normaler Mann, hättest du *ihr Arsch* gesagt.«

»Man muss nicht jeden schmutzigen Gedanken verbalisieren.«

»Das ist verdammt schade.«

Da Preston sich zwei Flaschen unter den Arm geklemmt hat und mit zwei weiteren auf Ryker zugeht, gehe ich langsam rückwärts und flüchte dann in das Gäste-WC, damit sich niemand wundert, wo ich war.

Puh. Ich betrachte mich selbst im Spiegel. Hat Preston gerade gesagt, er will eigentlich nie wieder heiraten, aber bei mir kann er sich das vorstellen? Ich wäre ein Stück seiner Welt und wir passen perfekt zueinander?

Dass er das zu seinem Freund sagt, ist irgendwie bewegend. Bewegend genug, dass meine Beine sich gar nicht mehr verfestigen wollen. Ich nehme mir ein Stück Toilettenpapier und tupfe vorsichtig unter den Augen entlang.

Ich hätte nicht erwartet, dass er so denkt, nicht nach der kurzen Zeit. Auch nicht, dass er so über mich vor seinen Freunden spricht. Mann. Ich umgreife das Waschbecken, das zerknüllte Papier in der Hand. Was bin ich denn so weinerlich? Ist Vollmond? Zyklusbedingt?

Ach, was mache ich mir vor. Es liegt an ihm. Niemand und nichts kann mich so rühren wie er.

Ich werfe das Papier in den Abfalleimer und atme durch.

Möglicherweise sollte ich es mir eingestehen: Niemand ist wie Preston. Niemand war jemals so, wie Preston es für mich ist. Ich weiß nicht, ob das traurig für mich sein müsste, aber eigentlich bin ich einfach nur glücklich, ihn gefunden zu haben.

Wieder in Balance betrete ich erneut den Wohnbereich. Preston kommt mir entgegen. Irgendetwas bringt ihn zum Stolpern und er fällt direkt vor meine Füße, wobei er nach mir greift, um Halt zu finden. Vor Schreck weiche ich nach hinten aus, packe jedoch geistesgegenwärtig seine nach mir ausgestreckte Hand.

Er sieht mich von unten an, packt meine Hand fester und sagt: »Wärst du irgendwann für einen Kniefall bereit?«

»Was?«

»Glaubst du, mein Freund erzählt mir nicht, wenn du heimlich lauschst?«

Ich sehe empört zu Ryker, der grinsend mit den Schultern zuckt.

Preston zieht an meinem Arm. »Bleibst du mit deiner Aufmerksamkeit gefälligst bei mir?«

Mit einem Zungenschnalzen sehe ich ihn wieder an. »Was ist das? Der Antrag für einen Antrag?«

»Ja. Hier wird Lauschen nicht bestraft, sondern belohnt. Siehst du mal, was du für ein Glück hast. Und? Wie lautet deine Antwort? Ein richtiger Antrag wäre natürlich formvollendet, garantiert nicht in einem Heißluftballon und kein albernes Vorspielen, dass ich stolpere.«

Es geht nicht anders, ich lache.

»Diese herzlose Frau lacht ihn aus!«, beschwert sich jemand.

Das ist mir egal. Ich sinke ebenfalls zu Boden, umgreife ihn und drücke das Gesicht an seinen Hals, um dort einen Hauch Preston einzuatmen. »Ich will die einzige Frau für dich sein, die für einen Vielleicht-Antrag jemals wieder infrage kommt.«

Er dreht den Kopf und küsst meine Schläfe, um dort zu flüstern: »Ich bin noch nicht einmal geschieden.«

»Ich weiß«, flüstere ich zurück.

»Ich wollte das wirklich nie wieder.«

»Auch das weiß ich.«

»Aber wenn, sollst du es sein.«

»Das zu wissen, macht mich glücklich.«

»Mich auch. Trotzdem warten wir, oder?«

»Du bist noch nicht einmal geschieden«, wiederhole ich seine Worte. »Es ist nicht eilig.«

»Wir handeln sowieso nicht gern überstürzt. Wir sind doch rational und spießig.«

»Für mich fühlt sich das mit uns weder überstürzt noch rational an. Eine Ehe würde es nicht besser machen können.«

»Ja, das sehe ich genauso. Eine Ehe verändert nichts, außer Papier. Ich möchte aber nicht, dass du denkst, Charlotte heirate ich und bei dir kommt das nicht infrage. Deine Mutter hat doch so etwas gesagt. Und vielleicht gefällt mir der Gedanke, irgendwann sagen zu können: *Das ist meine Ehefrau.* Statt: *Das ist meine Frau.*«

»Mir auch. Weil du mit dem Spießig recht hast.«

Er lacht leise in mein Haar und erwärmt damit nicht nur diese Stelle, sondern mich gesamt.

Ethan murrt: »Das ist der längste und langweiligste Antrag, den man sich vorstellen kann. Was treibt ihr da? Den Ehevertrag ausdiskutieren?«

»Was hast du erwartet?«, fragt Ryan. »Ihre Ehe wird nicht anders sein, als die uns belustigende Mutmaßung darüber, wie sie zusammen auf der Couch thronen. Gekleidet, als müssten sie gleich auf ein wichtiges Meeting, und ihren Stock jeweils tief im Arsch, weshalb ihre Rücken durchgestreckt sind. Er hält ihre Fingerspitzen und zwischen ihnen ist ein züchtiger Abstand. Vor ihnen läuft der Fernseher und …«

»Sie gucken Denver-Clan!«, unterbricht ihn Ethan.

Ryker macht ein abwertendes Geräusch. »Natürlich nicht. Sie sehen sich Suits an und diskutieren die Fälle.«

»Nein!«, behauptet Ryan. »Bildungsfernsehen oder eine Oper. Profanes Mainstream-Unterhaltungsprogramm ist doch nichts für die beiden, ihr Dummköpfe. Wollen sie es etwas entspannter angehen, lehnen sie sich sogar hinten an. Krass, oder?«

Preston sagt, ohne sein Gesicht von mir zu nehmen: »Zu Hause sind wir lockerer. Da trägt sie keinen BH. Das ist an Formlosigkeit kaum zu überbieten.«

Ich schmunzle und ergänze: »Und er legt Krawatte und Uhr ab. Damit ist er so gut wie nackt.«

Die Männer lachen und ich spüre Prestons Grinsen an meiner Kopfhaut.

Er erhebt sich, wobei er mir die Hand reicht, um mir aufzuhelfen.

Ryker legt den Arm um Ethans Schulter. »Ryan hat jemanden gefunden. Preston haben wir seine Lady verschafft. Als Nächstes nehme ich mir dich vor.«

»Vergiss es«, protestiert Ethan.

»Ja, besser wäre das«, mischt sich Ryan ein. »Falls sich Ethan mal verliebt, will ich nicht in deren Haut stecken.«

»Warum denn das?«, beschwert sich Ethan.

»Guck dich doch mal an. Ekelhaft.«

»Stimmt. Ich würde nur eine heiraten: deine Mia. Die ist nett zu mir, obwohl ich ekelhaft bin.«

»Was ist denn mit dir nicht richtig?! Finger weg von meiner Frau!«

»Wenn ich sie nicht haben kann, will ich keine«, schluchzt Ethan gespielt.

Preston flüstert mir ins Ohr: »Dir ist klar, dass du irgendwann einen Mann mit sechs Kindern heiraten könntest, oder?«

»Völlig gleich wie viele, diesen Mann gebe ich nicht mehr her.«

42

TEUFLISCHES HAPPY END

Elaine

»Das ist heiß«, murmelt er und verstreicht mehr Farbe über meinem Busen.

Ich erwidere das und verteile ebenfalls von der goldenen Farbe über seiner Brust. Er hat recht. Das ist verdammt heiß. Man könnte denken, man sieht lächerlich aus, wenn man sich mit Farbe beschmiert, aber er nackt, teilweise vergoldet ... So würde ich ihn direkt an die Wand hängen.

Seine Hand rutscht an meinen Rücken und er drückt seinen Oberkörper gegen meinen. Ein Kuss folgt, wobei er seine Erektion an meinem Bauch reibt. Ich streiche über seine Wange und bemerke erst, als er den Kopf ein Stück zurückzieht, dass zwei goldene Striche davon zurückgeblieben sind. Egal wo oder was wir anfassen, es wird farbig.

Ich nehme ihm die Farbtube ab und gieße etwas auf meine Hand, um danach seinen Schaft zu umgreifen. Er holt zischend Luft, doch statt sie zu bewegen, lasse ich ihn gleich wieder los und betrachte mein Werk.

Mein Handabdruck auf ihm. Schade, dass es nicht bleibt. Mir würde es gefallen, dort immer zu sehen, dass er mir gehört.

»Setzen«, befiehlt er und ich lasse mich auf der Leinwand nieder.

Er folgt mir, drängt meine Beine auseinander und platziert sich dazwischen, um mich erneut zu küssen. Der leidenschaftliche Kuss zwingt mich, mich hinten abzustützen, und ich recke ihm die Brust entgegen. Er küsst sich den Hals entlang und reibt mit dem Kinn über meine Haut, das sich dabei golden verfärbt. So umkreist er meine Oberweite und umschließt die Spitzen mit den Lippen, um sie zusammenzudrücken.

Die Farbe ist abwaschbar, ungiftig und unschädlich für Schleimhäute. Lecker ist jedoch anders und das Gefühl, dass er trotzdem unbedingt meine Brustspitzen mit dem Mund verwöhnen möchte, ist mindestens genauso erregend wie die körperlichen Empfindungen, die es quer durch mich hindurchjagt.

»Dreht dich um«, schnurrt er vibrierend, wobei er ein letztes Mal zukneift, was zu einer kleinen Hitzeaufwallung führt.

Ich leiste der Aufforderung Folge, und als ich erkenne, was bereits auf der Leinwand zu sehen ist, rufe ich entrüstet: »Preston! Ist mein Hintern wirklich so riesig?«

Seine Stirn sinkt auf meinen Rücken und er lacht.

»Was gibt es da zu lachen?«

»Elaine, du bist mit deinem Hintern hin und her gerutscht.«

»Das sieht nicht nach Rutschen aus.«

»Ich bin sicher, jeder Po erreicht auf eine Leinwand gepresst größere Dimensionen.«

»Beweise es. Mit, mit … mit einem Penisabdruck! Wehe, er ist nicht riesig!«

»Sei jetzt still. Ich kann nicht lachen und gleichzeitig geil sein. So ein Bild zeichnet sich nur mit harten Borsten anständig unanständig.«

Nun lache ich. Er beugt sich weiter über mich, packt meinen

Haarknoten und flüstert rau: »Still sagte ich. Künstler bei der Arbeit.«

Seine Hand rutscht über den Rücken, bis zwischen die Schulterblätter, um mich nach unten zu drücken. Er presst die Brüste und damit auch mein Gesicht auf die Leinwand und umfasst gleichzeitig mein Becken, um mich an ihn zu ziehen.

Das unterstütze ich, indem ich den Rücken so weit wie möglich ins Hohlkreuz biege, was er mit zwei Fingern belohnt, die zwischen meine Schenkel gleiten. Sie kreisen, zeichnen nach, drücken sich ein Stück in mich hinein.

Er reibt sich an mir, zieht seine Hand zurück und spreizt mit beiden meine Pobacken.

»Ich will die goldene Pussy, und ich will auch, dass sie irgendwo auf diesem Bild einen Abdruck hinterlässt. Ich werde keine andere Wahl haben, als mir jeden Morgen und jeden Abend einen runterzuholen, während ich mir das ansehe.«

Ein Schlag auf meinen Hintern, der mich Luft holen lässt, und dann spüre ich seine Spitze, die sich quälend gemächlich Zugang verschafft, sich weiter in mich bohrt, bis wir eins sind.

Er bewegt sich sinnlich langsam, aber da ich nirgends seine Hände spüre, die sonst immer irgendwo an mir sind, drehe ich den Kopf und schiele zu ihm. Er ragt hinter mir auf und ich kann das durch seine Beckenbewegung ausgelöste Spiel seiner Muskulatur beobachten. Durch seinen goldgezierten Körper sieht er aus wie ein besudelter Gott und ich kann kaum atmen vor Lust.

Er streckt beide Arme nach vorn, bewegt die Hüfte etwas drängender und dreht die Farbtuben, die er in den Händen hält, sodass sie auf meinen Rücken tropfen. Die Farbe verteilt sich überall, Wirbelsäule, Schultern, Po, läuft von mir und verursacht kribbelnde Bewegungen auf der Haut.

Das Bild. Mein Wunsch war, dass es irgendwie hübsch wird, aber nun ist es mir egal. Sein Blick ist fest auf mich gerichtet, als wäre ich die Leinwand, die er nach seiner Vorstellung gestalten wird. Nachlässig legt er die Tuben zur Seite, packt mit einer Hand an der Hüfte, um härter zustoßen zu können, mit der anderen verteilt er die Farbe weiter auf mir, streichelt sie auf Oberschenkel, Arme, Bauch.

Ich möchte hochkommen, doch ein energischer Griff an meinen Hals hält mich fixiert, während sein Daumen zärtlich über die Wange streicht.

Meine Lider schließen sich. Sein Griff bedeutet, ich muss nichts tun, mich nur fallen lassen und dem folge ich. Selbst bei geschlossenen Augen sehe ich nur noch Gold. Gold und blau. Welch perfekte royale Mischung.

Das ist das hier. Königlich. Ich fühle mich königlich genommen. Delikater Druck, exzellente Dehnung, maßgeschneiderter Schwanz. Mein Schoß ist sein Thron und sein Zepter gibt ihm Macht über mich.

Was ohne brennende Lust alberne Gedanken wären, ist im Moment schlicht befeuernd. Er treibt mich vorwärts, immer höher; drückt zunehmende Ekstase in mich mit jedem betörenden Stoß.

Er stoppt, gesteht mir nur noch ein kleines Stück von sich zu, weshalb ich mich rückwärts dränge, um wieder mehr zu bekommen.

»NICHT bewegen«, warnt er und der herrische und zugleich erregte Unterton bringt mich zum Erschaudern. Kühle Flüssigkeit an dem erhitzten nassen Bereich lässt meinen Körper das gleich noch einmal wiederholen.

Er tropft Farbe auf uns? Seine Finger verteilen das sich langsam erwärmende Gold um alles, worin sein Schaft weiter steckt.

Ruckartig zieht er sich komplett zurück, deutet auf ein unbeflecktes Eck der Leinwand und fordert: »Dort. Abdruck. Jetzt.«

Mit gespreizten Schenkeln lasse ich mich nieder und werfe einen Blick dazwischen. Man erkennt deutlich den entstandenen Spalt, den er in mich gefickt hat, kann fast ein Stück in mich hineinsehen. Außenrum überall Gold, was ein abstraktes, fremdes Bild ergibt.

Meine Augen huschen zu ihm, und die Art, wie er dorthin sieht, lässt mich diesen Anblick, den ich biete, selbst erregend finden. Ich kippe das Becken und drücke mich fest gegen den Stoff. Zeit zum Betrachten gibt er mir nicht, denn er sinkt auf den Rücken und sieht mich auffordernd an.

Ein Ritt auf Preston ist keine gute Sache. Dabei verliere ich mich viel zu schnell in einem Höhepunkt, weil es fast reizvoller ist, über ihn zu bestimmen, wie über mich bestimmen zu lassen.

Ich schwinge ein Bein über ihn und sinke auf seine Brust. Von dort aus rutsche ich nach hinten, streife die restliche Farbe durchmischt mit meiner flüssigen Erregung ab, bis ich ihn einfangen kann und in mich aufnehmen.

Einen Moment halte ich inne und denke an das Bild von neulich. Preston mit Handschellen gefesselt unter mir. Die gleiche Position wie ich damals nach der Aktion meines Bruders. Das war unglaublich. Er hat unter mir getobt und geknurrt wie ein tollwütiger Köter, während ich mir genüsslich drei Höhepunkte abgeholt habe, bis ich ihm einen gönnte.

»Woran denkst du?«, fragt er mit einem lüsternen Funkeln in den Augen.

»An dich und die Handschellen.«

»Mhm. Das schreit nach einer Wiederholung, oder? Aber ich habe noch etwas gekauft und auf die Liste geschrieben, was ich vorher ausprobieren will. Doch bevor wir uns in Vergangenem und Zukünftigem verlieren: Wärst du so freundlich, dich an der Gegenwart zu beteiligen?«

Ich schmunzle und streichle über seine Brust.

»Anscheinend nicht«, behauptet er.

Seine Hände finden Platz an meiner Hüfte und er bestimmt den Rhythmus von unten. Ich nehme ihn auf und ergänze ihn, wobei ich mich nach vorn beuge, um ihn küssen zu können. Eine Hand von mir fasst in einen feuchten Farbfleck, woraufhin ich damit in sein Haar greife und ihn verlangender küsse.

Er bäumt sich ein letztes Mal unter mir auf, wonach er sich in einem Höhepunkt verliert, bei dem er mich nicht aus den Augen lässt. Gott, ich liebe es, in seinem Blick gefangen zu sein.

Mit seiner Entspannung ist es an mir, mir zu nehmen, was ich will. Ich richte mich auf, kreise mit dem Becken, genieße seine letzten Zuckungen in mir und führe seine Hand an meinen Schritt.

Ich kreise, er kreist, ich drücke, er drückt. Eine goldene Wolke explodiert hinter meiner Stirn, ich reite den Orgasmus genussvoll auf ihm aus und brumme laut und zufrieden, als der Nebel sich lichtet.

Er bleibt liegen und verschränkt die Arme hinter dem Kopf. »Bleib. Ich will den Anblick genießen. Es wäre möglich, dass ich noch nie etwas Heißeres gesehen habe.«

Das kann ich zurückgeben und taste mit den Fingern über seinen flachen Bauch. Er ist erhitzt und trotzdem beginnt dic Farbe langsam zu trocknen.

»Möchten wir nicht sehen, was aus unserem Bild geworden ist?«, frage ich.

»Ich hänge dich an die Wand.«

»Das dachte ich vorhin auch schon.«

»Dass du an meine Wand möchtest?«

»Nein. Dass DU an MEINE kommst.«

»Dann können wir uns ja gar nicht mehr sehen.«

»Wieso?«

»Du hängst bei mir, ich bei dir ... Schwierig.«

Ich drücke ihm einen Finger in den Bauch. »Witzbold.«

»Bist du mit unserer Wohnsituation noch zufrieden?«

»Wieso fragst du?«

»Kannst du nicht einfach antworten? Ich möchte wissen, falls es dir zu wenig ist.«

Um darauf einzugehen, beuge ich mich nach vorn. »Preston. Es ist perfekt. Ich kann es mir nicht besser vorstellen.«

»Ja? Du vermisst keine gemeinsame Wohnung? Ich dachte, es ist das, was alle Frauen sich wünschen.«

»Vermisst du es etwa?«

»Nein.«

»Na also. Ich finde es, wie gesagt, perfekt. Wir haben alles beieinander. Es ist egal, wohin wir nach Feierabend gehen. Wir sind häufig bei mir, und ich hoffe, du fühlst dich so wohl wie ich, wenn ich bei dir bin. Hier haben deine Kinder ihre Zimmer, hier sind deine Freunde. Du bestehst darauf, sie regelmäßig zu sehen, und du bist nun einmal ein Teil der WG. Außerdem bin ich froh, wenn wir abends länger mit ihnen beieinandersitzen, dass ich einfach ins Bett gehen kann und nicht nach Hause fahren muss. Selbst Ryan und Mia übernachten immer wieder in Ryans altem WG-Zimmer. Für mich ist es, als hätten wir zwei gemeinsame Zuhause. Ich finde das sogar schön.«

»Wir sind kein besonders klassisches Paar, hm? Doch nicht so spießig.«

»Nein. Wir sind ein Paar, das sich die Welt so gestaltet, wie es ihm guttut. Möchte ich etwas ändern, werde ich es dir sagen, und ich weiß, du wirst es ernst nehmen.«

»Ja, das werde ich. Ich will, dass du glücklich bist, weil das mich glücklich macht.«

»Ich bin glücklich. Ich war nie so glücklich wie mit dir. Und jetzt Schluss damit, sonst verwandelt sich das Gold in kitschiges Rosa.«

»Dann sehen wir, ob wir weiter glücklich sind, wenn wir unser Bild betrachten.«

Wir erheben uns, möglichst ohne die Leinwand zu viel zu berühren, und bleiben davor stehen. Er legt den Arm um mich und zieht mich näher. Wir blicken es an, ohne etwas zu sagen, bis er meine Hand greift und in seinen Schritt drückt.

»Woher kommt denn das schon wieder?« Ich stöhne gespielt.

»Ich sagte doch, der Pussyabdruck wird mich beschäftigen.«

Hm. Das sieht einfach nur wie ein Fleck aus. Überhaupt alles sieht nach Flecken aus. Mein Hintern ist nicht mehr als Hintern zu erkennen, von meiner Brust erkennt man nur noch ein kleines Stück. Ein Handabdruck ist sichtbar. Das muss anscheinend ein Klassiker sein, denn er ist auch auf dem gekauften Bild zu sehen. Allerdings ist bei uns darüber hinaus ein Fußabdruck. Der wird von ihm sein, als er die Beine aufstellte, um von unten mitzuspielen. Ich meine außerdem, Haare zu erkennen, und blicke an seinen Hinterkopf. Tatsächlich. Vergoldet.

Aber ich muss zugeben, mir gefällt es. Viele Flecken, teils verwischt. Das Rinnsal, das über meinen Rücken lief, hat ein Muster hinterlassen, alles ist wild und durcheinander. Vielleicht bemerkt man noch nicht einmal, dass wir es gegen das gekaufte Bild tauschen.

»Und nun?«, frage ich.

»Ein paar Tage trocknen lassen, danach gebe ich es einem Rahmenbauer. Er wird es fixieren und rahmen. Dann hoffe ich, den Kindern fällt nicht auf, dass dort eine andere *Baustelle* hängt. Und wenn sie in der Pubertät sind und erkennen, was es ist, können sie ihren alten Herrn für einen Perversen halten. Das wird lustig.«

Lachend schmiege ich mich an seinen Arm und frage: »Gehen wir duschen? Die Zeit sollte für unseren geplanten *Ausflug* reichen, bevor Charlotte die Kinder bringt.«

»Geh allein, sonst reicht die Zeit nicht. Ich darf noch meinen Koffer packen, weil meine Frau sagt, ich muss das selbst tun. Und das Bild braucht auch einen sicheren Platz zum Trocknen.«

»Kindersicher?«

»Rykersicher, ethansicher und zuletzt kindersicher. Du solltest mittlerweile verstanden haben, dass so etwas nötig ist.«

Ich klapse ihm schwungvoll auf den Hintern, was mir einen stechenden Blick einbringt und danach ein Lächeln. Hüftschwingend möchte ich mich auf den Weg zur Dusche begeben, da fangen mich zwei starke Arme ein, die mich an einen harten Mann pressen.

Oh, hat er es sich anders überlegt? Eine Hand rutscht tiefer, bedeckt besitzergreifend meinen Schritt und übt Druck aus. So drängt er mich vorwärts, stoppt an dem Nachttisch und greift nach seinem Smartphone.

»Was tust du?«

»Schau lüstern«, flüstert er dunkel an mein Ohr und streckt die Hand aus.

»Hast du ein Foto gemacht?!«

Er bewegt das Smartphone ein wenig von links nach rechts und oben sowie unten, während seine Hand weiter zwischen meinen Schenkeln ruht.

»Mehrere.«

»Ich will sie sehen.«

Sein Telefon ist voller goldener Fingerabdrücke, trotzdem erkennt man die Bilder deutlich. Ich muss zugeben, dass sie mir gefallen. Es sind zwar nur Schnappschüsse, aber das hat was. Meine Vorderseite komplett in Farbe, wodurch die Brüste nahezu bedeckt wirken. Die Hand im Schritt nimmt dem Bild das Ordinäre und macht es gleichzeitig verdorbener. Der Mann dahinter, von dem man eigentlich nur einen starken Arm, Schultern und den gierigen Blick wahrnimmt, der, obwohl er auf die Kamera gerichtet ist, bloß mir gilt.

Heiß. Das Bild ist absolut heiß. Ich glaube, ich fand mich noch nie so schön auf einem Foto.

»Das kommt in dein Schlafzimmer«, bestimmt er.

»Meinst du?« Ich zögere. Warum nicht? Nur wir sehen es. Sonst betritt es niemand. Bis auf meine Reinigungskraft, doch die wird schon Schlimmeres gesehen haben. Die Kinder sind zwar ab und zu mit in meiner Wohnung, aber wir schlafen immer im Penthouse, da hier ihre Zimmer sind. Falls man den Hintergrund entfernt, könnte es tatsächlich wandtauglich sein.

»Und? Einverstanden?«

»Ja. Kümmerst du dich darum?«

Er küsst mich auf die Schläfe. »Ich werde es auf die größtmögliche Abmessung drucken lassen.«

Ich drehe mich in seiner Umklammerung und umfasse ihn, um

ihm in die Augen sehen zu können. Dieses faszinierende Blau, dessen Farbnuancen ich so gut deuten kann. »Es ist schön mit dir. Alles ist schön mit dir. Ich freue mich auf den Urlaub mit den Kindern. Und auf unseren *Ausflug*.«

Ein verschlagener Ausdruck macht sich auf seinem Gesicht breit und nach einem Kuss bin ich zum Duschen entlassen.

Zum Glück geht die Farbe gut runter, und ich sehe zu, wie das Gold immer schwächer wird, bis das Wasser klar ist. Preston tut zwar so, als wäre es völlig normal, aber ich glaube, er ist aufgeregt aufgrund unseres Urlaubs. Fünf Tage. Länger können wir es uns momentan nicht erlauben, gleichzeitig nicht in der Kanzlei zu sein. Doch das ist es nicht. Es ist sein erster Urlaub mit Aiden und Jack. Eine Premiere für uns alle. Heute Abend geht es los. Wir nehmen das Auto, damit die Kinder die Fahrt verschlafen.

Bis ich mich gerichtet habe, ist Preston auch fertig, und eine halbe Stunde später stellen wir den Wagen in einem Parkhaus ab und machen uns auf den Weg.

Er greift meine Hand und wir spazieren durch das Shoppingviertel. Die meisten Menschen weichen uns aus, was möglicherweise an unserem zielstrebigen Schritt liegt.

Kurz vor der Tür sage ich: »Wir werden nicht gehässig sein, oder?«

»Wir doch nicht. Nie.«

»Genau. Nie. Wir zwei nicht.«

Wir lachen und er hält mir die Tür zu dem Ladengeschäft auf. Es ist nicht besonders groß und bietet nur eine Artikelgruppe an: Laufschuhe. Die Wände sind voll mit den neusten Modellen, mehrere Laufbänder für eine Laufanalyse stehen im Raum, und sogar eine kleine Aschenbahn führt durch den Laden.

Was wir sehen wollten, erkennen wir sofort: meinen Bruder, der gerade einen Kunden berät, in einem Poloshirt, in den Farben des Unternehmens mit dessen Logo groß auf dem Rücken.

Ja, mein Bruder verkauft jetzt Schuhe.

Seine Zulassung als Anwalt hat er verloren und durch die offen gelegten illegalen Absprachen gleichzeitig seine Vertrauenswürdigkeit. Laut meiner Mutter, die sich regelmäßig mit mir oder uns zu einem Kaffee trifft, beschaffte ihm mein Vater einen Beraterposten, den er kurze Zeit später wieder aufgab. Warum wusste sie nicht, allerdings war mein Vater so erzürnt darüber, dass er ihm nicht nur sämtliche geldliche Zuwendung strich, sondern ihn auch aus seinem Leben. Er tut so, als hätte er keinen Sohn, so wie ich tue, als hätte ich keinen Vater. Damit schließt sich der Kreis.

»Guten Tag, Nelson«, sagt Preston übertrieben freundlich, nachdem dieser das Kundengespräch beendet hat.

»Preston. Elaine.« Jeweils ein Nicken in unsere Richtung folgt.

»Nelson, Elaine benötigt neue Laufschuhe. Sie sitzt so viel in ihrem Büro, weil die Mandanten sie auf Trab halten. Weißt du, wen sie für die Kanzlei gewinnen konnte? Ach, vergiss das. Das interessiert dich ja nicht mehr. Auf jeden Fall möchte ich, dass sie genügend Bewegung bekommt. Ihr Körper soll so fit bleiben, wie es ihr Verstand ist. Was kannst du empfehlen?«

Ich zwicke ihn unauffällig in die Seite. Wir sagten, nicht gehässig sein! Nur mal schnell gucken. Mehr nicht.

Doch Preston hat noch nicht genug. »Kennst du die Schuhgröße deiner Schwester? Oh, weißt du überhaupt, dass sie Beine hat? Ihr Vorname scheint dir bekannt zu sein, zumindest hast du ihn gerade genannt. Ihren Nachnamen auch, vermutlich allerdings bloß, da ihr denselben tragt.« Preston sieht an die Decke, zurück zu ihm und spricht weiter. »Vielleicht sollten wir ihn ändern. Ich bin geschieden und könnte ihr meinen geben. Irgendwann wollten wir sowieso heiraten. Es kann unmöglich sein, dass sie den Namen mit einem Verlierer teilen muss.«

Nelson starrt ihn zornig an. Doch wer hätte es erwartet? Er erwidert nichts.

Jetzt nicht und auch davor hat er noch nicht einmal versucht, sich bei mir zu entschuldigen. Ich weiß, dass er unsere Mutter regelmäßig kontaktiert, um sie um Geld zu bitten.

Einmal gab sie ihm etwas. Unser Vater fand es heraus und

verbot es, woraufhin sie mir sagte, sie hört auf ihren Mann, auch wenn ihr das Mutterherz blutet. Sie glaubt bis heute nicht, dass die Vorwürfe wahr sind. Ich habe ihr die Geschichte von den Geschehnissen in der Bar anvertraut, und sie ist sich sicher, dass es sich um ein Missverständnis handelt, genauso wie bei der Sache mit den illegalen Absprachen. Mittlerweile habe ich mich damit abgefunden, dass Nelson für sie unfehlbar ist. Sie ist, wie sie ist, und so schwierig es manchmal mit ihr ist, ist sie trotzdem meine Mutter.

»Elaine, wir gehen. Die Mitarbeiter erscheinen mir nicht besonders kompetent.«

Er legt den Arm um mich und führt mich nach draußen. Dort stellt er sich vor mich, platziert die Hände auf meinen Schultern und fragt: »Ist alles in Ordnung? War ich zu fies? Entschuldige, ich konnte nicht an mich halten.«

»Du bist ein Teufel, da kann man nichts ändern«, antworte ich und drücke ihm einen Kuss aufs Kinn. »Wenn es um mich geht, bist du ein wenig unkontrolliert. Heimlich mag ich das.«

»Und du sprachlos, wenn es um mich geht.«

»Das kannst du aber unmöglich heimlich mögen.«

Nach einem warmen Lächeln streichelt er meinen Nacken in nachdenklich langsamen Bewegungen mit den Fingerspitzen. »Es tut mir leid, dass ich sagte, dein Name ist ein Verlierername. Das ist natürlich nicht korrekt. Dein Vater hat dir mit seinem Namen auch große Fußstapfen vererbt. Ich glaube, du bist bereits dabei, sie ein ganzes Stück zu vergrößern. Vermutlich denkt in ein paar Jahren keiner mehr an Samuel Ward, hört er Ward im Zusammenhang mit Anwälten, sondern an Elaine Ward. Selbst wenn wir heiraten, solltest du ihn behalten. Du gibst ihm Wert. Ich bin stolz auf dich.«

Das Gesagte wärmt auf eine Art mein Herz, das können nur Worte von ihm. Von keinem sonst bedeuten sie mir so viel. Niemand kann meine Gefühle so hochkochen lassen wie er. Egal welche. Er ist der, der mich am wütendsten, traurigsten und glücklichsten machen kann.

»Und ich bin stolz auf dich. Stolz darauf, dass wir zusammengehören. Und stolz darauf, dass wir gemeinsam die Kanzlei aufmischen.«

Er sinniert: »Im Endeffekt bin ich froh, dass wir keine neue Kanzlei gründen mussten, sondern Mortimer und Jacob überzeugen konnten, unseren Richtungswechsel mitzugehen. Ich mag unsere Kanzlei. Sie ist ein Stück unseres Lebens.«

»Ja, das ist sie. Zweifellos. Nicht das Wichtigste, aber sie ist eins.«

»Schön, das zu wissen, oder? Dass sie nur ein Stück davon ist.«

»Ja. Apropos wichtige Stücke: Wir sollten zurück. Die Kinder.«

»Ich wäre dafür, Ryker und Ethan zu beschäftigen, indem sie die Kinder bespaßen dürfen.«

»Ich wäre dafür, sie zeichnen zu lassen. Das hat ihnen das letzte Mal Spaß gemacht. Ryker kann später mit ihnen backen, dann haben wir drei auf einmal beschäftigt.«

Er lacht. »Es hat vielleicht DIR Spaß gemacht, weil Aiden dir großzügig sein Auto geschenkt hat, damit du auf der Straße, die wir gemalt haben, fahren und ihm die Verkehrsregeln erklären konntest, als würde er bald seinen Führerschein machen.«

»Erstens wollte er es später wieder, und zweitens hatte ich vor, etwas anderes mit ihnen zu malen. Dani hat mir den Erstentwurf eines Lernmalbuchs geschickt, das müssen Aiden und Jack testen. Das mit der Straße war sowieso keine gute Idee. Die Reinigungskraft, die die Tesafilmreste vom Boden gekratzt hat, weil wir die Blätter durch das halbe Penthouse klebten, tat mir leid. Vor allem, da Jack ihnen *helfen* wollte, indem er ihnen immer noch mehr gezeigt hat.«

»Ja, sie sind kleine Teufel, meist ohne es zu wissen.«

Bevor wir gehen, umarme ich ihn. Dafür muss Zeit sein. Er legt ebenfalls die Arme um mich und so stehen wir einen Moment. Im Zentrum des Bürgersteigs, Menschen umrunden uns, wir sind mitten unter ihnen. Und doch sind wir dabei ganz für uns, weil etwas zwischen uns ist, das uns verbindet und alle anderen ausschließt. Fremde, Mandanten, Kollegen, Bekannte, aber auch seine Freunde, egal wie nahe er ihnen steht. Sie verbindet etwas anderes.

Genau wie das Band zu seinen Kindern anderer Natur ist. Dieser große Teufel mag sie kleine Teufel nennen, aber er liebt sie von ganzem Herzen. Das spüren sie, das spüre sogar ich.

Ja, die Wahrheit über Preston Connor ist, dass er ein Teufel ist und doch kein Stück teuflisch.

»Nach Hause?«, flüstert er. »Dann Urlaub? Und danach den Rest unseres Lebens?«

Das klingt perfekt.

NACHWORT

Zum Nachwort hätte ich gern Elaine gesprochen.

Aber da die Protagonisten nie tun, was verlangt wird, sitzen nun vier Kerle auf meinem Sofa. War das schon immer so klein? Hat was von Kuschelrunde.

Ich würde so gern mal danach mit den Frauen sprechen. Sie haben doch auch etwas zu sagen! Die Männer sind schlimme Rampensäue.

Da für mich kein Sitzplatz frei ist, bleibe ich stehen und singe: »Boom, bähm, tralla! Da haben wir die Lesys fein verarscht, ne?«

»Lesys?«, fragt Ryan verwirrt.

»Das hat irgendjemand vorgeschlagen. Ein Y anhängen, damit man nicht Leser und Leserinnen oder Leser:innen schreiben muss.«

»Das kann nicht bei allem funktionieren«, behauptete Ethan. »Was macht man mit Arzt und Ärztin? Arztys oder Ärztys?«

Klugscheißer. Hässlicher, verdammt gut aussehender Klugscheißer. »Ist ja auch egal. Ich finde das Wort Lesys hübsch und deshalb nutze ich es. Fertig. Das ist mein Nachwort, und ich schreibe lustig rein, was mir gefällt.« Um das Thema zu wechseln, wiederhole ich meine Aussage. »Auf jeden Fall haben wir sie reingelegt.«

»Was meinst du?«, fragt Preston und zieht ein skeptisches Gesicht, da er zu seiner Frage meine winzige Hausbar betrachtet. Vermutlich sollte ich ihm nichts daraus anbieten.

»Na, dass du bereits zu Ryans Epilog vergeben warst! Damit hat doch bestimmt keiner gerechnet.«

»Meinst du nicht, das ist denen völlig gleich? Kommst du dir jetzt übergenial vor, oder was?«, fragt Ethan und lächelt amüsiert über meine Begeisterung. Die Begeisterung, die merklich abkühlt. Ich fand es nett, das schon im Hinterkopf zu haben, als ich Ryan überarbeitet habe.

Ryker streckt seine langen Beine aus und will wissen: »Und wie ist das bei Ethan und mir? Bekommen wir auch jemanden? Und viel wichtiger: Sind wir ebenfalls bei Ryans Epilog vergeben?«

»Sorry, Ryker. Seid ihr nicht. Deine Geschichte startet erst danach.« Und Ethans Story, nun, die zieht sich ein ganz schönes Stück nach hinten. Der Bursche macht es mir nicht leicht. Zu viele falsche Entscheidungen. Kein Autor kann da ohne Kopfschütteln mittippen.

»Bekomme ich eine Lady wie Elaine? Bitte nicht.«

»Ryker-Schätzchen, du wirst dir wünschen, du hättest eine Elaine bekommen.«

Seine Wikinger-Stirn legt sich in Falten und er streicht sich eine Haarsträhne zurück. Ich muss ihn unbedingt zu einem Friseur schreiben. Der sieht schon wieder aus ... Ob er weiß, dass es legal ist, Haare turnusmäßig mit Schere und Rasierzeug in Form zu bringen? Duscht der Kerl eigentlich regelmäßig?

Das will ich herausfinden und beuge mich über ihn. Sieht sauber aus. Die Haare scheinen frisch gewaschen. Falls er Nasenhaare hat, sind die getrimmt, denn bei seinem langsamen Kopf-in-den-Nacken-Legen habe ich einen perfekten Blick darauf.

»Was wird das?«, fragt er und grinst.

Blitzschnell schnuppere ich an ihm.

Gott sei Dank. Der riecht gut. Ich kann ja keine Bücher über ungepflegte Männer schreiben. Vorsichtshalber versichere ich mich: »Du duschst schon regelmäßig, oder? Was ist mit Fußnägeln? Ekelhaft lang? Gibt es abstoßende Geheimnisse, die wir vor den Lesys geheim halten müssen?«

»Willst du mich verarschen?«

Ich richte mich ein wenig auf und strubble ihm durchs Haar. »Ich sorge mich nur, weil du nicht so regelmäßig zum Friseur gehst wie Preston oder Ethan.«

Ryan mischt sich ein: »Wir gehen regelmäßig zum Friseur, weil wir sonst scheiße aussehen. Aber Ryker steht der wilde Look doch. Überhaupt: Was bildest du dir ein? Ich sehe von hier, dass du deine Augenbrauen mindestens drei Tage nicht gezupft hast.«

Verlegen streiche ich mir darüber. Er hat recht.

Da ich die Nase voll habe, stehen zu müssen, sehe ich auf Rykers Schoß. Dort niederlassen als Ablenkungsmanöver?

»Ah, ah, untersteh dich! Du kannst mich nicht beleidigen und dann mit mir kuscheln wollen.«

»Sorry. Machst du bitte trotzdem in dem Buch mit?«

Da ich keine Antwort erwarte, weil er keine Wahl hat, quetsche ich mich zwischen Ryker und Ethan, da ich nicht länger stehen will. Mein Arsch ist nicht umsonst so platt. Der ist perfekt fürs Sitzen geschaffen.

Ethan legt den Arm um meine Schulter, weshalb ich schmachte: »Du bist halt der Nette.«

Er beugt sich an mein Ohr und flüstert: »Wann wirst du endlich begreifen, dass ich das eben nicht bin?«

Zu einer Antwort komme ich nicht, denn die anderen drei erheben sich.

»Wir gehen«, verkündet Preston.

Die drei machen sich davon, weshalb ich etwas Platz zwischen Ethan und mir schaffe, damit ich ihn ansehen kann.

Bevor er ebenfalls geht, frage ich ihn: »Kannst du mir etwas über Ryker verraten? Ein Geheimnis, das ich noch nicht kenne?«

Er lächelt. »Hm. Jedes Mal, wenn jemand Ananas erwähnt, macht er einen Spruch über Spermageschmack.«

»Meinst du, er hat gekostet?«

»Meinst du?«, fragt er zurück.

Ich zucke mit den Schultern. »Er ist bi. Bestimmt.«

Ethan schüttelt den Kopf. »Ryker auf Knien vor einem Typen. Kann ich mir irgendwie nicht vorstellen. Du? Wie ist das überhaupt: Schreibst du ab sofort Gay-Romance?«

»Hm. Nein. In meinem Gehirn passiert zwar mehr, als ich aufschreibe, aber vorerst plane ich nichts in die Richtung. Die Szene mit dem Kuss von Preston und Ryker mochte ich trotzdem.«

»Tja. Da war ich nicht dabei.«

»Weil du ein Feigling bist.«

»Ich habe nur erkannt, dass Preston und sie … Na ja. Du weißt schon.«

»Und statt mit ihm zu sprechen, legst du einen Abgang hin. Das ist wahrlich erwachsen.«

»Du hast mich erfunden, oder?«

Ich seufze. »Leider wahr. Das wird noch was mit dir. Du wirst ziemlich verletzend sein.«

»Dann ändere das doch. Es liegt in deiner Hand.«

»Ja. Das ist ebenso wahr. Aber jetzt ist die Geschichte schon so. Ich müsste alles umschreiben. Und dazu bin ich zu faul.«

»Na danke, dass ich darunter leiden muss, dass du ein faules Stück bist.«

»Gern geschehen.«

Er seufzt. »Vielleicht sollten wir dankbar sein, dass wir wenigstens ein Happy End sicher haben.«

Oh! Apropos Dankbarkeit.

Vielen Dank an die Follower meiner Facebook- und Instagramseite für die vielen Beiträge. Sei es zur Coverentscheidung, Namensänderung der Reihe (Bastards zu Bad Guys) und den Namensvorschlägen zu den Platzhaltern Brian und Stewie, die zu Jack und Aiden wurden.

Durch eure Hilfe ist meine Namensliste, aus der ich mich regelmäßig bediene, mächtig gewachsen.

Letztendlich wurden es die beiden, da es da am meisten geklingelt hat. Der Vorschlag für diese Kombi kam nicht nur von Jenny Ziesche, sondern wurde auch noch heftig von meiner Freundin Marga unterstützt, die sich vom Namen von Prestons Ex inspirieren ließ. (Charlotte – Sex and the City – Jack, der Buchautor und Aidan (wurde zu Aiden), der Möbeldesigner)

Außerdem ein fettes Danke an meine Testleserinnen. Nein, das ist falsch. Nicht das fette Danke, sondern das Wort Testleserinnen. Sie tun wesentlich mehr, als bloß testlesen. Sie unterstützen mich bei allem, wo man nur unterstützen kann.

Es ist mein Buch, doch stecken auf vielen Seiten kleine Stücke von ihnen, an denen sie mir Motivation geschickt haben, eine Frage aufwarfen, eine Ergänzung hatten, eine Idee durch ihre Inspiration erst entstand. Sie hören sich geduldig an, wenn ich mit allem unzufrieden oder total euphorisch bin, und sind nicht sauer (oder lassen es sich zumindest nicht anmerken), falls ich anderer Meinung sein sollte. Sie ertragen mein Verzweifeln über beschissene Klappentexte, meine Aufregung vor dem Buchstart, meine ständigen Stimmungsschwankungen zwischen O-mein-Gott-ist-das-großartig und Niemand-wird-dieses-Buch-mögen.

Auch Sybille schulde ich Dank. Sie ist nicht nur die beste Korrektorin, die ich je hatte, sondern man könnte ihr Bild bei dem Wikipediaeintrag von Zuverlässigkeit unterbringen. Sie hat immer ein Plätzchen für mich frei, erinnert mich sogar rechtzeitig daran, mit ihr einen Termin zu vereinbaren, und falls sie nicht pünktlich fertig ist, bekomme ich das Buch schon früher zurück.

Etwas stupst mich an und ich murmle erschrocken: »Danke.«

»Danke? Erst guckst du verträumt ins Leere und nun sagst du Danke?«

»Ich meine nicht dich! Das war für echte Menschen. Echte, großartige Menschen.«

»Für dich bin ich doch so echt, wie ein Mensch nur sein kann, oder?«

Er schaut mich so mitleiderregend an, dass ich ihm auf die Schulter klopfe und sage: »Ja, natürlich. Du bist auch ganz, ganz echt. Solange jemand die Bücher von euch kauft und liest, existierst du.«

»Wie bei der unendlichen Geschichte?«

»Ja, genau!«

»Dann sag deinen Lesern, sie müssen uns lesen. Unser Leben hängt davon ab.«

Den Gefallen werde ich ihm tun und wende mich euch zu. »Ihr habt es gehört: Lest meine Bücher, damit diese Typen ein Überlebensplätzchen in eurer Fantasie haben. Ja, das wäre schön. Ich hoffe, ich darf euch in Rykers Nachwort wieder begrüßen.«

»Und in meinem!«, mischt sich Ethan ein.

»Und in seinem natürlich«, wiederhole ich seufzend.

Liebe Grüße
Anna

Du willst nichts mehr von den Kerlen und mir verpassen? Abonniere meinen Newsletter.
annarush.de/Newsletter

BÜCHER VON ANNA RUSH

Reihe Becoming Bad Guys

The Truth about Ryan - Babydeal mit dem Boss

The Truth about Preston - Officedeal mit dem Teufel

The Truth about Ryker - Verbotener Deal mit der Schwester meines Freundes

The Truth about Ethan - Verhängnisvoller Ehedeal

Reihe Bad Boys in love

The Story of David Stone - Küss mich, Boss

The Story of Tom Scott - Nur ein bisschen küssen, DJ

The Story of Francis Hunter - Kein Date für den Chef

The Story of Cole&Luke Archer - Küsst mich, Brüder

Einzeltitel

Ella& Elias - Endlich Liebe - Turteltäubchen umarmt Problemtyp

1. Auflage 2021

Autor: Anna Rush

Korrektorat: SW Korrekturen

Covergestaltung: Susanne Tessmer

Coverbild:

- Depositphotos/graphicstudio1122
- Depositphotos/VitalikRadko
- Depositphotos/sdmixx
- Depositphotos/R-studio
- Depositphotos/kiyanochka

Anna Rush

Malscher Straße 11/1

76448 Durmersheim

TRIGGERWARNUNG

- Sex
- Scheidung
- Emotionale Kälte
- Unerwiderte Liebe
- Gewalt
- Versuchte Vergewaltigung
- Übergriffigkeit
- Alkoholkonsum

Fehlt etwas in der Liste? Dann lass es mich wissen, damit ich es ergänzen kann.

Printed in Poland
by Amazon Fulfillment
Poland Sp. z o.o., Wrocław

16952715R00307